*Im Knaur Taschenbuch Verlag sind bereits
folgende Bücher der Autorin erschienen:*
Das Jungfrauenspiel
Die Kurtisane des Teufels
Sündenhof

Über die Autorin:
Sandra Lessmann wurde 1969 geboren. Nach der Fachhochschulreife lebte sie fünf Jahre lang in London, wo ihre Liebe zu England erwachte. Zurück in Deutschland, studierte sie Geschichte, Anglistik, Kunstgeschichte und Erziehungswissenschaften in Düsseldorf. Ihr besonderes Interesse galt der englischen Geschichte. Nach dem Studium arbeitete sie am Institut für Geschichte der Medizin, doch ihre wahre Leidenschaft ist seit der Kindheit das Schreiben.

SANDRA LESSMANN

DIE WINTERPRINZESSIN

ROMAN

Besuchen Sie uns im Internet:
www.knaur.de

MIX
Papier aus ver-
antwortungsvollen
Quellen
FSC® C083411

Originalausgabe Dezember 2015
Knaur Taschenbuch
Copyright © 2015 by Knaur Taschenbuch.
Ein Imprint der Verlagsgruppe
Droemer Knaur GmbH & Co. KG, München.
Alle Rechte vorbehalten. Das Werk darf – auch teilweise –
nur mit Genehmigung des Verlags wiedergegeben werden.
Redaktion: Ilse Wagner
Umschlaggestaltung: ZERO Werbeagentur, München
Umschlagabbildung: © Lee Avison / Trevillion Images
Karten: Computerkartographie Carrle
nach Sandra Lessmann & Robert Damm
Satz: Adobe InDesign im Verlag
Druck und Bindung: CPI books GmbH, Leck
ISBN 978-3-426-50982-1

2 4 5 3 1

DIE
WINTER-
PRINZESSIN

PARIS

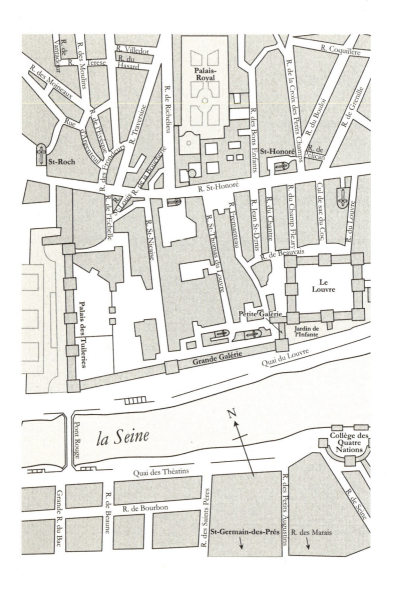

UM 1670

1 Rue Pierre à Poisson
2 Rue de la Joaillerie

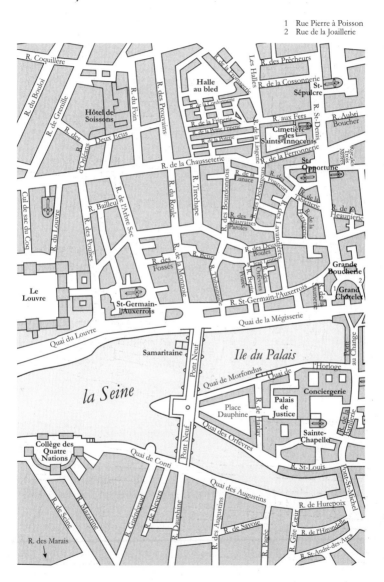

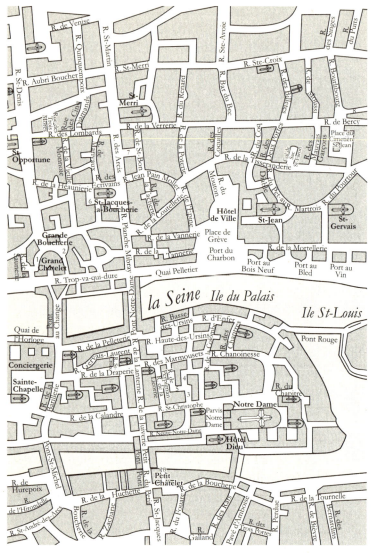

1. Rue Pierre à Poisson
2. Rue de la Joaillerie
3. Rue Cocatrix
4. Rue des Deux-Hermites
5. Rue des Canettes
6. Rue St-Jacques-la-Boucherie
7. Rue de la Lanterne
8. Rue de la Croix blanche
9. Rue de la Joaillerie
10. Rue St-Julien-le-Pauvre

PROLOG

Juli 1646

Die Bettlerin blieb stehen und ließ den Blick über die sanften Hügel der North Downs gleiten, die sich in der Ferne verloren. Nach all den Tagen angestrengten Marschierens war das Meer noch immer nicht in Sicht. Stattdessen wand sich die Landstraße vor ihr zwischen Feldern und Wiesen hindurch in die Unendlichkeit. Die Frische des Morgens wich allmählich einer drückenden Schwüle, die an den Kräften zehrte. Ihre Füße, die in klobigen Schuhen steckten, schmerzten unerträglich. Doch sie unterdrückte das Seufzen, das sich auf ihre Lippen drängte. Um ihre verspannten Muskeln zu entlasten, schob sie das zweijährige Kind, das sie auf dem Rücken trug, ein wenig zurecht.
Ihre Begleiter, zwei Männer und eine Frau, in Lumpen gekleidet wie sie, hatten ebenfalls innegehalten und warfen ihr besorgte Blicke zu.
»Lasst mich Eure Last eine Weile tragen, Madame«, sagte der Franzose, der an ihrer rechten Seite ging.
»Nenn mich nicht so, Paul«, wies die Bettlerin ihn zurecht. »Man weiß nie, wer zuhört!«
Wie um ihre Worte zu bestätigen, drang das Rumpeln eines näher kommenden Wagens an ihre Ohren. Die Vagabunden wandten sich um. Aus einer gelben Staubwolke tauchten zwei Zugpferde auf, die ein Bauer lenkte. Als der Wagen zu ihnen

aufgeschlossen hatte, traten die Bettelleute zur Seite, um ihn passieren zu lassen.
Das Kind, das auf den Schultern der Frau gedöst hatte, wurde munter und winkte dem Fuhrmann fröhlich zu. Da griff dieser in die Zügel und brachte sein Gespann zum Stehen.
»Na, wohin des Weges?«, fragte er ein wenig misstrauisch.
»Nach Ashford«, antwortete die Bettlerin.
Da das Kind ihn noch immer anlächelte, sagte der Bauer freundlicher: »Ich fahre frische Milch nach Canterbury. Wenn du magst, gebe ich dir ein Schälchen für deinen Knirps.«
»Vielen Dank. Mein Sohn ist sicher durstig«, erwiderte die Frau.
Der Bauer schöpfte Milch aus einem der Fässer auf der Ladefläche in einen Zinnbecher und reichte ihn dem Kind.
»Bedank dich, Pierre«, mahnte das Bettelweib.
»Ich danke Euch, Sir«, sagte das Kind artig und fügte mit stolzer Würde hinzu: »Ich bin aber nicht Pierre. Ich bin Prinzessin Henrietta, und Ihr müsst Euch vor mir verbeugen.«
Erstaunt blickte der Bauer vom Kind zur Bettlerin, die ärgerlich mit den Augen rollte.
»Genug jetzt mit dem Unsinn, Pierre!«, schalt sie das Kind. An den Fuhrmann gewandt, fügte sie entschuldigend hinzu: »Mein Sohn hat eine blühende Phantasie.«
Lachend schüttelte der Bauer den Kopf. »Auch ich habe zwei kleine Mädchen, die sich für Prinzessinnen halten. Na, der Ernst des Lebens holt sie früh genug ein. Da sollte man ihnen ein paar unbeschwerte Jahre gönnen.« Auf das Spiel des kleinen Bettlerknaben eingehend, verbeugte er sich ein wenig unbeholfen. »Bitte vergebt mir, holde Prinzessin. Ich wünsche Euch eine gute Reise, Hoheit.«
Versöhnt strahlte das Kind den Fuhrmann an und winkte ihm nach, als dieser seine Pferde mit einem Zungenschnalzen antrieb. Er wandte sich noch einmal um und erwiderte den Ab-

schiedsgruß. Dabei fiel sein Blick auf einen einzelnen Reiter, der auf dem Hügelkamm hinter ihnen auftauchte. Als der Fremde die kleine Gruppe bemerkte, zügelte er sein Pferd und beobachtete sie aus der Ferne.

Argwöhnisch kniff der Bauer die Augen zusammen und musterte den Reiter. Auch wenn er sich den Grund nicht erklären konnte, hatte er das Gefühl, dass dieser den Bettlern folgte. Für einen Moment verspürte der Fuhrmann den Drang, die Vagabunden auf den Fremden aufmerksam zu machen. Schließlich lebten sie in unsicheren Zeiten. Auch wenn die Schlachten des Bürgerkriegs in anderen Grafschaften ausgetragen wurden und die Kämpfe noch nicht in diese Gegend vorgedrungen waren, lag doch im ganzen Land eine gewisse Spannung in der Luft. Dann aber zuckte der Bauer mit den Schultern und trieb sein Gespann zu größerer Eile an. Sicher war der Mann nur ein Reisender, der Abstand zu dem Bettelvolk halten wollte. Außerdem war er spät dran für den Markt in Canterbury und musste sich sputen, damit er seine Milch verkaufte, bevor sie schlecht wurde.

Die Bettlerin, die den forschenden Blick des Bauern bemerkt hatte, wandte sich um und sah zu dem einzelnen Reiter hinüber, der noch immer regungslos auf seinem Pferd verharrte. Ohne ein Wort mit ihren Begleitern zu wechseln, setzte sie sich wieder in Marsch.

Das durchdringende Geschrei der Möwen kündigte endlich die Nähe des Meeres an. Nach einer unbequemen Nacht im Straßengraben erreichte die kleine Gruppe am späten Nachmittag die Küstenstadt Dover. Am Hafen herrschte reges Treiben. Schiffe wurden be- und entladen. Matrosen kletterten wie die Affen in der Takelage der großen Segler herum und riefen sich Bemerkungen in fremden Sprachen zu. Ha-

fenarbeiter rollten Fässer über das Pflaster oder trugen verschnürte Ballen in die Lagerhäuser. Passagiere drängten sich am Kai, um mit einem Ruderboot zu einem vor Anker liegenden Paketboot überzusetzen. Niemand beachtete die Vagabunden, die sich durch die schmalen Gassen unauffällig dem Hafen näherten.
Plötzlich erklang hinter ihnen eiliges Hufgeklapper. Geistesgegenwärtig wich die Bettlerin mit dem Kind in einen Hauseingang zurück. Der Franzose stellte sich schützend vor sie, während sich der andere Mann und die Frau an die Wand eines kleinen Fachwerkhauses drückten.
Ein Trupp Soldaten trabte durch die Gasse dem Hafen zu. Als die Bettlerin sah, dass sie zur Parlamentsarmee gehörten, erstarrte sie vor Angst. War der Feind ihnen auf die Spur gekommen? Hatte man ihre Flucht entdeckt? Wenn sie erkannt wurde, waren sie alle verloren!
Doch die Soldaten hielten nicht an, sondern machten vor einer Schenke am Hafen halt. Offenbar wollten sie sich eine Erfrischung gönnen. Sie mochten auf der Seite des Parlaments kämpfen, waren offenbar aber keine fanatischen Puritaner, die jegliche Art von Vergnügen verdammten.
Es dauerte eine Weile, bis die Vagabunden den Schrecken überwunden hatten und vorsichtig ihren Weg fortsetzten. Als ein Mann um eine Ecke auf sie zutrat, setzte das Herz der Bettlerin ein weiteres Mal aus, und sie griff sich bestürzt an die Brust.
»Sir William, Ihr taucht auf wie ein Geist«, entfuhr es ihr, als sie ihn erkannte.
»Mylady Dalkeith«, flüsterte er ihr zu. »Würdet Ihr mir bitte folgen?«
Er führte die kleine Gruppe in eine Seitengasse, in der es ruhiger zuging.

»Ich bin erleichtert, Euch und Ihre Hoheit unversehrt zu sehen«, wisperte er. »Verlief die Reise problemlos?«
»Abgesehen von schmerzenden Füßen und einem krummen Rücken, kann ich mich nicht beklagen, Sir William«, erwiderte Lady Dalkeith diplomatisch. »Zum Glück sind wir bis eben auf keine Patrouille gestoßen.«
Sie verschwieg, dass Prinzessin Henrietta jedem Reisenden, dem sie unterwegs begegnet waren, stolz versichert hatte, dass sie nicht Pierre heiße und die Bettlerlumpen nicht ihre gewöhnliche Kleidung seien. Doch niemand hatte das Geplapper des Kindes ernst genommen.
»Ich habe Euch eine Passage auf einem französischen Schiff – der *Étoile* – besorgt«, unterrichtete Sir William Fenwick die Flüchtlinge. »Es wird heute Abend mit der Flut auslaufen. Ich führe Euch zu einem Haus, in dem Ihr sicher auf die Abfahrt warten könnt.«
»Habt Ihr von Seiner Majestät gehört?«, fragte Lady Dalkeith.
»Ja, Euer Cousin, der Earl of Caversham, war vor zwei Tagen hier und berichtete, dass es dem König gelang, in einer Verkleidung aus dem von der Parlamentsarmee belagerten Oxford zu fliehen. Er hat sich in die Hände der presbyterianischen Armee in Newark begeben, weil er hofft, die Schotten auf seine Seite ziehen zu können. Caversham ist mit einem Brief auf dem Weg nach Frankreich zu Ihrer Majestät der Königin, um sie von der neuen Entwicklung in Kenntnis zu setzen.«
»Möge der Herr ihn beschützen.«
Nachdem Sir William die falschen Bettler bei einer königstreuen Familie am Hafen untergebracht hatte, trat er wieder auf die Straße hinaus und entdeckte den einsamen Reiter, der den Flüchtlingen gefolgt war. Gelassen ging er auf ihn zu. Der

Mann zügelte sein Pferd und fragte mit gedämpfter Stimme: »Alles in Ordnung?«
»Alles bestens, Sir John. Das Schiff läuft heute Abend aus. Wenn der Wind günstig ist, wird Ihre Majestät ihre Tochter in wenigen Tagen wieder in die Arme schließen können.«
»Ihr habt Euch sehr um die Krone verdient gemacht, Sir William. Nicht auszudenken, wenn die Prinzessin in die Hände des Parlaments fallen würde wie ihre Schwester Elizabeth und der Duke of Gloucester. Die Rebellen werden nicht davor zurückschrecken, die Königskinder als Geiseln zu benutzen.«
»Ich fürchte, uns stehen noch schwere Zeiten bevor«, sagte Sir William mit einem Seufzen.
»Das denke ich auch. Wer weiß, ob Prinzessin Henrietta ihr Heimatland jemals wiedersehen wird.«

Kapitel 1

Oktober 1668

Grauer Nebel kroch durch die geöffnete Terrassentür ins Innere des prächtig eingerichteten Schreibkabinetts und brachte den faden Grabgeruch der Seine mit sich. Henriette-Anne, Duchesse d'Orléans, überlief ein Frösteln. Sie steckte die Feder in das Tintenfass und erhob sich, um sich einen wärmenden Schal um die Schultern zu legen. Für einen Moment trat sie durch die Tür nach draußen und ließ den Blick über die mit Fontänen bestückten Terrassen gleiten, die sich zum Fluss hinab erstreckten und für die das Schloss von Saint-Cloud berühmt war.
Die Dämmerung war bereits hereingebrochen. Die feuchte Kälte durchdrang das Gewebe des Schals und ließ den zarten Körper der Prinzessin erzittern. Sie trat wieder in das Kabinett zurück, ließ die Terrassentür jedoch offen. Sie musste sich beeilen. Sir William Fenwick würde bald erscheinen, und sie wollte ihn nicht warten lassen. Ohne Zögern setzte sie sich wieder an den Tisch, nahm die Feder zur Hand und beendete den Brief an ihren Bruder, den König von England. Die Korrespondenz zwischen ihr und Charles beschränkte sich nicht allein auf persönliche Sorgen und Erlebnisse. Bruder und Schwester diskutierten darin heikle diplomatische Entscheidungen, deshalb durften die Briefe auf keinen Fall in fremde Hände fallen. Sir William gehörte zu den wenigen Personen, deren Vertrauens-

würdigkeit über jeden Zweifel erhaben war. Auch wenn Henriette sich nicht mehr an ihre Flucht aus England während des Bürgerkriegs erinnern konnte, wusste sie doch, welche Rolle er dabei gespielt hatte. Dafür war sie ihm dankbar. Doch als Mensch war ihr der etwas arrogante, von sich selbst überzeugte Höfling nie besonders sympathisch gewesen. Es war bedauerlich, dass ihr Bruder Fenwick dem Capitaine-Lieutenant der Musketiere, Charles Castelmore d'Artagnan, vorzog, obgleich dieser seine Zuverlässigkeit in den Diensten des französischen Königs schon oft bewiesen hatte.

Gerade als Henriette die Tinte gelöscht und den Brief mit ihrem Ring gesiegelt hatte, tauchte eine Schattengestalt lautlos aus dem Nebel auf. Die Prinzessin erschrak, so unheimlich war ihr Erscheinen. Ihr Herzschlag beruhigte sich jedoch sogleich, als sie Sir William Fenwick erkannte.

»Ihr schleicht wie eine Katze, Monsieur«, sagte sie, ärgerlich über ihre Schreckhaftigkeit.

»Ein nicht unpassendes Talent in meinem Metier, meint Ihr nicht auch, Hoheit?«, gab er ironisch zurück, während er ihr seine Reverenz erwies.

Henriette reichte ihm den versiegelten Brief.

»Es gelten dieselben Sicherheitsvorkehrungen wie immer«, ermahnte sie Fenwick. »Bald wird Seine Majestät mein Bruder mir einen Kode zur Verschlüsselung unserer Briefe schicken. Bis dahin wäre es fatal, wenn eines der Schreiben verlorengehen sollte.«

»Dessen bin ich mir bewusst, Madame«, versicherte Sir William. »Verlasst Euch auf mich.«

Nach einer weiteren Verbeugung verschwand er ebenso lautlos in den Nebelschwaden, wie er gekommen war. Erleichtert schloss Henriette die Terrassentür hinter ihm und ließ sich mit einem Seufzen auf einen Stuhl sinken.

Der Jesuitenpater Thomas Waterhouse alias Harding beobachtete seine fünf Mitreisenden, die die Postkutsche von Dover nach London mit ihm teilten. Da die Fenster mit veralteten Ledervorhängen verhängt waren – nur die Kutschen der Wohlhabenden waren mit dem neuartigen teuren Glas ausgestattet –, herrschte im Innern des Kutschkastens düsteres Halbdunkel. So konnte sich Waterhouse nicht allein auf seine gute Beobachtungsgabe verlassen, sondern musste sich auch seiner anderen Sinne bedienen, um sich ein Bild von seinen Begleitern zu machen.

Es war ein bunt zusammengewürfeltes Grüppchen, mit dem er die zwei Tage dauernde Fahrt nach London verbringen sollte. Zu seiner Linken saß ein Vikar, der sich bemühte, bei dem spärlichen Licht, das durch einen Spalt des Ledervorhangs drang, in einem Buch zu lesen. Dem zufriedenen Ausdruck seines Gesichts und dem unterdrückten Glucksen, das er hin und wieder von sich gab, war zu entnehmen, dass er seine Lektüre sehr genoss. Dem Geistlichen gegenüber hatte die Frau eines Lohgerbers Platz genommen, deren Kleidern der unverkennbare Geruch nach Gerblohe anhaftete. Der Mann zu Waterhouse' Rechten verströmte dagegen den angenehmen Duft verschiedenster Kräuter. Vermutlich war er Apotheker. Ihm gegenüber saß eine elegant gekleidete Frau, deren Zofe auf dem Außensitz untergebracht war. Da ihre Aufmachung nicht der neuesten Mode entsprach, vermutete Waterhouse, dass es sich eher um die Gattin eines Krautjunkers als eines wohlhabenden Londoner Kaufmanns handelte. Auch ihr Akzent verriet ihre Herkunft aus einer der südwestlichen Grafschaften. Einzig der Mann, der Thomas Waterhouse gegenübersaß, gab ihm Rätsel auf. Er mochte um die fünfzig Jahre alt sein. Seine Kleidung war gepflegt, aber von einfachem Schnitt, ohne modische Verzierungen, abgesehen von kunstvoll gefertigten,

silbernen Manschettenknöpfen. Seine abgelaufenen Stiefel und der abgetragene Reisemantel verrieten, dass der Mann viel unterwegs war. Darüber hinaus war er der Einzige, der trotz der schaukelnden Bewegungen des Kutschkastens eingeschlafen war, was auf lange Gewöhnung an diese unbequeme Form der Fortbewegung schließen ließ. Man hätte ihn für einen bescheidenen Kaufmann halten können, wäre da nicht der Degen gewesen, den er an einem ebenso strapazierten Gehänge trug und den er auch während der Fahrt nicht abgelegt hatte. Bevor die Passagiere die Kutsche bestiegen hatten, war Waterhouse aufgefallen, dass der Reisende überdies eine Pistole unter seinem Wams trug. Offenbar wollte er gegen alle Unwägbarkeiten gewappnet sein. Doch die misstrauische Natur des Jesuiten mochte sich nicht mit der Erklärung begnügen, dass sein Gegenüber sich lediglich vor Straßenräubern schützen wollte.
Thomas Waterhouse' Sorge war berechtigt. Seine Reise war in zweierlei Hinsicht gefahrvoll. Zum einen riskierte er als römischer Priester bereits durch seine Anwesenheit im protestantischen England den Galgen, denn aufgrund eines Gesetzes aus der Zeit Königin Elizabeths galt dies als Hochverrat. Auch wenn dieses Gesetz unter dem jetzigen König Charles II. nicht mehr angewendet wurde, reiste Waterhouse sicherheitshalber unter falschem Namen. Die Stimmung im Land konnte jederzeit umschlagen und die alten Gesetze gegen die Katholiken wiederbelebt werden. So schützte er im Falle einer Verhaftung zumindest seine Familie in Staffordshire. Waterhouse nahm die Gefahr in Kauf, um seiner Berufung zu folgen und seinen Glaubensgenossen in England als Priester und Seelsorger zu dienen. Zum anderen schmuggelte er in seinem Gepäck verbotene katholische Bücher und liturgische Gerätschaften, die für seine Ordensbrüder und andere im Land wirkende Priester bestimmt waren.

Um seine schmerzenden Muskeln zu entlasten, streckte Thomas Waterhouse behutsam seine Beine. Trotz aller Vorsicht stieß er dabei mit der Stiefelspitze an den Fuß seines Gegenübers, der brummend aus dem Schlaf fuhr.
»Verzeiht, Sir«, entschuldigte sich Waterhouse höflich. »Es ist so verteufelt eng in dieser Kutsche und dazu noch düster wie in einem Verlies.«
Sein Gegenüber lächelte verständnisvoll. »Schon gut. Ich hatte mir ohnehin fest vorgenommen, nicht einzuschlafen«, erwiderte er. »Ihr habt mir also einen Dienst erwiesen.« Ein Gähnen unterdrückend, schob der Reisende seinen Hut zurecht, der ihm ins Gesicht gerutscht war, und stellte sich vor: »Mein Name ist Sir William Fenwick. Ich reise so oft, dass mich selbst das Geschaukel einer Postkutsche nicht wach zu halten vermag.«
»Thomas Harding. Sehr erfreut«, erwiderte der Priester die Höflichkeit.
»Ihr sprecht wie ein Gentleman, Sir«, bemerkte Fenwick mit einem amüsierten Lächeln. »Verkehrt Ihr bei Hofe?«
»Nein, Sir, ich begnüge mich mit den Erträgen meines bescheidenen Gutes in Shropshire«, log der Jesuit. »Ein Leben bei Hof könnte ich damit nicht bestreiten.«
»Da habt Ihr allerdings recht. Die meisten Höflinge sind verschuldet, aber was bleibt einem anderes übrig? Wenn man sich bei Hof aufhält, ist man im Grunde verpflichtet, um hohe Einsätze zu spielen. Und gewinnen kann schließlich immer nur einer!«
Die anderen Reisenden lauschten aufmerksam dem Gespräch der beiden Männer. Auch der Vikar sah von seinem Buch auf.
»Was lest Ihr da, Sir?«, wandte sich Fenwick an den Geistlichen. »Lasst uns doch an Eurer Lektüre teilhaben.«

»Wenn Ihr darauf besteht«, entgegnete der Vikar zurückhaltend. »Es handelt sich um ein Essay von Dryden«, fügte er hinzu.
Thomas Waterhouse hatte den Eindruck, dass es dem Anglikaner unangenehm war, dass man ihn bei der Lektüre von Unterhaltungsliteratur erwischt hatte. Doch er bemühte sich, Haltung zu bewahren. Und da keiner der anderen Reisenden Einspruch erhob, begann er mit sonorer Stimme, die das Knarren und Quietschen des Kutschkastens übertönte, zu lesen.

Am Abend machte die Kutsche in einer Herberge außerhalb von Canterbury halt. Nach dem Nachtmahl zogen sich die Passagiere in ihre Kammern zurück, denn am nächsten Morgen sollte die Reise schon bei Tagesanbruch weitergehen.
Thomas Waterhouse, der sich beim Abendbrot mit Sir William Fenwick unterhalten hatte, wurde noch immer nicht recht schlau aus ihm. Seine guten Manieren und seine Kenntnisse über das Hofleben verrieten den Höfling, doch seiner unauffälligen Aufmachung nach war ihm nicht daran gelegen, Aufmerksamkeit zu erregen. Während ihres Gesprächs hatte er keine Erklärung für seine Reise preisgegeben, im Gegensatz zu den anderen Passagieren, die gern über ihre Pläne schwatzten.
Den Vormittag über kamen sie so gut voran, dass der Kutscher den Reisenden mitteilte, dass sie voraussichtlich gegen vier oder fünf Uhr in Southwark eintreffen würden. Sie würden überdies genug Zeit haben, in Ruhe das Mittagsmahl an der nächsten Poststation einzunehmen. Dankbar für die Gelegenheit, sich die Beine vertreten zu können, verließen die Passagiere die Kutsche, als diese im Hof der Herberge in Sittingbourne hielt. Nach dem üppigen Mittagsmahl schlug Sir

William Fenwick vor, einen kleinen Verdauungsspaziergang durch den hinter der Herberge gelegenen Obstgarten zu machen. Thomas Waterhouse und Stackwell, der Vikar, stimmten zu, und gemeinsam ergingen sie sich zwischen den Obstbäumen, deren Blätter bereits die Farben des Herbstes annahmen. Es war ein angenehm warmer Oktobertag. Die Sonne lugte immer wieder zwischen den tiefhängenden grauen Wolken hindurch und ließ Gold, Rotbraun und die verschiedensten Grüntöne aufleuchten. Die Luft war erfüllt vom Summen der Insekten, die sich auf den letzten Blüten der Astern niederließen.
»Bei diesem günstigen Wetter kommt man mit der Postkutsche gut voran«, bemerkte Fenwick. »Ich habe die Reise von Dover nach London schon einmal im Winter bei Frost und Schneetreiben gemacht. Die Pferde mussten die ganze Strecke im Schritt gehen, und der Kutscher hielt ständig an, um die Hufe der Tiere vom Pappschnee zu befreien. Wir waren eine Ewigkeit unterwegs.«
»Man sollte es möglichst vermeiden, im Winter zu reisen«, sagte der Vikar weise.
»Leider zwangen mich dringende Geschäfte dazu«, erwiderte Sir William.
»Welcher Art Geschäfte geht Ihr nach, Sir, wenn ich fragen darf«, erkundigte sich der Geistliche.
»Darüber spricht ein Gentleman nicht, mein Lieber«, wies Fenwick den Neugierigen zurecht, was diesen erröten ließ.
Sir William hatte seine Handschuhe ausgezogen und in seine Tasche gesteckt. Thomas Waterhouse bemerkte, dass er kräftige, aber erstaunlich jugendliche Hände hatte, deren Innenflächen Schwielen aufwiesen. Der Jesuit vermutete, dass sie vom Halten der Zügel stammten und dass Fenwick folglich häufig zu Pferd unterwegs war.

Immer wieder umschwirrten Insekten die Köpfe der Männer, die sie mit wedelnden Armbewegungen zu verscheuchen suchten. Auf einmal schlug sich Sir William kräftig auf den Handrücken und gab einen unterdrückten Schmerzensschrei von sich.

»Verdammt! Irgendetwas hat mich gestochen«, rief er.

Waterhouse beugte sich vor und deutete auf ein im Todeskampf sich windendes Insekt zu seinen Füßen.

»Eine Wespe«, bemerkte er. »Ihr hättet nicht nach ihr schlagen sollen.«

»Ich dachte, es wäre eine Mücke«, erwiderte Sir William und betrachtete seine rechte Hand. Die Haut um den Stich begann bereits, sich zu röten und anzuschwellen.

»Ihr scheint gegenüber Insektenstichen empfindlich zu sein, mein Freund. Vielleicht wird es besser, wenn Ihr die Hand in kaltes Wasser haltet.«

Fenwick nickte zustimmend. Gemeinsam kehrten die Männer in den Innenhof der Herberge zurück. Ein Stallbursche fragte sie, ob sie etwas brauchten, und Sir William zeigte ihm den Wespenstich.

»Ihr habt Glück, Sir«, erklärte der Bursche fröhlich. »Annie, das Kräuterweib, hat gerade bei uns haltgemacht. Sie hat für jedes Gebrechen ein Mittelchen.«

»Und wo finde ich diese Kräuterfrau?«, erkundigte sich Fenwick interessiert.

»Seht Ihr das Weiblein da drüben bei dem Maulesel? Das ist Annie.«

Neugierig schloss sich der Jesuit Sir William an, als dieser sich dem bezeichneten Lasttier näherte, während der Vikar in den Schankraum zurückkehrte. Auf den ersten Blick schien es, als sei der Maulesel allein. Doch dann war über der Packtasche, die er auf dem Rücken trug, eine schmuddelige Leinenhaube zu erkennen, die ein von Runzeln geradezu grotesk zerfurchtes Frauengesicht umrahmte.

»Verzeiht die Störung«, sprach Fenwick die Alte höflich an.

Das Hutzelweiblein, das damit beschäftigt gewesen war, im Gepäck des Maulesels zu kramen, richtete sich auf und blickte den beiden Männern aus kleinen grauen Augen aufmerksam entgegen.

»Wie kann ich helfen?«, fragte sie mit einer unerwartet jungen, wohlklingenden Stimme, die nicht so recht zu ihr passen mochte.

»Eine Wespe hat mich gestochen«, berichtete Fenwick und zeigte ihr seine Hand. »Der Stallbursche da drüben meinte, Ihr hättet möglicherweise eine lindernde Salbe.«

Prüfend beugte sich das Mütterchen über den Insektenstich, ohne die dargebotene Hand zu berühren. Dann nickte sie wortlos, griff in eine der Packtaschen auf dem Mauleselrücken und zog ein kleines Holzdöschen hervor.

»Reibt die Schwellung damit zweimal am Tag ein«, riet sie. »Dann geht sie schnell zurück, und Ihr werdet keinen Schmerz mehr spüren.«

Fenwick bezahlte dem Kräuterweib einen Shilling, den dieses mit einem zahnlosen Lächeln einsteckte. Während die beiden Männer zum Schankraum zurückschlenderten, öffnete Sir William die Dose und roch vorsichtig an dem Inhalt.

»Puh, das Zeug stinkt entsetzlich«, entfuhr es ihm.

Mit angewiderter Grimasse hielt er seinem Begleiter die Salbe unter die Nase.

»Ihr habt recht. Sie riecht ein wenig streng«, gab Waterhouse zu. »Was nicht heißen muss, dass sie nichts taugt.«

Seufzend überwand sich Fenwick, ein wenig Salbe auf seine geschwollene Hand zu schmieren.

»Es fühlt sich recht angenehm an«, gestand er schließlich. »Zumindest wird es nicht schlimmer.« Er schloss das Döschen und steckte es ein. »Ich denke, wir werden bald weiterfahren. Wenn Ihr mich entschuldigen wollt, Sir, ich habe wohl zu viel Bier getrunken.«

Waterhouse, der sich bereits vor ihrem Spaziergang im Obstgarten erleichtert hatte, nickte ihm zu und schlenderte zur Postkutsche hinüber. Offenbar war diese jedoch noch nicht zur Abfahrt bereit. Die Pferde standen in ihren Ständen und ließen sich ihr Futter schmecken. Mit entschuldigender Miene versuchte der Wirt, den ungeduldig auf und ab gehenden Kutscher zu beschwichtigen.

»Ich weiß auch nicht, was heute mit meinen Stallknechten los ist. Normalerweise dauert es nur eine Stunde, die Tiere zu füttern und zu tränken. Ich werde mir die Burschen einmal ordentlich zur Brust nehmen. In meinem Haus dulde ich keinen Müßiggang.«

Waterhouse entschied sich, wieder in den Schankraum zurückzukehren. Er setzte sich zu dem Vikar, der in seinem Buch las, und beobachtete durch das Fenster den Wirt und den Kutscher, die noch immer erregt diskutierten. Es begann zu nieseln. Der Jesuit hoffte, dass sie London erreichen würden, bevor ein heftiger Regenguss einsetzte und die Straße in einen Schlammpfad verwandelte. Er war gerade im Begriff einzunicken, als Stackwell neben ihm bemerkte: »Wie es scheint, geht es endlich weiter.«

Schlaftrunken schreckte Waterhouse aus seinem Schlummer und blickte zur Kutsche hinüber. Tatsächlich stiegen ihre Mitreisenden bereits ein. Nachdem der Jesuit sich ein wenig gestreckt hatte, um die Müdigkeit aus den Gliedern zu verscheuchen, folgte er dem Vikar in den Hof. Waterhouse warf noch einen prüfenden Blick auf seinen Reisekoffer und bestieg schließlich als Letzter die Kutsche. Die anderen Passagiere hatten bereits Platz genommen. Da die Ledervorhänge wegen des Regens geschlossen waren, herrschte im Innern des Kutschkastens Halbdunkel. Bemüht, niemandem auf die Zehen zu treten, setzte sich Thomas Waterhouse auf den äußeren Platz der Vorderbank. Das Gefährt schaukelte leicht hin und her, als der Kutscher nun ebenfalls aufstieg. Kurz darauf verließen sie den Innenhof der Herberge und bogen auf die Landstraße nach London ein.

Als sich seine Augen an die Dunkelheit gewöhnt hatten, nahm der Jesuit die Begutachtung seiner Mitreisenden wieder auf. Dabei fiel sein Blick auf Sir William Fenwick, der ihm schräg gegenüber am Fenster saß. Ein plötzlicher Windstoß ließ den Ledervorhang flattern, so dass ein wenig graues Tageslicht auf Fenwicks Hände fiel. Von dem Wespenstich war nichts mehr zu sehen.

»Anscheinend hat die Salbe Wunder gewirkt, Sir William«, bemerkte Thomas Waterhouse beeindruckt. »Tut die Hand noch weh?«

Der Angesprochene, der den Hut tief in die Stirn gezogen hatte, antwortete mit einem unverständlichen Brummen. Offenbar fiel es ihm schwer, eingestehen zu müssen, dass die Heilsalbe des alten Kräuterweibs doch ganz nützlich war.

Der Apotheker, der neben Waterhouse auf der Vorderbank saß, horchte auf.

»Darf ich fragen, worum es geht, Gentlemen?«, fragte er höflich, jedoch ohne seine Neugier verbergen zu können.

In kurzen Worten fasste der Jesuit die Ereignisse zusammen.

»Das ist äußerst interessant«, kommentierte der Apotheker. »Diese Krämerinnen besitzen mitunter ein umfangreiches Wissen über Heilkräuter, von dem sich unsereins eine Scheibe abschneiden kann. Habt Ihr die Salbe noch, Sir? Könnte ich sie einmal sehen?«

Sir William stieß einen hörbaren Seufzer aus, ließ sich dann aber doch dazu herab, in seinen Taschen nach dem Döschen zu kramen. Als er es dem Apotheker reichte, betrachtete Thomas Waterhouse seine Hand aus der Nähe und stellte fest, dass die Schwellung tatsächlich völlig zurückgegangen war. Gespannt zog der Apotheker den Deckel von dem Salbendöschen ab. Sofort verbreitete sich der starke Kräutergeruch im Innern des Kutschkastens. Die Gattin des Junkers rümpfte angewidert die Nase.
»Das riecht nicht gerade angenehm, Sir«, beschwerte sie sich. »Ich wäre Euch dankbar, wenn Ihr die Dose wieder verschließen würdet.«
Errötend beeilte sich der Apotheker, ihrer Bitte nachzukommen, konnte sich aber nicht so recht entscheiden, die geheimnisvolle Salbe an ihren Eigentümer zurückzureichen.
»Da Eure Beschwerden bereits abgeklungen sind, Sir«, wandte er sich schließlich an Fenwick, »würdet Ihr mir das Döschen überlassen? Ich bin sehr erpicht darauf, die Inhaltsstoffe der Salbe zu ergründen. Ich kaufe sie Euch auch gern ab.«
Doch Sir William winkte ab, lehnte sich zurück und verschränkte die Arme vor der Brust, um seinen Mitreisenden deutlich zu machen, dass er seine Ruhe haben wollte.

Kapitel 2

Am späten Nachmittag erreichte die Postkutsche London und fuhr in den Hof einer Herberge in Southwark. Thomas Waterhouse, der ein scharfes Auge auf seine Reisetruhe hatte, fand keine Gelegenheit, sich von seinen Mitreisenden zu verabschieden. Er erhaschte nur noch einen Blick auf Sir William Fenwick, der nicht einmal sein Gepäck mitnahm, sondern mit schnellen Schritten den Hof verließ.

Ein Hackney brachte den Jesuiten zu einer Herberge im Norden Londons außerhalb der Stadtmauern. Zwei Tage später fuhr er in der Postkutsche durch die fruchtbaren Grafschaften Buckinghamshire, Oxfordshire und Gloucestershire. Am dritten Abend war das Ziel der Reise, die kleine Stadt Worcester, schließlich erreicht.

Während Thomas Waterhouse darauf wartete, dass seine Truhe abgeladen wurde, sah er sich aufmerksam im Hof der Herberge um. Der Wirt kam aus der Schankstube, um sie willkommen zu heißen. Reitknechte spannten die Pferde aus, nahmen ihnen das Geschirr ab und führten sie in den Stall. Dann holten sie Futter und Wasser für die Tiere. Ein Mann, der einen Fuchs mit einer Blesse striegelte, fiel dem Jesuiten auf. Beim Eintreffen der Postkutsche hatte er in seiner Arbeit innegehalten und das Treiben der Fahrgäste und Reitknechte beobachtet. Als der Wirt zu Waterhouse trat, um ihm seine

Kammer zuzuweisen, band der Mann den Fuchs los und brachte ihn in den Stall.

Vor dem Nachtmahl verließ der Jesuit sein Zimmer und trat auf die Galerie hinaus, über die man vom Hof zu den Kammern gelangte. Die Arme auf das Geländer gestützt, ließ er den Blick umherschweifen. Scheinbar gelangweilt kaute er auf einem Strohhalm, den er vom Boden aufgelesen hatte. Doch in Wahrheit waren alle seine Sinne wachsam.

Er brauchte nicht lange zu warten. Die Daumen in den Gürtel geklemmt, trat der Mann, der zuvor den Fuchs gestriegelt hatte, aus dem im Schatten liegenden Eingang des Stalls und schlenderte über den Hof. Als er die Treppe zur Galerie erreicht hatte, spuckte Waterhouse den Strohhalm aus. Daraufhin nahm der Fremde die Daumen aus seinem Gürtel und stieg ohne Eile die Stufen hinauf.

»Seid Ihr Harding?«, fragte er den Jesuiten.

»Ja«, bestätigte dieser.

»Morgen früh wird Euch ein Wagen abholen«, erklärte der Mann. »Haltet Euch gegen zehn Uhr bereit.«

Waterhouse nickte, und der Fremde ging weiter. Als sich der Jesuit zur Schankstube begab, sah er ihn auf dem Fuchs davonreiten.

Wie verabredet, rumpelte am nächsten Morgen ein vierrädriger Leiterwagen in den Hof der Herberge. Das Zugpferd wurde von dem Burschen gelenkt, der Thomas Waterhouse am Abend zuvor angesprochen hatte. Ein zweiter hochgewachsener, schlanker Mann in bescheidener ländlicher Kleidung saß auf der Ladefläche. Als der Jesuit ihn erkannte, breitete sich trotz aller Beherrschung ein Lächeln der Freude über sein Gesicht. Der Mann mit dem hageren Raubvogelgesicht war sein Ordensbruder Jeremy Blackshaw, den er aus seiner

Studienzeit am Englischen College in Rom kannte. Und obgleich sie einander seit fünfzehn Jahren nicht gesehen hatten, hätte Waterhouse dieses unverwechselbare Gesicht mit der hohen glatten Stirn, den eindringlichen grauen Augen, der schmalen Hakennase und dem entschlossen wirkenden Mund überall wiedererkannt.

Als der Fuhrknecht das Pferd zügelte, sprang Jeremy ungeduldig aus dem Wagen und trat seinem Ordensbruder entgegen. Nun, da er unmittelbar vor Waterhouse stand, bemerkte dieser doch die Veränderungen, die seit ihrer letzten Begegnung die Züge seines Freundes gezeichnet hatten. Jeremys hohe Wangenknochen ließen sein Gesicht ausgehöhlt erscheinen, in den Augenwinkeln zerschnitt ein Fächer kleiner Fältchen seine von der Landluft gebräunte Haut, und von den Nasenflügeln zogen sich zwei tiefe Falten bis zu den Mundwinkeln. Sein entgegen der Mode kurzgeschnittenes dunkelbraunes Haar war an den Schläfen ergraut. Zudem wirkte sein ohnehin schlanker Körper noch magerer als früher.

»Ich freue mich, Euch zu sehen, mein lieber Freund«, rief Waterhouse mit einem warmen Lächeln.

»Ihr habt Euch kaum verändert«, erwiderte Jeremy. Sie waren beide zu erfahren in der Kunst der Verschwiegenheit, um sich in der Öffentlichkeit beim Namen zu nennen.

»Ihr auch nicht«, entgegnete Waterhouse, fügte nach kurzem Zögern jedoch hinzu: »Allerdings macht Ihr den Eindruck, als hättet Ihr Euch gerade erst von einer schweren Krankheit erholt. Ich hoffe, es geht Euch besser.«

Dies rief ein Lächeln auf Jeremys Gesicht. »Wie ich sehe, ist Eure Beobachtungsgabe noch ebenso scharf wie früher. Aber lasst uns aufbrechen. Wir können uns später in Ruhe unterhalten.«

Inzwischen war auch der Fuhrknecht abgestiegen und machte sich daran, mit Waterhouse' Hilfe dessen Reisetruhe auf den

Wagen zu hieven. Als das Gepäckstück sicher verstaut war, nahmen die beiden Jesuiten auf der Ladefläche Platz.
»Wir können fahren, William«, sagte Jeremy.
Der Diener trieb das Zugpferd mit einem Zungenschnalzen an und lenkte das Gefährt durch das Tor aus dem Hof der Herberge hinaus. Die engen Straßen von Worcester, überragt von den vorkragenden Stockwerken der Fachwerkhäuser, waren gerade breit genug, dass zwei Fuhrwerke einander passieren konnten.
»Ich hätte bereits zwei Tage früher hier sein können«, erklärte Thomas Waterhouse, »doch die Postkutsche aus Dover hatte Verspätung, so dass ich den Anschluss nach Chester verpasste …«
Waterhouse bemerkte plötzlich, dass sein Ordensbruder ihm nicht zuhörte. Jeremys Blick war starr ins Leere gerichtet. Sein Gesichtsausdruck wirkte abwesend, fast gequält. Beunruhigt legte Waterhouse ihm die Hand auf den Arm.
»Was ist mit Euch?«
Jeremy schrak wie aus einem Traum auf. »Ach nichts … nur Erinnerungen an eine schreckliche Zeit …« Er schluckte schwer, und sein Blick klärte sich. »Vor zwanzig Jahren, nach der Schlacht von Worcester, erwachte ich in einer dieser Gassen, nachdem mich ein Soldat der Parlamentsarmee mit einem Gewehrkolben niedergeschlagen hatte. Ich verdanke mein Leben nur der Tatsache, dass er zuvor seine Muskete abgefeuert hatte, um einen meiner Kameraden zu töten.«
»Ihr dürft Euch nicht schuldig fühlen, weil Ihr überlebt habt, Bruder«, sagte Waterhouse eindringlich. »Euer Schicksal lag allein in Gottes Hand. Es war *Seine* Entscheidung, Euch zu verschonen. *Er* muss andere Pläne für Euch gehabt haben.«
»Vielleicht …« Jeremy seufzte und ließ den Blick wieder über die Häuser gleiten. »Ich glaubte, ich würde die Gasse wieder-

erkennen, in der ich erwachte ... unter den Leibern der Toten, die mich beinahe erstickten ...«
»Denkt nicht mehr daran«, beschwor Waterhouse ihn. »Es ist vorbei.«
»Nein, das ist es nicht«, widersprach Jeremy. »Leider gibt es jemanden, der mich stets an jenen furchtbaren Tag erinnert. Und doch ist sie zugleich die größte Freude in meinem Leben.«
Thomas Waterhouse hatte das Gefühl, dass sein Ordensbruder mehr preisgegeben hatte als beabsichtigt, und so überging er die Bemerkung und wechselte das Thema.
»Wie weit ist es bis Melverley Court?«
»Um die Mittagszeit werden wir dort sein«, klärte William ihn auf.
Sie folgten der römischen Straße, die durch das Städtchen Droitwich führte, und bogen schließlich nach Westen in einen schmalen Fuhrweg ein. Zum Glück hatte der Regen der letzten Tage nachgelassen, und der Untergrund war unter dem frischen herbstlichen Wind getrocknet, so dass sie trotz der schlechten Wegverhältnisse gut vorankamen.
Die Sonne hatte ihren höchsten Stand erreicht, als William das Zugpferd in eine Einfahrt lenkte, die auf ein prächtiges, aus Stein gebautes Haus zuführte. Umgeben von sorgfältig angelegten Gärten mit hohen Bäumen, die in Gold- und Rottönen prangten, wirkte es durch seine Abgeschiedenheit wie von der Außenwelt vergessen.
Während sie sich Melverley Court näherten, betrachtete Thomas Waterhouse bewundernd die von Efeu überrankte Fassade. Wie viele Häuser, die zur Zeit Königin Elizabeths gebaut worden waren, war es in Form eines H angelegt. Die Giebel des West- und des Ostflügels verfügten über zweigeschossige Erkerfenster, durch die die Räume zusätzliches Licht erhielten. Ungewöhnlich fand Waterhouse den vierstöckigen Turm im

Winkel zwischen dem mittleren Gebäudeteil und dem Ostflügel, der mit einem Zinnenkranz und einer Kuppel verziert war. Das Fuhrwerk hielt vor einer Treppe, die zu einer vorgelagerten Terrasse hinaufführte. Als William vom Wagen sprang, um den beiden Priestern beim Aussteigen zu helfen, eilte ein weiterer Diener in schwarz-blauer Livree herbei, um die Ankömmlinge willkommen zu heißen.

»Wo befindet sich Ihre Ladyschaft?«, fragte Jeremy.

»Im Salon, Doktor«, erwiderte der Lakai.

»Und Mr. Mac Mathúna?«

»In den Ställen, Sir. Offenbar ist es bald so weit. Die Stute hat sich bereits hingelegt, und die Wasser sind gebrochen. Soll ich Mr. Mac Mathúna holen?«

»Nein, Harry«, wehrte Jeremy ab, »er wird kommen, wenn er es für sicher hält, Ceara zu verlassen.«

Mit neugieriger Miene hatte Thomas Waterhouse dem Wortwechsel gelauscht.

»Wer ist dieser Mac Mathúna?«, erkundigte er sich. »Ein Stallknecht?«

Jeremy wandte schmunzelnd den Kopf. »Keineswegs«, belehrte er seinen Ordensbruder. »Auch wenn er sich vorzüglich auf Pferde versteht. Mr. Mac Mathúna ist Lady St. Clairs Gemahl. Ich habe sie selbst getraut. Leider wurde die Ehe ohne die Zustimmung des Königs geschlossen und muss daher geheim bleiben.«

»Dann nehme ich an, dass es sich um eine Liebesheirat gehandelt hat«, vermutete Waterhouse. »Eine Seltenheit in unserer Zeit.«

Gespannt, seine Gastgeber kennenzulernen, folgte er Jeremy durch die Eingangspforte am Fuße des Turms, vorbei an einer Wendeltreppe, die in die oberen Stockwerke führte, in den Großen Saal des Mittelbaus. Durch eine Tür zur Linken gelangten sie in den Salon im Westflügel, der von der Einrichtung aus dunklen Eichenmöbeln vergangener Epochen beherrscht wurde.

Bei ihrem Eintreten erhoben sich zwei Frauen von ihren Sitzgelegenheiten, eine schwarzhaarige und eine brünette, eine schöner als die andere.

Beeindruckt verbeugte sich Waterhouse vor den Damen und lächelte ihnen zu. Dabei dachte er bei sich: Wenn ich nicht wüsste, wie wenig sich Jeremy Blackshaw aus den Reizen des weiblichen Geschlechts macht, würde ich mir ernstliche Sorgen um sein Seelenheil machen!

»Mylady, dies ist mein Ordensbruder Thomas Waterhouse«, stellte Jeremy seinen Begleiter vor.

Als die junge Frau mit den schwarzen Haaren vortrat und dem Ankömmling mit einer graziösen Geste die Hand reichte, fiel es diesem nicht schwer, zu glauben, dass sie bei Hof verkehrt und über mehrere Jahre die Mätresse König Charles' II. gewesen war. Ihre Züge waren wohlgeformt, die großen schwarzen Augen verrieten Intelligenz und einen wachen Geist, ihre Haut war makellos und besaß eine südländische Tönung. Amoret St. Clair trug ein schlichtes Kleid aus blauem Damast. Es bestand aus einem oberen Rock, dem Manteau, der vorn aufgeschnitten und über die Hüften nach hinten gerafft war, und einem unteren Rock aus schimmerndem Satin. Das Mieder endete vorn in einer abgesteiften Spitze, die Amorets schmale Taille betonte. Obgleich das Gewand, abgesehen von einem Besatz aus weißer Spitze am Halsausschnitt, schmucklos war, trug sie es mit so viel Eleganz, dass sie ohne weiteres darin bei Hofe hätte erscheinen können.

»Ich freue mich, Euch kennenzulernen, Pater«, sagte sie und betrachtete ihn interessiert.

Waterhouse war kleiner als Jeremy und besaß einen rundlichen Körperbau. Er trug das lockige dunkelblonde Haar bis auf die Schultern und war in Wams und Kniehosen eines einfachen Landedelmanns gekleidet. Diese Rolle spielte er vorzüglich. Galant verbeugte er sich vor ihr.

»Eine Ehre, Mylady.«

Mit einem herzlichen Lächeln wandte sich Amoret der jungen Frau an ihrer Seite zu. »Meine treue Freundin, Mademoiselle de Roche Montal. Vor ihr könnt Ihr so offen sprechen wie vor mir und Pater Blackshaw«, versicherte sie.

»Sehr erfreut, Mademoiselle«, begrüßte Waterhouse die Französin.

Wie Amoret trug auch Armande de Roche Montal das braune Haar der Mode entsprechend in langen Locken offen bis zur Taille. Nur ein Teil war aus der Stirn gekämmt, am Hinterkopf zu einem Knoten gedreht und mit einer Perlenschnur umwunden. Ihr Kleid aus dunkelbraunem Samt harmonierte wundervoll mit ihrer goldfarben schimmernden Haut und ihren braunen Augen.

In diesem Moment tauchten William und der Lakai in der Tür auf und schleppten keuchend und schnaufend die Reisetruhe des Ankömmlings über die Schwelle.

»Was habt Ihr uns mitgebracht, Pater?«, fragte Amoret amüsiert, während sie die beiden Diener beobachtete, die mit einem erleichterten Seufzen das schwere Gepäckstück zu Füßen ihrer Herrin abstellten und sich zurückzogen.

Der Jesuit lächelte breit und antwortete im Verschwörerton: »Darin befindet sich genug Schmuggelware, um mich für einige Jahre in den Kerker zu bringen, Madam.«

»Weshalb habt Ihr dann das Risiko auf Euch genommen, die ›Ware‹ in Eurem Gepäck zu befördern?«, erkundigte sich Amoret erstaunt. »Wäre es nicht sicherer gewesen, zumindest die Bücher auf dem üblichen Weg über eine der versteckten Buchten an der Küste von Essex ins Land zu schmuggeln?«

»Jetzt, da sich nach dem Sturz von Lord Chancellor Clarendon sogar die Dissenters, die ebenfalls verbotene Literatur ins Land schaffen, einer gewissen Toleranz erfreuen, wird man bei der Einreise nicht mehr durchsucht«, belehrte Thomas Waterhouse sie. »So bot sich mir die Gelegenheit, einige Kleinigkeiten aus Rom mitzubringen. Es ist aber auch ein Stoß Douai-Bibeln dabei.«

Während sich Jeremy erwartungsvoll die Hände rieb, zog Waterhouse einen Schlüssel unter seinem Wams hervor, den er an einem Band um den Hals getragen hatte, und steckte ihn in das Schloss der Reisetruhe. Der Inhalt wirkte unverdächtig: ein zweites Wams aus dunklem Tuch, Kniehosen, Strümpfe, mehrere Hemden, gestärkte Kragen und ein warmer Umhang. Nachdem er die Kleider herausgehoben und auf einem Stuhl gestapelt hatte, nahm Waterhouse sein Speisemesser aus dem Gürtel und steckte die Spitze in eine unsichtbare Ritze am Boden der Truhe. Dieser ließ sich nun leicht anheben. Darunter kamen mehrere Bündel zum Vorschein. Neugierig griff Amoret in die Truhe, nahm eines der Päckchen heraus und schlug das Tuch zur Seite. Es enthielt eine Monstranz aus Silber.

»Eine schöne Arbeit«, bemerkte Jeremy, der das Schaugefäß von Amoret entgegennahm.

In den anderen Bündeln befanden sich die erwähnten Bibeln in englischer Sprache, die für die Mission in Douai gedruckt wurden, Rosenkränze aus Stechpalmenholz, Altarsteine, die sich bequem in die Tasche stecken ließen, Messkelche und Patenen aus Zinn, Kerzenständer, eine Pyxis und ein kleines Weihrauchfass.

Während sie den mitgebrachten Schatz begutachteten, erkundigte sich Thomas Waterhouse: »Verfügt Melverley Court eigentlich über Priesterkammern, Madam?«

»Ich bin dessen sicher«, erwiderte Amoret überzeugt. »Natürlich durfte ich als Kind nicht einmal von ihrer Existenz wissen. Und mein Vater hat das Geheimnis um ihre Lage mit ins Grab genommen, als er bei der Schlacht von Worcester fiel. Aber die meisten Häuser katholischer Familien hier in der Gegend verfügen über Verstecke sowohl für Priester als auch für das Messgerät. Vielleicht gelingt es Pater Blackshaw eines Tages, sie aufzuspüren.«
Der Angesprochene sah nicht auf und ging auch nicht auf Amorets Bemerkung ein. Diese bereute es, die Schlacht von Worcester erwähnt zu haben, denn sie wusste, dass der Jesuit nicht gern daran erinnert wurde. Um das bedrückende Schweigen zu durchbrechen, wechselte Amoret rasch das Thema.
»Ihr müsst von der langen Reise hungrig und durstig sein, Pater. Was darf ich Euch anbieten? Trinkt Ihr Wein oder Ale? Oder zieht Ihr wie Euer Ordensbruder Tee vor?«
»Danke, Mylady. Ein Humpen Ale wäre mir jetzt sehr willkommen«, antwortete Waterhouse schmunzelnd. »Da ich nicht wie Pater Blackshaw das Glück hatte, das ferne Indien zu bereisen und dort dieses chinesische Getränk kennenzulernen, das Ihre Majestät die Königin so sehr schätzt, bleibe ich lieber beim Altbewährten.«
Nachdem Armande de Roche Montal einen Diener in die Küche geschickt hatte, um Erfrischungen zu holen, nahm der Besucher auf einem hochlehnigen Stuhl Platz.
»Während meiner Reise habe ich eine faszinierende Beobachtung gemacht, die auch Euch interessieren dürfte, Bruder«, berichtete Thomas Waterhouse. »In der Postkutsche von Dover nach London kam ich mit einem seltsamen Mann namens Sir William Fenwick ins Gespräch. Er behauptete, bei Hof zu verkehren. Sagt Euch der Name etwas, Mylady?«

Amoret legte die Stirn in Falten. »Ich bin nicht sicher. Gehört er der älteren Generation an?«
Waterhouse nickte. »Ich würde ihn auf etwa fünfzig Jahre schätzen.«
»Vielleicht ein Veteran des Bürgerkriegs«, mutmaßte Amoret.
»Ich wurde nicht recht schlau aus ihm«, fuhr der Jesuit nachdenklich fort. »Er sprach wie ein Höfling und trug den Degen, doch ansonsten war seine Kleidung bescheiden wie die eines einfachen Landedelmanns. Zudem reiste er offensichtlich viel.«
»Und wie seid Ihr zu dieser Überzeugung gekommen, Bruder?«, fragte Jeremy.
»Indem ich Eure Methode der genauen Beobachtung anwandte, mein Freund«, antwortete Waterhouse neckend und zählte seinem Ordensbruder die Einzelheiten auf, die ihm an Sir Williams Aufmachung und Verhalten aufgefallen waren.
»Sehr gut«, meinte Jeremy zufrieden und lehnte sich in seinem Armlehnstuhl zurück.
»Aber das ist es eigentlich nicht, was ich Euch erzählen wollte«, besann sich der Besucher. »In einer Herberge in Sittingbourne, in der wir haltmachten, um das Mittagsmahl einzunehmen, vertraten wir uns ein wenig die Beine, als Sir William von einer Wespe in die Hand gestochen wurde. Sein Handrücken schwoll innerhalb kurzer Zeit an.«
»Hm, manche Menschen reagieren empfindlich auf Insektenstiche«, bestätigte Jeremy.
»Ein Stallbursche empfahl uns daraufhin die Dienste einer fahrenden Kräuterhändlerin, die sich zufällig in der Herberge aufhielt«, fuhr Waterhouse fort. »Sie verkaufte Sir William eine Salbe, die einen entsetzlichen Geruch verströmte, aber erstaunlich wirkungsvoll war. Etwa eine halbe Stunde später war von der Schwellung nichts mehr zu sehen.«

Jeremys Augen leuchteten auf, und auf seine hageren Züge trat ein Ausdruck höchsten Interesses. Er wirkte wie ein Jagdhund, der die Spur des Wildes aufgenommen hatte.

»Habt Ihr diese ungewöhnliche Wirkung mit eigenen Augen beobachtet?«, fragte er.

»Aber ja«, bestätigte Waterhouse. »Zwar war es ein wenig düster in der Kutsche, aber ich könnte schwören, dass Sir Williams Hand so unversehrt war wie vor dem Wespenstich.«

»Habt Ihr eine Ahnung, was die Salbe enthielt?«

»Leider nein. Das Kräuterweib erwähnte nichts dergleichen, und am Geruch allein konnte ich nicht erkennen, welche Heilpflanzen sie darin verarbeitet hatte.«

»Wie bedauerlich, dass Ihr Euch keine Probe von dieser Wundersalbe habt geben lassen.«

»Nun, der Gedanke kam mir«, gestand Waterhouse zerknirscht. »Aber einer der anderen Passagiere, ein Apotheker, überredete Sir William, ihm die Dose zu überlassen. Auch er war fasziniert von der Wirkung der Salbe.«

»Das ist sehr schade. Ihr habt also nichts, um diese schöne Geschichte zu untermauern, die, mit Verlaub, völlig unglaubwürdig ist«, fasste Jeremy tadelnd zusammen.

»Ihr bezweifelt meine Worte?«, fragte Waterhouse erstaunt. Auch Amoret blickte ihren Beichtvater verwundert an, den sie nur als ausgeglichenen und freundlichen Menschen kannte. Diese plötzliche Schroffheit passte nicht zu ihm und erfüllte sie mit Sorge.

»Mir ist noch nie ein Heilmittel untergekommen, das eine so rasche Wirkung auf eine Schwellung ausübt«, bekräftigte Jeremy. »Ihr müsst Euch getäuscht haben.«

»Aber, mein lieber Freund, ich versichere Euch, dass ich weiß, was ich gesehen habe«, beharrte Waterhouse. Doch auf einmal überkamen auch ihn Zweifel. War es tatsächlich die rechte Hand gewesen, mit der Fenwick dem Apotheker das Salbentöpfchen gereicht hatte? Angestrengt rief er sich die Szene in der Postkutsche ins Gedächtnis zurück. Er sah Fenwick vor seinem inneren Auge in seinen Taschen kramen und die Dose hervorziehen. Ja, er war sicher, dass Sir William seine rechte Hand benutzt hatte!

»Würde es Euch Freude machen, meinen Sohn zu sehen, Pater?«, unterbrach Amoret den Gedankengang ihres Gastes. Sie war von ihrem Stuhl aufgestanden, um den hitzigen Wortwechsel der beiden Priester zu beenden. Erleichtert lächelnd nickte Waterhouse.

»Sehr gern, Mylady.«

Amoret trat zur Tür des Salons und trug dem draußen bereitstehenden Diener auf, die Amme zu bitten, ihren Sohn herzubringen. Kurz darauf erschien ein feistes Bauernmädchen mit blondem Haar und braungebranntem Gesicht mit einem kleinen Bündel auf dem Arm. Thomas Waterhouse erhob sich und betrachtete das winzige Gesicht des Säuglings, der fest schlief.

»Das ist mein Sohn Daimhín«, erklärte Amoret stolz. »Er ist gerade dreieinhalb Wochen alt.«

»Ich gratuliere Euch, Mylady«, sagte Waterhouse. »Er ist allerliebst. Man sieht es Euch nicht an, dass die Niederkunft weniger als einen Monat her ist, wenn ich das sagen darf, Madam.«

»Leicht war sie nicht, muss ich gestehen«, erwiderte Amoret lächelnd. »Ich konnte mich glücklich schätzen, dass mir die beiden besten Ärzte beistanden, die ich kenne.«

»Pater Blackshaw?«, fragte Waterhouse interessiert, da er über Jeremys Vergangenheit als Feldscher und Medikus im Bilde war.

Die junge Mutter nickte bestätigend. »Er und sein Freund Meister Ridgeway, der dafür aus London angereist war. In-

zwischen ist er wieder zurückgefahren, da er seine Chirurgenstube nicht so lange im Stich lassen kann.«
»Und wann werde ich den Vater Eures Sohnes kennenlernen, Mylady?«
»Bald, hoffe ich«, entgegnete Amoret, die den Blick nicht von dem Säugling abwenden konnte. »Wenn Ihr nicht zu ermüdet von der Reise seid, Pater, könnten wir in den Stall hinübergehen und nachsehen, wie es um Ceara steht«, schlug sie schließlich vor. »Sie bekommt ihr erstes Fohlen. Deshalb will mein Gatte sie nicht den Stallburschen überlassen.«
In diesem Moment waren Schritte zu hören, die sich dem Salon näherten. Ein junger Mann erschien in der Tür, den Waterhouse zuerst für einen Stallknecht hielt, denn der Bursche trug ein Hemd, dessen Ärmel mit Blut beschmiert waren, fleckige Kniehosen und Reitstiefel. Doch ein Blick in Lady St. Clairs Richtung belehrte ihn rasch eines Besseren. Ihre Augen leuchteten auf, und ihre Lippen öffneten sich zu einem glücklichen Lächeln. Es war das Gesicht einer Liebenden.
»Mein Gemahl, Breandán Mac Mathúna«, stellte sie ihn vor. »Liebster, unser Gast Pater Waterhouse.«
Der seltsam gekleidete Bursche begrüßte den Jesuiten mit einer eleganten Verbeugung, an der kein Höfling etwas auszusetzen gehabt hätte. Als der Priester den jungen Mann genauer betrachtete, verstand er, weshalb Lady St. Clair ihm so zugetan war. Er war ausgesprochen gutaussehend, mit ebenmäßigen feinen Zügen, undurchdringlichen blauen Augen und einem wohlgeformten Mund. Vom Körperbau her war der Ire eher schlank, fast grazil, aber seine muskulösen Arme verrieten Kraft und Geschmeidigkeit. Doch es war nicht allein die Vollkommenheit seines Aussehens, die faszinierte. Darüber hinaus besaß Breandán Mac Mathúna eine besondere Ausstrahlung, die sicherlich viele Frauen für ihn einnahmen.

»Verzeiht meine Aufmachung, Pater«, entschuldigte sich der Ire. »Ich ziehe mich rasch um.« An die anderen Anwesenden gewandt, verkündete er: »Ceara und das Fohlen sind gesund. Es ist ein kleiner Hengst.«
»Wie schön!«, entfuhr es Armande.
»Dem Herrn sei Dank.« Jeremy seufzte.

Während des Mittagsmahls berichtete Thomas Waterhouse seinen Gastgebern von seinen weiteren Plänen.
»Pater Jones, ein hochbetagter Seminarpriester, der den Haushalt von Lady Thurborne betreut, ist schon seit einiger Zeit gesundheitlich nicht mehr in der Lage, seine Aufgaben zu versehen«, erklärte der Jesuit. »Mylady Thurborne hat darum ersucht, ihr Ersatz zu schicken. Ihr Sohn reiste dazu eigens nach Rom und sprach bei General Oliva vor.«
»Aber Ihr werdet doch noch ein paar Tage unser Gast sein?«, bat Amoret. Sie hatte das Gefühl, dass das Landleben Pater Blackshaw zu langweilen begann. Zwischen der Ernte und den langen dunklen Tagen des Winters, die vor ihnen lagen, gab es keine Rätsel zu lösen, und sie bemerkte, wie ihr Beichtvater zunehmend rastlos und ein wenig launisch wurde. Geistige Untätigkeit war ihm zuwider. Amoret hatte gehofft, dass der Besuch seines Ordensbruders ihn aufheitern würde. Sicherlich gab es genug interessanten Gesprächsstoff, mit dem sich die beiden die Zeit vertreiben konnten.
»Ich bleibe gern noch eine Weile, Mylady«, stimmte Waterhouse zu.
Jeremy schenkte Amoret ein Lächeln, das ihr verriet, dass er sie durchschaute und ihr für die Einladung seines Ordensbruders dankbar war.
Nach dem Essen zeigte Amoret ihrem Gast den Rest des Hauses, bevor sie alle gemeinsam in den Stall gingen und das

neugeborene Fohlen betrachteten. Es war ein kleiner schwarzer Hengst mit einer weißen Stirnblesse, der seinem Vater, Breandáns Rappen Leipreachán sehr ähnlich sah. Schließlich fragte der Ire den Jesuiten, ob er ein guter Reiter sei, und als dieser bejahte, schlug Breandán ihm vor, einen Ausritt über die Ländereien von Melverley Court zu unternehmen. Amoret begleitete sie.

Am Abend beobachtete die Hausherrin mit Erleichterung, wie sich Pater Blackshaw mit seinem Ordensbruder zum Schachspiel niederließ. Hin und wieder warf sie einen Blick zu den beiden Priestern hinüber, während sie ihrem Gatten lauschte, der einige irische Lieder sang und dazu Gitarre spielte. Sie liebte das Gälische mit seinen weichen dunklen Lauten, das jede flüchtige Bemerkung wie eine Liebeserklärung klingen ließ. Nach Jahren der Unterweisung durch ihren Mann sprach sie es selbst nun recht fließend, doch zu ihrem Unwillen war ihr englischer Akzent noch immer deutlich zu hören. Wahrscheinlich würde es ihr nie gelingen, Gälisch so einwandfrei zu sprechen wie Französisch, das sie als Kind gelernt hatte.

Im Laufe des Abends fiel Amoret auf, dass Pater Blackshaw zweimal beim Schachspiel verlor, obgleich er außergewöhnlich gut spielte. Wieder überkam sie die Sorge um ihren Beichtvater. Er hätte sich längst von dem letzten Abenteuer, das nun bereits ein halbes Jahr zurücklag, erholen müssen. Doch seine Genesung schien kaum Fortschritte zu machen. Noch immer wirkte er mager und ausgemergelt und war oftmals geistig abwesend. Vielleicht sollte sie Meister Ridgeway schreiben und ihn noch einmal herbitten, damit er seinen Freund gründlich untersuchte.

Jeremy war sich Amorets besorgter Blicke bewusst, auch wenn er es sich nicht anmerken ließ. Und so war er auch nicht überrascht, als er ihr auf dem Weg zu seinem Gemach begegnete, nachdem er seinen Ordensbruder vor dessen Kammer eine gute Nacht gewünscht hatte.
»Seid Ihr nicht müde, Mylady? Wir haben alle einen anstrengenden Tag hinter uns«, neckte er sie.
»Geht es Euch gut, Pater?«, fragte sie mit ernster Miene. »Ihr wart heute nicht recht bei der Sache.«
»Ich hing nur meinen Erinnerungen nach, Mylady«, erwiderte er ausweichend. »Gewährt einem alten Mann ab und an dieses Privileg.«
Amorets Augenbrauen zogen sich zusammen. »Offenbar waren es keine guten Erinnerungen. Was immer es ist, vergesst es, Pater. Diese Grübeleien tun Euch nicht gut.«
»Ihr habt recht«, gab er zu. »Aber es ist nicht leicht, gewisse Erlebnisse aus dem Gedächtnis zu streichen.«
Auf einmal ahnte Amoret, wovon er sprach. »Euer Besuch in Worcester hat die Erinnerung an die Schlacht von Einundfünfzig geweckt, nicht wahr? Ich hätte es wissen müssen und Euch nicht fahren lassen dürfen«, sagte sie zerknirscht. »Es muss furchtbar für Euch gewesen sein. Aber es ist nun siebzehn Jahre her. Ihr müsst darüber hinwegkommen.« Eindringlich sah sie ihn an. »Ihr hättet meinen Vater nicht retten können! Macht Euch deswegen keine Vorwürfe.«
Wie stets überrascht über ihre Fähigkeit, seine Gedanken zu lesen, sah Jeremy ihr nach, während sie den dunklen Gang zu ihrem Gemach entlangschritt und schließlich um eine Ecke verschwand.

Kapitel 3

September 1651

Zum wiederholten Mal prüfte Jeremy den Inhalt seiner Feldkiste. Salben, Wundtränke, Charpie, Schermesser, Lanzetten, Zangen, Kugelbohrer, Nadeln ... alles lag bereit. Seufzend schloss er den Deckel der Holzkiste und sah zu dem Kameraden hinüber, der beharrlich Laken in Streifen riss, die als Verbände dienen würden.
»Glaubt Ihr, wir haben eine Chance?«, fragte Alan Ridgeway, als er den besorgten Blick seines Freundes bemerkte.
»Gegen Cromwells ›Eisenseiten‹? Nachdem fast die Hälfte unserer schottischen Verbündeten desertiert ist?«, fasste Jeremy sarkastisch zusammen. »Diese Schlacht kann unser König nicht gewinnen.«
Alan antwortete nicht, sondern senkte bedrückt den Kopf und fuhr fort, Leinenlaken zu zerreißen.
Als vor neun Jahren der Bürgerkrieg zwischen den Anhängern des Königs und des Parlaments ausgebrochen war, hatten die beiden Männer nicht lange darüber nachdenken müssen, welche Seite sie in diesem Konflikt wählen sollten. Auch wenn sie die Bestrebungen König Charles' I. nach Alleinherrschaft, die den Streit ausgelöst hatten, nicht gutheißen konnten, erkannten sie die Parlamentarier doch als das, was sie waren: durch Handel und Landbesitz reich gewordene Männer, denen es nur um die Durchsetzung der eigenen Interessen

ging, nicht aber um das Wohl der einfachen Bevölkerung, um deren Unterstützung sie sich bemühten. Als Katholiken hatten Jeremy und Alan von einem puritanischen Parlament zudem eine nur noch schärfere Unterdrückung und Benachteiligung zu erwarten als unter Erzbischof Laud.

Nachdem Jeremy eine Zeitlang als Feldscher im Heer des Königs im Westen Englands unter dem nominellen Befehl des sechzehnjährigen Prince of Wales gedient hatte, war er ihm nach der Niederlage von Truro nach Frankreich gefolgt, wohin auch die Königin geflüchtet war.

Aber der im Exil lebende Hof war bettelarm, abhängig von einer nur allzu knapp bemessenen Pension Kardinal Mazarins, der für den minderjährigen französischen König Louis XIV. regierte. Jeremy wollte nicht zu den abgerissenen Bittstellern gehören, die von ihrem Souverän auch unter den widrigsten Umständen Unterstützung erwarteten. Stattdessen suchte er sich Arbeit als Privatlehrer, und da seine Bedürfnisse nach Bequemlichkeit und Zerstreuung äußerst bescheiden waren, gelang es ihm mit ein wenig Glück, einige Jahre an der Universität von Paris zu studieren.

Dort erreichte ihn 1649 schließlich die Nachricht vom Tod des Königs. Charles I. war auf Betreiben Oliver Cromwells nach einem Schauprozess hingerichtet worden, den auch die puritanischsten Rechtsgelehrten als gesetzwidrig bezeichnet hatten. Damit machte er den König unweigerlich zum Märtyrer.

Als der Thronfolger sich zwei Jahre später nach Schottland begab, um dort mit den Covenanters zu verhandeln und wenn möglich mit ihrer Hilfe sein Königreich zurückzuerobern, schloss sich Jeremy ohne Zögern der Expedition an. Auch wenn er den Krieg hasste, bot ein Schlachtfeld doch die beste Praxis für einen jungen Wundarzt, der den Ehrgeiz besaß, das

Beste aus den herkömmlichen Behandlungsmethoden zu machen.

Obwohl Prinz Charles in Scone zum König gekrönt worden war, stand das Unternehmen von Anfang an unter einem schlechten Stern. Die Schotten waren untereinander zerstritten, ihre Armee von mehreren Niederlagen gegen Cromwell erheblich geschwächt. Außerdem hatte das Commonwealth, wie sich fortan die Regierungsform in England nach Abschaffung der Monarchie nannte, die Bevölkerung fest in der Hand. Niemand durfte sich ohne besondere Erlaubnis des Parlaments auf Reisen begeben oder das Land verlassen. Die Zeitung *Mercurius Britannicus* brachte dem Volk die Schrecken aller schottischen Invasionen der letzten sechshundert Jahre ins Gedächtnis zurück und drohte mit unmenschlichen Strafen für diejenigen, die sich dem König der Schotten anschließen sollten.

Und so blieb der erhoffte Zustrom kampfbereiter Royalisten aus. Je weiter die Armee des Königs nach Süden vordrang, desto verzweifelter wurde die Lage. Am zweiundzwanzigsten August erreichte Charles II. mit nur sechzehntausend Mann die königstreue Stadt Worcester. Es war ein erschöpfter, zerlumpter Haufen, der sich zwölf Tage später den gut ausgebildeten Truppen Cromwells gegenübersah, in einer Schlacht, die sie nicht gewinnen konnten.

In der Ferne erklangen Musketenschüsse. Jeremys und Alans Blicke trafen sich.
»Geht es los?«, fragte Alan mit düsterer Miene.
»Sehen wir nach!«
Als die beiden Freunde ihr Quartier verließen, begegnete ihnen der König, der mit einem Fernglas in der Hand der Kathedrale zustrebte. Das markante Gesicht des jungen Monar-

chen war angespannt, verriet jedoch auch eine gewisse Erleichterung. Das untätige Warten der vergangenen Tage begann ihn zu zermürben. Kurze Zeit später eilte Charles wieder vom Turm der Kathedrale herab und rief seine Offiziere zu sich.
»Cromwell hat den Severn überschritten«, hörte Jeremy ihn sagen. »Dadurch ist die Verteidigung seiner Geschütze geschwächt. Unsere Chance, sie ihm abzujagen. Aber wir müssen sofort angreifen!«
In kürzester Zeit waren die königlichen Truppen versammelt und stürmten durch das Sidbury-Tor hinaus. Charles setzte sich furchtlos an ihre Spitze und spornte sie leidenschaftlich an.
Jeremy, der ihnen beim Verlassen der Stadt nachblickte, spürte, wie sich ihm angesichts solcher Tollkühnheit vor Grauen die Nackenhaare sträubten. Charles war jetzt einundzwanzig Jahre alt, verbittert durch den Mord an seinem Vater, die Zeit des Exils, die erniedrigende Behandlung, die er durch die Schotten erfahren hatte, und die Enttäuschung dieses Feldzugs, der an der mangelnden Beteiligung der englischen Royalisten zu scheitern drohte.
Schon oft genug hatte der junge König seinen Mut unter Beweis gestellt, doch dieses Mal zog er mit einer solch beängstigenden Todesverachtung ins Gefecht, dass Jeremy insgeheim befürchtete, Charles habe sich entschlossen, entweder zu siegen oder zu sterben. Er hatte zwei Brüder, die seine Nachfolge antreten konnten. Mit diesem Wissen mochte es ihm leichtfallen, die eigene Sicherheit außer Acht zu lassen.
Jeremy biss ärgerlich die Zähne aufeinander. Wenn der König fiel, waren sie alle verloren, und die Menschen würden vielleicht für immer die Hoffnung verlieren, Cromwells tyrannische Herrschaft abschütteln zu können. In Alans Begleitung

stieg er auf die Stadtmauer, um das Gefecht zu beobachten. Sicher würden sie bald Arbeit bekommen.
Drei Stunden lang tobte der Kampf um die Geschütze. Zuerst schien es, als würde der kühne Angriff der Royalisten gelingen, doch dann wendete sich das Blatt. Cromwell, der von weitem erkannte, was vorging, führte seine Truppen zurück über den Severn, während der Kommandant der schottischen Infanterie, David Leslie, die Nerven verlor und sich weigerte, an der Seite des Königs zu kämpfen. Sein einziges Interesse lag darin, seine Armee wohlbehalten nach Schottland zurückzuführen.
Gegen fünf Uhr nachmittags war die Schlacht verloren. Die überlebenden Royalisten zogen sich in die Stadt zurück, erschöpft und entmutigt, viele von ihnen verwundet.
Jeremy, der hinter dem Sidbury-Tor von einem Verletzten zum anderen eilte, sah zu seinem Schrecken, dass in der Einfahrt ein Munitionswagen umgestürzt war. Eine verirrte Kugel musste einen der Ochsen getroffen haben, die ihn zogen. Das Hindernis machte den Durchgang für die zurückweichenden Royalisten unpassierbar.
Mit ein paar schnellen Schritten war Jeremy an der Seite des zweiten Zugtiers und versuchte, es zum Aufstehen zu bewegen, bemerkte dann jedoch das Blut auf seinem Fell. Es war sinnlos!
Er wollte sich gerade abwenden, als er einen Reiter in gestrecktem Galopp auf das Tor zujagen sah, verfolgt von Cromwells Dragonern. Kurz vor dem Hindernis zügelte der Reiter sein Pferd und sprang mit einem Fluch aus dem Sattel. Jeremy erkannte den Lederrock und die rote Schärpe des Königs.
Charles zögerte nicht, über die toten Ochsen und die Deichsel zu klettern, während ihm die Kugeln um die Ohren pfiffen.

»Schnell, gebt mir Eure Hand«, rief er Jeremy zu, der ihm bereits den Arm entgegengestreckt hatte und ihn mit einem Ruck auf die andere Seite zog.

Mit den anderen Flüchtenden zogen sich beide die Sidbury Street entlang ins Innere der Stadt zurück, wo der König sich seinen Brustharnisch herunterriss, der ihm zweifellos mehrmals während des Kampfes das Leben gerettet hatte. Doch es war ein heißer Sommertag, und inzwischen war er am ganzen Körper in Schweiß gebadet.

Als Charles sah, dass die Schotten mutlos ihre Waffen von sich warfen, geriet er in Wut. Einer seiner Offiziere reichte ihm die Zügel seines Pferdes. Der junge König schwang sich ungestüm in den Sattel und ritt grimmig vor dem Fußvolk auf und ab. Mit einer Löwenstimme, die ihm seine leidenschaftliche Entschlossenheit eingab, sprach er auf sie ein, um ihren Kampfeswillen neu zu wecken. Doch seine Worte verhallten wirkungslos, verflogen wie Rauch im Wind. Die schottischen Soldaten rührten sich nicht von der Stelle. In ihren grauen Gesichtern war nichts anderes mehr zu lesen als Niedergeschlagenheit und Trotz.

Erbost und enttäuscht schrie Charles: »Ihr wollt nicht kämpfen. Dann erschießt mich hier und jetzt! Das ist mir lieber, als die Konsequenzen dieses Tages erleben zu müssen.«

Vor fast allen Toren der Stadt wurde inzwischen gekämpft, und eines nach dem anderen fiel an die angreifenden Truppen des Lordgenerals Cromwell. Die Rundköpfe stürmten durch die engen Straßen und machten jeden nieder, der ihnen in den Weg kam. Mit Fußtritten sprengten sie die Türen der Häuser und begannen zu plündern, ohne Rücksicht darauf, welcher Seite ihre Besitzer angehörten. Freund und Feind wurden gleichermaßen überrannt. Die Proteste der überfallenen Puritaner gingen im Schlachtenlärm unter, mischten sich mit dem

Donnern der Kanonen, die noch immer die Stadt beschossen, dem scharfen Knallen der Musketen, dem Klirren der Degen, den Schreien der Sterbenden ...

Jeremy versuchte zu helfen, wo es nur ging, doch es wurde ihm schnell klar, dass Cromwells Soldaten kein Pardon gaben. Sie gebrauchten ihre Waffen, um zu töten, nicht um zu verwunden. Das Schicksal der Stadt Worcester sollte offenbar als abschreckendes Beispiel für alle dienen, die mit dem Gedanken spielten, dem Schottenkönig ihre Unterstützung zu gewähren. Die Arme bis zu den Ellbogen mit Blut beschmiert, stolperte Jeremy durch das Kampfgetümmel, säuberte Wunden, half Verletzten auf die Beine, legte Druckverbände an. Alan hatte er bereits vor Stunden aus den Augen verloren.

Seine Muskete hatte er einem Kameraden in die Hand gedrückt, denn sie war ihm bei der Behandlung der Verwundeten nur hinderlich. Mehr von seinem Instinkt geleitet als von ihrem Stöhnen und Schreien, das der Gefechtslärm fast völlig verschluckte, fand er seinen Weg zu den Männern, in denen noch Leben war, und flickte sie notdürftig zusammen. Seine Hände zitterten vor Erschöpfung und bewegten sich doch wie von selbst, ohne dass er darüber nachdenken musste, welcher Handgriff als Nächstes notwendig war.

Mehr als ein Mal hörte er das Pfeifen einer Musketenkugel ganz nah an seinem Kopf, doch seine Sinne waren so abgestumpft, dass er nicht einmal mehr zurückzuckte.

Das Gemetzel ging unablässig weiter. Die engen Gassen waren erfüllt vom Pulverrauch, der einen so dichten Nebel bildete, dass man kaum ein paar Schritte weit sehen konnte. Seine Instrumentenbüchse in der Hand, beugte sich Jeremy über einen der unzähligen Infanteristen, die sich stöhnend in ihrem Blut wanden. War es der hundertste, der tausendste? Er wusste es nicht.

Um ihn herum wurde noch immer gekämpft, krachten Schüsse, traf Stahl auf Stahl. In die Untersuchung des Verletzten vertieft, bemerkte er die Annäherung des Rundkopfs nicht, bis er unmittelbar neben ihm stand. Aus dem Augenwinkel sah Jeremy nur eine Gestalt in rotem Rock, die mit dem Kolben einer Muskete ausholte und jählings zuschlug. Dann wurde es von einer Sekunde zur anderen schwarz um ihn.

Der Zustand tiefer Bewusstlosigkeit, in der er für unbestimmte Zeit gelegen hatte, ließ allmählich nach. Zuerst war da nur absolute Finsternis, die nichts durchdrang, kein Gedanke, kein Gefühl, kein Schmerz. Dann zuckte inmitten der Dunkelheit ein einzelner schwacher Funke auf, begann zu glühen und wie Öl zu zerfließen, bis irgendwo in seinem Kopf mehr und mehr bunte Lichter aufflammten und wieder verloschen, ihn umtanzten wie Leuchtkäfer in der Nacht.
Seine Sinne waren empfindungslos, tot. Er spürte weder seinen Körper, noch konnte er sich entsinnen, was mit ihm geschehen war. Sein Gehirn, das sich nur ganz langsam aus seiner Betäubung löste, ließ nur einzelne, unzusammenhängende Eindrücke von außen in sein Bewusstsein dringen.
Das Erste, was er schließlich wahrnahm, war der Geruch von Rauch, der tief in seinem Innern wirre Fetzen der Erinnerung aufscheuchte ... die flackernden Flammen eines großen Kamins, vor dem sich die Jagdhunde seines Vaters gähnend recken, er selbst vor einem Talglicht über seine Bücher in Latein und Griechisch gebeugt ... seine Mutter, die ihm im Vorbeigehen mit der Hand über das Haar streicht, deren schöne große Augen, grau wie die seinen, ihn jedoch nicht ansehen ... das goldene Licht der Kerzen, die während der heimlich abgehaltenen Messen entzündet werden ... die feierliche Stimme des Priesters, der die lateinischen Formeln spricht, die ihm

seit seiner Kindheit in Fleisch und Blut übergegangen sind und für ihn die Verbindung zu seiner Familie, seinen Wurzeln bedeuten ...

Es dauerte eine Weile, bis die Lähmung seines Geistes so weit abklang, dass er sich an seinen Namen erinnerte: Jeremy Blackshaw von Stoke Lacy in der Grafschaft Shropshire.

Ein anderer Übelkeit erregender Geruch begann nun den des Rauchs zu überlagern und weckte weitere Erinnerungen in ihm ... einzelne aus dem Zusammenhang gerissene Bilder ... seine Mutter auf dem Krankenbett ... der alles durchdringende Gestank von Blut, nachdem man sie zum wiederholten Mal zur Ader gelassen hatte, von Eiter und Erbrochenem ... das Ganze schrecklich untermalt von ihren Delirien, die erst der Tod zum Schweigen brachte.

Damals hatte sich in ihm zum ersten Mal der Wunsch geregt, Arzt zu werden und die Menschen von ihren Krankheiten zu heilen, anstatt sie sterben zu sehen.

Es war der Schmerz in seinem Nacken, der ihn endgültig wieder zur Besinnung brachte. Er versuchte, tief Luft zu holen, und geriet in Panik, als er spürte, dass etwas Schweres auf ihm lag und seine Brust zusammendrückte. Die Angst, die blitzartig in ihm aufstieg, hob nun auch die Lähmung seiner Glieder auf, so dass er Arme und Beine bewegen konnte. Das Gewicht, unter dem er begraben lag, war etwas Großes, Weiches, das sich unter seinen tastenden Händen fleischig anfühlte. Da begriff er plötzlich, dass es ein Leichnam war, einer der unzähligen Toten, die nach der Schlacht in den Straßen von Worcester liegen geblieben waren.

Stöhnend riss Jeremy die Augen auf und rang keuchend nach Atem, während es ihn tief in der Kehle würgte. Doch da er nichts im Magen hatte, schmeckte er nur bitteren Speichel im Mund.

Erneut wurde er von Panik überflutet. Da um ihn herum nur Finsternis war, glaubte er im ersten Moment, er sei durch den Schlag ins Genick blind geworden. Es dauerte eine Weile, bis seine Augen das Licht des Mondes und der Sterne über ihm wahrnahmen und er erkannte, dass es Nacht war. Er erinnerte sich nun, dass es bereits zu dämmern begonnen hatte, als man ihn niederschlug. Aber was war in der Zwischenzeit geschehen?

Jeremy zweifelte nicht daran, dass Cromwell auf der ganzen Linie gesiegt hatte und Worcester gefallen war. Ob es Alan gelungen war, zu entkommen? Oder lag sein Leichnam unter den Bergen von Toten, die ihn umgaben? Und der König? Was war mit Charles geschehen? War er tot? Oder ein Gefangener? Cromwell hatte geschworen, ihn ohne Pardon zu töten. War es ihm gelungen? Jeremy mochte nicht darüber nachdenken.

Es kostete ihn erhebliche Mühe, sich unter dem schweren Leichnam hervorzuarbeiten, der im Sterben über ihn gefallen sein musste. Danach hielt er für einen Moment schaudernd inne, um sich wieder in die Gewalt zu bekommen. Er war noch nicht so abgebrüht wie der Arzt William Harvey, von dem man sagte, er habe sich bei der Schlacht von Edgehill mit den Körpern der Gefallenen warm gehalten.

Vorsichtig fuhr sich Jeremy mit der Hand über den Nacken. Er fühlte eine Platzwunde, die aber bereits verschorft war. Auch die Schmerzen waren erträglich. Er hatte großes Glück gehabt.

Voller Schrecken blickte Jeremy um sich. Er befand sich in einer der von Fachwerkhäusern gesäumten, schmalen Gassen, die von der High Street abzweigten, vermutlich der Pump Street oder der St. Swithin Street. Keines der Häuser war erleuchtet. Die Bewohner waren entweder erschlagen oder vertrieben worden oder hatten sich im Innern verbarrikadiert.

Doch das Mondlicht reichte aus, um die Unmengen an Gefallenen zu erkennen, die die Gasse füllten. Der Gestank von vergossenem Blut und verbranntem Pulver hing noch immer schwer in der warmen Luft und hinterließ ein bleibendes Ekelgefühl in Jeremys Magen. Er hatte schon viele Schlachten und viele Tote gesehen, doch der Anblick dieses Gemetzels war so schrecklich, dass er jeden gesunden Mann an den Rand seiner Widerstandskraft gebracht hätte.

Es herrschte eine gespenstische Totenstille. Erst nach einer Weile vernahm Jeremy das entfernte Stimmengewirr der außerhalb der Stadtmauern errichteten Lager der Parlamentstruppen. Cromwell und einige seiner Offiziere hatten sicherlich im Rathaus oder im Bischofspalast von Worcester Quartier bezogen.

Die Erkenntnis, dass er wie eine Maus in der Falle saß, lähmte zunächst Jeremys Gedanken. Er verweilte bewegungslos zwischen den Toten, umgeben von Finsternis und Verzweiflung. Da drang auf einmal ein Stöhnen an sein Ohr und weckte ihn aus seiner seelischen Betäubung. Ein Überlebender? Jeremy hielt den Atem an und lauschte angestrengt. Der Klagelaut wiederholte sich.

»Hallo«, rief Jeremy leise. »Wer immer da ist, könnt Ihr mich hören?«

Er wusste, es war leichtsinnig, sich auf so gefährlichem Terrain zu erkennen zu geben, doch das Röcheln stammte zweifellos von einem Verletzten, der Hilfe brauchte.

»Hierher«, antwortete eine Stimme, die vor Schmerz und Erschöpfung heiser geworden war.

Jetzt sah Jeremy im schwachen Mondlicht, wie sich eine der vermeintlichen Leichen zu seiner Rechten bewegte. Bis zu dem Mann waren es nur ein paar Schritte, doch die Toten lagen so dicht übereinander, dass Jeremy es nicht vermeiden konnte, auf Arme und Beine zu treten, um zu ihm zu kommen. Wie unter einem Zwang bekreuzigte er sich dabei.

Der Verletzte, der diese Geste beobachtet hatte, sagte erleichtert: »Gott sei Dank! Einer der unsrigen.«

»Ja«, bestätigte Jeremy, der in dem anderen Mann einen royalistischen Offizier erkannte, dessen Name ihm jedoch entfallen war. »Ihr habt Glück, Sir, ich bin Feldchirurg. Lasst mich Eure Wunde untersuchen.«

Ohne eine Antwort abzuwarten, beugte sich Jeremy über den Kavalier und legte die Wunde in der linken Bauchseite frei, die ihm eine Musketenkugel beigebracht hatte. Es war nicht einfach, den Weg des Geschosses im Dunkeln festzustellen, doch Jeremy war es gewohnt, unter den widrigsten Umständen zu arbeiten.

»Es ist ein glatter Durchschuss«, erklärte er schließlich. »Ihr habt sehr viel Blut verloren. Möglicherweise hat die Kugel die Milz verletzt. Aber Ihr habt eine gute Chance, am Leben zu bleiben.«

Der Offizier gab einen abfälligen Ton von sich, der in einem Röcheln endete.

»Gebt Euch keine Mühe, Freund! Wenn diese gottverdammten Rebellen mich entdecken, lassen sie mich ohnehin über die Klinge springen. Und damit habe ich es vielleicht noch besser getroffen als die bedauernswerten Schotten, die sie als Sklaven auf die Plantagen verkaufen werden.«

»Wisst Ihr, was aus dem König geworden ist?«, fragte Jeremy zögernd. »Wurde er getötet?«

»Nein, ich habe ihn durch das St.-Martin-Tor entkommen sehen. Doch die Rebellen werden wie der Teufel hinter ihm her sein. Die Heilige Jungfrau möge ihn beschützen!«

Der Kavalier hob mühsam die Hand und legte sie beschwörend auf Jeremys Arm.

»Hört zu, Freund, Ihr seid nicht verwundet. Ihr könnt noch fliehen. Ich möchte Euch bitten, einem Sterbenden einen letzten Dienst zu erweisen …«

Als Jeremy protestieren wollte, fiel der Offizier ihm ins Wort. »Nein, ich bitte Euch. Es ist mir wichtiger als mein Leben. Meine Gemahlin ist tot, und ich habe nur noch eine zehnjährige Tochter. Ihr Name ist Amoret. Sie ist mir das Liebste auf der Welt. Ihr müsst zu ihr gehen und ihr dies bringen!«

Der Verletzte tastete mit zitternder Hand über seinen Nacken und zog schließlich ein Schmuckstück unter seinem Hemd hervor, das er um den Hals getragen hatte. Es war ein Amulett mit einer kleinen Miniatur, die das Porträt einer dunkelhaarigen Frau zeigte.

»Ihre Mutter Louise. Ich will nicht, dass das Amulett den verfluchten Rebellen in die Hände fällt. Und sie werden bald kommen, um die Leichen zu plündern. Versteht Ihr?«

»Ja, ich verstehe«, sagte Jeremy, während er das Schmuckstück entgegennahm. »Wo befindet sich Eure Tochter?«

»Bei einem Freund, der Katholik ist wie wir: Thomas Whitgreave von Moseley Hall.«

»Ich kenne den Namen. Das Haus ist nicht allzu weit vom Besitz meiner Familie entfernt.«

»Als ich mich dem König anschloss, habe ich meine Tochter dort untergebracht«, fuhr der Verwundete fort, »damit sie vor dem Zugriff meines Vetters sicher ist, der sich dieser Bande von Ketzern angeschlossen hat. Sie hat keine anderen Verwandten hier in England. Die Familie ihrer Mutter lebt in Frankreich. Wenn ich sterbe, wird das Parlament meine Tochter in die Obhut meines Vetters geben, der sie zur Ketzerin erziehen wird.«

»Ihr müsst nicht sterben«, wandte Jeremy hartnäckig ein. Diesmal ließ er sich nicht zurückhalten, sondern erhob sich eilig und lief zu der Stelle, an der er bewusstlos geworden war.

Nach kurzem Suchen fand er die Messingbüchse mit seinen Instrumenten und einen Rest Charpie. Damit hockte er sich wieder an die Seite des verletzten Kavaliers.
»Ihr habt mir Euren Namen noch nicht genannt, Sir«, erinnerte ihn Jeremy, während er die Länge der Leinenstreifen prüfte.
»William St. Clair, Earl of Caversham«, war die Antwort. Der Offizier lächelte mit einem Mal. »Ihr gebt Euch nicht leicht geschlagen, Mr. ...«
»Blackshaw, Jeremy Blackshaw.«
»Die Rebellen werden Eure Mühe nicht zu schätzen wissen, Mr. Blackshaw. Und je länger Ihr hier verweilt, desto größer die Gefahr, dass Ihr entdeckt werdet.«
»Ich lasse Euch nicht sterben, Sir!«, widersprach Jeremy ärgerlich. »Nicht solange eine Chance besteht, dass Ihr es schaffen könnt. Auch für Eure Tochter wäre es doch besser, wenn Ihr am Leben bleibt. Also lasst mich Euch helfen. Nachdem ich Euch verbunden habe, werde ich mich sofort auf den Weg machen, das verspreche ich Euch.«
Mit einer geschickten Bewegung, die lange Übung verriet, stützte Jeremy den Verletzten und begann, die Wunde freizulegen. Den Verband in der Hand, hob Jeremy plötzlich alarmiert den Kopf. Ein Schaudern lief durch seinen Körper. Am Ende der Gasse, in der sie sich befanden, war eben ein flackerndes Licht aufgetaucht, das sich ihnen nun geradewegs näherte. Kurz darauf drangen kräftige Männerstimmen an Jeremys Ohr. Kein Zweifel, dies waren keine Flüchtlinge wie sie, die sich verbergen mussten, sondern selbstbewusste Sieger, die sich als Herren der Stadt sahen.
»Rasch, Ihr müsst verschwinden«, flüsterte St. Clair drängend. Doch Jeremy zögerte, den Blick starr auf die Ankömmlinge geheftet. Sie waren so nah, dass sie ihn im Licht des Mondes sehen mussten, wenn er jetzt aufsprang oder eine andere has-

tige Bewegung machte. Es blieb ihm nichts anderes übrig, als sich aus der kauernden Stellung, in der er verharrt war, ganz langsam zu Boden sinken zu lassen und zwischen den anderen Leichen auszustrecken. Er musste sich tot stellen und hoffen, dass die Soldaten sich täuschen ließen.
Wenn er entdeckt wurde, war er verloren! Schlimmstenfalls drohten ihm eine Kugel oder ein Hieb mit dem Degen, bestenfalls Jahre der Einkerkerung in einem Verlies.
Gespannt horchte Jeremy auf die Stimmen der Rundköpfe, die sich nur allmählich näherten, denn sie hielten bei jedem einzelnen Toten inne, um ihn nach Wertsachen zu durchsuchen.
»Hier, Ezra, schau mal, eine prächtige Radschlosspistole«, bemerkte der eine Soldat befriedigt.
»Ich habe hier einen goldenen Ring«, antwortete der andere.
»Diese Kavaliere wollen nicht einmal in der Schlacht auf ihren Schmuck verzichten. Aber ihre Waffen sind zum größten Teil jämmerlich.«
Jeremy öffnete halb die Augen, um die beiden Puritaner zu beobachten, und ertappte sich dabei, wie er unwichtige Einzelheiten registrierte: ihren roten Waffenrock, den Cromwell in seiner »Armee des neuen Modells« eingeführt hatte, den breiten Riemen, den man Bandelier nannte und den sie über der linken Schulter trugen, die hölzernen Hülsen mit den Pulverladungen, die daran hingen und bei jeder Bewegung klappernd aneinanderschlugen; die Lunte, die sich wie eine dünne Schlange um den Riemen wand. Und schließlich noch die Muskete und den Stoßdegen, die die Bewaffnung der Soldaten vervollständigten.
Als Jeremy sicher war, dass die Männer nicht in seine Richtung sahen, zog er behutsam das Amulett aus dem Bund seiner Kniehose und schob es mit ausgestrecktem Arm unter einen Haufen Unrat vor einem der Häuser, damit sie es nicht fanden, wenn sie seine Kleidung durchstöberten.

Die beiden Rundköpfe hatten nun den verletzten Caversham erreicht und rollten ihn grob auf die Seite, um an den Beutel an seinem Gürtel zu gelangen. Dabei konnte dieser ein schmerzvolles Stöhnen nicht unterdrücken.
Sofort hob Ezra seine Laterne und leuchtete in das verzerrte Gesicht des Kavaliers.
»Der hier lebt noch. Es ist ein Offizier. Was sollen wir tun? Ihn zum Lordgeneral bringen?«
»Lass mal sehen«, meinte sein Begleiter und schwenkte seine eigene Laterne über der blutigen Wunde.
»Hat keinen Zweck«, entschied er sogleich. »Ein Wunder, dass er mit dem Bauchschuss so lange gelebt hat. Aber wenn wir ihn bewegen, stirbt er sowieso. Also gib ihm den Gnadenstoß!«
Jeremy spürte, wie sich bei diesen Worten eine eiskalte Faust um seinen Magen schloss. Im nächsten Moment hörte er ein metallisches Schleifen, als der Soldat seinen Degen aus der Scheide zog, gefolgt von dem widerlichen Geräusch, das eine Klinge verursacht, die durch einen menschlichen Körper gestoßen wird. Das Stöhnen des Verletzten brach ab.
Von einem Zittern befallen, presste Jeremy wild die Zähne aufeinander. Zorn und Abscheu stiegen in ihm auf und brannten so quälend in seiner Kehle, dass er aufschreien, sich auf die Soldaten stürzen wollte, nur um dieses erstickende Gefühl der Verzweiflung loszuwerden und wieder atmen zu können. Einzig und allein der Gedanke an sein Versprechen, der Tochter St. Clairs das Amulett zu bringen, bewahrte ihn davor, die Nerven zu verlieren und sich zu verraten. Er klammerte sich wie ein Ertrinkender an diese ihm auferlegte Pflicht gegenüber einem Kind, das er nie gesehen hatte und das in diesem Moment, ohne es zu wissen, das Leben eines Unbekannten rettete, nur weil es ihm einen Grund gab, durchzuhalten.

Die Rotröcke waren ihm jetzt ganz nah. Jeremy spürte die Stiefelspitze des einen an seinem Schenkel und versuchte verzweifelt, sich zu entspannen. Willenlos ließ er sich auf die Seite zerren, spürte die rohe Berührung zweier Hände an seinem Arm, seiner Taille, als der Soldat in seinen Hosenbund griff. Das Rauschen seines eigenen Blutes in den Ohren, betete Jeremy inbrünstig, dass die tastenden Finger des Mannes nicht zufällig seinen Hals oder seine Brust berührten. Er hätte dann unweigerlich seinen vor Angst rasenden Herzschlag gefühlt, den Jeremy nicht beruhigen konnte.

Doch der Rundkopf war bald überzeugt, dass bei diesem armselig gekleideten Leichnam ohnehin nichts zu holen war, und rollte ihn schließlich mit einem Fußtritt aus dem Weg, um sich seinem Nachbarn zuzuwenden.

Jeremy wagte kaum, zu atmen oder gar die Augen zu öffnen. Mit einem lähmenden Gefühl der Ohnmacht blieb er regungslos liegen, bis die Stimmen der Soldaten in der Ferne verstummten. Erst dann war er wieder fähig, den Kopf zu heben und mit zitternden Knien auf die Beine zu kommen.

Sein erster Blick galt Caversham. Auf der Brust des Offiziers breitete sich Blut aus. Der Degen hatte sein Herz durchbohrt. Jeremy ging betroffen neben ihm in die Knie und schloss ihm die Augen. Seine Bekanntschaft mit diesem Mann hatte nur wenige Minuten gedauert, und doch hatte er die Gegenwart eines anderen Menschen nie zuvor als so tröstlich erlebt.

Schließlich stand er auf, holte das Amulett aus seinem Versteck hervor und verstaute es wieder in seinem Hosenbund. Dann machte er sich auf die Suche nach einem Unterschlupf für die restliche Nacht. Erst am Morgen, wenn die Tore der Stadt wieder geöffnet wurden, konnte er den Versuch unternehmen, Worcester zu verlassen.

Kapitel 4

Oktober 1668

Lautes Hämmern riss Jeremy aus dem Schlaf. Aufgewühlt durch seinen Traum starrte er, mit klopfendem Herzen, in die Finsternis, die ihn umgab. Erst allmählich nahmen seine Augen den schwachen Lichtschein wahr, der durch die Ritzen der geschlossenen Läden hereinfiel. Die Morgendämmerung war bereits angebrochen.
Erneut schlug eine Faust an die Eingangspforte von Melverley Court. »Öffnet!«, verlangte eine kräftige Stimme. »Im Namen des Königs.«
Unter dem Eindruck seines bedrückenden Traums schlug Jeremys Herz noch immer schmerzhaft gegen seine Rippen. Die herrische Stimme ließ ihn das Schlimmste befürchten. Die Schmuggelware, die Pater Waterhouse mitgebracht hatte, kam ihm in den Sinn. Würde man das Haus durchsuchen, ihn und seinen Ordensbruder verhaften?
Hastig sprang der Jesuit aus dem Bett, faltete die Läden zurück und kleidete sich im grauen Licht des Morgens an. Auf dem Weg ins Erdgeschoss kam er an der Großen Kammer vorbei, in der Amoret und Breandán schliefen. Ein Lakai kratzte an der Tür, die kurz darauf geöffnet wurde. In einen Morgenrock aus schimmerndem sandfarbenem Satin gekleidet, sah Amoret den Diener fragend an. Ihr langes schwarzes Haar fiel bis zu ihren Hüften hinab.

»Soll ich den Ankömmling hereinlassen, Mylady?«, fragte der Lakai unsicher.

»Natürlich«, erwiderte die Hausherrin streng. »Du hast doch gehört. Er kommt im Auftrag des Königs.« Ein wenig sanfter fügte sie hinzu: »Die Zeiten, da wir Katholiken jederzeit mit einer Hausdurchsuchung rechnen mussten, sind vorbei. Unser guter König Charles II. weiß, was er seinen treuesten Untertanen zu verdanken hat. Und nun tummel dich, Harry!«

Als der Lakai mit vor Scham geröteten Wangen verschwand, bemerkte Amoret den Jesuiten, der unschlüssig vor der Tür stand.

»Macht Ihr Euch Sorgen um die Schmuggelware Eures Ordensbruders, Pater?«, fragte sie amüsiert. »Ich bin sicher, dass die frühe Ankunft unseres unerwarteten Gastes nichts damit zu tun hat.«

Mit geschickter Hand hatte Amoret die Spangen befestigt, die den Morgenrock über dem spitzenbesetzten Hemd zusammenhielten, und raffte die Schleppe.

»Begleitet Ihr mich nach unten, Pater?«, fragte sie auffordernd. »Oder zieht Ihr es vor, in Eurer Kammer zu warten?«

»Nein, ich komme mit«, antwortete Jeremy.

Er schalt sich selbst einen Dummkopf, dass er sich von seinen Erinnerungen an den Bürgerkrieg derart ins Bockshorn hatte jagen lassen.

Sie gingen die Wendeltreppe im Turm hinab. In der Tür zum Großen Saal stieß Harry zu ihnen.

»Ich habe den Besucher in die Halle geführt, Mylady«, informierte er seine Herrin. »Er gehört der Garde des Königs an und bringt eine Nachricht von Seiner Majestät.«

Als Amoret und Jeremy eintraten, wandte sich der Offizier zu ihnen um. Seine Uniform und die Stiefel waren mit Schlamm bespritzt. Er machte eine höfische Verbeugung.

»Mylady St. Clair, verzeiht mein beschmutztes Äußeres«, sagte er entschuldigend. »Die Straßen in dieser Gegend sind sehr schlecht.«

Amoret machte eine wegwerfende Handbewegung. »Ihr bringt eine Nachricht vom König, Sir?«

»So ist es, Madam. Ich bin Captain Gill von der Königlichen Garde«, stellte sich der Offizier vor. »Seine Majestät gebot mir, Euch diesen Brief schnellstmöglich zu überbringen.«

Rasch entledigte sich Gill seiner Handschuhe und zog ein versiegeltes Schreiben unter seiner Weste hervor. Amoret nahm es entgegen, erbrach das Siegel und trat an den schmiedeeisernen Kandelaber, dessen Kerzen Harry eilig entzündet hatte. Jeremy, der ihr gefolgt war, sah sie fragend an.

»Der König wünscht Breandáns und meine Anwesenheit bei Hofe«, erklärte Amoret. »Die Aufforderung gilt auch für Euch.«

Überrascht hob Jeremy die Brauen. »Gibt er einen Grund an?«

»Nein. Nur, dass wir keine Zeit verlieren und unverzüglich bei Seiner Majestät vorsprechen sollen.«

»Das klingt wie ein Befehl«, bemerkte Jeremy.

»Allerdings«, stimmte Amoret zu. »Es muss etwas Schwerwiegendes vorgefallen sein.«

Das Schreiben zusammenfaltend, wandte sich Amoret dem Offizier zu. »Habt Ihr bereits Euer Fasten gebrochen, Captain?«

»Nein, Mylady. Ich übernachtete auf einem Bauernhof in der Nähe, als mich die Dämmerung überraschte. Man sagte mir, dass ich den Weg im Dunkeln nicht finden würde. Heute Morgen brach ich dann beim ersten Sonnenstrahl auf.«

Amoret gab Harry die Anweisung, ihrem Gast im Salon eine kleine Mahlzeit aufzutischen, und erkundigte sich, ob das Pferd des Captains gut versorgt worden sei. Dann begab sie sich in ihr Gemach zurück. Ihr Gatte war bereits fertig angekleidet.

»Was wünscht dein ehemaliger Liebhaber?«, fragte Breandán sarkastisch. Im nächsten Moment bereute er seine kränkende Bemerkung.

Amoret schnitt eine vorwurfsvolle Grimasse.

»Verzeih«, entschuldigte sich Breandán, »ich hatte nur gehofft, hier hätten wir endlich unsere Ruhe.«

Wortlos reichte sie ihm den Brief. Als der Ire ihn gelesen hatte, warf er das Schreiben mit einer gereizten Geste aufs Bett.

»Offenbar kann es Seine Majestät nicht einmal ein halbes Jahr ohne dich aushalten!«

Doch Amoret schüttelte mit ernster Miene den Kopf. »Ich denke, er wünscht viel mehr dich und Pater Blackshaw zu sehen. Offenbar sucht er Rat wegen einer Krise bei Hofe. Und er weiß, dass wir vertrauenswürdig sind.«

»Weshalb schickt er dann nicht nach Richter Trelawney wie damals, als man am Hof einen Leichnam gefunden hatte?«

»Ich weiß es nicht.« Sie blickte ihn bittend an. »Ich denke, wir sollten gehen.«

»Amoret, du hast mir versprochen, den Hof für immer zu verlassen.«

»Es geht doch gar nicht um mich. Diese Aufforderung Seiner Majestät ist an dich und Pater Blackshaw gerichtet, da bin ich sicher«, widersprach Amoret geduldig. »Vielleicht geht es um etwas, das unsere Glaubensgenossen betrifft oder deine Landsleute. Lass uns zumindest herausfinden, worum es sich handelt.« Sie trat zu ihm und legte ihm die Hände auf die Schultern. »Wenn du die Möglichkeit erhältst, Charles einen Dienst zu erweisen, so kann uns das nur nutzen. Außerdem wird es Pater Blackshaw guttun, wenn er wieder einmal ein Rätsel zu lösen hat.«

Erstaunen breitete sich über Breandáns Gesicht. »Ich dachte, du hättest deinen Beichtvater in die Provinz mitgenommen, um ihn daran zu hindern, sich in gefährliche Abenteuer zu verstricken.«
Amoret seufzte und verzog den Mund. »Das stimmt. Aber in letzter Zeit wirkt er so niedergeschlagen. Die Untätigkeit scheint ihm nicht gutzutun. Ich mache mir ernstlich Sorgen um ihn.«
»Ja, das ist mir auch aufgefallen«, gestand Breandán und streichelte tröstend ihren Hals. »Also gut. Wenn du unbedingt willst, reisen wir nach London zurück.«
Dankbar legte sie die Arme um ihn und lehnte den Kopf an seine Schulter.
»Schick Mary zu mir, damit sie mir beim Ankleiden hilft, ja?«, bat sie schließlich, als sie sich von ihm gelöst hatte.
Bevor sie zum Morgenmahl in den Salon ging, begab sie sich zum Gemach ihrer Freundin Armande, um sie vom Brief des Königs zu unterrichten.
»Und? Werdet Ihr der Aufforderung Seiner Majestät nachkommen?«, fragte die Französin gespannt.
»Natürlich«, versicherte Amoret. »Wir werden noch heute abreisen.«
»Ihr nehmt mich doch mit?«, bat Armande inbrünstig.
»Seid Ihr so erpicht darauf, nach London zurückzukehren?«, fragte die Freundin erstaunt. »Ich dachte, Ihr zieht das Leben auf dem Land vor.«
»Schon ...«, gab die Französin zu.
»Aber Ihr vermisst einen gewissen Wundarzt«, ergänzte Amoret neckend. »Habt Ihr ihm denn seine Seitensprünge verziehen?«
»Als er zu Eurer Niederkunft hier war, haben wir uns endgültig versöhnt. Er hat mir nichts versprochen, das ist wahr.

Dennoch sehne ich mich danach, ihn wiederzusehen. Wir haben uns immer so gut verstanden.«
»Wenn Ihr wünscht, könnt Ihr gern mitkommen. Ich würde mich über Eure Gesellschaft freuen.« Amoret trat zur Tür. »Nun habe ich die unangenehme Pflicht, unserem verehrten Gast zu bescheiden, dass ich meine Einladung zurückziehen muss.«
»Ich bin sicher, er wird es verstehen«, antwortete Armande und begann, ihre Reisetruhe zu packen.
Pater Waterhouse zeigte sich überrascht über die Ankündigung der Hausherrin, dass sie unverzüglich in die Hauptstadt zurückfahren müsse, nahm es jedoch philosophisch.
»Nun, da ich weiß, dass Mylady Thurborne mich erwartet, werde ich gleich weiterreisen«, erklärte er. »Ich bedaure nur, dass ich keine Gelegenheit haben werde, mit meinem Ordensbruder Erinnerungen an unsere Studienzeit auszutauschen. Aber sicher werden wir uns sehen, wenn Ihr aus London zurückkehrt.«
»Bestimmt«, versicherte Amoret. »Schließlich handelt es sich nur um einen kurzen Ausflug. Ich habe nicht vor, lang bei Hofe zu bleiben.«

Drei Tage später fuhr Lady St. Clairs Kutsche in den Hof ihres Hauses auf dem Strand. Trotz allem, was für die Rückkehr nach London sprach, war es Amoret schwergefallen, die Idylle von Melverley Court zu verlassen. Dort wollte sie sich mit ihrer Familie niederlassen und in Ruhe alt werden. Aber vielleicht war es dafür noch zu früh. Ein Blick in Pater Blackshaws Gesicht, der seit ihrer Abreise merklich aufgeblüht war – er hatte sogar wieder etwas Farbe bekommen –, bewies ihr, dass sie die richtige Entscheidung getroffen hatte. Hinter Jeremys hoher Stirn sah man bereits die Gedanken angeregt arbeiten.

Die Miene ihres Gatten war weniger zufrieden. Obgleich er zugestimmt hatte, war er alles andere als glücklich, wieder in London zu sein. Er war einfach kein Stadtmensch. Die Haltung der Amme, die Daimhín im Arm hielt, war ein Spiegel seiner Gefühle. Dem Landmädchen flößte die riesige, turbulente Stadt Furcht ein. Doch Amoret hatte ihren Sohn nicht zurücklassen wollen. Und obwohl sie ihn selbst nährte, verlangte der kleine Kerl schon jetzt oftmals einen Nachschlag, so dass sie auf die Amme nicht verzichten konnte.

Nachdem die Dienerschaft, die während ihrer Abwesenheit das Haus gehütet hatte, über die erste Verblüffung angesichts des unangekündigten Auftauchens ihrer Herrin hinweggekommen war, beeilten sich alle, die Räume bewohnbar zu machen.

Noch am Abend sprach erneut Captain Gill vor, der ihnen vorausgeritten war, und teilte Amoret mit, dass Seine Majestät sie, ihren Gatten und Dr. Fauconer am folgenden Morgen um neun Uhr in seinem Kabinett erwarte. Dr. Fauconer war der Name, unter dem Jeremy in der Öffentlichkeit auftrat. Wie sein Ordensbruder Thomas Waterhouse versuchte er so, im Falle einer Verhaftung seine Familie in Shropshire zu schützen.

Den Abend verbrachten sie geruhsam vor dem flackernden Kaminfeuer im Salon und schlürften Syllabub, ein süßes Getränk aus Rheinwein, Zitronensaft, Zucker und Sahne, für das Jeremy eine Schwäche hatte.

»Setzt Euch doch zu uns, Armande«, forderte Amoret ihre Freundin auf, als diese eintrat. Doch ein Blick auf das schlichte bürgerliche Kleid aus grauem Tuch belehrte sie, dass die Französin etwas Besseres vorhatte.

»Ich werde Meister Ridgeway einen Besuch abstatten«, verkündete Armande. »Bitte wartet nicht auf mich.«

Amoret nickte nachsichtig. »Es ist bereits dunkel, und die Straßen von London sind des Nachts gefährlich. Lasst Euch von William begleiten.«
»Das werde ich«, erwiderte sie und ging beschwingt hinaus.
Jeremy blickte ihr nachdenklich nach. »Wenn ich recht verstehe, ist die Liebschaft zwischen den beiden wieder aufgeflammt.«
»Ich denke schon, obgleich Armande es nicht eindeutig zugegeben hat«, bestätigte Amoret.
»Nun, ich hoffe, sie weiß, worauf sie sich einlässt.«
»Wir werden sehen.«
»Glaubt Ihr, es besteht Hoffnung, dass es Mademoiselle de Roche Montal gelingt, unseren guten Alan auf den Pfad der Tugend zu führen?«, fragte Jeremy. »Ich wünschte so sehr, dass die beiden endlich glücklich werden.« Sein Blick ging in die Ferne. »Alan ist mein bester Freund. Es war furchtbar, dass ich nach der Schlacht von Worcester lange Jahre nicht wusste, ob er überlebt hatte. In meiner Vorstellung sah ich ihn blutüberströmt in den Straßen liegen – wie Euren Vater ...«
»Ich bin Euch sehr dankbar, dass Ihr mir das Amulett mit dem Bild meiner Mutter überbracht habt«, sagte Amoret sanft, um ihn aus seinen Erinnerungen zurück in die Wirklichkeit zu holen. »Ohne Euch hätte ich vielleicht nie erfahren, was aus meinem Vater geworden ist.«
Jeremy wandte den Kopf und sah sie an. Auf einmal musste er lächeln. »Wisst Ihr, dass ich Euch mein Leben verdanke? Ohne den Auftrag, den Euer Vater mir gab, hätte ich mich damals in meiner Verzweiflung aufgegeben. Ich hatte so viel Tod gesehen. Ich glaubte, dass alle meine Kameraden gefallen waren. Aber der Gedanke an Euch, das kleine Waisenmädchen, gab mir die Kraft, ums Überleben zu kämpfen.«

»Wie seid Ihr eigentlich aus Worcester entkommen?«, erkundigte sich Amoret gespannt. »Die Stadt war doch voller Soldaten der Parlamentsarmee.«

»Ich warf mir den roten Waffenrock eines toten Rundkopfs über und schlenderte bei Tagesanbruch so gelassen wie möglich an den Wachposten vorbei«, erwiderte Jeremy schmunzelnd. »Dann sattelte ich mir eines der Pferde, die außerhalb der Stadtmauern grasten, und machte mich auf den Heimweg nach Stoke Lacy, dem Besitz meiner Familie. Dort versteckte mein Bruder mich in einer der geheimen Priesterkammern, als eine Patrouille das Haus nach royalistischen Flüchtlingen durchsuchte. So kam ich mit dem Leben davon.« Er sagte dies mit einer kaum wahrnehmbaren Bitterkeit. Selbst nach all den Jahren nagte noch immer die Schuld an ihm – weil er es zugelassen hatte, dass die Soldaten Cromwells den Earl of Caversham vor seinen Augen töteten, und er nichts getan hatte, um es zu verhindern.

Kapitel 5

September 1651

»Geht mit Gott, mein Sohn«, sagte der alte Priester und drückte Jeremy herzlich die Hand.
Pater Burnett, seit vielen Jahren der Hauskaplan der Familie Blackshaw, hatte ihn und seine Geschwister als Kinder unterrichtet und ihnen so eine Bildung ermöglicht, die sie als Katholiken sonst nur auf dem Kontinent hätten erlangen können, denn in England gab es keine katholischen Schulen.
An diesem Sonntagabend, vier Tage nach der Schlacht von Worcester, verabschiedeten der Priester und Jeremys Bruder John den Flüchtling bei Einbruch der Dunkelheit.
»Geh zu Anne nach Bristol«, riet John. »Sie wird dir sicherlich eine Überfahrt nach Irland verschaffen können. Dort findest du ohne Schwierigkeiten ein Schiff nach Frankreich.«
»Ja, das habe ich mir auch schon überlegt«, stimmte Jeremy zu. Ihre Schwester Anne war mit einem Kaufmann verheiratet, der ihm bestimmt weiterhelfen konnte. Doch sein erstes Ziel war Moseley Hall.
Es war eine wolkenlose Nacht, und der Mond stand in seinem ersten Viertel, so dass es nicht so finster war, wie John es sich für den Aufbruch seines Bruders gewünscht hätte. Aber er ließ sich nicht länger zurückhalten, denn seine Mission lag ihm schwerer und schwerer auf der Seele, je länger er sie aufschob.

Da die Strecke, die Jeremy zu Thomas Whitgreaves Besitz zurückzulegen hatte, nicht allzu lang und das Gelände ihm vertraut war, hatte er sich entschieden, zu Fuß zu gehen. Ohne Pferd konnte er quer durch den Wald marschieren und würde so weniger Gefahr laufen, auf eine Patrouille zu treffen. Notfalls hatte er auf einer Flucht durch Unterholz und Gestrüpp eine bessere Chance, sich vor berittenen Verfolgern zu verstecken und ihnen zu entkommen.
Jeremy legte die Hälfte des Weges zurück, ohne einer Menschenseele zu begegnen. Im Wald von Brewood nutzte er das Anwesen befreundeter Katholiken, der Giffards, als Orientierungspunkt, um sich zurechtzufinden. Er hielt jedoch nicht an, da die Bewohner von Boscobel House zweifellos in ihren Betten lagen und schliefen. Sie zu wecken hätte nur unnötiges Aufsehen erregt, und so ließ Jeremy die versteckt gelegenen Gebäude ohne Rast hinter sich.
Nach einer Weile zügigen Marschierens unter den ausladenden Kronen der mächtigen Eichen hielt Jeremy plötzlich alarmiert inne. Seine Ohren hatten ein fernes Geräusch aufgeschnappt, das weder vom Wind noch von einem Tier stammte. Etwas näherte sich ihm, etwas, das nicht Teil des Waldes war: Menschen!
Für einen Moment blieb Jeremy unbeweglich stehen und lauschte aufmerksam, um die Richtung auszumachen, aus der die Laute kamen. Als er sicher war, dass die Unbekannten seinen Weg kreuzen würden, suchte er sich ein Versteck im Unterholz und ging in Deckung, um geduldig abzuwarten, bis die Gefahr vorüber war. Er konnte nur hoffen, dass die nächtlichen Wanderer keinen Hund bei sich hatten, dessen Nase sich nicht täuschen ließ.
Im nächsten Augenblick hielt Jeremy gespannt den Atem an, als der kleine Trupp vor ihm unter den tiefhängenden Zwei-

gen der Bäume vorbeizog. Es war eine äußerst seltsame Prozession. Dem Anschein nach handelte es sich um eine Gruppe Hinterwäldler in einfacher Kleidung aus Leder und Barchent. Sie waren mit Heugabeln und langen Sensen bewaffnet, die sie wie Piken trugen.

Es waren insgesamt sieben Männer. Einer von ihnen ritt auf einer Schindmähre inmitten der anderen sechs, die sich wie eine Eskorte um das Pferd verteilt hatten.

Verwundert folgte Jeremy dem merkwürdigen Zug mit den Augen. Einige der Männer kamen ihm bekannt vor. Er meinte, in ihnen die fünf Pendrell-Brüder zu erkennen, Pächter der Giffards und ebenfalls Katholiken. Der Mann auf dem Klepper war gekleidet wie sie, wenn nicht gar noch ärmlicher. Sein Haar musste kurz geschoren sein, denn es war unter dem alten Hut, den er auf dem Kopf trug, nicht sichtbar. Was mochten die Pendrells mitten in der Nacht mit einem Rundkopf zu schaffen haben? Hatte er Streit mit ihnen angefangen und versuchten sie nun, ihn loszuwerden? Doch Jeremy kannte die Brüder als anständige Menschen, die niemanden, auch keinen verhassten Puritaner, kaltblütig ermorden würden. Deshalb wartete er ruhig ab, bis die Gruppe außer Sichtweite war, und setzte dann zielstrebig seinen Weg fort.

Sehr bald wurde ihm jedoch klar, dass die Pendrells offensichtlich dasselbe Ziel hatten wie er. Um nicht gesehen zu werden, blieb ihm keine andere Wahl, als seine Schritte zu verkürzen und ihnen in einiger Entfernung zu folgen.

Dies erwies sich jedoch als schwierig, da der dichte Eichenwald allmählich lichter wurde und schließlich in offene Heide überging, auf der kaum noch Bäume wuchsen, die ihm Deckung gewähren konnten. Hinzu kam, dass die Pendrell-Brüder sich ständig aufmerksam umschauten, als fürchteten auch sie ein unliebsames Zusammentreffen mit patrouillierenden Soldaten.

Im Schutz eines buschigen Stechginsters beobachtete Jeremy, wie der kleine Trupp ein kurzes Stück dem Fluss folgte und schließlich an der Pendeford-Mühle anhielt. Hier stieg der Rundkopf vom Pferd, und die Gruppe spaltete sich in zwei Abteilungen. Drei der Pendrells schlugen mit dem Klepper am Zügel den Rückweg ein, während die restlichen Männer in Richtung Moseley Hall weitergingen.

Jeremy duckte sich hinter den Stechginster, um von den näher kommenden Brüdern nicht gesehen zu werden. Ihr Verhalten erschien ihm so merkwürdig, dass er das Gefühl hatte, ungebeten in ihre familiären Geheimnisse einzudringen, und dieser Gedanke genierte ihn.

Zwischen den Zweigen des Strauches hindurch sah Jeremy zu seiner Überraschung, wie der Rundkopf, der ein wenig hinkte, plötzlich kehrtmachte und die drei Brüder einholte, um offenbar noch einmal mit ihnen zu sprechen. Das Ganze wirkte auf Jeremy eher wie eine herzliche Verabschiedung als die Eskortierung eines Gefangenen. Seine Neugier war gegen seinen Willen geweckt. Doch er konnte den vieren nicht folgen, als sie sich wieder in Bewegung setzten. Er musste in Deckung bleiben und abwarten, bis die Pendrells, die das Pferd zurückführten, an ihm vorbei und außer Sichtweite waren.

Moseley Hall war noch etwa zwei Meilen entfernt. Als Jeremy weitergehen konnte, waren der Rundkopf und seine Begleiter bereits seinem Blickfeld entschwunden.

Die schmale Landstraße führte hin und wieder an einem abgelegenen Cottage vorbei, deren Bewohner jedoch in tiefem Schlummer lagen. Endlich sah Jeremy die spitzen Giebel und hohen gebündelten Schornsteine des alten Fachwerkhauses vor sich, dessen ungleichmäßige Silhouette sich dunkel vom monderleuchteten Himmel abhob.

Obwohl er die vier Männer nicht hatte eintreten sehen, war Jeremy doch sicher, dass sie dort waren. Er entschied sich, bis zum Morgen zu warten, bevor er sich zum Haus begab, um die Bewohner nicht unnötig zu alarmieren.

An einen Baum gelehnt, der ihm Schutz vor Entdeckung gewährte, verbrachte Jeremy den Rest der Nacht. Immer wieder fuhr er aus dem Schlaf wie ein wildes Tier, das die Annäherung eines Räubers fürchtet.

Als die Sonne aufging, kletterte Jeremy auf einen der unteren Äste des Baumes, um die Vorderfront von Moseley Hall ungesehen beobachten zu können. Kaum war der Haushalt aus der nächtlichen Ruhe erwacht, entwickelte sich eine rege Betriebsamkeit. Ein Bursche machte sich zu einer Besorgung auf, eine Gruppe von Mägden setzte sich schwatzend auf der Landstraße in Marsch, die nah vor dem Haus vorbeiführte, und einige Diener verließen den Hof mit einem Karren.

Hin und wieder tauchten auf der Landstraße abgerissene Gestalten auf, die sich aus der Nähe als trauriger Rest der schottischen Infanterie entpuppten. Die Soldaten versuchten sich – hungernd und zum Teil verwundet – den Rückweg in ihre Heimat zu erbetteln. Einige von ihnen baten an der Tür von Moseley um Almosen, die sie auch erhielten, bevor sie sich wieder schleppend in Bewegung setzten.

Das Haus war von einem Obstgarten umgeben, den eine aus Stein gefügte Mauer säumte. Kurz nach Sonnenaufgang hatte sich dort ein kleines Mädchen eingefunden, das trotz seiner langen Röcke behende auf die Mauerkrone geklettert war und seitdem, die Hände in den Schoß gelegt, unbeweglich dasaß.

Jeremy fasste die Kleine aufmerksam ins Auge. Sie trug ein einfaches graues Baumwollkleid mit einem weißen Leinenkragen. Aber eine solch schmucklose Aufmachung war unter der gegenwärtigen Herrschaft der Puritaner, die jegliche Art von Putz verdammten, nichts Ungewöhnliches. Sie wurde von allen Ständen getragen.

Konnte dieses Mädchen Cavershams Tochter sein? Oder war sie ein anderes Mitglied des Haushalts? Nun, es war an der Zeit, dies herauszufinden!

Jeremy ließ sich von seinem Beobachtungsposten zur Erde gleiten und näherte sich ohne Eile dem Haus. Das Mädchen auf der Mauer folgte ihm regungslos mit den Augen wie eine lauernde Katze, der nichts entging. Sein Anblick schien sie nicht zu beunruhigen, denn sie machte keine Anstalten, sich zu entfernen.

Jeremy blieb unmittelbar vor ihr stehen. Aufgrund ihrer erhöhten Position bereitete es ihr keine Schwierigkeiten, ein wenig hochmütig auf den ärmlichen Wanderer herabzusehen. Dessen Kleider waren zwar nicht verschmutzt und zerrissen wie die der vorbeiziehenden Schotten. Sie wiesen ihn jedoch eher als Bauern aus denn als Gentleman. Jeremy hatte für seine Reise bewusst diese Verkleidung gewählt.

Aber es war nicht allein der stolze Blick, der ihn in seiner Vermutung bestärkte, dass er tatsächlich Amoret St. Clair vor sich hatte. Sein scharfes Auge entdeckte auch noch weitere Hinweise, die jeden Zweifel ausschlossen.

Unter der weißen Leinenhaube quollen vereinzelte ungebändigte Locken pechschwarzen Haares hervor und umrahmten ein schmales, ebenmäßiges Gesicht mit einem kleinen energischen Kinn, das auf einen gewissen Eigensinn schließen ließ. Die Augen des Mädchens waren so dunkelbraun, dass sie fast schwarz wirkten und zusammen mit der goldenen Tönung ihrer Haut den Einfluss südländischen Blutes verrieten, wahrscheinlich von ihrer französischen Mutter. Ihr Gesicht und ihre Arme waren zusätzlich von einer frischen, sanften Bräune überzogen, die in den Augenwinkeln von helleren Linien durchbrochen wurde – ein Zeichen, dass das Mädchen erst kürzlich viele Stunden damit verbracht haben musste, geblendet in das Licht der Sonne zu blinzeln. Aus welchem anderen Grund sollte sie ihre Augen zu einer solchen Anstrengung gezwungen haben, wenn nicht aus Sehnsucht, eine vertraute Gestalt kommen zu sehen? Jeremy war sich sicher, dass die Kleine nur Amoret St. Clair sein konnte, die voller Hoffnung auf die Rückkehr ihres Vaters aus Worcester wartete.

»Ich grüße Euch, Mylady«, sagte er mit einem freundlichen Lächeln, um sie nicht zu erschrecken.

Das Mädchen legte verwundert und ein wenig beunruhigt die Stirn in Falten.

»Warum nennt Ihr mich so, Sir?«, fragte sie mit vorsichtiger Zurückhaltung. »Ich bin nur eine Verwandte von Mr. Whitgreave, der mich in seiner Güte in sein Haus aufgenommen hat.«

Offenbar hatte man ihr eingeschärft, Fremden gegenüber nicht preiszugeben, wer sie war, für den Fall, dass der Vetter ihres Vaters nach ihr suchen ließ. Und sie war intelligent und diszipliniert genug, um das Geheimnis zu wahren.

»Verzeiht, wenn ich so geradeheraus bin«, fuhr Jeremy fort, »aber ich weiß, dass Ihr Lady Amoret St. Clair seid, Lord Cavershams Tochter. Ich bringe Euch Nachricht von Eurem Vater.«

Die beherrschte Fassade der Kleinen fiel jäh zusammen. Ihre Augen huschten nervös über das Gesicht des Fremden, als zögere sie noch, ob sie ihm trauen könne, doch dann gaben ihre Nerven schließlich nach.

»Nun sprecht doch!«, rief sie ungeduldig. »Was ist mit meinem Vater geschehen?«

Jeremy griff in seinen Beutel und zog das Amulett hervor.

»Es tut mir leid«, sagte er leise, während er das Schmuckstück in die kleine Hand des Mädchens legte. »Euer Vater bat mich, Euch dies zu bringen, kurz bevor er starb.«
Jeremy hatte noch nie einen so entsetzten Blick gesehen, nicht einmal bei den sterbenden Soldaten in der Schlacht oder danach im Feldlazarett. Das Mädchen war zutiefst getroffen und starrte ihn an wie ein verwundetes Tier. Jeremy fühlte sich hilflos und beschämt, weil er nicht wusste, was er tun sollte, um sie zu trösten. Er hatte nie gelernt, einfühlsam auf andere Menschen einzugehen. Der Ausdruck von Gefühlen hatte ihn von jeher peinlich berührt.
Im nächsten Moment brach der ganze Schmerz des Mädchens aus ihr heraus. Er sah ihre dunklen Augen in Tränen schwimmen, bevor sie sich abwandte, von der Mauer sprang und durch den Obstgarten davonlief. Jeremy blickte ihr betroffen nach. Er hatte das quälende Gefühl, ihr etwas zu schulden, das er nie wiedergutmachen konnte.
Inzwischen waren die Bewohner von Moseley Hall auf den Ankömmling aufmerksam geworden. Durch den Haupteingang trat ein großer, noch junger Mann nach draußen und näherte sich Jeremy in gelassener Haltung. Es war Thomas Whitgreave. Trotz der vielen Jahre, die seit ihrem letzten Zusammentreffen vergangen waren, erkannte der Hausherr den unerwarteten Besucher.
»Mr. Blackshaw, was führt Euch denn hierher?« Nachdem Whitgreave ihn abschätzend von oben bis unten gemustert hatte, fügte er in ernstem Ton hinzu: »Nach Eurer Aufmachung zu schließen, seid Ihr auf der Flucht. Wart Ihr bei der Schlacht von Worcester dabei?«
»Ja, ich verdanke es wohl nur einer göttlichen Fügung, dass ich mit dem Leben davonkam«, bestätigte Jeremy mit einem bitteren Lächeln.

»Braucht Ihr Hilfe? Kann ich Euch etwas zu essen anbieten?«
»Ich danke Euch. Aber ich möchte Euch nicht unnötig zur Last fallen. Zumal Ihr ohnehin schon eine übergroße Verantwortung auf Euren Schultern tragt.«
»Wie meint Ihr das?«, fragte Whitgreave verwundert.
»Ich spreche davon, dass das Leben des Königs in Eurer Hand liegt.«
Whitgreave wandte das Gesicht ab, wie um seine Reaktion zu verbergen, begann dann aber zu lächeln, als erheitere ihn die Bemerkung seines Gastes.
»Mein lieber Freund, ich hatte bis vor kurzem nicht einmal Nachricht darüber, wie die Schlacht von Worcester ausgegangen war. Und ich habe keine Ahnung, was aus dem König geworden ist. Aber seid versichert, dass ich täglich für seine unversehrte Rückkehr nach Frankreich bete. Also kommt herein und lasst mich Euch ein Frühstück auftischen, bevor Ihr Eure Reise fortsetzt.«
Jeremy zögerte nicht länger, das Angebot anzunehmen, denn das Hungergefühl in seinem Magen war kaum noch zu ertragen. Whitgreave führte ihn in die Speisekammer und verschwand dann für einen Augenblick, um der Köchin Anweisungen zu geben. Jeremy bemerkte, dass außer ihr offenbar kein Dienstbote im Haus zurückgeblieben war, jedenfalls soweit er es auf den ersten Blick beurteilen konnte.
»Ich habe Euch draußen mit meinem Schützling Amoret reden sehen«, sagte Whitgreave, als er zurückkehrte.
»Ich hatte die traurige Pflicht, sie vom Tod ihres Vaters in Kenntnis zu setzen«, erklärte Jeremy. »Es hat sie sehr getroffen. Sie ist jetzt Waise, soviel ich weiß.«
Whitgreave war in der Bewegung erstarrt und blickte seinen Gast erschüttert an.

»Das stimmt. Ihre Mutter ist vor ein paar Jahren gestorben. Seine Lordschaft wollte seine Tochter eigentlich nach Frankreich schicken, aber irgendwie ist es nie dazu gekommen. Ich glaube, er hing zu sehr an ihr. Er ist also tot? In Worcester gefallen?«

»Ja, er hatte eine Bauchwunde, als ich ihn fand. Da ich nur leicht verletzt war, bat er mich, hierherzukommen und seiner Tochter die Nachricht zu bringen.«

Jeremy vermied es, Whitgreave ins Gesicht zu sehen. Er wollte nicht nach den näheren Umständen von Cavershams Tod befragt werden.

»Ich werde gleich Pater Huddleston Bescheid sagen, damit er sich um sie kümmert«, entschied Whitgreave. »Seit Amoret hier bei mir ist, unterrichtet er sie zusammen mit meinen Neffen. Ich glaube, er kann ihr in ihrem Leid besser beistehen als ich.«

Jeremy kannte den Hauskaplan der Whitgreaves seit langem. Er zweifelte nicht daran, dass die kleine Amoret bei diesem gütigen, freundlichen Mann in besten Händen war, und das beruhigte ihn ein wenig.

»Ich würde Pater Huddleston gern begrüßen, bevor ich aufbreche«, bat er schließlich noch. Und mit einem leichten, wissenden Lächeln, das er sich nicht verkneifen konnte, fügte er hinzu: »Ich habe seine Schüler hinter den oberen Fenstern Wache stehen sehen. Sind sie im Augenblick vom Unterricht befreit?«

»Sie passen auf, wer sich dem Haus nähert«, erklärte Whitgreave mit gezwungenem Gleichmut. »Wir befinden uns so nah an der Landstraße, dass es besser ist, auf ungebetenen Besuch vorbereitet zu sein.«

Der Hausherr führte Jeremy in die Halle zurück und bat ihn zu warten, während er Pater Huddleston holte. Sein Gast sah ihm neugierig nach, wie er eine schmale Wendeltreppe in der Nähe des Hinterausgangs hinaufstieg. Wie in Stoke Lacy gab es auch hier eine Kapelle unter dem Dach, in der Pater Huddleston heimlich die Messe las, und verschiedene Priesterkammern, in denen er sich bei einer Hausdurchsuchung verbergen konnte.

Kurz darauf kehrte Thomas Whitgreave mit dem Pater zurück, der sich gerade mit einem Leintuch die Hände trocknete. Huddleston besaß markante Gesichtszüge, die von hellem, lockigem Haar eingerahmt wurden, das bis auf seine Schultern herabfiel. Ein einfacher weißer Kragen lockerte seine dunkle Kleidung ein wenig auf. Da die Priester in England im Geheimen leben mussten, trugen sie geistliche Gewänder nur während der Messe und zeigten sich sonst in unauffälliger bürgerlicher Tracht.

»Ich freue mich, Euch unversehrt wiederzusehen, Mr. Blackshaw«, begrüßte der Priester den Gast herzlich. »Auch wenn Ihr traurige Nachrichten bringt. Wir waren noch im Ungewissen, was Lord Caversham anging, und hatten die Hoffnung, er sei vielleicht gefangen genommen worden. Ihr habt es Lady Amoret gesagt, wie ich höre. Es ist furchtbar für sie. Sie hing an ihrem Vater, auch wenn sie ihn aufgrund des Krieges wenig sah. Aber sie ist eine starke Persönlichkeit. Sie wird es überstehen.«

»Ich bin sicher, dass sie bei Euch gut aufgehoben ist«, sagte Jeremy. »Da ich meine Pflicht nun erfüllt habe, werde ich mich wieder auf den Weg machen. Es sei denn, Ihr entscheidet Euch, mich an Eurem Geheimnis teilhaben zu lassen. Wie Ihr wisst, bin ich Wundarzt. Der König bedarf vielleicht meiner Dienste.«

Er sagte dies mit einer so gelassenen Überzeugung, dass seine beiden Gegenüber ihn überrascht anstarrten. Whitgreave fasste sich als Erster.

»Ich verstehe nicht ganz, weshalb Ihr immerzu vom König redet, Mr. Blackshaw. Ihr glaubt doch nicht, dass er sich hier in diesem Haus befindet.«
»Ich glaube es nicht, ich weiß es«, erwiderte Jeremy selbstsicher. »Lasst mich Euch meine Schlussfolgerungen darlegen: Als ich während der Nacht vom Besitz meiner Familie hierher unterwegs war, beobachtete ich die Pendrell-Brüder, die in Begleitung eines Mannes, den ich aufgrund seiner kurzgeschnittenen Haare für einen Rundkopf hielt, denselben Weg eingeschlagen hatten. Zuerst vermutete ich, er sei ihr Gefangener, doch da sie recht freundschaftlich mit ihm umgingen, konnte das nicht stimmen. Ihr Begleiter musste also ein verkleideter Royalist sein. Sie brachten ihn durch die Hintertür ins Haus, wo er von Euch in einem der oberen Räume versteckt wurde, vermutlich in Eurer Kammer, Pater, da sie über ein Versteck verfügt.«
»Ich gebe zu, dass ich einen geflohenen Royalisten in meinem Haus beherberge«, lenkte Thomas Whitgreave schließlich ein, da er sah, wie überzeugt Jeremy war, »aber es handelt sich um einen Verwandten von mir, den ich nicht im Stich lassen kann. Wie kommt Ihr nur auf die Idee, dass es der König sein könnte?«
»Eure wohlüberlegten Sicherheitsmaßnahmen verraten es mir«, führte Jeremy unbeirrt aus. »Die starke Eskorte, die den Flüchtling hierherbrachte, die Tatsache, dass Ihr Eure Dienerschaft bis auf die Köchin, die als Katholikin vertrauenswürdig ist, unter einem Vorwand aus dem Haus schicktet, die Postierung der Jungen an den oberen Fenstern, Eure Vorsicht, niemanden ins Haus zu lassen, den Ihr nicht kennt. Und schließlich noch Eure Verschwiegenheit mir gegenüber. Da ich selbst ein Flüchtling bin, woran Ihr keinen Zweifel haben könnt, wäre es unnötig gewesen, die Anwesenheit eines Eurer

Verwandten zu leugnen. Nein, ich bin sicher, dass es der König ist. Und er muss verletzt sein, denn Ihr, Pater, habt eben noch seine Wunden gebadet, wie mir das Blut an Eurem Handgelenk zeigt.«

Huddleston senkte unwillkürlich den Blick auf seinen Arm und musste zu seinem Erstaunen feststellen, dass der junge Blackshaw recht hatte. Doch bevor der Priester antworten konnte, ließ sich hinter ihnen eine amüsiert klingende Stimme vernehmen: »Lasst es gut sein, meine Herren. Ich denke, ein Mann, der in der Lage ist, so kluge Schlüsse zu ziehen, ist auch fähig, ein Geheimnis zu wahren.«

Fast gleichzeitig wandten sie sich um und sahen eine höchst bemerkenswerte Gestalt am Fuße der Wendeltreppe stehen. Auf den ersten Blick wirkte der Ankömmling wie ein hart arbeitender Holzfäller, gekleidet in eine fadenscheinige grüne Überjacke, Kniehosen von derselben Art und ein Lederwams über einem frischen, sauberen Leinenhemd. Er trug keine Schuhe, sondern nur Kniestrümpfe, die an den Füßen blutig waren. Die Körpergröße des Mannes war beeindruckend. Jeremy schätzte ihn auf etwa sechs Fuß zwei Zoll.

Das Gesicht verriet seine Jugend, aber die schweren, fleischigen Gesichtszüge und die überaus dunkle Hautfarbe ließen es wenig attraktiv erscheinen. Die lebhaften dunkelbraunen Augen, der volle, sinnliche Mund und das bis über die Ohren zurückgeschnittene schwarze Haar trugen noch zu seiner südländischen Erscheinung bei. Dieser riesige, dunkelhäutige Geselle war niemand anderer als der König!

Sein fremdartiges Aussehen verdankte er dem italienischen Blut, das seine französische Mutter Henriette-Marie von den Medicis mitbekommen hatte und das bei Charles besonders stark durchgeschlagen war. Als Säugling war er so dunkel gewesen, dass man sagte, die Königin habe ein Mohrenkind zur

Welt gebracht. Seine überragende Körpergröße, die ganz im Gegensatz zu der Untersetztheit seiner Eltern stand, hatte Charles dagegen von seiner Großmutter Anne von Dänemark geerbt. Das einzig wirklich Schöne an ihm, seine langen, glänzenden schwarzen Locken, hatte er seiner Sicherheit opfern müssen.

Ein breites, sympathisches Lächeln teilte seine geschwungenen Lippen, als Charles auf die drei Männer zutrat und Jeremy neugierig in Augenschein nahm.

»Aber ... ich erinnere mich an Euch!«, rief er erfreut aus. »Ihr habt mir am Sidbury-Tor über den Munitionswagen geholfen. Ihr seid einer meiner Feldscher.«

Jeremy nickte bestätigend und beugte im nächsten Moment das Knie, um die Hand zu küssen, die ihm der König entgegenhielt.

»Da Ihr nun von meiner Anwesenheit wisst, nehme ich Eure Hilfe gern in Anspruch«, erklärte Charles dankbar. »Auch wenn die Verletzung, auf die Ihr so raffiniert geschlossen habt, zu meiner Schande alles andere als heldenhaften Ursprungs ist. Es ist mir sogar peinlich, zu gestehen, dass ich mir auf der Flucht vor einem wackeren Müller die Füße blutig gescheuert habe. Meine Retter, die Pendrells, hatten leider kein Schuhwerk zur Verfügung, das einem so großen Kerl wie mir gepasst hätte.«

Der König besaß trotz seiner Schmerzen genug Humor, um über sein Missgeschick zu lachen. Seine gleichmütige Haltung beeindruckte Jeremy mehr als die Furchtlosigkeit, die Charles während der Schlacht von Worcester gezeigt hatte. Damals hatte er eine Armee hinter sich gehabt, eine unterlegene, entmutigte Armee zwar, aber dennoch einen Rückhalt, der seine Führungsqualitäten weckte. Heute dagegen war er ein vogelfreier Flüchtling, umgeben von schwerbewaffneten Feinden,

auf die selbstlose Hilfe Einzelner angewiesen, die ihn verstecken, im Falle der Entdeckung aber nicht verteidigen konnten. Doch all die Umstände, die gegen ihn waren, vermochten ihm offenbar nicht die Hoffnung zu nehmen, dieses Abenteuer unversehrt zu überstehen und seinen Feinden zu entkommen.
Und als der König den jungen Blackshaw einlud, ihm oben in seinem Gemach Gesellschaft zu leisten, tat er dies mit einem Charme und einer Galanterie, die unverwüstlich schienen.

Kapitel 6

November 1668

Ein heftiger Herbststurm hatte die Themse aufgewühlt und ließ ihre braunen Fluten gegen die Bootswand klatschen. Mit einiger Mühe legte der Fährschiffer an der privaten Anlegestelle des Whitehall-Palastes an. Seinen Degen mit einer Hand festhaltend, sprang Breandán geschmeidig auf den Landungssteg und reichte dann Amoret die Hand, um ihr beim Aussteigen zu helfen. Als sich Jeremy von der Bank erhob, schwankte das Boot gefährlich hin und her, und der Ire musste den Priester stützen, damit dieser nicht über Bord ging.
»Ich danke Euch«, sagte Jeremy. »Offenbar bin ich ein wenig aus der Übung«, fügte er zerknirscht hinzu.
Ich werde alt, dachte er und versuchte, die bedrückende Erkenntnis zu verscheuchen, indem er den Anblick des Königspalastes in sich aufnahm.
Zu ihrer Rechten erstreckte sich der Küchentrakt, über dem sich das mit einem Dachreiter geschmückte Satteldach des Großen Saals erhob. Die verschachtelten Gebäude des eigentlichen Palastes von Whitehall wurden überragt von der eleganten Fassade der Banqueting Hall. Südlich des Küchentrakts befanden sich die Räume der Königin mit ihrer weitläufigen Terrasse und der neu errichtete Vogelhausflügel. Seinen Namen verdankte er dem kleinen Garten, der

sich vor dem Bürgerkrieg dort befunden hatte und in dem exotische Vögel gehalten worden waren. In diesem U-förmigen Gebäudeteil hatte sich Charles II. seine Privatgemächer eingerichtet, dazu eine Bibliothek und ein Laboratorium, in dem der König wissenschaftliche Experimente durchführte.

Amoret hatte sich maskiert und die Kapuze ihres wollenen Umhangs tief ins Gesicht gezogen, doch sie gab sich nicht der Illusion hin, dass ihr Auftauchen bei Hofe unbemerkt bleiben würde.

Als sie den Innenhof des Vogelhausflügels erreichten und über das weiße Pflaster mit den schwarzen Markierungen der Himmelsrichtungen schritten, trat ihnen eine Wache entgegen. Amoret ließ die Maske sinken. Der Gardist erkannte sie und gab ihnen mit einer Verbeugung den Weg frei. Offenbar hatte er entsprechende Anweisungen erhalten.

Als sich die kleine Gruppe den Privatgemächern des Königs näherte, tauchte lautlos wie ein Geist William Chiffinch, der Kammerdiener Seiner Majestät, vor ihnen auf.

»Mylady, Gentlemen, würdet Ihr mir bitte folgen«, sagte er mit einer kurzen Verbeugung.

Chiffinch führte die Besucher in ein kleines Kabinett, in dem eine Unmenge an Uhren aller Größen tickten und unterschiedliche Stunden schlugen.

»Seine Majestät wird zu Euch stoßen, sobald der Gottesdienst zu Ende ist, Mylady«, klärte der Kammerdiener sie auf und verließ mit einer weiteren Verbeugung das Kabinett.

»Welch ein Höllenlärm«, bemerkte Breandán, als zwei der Uhren gleichzeitig die zwölfte Stunde schlugen.

»Charles begeistert sich sehr für mechanisches Spielzeug und andere Erfindungen, auch wenn sie noch nicht ausgereift sind«, erwiderte Amoret lächelnd.

Ihr Blick folgte Jeremy, der die einzelnen Uhren interessiert betrachtete. Vermutlich versuchte er zu ergründen, wie man sie wohl in Einklang bringen konnte.

Der König ließ nicht lange auf sich warten. Bald waren auf dem Boden vor der Tür zum Kabinett der Widerhall mehrerer Holzabsätze und Charles' Stimme zu hören. Dann wurde die Tür geöffnet, und der König trat über die Schwelle. Fast gleichzeitig verbeugten sich die beiden anwesenden Männer, während Amoret mit gesenktem Kopf in einer tiefen Reverenz versank. Charles blieb vor ihr stehen und reichte ihr die Hand zum Kuss.

Als sich die junge Frau erhob, bemerkte sie mit einem Blick, dass sich die Mode während ihrer Abwesenheit verändert hatte. Die neuen Kleidungsstücke, die der König vor einigen Jahren anstelle von Wams und Rhingrave eingeführt hatte, hatten sich in den vergangenen Monaten weiterentwickelt. Über Kniehosen aus schwarzem Samt trug der Monarch einen mit Goldfäden bestickten, roten Überrock mit langen Schößen und engen Ärmeln, die nur bis zu den Ellbogen reichten und dort in breiten Stulpen endeten, die umgeschlagen waren und so ihr weißes Satinfutter offenbarten. Darunter war die bis zur Mitte der Schenkel reichende, aufwendig bestickte Weste zu sehen, die vorn mit unzähligen winzigen Knöpfen geschlossen und zusätzlich von einer seitlich geknoteten Schärpe gehalten wurde. Die Ärmel reichten ebenfalls bis zu den Ellbogen, und die Manschetten waren mit unzähligen Seidenschlaufen geschmückt, die unter den Stulpen des Überrocks hervorquollen. Das darunter getragene feine Leinenhemd bedeckte den Arm bis zum Handgelenk und endete in duftigen Rüschen und Spitzen, die zu der weißen Spitze der von einer Schleife gehaltenen Krawatte passte. Eine Perücke aus langen schwarzen Locken umrahmte das markante

Gesicht des Königs mit den dunkelbraunen Augen, den fleischigen Zügen und dem sinnlich geschwungenen Mund. Ein schmales Schnurrbärtchen zierte seine Oberlippe.
»Ich bin Euch dankbar, dass Ihr meiner Aufforderung so rasch gefolgt seid, Madam«, sagte Charles herzlich. Es war ihm deutlich anzusehen, wie sehr er seine ehemalige Mätresse vermisst hatte. Er betrachtete sie eingehend von Kopf bis Fuß. »Ich hoffe, Ihr seid eines gesunden Kindes genesen.«
»Ja, vielen Dank, Euer Majestät«, erwiderte Amoret strahlend. »Es ist ein prächtiger Junge. Sein Name ist Daimhín.«
»Verstehe«, bemerkte der König mit einem kurzen Seitenblick auf den jungen Iren, den dieser stolz erwiderte. Für einen Moment blitzten Funken der Eifersucht zwischen den beiden Männern auf.
»Eurem Sohn Charles Fitzjames geht es hervorragend«, erklärte der Monarch.
Amoret errötete leicht. Obwohl sie sich darauf freute, ihren dreijährigen Sohn, der Charles' Kind war und deshalb bei Hofe lebte, wiederzusehen, wäre es ihr lieber gewesen, wenn der König den Jungen vor ihrem Gatten nicht erwähnt hätte. Es war Breandán nicht leichtgefallen, sich damit abzufinden, dass sie Charles' Mätresse gewesen war. Und der Ire befürchtete noch immer, dass der König eines Tages wieder seine Besitzansprüche geltend machen könnte.
Die Spannung zwischen den beiden Männern wurde fast unerträglich, als Charles sich besann und sich schließlich Jeremy zuwandte, der den Wortwechsel besorgt verfolgt hatte.
»Sosehr ich mich freue, Euch wieder bei Hofe willkommen heißen zu können, Mylady, so bedarf ich doch eigentlich der Dienste Eurer Begleiter«, sagte der König. »Pater Blackshaw, erinnert Ihr Euch an unser Zusammentreffen auf Moseley Hall? Ich entsinne mich noch genau, mit welchem Scharfsinn

Ihr auf meine Anwesenheit im Haus geschlossen habt. Auch zu anderen Gelegenheiten habt Ihr uns einen großen Dienst erwiesen, indem Ihr ein verzwicktes Rätsel gelöst und die Machenschaften gerissener Schurken vereitelt habt. Nun habe ich eine weitere Aufgabe für Euch. Es handelt sich um eine heikle Angelegenheit, über die kein Wort an die Öffentlichkeit dringen darf. Ich weiß, dass Ihr absolut vertrauenswürdig seid und zu schweigen wisst. Deshalb scheint Ihr der Einzige zu sein, der das Mysterium, das mir Kopfzerbrechen bereitet, zu entwirren vermag.«

»Ich werde gern mein Bestes tun, Sire«, stimmte Jeremy zu.

»Ihr müsst jemanden für mich aufspüren, Pater«, fuhr Charles fort. In seinem Gesicht war deutliche Sorge zu lesen. »Ich unterhalte einen regen Briefwechsel mit meiner Schwester, der Duchesse d'Orléans. Vor einer Woche erwartete ich die Rückkehr eines Boten, der mir einen ihrer Briefe bringen sollte. Unerklärlicherweise ist der Bote jedoch nicht zur verabredeten Zeit erschienen. Daraufhin ließ ich Chiffinch Erkundigungen einziehen, ob das Paketboot oder die Postkutsche aufgehalten wurden. Aber da gab es keine Beeinträchtigungen. Es könnte also notwendig sein, die Spur des Boten bis nach Frankreich zu verfolgen. Ihr habt dort studiert, nicht wahr, Pater?«

»So ist es, Euer Majestät«, bestätigte Jeremy.

»Findet heraus, was aus dem Boten geworden ist, Pater! Wenn der Brief meiner Schwester in falsche Hände gefallen ist ...«

Der König unterbrach sich, als habe er bereits zu viel gesagt, besann sich dann aber und blickte Jeremy streng in die Augen. »Ihr wisst, was es bedeutet, ein Geheimnis zu wahren. Das Schreiben meiner Schwester ist einzig und allein für meine Augen bestimmt. Falls Ihr es findet, werdet Ihr es mir ungeöffnet überbringen.«

»Ihr habt mein Wort, Sire«, versicherte Jeremy ohne Zögern.
»Und falls der Inhalt dennoch zu Eurer Kenntnis gelangt, werdet Ihr niemandem davon erzählen. Ist das klar?«
»Ja, Euer Majestät«, erwiderte Jeremy. »Was könnt Ihr mir über den Boten sagen?«, fragte er schließlich. »Wisst Ihr, welche Route er gemeinhin nahm?«
Die Haltung des Königs entspannte sich ein wenig. »Sein Name ist Sir William Fenwick –« Charles stutzte, als er sah, dass sich Jeremy und Amoret überraschte Blicke zuwarfen. »Ihr kennt ihn vielleicht, Madam«, fuhr er fort, »er verkehrt bei Hofe.«
»Ich bin ihm nie begegnet, Sire«, antwortete Amoret. »Allerdings bin ich in der Lage, Euch zu bestätigen, dass Sir William Fenwick tatsächlich nach London zurückgekehrt ist. Vor ein paar Tagen hatte ich einen Gast auf meinem Landgut, der mit Sir William in der Postkutsche von Dover angereist ist.«
Erstaunen breitete sich über das dunkle Gesicht des Königs. »Und Euer Gast ist sicher, dass es Sir William war?«
»Zumindest stellte er sich unter diesem Namen vor«, bestätigte Amoret. In kurzen Worten gab sie das Geschehen wieder, von dem Pater Waterhouse ihnen berichtet hatte.
»Welch ein glücklicher Zufall, dass Euer Gast ein so aufmerksamer Beobachter ist«, bemerkte Charles anerkennend. »Wenn Sir William also London unversehrt erreichte, weshalb lieferte er den Brief nicht bei mir ab? Ich hatte ihm ausdrücklich aufgetragen, mich bei seiner Ankunft unverzüglich aufzusuchen.« An Jeremy gewandt, sagte der König: »Findet Sir William! Es ist mir gleich, was es kostet. Aber geht dabei mit äußerster Diskretion vor. Niemand darf Verdacht schöpfen.«
Er sprach nicht aus, auf wen er anspielte, doch Amoret erriet, dass er gewisse Persönlichkeiten des Hofes meinte, allen vor-

an vermutlich den Duke of Buckingham, ein intriganter Lebemann, der sich mit Vorliebe in alles einmischte. Seit dem Sturz des Lord Chancellors Clarendon galt er als wichtigster Minister des Königs.

»Sir William wohnt im Haus ›Zum Goldenen Becher‹ auf der Bedford Street«, ergänzte Charles. »Vor zwei Wochen schickte ich ihn mit einem Brief nach Frankreich. Er sollte das Schreiben meiner Schwester aushändigen, sich am folgenden Tag die Antwort geben lassen und unverzüglich nach London zurückkehren.«

»Ich werde sofort mit den Nachforschungen beginnen«, versprach Jeremy. »Verlasst Euch auf mich, Euer Majestät.«

Abschließend wandte sich Charles Breandán zu. »Ihr habt der Krone unter Mylord Arlington große Dienste erwiesen«, begann er großmütig. »Seine Lordschaft preist vor allem Eure Gewissenhaftigkeit und Verschwiegenheit. Auch meine Schwester hält große Stücke auf Euch. Sie hat Euch bereits ein Mal einen Brief anvertraut. Solange das Verschwinden Sir William Fenwicks nicht geklärt ist, brauche ich einen verlässlichen Ersatz. Wärt Ihr bereit, als Bote für die Korrespondenz zwischen meiner Schwester und mir zu dienen?«

»Es wäre mir eine Ehre, Euer Majestät«, erwiderte Breandán mit einer Verbeugung. Bei ihrer ersten Begegnung vor ein paar Jahren hatte die sympathische junge Prinzessin tiefen Eindruck auf ihn gemacht, und er freute sich darauf, sie wiederzusehen.

»Könnt Ihr kurzfristig abreisen?«, fragte der König mit einem entschuldigenden Blick in Amorets Richtung.

»Wenn Ihr es wünscht, Sire«, stimmte Breandán zu.

»Dann findet Euch heute Abend um zehn Uhr erneut hier in diesem Kabinett ein, Sir. Chiffinch wird Euch durch dieselbe Tür hereinlassen, durch die Ihr gekommen seid. Was die Brie-

fe betrifft, die Ihr befördern sollt, gelten für Euch dieselben Anweisungen wie für Pater Blackshaw.«
»Ich verstehe, Euer Majestät.«
»Ihr könnt Euch jetzt zurückziehen«, erklärte Charles und entließ sie.
Auf den Innenhof des Vogelhausflügels zurückgekehrt, sagte Amoret: »Bitte wartet an der Anlegestelle auf mich. Ich möchte meinen Sohn besuchen.«
Ihre Begleiter nickten. Amoret vermied es, ihrem Gatten ins Gesicht zu sehen. Sie wusste auch so, welche Gefühle sie darin lesen würde. Als sie damals mit dem jungen irischen Landsknecht eine Liebschaft eingegangen war, hatte sie schon das Kind des Königs unter dem Herzen getragen. Sie hatte ihm dies jedoch erst gebeichtet, als er sich bereits in sie verliebt hatte. Nun tat ihm jede Erinnerung an den königlichen Bastard weh.
Die Kapuze ihres Umhangs tief ins Gesicht gezogen, machte sich Amoret auf den Weg in die Gemächer von Barbara Palmer, Countess of Castlemaine, Charles' langjährige Erste Mätresse. Da sie ihm im Laufe der Jahre fünf Kinder geboren hatte, beinhaltete ihr Apartment eine Kinderstube, in der die Kleinen in der Obhut von mehreren Ammen und Erzieherinnen aufwuchsen. Dort lebte auch Amorets Sohn Charles Fitzjames.
Ihr Weg führte sie durch die private Galerie zum Holbein-Tor. Als sie die Gemächer der Countess of Castlemaine erreichte, musste Amoret zu ihrem Unmut feststellen, dass ihre ehemalige Rivalin anwesend war. Gerade trat sie aus ihrem wundervoll ausgeschmückten Oratorium zu den Höflingen, die sich stets um sie scharten. Unter ihnen entdeckte Amoret ihren gemeinsamen Cousin George Villiers, Duke of Buckingham, Henry Jermyn und Charles Berkeley, die zu Barbaras engstem Kreis

gehörten. Mit Buckingham hatte sie sich offensichtlich wieder einmal versöhnt. Wie lange der Burgfrieden zwischen den beiden halten würde, war allerdings fraglich.

Angesichts der neugierigen Blicke, die sich auf sie richteten, bereute Amoret unversehens ihren Entschluss, den kleinen Charles zu besuchen. Nun würde die Nachricht von ihrer Rückkehr an den Hof schneller die Runde machen, als wenn sie in der königlichen Kapelle ein Plakat angeschlagen hätte.

»Meine liebste Freundin«, begrüßte Lady Castlemaine die andere Frau mit geheuchelter Herzlichkeit und streckte ihr beide Hände entgegen. »Wie schön, Euch wiederzusehen. Wir haben Euch schrecklich vermisst. Ihr seid Mutter geworden, nicht wahr? Ich hoffe, es ist alles glücklich verlaufen«, sprudelte Barbara los.

»Ich kann nicht klagen«, erwiderte Amoret zurückhaltend. »Ich habe einen gesunden Sohn zur Welt gebracht.«

Barbara blickte sie erwartungsvoll an, doch da diese nichts hinzufügte, begriff Lady Castlemaine, dass der König das Kind ihrer Rivalin nicht als das seine anerkennen würde. Beruhigt hakte sie sich bei ihr unter und führte sie in Richtung Kinderstube.

»Entschuldigt uns, meine Herren«, sagte sie. »Unsere Mutterpflichten rufen.«

Amoret musste lachen, als sie die verständnislosen Blicke der anwesenden Höflinge sah. Barbara war nicht bekannt dafür, dass sie die Gesellschaft ihrer Kinder der eines gutgebauten Mannes vorzog. Vermutlich wollte sie Amoret nur aushorchen.

Als sie über die Schwelle der Kinderstube traten, in der ein köstliches Durcheinander herrschte, wandte sich ein dreijähriger Junge in weiten Röcken von seinen Spielkameraden ab und stolperte ihnen strahlend entgegen.

»Mama, du bist wieder da«, rief er.
Amoret hockte sich hin und nahm den kleinen Charles in die Arme.
»Ich habe dich so vermisst, liebste Mama«, sagte er und schmiegte sich an sie.
»Nun, da Ihr wieder bei Hofe seid, könnt Ihr ihn regelmäßig sehen«, bemerkte Barbara nicht ohne Berechnung.
Seufzend löste sich Amoret aus der Umarmung ihres Sohnes und erhob sich.
»Ich werde nicht lange in London bleiben«, erwiderte sie. »Ich kam nur her, um ihn zu besuchen.«
»Ist das wirklich Euer Ernst?«, fragte Barbara ungläubig.
»Ja, das ist es«, bestätigte Amoret, ohne eine weitere Erklärung abzugeben. Und die Countess of Castlemaine befriedigte die Antwort so sehr, dass sie nicht weiter nachfragte.
Amoret blickte ihren Sohn streng an. »Ich hoffe, du bist immer artig und tust, was deine Gouvernante dir sagt, Charles.«
»Ja, Mama«, erwiderte der Knabe eifrig.
»Leider muss ich jetzt gehen. Aber ich besuche dich morgen wieder.«
»Ich freue mich schon, Mama.«
Sie küsste ihn auf die Stirn und schickte ihn zu seinen Kameraden zurück. Bald war er wieder so ins Spiel vertieft, dass die Anwesenheit seiner Mutter vergessen war.
Nachdenklich begab sich Amoret zur privaten Anlegestelle, an der Breandán und Pater Blackshaw sie erwarteten. Schweigend nahmen sie ein Boot, das sie an ihrem Haus am Strand absetzte. Durch den Garten gelangten sie von der Themse zum Hintereingang.
»Nun, wie werdet Ihr vorgehen, Pater?«, fragte Amoret, während sie ihren Umhang einem Lakaien aushändigte.

»Zuerst werde ich in Sir William Fenwicks Haus nachfragen, ob er dort eingetroffen ist«, antwortete Jeremy. »Dann werden wir weitersehen.«
»Ihr solltet etwas zu Euch nehmen, bevor Ihr das Haus verlasst«, riet sie ihm. »Wer weiß, wann Ihr wieder etwas in den Magen bekommt.«
»Keine Sorge. Ich habe die Absicht, nach meinem Besuch in Sir Williams Haus Alan meine Aufwartung zu machen.«

Kapitel 7

Heftige Windböen rüttelten an den Fenstern und ließen die Scheiben in der Bleifassung klirren. Das trübe Licht des stürmischen Morgens hob das Gemach kaum aus der Dunkelheit. Als Armande die Augen aufschlug, verrieten ihr die tiefen Atemzüge des Mannes an ihrer Seite, dass er noch immer schlief. Doch das überraschte sie nicht. Alan Ridgeway war noch nie ein Frühaufsteher gewesen.
Die junge Französin stützte den Kopf auf den Ellbogen und betrachtete die entspannten Züge des Wundarztes. Man sah ihm seine vierzig Jahre nicht an. Nur in den Augen- und Mundwinkeln hatten sich die Lachfältchen tief in die bleiche Haut eingegraben, zu der das pechschwarze glatte Haar einen scharfen Kontrast bildete. Die letzten Jahre hatten immer mehr schimmernde silbergraue Fäden in den rabenschwarzen Schopf gewebt, was ihm eine gewisse Vornehmheit verlieh und nicht so recht zu seinem stets auf Schabernack ausgerichteten Wesen passen mochte.
Armande nahm keine Rücksicht auf Alans Schlaf. Sanft strich sie über seine rauh gewordene Wange, die dringend einer Rasur bedurfte, dann über die weiche Haut seines Halses, seiner Schulter, seines Arms. Doch erst als sie sich zu ihm hinabbeugte und ihn auf die Stupsnase küsste, erwachte er. Seine graublauen Augen begegneten den ihren, und sein großer

Mund öffnete sich zu einem breiten Grinsen, das auch auf den verbittertsten Griesgram ansteckend gewirkt hätte.
»Du bist schon wach, meine Schöne?«, fragte Alan und gähnte herzhaft. »Es ist doch noch mitten in der Nacht.«
»Hörst du nicht das Klappern der Fensterläden und die Rufe der Lehrknaben, Liebster?«, spottete Armande. »Die Kaufleute und Handwerker öffnen bereits ihre Werkstätten und buhlen um die ersten Kunden. Nur an deine Tür klopft man vergeblich. Ist es nicht an der Zeit, dass du dir einen neuen Lehrjungen zulegst?«
Alans Gesicht wurde ernst. »Du hast recht. Es ist nicht leicht, all die Arbeit allein zu tun. Aber du weißt ja, was mit meinen letzten beiden Lehrlingen passiert ist. Ich glaube, auf mir lastet ein Fluch.«
»Sag nicht so etwas«, tadelte sie ihn sanft. »Du trägst keine Schuld an dem, was geschehen ist.«
»Ich werde mich so bald wie möglich darum kümmern«, versprach Alan. »Und nun komm in meine Arme, mein Engel.«
Überschwenglich zog er sie an sich und überschüttete sie mit Küssen. Spielerisch wehrte sie ihn ab und versuchte, sich ihm zu entziehen. Da warf er sich auf sie, und sie rangen eine Weile lachend unter den Laken. Schließlich ergab sich Armande und lag keuchend unter ihm, das Gesicht gerötet von der Anstrengung. Ihre Augen strahlten ihn an, und ihre Lippen bebten. Fasziniert betrachtete Alan sie. In seinen Armen kannte Armande keine Scham, und das machte das Zusammensein mit ihr zu einem besonderen Vergnügen. Zuweilen war es unterhaltsam, eine keusche Jungfrau zu verführen und Schritt für Schritt ihre Hemmungen und Zweifel zu überwinden, doch wirkliche Erfüllung fand Alan nur bei einer Frau, die jeden seiner Gedanken und Wünsche erriet und ihr eigenes Verlangen offenbarte, das zu befriedigen ihm Spaß machte. Er

liebte es, eine Frau in seinen leidenschaftlichen Umarmungen vor Lust vergehen zu sehen. Armandes und sein eigener Körper verstanden sich vorzüglich und führten einander wie ein gut eingespieltes Gespann zum Gipfel der Wollust.
Befriedigt vergrub Alan das Gesicht in Armandes schweißnassem Haar.
»Ich könnte den ganzen Tag im Bett verbringen«, gestand er.
Noch bevor die Französin antworten konnte, klopfte es an der Tür.
»Meister, ich bringe Euch heißes Wasser zum Waschen«, verkündete die Magd Nan.
Alan zog schmollend die Mundwinkel herunter. »Der grausame Alltag hat uns eingeholt. Wie schade!«, erklärte er in tragischem Ton. Dann rief er: »Stell die Kanne vor die Tür, Nan.«
Er gab Armande einen Kuss, schälte sich aus den Laken und tappte auf nackten Füßen zur Kammertür. Erst jetzt wurde ihm bewusst, dass der Wind um die Brückenhäuser heulte und der Regen gegen die Fensterscheiben prasselte.
»Der erste Herbststurm«, bemerkte er. »Scheint recht ungemütlich zu sein da draußen.«
Während er sich wusch, beobachtete Armande ihn vom Bett aus. Sein Körper war sehr groß und schlank, fast ein wenig schlaksig. Schließlich erhob sich die junge Frau und trat an seine Seite. Mit einer zärtlichen Bewegung nahm sie ihm das Leintuch aus der Hand und rieb seinen Nacken und seine Schultern ab. Danach ließ Alan ihr dieselbe Behandlung angedeihen, und sie halfen sich gegenseitig in ihre Kleider.
Als sie die Treppe hinabstiegen, ertönte plötzlich ein Knall. Ein schwerer Schlag erschütterte das ganze Haus, dass die Balken knirschten und an manchen Stellen der Putz von den

Wänden rieselte. Instinktiv stützte sich Alan mit der einen Hand ab und ergriff mit der anderen Armandes Arm, als die schmale Stiege ächzend unter ihnen hin und her schwankte.
»Mon Dieu, was ist passiert?«, entfuhr es der Französin.
»Keine Ahnung«, antwortete Alan verwirrt. »Vielleicht ist wieder ein Karren unter dem Anbau steckengeblieben.«
Besorgt um die Stabilität seines Hauses, eilte Alan vor die Tür und sah sich um. Doch die Brückenstraße war frei. Da vernahm der Wundarzt mit einem Mal Schreie von gegenüber, aus dem Laden des Goldschmieds Johnson. Die obersten Stockwerke beider Häuser trafen sich über der Straße und waren durch eine dünne Holzwand miteinander verbunden. Gefolgt von Armande, überquerte Alan die Straße und trat durch die unverriegelte Tür ein. Johnsons Lehrknaben standen mit verstörten Gesichtern im Laden des Goldschmieds, den sie nicht zu verlassen wagten.
»Was ist geschehen?«, fragte Alan mit einem prüfenden Blick in die Runde.
Die Schreie kamen von oben. Rasch erklomm er die Stiege. In der Küche, die auf den Fluss hinausging, herrschte Chaos. Die kreischende Stimme einer Frau übertönte das schmerzerfüllte Stöhnen eines Verletzten. Wie vom Donner gerührt blieb Alan auf der Schwelle stehen und nahm den unglaublichen Anblick in sich auf.
Auf dem Boden vor dem Fenster wälzte sich der Goldschmied in seinem Blut. Seine Gemahlin stand schreiend daneben und rang die Hände, während Johnsons Geselle sich um seinen Meister bemühte. Doch das Erstaunlichste war der Bugspriet eines Handelsschiffes, der durch die geborstenen Scheiben des Fensters in die Küche hereinragte. Offenbar hatte der Sturm das Schiff von seinem Ankerplatz vor dem Zollhaus losgerissen und auf die Brücke zugetrieben.

Alan beugte sich über den verletzten Goldschmied und untersuchte ihn. Ein Stück gesplittertes Holz hatte sich in Johnsons Schulter gebohrt. Alan vermutete, dass es vom Fensterrahmen stammte, der von dem Bugspriet aus seiner Halterung gerissen worden war.

»Helft mir, ihn in meine Chirurgenstube hinüberzutragen«, wies Alan den Gesellen an. »Gibt es noch weitere Verletzte?«

»Nein. Der Meister trat ans Fenster, als sich dieser riesige Schatten näherte. Als wir erkannten, dass es ein Schiff war, war es zu spät.«

Mühsam schleppten Alan und der Geselle den Goldschmied über die Brückenstraße in die Offizin des Wundarztes. Als sie Johnson auf dem Operationstisch abgelegt hatten, wandte sich Alan an Armande, die an seiner Seite stand.

»Ich brauche Eure Hilfe, Mademoiselle. Ihr wisst, dass ich weder über einen Gesellen noch einen Lehrknaben verfüge. Traut Ihr Euch zu, mit Hand anzulegen?«

»Ihr könnt Euch auf mich verlassen«, versicherte die Französin ohne Zögern. »Ich falle nicht gleich in Ohnmacht, wenn ich Blut sehe.«

»Gut«, erwiderte Alan und lächelte ihr zu. »Nehmt eine der Schüsseln und füllt sie mit Branntwein. Dann brauche ich noch einige der Leinenstreifen, die auf dem Tisch dort hinten gestapelt sind.«

Armande tat wie geheißen, während Alan mit einer großen Schere Johnsons Wams zerschnitt und seine Schulter freilegte.

»Wisst Ihr, wie viel mich dieses Wams gekostet hat, Sir?«, knurrte der Goldschmied, dem der Schweiß auf der Stirn perlte.

»Das ist jetzt Eure geringste Sorge«, gab der Wundarzt ruhig zurück. »Und nun haltet still, damit ich sehen kann, wie tief das Holzstück sitzt.«

Unaufgefordert hielt Armande ihm die Messingschüssel hin, in der er sich sorgfältig die Hände wusch. Als Alan die Wunde mit Branntwein reinigte, schrie der Goldschmied trotz aller Beherrschung vor Schmerz auf.

»Ist mein Weib hier?«, fragte er schließlich keuchend.

»Nein, Sir«, antwortete Armande. »Sie ist in Eurem Haus geblieben. Die Lehrknaben kümmern sich um sie. Soll ich sie holen?«

»Nein. Ich will nicht, dass sie mich so sieht«, wehrte Johnson ab.

Alan bemerkte die Grimasse, die Armande zog, und warf ihr einen beschwichtigenden Blick zu. In manchen Situationen hatte ein Mann das Recht, von seinen Liebsten unbeobachtet zu sein.

Vorsichtig bewegte Alan das Holzstück in der Wunde hin und her, um festzustellen, ob er es mit der Hand herausziehen konnte. Doch das Holz war glitschig vom Blut, und so bat er Armande schließlich um eine Zange. Nach kurzem Suchen brachte sie ihm eine Flachzange. Alan war gut organisiert. Bei ihm hatte alles seinen geordneten Platz.

»Haltet die Leinenstreifen bereit und presst sie auf die Wunde, wenn ich den Span herausgezogen habe«, wies der Chirurg sie an.

Armande nickte schweigend. Mit einem kurzen Seitenblick stellte Alan fest, dass sie trotz ihrer Gelassenheit ein wenig weiß um die Nase geworden war.

»Werdet Ihr durchhalten?«, fragte er besorgt.

»Ja, es geht schon«, antwortete sie selbstbewusst und holte tief Luft.

Es kostete Alan einiges an Kraft und Fingerspitzengefühl, das Holzstück aus Johnsons Schulter zu ziehen, während der Goldschmied vor Schmerzen mit den Zähnen knirschte. Zum

Glück quoll nur wenig Blut hervor, das Armande sorgfältig mit den Leinenstreifen abtupfte. Erneut spülte Alan die Wunde mit Branntwein.

»Ihr hattet Glück, Meister Johnson«, erklärte er. »Der Holzsplitter ist tief eingedrungen, hat aber keine größeren Blutgefäße verletzt.«

Armande reichte ihm Nadel und Faden, und Alan machte sich mit geschickter Hand daran, die Wunde zu nähen. Nachdem er dem Goldschmied einen Verband angelegt hatte, kam dieser mit zitternden Knien auf die Beine.

»Ich danke Euch, Meister Ridgeway. Nun muss ich nachsehen, ob es der Schiffsbesatzung inzwischen gelungen ist, den Bugspriet aus meiner Küche zu entfernen. Ich werde den Handelsherrn auf Schadenersatz verklagen.«

»Ihr solltet Euch lieber ausruhen, Sir«, riet Alan seinem unvernünftigen Nachbarn. »Ihr seid weiß wie die Wand!«

»Später ... später ...«, widersprach Johnson, bevor er seitwärts kippte und zu Boden fiel.

»Dieser Sturkopf hat noch nie einen guten Rat angenommen«, bemerkte Alan seufzend.

Kapitel 8

Die Bedford Street war vom Strand aus gut zu Fuß zu erreichen. Einen Moment lang blieb Jeremy nachdenklich vor dem Haus »Zum Goldenen Becher« stehen und überlegte, wie er vorgehen sollte. Als er schließlich klopfte, öffnete ihm eine Magd in unordentlicher Kleidung und blickte ihn schüchtern an.
»Ich möchte Sir William Fenwick in einer geschäftlichen Angelegenheit sprechen. Mein Name ist Fauconer«, stellte sich Jeremy vor.
Ratlos sah die junge Magd sich um, als hoffe sie auf Beistand. Da ihr niemand zu Hilfe kam, erklärte sie: »Der Herr ist nicht im Hause, Sir.«
»Sir William erwartet mich«, bekräftigte Jeremy. »Er bat mich vor einiger Zeit, heute vorbeizukommen. Falls er ausgegangen ist, warte ich, bis er zurückkehrt.«
Da er sich nicht abwimmeln ließ, trat die Magd von der Tür zurück und bat ihn, einen Moment in der Eingangshalle zu warten.
Kurz darauf erschien ein junger Mann in bescheidener Kleidung, den Jeremy als Dienstboten einstufte.
»Ich bin Jempson, Sir Williams Kammerdiener«, sagte der Mann. »Es tut mir sehr leid, Mr. …«
»Fauconer.«

»… Mr. Fauconer, aber Sir William kann Eure Verabredung nicht einhalten.«

»Es war ihm sehr wichtig, dass wir uns heute treffen«, beharrte Jeremy. »Wie ich der Magd schon sagte, es macht mir nichts aus zu warten.«

Es war Jempsons Gesicht anzusehen, dass er mit sich rang. »Ich weiss nicht, wann Sir William zurückkehren wird. Es wäre daher sinnlos für Euch zu warten, Sir.«

»Ist Eurem Herrn etwas zugestossen?«, fragte Jeremy geradeheraus. »Falls dem so ist, solltet Ihr es mir sagen. Sir William bat mich, ihn aufzusuchen, weil er um seine Sicherheit fürchtete. Euer Herr erledigt zuweilen Aufträge für Seine Majestät und ist deshalb erheblichen Gefahren ausgesetzt.«

Noch immer zögerte der Kammerdiener, dann besann er sich und bat den Besucher in den Salon. Sorgfältig schloss er die Tür hinter ihnen.

»Im Vertrauen, Sir, ich fürchte, Sir William ist tatsächlich etwas zugestossen«, begann Jempson unbehaglich. »Wir erwarteten ihn vor einer Woche aus Frankreich zurück. Als er nicht erschien, ging ich zu der Herberge in Southwark, wo die Kutsche aus Dover ankommt, und erkundigte mich nach ihm. Wie sich herausstellte, war sein Gepäck dort, er aber nicht. Niemand konnte mir sagen, wohin er gegangen war.«

»Liess Sir William für gewöhnlich sein Gepäck von einem Dienstboten in der Herberge abholen?«, fragte Jeremy.

»Nein«, erwiderte der Kammerdiener kopfschüttelnd. »Er reiste stets mit einer leichten Tasche, die er bequem selbst tragen konnte.«

»Und Ihr habt keine Erklärung dafür, weshalb er diesmal sein Gepäck zurückliess?«

»Nein, Sir. Keine.«

»Sir William verließ also die Herberge, nachdem er dort in der Kutsche aus Dover angekommen war, ohne sein Gepäck mitzunehmen, kam aber nie zu Hause an«, fasste Jeremy zusammen.
»So ist es, Sir«, bestätigte Jempson.
»Und er schickte auch keine Nachricht?«
»Nein, Sir.«
»Ist etwas Vergleichbares schon einmal vorgefallen?«
»Nein, Sir William ist sehr zuverlässig in seinen Gewohnheiten«, beteuerte der Kammerdiener.
»Ihr macht Euch Sorgen um Euren Herrn«, stellte der Jesuit anerkennend fest.
Jempson senkte den Kopf. »Glaubt Ihr, Sir William könnte das Opfer eines Raubüberfalls geworden sein?«
»Hm, am helllichten Tag, auf dem Weg von Southwark zur Bedford Street? Schwer vorstellbar«, überlegte Jeremy laut. »Wisst Ihr, ob Euer Herr gewöhnlich ein Boot nahm, wenn er aus Southwark zurückkehrte?«
»Ja, Sir. Er war der Ansicht, dass man sich auf dem Fluss schneller fortbewegen konnte als in den mit Kutschen und Fuhrwerken verstopften Straßen der Stadt.«
»Nun, dann werde ich mich bei den Flussschiffern nach Sir William erkundigen. Vielleicht erinnert sich einer von ihnen an Euren Herrn.« Jeremy erhob sich. »Ich danke Euch für Eure Offenheit. Falls ich etwas herausfinde, lasse ich es Euch wissen. Aber macht Euch nicht zu große Hoffnungen. Ich glaube nicht, dass Euer Herr freiwillig verschwunden ist.«
Die Sache ist wahrhaftig mysteriös, dachte Jeremy, als er sich verabschiedet hatte und wieder auf der Bedford Street stand. Offenbar war Thomas Waterhouse der Letzte, der Sir William Fenwick gesehen hatte.
Jeremy entschloss sich, zuerst seinen Freund Alan aufzusuchen und dann weitere Nachforschungen bei den Flussschiffern an-

zustellen. Ein Boot brachte ihn zum Landungssteg am »Alten Schwan«, einer Schenke, die bei dem Brand vor zwei Jahren zerstört worden war. Von dort stieg er zur Brückenstraße hinauf. Der vom Feuer verwüstete Stadtkern erstreckte sich wie eine rußgeschwärzte Einöde vor ihm, die fast bis zum Tower reichte. Nur vereinzelt erhob sich ein einzelnes Haus wie ein zartes Pflänzchen aus der grauen Wüstenei. Die ausgebrannte Hülle von St. Magnus the Martyr wirkte wie ein Totenschädel mit leeren Augen. Bedrückt bog Jeremy in die von einem Lattenzaun gesäumte Straße ein. Er atmete erst auf, als er die Häuser erreichte, die das Feuer verschont hatte und die sich nun schon seit Jahrhunderten an die steinernen Brückenpfeiler klammerten.
Vor der Chirurgenstube seines Freundes Alan Ridgeway hatte sich eine Menschentraube versammelt, bei deren Anblick der Jesuit augenblicklich seine Schritte beschleunigte. Es musste etwas passiert sein! Wenn Alan nur nichts zugestoßen war. Im nächsten Moment schalt sich Jeremy selbst einen Narren. Die Erinnerung an den Bürgerkrieg und die Schlacht von Worcester bestimmte noch immer seine Wahrnehmungen und Gefühle, ein Anflug von Schwäche, die seiner sonst so vernunftbestimmten Denkweise eigentlich fremd war.
Energisch drängte sich der Priester unter Zuhilfenahme der Ellbogen durch die gaffende Menge und betrat die im Halbdunkel liegende Chirurgenstube. Vor dem massiven Operationstisch waren Alan und Armande gerade dabei, einem Mann mit bandagierter Schulter auf die Beine zu helfen. Jeremy erkannte in ihm den Goldschmied Johnson. Rasch trat er hinzu, um seinem Freund und der Französin behilflich zu sein, stellte jedoch fest, dass die beiden auch ohne ihn zurechtkamen.
»Jeremy!«, rief Alan aus, als er den Priester bemerkte. »Wie schön, Euch zu sehen.«
»Kann ich etwas tun?«

»Danke, nein. Wie Ihr seht, habe ich eine sehr begabte Helferin zur Seite, die nichts erschüttern kann.«
Alan warf der jungen Französin einen Blick voller Stolz und Zärtlichkeit zu, den diese dankbar und liebevoll erwiderte. Jeremy sah zu, wie das Paar den schwankenden Goldschmied über die Straße zu seinem Haus geleitete und ihn dort seinem Gesellen und der Gattin übergab. Als die beiden zurückkehrten, half er ihnen, die Chirurgenstube wieder in Ordnung zu bringen.
»Ich weiß nicht, was ich ohne dich getan hätte«, sagte Alan anerkennend und gab Armande einen Kuss auf die Wange. Eine gewagtere Geste verkniff er sich unter dem aufmerksamen Blick seines Freundes, obwohl dieser sehr wohl wusste, dass die beiden die Nacht miteinander verbracht hatten.
Als sie in der Stube ihr Fasten mit Ale, Röstbrot und Käse brachen, fragte Alan neugierig: »Armande erzählte, dass Ihr auf Wunsch des Königs nach London zurückgekehrt seid.«
»Das stimmt. Seine Majestät empfing Amoret, Breandán und mich heute Morgen in seinem Kabinett«, bestätigte Jeremy. »Er hatte einen geheimen Auftrag für mich. Ich kann Euch nur so viel sagen, dass ein Höfling, der im Auftrag des Königs nach Frankreich gereist war, kurz nach seiner Rückkehr nach London spurlos verschwunden ist. Ein Zeuge sah ihn noch in einer Herberge in Southwark aus der Kutsche steigen. Doch er kam nie zu Hause an.«
»Das ist in der Tat merkwürdig«, stimmte Alan zu.
»Ihr habt nicht zufällig davon gehört, dass in der letzten Woche eine Leiche an der Brücke angespült worden ist?«, fragte Jeremy.
»Nein. Die letzte Wasserleiche hatten wir vor einem Monat«, erwiderte Alan. »Ihr glaubt also, der Höfling könnte auf dem Weg zu seinem Haus überfallen und ermordet worden sein?«

»Das ist nur eine Möglichkeit. Allerdings schwört Seine Majestät, dass er zuverlässig ist.«
»Eigentlich überrascht es mich, dass Mylady St. Clair es zugelassen hat, dass Ihr Euch mit der Sache befasst«, meinte Alan mit einem Augenzwinkern.
»Selbst sie kann sich dem Wunsch des Königs nicht verweigern«, antwortete Jeremy lächelnd. »Darüber hinaus glaube ich, dass Mylady St. Clair zu der Einsicht gekommen ist, dass Untätigkeit mir nicht guttut.«
»Das kann ich nur bestätigen. Ihr seht nicht sehr erholt aus, mein Freund.«
»Ich muss zugeben, dass ich zurzeit schlecht schlafe.«
»Geht das schon länger so?«
»Einige Wochen.«
»Habt Ihr Alpträume?«, fragte Alan besorgt.
Jeremy blickte seinen Freund erstaunt an. »Ja, recht beunruhigende sogar. Vor ein paar Tagen durchlebte ich wieder die Schrecken der Schlacht von Worcester. Ich vermute, dass ein Besuch dort den Nachtmahr auslöste. Selbst nach siebzehn Jahren ist die Erinnerung noch immer furchtbar lebendig.«
Alan nickte ernst. »Das kann ich nachfühlen.« Forschend musterte er das blasse Gesicht des Priesters mit den dunklen Schatten um die Augen. »Dennoch wäre es besser, wenn ich Euch einmal gründlich untersuche. Vielleicht ist eine verborgene Krankheit der Auslöser für die Alpträume.«
Ablehnend schüttelte Jeremy den Kopf. »Das muss warten. Zuerst habe ich einen Auftrag zu erfüllen.«
»Wie wollt Ihr vorgehen, Pater?«, ließ sich Armande vernehmen, die dem Gespräch schweigend gefolgt war.
»Als Nächstes werde ich die Flussschiffer befragen, ob ihnen etwas Ungewöhnliches aufgefallen ist, Mademoiselle.«

»Habt Ihr Richter Trelawney schon aufgesucht?«, erkundigte sich Alan. »Sicherlich kann er Euch sagen, ob ein Leichnam, auf den die Beschreibung des Höflings passt, aufgefunden wurde. Seine Lordschaft muss Zugang zu den Akten des Leichenbeschauers haben.«
»Ihr habt recht. Daran habe ich noch gar nicht gedacht.« Seine geistigen Fähigkeiten ließen nach! War es das fortschreitende Alter? Oder nagte tatsächlich eine unentdeckte Krankheit an ihm?

Jeremys Besuch bei einem seiner ehemaligen Schutzbefohlenen, dem Flussschiffer Delton und seiner Familie, blieb ergebnislos. Der Fährmann konnte sich keines außergewöhnlichen Vorfalls erinnern, und er hatte auch nicht gehört, dass in der letzten Woche irgendwo in London eine Leiche aus dem Fluss gezogen worden war.
Enttäuscht machte sich der Jesuit daraufhin auf den Weg zur Chancery Lane, zum Haus seines alten Freundes Sir Orlando Trelawney, Richter am Königlichen Gerichtshof.
Der Lakai, der ihm öffnete, erkannte ihn auf den ersten Blick und ließ ihn, ein breites Lächeln auf dem Gesicht, eintreten.
»Wie schön, dass Ihr wieder in der Stadt seid, Dr. Fauconer«, sagte er. »Seine Lordschaft befindet sich in seinem Schlafgemach.«
»Er ist doch nicht etwa krank?«, fragte Jeremy betroffen.
»Aber nein, Sir. Seine Lordschaft überwacht die Tapezierer, die das Gemach mit neuen Wandbehängen ausschlagen. Ich führe Euch hinauf, Doktor.«
Lächelnd folgte der Jesuit dem Lakaien durch die mit schwarz-weißem Marmor gefliese Eingangshalle und die polierte Eichentreppe hinauf in den ersten Stock. Die Tür zum ehelichen Schlafgemach stand offen. Handwerker gingen ein

und aus. In der Mitte des Raumes dirigierte der Tapeziermeister unter dem kritischen Auge des Richters seine Gesellen beim Aufhängen eines bis unter die Decke reichenden Wandteppichs, der eine beschauliche Szene mit Schäferinnen zeigte.

Als der Lakai die Ankunft Dr. Fauconers verkündete, wandte sich Sir Orlando überrascht um.

»Welch eine Freude, Euch zu sehen, mein lieber Freund«, rief er. »Ich hatte Euch nicht so bald zurückerwartet.«

»Das ist eine lange Geschichte«, erwiderte Jeremy kurz.

Sir Orlando folgte dem Blick des Priesters in Richtung der Handwerker und erriet, dass sein Besucher etwas Vertrauliches zu besprechen hatte.

»Kommt doch in meine Studierstube und trinkt ein Glas Wein mit mir«, schlug er vor. »Meine Gemahlin kann die Tapezierer beaufsichtigen.«

In diesem Moment betrat Jane Trelawney, des Richters junge Frau, das Gemach. Auch ihr stand die Freude über Jeremys Erscheinen deutlich ins Gesicht geschrieben. Sie begrüßte ihn herzlich und nahm ihm das Versprechen ab, ihr noch ein paar Augenblicke zu schenken, bevor er wieder ging.

In Sir Orlandos Schreibstube goss der Richter Rotwein aus einer venezianischen Karaffe in zwei Gläser und reichte eines davon seinem Gast.

»Setzt Euch doch, Pater«, forderte er Jeremy auf.

Der Richter kannte seit langem das Geheimnis des Jesuiten. Dennoch verband die beiden Männer eine tiefe Freundschaft, die allerdings vor etwa einem Jahr einer harten Probe unterzogen worden war, als Jane den Priester gebeten hatte, sie in den Schoß der römischen Kirche zu führen. Denn die Konversion zum katholischen Glauben konnte in England schwere Strafen nach sich ziehen.

»Ich freue mich natürlich, dass Ihr wieder in London seid«, erklärte Sir Orlando. »Aber ein Gefühl sagt mir, dass der Anlass kein angenehmer ist.«

»Da habt Ihr recht«, stimmte Jeremy zu und nippte an dem Wein. »Ich bin auf Wunsch des Königs hier.«

»Gibt es bei Hofe wieder ein Rätsel zu lösen?«

»So könnte man sagen. Leider kann ich Euch keine Einzelheiten verraten, da der König uneingeschränktes Stillschweigen verlangt.«

»Ich verstehe«, entgegnete der Richter, dem es vor einiger Zeit einmal ebenso ergangen war.

»Allerdings kann ich die nötigen Nachforschungen nicht allein durchführen«, gestand Jeremy. »Ich würde durch zu viele Fragen mehr Aufmerksamkeit auf mich ziehen, als mir lieb ist.«

»Ich begreife Euer Dilemma, Pater. Wie kann ich Euch helfen?«, erbot sich Sir Orlando ohne Zögern.

»Es geht um einen Höfling, der vor einer Woche aus Frankreich zurückgekehrt und irgendwo zwischen der Herberge in Southwark, wo er aus der Kutsche stieg, und seinem Haus auf der Bedford Street verschwunden ist.«

Verwundert hob Sir Orlando die Brauen. »Woher wisst Ihr das so genau?«

Zum wiederholten Mal erzählte Jeremy die Geschichte, wie er sie von seinem Ordensbruder gehört hatte.

»Erstaunlich!«, bemerkte der Richter, der dem Bericht gespannt gelauscht hatte. »Und Ihr seid sicher, dass Euer Zeuge glaubwürdig ist?«

»Ganz sicher«, bestätigte Jeremy. »Ich kenne ihn seit langem. Wir haben zusammen studiert.«

»Leider sehe ich nicht, wie ich Euch helfen kann, mein Freund.«

»Ihr könntet herausfinden, ob es in der letzten Woche Opfer von Überfällen gab. Bei den Flussschiffern habe ich mich bereits umgehört. Offenbar ist Sir William nicht als Wasserleiche geendet. Wenn er ermordet wurde, muss er anderswo aufgetaucht sein.«

»Da habt Ihr natürlich recht«, gab Sir Orlando zu und strich sich nachdenklich über das Kinn. »Es sei denn, man hat die Leiche in einem Keller der ausgebrannten Häuser im Stadtkern verscharrt. In dem Fall dürfte unser guter Mann erst in ein paar Jahren wieder auftauchen, wenn alle Ruinen beseitigt sind.«

»Da bleibt nur zu hoffen, dass der Mörder nicht genau darauf aus war«, sagte Jeremy seufzend.

»Räuber legen gemeinhin keinen Wert darauf, Leichen verschwinden zu lassen«, erklärte Sir Orlando überzeugt. »Sie wollen nicht dabei erwischt werden, wie sie einen Toten mit sich herumschleppen. Die Sache sieht jedoch ganz anders aus, sollte Sir William das Opfer einer Intrige geworden sein, eines Familienzwistes oder einer Erbstreitigkeit, eines Ehrenhändels oder« – der Richter zögerte, bevor er seinen Verdacht aussprach – »einer Verschwörung.«

Der warnende Blick, den Jeremy ihm zuwarf, bestätigte Sir Orlandos Ahnung.

»Seid vorsichtig, mein Freund. Wer weiß, womit Ihr es zu tun habt. Wenn es hier um Spionage geht, wie ich vermute, bekommt Ihr es mit Charakteren zu tun, die vor nichts zurückschrecken. Es ist ein schmutziges Geschäft, in dem Ihr keine Ehrenmänner antreffen werdet.«

»Ich weiß«, entgegnete Jeremy.

Er spürte, wie sich eine Gänsehaut über seinen Körper zog. Sir Orlando hatte recht. Falls Sir Williams Verschwinden tatsächlich etwas mit der geheimen Korrespondenz des Königs zu tun hatte, musste er äußerst wachsam sein. Gegen seinen Willen fragte er sich, was wohl in dem Brief der englischen Prinzessin stand, das ihn so gefährlich machte.

Kapitel 9

Wie abgesprochen, fand sich Breandán am Abend wieder im Whitehall-Palast ein. Chiffinch geleitete ihn zum Kabinett des Königs, ließ ihn eintreten und schloss die Tür hinter ihm.
Sofort fand sich der Ire umringt von einem Rudel kläffender, schwanzwedelnder Spaniel, die ihn neugierig beschnupperten. Der König, der am Fenster an einem Tisch saß, warf dem überraschten Ankömmling einen belustigten Blick zu.
»Ich bin gleich so weit, Mr. Mac Mathúna«, sagte er und wandte sich wieder dem Schreiben zu, das vor ihm lag.
Nachdem die Spaniel den Besucher eingehend untersucht hatten, tobten sie wieder durch das Kabinett und übertönten mit ihrem Bellen und spielerischem Knurren sogar das Ticken und Schlagen der Uhren und das Kratzen der Feder auf dem Papier.
Schließlich las Charles das Schreiben noch einmal durch, löschte es mit Sand und faltete es zusammen. Als er es gesiegelt hatte, übergab er es Breandán.
»Ich kann mich darauf verlassen, dass dieses Schreiben ungeöffnet meine Schwester erreicht, Sir?«, forderte der König.
»Ihr habt mein Wort, Euer Majestät«, versicherte der Ire.
»Falls Ihr in Bedrängnis geratet, vernichtet den Brief! Er darf auf keinen Fall in fremde Hände gelangen.«

Breandán neigte bestätigend den Kopf.
»Achtet darauf, dass Ihr mit meiner Schwester allein seid, wenn Ihr das Schreiben überreicht«, fügte Charles hinzu. »Sein Inhalt ist nur für ihre Augen bestimmt. Nicht einmal ihr Gemahl darf es zu Gesicht bekommen. Zurzeit hält sich meine Schwester im Palais Royal in Paris auf. Ihr könnt Euch im Namen von Mylady St. Clair Zutritt verschaffen.«
Breandán steckte den Brief ein und erwartete, dass der König ihn entlassen würde. Charles musterte ihn prüfend, als ihm ein Gedanke kam.
»Wie ich weiß, versteht Ihr es vorzüglich, mit Degen und Pistole umzugehen, Sir«, bemerkte der Monarch. »Könnt Ihr auch ein Boot rudern?«
Verdutzt blickte Breandán ihn an. »Ja, Euer Majestät.«
»Dann kommt mit. Ich möchte jemanden besuchen und brauche eine unauffällige Eskorte.«
Noch immer verwundert, folgte der Ire dem König zur privaten Anlegestelle. Zum Glück war das stürmische Wetter einem milden Herbstabend gewichen. Der Himmel über der Themse war klar, und es wehte nur ein leichter Wind. Charles wies seinen Begleiter an, in eines der Boote zu steigen, die am Steg vertäut waren, und flussabwärts zu rudern.
Der König hatte den Hut tief ins Gesicht gezogen und die Ellbogen auf die Knie gestützt. Niemand nahm Notiz von ihnen. Es waren nur noch wenige Boote auf der Themse unterwegs.
»Habt Ihr von Pater Blackshaw gehört?«, fragte Charles.
»Nein, Euer Majestät«, erwiderte Breandán. »Er war noch nicht zurück, als ich aufbrach.«
»Er ist ein scharfsinniger Mann«, sagte der König anerkennend. »Und unerschütterlich im Angesicht der Gefahr. Wisst Ihr, dass er Feldscher war, bevor er Priester wurde? Er schloss

sich damals im Jahre Einundfünfzig meinem Heer an und rettete mir während der verhängnisvollen Schlacht von Worcester das Leben.« Als Charles den interessierten Blick seines Gegenübers auf sich gerichtet sah, fuhr er fort: »Meine Armee erlitt eine klägliche Niederlage, und ich musste mich schließlich in die Stadt zurückziehen, um den Cromwellschen Soldaten zu entkommen. Sie hätten nicht gezögert, mich einfach niederzuschießen. Pater Blackshaw half mir über einen umgestürzten Munitionswagen, der das Stadttor blockierte. Leider musste ich einsehen, dass die Schotten nicht länger bereit waren, für ihren König zu kämpfen. Uns blieb nur noch die Flucht. Meine Begleiter wollten sich mit dem geschlagenen Heer nach Schottland zurückziehen, doch ich wusste, dass ein derartiges Unterfangen Wahnsinn gewesen wäre. Am Ende schaffte es keiner von denen, die nach Norden flohen, den Soldaten des Commonwealth zu entkommen.« Breandáns beeindruckte Miene verleitete den König, in seinem Bericht fortzufahren. Er erzählte immer wieder gern von seinen Erlebnissen.

»Mylord Derby schlug vor, dass ich mich nach Boscobel begeben sollte, das den katholischen Giffards gehörte und über geheime Priesterverstecke verfügte. Er selbst hatte dort nach einem Zusammenstoß mit einem Regiment des Commonwealth, bei dem er verwundet worden war, Schutz und Pflege gefunden. Glücklicherweise war Mr. Giffard unter meinen Begleitern. Sein Diener Francis Yates geleitete mich nach White Ladies, einem kleineren Haus in der Nachbarschaft von Boscobel, und vertraute meine Sicherheit den Pendrell-Brüdern, Mr. Giffards Pächtern, an. Die guten Leute machten sich sofort daran, mich so weit wie möglich unkenntlich zu machen. Sie verschafften mir die Kluft eines Holzfällers und schnitten mir die Haare kurz. Leider hatten sie kein passendes

Schuhwerk für mich«, sagte Charles mit gequälter Miene, da er sich der dadurch verursachten Schmerzen noch sehr deutlich erinnerte. »Die Pendrells waren der Meinung, dass die Priesterverstecke in ihrem Haus einer Durchsuchung bei Tageslicht nicht standhalten würden, und so brachte mich Richard Pendrell bei Morgengrauen in ein kleines Waldstück, wo ich mich bis zum Abend versteckte. Sobald es dunkel war, machten Richard Pendrell und ich uns auf den Weg nach Wales, wo ich eine Schiffspassage nach Frankreich zu finden hoffte. Bevor wir aufbrachen, suchte mich Mistress Pendrell auf, die Mutter der fünf Brüder, um mir ihren Segen mitzugeben. Ich muss gestehen, dass ich anfangs Bedenken hatte, dass so viele Menschen um meinen Aufenthaltsort wussten, doch bald wurde mir klar, dass sie lieber gestorben wären, als mich zu verraten. Ja, die englischen Katholiken, die so viel erleiden mussten, sind schon ein bemerkenswertes Völkchen!« Wieder lächelte der König in Erinnerung an seine Abenteuer. »Der Marsch in Richtung Wales war allerdings die Hölle«, berichtete er mit einem Seufzen. »Es ging durch Sumpfgelände, Bäche und dichtes Unterholz. Die engen Schuhe rieben meine Füße so blutig, dass ich die Schmerzen nicht mehr ertragen konnte. Es beschämt mich zuzugeben, dass ich nach stundenlangem Herumstolpern in der Finsternis schließlich die Nerven verlor, mich auf den Boden warf und klagte, dass ich mich lieber gefangen nehmen lassen würde, als noch einen Schritt zu tun. Zu allem Unglück wurden wir beim Überqueren einer Mühlenbrücke von dem Müller entdeckt und einen holprigen Pfad entlanggejagt. Wir mussten uns hinter einer Hecke verbergen, bis wir sicher waren, dass wir nicht verfolgt wurden. Letztendlich war die ganze Quälerei jedoch umsonst. Von einem Freund von Richard Pendrell, der ebenfalls ein Rekusant war, erfuhren wir, dass jede Brücke und die Fähren über den Severn, den wir überqueren mussten, von der Miliz schwer bewacht wurden. So hatten wir keine andere Wahl, als nach Boscobel zurückzukehren. Aus Angst vor Hausdurchsuchungen versteckte man mich im nahen Wald in der Krone einer kolossalen Eiche. Einer meiner Offiziere, Colonel William Carlis, der in Worcester gekämpft und inzwischen ebenfalls in Boscobel eingetroffen war, leistete mir Gesellschaft. Während unter uns Soldaten den Wald nach royalistischen Flüchtlingen durchsuchten, fiel ich nach den drei durchwachten Nächten, die ich hinter mir hatte, in Colonel Carlis' Arm in bleiernen Schlaf.«

Unter dem regelmäßigen Schlag der Ruder glitt das Boot an den Häusern am Flussufer entlang. Noch hatte der König Breandán keinen Hinweis gegeben, was ihr Ziel war, doch der Ire ahnte, wohin er wollte.

»Als die Abenddämmerung hereinbrach, holte man mich ins Haus zurück. Zu meinem Entsetzen musste ich erfahren, dass eine Belohnung von eintausend Pfund auf meinen Kopf ausgesetzt worden war. Welch ein Vermögen für meine in ärmlichen Verhältnissen lebenden Gastgeber! Colonel Carlis beeilte sich, mir zu versichern, dass er für seine Glaubensgenossen die Hand ins Feuer legen würde, und ich glaubte ihm.«

Allmählich wurde Breandán klar, weshalb der König ihm und Pater Blackshaw so viel Vertrauen entgegenbrachte. Er hatte die Verlässlichkeit und den Mut der Katholiken schätzen gelernt.

»Die Nacht verbrachte ich in einem der geheimen Priesterverstecke von Boscobel«, berichtete Charles weiter. »Man gelangte vom Dachboden durch eine Luke in einen kleinen Raum, der unter der Treppe verborgen war. Er war sehr raffiniert angelegt. Leider war das Gelass nicht groß genug, dass man sich darin hinlegen oder aufrecht stehen konnte. Da es aber zu gefährlich gewesen wäre, länger in Boscobel zu bleiben, entschieden meine Retter schließlich, mich in das Haus eines Nachbarn, Moseley Hall, zu bringen. Dort begegnete ich einem reizenden jungen Mädchen, das mich vom ersten Augenblick an mit ihrem Charme bezauberte: Mylady St. Clair.«

Bevor Breandán etwas entgegnen konnte, hob Charles den Kopf und deutete auf das nächste Haus, das vor ihnen auftauchte.

»Wir sind da. Haltet an, Sir.«

Gehorsam zog Breandán die Ruder ein und schlang ein Seil um einen Pfosten der zum Haus gehörigen Mole. Leichtfüßig sprang der König auf die Steinstufen und stieg zu dem Gittertor hinauf, das den Zugang zum Garten versperrte. Der Ire wusste, dass dort Frances Stewart, die Duchess of Richmond, wohnte. Nachdem die junge, spröde Ehrenjungfer sich jahrelang den Annäherungen des Monarchen verweigert hatte und schließlich gegen seinen Willen mit dem Duke of Richmond durchgebrannt war, empfing sie nun, nachdem sie an den Hof zurückgekehrt war, Charles des Öfteren in ihren Armen.

Enttäuscht rüttelte der König am Gitter des Tores. Es war bereits verschlossen. Doch so leicht ließ sich Charles nicht entmutigen.

»Könntet Ihr mir helfen, Sir?«, bat er.

»Ihr wollt über die Mauer klettern, Euer Majestät?«, fragte Breandán erstaunt.

Charles warf ihm einen amüsierten Blick zu. »Glaubt Ihr, das schaffe ich nicht? Ich habe nun einmal gerade das unwiderstehliche Verlangen, eine alte Freundin zu besuchen. Und eine Mauer wird mich nicht davon abhalten!«

Mit einem Schulterzucken stieg der Ire aus dem Boot, trat zu Charles und flocht die Finger zu einer Räuberleiter. Als der

König den Fuß auf Breandáns Hände setzte, wandte dieser alle Kraft auf, um den schweren Mann in die Höhe zu heben. Keuchend zog sich der Monarch auf die Mauerkrone und schwang die Beine auf die andere Seite. Bevor er sich auf den Boden hinabließ, wandte er sich noch einmal zu Breandán um und sagte: »Ich bin um Mitternacht zurück. Wartet auf mich.« Seufzend nahm der Ire seinen Platz im Boot wieder ein und machte es sich mit hinter dem Kopf verschränkten Armen bequem.

Kapitel 10

September 1651

»Das tut gut«, sagte Charles erleichtert. »Der Schmerz lässt bereits nach.«
Behutsam badete Jeremy die zerschundenen Füße des Königs in einem Absud aus Kamillenblüten und Ringelblumen, die ihm die Köchin aus dem Kräutergarten besorgt hatte. Dann rieb er die Haut mit Schmalz ein, um sie geschmeidig zu machen.
»Es ist wohl sicherer für Euch, wenn Ihr eine Weile hier bleibt, Sir«, schlug Charles galant vor.
Nach kurzem Zögern nahm Jeremy an. Während der Nacht teilte er sich die Wache mit Thomas Whitgreave und Pater Huddleston, während der König in der Priesterkammer unter dem Wandschrank auf einer einfachen Strohschütte schlief.
Am folgenden Morgen bemühten sich Jeremy und Pater Huddleston, Charles zu unterhalten, um ihm die Wartezeit zu verkürzen. Nach einer Weile wandte sich der Monarch überraschend an Huddleston: »Ihr seid Priester, nicht wahr?« Und als der Angesprochene zögerte, fügte Charles rasch hinzu: »Ihr habt nichts zu befürchten, Pater. Wenn es Gott gefällt, dass ich den Thron von England zurückgewinne, werde ich dafür Sorge tragen, dass die Katholiken meines Königreichs die heilige Messe nicht länger im Geheimen abhalten müssen.

Euch ist viel Unrecht geschehen. Ich werde alles daransetzen, dieses Unrecht wiedergutzumachen.«
»Zumal wir nun nicht nur wegen unseres Glaubens verfolgt werden, sondern auch aufgrund unserer Treue gegenüber der Krone«, gab Jeremy zu bedenken.
Für seine Offenheit erntete er einen strafenden Blick von Pater Huddleston, der eilig das Thema wechselte.
»Wünscht Ihr die Kapelle von Moseley Hall zu sehen, Euer Majestät?«, fragte er einladend, und der König nickte zustimmend.
Die kleine Kapelle befand sich unter dem Dach. Die Wandvertäfelung entpuppte sich bei genauerem Hinsehen als kunstvolle Wandmalerei. Ein einfacher Tisch mit gedrechselten Beinen diente als Altar. Ansonsten war der Raum unmöbliert. Bewundernd ließ Charles den Blick schweifen. Er begutachtete eingehend den Altar, insbesondere das Kruzifix und die silbernen Kerzenständer, die darauf angeordnet waren.
Zurück in Pater Huddlestons Kammer, zeigte der Priester Charles einige seiner Bücher, und der König erbat sich eines davon zur Lektüre: ein Manuskript mit dem Titel *Ein kurzer und einfacher Weg zum Glauben und zur Kirche,* das Huddlestons Onkel verfasst hatte.
In diesem Moment wurde von außen die Tür geöffnet. Die drei Männer verstummten und starrten dem unangekündigten Besucher misstrauisch entgegen. Sie waren nicht wenig überrascht, als ein kleines dunkelhaariges Mädchen auf der Schwelle erschien und sich mit einem natürlichen Selbstbewusstsein näherte, das ihre noble Herkunft verriet. Vor dem König machte sie einen vorbildlichen, graziösen Hofknicks, der Pater Huddleston, ihren Lehrer, unwillkürlich mit Stolz erfüllte.

Nur das leichte Zittern in ihrer hellen Kinderstimme verriet ihre Nervosität, als sie mit Würde erklärte: »Euer Majestät, ich bitte Euch, mein unaufgefordertes Eindringen zu entschuldigen, aber ich muss Euch dringend sprechen, bevor Ihr weiterreist.«
Charles blickte amüsiert auf das zehnjährige Mädchen, das sich bereits wie eine vollendete Dame benahm, und ergriff ihre kleine Hand, um ihr aufzuhelfen.
»Wer seid Ihr, kleine Lady?«, fragte er freundlich, ohne sich seine Unruhe darüber, dass ein Kind von seiner Anwesenheit wusste, anmerken zu lassen.
Pater Huddleston fühlte sich verpflichtet, sich zu entschuldigen. »Es tut mir leid, Sire, ich hätte es wissen müssen, dass sich vor den Augen und Ohren dieser jungen Dame kein Geheimnis verbergen lässt. Sie ist ein regelrechter Wildfang! Ihr Name ist Amoret St. Clair ...«
»Die Tochter meines Freundes, des Earls of Caversham?«, rief der König erfreut aus.
»So ist es. Er hat sie nach dem Tod ihrer Mutter Mr. Whitgreave anvertraut. Ich unterrichte sie zusammen mit seinen Neffen.«
Charles legte lächelnd die Hand unter das Kinn des Mädchens, um ihr kleines Gesicht zu sich hochzuheben.
»Amoret«, murmelte er versonnen, »süße Amoret ...«
Zweifellos dachte er an die Zwillingsschwester von Belphoebe aus Spensers *Faerie Queene,* der Namenspatronin des Kindes. Nachdem er eingehend ihre feine honigbraune Haut, ihre dunklen Augen und das schwarze Haar gemustert hatte, vertiefte sich sein Lächeln, und er bemerkte nicht ohne Ironie: »Kleine Lady, Ihr seid ja ebenso dunkel wie ich. Nicht gerade die besten Voraussetzungen in einer Zeit, in der nur blondes Haar und helle Haut als schön gelten. Aber ich werde mich

freuen, Euch eines Tages an meinem Hof zu sehen, so Gott will.«

Amoret hob zurückhaltend den Blick zum König, wie es die Etikette erforderte, ließ sich jedoch nicht vom Sprechen abhalten.

»Euer Majestät, ich bin gekommen, um Euch zu bitten, mich nach Frankreich mitzunehmen.«

Charles konnte seine Verblüffung nicht verbergen. Amoret beeilte sich, ihm eine Erklärung für ihren Wunsch zu geben.

»Sire, mein Vater ist tot. Meine Mutter ebenfalls. Ich habe keine Verwandten in England mehr außer einem Großonkel, der ein Ketzer ist. Bitte, Euer Majestät, nehmt mich mit nach Frankreich, damit ich bei der Familie meiner Mutter leben kann.«

»Seid Ihr hier bei Mr. Whitgreave nicht in guten Händen?«, fragte Charles ausweichend.

»Doch, aber ich will nicht in einem Land leben, das seinen rechtmäßigen König verjagt!«, antwortete Amoret leidenschaftlich.

Wieder entlockte sie Charles damit ein Lächeln. »Ihr seid also eine glühende Royalistin, kleine Amoret. Eure Treue rührt mich, und ich würde Euch gern mitnehmen, aber ich kann nicht.«

Jeremy, der das Mädchen interessiert beobachtete, sah es enttäuscht erzittern. Amoret senkte den Blick, um die Tränen zu verbergen, die ihr jäh in die Augen stiegen. Jeremy erriet, wie sehr sie Charles anflehen wollte, seinen Entschluss zu ändern. Doch sie war bereits erwachsen genug, um zu wissen, dass sie sich beherrschen musste.

Wieder einmal bewies der König bemerkenswertes Einfühlungsvermögen. Er lud Amoret ein, eine Weile bei ihm zu bleiben. Schmeichelnd hob er sie auf seine Knie und machte ihr Komplimente. Amoret versuchte, ihren Schmerz hinter einer Maske des Gleichmuts zu verstecken und vor dem König Haltung zu bewahren, so wie man es von ihr erwartete, obgleich sie am liebsten in Schluchzen ausgebrochen wäre. Sie war entschlossen, ihre Heimat zu verlassen, dieses Land, in dem Recht und Gesetz von ein paar Emporkömmlingen auf den Kopf gestellt worden waren und die Dinge des Alltags strengen Zwängen unterlagen, gegen die ihr Geist rebellierte. Sie wollte nur weg, egal, um welchen Preis!

Die Stille und Wärme des Nachmittags hatten den König schläfrig gemacht. Man ließ ihn in seinem Zimmer allein, damit er sich eine Weile auf dem Bett ausstrecken konnte.
Jeremy leistete Pater Huddleston Gesellschaft, während Whitgreave an einem der Fenster Wache hielt. Da wurde der Frieden des Spätsommertages plötzlich von den Warnrufen einer Magd gestört: »Soldaten! Soldaten kommen!«
Jeremy und der Priester sprangen augenblicklich auf die Füße und eilten zur Kammer des Königs, doch Whitgreave kam ihnen zuvor. Charles war bereits auf den Beinen und ließ sich von seinem Gastgeber in das Geheimversteck führen, das etwas bequemer angelegt war als das Schlupfloch in Boscobel. Einer Eingebung folgend, gab Whitgreave Anweisung, die Türen aller Zimmer zu öffnen, um zu zeigen, dass er nichts zu verbergen hatte. Jeremy nahm er im Vorbeilaufen beim Arm und zog ihn mit sich in den Hof, wo ein Hufschmied gerade dabei war, die Pferde zu beschlagen, die von der Sommerweide kamen.
»Dieser junge Bursche wird Euch zur Hand gehen, Meister Schmied«, befahl Whitgreave knapp, bevor er ins Haus zurückkehrte und durch die Vordertür, die er ebenfalls hinter sich offen ließ, auf die berittenen Soldaten zutrat.

Jeremy warf dem Schmied einen kurzen prüfenden Blick zu, war aber beruhigt, als er den unerschütterlichen, gelassenen Ausdruck auf dessen rußgeschwärzten Zügen sah. Instinktiv griff er nach einem der schmutzstarrenden Lappen, mit denen der Hufschmied seine Hände vor Verbrennungen schützte, und rieb sich damit über Gesicht und Arme. Sodann nahm er das Führseil des Pferdes, das gerade beschlagen wurde, und hielt ihm den Kopf, als müsse er es beruhigen. Dabei lauschte er auf die Geräusche vor dem Haus, wo Whitgreave anscheinend einen heftigen Zusammenstoß mit den Rundköpfen erlebte. Da er ein ehemaliger royalistischer Offizier war, der im Bürgerkrieg gegen das Parlament gekämpft hatte, und darüber hinaus ein unverbesserlicher Rekusant, musste er damit rechnen, dass die Soldaten ihn mit rücksichtsloser Härte behandeln und vielleicht sogar in ihr Hauptquartier schleppen würden.

Zwischen dem Hämmern des Schmieds auf den Amboss und dem Zischen des Wassers, wenn er das glühende Eisen hineintauchte, hörte Jeremy Whitgreaves Stimme, die mit bewunderungswürdiger Kaltblütigkeit beteuerte, dass er an der Schlacht von Worcester nicht teilgenommen habe, weil seine angegriffene Gesundheit ihm das Verlassen seines Grundstücks nicht erlaube. Dazu rief er seine Nachbarn als Zeugen auf. Da einige von ihnen, durch den Aufruhr aufgeschreckt, herbeigeeilt waren, konnten sie dies auch gleich bestätigen.

Noch während Thomas Whitgreave vor der offenen Tür seines Hauses furchtlos die Soldaten an der Nase herumführte, sah Jeremy auf einmal einen der Rotröcke heimlich in den Hof schlüpfen und sich ihnen nähern. Zu seinem Schrecken erkannte er in ihm den berüchtigten Priesterfänger Southall. Ihn zu täuschen würde nicht einfach werden. Zum Glück kannte er Jeremy nicht von Angesicht.

Der Priesterjäger musterte die beiden Männer, die ihm keine Beachtung schenkten, mit abschätzigen Blicken und sprach sie dann in jovialem Ton an:
»Ihr seht mir aus wie brave, gottesfürchtige Leute. Wir wissen, dass der Schurke Charles Stuart sich hier in der Gegend herumtreibt. Er hat an uns allen Verrat begangen, indem er den Todfeind, die Schotten, in unser Land geführt hat.«
Obwohl die Angesprochenen schweigend weiter ihrer Arbeit nachgingen, blieb Southall hartnäckig.
»Freilich, ihr seid treue Diener eurer Herrschaft und spioniert nicht hinter ihr her, aber vielleicht bedarf es nur eines kleinen Anreizes, um euch zum Nachdenken zu bringen. Der junge Tarquinius wird uns nicht entkommen! Aber warum solltet ihr nicht diejenigen sein, die von seiner Gefangennahme profitieren?«
Jeremy fühlte sein Herz heftig in seiner Brust schlagen. Der Priesterfänger wusste die Leute zu umschmeicheln, und der Bezug auf den römischen Tyrannen Tarquinius, den letzten König von Rom vor Entstehung der Republik, der von einigen Beamten des Commonwealth auf Charles II. übertragen worden war, verriet Southalls Bildung. Er war ein gefährlicher Widersacher.
»Sagt mir, wo Charles Stuart ist, und ihr bekommt eine Belohnung von tausend Pfund«, versprach er ihnen eifrig.
Jeremy spürte, wie ihm an den Schläfen der Schweiß ausbrach, während er das Gesicht des Schmieds prüfend beobachtete. Ahnte dieser trotz Whitgreaves Vorsichtsmaßnahmen etwas von der Anwesenheit des Königs? Wenn nicht, konnte er vielleicht inzwischen zwei und zwei zusammenzählen. Tausend Pfund waren eine ungeheure Summe für einen armen Handwerker. Eine unglaubliche Versuchung!
Wenn der Schmied etwas verriet, was konnte er, Jeremy, dann noch tun? Southall brauchte nur einen Ruf auszustoßen, und

schon wären seine Kameraden zur Stelle. Whitgreave zu warnen war ebenso unmöglich. Doch selbst wenn die Soldaten das Haus durchsuchten, so würden sie das Versteck des Königs vermutlich nicht finden. Allerdings säße er dann wie eine Maus in der Falle, ohne Hoffnung auf eine Möglichkeit zur Flucht. Denn sobald der Verdacht der Soldaten einmal geweckt war, würden sie Moseley Hall und seine Bewohner nicht mehr aus den Augen lassen.
Der Hufschmied hatte in seiner Arbeit innegehalten und wandte dem Rundkopf das Gesicht zu. Doch in seinem Blick rührte sich nichts, was darauf hindeutete, dass er über das verlockende Angebot nachdachte. Schließlich spuckte er abfällig in die Kohlenglut und nahm sein Hämmern mit gleichgültiger Miene wieder auf. Jeremy unterdrückte nur mit Mühe ein erleichtertes Seufzen und wandte sich mit derselben Ungerührtheit dem Pferd an seiner Seite zu.
Sichtlich enttäuscht zog der Priesterjäger sich endlich zurück und verließ den Hof, um sich wieder den Soldaten anzuschließen. Whitgreave, der das Manöver nicht bemerkt hatte, wartete noch vor dem Haus, bis der Reitertrupp außer Sichtweite war.

Im Schutz der Nacht nahm der König Abschied von seinen mutigen Gastgebern, um die nächste Etappe seiner Reise anzutreten. Er reichte Whitgreave und Pater Huddleston die Hand zum Kuss und erklärte voller Dankbarkeit: »Ich bin mir wohl bewusst, dass ich ohne Euch nicht mehr am Leben wäre, ohne Eure Erfahrung in der Kunst der Tarnung, der Verkleidung, des Verbergens, der Täuschung der Verfolger. Keiner meiner adeligen Untertanen wäre in der Lage gewesen, das zu tun, was Ihr für mich tatet, und ich danke Euch, dass Ihr Eure Erfahrung in den Dienst Eures Königs gestellt

habt ... auch wenn dieser König der Nachkomme derjenigen ist, die Euch mit grausamen Gesetzen zwangen, diese kostbaren, aber auch traurigen Erfahrungen zu sammeln.«
Das nächste Ziel des Königs war Bentley Hall, dessen Besitzer, Colonel Lane, ihn von Moseley abholte. Jeremy begleitete sie auf dem nächtlichen Ritt, um sich von dort auf den Weg nach Bristol zu machen, während Charles in der Verkleidung eines Farmerssohns mit der Schwester des Colonels weiterreisen sollte. Die junge Frau besaß einen Geleitbrief für sich und einen Diener, ausgestellt vom Kommandeur der örtlichen Abteilung der Parlamentsarmee, da sie noch vor der Schlacht von Worcester den Besuch bei einer Freundin an der Westküste geplant hatte. Dies war ein ungeheurer Glücksfall für den gejagten Monarchen, der auf diese Weise auch bei Tage reisen konnte und so schneller vorankommen würde. Er hoffte, an der Küste ein Boot nach Irland zu finden.
Colonel Lane, der als anglikanischer Landedelmann wohlhabender war als seine katholischen Nachbarn, kleidete Charles bei Tagesanbruch neu ein. Dieser atmete erleichtert auf, als er seine noch immer wunden Füße endlich wieder in passende Schuhe stecken konnte.
Er war gerade dabei, sein Wams aus grauem Tuch zurechtzuzupfen, als Colonel Lane mit entschuldigender Miene in der Tür erschien.
»Euer Majestät, es tut mir leid, Euch zu behelligen«, setzte er sichtlich irritiert zu einer Erklärung an, »aber eine Magd hat diese junge Dame eben hinter dem Haus entdeckt.«
Jeremy, der den König rasiert hatte, sah zu seinem Erstaunen die kleine Amoret an Colonel Lanes Seite in der Tür auftauchen. Sie trug ein noch schlichteres Baumwollkleid als am Tag zuvor, das an manchen Stellen sogar schon fadenscheinig war,

und ein weißes Leinenhäubchen. Ihre Schuhe und der Saum des Rocks waren staubig. Sie musste während der frühen Morgenstunden den Weg nach Bentley Hall allein und zu Fuß zurückgelegt haben, vermutlich ohne das Wissen ihres Beschützers Whitgreave und Pater Huddlestons.
Noch bevor Charles seiner Überraschung Ausdruck verleihen konnte, hatte das Mädchen sich ihm mit einer spontanen Geste zu Füßen geworfen.
»Ich bitte Euch, Sire, nehmt mich mit nach Frankreich«, rief sie inbrünstig. »Ich will nicht in diesem gottlosen Land bleiben, in dem sogar das Lachen eine Sünde ist.«
Angesichts ihres Ungehorsams hätte Charles das Mädchen hart zurechtweisen können, denn sie brachte seine Sicherheit durch ihr Verhalten unnötig in Gefahr. Doch er tat es nicht. Amorets kindliche Leidenschaft gefiel ihm, und ihre Anhänglichkeit schmeichelte dem geschmähten Flüchtling.
So nahm er sie sanft am Arm und hob sie auf. Sein Blick suchte beschwörend den ihren.
»Amoret, ich sagte Euch schon, ich würde Euch gern mitnehmen«, wiederholte der König freundlich. Doch dann wurde seine Stimme ernst. »Aber im Augenblick bin ich ein König ohne Reich, ohne Volk und vor allem ohne Macht. Ich bin ein Gejagter in meinem eigenen Land, ein Vogelfreier. Wenn meine Feinde mich ergreifen, werden sie mich töten. Und jedem, der mir hilft, droht dasselbe Schicksal. Wenn ich überleben will, muss ich unauffällig reisen, mit so wenigen Begleitern wie möglich. Eure Gesellschaft würde mich nur aufhalten. Versteht Ihr das, kleine Lady?«
Aufrichtiges Schuldbewusstsein breitete sich über Amorets Züge. Sie hatte nicht nachgedacht. Sie verehrte und bewunderte ihn, weil er der König war, und wollte in seiner Nähe sein. Doch in ihrer kindlichen Selbstsucht war ihr nicht klar

gewesen, dass ihr Handeln ihm schaden konnte. Ergeben senkte sie den Kopf und bat Charles um Verzeihung.
Jeremy, der das Mädchen voller Mitleid beobachtete, spürte die Last der eigenen Schuld wie ein unerträgliches Gewicht auf den Schultern. Ohne nachzudenken, verkündete er spontan: »Ich kann sie mitnehmen.«
Aller Augen richteten sich auf ihn. Da erst wurde ihm bewusst, was er gesagt hatte, und für einen winzigen Moment scheute er vor der Verantwortung zurück. Doch dann gewann seine kühle Überlegung wieder die Oberhand.
»Ich bin auf dem Weg nach Bristol zu meiner Schwester, die mir sicher eine Überfahrt verschaffen kann. Die Kleine bedeutet keine Last für mich«, ergänzte Jeremy.
Der König legte nachdenklich die Stirn in Falten.
»Ihr wollt wirklich dieses zusätzliche Wagnis auf Euch nehmen, Mr. Blackshaw?«
»Ich sehe es nicht als Wagnis, Euer Majestät, im Gegenteil. Wer würde in einem Mann, der ein zehnjähriges Kind bei sich hat, einen flüchtigen Royalisten vermuten? Nein, Lady Amorets Begleitung könnte mich im Notfall gegen Verdächtigungen schützen.«
»Ihr seid wirklich nicht auf den Kopf gefallen, Mr. Blackshaw,« erwiderte der König lächelnd. »Wenn Amoret einverstanden ist, so nehmt sie mit. Ich denke, sie ist bei Euch in sicheren Händen.«
Das Mädchen stimmte zu. Freilich war dieser wortkarge, ernste Bursche, der wie ein Bauer gekleidet war, aber wie ein Gentleman sprach, kein Ersatz für die Gesellschaft des Königs. Aber er flößte ihr Vertrauen ein, und seine zurückhaltende Art war ihr sympathisch. Hatte er sich nicht bereits als verlässlich erwiesen, als er ihr das Amulett ihres Vaters gebracht hatte?

»Lasst mich dafür sorgen, dass Ihr ein Pferd und Geld bekommt«, erklärte Charles umsichtig. »Braucht Ihr sonst noch etwas?«
Jeremy hatte plötzlich eine Idee. Er wandte sich an Colonel Lane.
»Wenn Ihr mir Einsicht in den Geleitbrief Eurer Schwester geben und mir Papier, Feder und Tinte zur Verfügung stellen würdet, könnte ich versuchen, ihn zu fälschen.«
Der Colonel entsprach seinem Wunsch ohne Zögern. Und während die letzten Vorbereitungen für die Abreise des Königs getroffen wurden, setzte sich Jeremy an einen Tisch und studierte das Schriftstück, das von einem Captain Stone unterschrieben worden war. Er kam schnell zu dem Schluss, dass es nicht schwierig nachzuahmen sein würde.
Als Jeremy schließlich dem König das Ergebnis zur Begutachtung präsentierte, schlug dieser ihm voller Anerkennung auf die Schulter.
»*Oddsfish!* Ihr seid ein begnadeter Fälscher. Vielleicht sollte ich Euch lieber in meinen Diensten behalten.«
Charles musterte den jungen Mann mit listigem Blick und bedauerte plötzlich, dass sich ihre Wege trennen mussten. Dann reichte er Jeremy die Hand zum Kuss und folgte Colonel Lane in den Stall, um sich das Pferd anzusehen, das er in seiner neuen Rolle reiten sollte.
Vor dem Haus warteten bereits Jane Lane, die Schwester des Colonels, und ihr Vetter, die den König bis zur Küste begleiten würden. Charles' Reittier war mit einem zusätzlichen Sitzkissen hinter dem Sattel ausgestattet, auf dem Jane Lane Platz nehmen sollte. Frauen, die nicht über eine Kutsche verfügten, reisten oft auf diese Art.
Schon während des Aufbruchs zeigte sich, wie gefährlich es für den König sein konnte, eine Rolle zu spielen, die ihm so

wenig vertraut war. Die einfachsten Dinge des Alltags, wie das Satteln eines Pferdes, mochten ihn zu Fall bringen, denn als behüteter Prinz hatte er sie nie gelernt. Als Charles seiner Begleiterin auf das Reitkissen hinaufhelfen wollte, reichte er ihr in seiner Unwissenheit den falschen Arm, wurde jedoch von Colonel Lane, der an seiner Seite stand, rasch berichtigt. Charles lächelte. Er musste noch viel lernen, wenn er als Farmerssohn durchgehen wollte. Doch zugleich vertraute er auf sein angeborenes schauspielerisches Talent und seine wache Beobachtungsgabe.

Inzwischen hatte ein Stallbursche ein zweites Pferd gesattelt und die Zügel Jeremy übergeben. Nachdem er aufgestiegen war, zog er Amoret auf das Reitkissen und verabschiedete sich dann von Colonel Lane.

»Ich schicke eine Nachricht zu Mr. Whitgreave, sobald Ihr unterwegs seid«, versicherte der Colonel. »Es wird ihm nicht gefallen, seine Schutzbefohlene auf den Landstraßen zu wissen, doch da der König es erlaubt hat, kann er es nicht verbieten.«

Jeremy hatte sich und dem Mädchen einen falschen Namen gegeben.

»Amoret klingt bei weitem zu fremdländisch«, sagte er zu ihr. »Ich werde Euch Anne nennen. Wir werden als Vetter und Base reisen, da die fehlende Ähnlichkeit zwischen uns eine engere familiäre Verbindung nicht glaubwürdig erscheinen lässt. Übrigens, woher habt Ihr dieses Kleid? Es ist eine gute Verkleidung.«

»Ich habe mit einem der Bauernmädchen getauscht«, antwortete Amoret hochmütig, als sei ihre Voraussicht eine Selbstverständlichkeit.

Sie brachen kurz nach dem König und seinem Gefolge auf, sahen sie aber noch eine Weile vor sich herreiten, bevor sich ihre Wege an einer Gabelung trennten.

Hoffentlich kommt er unversehrt nach Frankreich, dachte Amoret besorgt, während sie dem kleinen Trupp nachblickte, bis er aus ihrem Blickfeld verschwunden war.

Sie atmete tief die würzige frische Landluft ein, um die Tränen zurückzuhalten, die sich in ihren Augen sammelten. Doch es war wie so oft in den letzten Tagen vergeblich. Ohne ihren Vater fühlte sie sich unendlich allein und verlassen. Sicher, sie hatte in den vergangenen Jahren nicht allzu viel von ihm gesehen, besonders seit dem Tod ihrer Mutter, doch die Hoffnung, dass er früher oder später zu ihr zurückkehren würde, hatte sie aufrecht gehalten und ihr die Kraft gegeben, sich immer wieder auf Fremde einzulassen und ihnen Herzlichkeit entgegenzubringen. Jetzt jedoch war sie endgültig zur Waise geworden. Niemanden kümmerte es mehr, dass sie lebte, vermutlich nicht einmal die französischen Verwandten ihrer Mutter, zu denen sie nun unterwegs war.

Moseley Hall, wo sie sich geborgen gefühlt hatte, lag hinter ihr. Für einen kurzen schmerzvollen Moment bereute sie ihre vorschnelle Entscheidung und wünschte sich zurück zu Mr. Whitgreave und Pater Huddleston. Doch ein Leben unter puritanischer Herrschaft beinhaltete nicht die geringste Versuchung für sie, so dass sie den Gedanken an Umkehr rasch wieder verscheuchte.

Nachdenklich starrte Amoret auf den Rücken ihres Begleiters. Wieder ein Fremder, ein armer Provinzler, ein Feldscher, der eine niedrige und blutige Arbeit tat. Für die Tochter eines Earls war er nicht mehr als ein Diener, der sie zu ihrer Familie geleiten sollte und zu dem sie aufgrund des Standesunterschieds Abstand halten musste.

Amoret bemerkte bald, wie schwer ihr dies fallen würde, je länger sie hinter ihm auf dem Reitkissen ritt, durchgeschüttelt von den Bewegungen des grobknochigen Pferdes. Dieser

schmale, gerade Rücken so unmittelbar vor ihrer Nase wurde mehr und mehr zu einer Versuchung. Sie wünschte sich in ihrer Verlassenheit nichts sehnlicher als einen Halt, etwas, an das sie sich mit den Händen klammern und an das sie ihre tränenfeuchte Wange lehnen konnte. Bald gab Amoret ihren Stolz auf und legte ihren Arm um Jeremys Taille, um sich an ihm festzuhalten. Er ließ sie schweigend gewähren, ohne sich zu ihr umzudrehen. Nach einer Weile spürte er den Stoff des Wamses in seinem Rücken feucht werden, als sie ihr Gesicht daranschmiegte und lautlos weinte.
Es tat ihm leid, dass sie so unglücklich war, doch er machte keinen Versuch, mit ihr zu reden. Es war der Tod ihres Vaters, an dem er sich mitschuldig fühlte, der sie leiden ließ. Wenn er darüber sprach, würde er alles nur noch schlimmer machen.

Kapitel 11

November 1668

Nachdem Breandán die Vorstädte von Paris durchquert hatte, erhob sich vor ihm die Porte Saint-Denis mit ihren zinnenbewehrten Rundtürmen, die das einer Festung ähnelnde Stadttor einrahmten. Der Ire zügelte das Mietpferd, das er an der letzten Herberge gegen sein ermüdetes Reittier eingetauscht hatte, und reihte sich in die Schlange aus Kutschen und Fuhrwerken ein, die am Tor auf Einlass warteten. Da es leicht nieselte, verließen die Wachen nur unwillig ihre beheizte Wachstube und winkten die meisten Reisenden ohne genauere Prüfung durch. Vermutlich begnügten sie sich damit, Landstreicher und Bettelvolk abzuweisen.

Das Klirren der Hufeisen auf den Pflastersteinen hallte unter dem Gewölbe des Tores wider. Auf der anderen Seite folgte Breandán der schnurgeraden Rue Saint-Denis Richtung Süden.

Die Überfahrt von Dover nach Calais hatte sich wegen des stürmischen Herbstwetters verzögert, so dass Breandán erst zwei Tage nach seinem Aufbruch von London den Fuß auf französischen Boden hatte setzen können. Von seinen früheren Besuchen her waren ihm die schnellste Strecke nach Paris und die besten Herbergen vertraut. Mehrmals hatte er sein Reitpferd gewechselt, so dass er unterwegs nur ein Mal übernachten musste.

Bereits bei der Durchquerung des Fauxbourg Saint-Denis war ihm der üble Geruch der großen Stadt entgegengeweht. In den Straßen versanken die Hufe seines Pferdes trotz des Pflasters in einer rutschigen Schicht aus Schlamm und Schmutz, die der stärkste Regen nicht wegwaschen konnte. Zu beiden Seiten erhoben sich die typischen, größtenteils aus Fachwerk errichteten Pariser Häuser, deren obere Stockwerke sich über die Straße neigten, so dass auch im Sommer kaum ein Sonnenstrahl den in ewigen Schatten gehüllten Boden erreichte. Während Breandán seinen Wallach durch das dichter werdende Gedränge lenkte, registrierte er auf seinem Weg die vertrauten Wahrzeichen der Stadt: St. Sepulchre, die Kirche der Kreuzritter, zu seiner Linken, die Kirche und den Friedhof der Unschuldigen zu seiner Rechten, hinter denen sich das Viertel der Markthallen erstreckte. Und schließlich ragte vor ihm der düstere Koloss des Grand Châtelet auf, ein aus Steinblöcken gefügtes, wehrhaftes Kastell, das einst den Zugang zur Ile du Palais, dem alten Stadtkern, bewacht hatte. Der Name Porte de Paris war aus dieser Zeit geblieben.
Breandán ließ den Blick zu den mit kegelförmigen Dächern gekrönten Türmen hinaufgleiten, die sich zu beiden Seiten des Tores erhoben. Ein Frösteln überlief ihn. Er fühlte sich an das Newgate in London erinnert, das ebenso abweisend wirkte wie das Châtelet und wie dieses als Gefängnis diente. Beide Verliese genossen einen schrecklichen Ruf.
Breandáns Gänsehaut verstärkte sich, als er in die dunkle Passage eintauchte, die unter der Festung hindurchführte. Elegante Kreuzrippen, die man an diesem düsteren Ort nicht vermutet hätte, wölbten sich über dem Durchgang, in dem fliegende Händler notdürftig Stände aufgebaut hatten und ihre Waren feilboten. Die Passage entließ ihn auf die mit gleichförmigen hohen Häusern aus Stein bebaute Pont au

Change, die erst vor zwanzig Jahren nach einem verheerenden Brand fertiggestellt worden war. Mühsam bahnte sich Breandán einen Weg durch das Gewühl von Fußgängern, Fuhrwerken und Reitern, die wie er die Ile du Palais überquerten oder das Palais de Justice aufsuchten, in dem das höchste Gericht von Paris, das Parlament, tagte. Über den Pont Saint-Michel gelangte der Ire schließlich auf das linke Seine-Ufer nach Saint-Germain-des-Prés, das aristokratischste Viertel von Paris, das gleichwohl über die größte Auswahl an Herbergen verfügte. Hier logierten die Söhne des Adels aus aller Herren Länder auf ihrer Bildungsreise durch Europa. In der Rue des Canettes, zwischen der Abtei von Saint-Germain und dem Jahrmarkt, machte Breandán im Hof der Herberge »Zum Schwarzen Adler« halt, in der er früher bereits des Öfteren abgestiegen war und deren Wirt, einen Gascogner, er gut kannte.

Nachdem der Ire eine kleine Mahlzeit eingenommen und ein wenig geruht hatte, zog er sich frische Kleidung über, die er in seinen Satteltaschen mitführte, und machte sich zum Palais Royal auf. Sein Weg führte ihn zurück auf das rechte Seine-Ufer. Von der Rue Saint-Denis bog er schließlich nach links in die Rue Saint-Honoré ein, die geradewegs zur Residenz des Duc d'Orléans führte. Seit sieben Jahren war Philippe d'Orléans, der als jüngerer Bruder des Königs den Titel »Monsieur« trug, mit Charles' Schwester Henriette-Anne verheiratet, die »Madame« genannt wurde. Ihr Hof im Palais Royal und im Schloss Saint-Cloud konnte es mit seinen Vergnügungen, Bällen, Theateraufführungen und Banketten an Festlichkeit durchaus mit dem des Königs in Fontainebleau, Saint-Germain und dem noch unvollendeten Versailles aufnehmen.

Am Tor des Palastes zügelte Breandán sein Pferd. Der Pförtner kam ihm mit fragender Miene entgegen.

»Bitte meldet mich Ihrer Hoheit, der Duchesse d'Orléans, Monsieur«, bat der Ire. »Mein Name ist Breandán Mac Mathúna. Ich stehe in den Diensten von Mademoiselle St. Clair und habe einen Brief für Ihre Hoheit.«
Es war dem Pförtner, der bereits recht betagt war, deutlich anzusehen, dass er Mühe hatte, sich den fremdländisch klingenden Namen des Iren zu merken. Breandán musste ihn mehrmals wiederholen, bis sich der Bedienstete mit einem konzentrierten Ausdruck im Gesicht auf den Weg zu seiner Herrschaft machte. Breandáns Geduld wurde auf eine harte Probe gestellt. Als der Pförtner endlich zurückkehrte und ihn hereinbat, während ein Reitknecht sich seines Pferdes annahm, wirkte die Haltung des Dieners alles andere als einladend. Verwundert folgte Breandán ihm in die Eingangshalle, wo ihn ein Lakai erwartete, der die Livree der Orléans trug. Dieser führte den Ankömmling in einen Salon und ließ ihn dort allein zurück. Wieder musste sich der Ire in Geduld üben. Er fragte sich, ob er wohl einen ungünstigen Zeitpunkt für seinen Besuch gewählt hatte. Hätte der König nicht darauf bestanden, dass er den Brief der Prinzessin persönlich aushändigte, hätte er das Schreiben dem Lakaien überlassen.
Endlich näherten sich Schritte hinter einer hohen Tür. Breandán hörte die Stimmen zweier Frauen. Eine von ihnen war sichtlich erregt.
»Aber weshalb erdreistet sie sich, mir gerade jetzt zu schreiben?«, fragte sie schrill. »Ich hatte fast vergessen, was diese Kokotte mir angetan hat. Vermutlich bereitet es ihr ein krankhaftes Vergnügen, mich daran zu erinnern ...«
Die zweite Frau sprach leise beschwichtigend auf die erste ein, so dass Breandán ihre Worte nicht verstehen konnte. Er begann, sich zunehmend unwohl zu fühlen, und hätte sich am

liebsten zurückgezogen, doch dies war zu seinem Leidwesen nicht möglich.

Als die Tür geöffnet wurde und die beiden Damen eintraten, nahm der Ire galant den Hut ab und verbeugte sich tief. Die ältere zog sich in den Hintergrund zurück, während die jüngere ihn überrascht anstarrte.

Henriette-Anne wies nur wenig Ähnlichkeit mit ihrem Bruder Charles auf. Während er hochgewachsen und dunkel war, wirkte sie zierlich, fast zerbrechlich, und ihre Haut war hell und rein. Ihre Augen erstrahlten in leuchtendem Saphirblau, und ihr seidiges kastanienbraunes Haar ringelte sich spielerisch um ihre glatte Stirn. Die Prinzessin trug ein Hauskleid aus dunkelblauem Damast, und um ihren feinen schmalen Hals lag eine einfache Perlenkette. Ihr an den Schläfen hochgestecktes Haar war ebenfalls mit Perlen geschmückt. Den Blick auf Breandán geheftet, der sich langsam aus seiner Verbeugung aufrichtete, errötete die Duchesse d'Orléans wie ein Backfisch.

»Ach Ihr seid es, Monsieur Mac Mathúna«, rief sie herzlich. »Dieser Tölpel von Pförtner konnte Euren Namen nicht aussprechen. Er stotterte nur etwas Unverständliches vor sich hin.«

Erleichtert, dass sein unfreundlicher Empfang offenbar auf einem Missverständnis beruhte, vergaß Breandán die hinter der Tür geäußerten Worte und lächelte Henriette zu. Er fühlte, dass er, wie bereits bei ihrem ersten Zusammentreffen vor zweieinhalb Jahren, erneut ihrem Charme erlag. Ihr Lächeln nahm ihn gefangen. Widerstandslos versank er in ihren klaren blauen Augen.

Um sich zu fangen, sagte er: »Ich bringe einen Brief von Eurem Bruder, Euer Hoheit.« Er sah die Überraschung auf ihren Zügen und fügte hinzu: »Es hat sich etwas Wichtiges ergeben.«

Henriette begriff, dass er in Anwesenheit von Madame de Saint-Chaumont nichts Näheres preisgeben wollte, und nickte. Verlegen zog er das Schreiben aus seinem Wams hervor und reichte es ihr. In diesem Moment wurde die Tür geöffnet, durch die der Lakai den Iren hereingeführt hatte. Instinktiv wandte Breandán sich um und stellte sich vor die Prinzessin, um sie vor den Blicken des Ankömmlings zu schützen. Er hörte das Knistern des Papiers, als Henriette den Brief ihres Bruders rasch zwischen den Falten ihres Rockes verbarg.
»Wie ich hörte, haben wir einen Besucher, meine Liebe«, rief der junge Mann aus, der den Salon mit der Selbstsicherheit des Hausherrn betreten hatte. Als er Breandán bemerkte, zögerte er. Neugierig musterten die beiden Männer einander. Der Ankömmling war von kleiner Statur, in etwa so groß wie Breandán, und ebenso wohl proportioniert. Sein feingeschnittenes Gesicht mit den schwarzen Augen, über die sich dichte dunkle Brauen wölbten, der kräftigen Bourbonennase und dem schmalen, mit einem Grübchen versehenen Kinn war von fast weiblicher Schönheit. Eine üppige schwarze Lockenperücke, von der ein leichter Jasminduft ausging, umrahmte es wie die Mähne eines Löwen. Obwohl Breandán ihm noch nie begegnet war, fiel es ihm nicht schwer zu erraten, dass er Monsieur vor sich hatte. Der Bruder des französischen Königs war in ein prachtvolles Wams aus blausilbernem Brokat und einer Rhingrave aus demselben Stoff gekleidet. Die Ärmel und insbesondere die Beine der rockähnlichen Hose waren mit Bändern und Silberspitze besetzt, die im Licht der Kerzen schimmerte. Dazu trug Philippe d'Orléans hohe, mit Schleifen geschmückte Schuhe, deren rote Absätze auf dem Holzparkett widerhallten.
Während Breandán sich tief verbeugte, stellte Henriette ihn vor: »Dies ist Monsieur Mac Mathúna. Er steht in den Diens-

ten von Mademoiselle St. Clair und wollte mir seine Aufwartung machen.«

»Tatsächlich?«, bemerkte Philippe. Auf seinem schönen Gesicht spiegelte sich aufrichtige Freude. »Wie geht es meiner lieben Freundin?«, fragte er neugierig.

»Mademoiselle St. Clair befindet sich bei guter Gesundheit«, erwiderte Breandán.

Das offensichtliche Interesse des Prinzen erstaunte ihn. Amoret hatte nie erwähnt, dass sie mit dem Bruder des Königs näher bekannt war. Unwillkürlich fragte sich der Ire, was sie ihm über ihre Zeit am französischen Hof noch verschwiegen haben könnte.

Der Bruder des Königs klatschte in die Hände, um einen Bediensteten herbeizurufen. »Bringt Wein für unseren Gast«, befahl er. Dann wandte er sich wieder an Breandán: »Monsieur, Ihr müsst mir unbedingt von Eurer Herrin erzählen. Wie ist es ihr in all den Jahren ergangen? Wie geht es Seiner Majestät, dem König von England? Was trägt man zurzeit am englischen Hof?«

Verdutzt bemühte sich Breandán, die Fragen des Prinzen ausführlich und zugleich unverfänglich zu beantworten. Dabei konnte er nicht umhin zu bemerken, wie sehr sich Philippe von seinem Bruder unterschied. Während der König von Frankreich ihm bei ihrer kurzen Begegnung vor zweieinhalb Jahren zurückhaltend und sehr auf seine Würde bedacht erschienen war, sprudelte Monsieur geradezu über vor Lebenslust und Wissbegierde.

»Ich muss Mademoiselle St. Clair unbedingt schreiben«, erklärte Philippe abschließend, da ihn die Beschreibungen des Iren unbefriedigt ließen.

Als er Breandán endlich entließ, trat Madame zu ihrem Gast und bot ihm die Hand zum Kuss. Während sich der Ire über ihre zarten Finger beugte, hauchte sie: »Kommt heute Abend wieder her. Wir haben Gäste, aber ich werde um neun Uhr an der Terrassentür zum Garten sein.«

Breandán nickte kaum merklich und verabschiedete sich. Erleichtert verließ er das Palais Royal und entschied, sich die Wartezeit zwischen den Krambuden auf dem Pont Neuf zu vertreiben.

Als Breandán am Abend zum Palais Royal zurückkehrte, war das Fest in vollem Gange. Der Ire vermutete, dass auch der König und ein Großteil des Hofes anwesend waren. Der Pförtner, der ihn wiedererkannte, winkte Breandán ohne Zögern durch. Offenbar hatte ihm die Prinzessin entsprechende Anweisungen gegeben.

Wie verabredet begab sich Breandán durch einen Seitenflügel in die weitläufigen Gärten, die sich hinter dem Palast erstreckten. Im Sommer boten sie den Hintergrund zu rauschenden Festen mit Theateraufführungen und Feuerwerk. Doch an diesem kühlen Novemberabend war der Garten dunkel und verlassen. Breandán trat an die von innen erleuchteten Terrassentüren und wartete. Vom Turm der nahen Kirche Saint-Honoré schlug es die neunte Stunde. Kurz darauf wurde eine der Türen geöffnet, und Henriette von England schlüpfte durch den Spalt nach draußen.

»Ich nehme an, Ihr seid über die Ereignisse unterrichtet, die Seine Majestät, mein Bruder, in seinem Brief beschreibt«, sagte sie mit einem betroffenen Seufzen.

»Das Verschwinden von Sir William Fenwick?«, fragte der Ire. »Ja, Euer Hoheit, das bin ich.«

»Bitte passt gut auf Euch auf, Monsieur«, bat Madame inbrünstig, während sie ihm das Antwortschreiben an Charles überreichte. »Wer immer für Sir Williams Verschwinden verantwortlich ist, könnte es auch auf Euch abgesehen haben.«

»Ich weiß, Euer Hoheit. Und ich verspreche Euch, dass ich vorsichtig sein werde. Seine Majestät, der König von England, hat einen klugen Kopf mit der Lösung des Rätsels beauftragt. Ich bin sicher, er wird herausfinden, was aus Sir William geworden ist.«
»Hoffen wir es.«
Henriette wollte sich gerade wieder ins Innere des Palastes zurückziehen, als die Terrassentür geöffnet wurde und ein junger Mann und eine Frau in Hofkleidung in den Garten hinaustraten.
»Ah, da seid Ihr ja, Euer Hoheit«, rief die Frau, als sie die Prinzessin entdeckte. »Monsieur sucht Euch überall.«
Ihr Blick richtete sich überrascht auf Breandán, der sie mit unverhohlener Bewunderung ansah. Sie war eine strahlende Schönheit mit reichem dunkelblondem Haar, das ihr ebenmäßiges Gesicht mit den leuchtenden blauen Augen in zierlichen Löckchen umrahmte. Ein vollkommener milchweißer Busen quoll aus dem spitzenbesetzten Dekolleté eines mit Perlen und Edelsteinen besetzten Kleides aus rotem Seidendamast. Fasziniert betrachtete Breandán die junge Hofdame. Es war nicht allein ihre Schönheit, die ihn verwirrte, sondern vor allem eine unverkennbare Ähnlichkeit mit Amoret.
»Wer ist dieser gutaussehende Galan, Euer Hoheit?«, wandte sich die junge Frau kokett an Henriette.
Die Prinzessin ließ sich nicht anmerken, wie ungelegen ihr das Auftauchen der beiden kam, und stellte den Iren vor.
»Monsieur Mac Mathúna, Athénaïs de Rochechouart de Mortemart, Marquise de Montespan, und Hervé de Guernisac, Marquis de Saint-Gondran.«
»Ihr steht in den Diensten meiner lieben Cousine Amoret St. Clair, Monsieur?«, rief die Marquise erfreut.

Da erinnerte sich Breandán, dass Amoret ihm hin und wieder Passagen aus den Briefen ihrer Cousine vorgelesen hatte. Erst kürzlich war Athénaïs die Mätresse des Königs von Frankreich geworden.
»So ist es, Madame«, bestätigte er mit einer höfischen Verbeugung.
Der junge Mann an der Seite der Marquise mischte sich in die Unterhaltung. »Ihr seid Ire, Monsieur? Meine Familie stammt aus der Bretagne, und wir sind sehr stolz auf unsere keltischen Wurzeln.«
Breandán lächelte zustimmend. »Mir geht es ebenso, Monsieur.«
Die beiden Männer verband augenblicklich ein tiefes Einverständnis, wie es den Vertretern von Minderheiten eigen ist, die von einer Mehrheit benachteiligt werden.
»Bitte teilt meiner Cousine mit, dass ich ihr bald schreiben werde«, riss die Marquise de Montespan das Gespräch wieder an sich. Offenbar ertrug sie es nur schwer, nicht im Mittelpunkt zu stehen.
»Seid dessen versichert, Madame«, versprach Breandán.
Amüsiert blickte er den drei Paradiesvögeln nach, als sie in den Saal zurückkehrten. Dann setzte er seinen Hut auf und verließ das Palais.

Kapitel 12

Seufzend sah Amoret zum Fenster hinaus. Der Novemberregen ließ die Kutschen und Reiter im Morast versinken. Auf der gegenüberliegenden Straßenseite rutschte ein Fußgänger trotz aller Vorsicht im Schlamm aus und landete fluchend auf dem Hosenboden.

Besorgt dachte Amoret an Breandán, der sich vielleicht gerade auf dem von stürmischen Wellen durchgeschüttelten Paketboot von Calais nach Dover befand. Reisen zu dieser Jahreszeit waren nicht ungefährlich. Sie würde erst aufatmen, wenn sie ihren Gemahl wieder in die Arme schließen konnte. Ihre Sorge galt auch Pater Blackshaw, der mit seinen Nachforschungen nach dem Verbleib von Sir William Fenwick nicht weiterkam. Das Verschwinden des Höflings blieb mysteriös. Niemand hatte ihn nach seiner Ankunft in Southwark gesehen. Ob tot oder lebendig, Fenwick schien sich in Luft aufgelöst zu haben.

Immer wieder trat Amoret ans Fenster und blickte auf den verregneten Strand hinaus, um nach dem Priester Ausschau zu halten. Vor zwei Stunden hatte er das Haus verlassen, ohne ihr zu sagen, wohin er ging. Womöglich irrte er ziellos durch die Straßen, um seine Gedanken zu beflügeln, die – wie er sagte – im Kreis liefen, wenn er untätig vor dem warmen Kaminfeuer saß.

Als Amoret ihn endlich heimkehren sah, eilte sie ihm fürsorglich entgegen. Trotz des Wollmantels, dessen Kapuze er tief ins Gesicht gezogen hatte, war Jeremy völlig durchnässt. Seine Stiefel waren mit Wasser vollgelaufen und quietschten bei jedem Schritt. Vorwurfsvoll sah Amoret in sein bleiches Gesicht, in dem die Augen fiebrig glänzten. Sie musste Meister Ridgeway dringend darum bitten, den Jesuiten einmal gründlich zu untersuchen!
»Wollt Ihr Euch den Tod holen, Pater? Ich hätte Euch nicht erlauben dürfen, in dieses grässliche Wetter hinauszugehen.«
Jeremy lächelte müde. »Es tat gut, mir einmal die Spinnweben aus dem Gehirn blasen zu lassen, Mylady. Nun kann ich klarer denken.«
»Ihr werdet noch Fieber bekommen, wenn Ihr nicht unverzüglich die durchweichten Kleider auszieht«, schimpfte Amoret. »Lasst Euch von William zur Hand gehen. Ich werde derweil dafür sorgen, dass man uns eine heiße Kanne Tee aufbrüht.«
Als der Jesuit in trockenen Kleidern, eine duftende Tasse Tee in den klammen Händen, mit Amoret vor dem prasselnden Kaminfeuer saß, fragte sie: »Seid Ihr der Lösung des Rätsels nähergekommen?«
Jeremys Blick war nachdenklich auf den zarten Dampfschleier gerichtet, der sich über dem heißen Tee kräuselte.
»Fangen wir noch einmal ganz von vorn an, Mylady, wenn Ihr erlaubt«, sagte er schließlich. »Der Aussage Seiner Majestät zufolge übergab er Sir William Fenwick den Brief an seine Schwester am zwanzigsten Oktober. Nehmen wir also an, dass Fenwick ohne Unterbrechung nach Paris reiste und den Brief bei Prinzessin Henriette ablieferte. Sobald Euer Gemahl aus Frankreich zurückkehrt, werden wir wissen, ob dies tatsächlich zutrifft.«

»Aber ...«, setzte Amoret an, doch eine ungeduldige Handbewegung des Priesters unterbrach sie.
»Bis jetzt haben wir keine Bestätigung, dass Sir William wirklich die Prinzessin aufsuchte.«
»Ich verstehe nicht ...«
»Ich versuche nur, darauf hinzuweisen, dass wir uns bei diesem Fall zu sehr auf Vermutungen stützen«, belehrte Jeremy sie. »Sollte lediglich eine Annahme in der langen Kette von Theorien falsch sein, könnte das ganze Gebilde einstürzen.«
»Ich begreife noch immer nicht, worauf Ihr hinauswollt, Pater.«
»Zum einen haben wir nur die Versicherung Seiner Majestät, dass Sir William vertrauenswürdig war«, gab Jeremy zu bedenken. »Ist es nicht möglich, dass er, statt nach Frankreich zu reisen, den Brief des Königs an jemanden verkaufte und sich dann aus dem Staub machte?«
»Aber das ist doch absurd!«
»Ist es das wirklich? Nun, es scheint ebenso absurd anzunehmen, dass ein Mann am helllichten Tag auf dem Weg von Southwark zu seinem Haus auf der Bedford Street so einfach verschwinden könnte, ohne eine Spur zu hinterlassen.«
»Ihr vergesst, dass Pater Waterhouse bestätigt hat, dass Sir William in der Kutsche von Dover bis nach London fuhr.«
»Das bereitet mir allerdings einiges Kopfzerbrechen«, gestand Jeremy. »Andererseits war meinem guten Freund Waterhouse Sir William nicht bekannt. Wir wissen nur, dass sich der Reisende, mit dem er die Kutsche teilte, als Sir William Fenwick vorstellte.«
»Ihr meint, ein anderer könnte sich für Fenwick ausgegeben haben? Aber zu welchem Zweck?«
»Um zu verschleiern, was aus ihm geworden ist. Nur so lässt sich erklären, weshalb der Reisende sein Gepäck in der Herberge zurückließ und nicht nach Hause ging.«

»Aber wie wollt Ihr herausfinden, ob Eure Theorie zutrifft?«, fragte Amoret zweifelnd.

»Zuerst einmal müssen wir warten, bis Breandán von seinem Botengang zurückkehrt«, entschied Jeremy. »Dann werden wir wissen, ob Sir William in Paris angekommen ist und ob er tatsächlich einen Brief von Prinzessin Henriette bei sich trug, als er verschwand.«

Breandán hatte es eilig, nach Hause zu kommen, nachdem er Madames Brief dem König übergeben hatte. Charles bemerkte seine Ungeduld und überflog das Schreiben nur kurz, bevor er den Iren gehen ließ.

»Ich werde Euch durch Chiffinch Nachricht schicken, wenn ich Euch wieder brauche, Sir«, sagte er.

Müde und erschöpft von der Reise, begab sich Breandán zum Hartford House. Amoret, die von einem Lakaien über seine Rückkehr unterrichtet worden war, fiel ihm überglücklich um den Hals.

»Ich habe dich so sehr vermisst«, flüsterte sie in sein Haar, das noch den salzigen Geruch des Meeres bewahrte, das er am Morgen überquert hatte.

»Du bist sicher hungrig«, vermutete Amoret.

»Wie ein Wolf«, gestand er.

»Wir haben mit dem Abendbrot auf dich gewartet.«

»Dann ziehe ich mich schnell um«, sagte Breandán und küsste sie auf den Mund.

Als sie im Speisesaal mit Jeremy und Armande zusammensaßen, erzählte der Ire von seiner Reise. Während er von seinem Besuch im Palais Royal berichtete, kamen ihm auf einmal die seltsamen Worte der Prinzessin wieder in den Sinn. Arglos bemerkte er: »Es schien, als sei Ihre Hoheit nicht gut auf dich zu sprechen, Amoret. Warst du nicht für kurze Zeit eine ihrer Ehrenjungfern? Habt Ihr Euch nicht gut verstanden?«

Amoret und Jeremy warfen sich betretene Blicke zu. Bevor Breandán sich darüber wundern konnte, wechselte der Jesuit übergangslos das Thema: »Wir haben Eure Rückkehr sehnlichst erwartet. Vor allem mir brennt die Frage auf den Nägeln, ob Sir William tatsächlich in Frankreich angekommen ist und ob er Madame aufsuchte.«

Leicht verwirrt zögerte Breandán einen Moment, bevor er antwortete: »So stand es im Antwortschreiben Ihrer Hoheit. Der König las es in meinem Beisein und sagte, Minette habe Sir William am vierundzwanzigsten Oktober einen Brief anvertraut.«

»Gut zu wissen«, erwiderte Jeremy erfreut. »Nun können wir sicher sein, dass Sir William Paris erreichte. Jetzt muss ich nur noch herausfinden, ob er auch die Rückreise antrat.«

»Aber wie?«, warf Amoret ein. »Wollt Ihr nach Frankreich fahren und seinen Weg zurückverfolgen?«

»Wenn es nötig ist. Doch zuerst werde ich noch einmal mit Sir Williams Kammerdiener sprechen.«

»Wieso das?«

»Jempson kann mir eine genaue Beschreibung von Sir William geben. Vielleicht gibt es ein unverkennbares körperliches Merkmal, das ihn ohne Zweifel identifiziert.«

»Ah, ich verstehe«, sagte Amoret. »Ihr wollt Pater Waterhouse aufsuchen, um zu überprüfen, ob es tatsächlich Sir William war, mit dem er damals in der Kutsche von Dover ins Gespräch kam.«

»So ist es«, bestätigte Jeremy. »Ich hoffe, das bringt uns weiter.«

Nach dem Mahl ließen sich Amoret und der Jesuit noch Tee im Salon auftragen. Breandán entschuldigte sich, da er nach seinem Rappen sehen wollte. Er überließ Leipreacháns Pflege nicht gern dem Stallknecht, auch wenn dieser im Umgang mit Pferden sehr erfahren war. Armande hatte sich zur Brücke aufgemacht, und Amoret erwartete sie vor dem nächsten Morgen nicht zurück.

»Mir ist nicht wohl dabei, Euch zu dieser Jahreszeit nach Shropshire reisen zu lassen, Pater«, gestand Amoret. »Zumal es mit Eurer Gesundheit nicht zum Besten steht.«

»Ich fürchte, mir bleibt keine andere Wahl, wenn ich dem geheimnisvollen Verschwinden von Sir William Fenwick auf den Grund gehen will.«

Ein besorgter Ausdruck verdüsterte das Gesicht der jungen Frau. Sie beugte sich vor und legte beschwörend ihre Hand auf seinen Arm. Die Zärtlichkeit, die in dieser Geste lag, entlockte Jeremy ein Lächeln. Der liebevolle Blick, mit dem sie ihn ansah, erinnerte ihn auf einmal an das zehnjährige Mädchen, mit dem er wochenlang durch Feindesland geflüchtet war und mit dem er Nahrung und Lager geteilt hatte. Nie zuvor hatte er einen anderen Menschen so nah an sich herangelassen und so tief ins Herz geschlossen wie sie. Er wusste, dass er sich uneingeschränkt auf sie verlassen konnte. Und er nahm ihr die übertriebene Sorge um ihn nicht übel.

»Wenn ich aus Shropshire zurückkehre, werde ich mir ein wenig Ruhe gönnen, Madam«, versprach er. »Aber diese Reise ist zu wichtig, als dass ich sie verschieben möchte. Seine Majestät erwartet Ergebnisse, und bisher habe ich nichts vorzuweisen.«

Kapitel 13

September 1651

Vorausschauend hatte Jeremy vor ihrem Aufbruch Verpflegung eingepackt, um bis zum Abend nicht haltmachen zu müssen. Das Pferd, das er von Colonel Lane erhalten hatte, war ein abgearbeitetes Zugtier, das sich nur mit sehr viel Nachdruck in einen holpernden Trab zwingen ließ und von einem noch so gemächlichen Galopp überhaupt nichts wissen wollte. Doch Jeremy hatte sich den müden Klepper selbst ausgesucht und ein besseres Pferd abgelehnt. Es war ihm wichtiger, ein unauffälliges Reittier zu haben, das die Begehrlichkeit der Soldaten nicht wecken würde, die stets auf der Suche nach Pferden waren und auch nicht davor zurückscheuten, im Namen der Armee einen armen Bauern zu bestehlen.

Den ganzen Tag über verlief die Reise ereignislos. Ab und zu tauchte in der Ferne ein Kavallerietrupp auf, und ein Mal kam ihnen eine kleine Patrouille entgegen. Jeremy zügelte das Pferd und trieb es in den Graben längs des Weges, um den Rotröcken Platz zu machen. Diese ritten wortlos an ihnen vorüber, ohne sie zu beachten, und Jeremy lenkte den Gaul auf die Landstraße zurück.

Durch den Stoff seines Wamses fühlte er, dass die Hände des Mädchens auf seiner Taille zitterten. Sie hatte Angst gehabt, sagte jedoch nichts. Bevor er das Pferd mit den Fersen antrieb, drehte sich Jeremy im Sattel zu ihr um und fragte: »Alles in Ordnung?«

Amoret schluckte und antwortete mit möglichst fester Stimme: »Ja.« Sie wollte nicht, dass er sie für feige hielt.

Jeremy gab sich für den Moment zufrieden und wandte sich wieder dem vor ihnen liegenden Weg zu.

Am Abend machten sie in einer Herberge am Rande eines Dorfes halt. Die freundliche Wirtin brachte dem kleinen Mädchen Buttermilch und Jeremy hellen Süßwein, dazu frisch gefangene Salme, Brot und Käse. Einen Teil davon packten sie sich als Frühstück ein.

Amoret war todmüde von dem langen Ritt, versuchte aber, sich aufrecht zu halten. Schließlich hatte sie nicht einmal mehr die Kraft, um die Stufen zu ihrer Kammer hinaufzusteigen, so dass Jeremy sie auf die Arme nehmen und tragen musste. Sie war bereits eingeschlafen, als er sich leise neben sie auf das einzige Bett legte und das Binsenlicht löschte, das die Wirtin ihm gegeben hatte.

Am Morgen wurde Jeremy von einem durch die halb geschlossenen Fensterläden fallenden Sonnenstrahl geweckt. Überrascht bemerkte er, dass seine kleine Begleiterin bereits wach war. Sie kniete neben dem Bett auf dem bloßen Bretterboden und betete. Obwohl sich ihre Lippen lautlos bewegten und Jeremy aus seinem Blickwinkel ihre Hände nicht sehen konnte, erriet er doch, dass sie einen Rosenkranz durch die Finger gleiten ließ.

Er unterdrückte ein Seufzen. Bei ihrem Aufbruch hatte er sie gebeten, nichts mitzunehmen, was ihre Tarnung gefährden könnte, und dazu gehörten vor allem die ohnehin verbotenen Utensilien zur Ausübung ihres katholischen Glaubens. In diesen Zeiten konnte das Überleben davon abhängen, dass man sie weder für Katholiken noch für Anglikaner hielt.

Doch offenbar war Amorets Bedürfnis nach einem spirituellen Halt stärker gewesen als ihre Vorsicht. Auch wenn es Jeremy nicht behagte, musste er sie doch zur Ordnung rufen.
Er erhob sich und zog seine abgenutzten Kniehosen und sein Wams über. Es gab keine Waschmöglichkeit auf dem Zimmer. Sie mussten den Wassertrog im Hof benutzen.
»Wie hast du geschlafen?«, fragte er das Mädchen, das ihr Gebet eilig beendete und ihre Hände hinter dem Rücken verbarg.
Jeremy hatte darauf bestanden, dass sie sich duzten, für den Fall, dass ihre Gespräche belauscht wurden. Jede Förmlichkeit zwischen ihnen hätte sie unweigerlich verraten.
Amoret hatte unbehaglich zugestimmt, mochte sich aber nicht so recht an die vertrauliche Anrede gewöhnen. Auch jetzt antwortete sie ihm nur zurückhaltend. Jeremy trat vor sie hin und streckte ihr auffordernd die Hand entgegen.
»Amoret, bitte gib mir den Rosenkranz, den du hinter deinem Rücken versteckst«, sagte er sanft.
Sie erschrak darüber, dass er anscheinend durch ihren Körper hindurchsehen konnte. Doch im selben Moment sah sie ein, dass Leugnen zwecklos war. Hochmütig blickte sie zu ihm auf und fragte abweisend: »Weshalb?«
»Ich werde ihn an mich nehmen, bis sich unterwegs eine Gelegenheit bietet, ihn loszuwerden.«
»Ihr wollt ihn einfach wegwerfen?«, rief Amoret empört. »Das ist ein Sakrileg. Der Rosenkranz gehört mir, und ich werde ihn behalten.«
»Kleine Lady«, sagte Jeremy freundlich, aber bestimmt, »wenn du nicht willst, dass ich dich übers Knie lege, dann gib mir jetzt den Rosenkranz. Ich verspreche dir, ich werde ihn unterwegs irgendwo verstecken, wo du ihn wiederfinden wirst, wenn du nach England zurückkommen solltest. Aber

du musst verstehen, dass es zu gefährlich ist, ihn mitzunehmen. Wenn dich jemand damit sieht, werden wir aller Wahrscheinlichkeit nach verhaftet. Und dann lande ich im Kerker und vielleicht am Galgen, während du zu deinem Großonkel zurückgebracht wirst.«

Amoret wurde blass – einerseits vor Entrüstung über seine unverschämten Worte und andererseits vor Schreck angesichts seiner Prophezeiung. Sie wusste, er hatte recht. Doch in ihr brannte so viel Wut über ihr Schicksal und die Umstände dieser Flucht, die sie als demütigend empfand. Widerwillig händigte sie ihm schließlich den Rosenkranz aus, den er sorgfältig einsteckte, bevor er mit ihr die Kammer verließ.

Nachdem sie sich im Hof gewaschen und ihr Frühstück verzehrt hatten, sattelte Jeremy das Pferd und half Amoret auf das Reitkissen. Sie schmollte noch und blieb eine Zeitlang stumm, während sie in Richtung Cirencester weiterritten, doch ihre Hände klammerten sich nach wie vor an seine warme Taille.

An einer Weggabelung machte Jeremy kurz halt, schlug den Rosenkranz in ein Stück Leder ein und vergrub ihn unter einem Stein, der die Stelle markieren sollte. Er tat dies, um Amorets Empörung zu beschwichtigen, nicht weil er tatsächlich erwartete, dass sie ihn eines Tages holen würde.

Nach einer Nacht in einer Herberge in Cirencester näherten sie sich am Nachmittag der Hafenstadt Bristol. Vor den Stadttoren liefen sie unvermutet einer Patrouille in die Arme, die sie anhielt und Jeremy auf zudringliche Art ausfragte. Er übergab dem Offizier seinen gefälschten Geleitbrief und beobachtete gespannt das Gesicht des Rotrocks, während dieser das Schriftstück las. Jetzt würde es sich zeigen, ob Jeremys Vertrauen in seine Talente gerechtfertigt war.

»Du hast diesen Geleitbrief von Captain Stone, Bursche?«, fragte der Offizier.

»Ja, von ihm persönlich«, bestätigte Jeremy ungerührt.
»Er ist ein guter Mann, dieser Captain Stone. Wir sind auf der Suche nach flüchtigen Royalisten, die in Worcester gegen das Commonwealth gekämpft und damit Verrat begangen haben. Hast du unterwegs irgendwelche verdächtigen Gestalten gesehen?«
»Nein«, antwortete Jeremy kopfschüttelnd. »Und selbst wenn sich noch welche in der Gegend herumtreiben, trauen sie sich bestimmt nicht bei Tageslicht heraus. Unsere Soldaten sind ja überall und würden sie sofort festnehmen.«
Der Offizier nickte, offenbar von Jeremys Loyalität überzeugt, und gab ihm den Geleitbrief zurück. Aufatmend setzten sie daraufhin ihren Weg fort. Nachdem sie die engen, hauptsächlich von Tagelöhnern bewohnten Gassen des Kirchspiels von St. James durchquert und den Fluss hinter sich gelassen hatten, erreichten sie im Herzen der Stadt die reinlichen, gepflasterten Straßen von St. John und St. Werburgh, dem Ziel ihrer Reise. Hier wohnte Jeremys Schwester Anne in einem der dreistöckigen Fachwerkhäuser mit den spitzen Giebeln und den im Sonnenlicht funkelnden bleigefassten Fenstern.
Die Gassen waren so schmal, dass die reichen Bürger auf die Bequemlichkeit einer Kutsche verzichten mussten. Amoret machte große Augen, als sie einen Schlitten sah, der von Hunden gezogen wurde, in Bristol kein seltener Anblick.
Jeremy war sich nicht ganz sicher, welches Haus es war, denn er hatte Anne nur ein Mal besucht und auch das bereits vor Jahren. Um sich nicht unnötig lange auf der Straße aufzuhalten, sprach Jeremy einen kleinen Jungen an, der sich müßig vor einem der Eingänge rekelte, und fragte nach dem Haus des Kaufmanns Ingram. Der Tagträumer wies ihm bereitwillig den Weg.

Gerade als Jeremy vor der blankpolierten Eichentür vom Pferd glitt, trat seine Schwester heraus und sprach ihn völlig entgeistert an.

»Jeremy, was machst du denn hier? Ich war in dem Glauben...«

Sie verstummte, plötzlich begreifend, dass ihr Bruder auf der Flucht sein musste.

»Komm schnell herein«, rief sie. »Ich werde den Burschen anweisen, dein Pferd zum öffentlichen Stall zu bringen.«

Nachdem Anne Ingram ihren Bruder und das kleine Mädchen in einem freien Zimmer untergebracht und verköstigt hatte, setzte Jeremy sie über seine Lage in Kenntnis und fragte sie, ob sie ihm und dem Kind eine Überfahrt zum Kontinent besorgen könne. Sie versicherte ihm, dass sie ihr Möglichstes tun würde, meinte jedoch, dass es besser sei, auf ihren Gemahl zu warten, der gegen Abend zurückkehren würde. Dann ließ sie ihre Gäste allein, um nach den Dienstboten zu sehen und sie zu beschäftigen, so dass sie keine Zeit zum Klatschen fanden.

Jeremy wandte sich ein wenig besorgt der kleinen Amoret zu. Sie hatte sich auf dem Bett zusammengerollt und sah ihn nicht an. Er erriet ohne Mühe, was in ihr vorging.

»Du nimmst mir übel, dass ich vor dem Rebellenoffizier die Royalisten verleugnet habe, nicht wahr?«

Das Mädchen warf ihm einen traurigen und enttäuschten Blick aus ihren schwarzen Augen zu.

»Glaubst du nicht mehr an die Sache des Königs?«, fragte sie leise.

Jeremy setzte sich neben sie auf die knarrende Bettkante und erklärte ernst: »Doch, das tue ich. Aber wenn die Feinde zu mächtig sind und die Wahrheit den sicheren Untergang be-

deutet, halte ich es für klüger zu heucheln, um mich zu retten. Wem wäre damit geholfen, wenn wir den Soldaten unseren Abscheu vor ihrer Herrschaft zeigten und als Folge davon im Kerker endeten? Dem König sicher nicht. Und ich versichere dir, Amoret, dass Seine Majestät in diesem Augenblick genauso handelt und sich selbst vor seinen Feinden verleugnet, um ihnen unversehrt zu entkommen.«
»Es erscheint mir wie Verrat«, meinte die Kleine zweifelnd.
»Du hast eine so offene und aufrichtige Persönlichkeit, die überaus liebenswert ist und für die Gott dich sicherlich belohnen wird, Amoret, aber manchmal muss man zu einer List greifen, um sich aus der Gefahr zu befreien. Es wäre reine Torheit, einer Waffe, die auf dich gerichtet ist, nicht auszuweichen, sondern gerade in sie hineinzurennen. Meinst du nicht auch?«
Sie blickte ihn lange nachdenklich an.
»Ich glaube, ich denke zu wenig an die Folgen meines Tuns«, räumte sie schließlich ein. »Heucheln ist mir zuwider, aber vielleicht ist es tatsächlich manchmal notwendig, wenn es keinen anderen Weg gibt.«
»Ich hoffe, ich habe dir jetzt nicht als schlechtes Vorbild gedient, süße Amoret«, sagte Jeremy lachend. »Behalte dein offenes, herzliches Wesen, denn es ist dein höchstes Gut.«
Es war das erste Mal, dass sie ihn lachen sah. Ein sympathisches Strahlen breitete sich über sein Gesicht und ließ seine Augen aufleuchten. Seine Gegenwart hatte auf einmal eine wohltuende, beruhigende Wirkung auf sie.
In der Nacht rückte Amoret enger an seine Seite, als er eingeschlafen war, und schmiegte sich auf der Suche nach Geborgenheit fest an ihn. Seine Nähe machte ihre Einsamkeit erträglich und dämpfte ein wenig ihre Angst.
Es genierte sie nicht mehr, dass er nicht von Stand war, denn er hatte nichts Grobes oder Ungehobeltes an sich, sondern

war klug und gebildet. Er erzählte ihr, dass er in Paris studiert hatte. Sein Wissen beeindruckte Amoret und flößte ihr mehr und mehr Achtung ein. Er beantwortete ihre Fragen mit unerschütterlicher Geduld und verstand es, ihr die Dinge auf eine so einfache Weise darzulegen, dass sie das Gefühl hatte, die verwickeltsten Zusammenhänge zu durchschauen.
Ihr steigendes Interesse an Jeremy ließ Amoret jedoch trotz seiner freundlichen Art eine gewisse Kühle in seinem Wesen erspüren, die sie ein wenig verunsicherte. Nun, da ihr Bedürfnis, ihm näherzukommen, wuchs, beunruhigte sie seine Verschlossenheit, mit der er sie auf Abstand hielt. Sie hatte auf einmal Angst, von ihrem neu gefundenen Freund plötzlich im Stich gelassen zu werden, und zerbrach sich zunehmend den Kopf, was sie wohl tun konnte, um seine steife Haltung aufzulockern.

Eine ganze Woche verging, ohne dass es Ingram gelang, seinem Schwager eine Schiffspassage zu einem Hafen in Irland oder auf dem Kontinent zu verschaffen. Die Suche nach dem königlichen Flüchtling war noch immer in vollem Gange, und die Sicherheitsvorkehrungen in den Hafenstädten der Westküste waren besonders verschärft worden. Die Lage verschlechterte sich noch zusätzlich, als die schottischen Gefangenen aus Worcester, Shrewsbury, Chester und Liverpool nach Bristol verlegt wurden, um von dort zu den Plantagen verschifft zu werden.
Jeremy wurde zusehends unruhiger, denn es behagte ihm nicht, so lange an einem derart gefährlichen Ort ausharren zu müssen. Während der ganzen Zeit hatte er mit Amoret das Zimmer kaum verlassen, um kein Aufsehen zu erregen, und mittlerweile dachte er ernsthaft daran, Bristol den Rücken zu kehren und sein Glück in einem Hafen der Südküste zu versuchen.

Die nervöse Spannung trieb Jeremy morgens schon früh aus dem Bett und ließ ihn noch vor Morgengrauen in seine Kleider schlüpfen. Beim Erwachen fand er sich nun gewöhnlich von Amorets dünnen Armen umschlungen und musste sich stets vorsichtig befreien, um das Bett verlassen zu können. Auch das trug zu seiner Unrast bei. Jeremy war es gewohnt, ungebunden seiner Wege zu gehen. Innere Ruhe fand er nur in der Einsamkeit. Einen anderen Menschen nah an sich heranzulassen war ein gefährliches Wagnis. Das Mädchen begann, ihm ans Herz zu wachsen, und das machte ihm Angst. Sobald er sie bei ihren französischen Verwandten abgeliefert hatte, würde er sie nie wiedersehen. Deshalb war es besser, Abstand zu ihr zu wahren.

In seine Gedanken versunken, wandte sich Jeremy vom Bett ab und trat ans Fenster. Nachdem er die Läden geöffnet hatte, sah er vorsichtig hinaus, wie immer sorgsam darauf bedacht, von der Gasse oder dem gegenüberliegenden Haus aus nicht gesehen zu werden.

Es herrschte noch morgendliche Ruhe, nur ab und zu trabte ein Lehrling vorbei, der eine Besorgung machen musste, oder ein Händler zog seinen ratternden Karren über das Straßenpflaster. In der Ferne krähte ein Hahn, dem ein Hund antwortete. Ein Sperling zwitscherte vergnügt auf einer Regenrinne.

Unten wurde eine Tür geöffnet, und Jeremy beugte sich unwillkürlich ein wenig vor, um zu sehen, wer so früh das Haus verließ. Er stutzte, als er den Laufburschen seines Schwagers erkannte, der in der Mitte der Gasse kurz stehen blieb, sich aufmerksam umsah und schließlich eilig in östlicher Richtung davonhuschte. Doch dann erinnerte sich Jeremy, dass heute Markttag war. Sicher hatte Anne den Burschen schon so früh zum Einkaufen geschickt, um die besten Stücke zu ergattern, bevor andere Hausfrauen sie ihr wegschnappten.

Aber seine Unruhe wollte nicht vergehen. Gespannt trat er ans Fenster zurück und sah grübelnd hinaus. Sein Instinkt signalisierte ihm eine Gefahr, auch wenn er den Grund dafür nicht benennen konnte. Schließlich wandte er sich vom Fenster ab, setzte sich auf die Bettkante und weckte das Mädchen.

»Amoret, du musst aufstehen«, sagte er eindringlich. »Zieh dich an und such unsere Sachen zusammen. Ich bin gleich wieder da.«

»Was ist denn passiert?«, fragte die Kleine, während sie sich verschlafen die Augen rieb.

»Wir müssen vielleicht überstürzt aufbrechen«, erklärte Jeremy knapp.

Leise öffnete er die Tür zu ihrer Kammer und schlich die schmale Stiege hinab. Seine Schwester schickte sich gerade an, ihr Schlafgemach zu verlassen, und erschrak, als sie ihn so unvermutet vor sich sah.

»Jeremy, weshalb bist du schon auf?«

Ohne ihre Frage zu beantworten, erkundigte er sich ernst:

»Hast du David zum Markt geschickt?«

»Nein, ich habe ihn heute Morgen noch gar nicht gesehen. Vielleicht hat George ihm einen Auftrag gegeben. Ich werde mal nachfragen.«

Jeremy kehrte zu Amoret zurück, die fertig angekleidet auf dem Bett saß und auf ihn wartete. Er steckte das verbliebene Geld in seinen Beutel und sah sich flüchtig in der Kammer um, ob sie auch nichts vergessen hatten.

Kurz darauf kam Anne herein und meinte, ihr Mann habe seinen Laufburschen nirgendwohin geschickt, es sei jedoch möglich, dass er ohne Auftrag zum Markt gegangen sei.

»Liegt der Marktplatz in östlicher Richtung von hier?«, fragte Jeremy rasch.

»Nein, man geht rechts den Fluss entlang.«

»Dann hat er uns verraten. Wir müssen sofort weg!«
Jeremy warf Amoret einen gebieterischen Blick zu, und sie gehorchte ihm, ohne ein Wort zu sagen. Anne dagegen stand für einen Moment wie versteinert da, unfähig zu begreifen, was geschehen war. Dann fasste sie sich, rannte in ihr Schlafzimmer, raffte alles an Geld zusammen, was sie finden konnte, und drückte es ihrem Bruder in die Hand.
»Beeilt euch!«, rief sie mit flehendem Blick. »Und möge der Herr euch beschützen.«
Der Konstabler traf gerade mit seinen Büttel vor dem Haus ein, als Jeremy mit dem Kind an der Hand durch die Hintertür in den Hof und von dort durch eine kleine Pforte in eine schmale Gasse hinausschlüpfte. Zweifellos würde der Bursche, der sie denunziert hatte, die Häscher zur Kammer hinaufführen. Bis sie merkten, dass die Vögel ausgeflogen waren, würde einige Zeit vergehen, eine Galgenfrist, die Jeremy und das Mädchen nutzen konnten, um aus der Stadt zu fliehen. Er überlegte flüchtig, ob sie es riskieren sollten, zum öffentlichen Stall zu gehen und ihr Pferd zu holen, entschied sich dann jedoch dagegen. Wenn sie verfolgt wurden, war der Gaul ihnen mehr hinderlich als nützlich. Zu Fuß konnten sie sich im Unterholz verstecken, bis die Gefahr vorüber war.
Die Flüchtlinge gelangten ungehindert zum Stadttor, an dem ein unablässiges Kommen und Gehen herrschte. Jeremy schob Amoret unauffällig hinter einen der leeren Ochsenkarren, die die Stadt verließen, setzte sie geschwind auf den Rand der Ladefläche und zog sich mit einem Satz ebenfalls hinauf. So ruckelten sie mit baumelnden Beinen durch den Torbogen hinaus, ohne dass der vom Markt heimkehrende Bauer etwas bemerkte.
Sobald die Stadtmauern außer Sichtweite waren, ließ Jeremy sich zu Boden gleiten und hob Amoret vom Karren herunter.

Die Landstraße war zu beiden Seiten von Hecken gesäumt, die ihnen für die nächsten Meilen einen gewissen Schutz gewähren würden.

Jeremy wandte sich dem Mädchen an seiner Seite zu und blickte prüfend in ihr gebräuntes Gesicht. Es überraschte und beeindruckte ihn, sie so ruhig und gefasst zu sehen, denn immerhin waren sie gerade um Haaresbreite dem sicheren Verhängnis entkommen. Sie befanden sich in feindlichem Gebiet allein auf der Landstraße, ohne Pferd, ohne Unterschlupf, ohne Beistand ... und ohne ein festes Ziel. Nach Bristol zu seiner Schwester zurückzukehren war unmöglich geworden. Sie waren nicht einmal mehr in der Lage, einen neuen Geleitbrief für ihre nächste Etappe zu fälschen. Die Umstände ihrer Flucht hatten sich sehr zu ihren Ungunsten verändert.

»Amoret, es tut mir leid, dass es so weit kommen musste«, sagte Jeremy zerknirscht. »Ich hätte dich nie mitgenommen, wenn ich geahnt hätte, dass es so schwierig sein würde, ein Schiff zu finden. Vielleicht sollte ich dich lieber zu Mr. Whitgreave zurückbringen.«

Er sah sie fragend an, doch Amoret schüttelte voller Entschlossenheit den Kopf.

»Nein, ich will nicht zurück. Lass uns weiter nach einem Schiff suchen.«

»Wir haben kein Pferd mehr. Das heißt, du musst laufen, Amoret. Wirst du das schaffen?«

»Ich werde bestimmt keine Last für dich sein«, erwiderte die Kleine überzeugt.

»Also gut, versuchen wir, an die Südküste zu kommen«, entschied Jeremy. »Es müsste doch mit dem Teufel zugehen, wenn wir dort kein Schiff finden!«

Sie kamen allerdings nur langsam voran. Der Grund war nicht allein das anstrengende Marschieren und die nötige Rücksichtnahme auf Amoret. Wer sich zu Fuß auf die Landstraßen begab, geriet leicht in den Verdacht, zur verfemten Zunft der Vagabunden, Taugenichtse und Walzbrüder zu gehören, die nirgendwo gern gesehen waren.

Um Missverständnissen zu entgehen, achtete Jeremy sorgsam darauf, Dörfer und Städte zu meiden und nach Möglichkeit in einer Scheune oder an einer geschützten Stelle im Freien zu übernachten. Herbergen näherte er sich nur bei Tageslicht, um dort eine kurze Mahlzeit einzunehmen, und kehrte ihnen eilig den Rücken, wenn die Dämmerung nahte. Er hatte Angst, von einem übereifrigen Nachtwächter angehalten und nach seinen Papieren gefragt zu werden.

Auch wenn diese Wachleute für ihre Unfähigkeit und Faulheit berüchtigt waren, mochte es vielleicht der Teufel so wollen, dass sie unvermutet an einen Bürger gerieten, der seine Pflichten gerade an diesem Tage ernst nahm. Gelang es nicht, die Neugierde des Wächters zu befriedigen, konnte dieser auf Verdacht hin jeden Fremden bis zum Morgen festhalten und dem Konstabler oder einem Friedensrichter vorführen. Sollte ein Reisender ihm nicht Rede und Antwort stehen oder die Flucht ergreifen, war es die Pflicht des Nachtwächters, Hilfe zu holen und den Fliehenden einzufangen. Dieser wurde dann für den Rest der Nacht in den Stock gelegt.

Jeremy wusste nur zu gut, dass es ihnen schlecht ergehen würde, wenn sie erst einmal den Verdacht der Wache erregt hätten. Man würde sie rücksichtslos um ihr bisschen Geld erleichtern und ihn entweder als verdächtigen Royalisten in der nächsten Stadt in den Kerker werfen oder ihn als Landstreicher auspeitschen und aus dem Dorf jagen.

Es war also besser, belebte Straßen und Orte zu meiden und sich stattdessen möglichst an Waldstücke und Feldwege zu halten. Dies brachte jedoch andere Probleme mit sich, vor allem die Schwierigkeit, sich in der freien Natur zu orientieren. Jeremy kannte sich in der Grafschaft Dorset, in der sie unterwegs waren, nicht aus und versuchte, sich mit Hilfe der Sonne zurechtzufinden. Um sich nicht zu verlaufen, blieb ihm allerdings keine andere Wahl, als hin und wieder einen Bauern nach dem Weg zu fragen.

Als Barbierchirurg führte Jeremy stets ein Rasiermesser mit sich, mit dem er sein Gesicht jeden Morgen von den Bartstoppeln befreite. Je gepflegter sie trotz ihrer ärmlichen Kleidung wirkten, desto weniger Ablehnung würden sie bei der Landbevölkerung ernten, die Vagabunden ausnahmslos für Diebesgesindel hielt.

Als Jeremy und Amoret sich eines Morgens einem Dorf näherten, um dort zu frühstücken, erklangen auf einmal die Kirchenglocken. Schon von ferne war zu sehen, dass sämtliche Bewohner auf den Beinen waren und auf dem Kirchhof zusammenliefen. Dort war etwas geschehen!

Jeremy zögerte weiterzugehen. Die seltsam aufgepeitschte Stimmung der Leute war ihm nicht geheuer. Schließlich sprach er einen Bauern an, der ebenfalls auf dem Weg ins Dorf war, und fragte ihn nach dem Namen der Ortschaft.

»Das ist Trent«, antwortete der Mann einsilbig, ohne innezuhalten.

Jeremy folgte ihm langsam mit Amoret, die verunsichert seine Hand ergriff. Auch sie spürte die angespannte Atmosphäre und versuchte, ihre aufsteigende Angst zu unterdrücken. Doch Jeremy dachte nicht mehr ans Umkehren. Seine Neugier war geweckt.

Hier und da hatten die Dörfler Freudenfeuer entzündet, die sie jauchzend umtanzten. Es herrschte ein Tumult wie auf einem Jahrmarkt. Jeremy zupfte schließlich einen der Jubelnden am Ärmel und fragte ihn, was es denn zu feiern gebe. Es war ihm inzwischen klargeworden, dass die Mehrzahl der Einwohner Trents Puritaner waren. Ihr Freudentaumel hatte kaum etwas Gutes zu verheißen.

»Siehst du den Soldaten da vorn, den im Lederrock?«, fragte der Angesprochene, während er mit dem Finger auf einen Dragoner inmitten der Menschenmenge zeigte.

»Ja«, bestätigte Jeremy stirnrunzelnd.

»Er hat den König getötet«, verkündete der Mann. »Er hat Charles Stuart erschlagen und seiner Leiche den Lederrock als Trophäe ausgezogen.«

Amoret stieß einen entsetzten Klagelaut aus, bevor es Jeremy mit einer hastigen Bewegung gelang, ihr Gesicht gegen sein Wams zu pressen und sie so zum Schweigen zu bringen.

Der Dorfbewohner warf ihnen daraufhin einen misstrauischen Blick zu, der Jeremy auf der Stelle den Rückzug antreten ließ. Das zitternde Mädchen fest an sich gedrückt, schlenderte er so unauffällig wie möglich an der Kirche vorbei und bog in eine ruhigere Gasse ein, die aus dem Dorf hinausführte.

Er ließ Amoret nicht aus seiner Umklammerung, bis sie die letzten Häuser hinter sich gelassen hatten. Dann zog er sie mit einer resoluten Geste unter einen Baum. Sie hob ihr verweintes, gerötetes Gesicht zu ihm, und er spürte, dass sie am ganzen Körper bebte.

»Sie haben ihn getötet«, schluchzte sie, »wie konnten sie das tun …?«

Jeremy legte beide Hände auf ihre Schultern und sah sie beschwörend an.

»Amoret, hör mir zu!«, sagte er eindringlich. »Es ist nicht wahr. Dieser Soldat hat den König nicht getötet. Er hat das nur erzählt, um vor den Leuten anzugeben.«

»Wie kannst du das wissen?«, fragte Amoret, noch immer weinend.

»Er sagte, er habe dem König den Lederrock ausgezogen. Es stimmt, dass Charles bei der Schlacht von Worcester einen solchen Rock trug, aber du weißt, dass er sich für seine Flucht wie ein Bauer verkleidet hatte. Davon war aber keine Rede. Siehst du nicht, dass der Mann gelogen hat? Charles ist mit Sicherheit wohlauf. Und wahrscheinlich ist er schon längst in Frankreich.«
Amoret starrte ihn einen Moment entgeistert an, bevor sie seiner Argumentation folgen konnte. Doch dann entspannte sich ihr Körper, und sie atmete ruhiger.
»Hab keine Angst um den König«, beschwor Jeremy das Mädchen. »Er hat überall Freunde, die über ihn wachen.«
»Aber warum haben diese Bauern gefeiert?«, fragte Amoret schaudernd. »Wie kann man sich über den Tod des Königs freuen … oder über den irgendeines anderen Menschen?«
»Das kann ich dir nicht erklären, Amoret«, gab Jeremy zu. »Man hat ihnen gesagt, der König habe den Feind, die Schotten, ins Land gebracht. Eine alte Feindschaft genügt oft schon, um die Seelen der Menschen zu verhärten.«

Kapitel 14

November 1668

»Bist du sicher, dass du nicht mitkommen willst?«, fragte Armande einladend.
Nachdem sie die Nacht miteinander verbracht hatten, war es Armande schwergefallen, sich von Alan zu trennen. Also war sie ihm während des Vormittags in der Chirurgenstube zur Hand gegangen. »Wozu brauche ich einen Lehrknaben, solange du mir tatkräftig zur Seite stehst?«, scherzte der Wundarzt, der wie das Mal zuvor Armandes Gelassenheit angesichts von Blut und Eiter und ihre geschickten Hände bewunderte. In der Mittagspause hatte er es sich nicht nehmen lassen, seine Offizin abzuschließen, um die Französin zur Anlegestelle am »Alten Schwan« zu bringen.
»Es ist wohl besser, wenn ich mich auf den Heimweg mache«, entgegnete Alan. »Es tut meiner Chirurgenstube nicht gut, wenn ich zu oft abwesend bin.«
»Da hast du allerdings recht«, stimmte Armande ihm zu. Sie verkniff sich die Bemerkung, dass er bis spät in den Abend damit beschäftigt sein würde, zusätzlich zur eigenen Arbeit noch diejenige zu erledigen, die eigentlich einem Lehrjungen oblag.
Alan winkte ihr noch einmal zu, als das Boot ablegte. Dann wandte er sich ab und stieg zur New Fish Street hinauf. Es herrschte ein reges Kommen und Gehen von Fuhrwerken,

Passanten und Reitern, die die Brücke überquerten. Alan entdeckte auch eine feine Kutsche, deren Fenster mit Glasscheiben ausgestattet waren. Im nächsten Moment vernahm er einen Knall und ein Klirren, gefolgt von dem Schmerzensschrei einer Frau. Obwohl er den Vorfall mit angesehen hatte, konnte er sich zuerst keinen Reim darauf machen. Er registrierte nur das zerbrochene Glasfenster und das Blut auf der Stirn der Dame, die in der Kutsche saß. Auf ihren Schrei hin hatte das Gefährt gehalten, und die Lakaien, die auf dem hinteren Trittbrett gestanden hatten, sprangen auf die Straße hinunter, um ihrer Herrin zu Hilfe zu eilen.
Als Alan die Kutsche erreichte, trat er vorsichtig über die Scherben des Glasfensters, die vor dem Wagenschlag lagen, und warf einen Blick ins Innere.
»Braucht Ihr Hilfe, Madam?«, fragte er. »Ich bin Wundarzt.«
Die Dame hielt sich mit den Händen den Kopf. Blut rann zwischen ihren Fingern hindurch.
»Wenn Ihr den Blutfluss eindämmen könntet, wäre ich Euch unendlich dankbar, Sir«, sagte sie mit zitternder Stimme. Der Unfall hatte ihr einen gehörigen Schrecken versetzt.
Die Diener gaben den Weg frei und ließen Alan in die Kutsche steigen.
»Habt Ihr etwas, um das Blut aufzunehmen, Madam?«, bat er.
Mit bebenden Fingern tastete die Dame in ihrem Halsausschnitt und zog ein feines Schnupftuch hervor, das völlig ungeeignet war. Doch da Alan nichts anderes zur Hand hatte, nahm er es entgegen und presste es kurz auf ihre Stirn. Nur eine der Schnittwunden blutete stark. Alan drückte mit dem Daumen das verletzte Gefäß zusammen, bis es sich schloss. Nun erkannte er die Dame. Es war Lady Peterborough. Lady St. Clair hatte sie ihm einmal aus der Ferne gezeigt.

»Wie ist das passiert, Mylady?«, erkundigte sich Alan.
»Ach, meine eigene Dummheit ist schuld«, erwiderte Lady Peterborough mit einem Seufzen. »Ich sah eine Bekannte in ihrer Kutsche und wollte sie begrüßen. Aber ich hatte vergessen, dass das Fenster geschlossen war. Das Glas ist so klar, dass ich es gar nicht wahrgenommen habe. Meine Tolpatschigkeit wird eines Tages noch einmal mein Verhängnis sein!«
»Ihr solltet die Wunde auf jeden Fall nähen lassen, Mylady«, riet Alan.
»Das werde ich, Sir«, versprach Lady Peterborough. »Habt vielen Dank.«
Sie drückte ihm eine Münze in die Hand, die Alan zuerst nicht annehmen wollte. Doch sie bestand darauf, ihn für seine Mühe zu bezahlen. Als er das Gefährt verließ, stiegen die Lakaien wieder auf, und der Kutscher schwang die Peitsche, um sein Gespann anzutreiben. Die schaulustige Menge, die sich versammelt hatte, um zu gaffen, begann sich aufzulösen. Im Vorbeigehen sah Alan plötzlich, wie ein Halbwüchsiger mit geschickter Hand einem braven Bürger den Geldbeutel aus dem Gürtel zog. Der Begleiter des Passanten bemerkte es ebenfalls und packte den dunkelhaarigen Knaben am Arm.
»Verdammter Beutelschneider!«, stieß er hervor. »John, die kleine Ratte hat deine Geldkatze geklaut.«
Der Angesprochene tastete daraufhin instinktiv nach seiner Börse.
»Du hast recht. Halt ihn fest, Henry! Ich werde ihm eine Abreibung verpassen, die er für den Rest seines Lebens nicht vergisst.«
Mit brutaler Gewalt packte John den Jungen am Kragen und schlug ihm die Faust ins Gesicht, dass man die Nase des Bur-

schen brechen hörte. Ein zweiter Hieb warf den Dieb zu Boden. Ein Fußtritt traf ihn in den Bauch, so dass er sich röchelnd zusammenkrümmte.
»Hört auf!«, rief Alan. »Ihr bringt ihn um.«
Die Männer hielten inne und blickten den Wundarzt verständnislos an.
»Der Junge ist ein gemeiner Dieb, Sir. Mischt Euch nicht ein.«
»Das gibt Euch nicht das Recht, ihn totzuschlagen«, beharrte Alan.
Der Knabe nutzte die Verschnaufpause und gab Fersengeld. Doch er kam nicht weit. Benommen von den Schlägen, geriet er ins Taumeln, und seine Peiniger holten ihn ohne Mühe ein. Ohne sich um Alan zu kümmern, warfen sie einander einen verständnisinnigen Blick zu, packten den Dieb erneut am Kragen und schleiften ihn mit sich in Richtung Brücke.
»He, wohin bringt Ihr den Jungen?«, rief Alan ihnen nach. Da er keine Antwort erhielt, folgte er ihnen beunruhigt.
Als die zwei mit ihrem Opfer die Brücke erreichten, machten sie halt und traten an den hohen Bretterzaun, der vor zwei Jahren anstelle der Häuser errichtet worden war, die dem Feuer zum Opfer gefallen waren. Die Witterung hatte das Holz mit der Zeit morsch werden lassen, und einige der Bohlen hingen nur noch schief an einem Nagel oder fehlten ganz. Als sich die Männer einer dieser Lücken im Zaun näherten, hielten einige der Passanten inne und sahen ihnen zu. Und auch Alan begriff mit einem Mal, was sie vorhatten.
»Halt! Das könnt Ihr nicht tun«, rief er.
Einige der Schaulustigen schienen eingreifen zu wollen, doch die Mehrheit fand die Strafe, die den Taschendieb erwartete, angemessen. Weshalb ein Gericht bemühen, wenn man einem Übeltäter selbst viel unmittelbarer eine Lektion erteilen konnte?

Als die Männer den Burschen an den Haaren packten und seinen Kopf zwischen den Bohlen hindurch über den Brückenrand schoben, damit er die träge dahingleitenden Fluten der Themse sehen konnte, wurde auch ihm klar, was ihm bevorstand.

»Non, je vous prie ... bitte nicht ...«, rief er und wehrte sich noch verzweifelter gegen die Hände, die ihn hielten.

»Ein Franzose!«, bemerkte John und spie abfällig aus. »Jetzt schicken die Franzmänner uns schon ihr Diebesgesindel herüber. Los, werfen wir ihn ins Wasser. Soll er doch nach Hause schwimmen.«

Das Mitgefühl, das einige der Zuschauer dem Knaben entgegengebracht hatten, verflog schlagartig. Die Franzosen waren den Engländern seit Jahrhunderten verhasst. Entsetzt musste Alan mit ansehen, wie die Männer den Jungen unter dem Gejohle der Menge hochhoben und mit Schwung in die Themse warfen. Der Angstschrei des Franzosen ging im Jubel der Leute unter. Klatschend schlug sein Körper auf der Wasseroberfläche auf und versank ...

Ohne zu zögern, wandte sich Alan ab und rannte die Stufen zur Anlegestelle am »Alten Schwan« hinab. Fluchend musste er feststellen, dass gerade kein Fährschiffer da war. Aufmerksam suchte Alan die braunen Fluten ab, doch er entdeckte den Burschen nirgendwo. Er konnte doch nicht so schnell ertrunken sein! War er vielleicht mit dem Kopf zuerst auf die Wasseroberfläche aufgeschlagen und hatte sich das Genick gebrochen?

Mit wild klopfendem Herzen ließ Alan immer wieder den Blick über die sich in kleinen Strudeln kräuselnden Fluten gleiten. Die Strömungen des Flusses konnten trügerisch sein und selbst einen geübten Schwimmer in die Tiefe ziehen. Alans Herz wurde schwer, und seine Augen schmerzten vom

angestrengten Spähen, als er plötzlich eine Bewegung vor einem der bootförmigen Pfeilerköpfe wahrnahm. Die neunzehn Pfeiler, auf denen die London Bridge ruhte, wirkten wie ein Damm, der das Flusswasser staute, so dass während des Gezeitenwechsels ein gefährliches Gefälle entstand. Zum Glück hatte die Ebbe gerade erst eingesetzt, und das Wasser strömte noch nicht allzu rasch durch die Schleusen.
Alan erkannte den Kopf des Burschen, der sich verbissen über Wasser hielt. Offenbar konnte er schwimmen. Aufatmend ließ der Wundarzt ihn einen Moment aus den Augen, um nach einem Fährmann Ausschau zu halten. Als er endlich ein Boot entdeckte, winkte er es ungeduldig heran und sprang ins Heck, noch bevor es angelegt hatte.
»Dort rüber!«, wies Alan den Flussschiffer an. »Schnell, bevor die Strömung ihn abtreibt.«
Der junge Franzose bemühte sich, das Pfeilerhaupt der Uferschleuse zu erreichen, um sich hinaufzuziehen. Doch der Sog trieb ihn auf die Wasserräder zu, mit denen vor dem Großen Brand Flusswasser durch Rohre in die Innenstadt gepumpt worden war. In den verbrannten Überresten hatte sich allerlei Treibgut verfangen und bildete nun ein undurchdringliches Geflecht aus Unrat und gesplittertem Holz. Sollte der Junge da hineingeraten, würde es schwierig werden, ihn zu befreien.
»Rudert doch schneller«, drängte Alan den Flussschiffer.
»Eile mit Weile«, erwiderte der Mann ungerührt. »Ich habe keine Lust, in diesem Durcheinander steckenzubleiben.«
Mit letzter Kraft gelang es dem Taschendieb, sich an einen der Ulmenpfähle zu klammern, die den Pfeilerkopf einfassten. Doch er war zu erschöpft, um sich hinaufzuziehen.
»Halt dich fest«, rief Alan zu ihm hinüber. »Wir sind gleich da.«

Er sah, wie sich die Knöchel des Jungen vor Anstrengung weiß unter der Haut abzeichneten, und erriet, dass er sich nicht mehr lange würde halten können. Als das Boot endlich nah genug war, beugte sich Alan vor und packte das durchnässte Hemd des Burschen, kurz bevor dessen Hände den Halt verloren und er in die braunen Fluten zurücksank. Prustend und spuckend kam er wieder an die Oberfläche und griff nach Alans rettenden Fingern.
»Gut so. Gib mir deine Hand«, ermunterte der Wundarzt ihn. Während der Fährmann das Boot daran hinderte, zwischen die Brückenpfeiler abzutreiben, nahm Alan all seine Kräfte zusammen und zog den Knaben über die Reling. Nass bis auf die Knochen, rang der junge Franzose hustend nach Luft. Alan ließ ihn sich vorbeugen und klopfte ihm kräftig auf den Rücken. Erbärmlich röchelnd erbrach der Knabe einen Schwall Flusswasser. Von da an atmete er ruhiger. Völlig unterkühlt begann er schließlich, am ganzen Körper zu zittern.
»Bringt uns schnell an Land«, bat der Wundarzt den Bootsführer.
Als sie am »Alten Schwan« anlegten, bezahlte Alan ihn und half dem noch immer würgenden Burschen aus dem Boot. Ohne Widerstand ließ sich der junge Franzose die Stufen zur New Fish Street hinaufführen und die Brückenstraße entlang zu Alans Chirurgenstube geleiten.
»Nan, wärm die Suppe auf und bring mir einen Napf voll«, rief Alan, als sich die Tür hinter ihnen schloss.
Mit weichen Knien sank der Knabe auf eine Bank, während der Wundarzt nach kurzem Zögern eine Truhe öffnete und einen Kleidersack hervorholte. Unter den erstaunten Blicken des Jungen entnahm er dem Beutel eine Kniehose, ein Hemd, ein Wams und ein Paar Schuhe.

»Zieh deine nassen Kleider aus, bevor du dir den Tod holst«, sagte der Wundarzt und legte die Kleidungsstücke neben ihn auf die Bank. »Du kannst sie behalten. Sie gehörten einem ehemaligen Lehrling. Er braucht sie nicht mehr.«
Fragend blickte der Knabe ihn aus haselnussbraunen Augen an.
»Er ist tot«, fügte Alan nach einer kurzen Pause hinzu.
Schweigend begann der Junge, seine zerlumpten, fadenscheinigen Kleider abzulegen. Alan betrachtete ihn mitleidig. Er war ein Straßenkind, das sich mit Betteln und kleineren Diebstählen über Wasser hielt, aber er war zu ärmlich gekleidet und zu abgezehrt, um einer Bande anzugehören.
»Wie heißt du, Junge?«, fragte Alan.
»Lucien«, antwortete der Bursche einsilbig.
»Du stammst aus Frankreich?«
»Ja.«
»Und was hat dich nach London verschlagen?«
Der Knabe mied Alans Blick, während er sich mit einem Leintuch abtrocknete, das der Wundarzt ihm gegeben hatte. Als Nan erschien und ihm einen Napf heißer, duftender Hühnersuppe reichte, nahm Lucien einen großen Schluck, bevor er Alan offen ins Gesicht sah.
»Vor zwei Jahren kam ich als Lehrjunge eines Weinhändlers nach London«, berichtete er. »Ein anderer Lehrling bezichtigte mich des Diebstahls. Man glaubte ihm und nicht mir. So landete ich in der Gosse, in einer fremden Stadt, in der niemand meine Sprache verstand.«
»Das tut mir leid«, sagte Alan aufrichtig.
Lucien hatte den Napf geleert und reichte ihn dem Wundarzt zurück. Verlegen strich er über die Kleidungsstücke, die fast wie neu waren.
»Ihr wisst, dass ich Euch nicht bezahlen kann.«

»Betrachte die Kleider als Geschenk«, erwiderte Alan. Nach einer kurzen Pause fügte er hinzu: »Wenn du Arbeit suchst, könntest du mir aushelfen.«
Doch er las in dem Gesicht des Jungen, dass sein Stolz ihm nicht gestattete, noch mehr Wohltaten von seinem Retter anzunehmen. Beschämt sagte Lucien: »Ich danke Euch für alles, was Ihr für mich getan habt. Aber nun will ich Euch nicht länger von Eurer Arbeit abhalten.«
Ohne Alan anzusehen, ging er zur Tür und verließ die Chirurgenstube. Seufzend blickte der Wundarzt ihm nach.

Am folgenden Donnerstag, als Nan frühmorgens die Fensterläden in der Chirurgenstube zurückklappte, sah sie eine Gestalt vor der Tür hocken. In dem Glauben, es handle sich um einen Bettler, trat sie auf die Straße hinaus, um ihn zu verscheuchen. Zu ihrer Überraschung erkannte sie jedoch den jungen Franzosen, den Meister Ridgeway vor drei Tagen vor dem Ertrinken gerettet hatte.
»Was machst du denn hier, Junge?«, fragte sie unsicher, da sie nicht recht wusste, wie sie mit ihm umgehen sollte. Immerhin war er ein Taschendieb, dem man mit Vorsicht begegnen musste. Lucien wandte der Magd das Gesicht zu und sah sie mit einem seltsam abwesenden Blick aus fiebrig glänzenden Augen an. Sein mageres Gesicht war gerötet, und seine Bewegungen, mit denen er sich aus der hockenden Stellung erhob, wirkten schwerfällig und unbeholfen wie die eines Betrunkenen. Im nächsten Moment brach er zu Nans Füßen zusammen.
»Meister!«, rief sie entsetzt. »Meister, kommt schnell.«
Aufgeschreckt durch Nans Rufe, eilte Alan halb angezogen die Treppe hinab.
»Was ist denn los?«, fragte er, während er noch im Laufen seine Kniehose schloss und das Hemd in den Bund stopfte.

»Der kleine Franzose ...«, stammelte Nan. »Er ist einfach umgefallen.«
Besorgt beugte sich Alan über Lucien, der schwer atmend in den Armen der Magd lag. Die Stirn des Jungen glühte wie Feuer.
»Er hat hohes Fieber. Bringen wir ihn hinein.«
Inzwischen war auch Armande in ihr Kleid geschlüpft und hastete die Stiege herunter.
»Braucht ihr Hilfe?«
Beherzt half sie Alan und der Magd, den bewusstlosen Knaben auf den Operationstisch zu betten.
»Ist das der Junge, den du aus dem Fluss gezogen hast?«, fragte Armande betroffen.
»Ja«, bestätigte Alan. »Vermutlich hat er sich bei seinem unfreiwilligen Bad eine tüchtige Erkältung zugezogen. Ich kann nur hoffen, dass es keine Lungenentzündung ist.«
Er fühlte dem Kranken den Puls, legte das Ohr an seine Brust und lauschte auf seine Atmung.
»Die Lunge scheint frei zu sein«, sagte er schließlich. »Vielleicht braucht er nur ein wenig Bettruhe und warme Nahrung. Er ist deutlich unterernährt.«
Gemeinsam trugen sie den Jungen in den zweiten Stock und legten ihn in das Bett der Kammer gegenüber Alans Schlafgemach.
»Koch uns eine kräftige Suppe, Nan«, bat der Wundarzt. »Wenn er aufwacht, braucht er etwas Nahrhaftes.«
Doch im Laufe des Tages verschlechterte sich Luciens Zustand. Das Fieber stieg so hoch, dass Alan sich gezwungen sah, ihm etwas Chinarinde, in Wein aufgelöst, einzuflößen, um es zu senken, bevor es den Jungen verbrannte. Im Delirium warf Lucien den Kopf hin und her und murmelte unzusammenhängende Wörter auf Französisch, die der Wundarzt nicht verstand.

»Er ruft nach seiner Mutter«, klärte Armande ihn auf.
»Du verstehst seinen Dialekt?«
»Er stammt aus der Auvergne wie ich.«
Mitleidig setzte sich die Französin an das Lager des Kranken, hielt seine Hand und sprach leise in ihrer Muttersprache auf ihn ein.
»Maman …?«, murmelte Lucien immer wieder.
»Ich bin hier. Es wird alles gut. Schlaf jetzt, mon cher.«
Armandes Worte schienen ihn zu erreichen. Bald wurde er ruhiger und fiel schließlich in tiefen Schlaf.

Kapitel 15

»Welch eine Freude, Euch so bald wiederzusehen, mein Freund«, rief Pater Waterhouse und reichte seinem Ordensbruder die Hand, als dieser Lady St. Clairs Kutsche entstieg. »Was führt Euch so bald wieder nach Shropshire?«
Jeremy, den die Reise erschöpft hatte, zwang sich zu einem Lächeln.
»Es geht um die Geschichte, die Ihr mir von Eurer Reise in der Postkutsche von Dover erzähltet«, erklärte er. »Ich würde gern noch einmal in allen Einzelheiten von Euch hören, wie sich Euer Zusammentreffen mit Sir William Fenwick zugetragen hat.«
»Das ist nicht Euer Ernst. Ihr seid den weiten Weg von London hierhergekommen, um mir zu beweisen, dass ich mich in meinen Beobachtungen getäuscht habe?«
»Ich versichere Euch, es ist äußerst wichtig, dass Ihr mir alles noch einmal erzählt.«
Ein wenig verstimmt lud Waterhouse seinen Ordensbruder in den Salon ein. Dort wurde der Ankömmling von der Herrin des Hauses, Lady Thurborne, begrüßt.
»Es ist mir eine große Ehre, Euch willkommen zu heißen, Doktor Fauconer«, sagte die alte Dame. »Wie geht es Mylady St. Clair?«

»Ihrer Ladyschaft geht es gut. Sie schickt Euch herzliche Grüße, Madam.«

Waterhouse führte Jeremy in sein Gemach und bot ihm Ale zur Erfrischung an. Während sein Ordensbruder einen kräftigen Schluck nahm, machte er jedoch keinen Versuch, ihn näher nach dem Grund seines Besuches zu befragen.

»Ich weiß, es wird Euch überraschen«, begann Jeremy, als er den Becher geleert hatte, »aber wie es scheint, seid Ihr der Letzte, der Sir William Fenwick lebend gesehen hat.«

Waterhouse hob erstaunt die Brauen. »Ihr meint … er ist tot?«

»Verschwunden, vermutlich tot, ja. Wie sich herausstellte, war er im Auftrag des Königs nach Frankreich gereist. Es ist meine Aufgabe, herauszufinden, was aus ihm geworden ist. Sir Williams Eintreffen in Paris wurde bestätigt. Nun versuche ich nachzuweisen, ob er tatsächlich die Rückreise antrat, mit anderen Worten, ob der Mann, der sich Euch als Sir William Fenwick vorstellte, echt war oder ein Betrüger.«

»Verstehe«, erwiderte Waterhouse.

Jeremy gab seinem Ordensbruder die genaue Beschreibung wieder, die er von Fenwicks Kammerdiener erhalten hatte. Bei jeder Einzelheit nickte Waterhouse bestätigend, von der Farbe der Augen bis zu den fehlenden Ohrläppchen, dem Muttermal am Kinn und den auffälligen silbernen Manschettenknöpfen, von denen Jempson eine Zeichnung angefertigt hatte.

»Ihr wirkt enttäuscht, Bruder«, sagte Waterhouse mitfühlend.

»Durchaus. Ich hatte die Vermutung, dass Sir William in Frankreich überfallen worden war und sein Mörder an seiner statt nach London reiste, um das Verbrechen zu vertuschen. Dieses Szenario hätte all die Ungereimtheiten erklärt, die Sir Williams Verschwinden begleiten.«

»Bis auf den rasch verheilten Wespenstich«, warf Waterhouse schmunzelnd ein. »Ihr glaubt mir noch immer nicht, dass die Salbe des Kräuterweibs Wunder wirkte, nicht wahr?«
Jeremy zuckte zusammen. Sein Blick ging in die Ferne, und hinter seiner Stirn arbeitete es angestrengt. Schließlich sah er seinen Ordensbruder mit solch zwingender Eindringlichkeit in die Augen, dass dieser wie gebannt dasaß.
»Berichtet mir erneut, was sich nach dem Aufenthalt in der Herberge in Sittingbourne zutrug«, forderte er Waterhouse mit einer ungeduldigen Handbewegung auf.
»Ich war im Schankraum eingenickt und stieg als Letzter in die Kutsche. Sir William saß in der Ecke gegenüber neben dem Fenster«, erzählte Waterhouse.
»War der Ledervorhang des Fensters offen oder geschlossen?«
»Geschlossen. Es regnete leicht.«
»Im Innern der Kutsche war es also dunkel?«
»Ja, aber als der Vorhang flatterte, fiel ein wenig Tageslicht herein, und ich bemerkte, dass die Schwellung auf Sir Williams Handrücken nicht mehr zu sehen war.«
»Erwähntet Ihr nicht, dass er zuvor während der Fahrt Handschuhe trug?«
»Ja, das stimmt.«
»Wo waren seine Handschuhe?«
»Im Obstgarten hatte er sie ausgezogen und in seine Tasche gesteckt.«
Jeremy versuchte, sich die Szene vorzustellen. »Als Ihr Sir William auf den Wespenstich anspracht, was antwortete er?«, hakte er nach.
»Soweit ich mich erinnere, sagte er gar nichts«, erwiderte Waterhouse nachdenklich. »Er brummte nur etwas Unverständliches.«
»Habt Ihr Euch danach noch einmal mit ihm unterhalten?«

»Nein, er schlief, bis wir in London ankamen.«
»Erwähnte Sir William nicht am Tag zuvor, dass er sich bemühe, während der Fahrt nicht einzuschlafen?«
»Stimmt, das hatte ich ganz vergessen.«
»Habt Ihr während des letzten Abschnitts der Reise überhaupt jemals Sir Williams Gesicht gesehen?«
»Nein ... Heilige Jungfrau!«, entfuhr es Waterhouse. »Glaubt Ihr, dass ein anderer Mann Fenwicks Platz einnahm?«
Jeremy lächelte selbstsicher. »So sieht es aus. Nur so lässt sich die Tatsache erklären, dass seine Hand keine Spur mehr von dem Wespenstich zeigte. Dieser andere Mann muss Sir William in der Herberge aufgelauert und sich später für ihn ausgegeben haben, damit sein Verschwinden unbemerkt blieb. Ich danke Euch für Eure Mitarbeit, Bruder. Nun weiß ich endlich, wo ich nach Sir Williams Leiche suchen muss!«

Früh am nächsten Morgen fuhr Jeremy nach London zurück. Zuerst erwog er, den König unverzüglich in seine Überlegungen einzuweihen, doch dann hielt er es doch für besser, seine Theorie zuvor zu überprüfen. Nachdem er sich im Hartford House umgezogen und eine kleine Mahlzeit eingenommen hatte, begab er sich zu Sir Orlando Trelawney, um dessen Hilfe zu erbitten.
»Ihr meint also, Ihr habt das Rätsel gelöst?«, sagte der Richter, als Jeremy ihm von seinem Gespräch mit Waterhouse erzählt hatte.
»Ich bin dessen sicher. Nun bleibt mir nur noch die Aufgabe, Sir Williams Leiche zu finden«, erwiderte der Jesuit. »Dazu muss ich wahrscheinlich das Gelände um die Herberge in Sittingbourne durchsuchen, sofern der Leichnam nicht bereits entdeckt worden ist.«
»Wünscht Ihr, dass ich Euch begleite?«, erbot sich Sir Orlando, der im Gesicht seines Freundes zu lesen verstand.

»Es wäre sicherlich hilfreich, wenn ich mich auf die Autorität eines Richters des Königlichen Gerichtshofs berufen könnte, Mylord.«
»Ich wäre einem kleinen Abenteuer nicht abgeneigt«, gestand der Richter. »Wann soll es losgehen?«
»Gleich morgen früh, wenn es Euch recht ist, Sir.«

Um die Mittagszeit fuhr die Kutsche des Richters in den Hof der Herberge in Sittingbourne ein. Reitknechte eilten herbei, spannten die Pferde aus und führten sie in den Stall, um sie zu füttern und zu tränken.
Jeremy, der als Erster ausgestiegen war, beobachtete das geschäftige Treiben und runzelte die Stirn. Eine Einzelheit, die sein Ordensbruder erwähnt hatte, kam ihm in den Sinn. Für den Moment behielt er sie im Gedächtnis. Wenn sich sein Verdacht in Bezug auf Sir William bestätigte, war immer noch Zeit, ihr auf den Grund zu gehen.
Sir Orlando entstieg der Kutsche und trat zu seinem Freund.
»Wie wollt Ihr vorgehen, Doktor?«
»Zuerst werde ich den Wirt befragen, ob in den letzten vier Wochen in der Nähe eine Leiche gefunden wurde«, erklärte Jeremy. »Lasst uns das Mittagsmahl einnehmen, Mylord. Dabei wird sich bestimmt eine Gelegenheit zu einer unverfänglichen Unterhaltung ergeben.«
Wie von dem Priester vorausgesagt, wurde der Wirt seinen gutgekleideten Gästen gegenüber recht redselig. Man sprach über den Anstieg der Verbrechensrate in den großen Städten und die Sicherheit des Landlebens, die nur hin und wieder von Landstreichern gestört wurde.
»Ich nehme an, dass man in dieser ruhigen Gegend nicht oft über Leichen stolpert«, ließ Jeremy einfließen.
»Nein, auf keinen Fall«, widersprach der Wirt und lachte

dröhnend. »Der letzte Tote, den ich zu Gesicht bekommen habe, war der alte Jim, als er im Suff unter die Hufe eines Pferdes geriet. Hat ihm den Schädel gespalten, dem armen Kerl. War kein schöner Anblick!«

»Nach der üppigen Mahlzeit verlangt es mich ein wenig nach Eurer guten Landluft«, verkündete Jeremy und strich sich über den Leib.

Sir Orlando, der sich bemühte, nicht einzunicken, verkniff sich ein Seufzen und folgte dem Jesuiten nach draußen.

»Was nun?«, fragte er ratlos. »Wollt Ihr die Umgebung nach einer Leiche absuchen? Glaubt Ihr nicht, Sir William wäre längst gefunden worden, wenn der Mörder ihn hier abgelegt hätte?«

Nur ungern gab Jeremy zu, dass der Richter recht hatte. Selbst im Straßengraben wäre ein verwesender Leichnam nicht lange unentdeckt geblieben. Nachdenklich stand der Jesuit im Hof der Herberge und ließ den Blick schweifen. Wo sollte er mit der Suche beginnen?

Da öffnete sich die Tür zum Schankraum, und der Wirt sah heraus.

»Ah, Ihr seid noch da, Gentlemen. Ich hatte vergessen, Euch zu sagen, falls Ihr den Abort aufsuchen müsst, meidet den großen dort hinten. Er ist voll. Ich warte auf die Abtrittfeger, damit sie ihn leeren. Bis dahin müsst Ihr leider mit dem kleinen Verschlag da drüben bei den Ställen vorliebnehmen.«

Jeremy war dem Blick des Wirts gefolgt. Seine Augen leuchteten auf. »Ich danke Euch für den Hinweis, Sir.«

Mit diesen Worten ging er auf die Ställe zu. Sir Orlando folgte ihm.

»Ihr habt recht. Ich muss auch einmal austreten«, bemerkte der Richter.

Doch der Jesuit passierte den Verschlag und ging in den Stall. Erstaunt sah Sir Orlando ihn mit einer Mistgabel zurückkehren.
»Was wollt Ihr mit der Forke, Doktor?«
»Fischen!«
»Wie bitte?«
Ohne zu antworten, wandte sich Jeremy mit der dreizinkigen Mistgabel dem Abort zu und tauchte in das Halbdunkel des Verschlages ein. Der Gestank, der ihm entgegenschlug, nahm ihm den Atem. Sir Orlando blieb zögernd draußen stehen und zog ein parfümiertes Schnupftuch hervor, das er sich vor die Nase hielt.
Jeremy biss die Zähne zusammen und sah sich um. Es gab ein langes Brett mit vier Löchern, das über einer breiten Sickergrube lag. Sie war sicherlich groß genug, um eine Leiche darin zu verstecken. Der Jesuit klappte das Brett hoch und lehnte es an die Wand. Dann nahm er die Forke in beide Hände und tauchte sie in die übelriechende Brühe, die die Senkgrube bis zum Rand füllte. Nachdem er die Mistgabel einige Male hin und her geschwenkt hatte, traf Jeremy auf ein Hindernis. Auf dem Boden der Grube lag etwas. Vorsichtig versuchte er, die Zinken darin einzuhaken, und hob die Forke langsam an. Sein Herz schlug schneller.
»Sir Orlando, seht Euch das an!«, rief er dem Richter zu.
»Muss das wirklich sein?«, brummte dieser, überwand sich dann aber doch, ins Innere zu treten. »Bei Christi Blut! Ihr hattet recht«, rief er aus.
Von den Zinken der Mistgabel gehalten, ragte eine halb verweste Hand aus der Sickergrube.

Mit Hilfe der Stallknechte und Sir Orlandos Lakaien zogen sie die Leiche aus der Senkgrube und betteten sie vor dem Abort auf dem Boden. Verstört eilte der Wirt herbei und warf entsetzt einen Blick auf den Toten.

»Potztausend! Wie ist das möglich?«, rief er. »Ich schwöre Euch, Mylord, ich wusste nichts davon.«
»Das wird sich noch herausstellen«, sagte Sir Orlando streng. »Ihr werdet mir einige Fragen beantworten müssen.«
Der Richter zog den Wirt einige Schritte von dem Leichnam zurück, um dem grausigen Gestank zu entgehen, während sich Jeremy und die Pferdeknechte daranmachten, mehrere Eimer Wasser über den Körper zu schütten, um ihn notdürftig vom Unrat zu befreien.
»Habt Ihr eine Ahnung, wer der Unglückliche sein könnte?«, fragte Sir Orlando. »Ist in den letzten Wochen jemand verschwunden oder als vermisst gemeldet worden?«
»Nein, Sir«, antwortete der Wirt und schüttelte entschieden den Kopf. »Ich versichere Euch, meine Leute sind alle gesund und munter.«
»Was ist mit Passagieren? Ist schon einmal eine Postkutsche mit weniger Fahrgästen weggefahren, als angekommen waren?«
»Ganz sicher nicht.«
»Ihr spracht eben von Landstreichern. Habt Ihr vielleicht einmal einen Bettler, der zu aufdringlich wurde, ein wenig zu hart angefasst?«
»Mylord, ich schwöre Euch …«
»Schon gut. Bleibt in der Nähe«, wies Sir Orlando den Wirt an. Zögernd trat er an den verfärbten Leichnam heran. Der gröbste Dreck war abgewaschen, doch die Verwesung hatte seine Züge so stark entstellt, dass sie nicht mehr zu erkennen waren. Jeremy war dabei, die Kleidung des Toten zu untersuchen. Er trug weder Wams noch Stiefel, nur noch Hemd und Kniehose.
»Der Wirt beschwört, dass es in der letzten Zeit hier keine Vermissten gab«, berichtete Sir Orlando. »Es ist also gut möglich, dass es Sir William ist.«

»Das denke ich auch«, erwiderte Jeremy. »Zwar sind die Gesichtszüge unkenntlich, aber er trägt die silbernen Manschettenknöpfe.«

»Wie es scheint, hat der Mörder Sir William im Abort überfallen, dann sein Wams und seine Stiefel angezogen und seinen Platz in der Kutsche eingenommen«, erklärte Sir Orlando. »Könnt Ihr feststellen, wie er zu Tode kam?«

»Der Schädel ist eingedrückt. Er muss einen Schlag auf den Hinterkopf erhalten haben. Oder er fiel unglücklich.«

Ein Reitknecht brachte einen weiteren Eimer Wasser, in dem Jeremy sich sorgfältig die Hände wusch. Bei der Durchsuchung der Kleider hatte er den Brief der Prinzessin nicht gefunden. Nun wussten sie zwar, was aus Sir William geworden war, doch das kostbare Schreiben blieb weiterhin verschwunden.

»Wo ist der Wirt?«, fragte der Jesuit. »Ich habe ein paar Fragen an ihn.«

Einer der Pferdeknechte holte den Wirt her, dessen Miene sein steigendes Unwohlsein angesichts der bedrückenden Ereignisse widerspiegelte.

»Wir gehen davon aus, dass dieser Mann in der Postkutsche aus Dover saß, die am achtundzwanzigsten Oktober hier über Mittag Rast machte«, unterrichtete Jeremy den Wirt. »Versucht, Euch an den Tag zu erinnern. Hattet Ihr noch andere Gäste?«

»Wie soll ich das jetzt noch wissen?«, jammerte der Wirt. »Das ist vier Wochen her.«

»Lasst mich Euch auf die Sprünge helfen. Der Mörder dieses Mannes nahm dessen Platz in der Postkutsche ein. Er muss also sein Reitpferd in Euren Ställen gelassen haben. Erinnert Ihr Euch jetzt?«

Der Wirt runzelte die Stirn und dachte angestrengt nach.

»Nun, da Ihr es sagt … Ja, es gab einen Gast, der spurlos ver-

schwand und die Zeche prellte. Und das könnte tatsächlich an dem Tag gewesen sein, den Ihr nanntet.«
»Wisst Ihr noch, wie der Gast aussah?«, hakte Sir Orlando nach.
»Ein junger Mann mit dunklen Haaren. Unauffällig gekleidet. Ich hätte gleich wissen müssen, dass ihm nicht zu trauen ist.«
»Warum?«
»Er war Franzose!«

»Ein Franzose? Seid Ihr sicher?«, rief der König entgeistert.
»Der Wirt der Herberge beschwört es«, bestätigte Jeremy.
Über das Gesicht des Monarchen breitete sich deutliche Verwirrung. Schweigend dachte er nach, während eine der vielen Uhren in seinem Kabinett ohrenbetäubend die zwölfte Stunde schlug. Jeremy hatte Charles unverzüglich aufgesucht, nachdem er und Sir Orlando nach London zurückgekehrt waren. Den Leichnam hatten sie dem örtlichen Pfarrer überlassen, bis Fenwicks Familie entschied, was mit ihm geschehen sollte.
»Ihr glaubt also, dass der Mord an Sir William geplant war, Pater?«, fragte Charles.
»Ohne Zweifel, Euer Majestät«, antwortete Jeremy. »Meine Befragung der Reitknechte ergab, dass der Franzose ihnen Geld bot, damit sie die Versorgung der Kutschpferde verzögerten. Er gaukelte ihnen vor, dass es um eine Wette ging. Da konnten sie nicht widerstehen. Ihr kennt sicherlich die Vorliebe der Engländer für jede Art von Wetten.«
»Natürlich. Hm, spricht dies nicht dafür, dass der Mörder sich in England auskennt, auch wenn der Wirt ihn für einen Franzosen hielt?«
»Das denke ich auch. Er wird unser Land nicht zum ersten Mal besucht haben.«
»Ich danke Euch für Eure Mühe, Pater«, sagte Charles. »Ihr habt mir sehr geholfen.«

Jeremy verbeugte sich und wollte das Kabinett verlassen, doch der König hielt ihn zurück.

»Noch etwas, Pater. Schickt morgen früh doch bitte Mr. Mac Mathúna zu mir. Ich fürchte, er muss einen weiteren Brief für mich befördern.«

»Ich werde es ihm ausrichten, Sire«, versprach Jeremy.

Ins Hartford House zurückgekehrt, fand Jeremy Amoret im Salon in die Lektüre eines Briefes versunken. Sie hatte sich einen Armlehnstuhl vor den Kamin gezogen und die Füße dem Feuer entgegengestreckt. Als sie sein Eintreten bemerkte, bat sie ihn zu sich.

»Setzt Euch, Pater. Es ist mollig warm vor dem Kamin.«

Er kam der Einladung nach, zog sich ebenfalls einen Sessel heran und hielt die von der Kälte erstarrten Hände den Flammen entgegen.

»Wie hat Seine Majestät Eure Erkenntnisse aufgenommen?«, fragte Amoret.

»Man sah ihm an, wie bestürzt er war«, berichtete der Jesuit. »Wovon auch immer die geheime Korrespondenz mit seiner Schwester handelt, Seine Majestät hat nicht erwartet, dass ein Franzose dafür einen Mord begehen würde. Ich denke, er vermutete eher eine Bedrohung aus den eigenen Reihen, sprich, vom englischen Hof.«

Da seine Hände zu kribbeln begannen, lehnte sich Jeremy zurück und rieb sich die nun angenehm warmen Finger. »Leider habe ich eine schlechte Nachricht für Euch, Mylady«, sagte er schließlich mit mitfühlender Miene. »Seine Majestät wünscht, dass Breandán erneut nach Paris reist.«

Amoret trug die Eröffnung mit Fassung. »Verständlich. Sicher möchte er seiner Schwester mitteilen, dass Sir William Fenwicks Leiche gefunden wurde.« Sie hob das Schreiben an,

in dem sie bei Jeremys Eintreffen gelesen hatte. »Das gibt mir Gelegenheit, die Briefe zu beantworten, die heute eingetroffen sind. Einer ist von meiner Cousine Athénaïs und dieser hier von Monsieur. Wie schön, dass sich Seine Hoheit nach so langer Zeit wieder meiner erinnert. Er schreibt sehr amüsant. Soll ich Euch eine Passage vorlesen?«
Der umfängliche Brief des Prinzen handelte in erster Linie vom Hofklatsch, aber auch von tragischen Ereignissen wie dem Tod von Monsieurs einzigem Sohn Philippe Charles, Duc de Valois, der nur zweieinhalb Jahre alt wurde.
»Nun bleibt ihm und Madame nur noch ihre Tochter Marie-Louise«, erklärte Amoret betroffen.
»Der andere Brief stammt von Eurer französischen Cousine?«, erkundigte sich Jeremy.
»Ja, von Athénaïs de Rochechouart de Mortemart.«
»Ich erinnere mich. Ihr habt ihre Briefe schon einmal erwähnt. Habt Ihr nicht mit ihr die Klosterschule Abbaye aux Dames in Saintes besucht?«
Amoret nickte. »Es war eine schöne Zeit. Die Nonnen lehrten uns alles, was die Töchter des Adels beherrschen mussten: Lesen, Schreiben, Rechnen, Dichtung, Geographie, Musik, Tanzen. Athénaïs ist eine wundervolle Tänzerin, und sie liest gern, vor allem Bücher über Geschichte und Poesie. Natürlich gab es auch Unterricht in Hauswirtschaft, Nähen, Sticken, ein wenig Buchhaltung – was mir übrigens bei der Verwaltung meiner Ländereien sehr zugutekommt. Wir lernten auch kochen. Darin ist Athénaïs viel geschickter als ich. Sie macht traumhafte Saucen. Allerdings verträgt sich dieses Talent schlecht mit der Neigung der Mortemarts zur Fettleibigkeit. Unser Cousin, der Duc d'Aumont, ist ohne Zweifel der dickste Höfling am französischen Hof, und Athénaïs' Bruder, der Duc de Vivonne, eifert ihm bereits kräftig nach. Übrigens

ist Athénaïs' richtiger Name Françoise. Ich glaube, sie änderte ihn meinetwegen, weil ihr der Name Amoret sehr gefiel und sie für sich selbst auch etwas Ausgefallenes haben wollte.«
»Es freut mich zu hören, dass Ihr bei Euren französischen Verwandten nicht unglücklich wart«, sagte Jeremy. »Ihr müsst mir glauben, dass ich Euch nur ungern bei Fremden zurückließ.«
Die Frage »Warum habt Ihr mich dann nicht bei Euch behalten? Ich habe Euch so geliebt!« lag Amoret auf der Zunge, doch sie beherrschte sich. »Ich bin froh, dass Ihr Euch vorher noch mit mir aussprachst. Es war sehr schwer für Euch, das weiß ich. Aber es war besser so.«
»Es fiel mir nicht leicht, da habt Ihr recht, Mylady«, gestand er.
Der Moment der innigen Vertrautheit verflog. Seufzend entfaltete Amoret den Brief ihrer Cousine und begann, eine Passage vorzulesen.

Kapitel 16

September 1651

Der Dreimaster wiegte sich im ruhigen Wellengang des Meeres. Der Sturm, der das Schiff in der vergangenen Nacht gezwungen hatte, in der versteckten kleinen Bucht Schutz zu suchen, war abgezogen. Nur das Treibgut, das die aufgewühlten Wogen an den Strand geworfen hatten, erinnerte noch an das Unwetter.
»Ist es ein englisches Schiff?«, fragte Amoret.
Das Mädchen hatte sich an Jeremys Seite hinter einem üppigen Ginsterstrauch zusammengekauert, um vom Meer aus nicht gesehen zu werden.
»Nein, es ist ein Holländer«, erklärte Jeremy, nachdem er das Treiben der Matrosen an Deck eine Zeitlang beobachtet hatte.
»Dann sind wir gerettet!«, jubelte Amoret. »Sie können uns über den Ärmelkanal nach Frankreich bringen.«
»Sch! Nicht so laut«, ermahnte Jeremy sie ernst. »Ich glaube nicht, dass es ehrliche Handelsleute sind. Sie haben in dieser abgelegenen Bucht Schutz gesucht anstatt in einem Hafen. Charmouth ist nicht weit von hier. Sie hätten die Küstenstadt ohne Mühe erreichen können. Nein, ich denke, es sind Piraten.«
»Piraten?«, wiederholte Amoret fasziniert. »Und wenn wir sie um Hilfe bitten würden? Sie könnten uns übersetzen.«
»Sie würden uns vielleicht an Bord nehmen. Aber wenn sie herausfinden, dass wir kein Geld bei uns haben, werden sie

uns einfach ins Meer werfen. Es hat keinen Sinn, an die Ehre dieser Leute zu appellieren, Amoret. Sie sind skrupellose Verbrecher, die morden und brandschatzen. Die Überlebenden verkaufen sie als Sklaven in die Berberei. Da wären wir in den Kerkern des Commonwealth besser dran.«

Beschämt senkte Amoret den Blick. »Es tut mir leid. Ich hatte nur gehofft ...«

Verständnisvoll klopfte Jeremy ihr auf die Schulter. Er wusste, dass sie mit ihren Kräften am Ende war. Seit zwei Wochen befanden sie sich nun auf der Flucht. Von Bristol aus waren sie nach Süden gezogen, um ihr Glück an der Küste von Dorset zu versuchen. Doch ohne die Mittel, um den Kapitän eines Handelsschiffs oder einen Fischer zu bestechen, hatte Jeremy kaum noch Hoffnung, dass es ihnen gelingen würde, das Land zu verlassen. Am zweiundzwanzigsten September hatten sie in dem Küstenstädtchen Charmouth den König wiedergetroffen, der wie sie noch immer auf der Suche nach einem Schiff war, das ihn nach Frankreich bringen konnte. In einer Herberge waren sich Charles' und Jeremys Blicke zufällig begegnet, und der König hatte ihn und Amoret in seine Kammer gebeten. Da er ein Schiff in Aussicht hatte, hatte er die beiden Flüchtlinge kurzerhand eingeladen, es mit ihm zu teilen. Doch der Plan schlug kläglich fehl. Die Frau des Kapitäns, eine strenggläubige Presbyterianerin, bekam Wind von dem Vorhaben ihres Gatten, Royalisten zur Flucht zu verhelfen, und schloss den Pantoffelhelden bis zum Morgen in seinem Zimmer ein, so dass er die nächtliche Verabredung an einem nahen Strand nicht einhalten konnte. Nur um Haaresbreite entgingen der König und seine Begleiter den Parlamentstruppen, die seine Spur aufgenommen hatten. Daraufhin hatten sich Jeremy und Amoret wieder von ihnen getrennt, um an der Küste auf eigene Faust ein Schiff aufzutreiben.

Während er die holländischen Piraten beobachtete, formte sich allmählich ein Plan in seinem Kopf, der ein seltenes Lächeln über seine Züge huschen ließ. Amoret, die in den vergangenen Wochen gelernt hatte, in seinem Gesicht zu lesen, blickte ihn erwartungsvoll an.
»Du hast eine Idee, nicht wahr?«, fragte sie ungeduldig.
Er nickte. »Mir ist ein Plan in den Sinn gekommen, der verrückt und zugleich genial ist. Er birgt ein hohes Risiko, das gebe ich zu. Doch ich baue in diesem Fall auf die Beeinflussbarkeit der Menschen. Allerdings müssen wir den Abend abwarten.«
Der Holländer machte sich bereit, mit der Flut auszulaufen. Matrosen enterten auf, um die Segel zu setzen, die sich bald in einer aufkommenden steifen Brise blähten. Um die Mittagszeit hatte das Schiff die Bucht verlassen und strebte dem offenen Meer zu.
»Gehen wir zum Strand hinunter«, schlug Jeremy vor.
Im Schutz der Steilfelsen ließ er sich mit Amoret im braunen Sand nieder, und sie verspeisten ihre letzten Vorräte.
»Bevor wir wieder hinaufgehen, muss ich mit dir reden, Amoret«, sagte Jeremy. Er begriff, dass er den gefürchteten Moment nicht länger hinausschieben konnte. »Wenn mein Vorhaben gutgeht, sind wir gerettet. Wenn nicht ... werden wir sehr wahrscheinlich getrennt. Ich werde meine Tage in einem Kerker beenden, und du gehst zurück zu deinen Verwandten.«
»Aber das will ich nicht!«, protestierte Amoret leidenschaftlich. »Ich will nicht zurück ... und ich will dich nicht verlieren.«
»Uns bleibt keine andere Wahl, Liebes. Wenn wir weiter an der Küste umherirren, wird man uns ohnehin früher oder später aufgreifen. Wir müssen es einfach wagen.«

Tapfer schluckte Amoret ihre Bedenken hinunter und gab nach. »Also gut. Ich bete zur Jungfrau Maria, dass dein Plan Erfolg hat.«
Jeremy holte tief Luft, wie um sich Mut zu machen. »Dies ist vielleicht die letzte Möglichkeit für uns, offen miteinander zu sprechen. Ich will ehrlich zu dir sein. Wenn du gehört hast, was ich dir zu gestehen habe, wirst du vielleicht nicht mehr mit mir nach Frankreich reisen wollen.«
Da sie fühlte, wie schwer es ihm fiel, sich ihr zu offenbaren, wartete Amoret schweigend ab, dass er weitersprechen würde.
»Ich habe dir erzählt, dass ich deinen Vater damals nach der Schlacht von Worcester verwundet unter den Gefallenen fand und dass er mich bat, dir das Amulett mit dem Bildnis deiner Mutter zu bringen.« Jeremy senkte den Blick. »Aber ich verschwieg, dass ich zugelassen habe, dass die Soldaten deinen Vater töteten. Ich tat nichts, um es zu verhindern.«
Da Amoret nicht antwortete, sah er sie traurig und beschämt an. Er erwartete, Verachtung in ihrem Blick zu finden, doch er las nur Erstaunen.
»Hättest du verhindern können, dass sie meinen Vater töteten?«, fragte sie.
»Vielleicht ... nein ... wer kann das wissen?«, stammelte er.
»Dann hätten sie dich auch umgebracht, und ich hätte nie erfahren, was aus meinem Vater geworden ist«, sagte sie mit bewundernswerter Logik.
Verwirrt blickte er sie an. Er wusste nicht, was er erwartet hatte ... Vorwürfe, Tränen, doch nicht diese liebevolle Vergebung, die aus ihren Augen sprach.
»Es war Gottes Wille«, sagte Amoret. »Du hättest meinen Vater nicht retten können. Und ich hätte nicht gewollt, dass du dich für ihn opferst.«

Nun flossen doch die Tränen. Amoret legte die Arme um Jeremy und vergrub das Gesicht an seiner Brust. Diesmal presste er sie ohne Zögern an sich.

Als die Sonne rotglühend den Horizont berührte, drückte Jeremy sanft Amorets Schulter. Das Mädchen war in seinen Armen eingeschlafen. Es tat ihm leid, ihren friedlichen Schlummer zu stören, aber es war Zeit für sie aufzubrechen.
»Denk daran, dass wir von jetzt an nur noch Französisch miteinander sprechen dürfen«, ermahnte er sie, als sie den Steilpfad erklommen. »Wirst du das schaffen?«
»Ja«, erwiderte Amoret überzeugt. Ihre kleine kalte Hand glitt zwischen seine Finger, die sich wärmend um sie schlossen.
Nachdem sie etwa eine halbe Stunde lang dem Küstenpfad gefolgt waren, erreichten sie das kleine Städtchen Swanage. Die verglühende Sonne tauchte den Kirchturm in gleißendes Gold. In den Gassen war bereits Ruhe eingekehrt. Hinter den Fenstern flackerten unruhige Kaminfeuer und das Licht von Talgkerzen. Unbehelligt durchquerten Jeremy und Amoret das Städtchen, bis sie auf einen Platz gelangten. Ein Mann, der unter einer Ulme auf einer rostigen alten Pike lehnte, richtete sich auf, als er die Fremden sah, und rief: »Halt, ihr da! Stehen bleiben!« Rasch hob er die Laterne hoch, die neben ihm auf dem Boden stand, und kam ihnen entgegen.
»Wer seid Ihr? Was habt Ihr zu dieser Zeit auf der Straße zu suchen?«
Jeremy musterte den Nachtwächter ruhig und sprach ihn auf Französisch an: »Bonsoir. Wir brauchen Hilfe, guter Mann.« Dabei legte er einen Ton tiefer Erleichterung in seine Worte.
Verdutzt blickte der Mann von Jeremy zu Amoret.
»Bitte helft uns«, bat diese ebenfalls auf Französisch.

»Sprecht Ihr kein Englisch, Mann?«, grollte er, nahm seinen Hut ab und kratzte sich am Kopf. »Also, Ihr seid erst einmal festgenommen«, entschied er schließlich und senkte drohend die rostige Pike. »Vorwärts! Allez.« Befriedigt grinste er, als ihm doch noch ein französisches Wort einfiel.
Ohne Gegenwehr ließ sich Jeremy abführen. Amoret hielt seine Hand krampfhaft umklammert, um ihm zu zeigen, dass sie sich unter keinen Umständen von ihm trennen würde. Vor einem Haus am Rande der Stadt machten sie halt.
»Bleibt hübsch da stehen«, befahl der Nachtwächter. Er streifte Jeremy noch mit einem misstrauischen Blick, bevor er an die Tür des Hauses klopfte. Kurz darauf öffnete ein junger Mann. Jeremy vermutete, dass es sich um den Konstabler von Swanage handelte.
»Bill, ich habe zwei Fremde aufgegriffen, die durch die Gassen wanderten«, erklärte der Nachtwächter. »Es sind Franzosen«, fügte er gewichtig hinzu.
»Franzosen? Hast du zu tief in den Becher geschaut, Tom?«, erwiderte der Konstabler ironisch. »Wie sollen denn Franzosen hierherkommen?«
»Vielleicht sind es Fischer, die bei dem Sturm gestern abgetrieben wurden.«
Bill wurde nachdenklich und trat über die Schwelle nach draußen, um sich die Fremden näher zu betrachten.
»Hm, ich glaube nicht, dass ein Fischer mit einem kleinen Mädchen ausfährt«, sagte er. »Führ sie herein, Tom. Ich werde sie gründlich verhören.«
Nachdem der Nachtwächter seine Gefangenen in die Stube gebracht hatte, ging er wieder auf seinen Posten. Die Frau des Konstablers, der seinem Geruch nach im normalen Leben dem Handwerk eines Lohgerbers nachging, schaute neugierig aus der Küche herein.

»O die arme Kleine«, rief sie aus. »Du hast sicher Hunger.«
Amoret bemühte sich, die Frau verständnislos anzublicken, obwohl ihr Magen knurrte.
»Franzosen«, setzte ihr Mann sie ins Bild. »Verstehen anscheinend kein Englisch, Mary.«
Seine Gattin ließ sich nicht entmutigen und brachte kurz darauf zwei Näpfe heißen Hammeleintopfs in die Stube. Amorets Augen leuchteten auf.
»Merci, Madame.«
Jeremy dagegen sah beschämt zu Boden und erklärte: »Wir haben kein Geld, Madame. Man hat uns alles geraubt.«
»Ich glaube, er sagt, dass sie bestohlen wurden«, erriet Mary.
Ihr Gemahl wanderte vor dem Kamin hin und her. »Wir brauchen einen Übersetzer. Spricht Jim nicht Französisch? Er fährt doch immer nach Cherbourg zum Fischen rüber. Ich hole ihn.«
Das Französisch des Fischers war ausreichend, um sich den beiden Fremden verständlich zu machen.
»Der Heiligen Jungfrau sei Dank«, rief Jeremy. »Ihr müsst uns helfen, Monsieur. Wir haben Schlimmes durchgemacht.«
»Wie seid Ihr hierhergekommen?«, fragte Jim, der sich neben Bill auf einem Schemel niedergelassen hatte. Die Frau des Konstablers stellte einen Humpen Ale vor ihn hin.
»Meine kleine Base und ich sind bei einer Bootsfahrt vor der Küste in der Nähe von Cherbourg von einem Piratenschiff aufgebracht worden«, berichtete Jeremy. »Man raubte mein Geld und meinen Mantel. Ich fürchtete, dass uns die Freibeuter in die Berberei verschleppen und uns als Sklaven verkaufen würden. Doch ein Sturm zwang sie in eine Bucht nicht weit von hier. Offenbar empfanden sie uns inzwischen als Last. Sie brachten uns an Land und setzten uns am Strand aus. Wir hatten keine Ahnung, dass wir uns in England befinden.«

Der Fischer übersetzte den gespannten Zuhörern Jeremys Erklärung.

»Ich bin mir nicht sicher, ob ich diese abenteuerliche Geschichte glauben soll«, meinte der Konstabler skeptisch.

»Ich denke, sie sagen die Wahrheit«, mischte Jim sich ein. »Als ich heute Morgen zum Fischen ausfuhr, entdeckte ich einen Dreimaster in einer Bucht westlich von hier. Ein Holländer, mit Sicherheit ein Freibeuter. Ich habe mich rasch davongemacht, bevor sie mich sahen.«

»Das spricht allerdings für sie«, erwiderte Bill nachdenklich. »Doch es ändert nichts an der Tatsache, dass ich die beiden morgen früh Sir Andrew übergeben muss.«

Jeremy, der die Unterhaltung mit scheinbar verständnisloser Miene verfolgte, erriet, dass Sir Andrew der Friedensrichter des Ortes war.

»Mary, unsere Gäste werden die Nacht in der rückwärtigen Kammer verbringen«, verkündete Bill. »Mach das Bett zurecht.«

So schliefen Jeremy und Amoret zum ersten Mal seit zwei Wochen in einem sauberen weichen Bett. Da kein Schloss an der Tür war, hätten sie sich jederzeit davonmachen können. Ein wenig beunruhigt sah Jeremy am Morgen der Begegnung mit dem Friedensrichter entgegen. Würde er sich täuschen lassen? Und selbst wenn, was würde er mit den beiden verirrten Franzosen tun? Eigentlich wäre es seine Pflicht als Ordnungshüter, sie als mögliche Spione zu behandeln und nach London zu schicken. Doch Jeremy hoffte, dass sein Plan aufgehen und sie dem Schicksal ein Schnippchen schlagen konnten.

Sir Andrew Waring war der wohlhabendste Kaufmann des Ortes. Als Jeremy seine puritanische Aufmachung sah, sank sein Herz. Offenbar hatte er einen treuen Anhänger des Commonwealth vor sich. Bill unterrichtete den Friedensrichter von den Vorkommnissen der letzten Nacht und wiederholte die Geschichte, die der vermeintliche Franzose ihm aufgetischt hatte.

»Piraten! Verdammtes Geschmeiß!«, polterte Sir Andrew entrüstet los. »Man hat mir gemeldet, dass sich gestern ein holländisches Schiff vor unserer Küste herumtrieb.«

»Ich habe es auch gesehen, Sir«, bestätigte Jim, der erneut als Übersetzer diente. »Inzwischen sind sie aber wieder fort.«

»Seid Ihr sicher?«

»Ja, ich habe heute bei Sonnenaufgang noch einmal nachgesehen.«

Die Erleichterung war dem Kaufmann ins Gesicht geschrieben. Vielleicht hatte er schon einmal eine wertvolle Ladung an Piraten verloren.

»Was sollen wir mit den Franzosen tun, Sir?«, fragte Bill.

»Eine gute Frage …« Nachdenklich strich sich der Friedensrichter über das glattrasierte Kinn. »Wenn ich sie nach London schicke, muss ich mindestens zwei Männer als Begleitung abstellen.«

Unter Sir Andrews prüfendem Blick hob der Lohgerber abwehrend die Hände. »Das wäre eine Viertagesreise, mindestens. So lange kann ich meine Gesellen nicht allein lassen.«

»Hm, dazu kämen noch die Kosten für die Reittiere, Verpflegung, Übernachtung …« Mit gerunzelter Stirn überschlug der Kaufmann die Summe, die ihn eine Eskortierung der Gefangenen nach London kosten würde. Dann wandte er sich an den Fischer: »Im Interesse des Gemeinwohls halte ich es für besser, dass Ihr die beiden mit Eurem Fischerboot nach Frankreich zurückbringt. Der Arbeitsausfall wird Euch natürlich erstattet.«

Die Anwesenden stimmten zu. Auf diese Weise würden sie billiger davonkommen. Amoret musste sich beherrschen, Jeremy nicht jubelnd um den Hals zu fallen. Sie mussten warten, bis Jim ihnen die frohe Nachricht übersetzte. Erleichtert nahm Jeremy das Mädchen in die Arme. Er hatte darauf gebaut, dass die Sorge des Friedensrichters um die Gemeindekasse größer sein würde als sein Pflichtbewusstsein gegenüber dem Gesetz. Und er hatte recht behalten.

Kapitel 17

Dezember 1668

Trotz des jähen Kälteeinbruchs herrschte auf dem Pont Neuf das fröhliche Treiben eines Jahrmarkts. Die zweiteilige steinerne Brücke verband die westliche Spitze der Ile du Palais mit dem Nord- und Südufer der Seine. Anders als die meisten anderen Brücken von Paris war der Pont Neuf nicht mit Häusern bebaut. Zu beiden Seiten der Brückenstraße reihten sich wie bunte Glasperlen die Krambuden der Händler aneinander. Man konnte Kinderspielzeug, Schmuck, Stoffe oder Bücher erstehen. Beim Anblick der Letzteren dachte Breandán unwillkürlich an Pater Blackshaw, der an den Ständen der Bouquinisten seine helle Freude gehabt hätte.

Nachdem der Ire den Brief des Königs von England der Duchesse d'Orléans überreicht hatte, hatte diese ihn gebeten, einige Tage in der Stadt zu bleiben. Breandán hatte ihr den Namen der Herberge in Saint-Germain-des-Prés mitgeteilt, in der er übernachtete, und ihr versichert, dass er dort auf Nachricht warten würde. Um sich die Zeit zu vertreiben, besuchte er die Markthallen und immer wieder den Pont Neuf. Obwohl Menschenmengen ansonsten nicht nach seinem Geschmack waren, fand er das Durcheinander aus herrschaftlichen Kutschen, Straßenhändlern, Marktweibern und Bettlern anregend. Es gab immer etwas Neues zu sehen. Trauben von Schaulustigen bildeten sich vor einfachen kleinen Bühnen, auf denen Komödianten eine Farce aufführten oder ein Scharlatan seine Wundermittel anpries. Nonnen und Priester mischten sich unter Blumenmädchen und Huren. Vor der von einem eisernen Zaun umgebenen Reiterstatue des Königs Henri IV. verkauften Bettler Pamphlete, auf denen schlüpfrige Verse geschrieben standen. Breandán erstand einen süssen Krapfen von einem Höker und verfolgte die Aufführung eines Akrobaten, der seinen Körper mit Leichtigkeit in die unmöglichsten Stellungen bog. Während er sich die Finger ableckte, überkam Breandán auf einmal ein seltsames Gefühl, das er zuerst nicht deuten konnte. In dem Glauben, sein feiner Instinkt habe die Berührung eines Beutelschneiders wahrgenommen, tastete er unwillkürlich nach seiner Geldkatze. Erleichtert stellte er fest, dass sie noch an ihrem Platz war. Das Gefühl der Unruhe wollte jedoch nicht vergehen. Unauffällig sah der Ire sich in der Menge um und begegnete dem Blick eines Mannes, der sich daraufhin blitzschnell hinter einen Zuschauer duckte. Für einen winzigen Moment hatte der Ire Erstaunen in seinen Augen gelesen, dass er entdeckt worden war. War er Breandán gefolgt? Der Ire versuchte, sich daran zu erinnern, wie der Unbekannte aussah, doch es gelang ihm nicht. Er war zu schnell verschwunden.

Geschmeidig schob sich Breandán durch die Menge an den Rand der Brückenstrasse und sah sich aufmerksam um. Sein Blick glitt über die Gesichter hübscher Mädchen, strenger Nonnen, feister Marktweiber, geschminkter Gecken in üppigen Lockenperücken und entstellter Bettler. Doch das graue Augenpaar des Mannes, der ihn beobachtet hatte, war nicht darunter. Ein kalter Schauer überlief den Iren. War man ihm bereits auf der Spur? Oder bildete er sich alles nur ein? Auf jeden Fall würde er in Zukunft auf der Hut sein müssen. In diesem Moment hielt eine Kutsche vor ihm.

»Monsieur Mac Mathúna«, rief eine Stimme mit bretonischem Akzent. Der Schlag wurde geöffnet, und Breandán sah sich Hervé de Guernisac, Marquis de Saint-Gondran, gegenüber. »Kann ich Euch mitnehmen?«

»Warum nicht? Danke, Monsieur«, antwortete der Ire und stieg ein, nachdem er sich noch einmal nach dem Unbekannten umgesehen hatte.

»Seid Ihr auf dem Weg zu Eurer Herberge? Soll ich Euch dort absetzen?«, erbot sich der Marquis.

»Gern. Ich bin im ›Schwarzen Adler‹ auf der Rue de Canettes in der Nähe der Abtei von Saint-Germain-des-Prés abgestiegen.«

Guernisac gab dem Kutscher die Adresse. Aufgrund der vielen Menschen auf dem Pont Neuf kam das Gefährt aber nur sehr langsam voran.

»Wart Ihr mit jemandem verabredet, Monsieur?«, fragte der Bretone, um ein Gespräch in Gang zu bringen. »Ich hatte den Eindruck, als wenn Ihr nach jemandem Ausschau halten würdet.«

»Nein, ich dachte nur, ich hätte ein bekanntes Gesicht gesehen«, erwiderte Breandán ausweichend. »Dem war aber nicht so.«

»Wenn ich richtig verstanden habe, steht Ihr in den Diensten von Mademoiselle St. Clair, einer Cousine von Madame de Montespan. Ist sie nicht eine der Mätressen des Königs von England?«

Zu seinem Ärger fühlte Breandán, dass er errötete. »Sie war es bis vor kurzem«, erwiderte er in leicht gereiztem Ton.

Der Marquis de Saint-Gondran musterte den Iren interessiert. »Ich war damals noch nicht bei Hofe, aber soweit ich weiß,

war Mademoiselle St. Clair Ehrenjungfer von Madame, bevor sie im Gefolge Henriette-Maries an den englischen Hof ging.«
»Ich hörte davon«, erwiderte Breandán vorsichtig, da er im Grunde nichts über das Leben seiner Frau in Frankreich wusste. Amoret sprach nur selten darüber und verlor sich gewöhnlich nicht in Einzelheiten.
»Sie soll eine der umschwärmtesten Damen bei Hof gewesen sein«, fuhr Saint-Gondran fort. »Ist sie tatsächlich so schön, wie man sagt?«
»O ja, das ist sie!«, sagte Breandán leidenschaftlich.
»Nicht wenige hätten Mademoiselle St. Clair gern anstelle von Louise de la Vallière an der Seite unseres Königs gesehen. Bedauerlich, dass Seine Majestät Blondinen bevorzugt.«
Breandán streifte den Marquis mit einem zornigen Blick.
»Wenn Ihr darauf besteht, weiter über Mademoiselle St. Clair zu sprechen, Monsieur, sehe ich mich gezwungen auszusteigen.«
»Verzeiht, Monsieur. Ich wollte Eure Herrin in keiner Weise beleidigen«, sagte Guernisac rasch.
Breandán neigte leicht den Kopf, um zu zeigen, dass er die Entschuldigung annahm. Doch als der Marquis ihn vor der Herberge absetzte, behielt der Ire ein nagendes Gefühl der Eifersucht zurück, das er beim besten Willen nicht abschütteln konnte.

»Lucien, wohin gehst du?«, fragte Alan. »Es schneit. Ohne Mantel wirst du dich nur wieder erkälten.«
Der junge Franzose nahm die Hand von der Türklinke und wandte sich mit gesenktem Blick dem Wundarzt zu.
»Du wolltest dich davonschleichen, nicht wahr? Warum?«
»Ich will Euch nicht länger zur Last fallen, Meister Ridgeway«, antwortete der Knabe. »Ihr habt mich gepflegt und

verköstigt, als ich krank war. Nun bin ich gesund und kann wieder für mich selbst sorgen.«

»Ich erlaube nicht, dass du in die Kälte hinausgehst, um in einem Hauseingang zu erfrieren«, sagte Alan entschieden. »Komm her, setz dich«, forderte er den Jungen auf. »Ich möchte dir ein Angebot machen.«

Zögernd trat Lucien zu der Bank, neben der Alan stand, und ließ sich darauf nieder. Der Wundarzt setzte sich zu ihm.

»Wie alt bist du, Junge? Vierzehn, fünfzehn?«

»Vierzehn.«

»Das ist genau das richtige Alter, um eine Lehre zu beginnen. Wie du siehst, brauche ich dringend einen Lehrknaben.« Als er das Erstaunen im Blick des Knaben sah, fuhr Alan fort: »Ich weiß, die Wundarzneikunst ist nicht jedermanns Sache. Aber warum versuchst du es nicht? Falls dir die Arbeit nicht liegt, kannst du immer noch gehen.«

»Verlangt Ihr von Euren Lehrlingen nicht eine Gebühr, wenn Ihr sie aufnehmt?«, fragte Lucien sarkastisch.

»Ich habe schon öfter einen Lehrknaben für wenig Geld genommen, wenn er Talent hatte. Also, was ist? Nimmst du das Angebot an?«

Auffordernd streckte Alan ihm die Hand hin. Nach kurzem Zögern schlug Lucien ein.

»Ich danke Euch für Euer Vertrauen, Meister. Und ich verspreche Euch, dass ich Euch nicht enttäuschen werde.« Als Alan sich erhob, hielt Lucien ihn noch einmal zurück. »Da war eine Frau, eine Französin, die an meinem Bett saß und im Dialekt meines Landes zu mir sprach, als ich krank war. Wer war sie?«

»Eine gute Freundin von mir, die mich regelmäßig besucht«, erwiderte Alan. »Du wirst ihr noch öfter begegnen.«

»Wie ist ihr Name?«

»Armande de Roche Montal.«
Verwirrt runzelte der Knabe die Stirn. »Seid Ihr sicher?«
»Wie meinst du das?«
»Ich dachte nur …« Lucien kaute an seiner Unterlippe. Alan sah ihn neugierig an, doch der Junge schüttelte schließlich den Kopf. »Ich habe mich wohl getäuscht.«
Aufmunternd klopfte Alan ihm auf die Schulter.
»Es muss schwierig für dich sein, so fern von deiner Heimat. Komm, ich zeige dir deine Aufgaben.«

Der Duft der Hammelbrust und des Rinderbratens mit Zwiebeln stieg von der Tafel auf und vermischte sich mit dem Geruch der Wachskerzen. Sir Orlando warf einen Blick in die Runde. Der Gastgeber, Sir Matthew Hale, Chief Baron of the Court of Exchequer, sprach dem Wein wenig zu und war im Gegensatz zu seinen Gästen noch völlig nüchtern. Er war ein bescheidener, aufrichtiger Mann und ein unbestechlicher Richter von sechzig Jahren, der sich nach der Mode von vor drei Jahrzehnten kleidete und jeglichen Zierrat ablehnte. So wurde zum Mittagsmahl einfache bürgerliche Kost aufgetragen, unabhängig davon, wie vornehm die Gäste waren. Sir Orlando schätzte Hale seit langem und hatte mit ihm beim Feuergericht Recht gesprochen. Um die unentgeltliche Arbeit der Richter zu ehren, hatte der Gemeinderat Ganzkörperporträts bei dem Maler Michael Wright in Auftrag gegeben, die vor kurzem fertiggestellt worden waren. Sir Orlando fand sie sehr gelungen. Um diese Auszeichnung zu feiern, hatte Sir Matthew Hale einige Freunde in sein Haus in Acton zum Essen eingeladen.
Als Nachtisch wurde Whitepot und zum Abschluss Caudle aufgetragen. Der hochgewachsene Richter, der starker Raucher war, ließ sich seine Pfeife reichen. Sein Nachbar, Richard

Baxter, nutzte eine Pause des Gesprächs, das sich bisher um Rechtsangelegenheiten gedreht hatte, um das Thema zu wechseln.

»Glaubt Ihr, dass unsere Allianz mit Holland und Schweden lange Bestand haben wird? Sie ist kaum ein Jahr alt und bröckelt bereits an allen Ecken und Enden.«

»Nun, als Seemacht und Handelsnation sind die Vereinten Provinzen unsere natürlichen Rivalen. Aus diesem Grund haben wir in den letzten siebzehn Jahren zwei Kriege gegen sie geführt«, wandte George Jeffreys ein.

Neugierig musterte Sir Orlando den gutaussehenden jungen Mann, der im vergangenen November im Alter von nur vierundzwanzig Jahren zum Barrister berufen worden war und somit das Recht erlangt hatte, vor Gericht als Anwalt Prozesse zu führen. Der Richter verfolgte Jeffreys von Ehrgeiz geprägten Werdegang schon seit einiger Zeit. Dem jungen Advokaten war es sogar gelungen, Lady St. Clair zu umgarnen, die ihn regelmäßig in Rechtsangelegenheiten konsultierte und zur Feier seiner Berufung in ihr Haus zum Mittagsmahl geladen hatte.

»Die Allianz mit den protestantischen Mächten Holland und Schweden ist als antifranzösisches Bündnis geschlossen worden«, widersprach Baxter, der presbyterianische Neigungen hatte. »Dies sollte genügen, um uns zusammenzuhalten. König Louis hat vor einem Jahr die spanischen Niederlande überfallen. Es ist nur natürlich, dass die Holländer nun befürchten, der französische König könne als Nächstes in ihrem Land einmarschieren.«

»Unsere Diplomaten haben bereits dazu beigetragen, Frankreich in seine Schranken zu weisen, indem sie einen Frieden zwischen Spanien und Portugal vermittelt haben«, ließ Sir Matthew Hale einfließen. »Dadurch wurde Spanien, der alte Feind der Franzosen, gestärkt, und die Portugiesen, die bisher

auf französische Hilfe angewiesen waren, erlangten ihre Unabhängigkeit. Somit haben wir nicht unbeträchtlichen Anteil am Zustandekommen des Friedens von Aachen zwischen Frankreich und Spanien.«
»Mag sein«, gab George Jeffreys zu. »Doch unsere Kaufleute sind nicht glücklich darüber, dass die holländischen Handelskompanien zu keinerlei Zugeständnissen bereit sind, wenn es um die Aufteilung der überseeischen Märkte geht.«
»Nicht zu vergessen, dass die Spanier sich weigern, Schweden die versprochene Unterstützung zu zahlen, obgleich der Friede von Aachen ohne Schwedens Eintritt in das Bündnis mit Holland und England nie zustande gekommen wäre«, gab Percival Hart zu bedenken, der dem Gespräch bisher schweigend gelauscht hatte.
Hart war Anwalt. Da unter seinen Mandanten mehrere Höflinge waren, hielt er sich oft in Whitehall auf.
»Offenbar geht das Gerücht um, dass unser guter König heimlich mit Louis Verhandlungen führt.«
»Woher habt Ihr das?«, entfuhr es Sir Orlando.
»Ich hörte zufällig, wie Mylord St. Albans etwas in der Art gegenüber dem Duke of Buckingham erwähnte.«
»Mylord St. Albans ist ein enger Vertrauter der Königinmutter Henriette-Marie«, wandte Sir Orlando ein. »Wenn es tatsächlich Verhandlungen mit den Franzosen gäbe, wäre er einer der Ersten, der darin eingeweiht wäre. Da würde er doch keine Gerüchte verbreiten. Außerdem wird es Seine Majestät nie hinnehmen, dass Louis seine Flotte weiter ausbaut. Und die hohen Zölle, die Frankreich auf die Einfuhr von englischen Gütern eingesetzt hat, sind dem König ebenso ein Dorn im Auge wie unseren Kaufleuten.«
»Da gebe ich ihm recht«, sagte Richard Baxter. »Immerhin hat Seine Majestät angeboten, dass England und die Vereinig-

ten Provinzen einen Teil des Geldes aufbringen, das die Spanier den Schweden schulden. Dies wird unser Ansehen bei anderen protestantischen Ländern erhöhen und uns Respekt bei den Franzosen einbringen.«

»Ich denke, in der Welt der Diplomatie gibt es immer Gerüchte, die das Erreichte in Frage stellen«, meinte Sir Matthew weise.

Sir Orlando war geneigt, ihm zuzustimmen. Doch dann kam ihm der Mord an Sir William Fenwick wieder in den Sinn, der im Auftrag des Königs nach Frankreich gereist war. Was stand in den Briefen, die er befördert hatte?

Kapitel 18

Dezember 1668

Amoret atmete tief aus, während Mary die Bänder ihres Mieders anzog. Als sie den Blick zur Tür des Ankleidekabinetts wandte, sah sie zu ihrer Überraschung Pater Blackshaw auf der Schwelle stehen. Sein Gesicht war bleich und schmerzverzerrt.
»Pater, was ist mit Euch?«, fragte sie erschrocken.
Ohne auf die Zofe zu achten, die noch immer die Bänder hielt, eilte Amoret dem Priester entgegen. Stöhnend krümmte sich Jeremy zusammen.
»Heilige Jungfrau!«, rief sie entsetzt. »Mary, sag William, er soll sofort Meister Ridgeway herholen. Beeil dich!«
Während die Kammerfrau davoneilte, kam Breandán herein. Er war erst am Abend zuvor aus Frankreich zurückgekehrt.
»Hilf mir, ihn ins Bett zu bringen«, bat Amoret.
Gemeinsam führten sie Jeremy in sein Gemach zurück und setzten ihn aufs Bett.
»Nun sagt mir doch endlich, was los ist«, flehte Amoret.
»Ein Blasenstein …«, sagte Jeremy stöhnend. »Ich trage ihn wohl schon einige Wochen mit mir herum.«
»Warum habt Ihr Euch nicht von Meister Ridgeway behandeln lassen?«
»Man kann nicht viel tun, als abzuwarten, bis er von selbst abgeht, Mylady«, erklärte Jeremy.

Erneut wogte ein wehenartiger Schmerz durch seinen Unterleib.

»Bitte hilf ihm beim Entkleiden«, wandte sich Amoret an ihren Gemahl. »Er bleibt im Bett, bis die Sache ausgestanden ist.«

»Mylady ...«, protestierte Jeremy.

»Keine Widerrede. Ich habe schon gehört, dass Ärzte die unvernünftigsten Patienten sind, aber Ihr übertrefft alles.«

Amoret wich nicht von der Seite des Priesters, bis Alan eintraf.

»Verzeiht, dass wir Euch von Eurer Chirurgenstube weggeholt haben, Meister Ridgeway«, entschuldigte sich Amoret.

»Macht Euch keine Sorgen, Mylady«, erwiderte Alan gelassen. »Mein neuer Lehrknabe wird die Stellung halten. Er ist sehr tüchtig. Da habe ich einen guten Fang gemacht.«

»Ich hoffe, ich werde ihn bald kennenlernen«, sagte Amoret und verließ das Gemach, damit der Wundarzt Jeremy untersuchen konnte.

»Ein Blasenstein, vermutet Ihr?«, fragte Alan. »Also das ist es, was Euch schon so lange quält. Dann lasst einmal sehen.«

Er legte seinem Freund die Hand auf die Stirn. »Ihr fiebert. Habt Ihr Blut im Urin?«

Der Jesuit nickte. »Dazu Blasenkrämpfe und häufigen Harndrang.«

»Habt Ihr auch Schwierigkeiten beim Wasserlassen?«

»Ja, es werden immer nur kleine Mengen ausgeschieden. Wahrscheinlich verschließt der Stein den Ausgang der Blase.«

»Was habt Ihr bisher gegen das Übel unternommen?«

»Ich habe versucht, die Schmerzen mit Birkenblättern und Schachtelhalm zu lindern.«

»Verstehe. Vielleicht haben wir Glück, und der Stein wird herausgespült«, sagte Alan. »Ihr solltet außerdem stark gewürzte Speisen meiden. Ich werde mit Mylady St. Clair darüber sprechen. Bleibt eine Weile im Bett. Ich mache Euch einen Umschlag aus Leinsamen und Heublumen. Hoffen wir, dass Ihr es bald überstanden habt.«

Nach den Weihnachtsfeierlichkeiten bat Charles Amoret immer öfter an den Hof zurück. Da das harsche Winterwetter und Jeremys angegriffene Gesundheit eine Rückkehr nach Shropshire unmöglich machten, gab sie den Wünschen des Königs nach und erlaubte ihm, sie zu Festen oder zum Kartenspiel bei der Königin einzuladen. Obgleich er es nicht ausgesprochen hatte, vermutete Amoret, dass er sie um sich haben wollte, weil er ihr mehr vertraute als den meisten anderen Höflingen.
Als sie sich bei einer dieser Gelegenheiten mit dem Duke of Buckingham allein in einer Nische wiederfand, konnte sie nicht umhin, ihn auf eine Intrige anzusprechen, die sie und ihr Cousin im vergangenen Jahr gegen die Countess of Castlemaine gesponnen hatten.
»Wie macht sich unsere Komödiantin Nell Gwyn? Anfang Dezember habe ich sie im Kostüm einer Amazone mit Pfeil und Bogen im Prolog von Ben Jonsons *Verschwörung des Catilina* gesehen. Sie spielt also weiterhin Theater. Ist Charles bereits ihrer müde?«
Buckingham lächelte selbstgewiss. »Keineswegs. Seine Majestät schickt regelmäßig nach Nell und verbringt mehr Zeit in ihrer Gesellschaft als in Barbaras. Es ist offensichtlich, wie sehr ihn ihr ungekünsteltes offenes Wesen fasziniert. Dass Nell die Schauspielerei nicht aufgeben will, beweist nur ihren Geschäftssinn. Letzten April hatte ein Cousin von mir Nell ins Herzogliche Theater eingeladen. Pech für ihn, dass sie sich in der Loge neben Charles und dem Duke of York wiederfan-

den. Nach der Aufführung lud Seine Majestät sie alle in eine Schenke zum Essen ein. Als die Rechnung kam, stellte unser guter König fest, dass er nicht genug Geld dabeihatte, und bat seinen Bruder, die Zeche zu bezahlen. Doch auch der Duke of York sah sich außerstande, die nötige Summe zusammenzukratzen. Daraufhin soll Nell ausgerufen haben: ›Das ist wirklich die armseligste Gesellschaft, mit der ich jemals eine Schenke besucht habe.‹«

Amoret brach in Lachen aus. »Und wer bezahlte am Ende die Zeche?«

»Mein armer Cousin, der sich zudem damit abfinden musste, dass er bei Nell keine Chance hatte«, antwortete der Duke of Buckingham ohne das geringste Mitleid.

»Auf jeden Fall nahm Mistress Gwyn es mit Humor«, erklärte Amoret anerkennend.

»Sie besitzt genug davon«, bestätigte Buckingham. »Und alle lieben sie dafür.«

»Ihr seid auch kein Chorknabe, lieber Cousin. Was höre ich da? Ihr habt Eure Mätresse unter Euer Dach eingeladen?«

»Nun, nach dem Tod ihres Gatten konnte ich sie doch nicht sich selbst überlassen«, erwiderte Buckingham unschuldig.

»Den Ihr verschuldet hattet«, erinnerte Amoret ihn. »Vergesst nicht, dass ich Zeuge Eures Duells mit dem Earl of Shrewsbury war. Was sagt denn Eure Gemahlin zu diesem seltsamen Arrangement?«

»Mary war nicht sehr erfreut, das ist wahr. Ich bot ihr eine Kutsche an, die sie zum Haus ihres Vaters bringen könnte. Sie nahm das Angebot an.«

»Ihr seid einfach unmöglich«, tadelte Amoret ihren Cousin, der nicht das geringste Zeichen von Reue offenbarte.

In dem Bestreben, ein weniger schlüpfriges Thema zu finden, sagte Amoret: »Es tut mir leid, dass Euer Vorstoß, im Unterhaus ein Gesetz zur Tolerierung des nonkonformistischen Glaubens einzubringen, gescheitert ist. Ich weiß, dass Euch dies sehr am Herzen liegt.«

»Das hätte ich aus dem Munde einer Katholikin nicht erwartet«, gestand Buckingham zynisch.

»Mag sein, dass ein unüberwindlicher Graben zwischen unseren Religionen besteht, doch wir erhoffen uns doch alle die Freiheit, unseren Glauben ungestört ausüben zu können, ohne Verfolgung fürchten zu müssen.«

»Da habt Ihr natürlich recht«, gab er zu. Für einen Moment schwieg er, als verfolge er einen Gedanken. »Es überrascht mich, Euch wieder bei Hofe zu sehen, Madam. Barbara sagte zwar, dass Ihr gekommen seid, um Euren Sohn zu besuchen, doch Ihr weilt nun schon seit drei Monaten in London. Mir scheint, Seine Majestät lässt Euch nur ungern gehen.«

Amoret hatte befürchtet, dass ihre anhaltende Anwesenheit sein Interesse wecken würde, und zuckte scheinbar gleichmütig mit den Schultern.

»Nur ein Dummkopf würde mitten im Winter in die Provinz reisen, noch dazu mit einem Säugling«, antwortete sie ausweichend.

»Soweit ich mich erinnere, wart Ihr Ehrenjungfer im Dienste von Charles' Schwester Henriette«, bohrte Buckingham. »Sicherlich habt Ihr noch immer gute Verbindungen zum französischen Hof.«

»Meine Cousine, die Marquise de Montespan, ist Hofdame der Königin Marie-Thérèse, wie Ihr sehr wohl wisst.«

»Dann solltet Ihr eigentlich gut über die Vorkommnisse dort unterrichtet sein.«

»Worauf wollt Ihr hinaus, Euer Gnaden?«

»Wisst Ihr etwas darüber, dass Seine Majestät Verhandlungen mit dem französischen König aufgenommen hat?«, erkundig-

te sich Amorets Cousin und sah ihr dabei eindringlich in die Augen.
Sie erwiderte seinen Blick, ohne mit der Wimper zu zucken.
»Wie kommt Ihr darauf?«, fragte sie mit gespieltem Erstaunen.
»Nur eine Andeutung in einem Brief ...«
Buckingham biss sich auf die Lippen, als habe er bereits zu viel preisgegeben. Seine plötzliche Zurückhaltung machte Amoret hellhörig. Was versuchte er zu verbergen?
»Ihr seid der wichtigste Minister Seiner Majestät, Euer Gnaden. Wenn etwas Derartiges im Busch wäre, würdet Ihr es doch als Erster erfahren«, sagte sie.
Am anderen Ende des Saals entdeckte sie mit einem Mal den König, der zu ihr herübersah. Anmutig machte sie einen Knicks.
»Bitte entschuldigt mich, Euer Gnaden, Seine Majestät verlangt nach mir.«
Erleichtert wandte sie sich Charles zu, der sie mit einer galanten Verbeugung grüßte. Mit einem Lächeln forderte er sie auf, sich ein wenig von den anderen Höflingen abzusondern, damit sie ungestört reden konnten.
Unverblümt ergriff Amoret das Wort: »Was führt Ihr im Schilde, Sire? Es geht das Gerücht um, dass Ihr mit König Louis verhandelt. Seid Ihr deshalb so besorgt, dass die Korrespondenz mit Eurer Schwester in falsche Hände geraten sein könnte?«
»Woher habt Ihr das, Madam?«, fragte Charles mit ernster Miene.
»Mein Cousin Buckingham machte eine Andeutung in diese Richtung. Er erwähnte auch einen Brief.«
»Glaubt Ihr, er hat Sir William Fenwick ermorden lassen?«
»Ehrlich gesagt, ich weiß es nicht«, gab Amoret zu. »Ich würde ihm jede Schandtat zutrauen, aber heimtückischen Mord?

Schwer zu sagen. Außerdem dachte ich, Seine Gnaden wäre einer Allianz mit Frankreich nicht abgeneigt. Er verabscheut die Holländer. Falls Ihr also tatsächlich mit Louis Verhandlungen führt, Euer Majestät, warum weiht Ihr Euren wichtigsten Minister nicht ein?«
»Ihr seid eine äußerst scharfsinnige Beobachterin, Madam«, sagte Charles sarkastisch. »Und Ihr habt durchaus recht. Wenn ich mich tatsächlich dazu entscheiden sollte, mit den Holländern zu brechen und mich den Franzosen zuzuwenden, wäre Seine Gnaden der Unterhändler meiner Wahl. Immerhin verehrt er meine Schwester sehr. Dennoch ... Ihr sagtet, er habe einen Brief erwähnt.«
»Ja. Und ich hatte den Eindruck, es war ihm unangenehm, dass ihm diese Einzelheit entschlüpft ist.«
»Findet den Brief, Madam!« Es war keine Bitte, sondern ein Befehl.
»Ihr wollt, dass ich Buckinghams Gemächer durchsuche?«, entfuhr es Amoret erstaunt.
»So ist es. Jetzt ist die beste Gelegenheit. Seine Gnaden lässt sich gerade zum Kartenspiel nieder. Er wird eine Weile beschäftigt sein.«
Amoret wollte protestieren, doch Charles brachte sie mit einem zwingenden Blick zum Schweigen.
»Geht, Madam. Ich werde dafür sorgen, dass Buckingham Euch nicht stört.«
Ergeben wandte sich Amoret ab und verließ den Saal. Vor der Tür zu den Gemächern ihres Cousins zögerte sie. Bucks würde ihr nicht in die Quere kommen, aber möglicherweise seine Dienerschaft. Wie sehr bedauerte sie es, dass Armande es vorgezogen hatte, zu Hause zu bleiben, zweifellos mit der Absicht, Meister Ridgeway später noch einen Besuch abzustatten. Sie hätte die Hilfe der Französin gut gebrauchen können.

In dem Bewusstsein, dass sie kostbare Zeit verstreichen ließ, fasste sich Amoret ein Herz, ergriff den Türknauf und trat über die Schwelle. Das Vorzimmer war verlassen. Beherzt ging sie weiter. Als sie das Schlafgemach ihres Cousins erreichte, sprang Buckinghams Kammerdiener Mercer erschrocken vom Bett herab und verbeugte sich eilig vor ihr. Offensichtlich hatte er müßig auf der Überdecke gelümmelt. Tadelnd blickte Amoret ihn an, so dass er keine Gelegenheit hatte, sich über ihre Anwesenheit zu wundern.
»Dein Herr bat mich, dir im Vorbeigehen auszurichten, dass es ihn nach Birnen verlangt«, sagte sie streng.
»Birnen?«, entfuhr es Mercer verdutzt, bevor es ihm gelang, sich zu fangen. »Ja, Madam, ich werde mich sofort darum kümmern.«
Sichtlich verwirrt machte sich der Kammerdiener auf den Weg, das Verlangte zu besorgen. Amoret war überzeugt, dass er nicht so bald zurückkehren würde. Sie hatte sich daran erinnert, dass Charles aufgrund der nötigen Sparmaßnahmen, denen sich der Hof unterwerfen musste, darauf verzichtet hatte, Birnen einkaufen zu lassen. So konnte sie sicher sein, dass Mercer in der Palastküche keine auftreiben würde. Dennoch verlor sie keine Zeit. Rasch trat sie ans Bett und ließ die Hand unter die Kissen und zwischen die Matratzen gleiten. Dann durchsuchte sie die Kleidertruhen und sah hinter den Spiegel und die Bilder an den Wänden. Doch sie fand nichts.
Daraufhin wandte sich Amoret dem Studierzimmer zu. Die Schubladen des Schreibtischs waren nicht verschlossen. Sie enthielten ein heilloses Durcheinander an Papieren. Obwohl die Zeit gnadenlos verstrich, zwang sich Amoret, jedes einzelne Blatt durchzusehen. Endlich stieß sie auf einen Brief. Ihr Herz schlug schneller. Doch als sie ihn entfaltete, erkannte sie, dass das Schreiben von Buckinghams Schwester Mall

stammte, die Hofdame bei der Königinmutter Henriette-Marie war. Eilig überflog Amoret die schwer zu entziffernden Zeilen. Ein Seufzen entfuhr ihr. In ihrem Brief warnte Mall ihren Bruder, sie habe Gerüchte gehört, dass hinter seinem Rücken Verhandlungen zwischen Charles, Minette und Louis im Gange seien. Einzelheiten wisse sie jedoch nicht.
Plötzlich vernahm Amoret ein Geräusch. Die Tür zum Korridor wurde geöffnet. Hastig faltete sie Malls Brief zusammen, legte ihn an seinen Platz zurück und schloss die Schublade.
»George?«, rief eine Frau. Zu ihrem Schrecken erkannte Amoret die Stimme von Lady Shrewsbury, Buckinghams Mätresse.
Was sollte sie nur tun? Lady Shrewsbury durfte sie auf keinen Fall entdecken! Hastig sah sie sich nach einem Versteck um. Da das Studierzimmer keine Möglichkeit bot, sich zu verbergen, glitt sie lautlos ins Schlafgemach zurück. Schritte näherten sich.
»George, seid Ihr da?«, fragte Lady Shrewsbury.
Sie hatte das Schreibzimmer erreicht. Amoret trat der Schweiß auf die Stirn. In ihrem eng geschnürten Kleid würde es ihr kaum rechtzeitig gelingen, unter das Bett zu kriechen, und ein anderes Versteck gab es nicht. So leise wie möglich schlüpfte sie durch die Tür zum Ankleidekabinett und duckte sich hinter eine geöffnete Truhe. Ihr blieb nur die Hoffnung, mit den reichverzierten Stoffen zu verschmelzen, die daraus hervorquollen.
Als sie Lady Shrewsburys Absätze auf dem Parkett klappern hörte, erstarrte Amoret. Vor ihrem inneren Auge stellte sie sich vor, wie sich Buckinghams Mätresse in dem Ankleidekabinett nach ihrem Geliebten umsah, und fragte sich, weshalb sie so lange brauchte, um festzustellen, dass er nicht da war.
Aus dem Studierzimmer waren auf einmal Schritte zu hören – die Holzabsätze von Männerschuhen. Kehrte Bucks bereits

vom Kartenspielen zurück? In diesem Fall wäre ihre Entdeckung unvermeidlich.

»Mylady Shrewsbury.« Die sonore Stimme des Königs ließ Amoret aufatmen. »Falls Ihr Mylord Buckingham sucht, Seine Gnaden befindet sich beim Ombre in den Gemächern der Königin.«

Amoret hörte, wie Lady Shrewsburys Röcke raschelten, als sie Charles ihre Reverenz erwies.

»Danke für die Auskunft, Euer Majestät.« Sie richtete sich auf und ging davon.

»Ihr könnt jetzt herauskommen, Madam«, verkündete der König.

Einen tiefen Seufzer der Erleichterung ausstoßend, kroch Amoret hinter der Truhe hervor und begegnete dem amüsierten Blick des Monarchen, der sich das Lachen nur mit Mühe verkneifen konnte. Er reichte ihr die Hand und half ihr aufzustehen.

»Zufällig sah ich Mylady Shrewsbury Buckinghams Gemächer betreten. Da blieb mir nichts anderes übrig, als zu Eurer Rettung herbeizueilen, Madam. Aber gehen wir lieber, bevor der Hausherr zurückkehrt und das Gerücht verbreitet, dass Ihr Barbara doch noch entthront habt und dass wir ein heimliches Stelldichein in seinem Schlafgemach hatten.« Charles warf ihr einen schelmischen Blick zu. »Ein Gerücht übrigens, das niemand bei Hofe bezweifeln würde.«

Amoret dachte an Breandán und errötete. »Ich bitte Euch, Euer Majestät ...«

»Schon gut, Ihr seid unsterblich in Euren Iren verliebt. Weiß er eigentlich von Eurer Liebschaft mit ...«

»Nein, Euer Majestät«, unterbrach sie ihn hastig. »Niemand in meinem Haushalt außer meinem Beichtvater weiß davon.«

»Verstehe. Aber zurück zu Buckingham. Habt Ihr etwas gefunden?«

Amoret berichtete dem König von dem Brief, den sie entdeckt hatte. Enttäuscht rieb sich Charles das Kinn.
»Hm, Bucks bezog sich also auf das Schreiben seiner Schwester. Es wird wohl notwendig sein, ihn bald in die Verhandlungen einzubeziehen.«
»Also ist es wahr? Ihr verhandelt mit Louis?«
»Darüber müsst Ihr absolutes Stillschweigen bewahren, Madam«, drängte er sie. »Noch steht nicht fest, ob wir uns einig werden können. Und ich habe immer noch die Verpflichtung gegenüber den Holländern. Andererseits werden unsere Handelsrivalen sich ebenfalls die Möglichkeit offenhalten, mit den Franzosen einig zu werden. Die Diplomatie ist ein schmutziges Geschäft.«

Kapitel 19

Mai 1669

Im Mai machte bei Hofe eine freudige Nachricht die Runde: Die Königin war erneut schwanger. Auch in den Schenken sprach man von nichts anderem mehr. Sir Orlando, der beim Mittagsmahl im »Schwan« in Westminster die Neuigkeit von dem Schriftführer der Marine, Samuel Pepys, erfahren hatte, trat in guter Stimmung auf den New Palace Yard hinaus. Da ließ ihn der Ruf »Haltet den Dieb!« aufhorchen.
Ein abgerissener Bursche hetzte auf ihn zu, verfolgt von zwei Büttel in Lederwams und Schlapphüten. Entschlossen zog der Richter seinen Degen. Der Fliehende schlug einen Haken und versuchte, an Sir Orlando vorbeizuflitzen. Doch dieser reagierte geistesgegenwärtig und schnitt ihm den Weg ab. Als der Gauner die Spitze von Sir Orlandos Degen auf seine Brust gerichtet sah, verlor er den Mut und ergab sich. Der Richter hielt ihn mit seinem Degen in Schach, bis die Büttel sie erreichten und den Dieb festnahmen. Kurz darauf traf der Magistrat ein, der die Verhaftung des Gauners angeordnet hatte.
»Sir Edmund«, rief Sir Orlando erfreut aus. »Seid Ihr wieder auf Verbrecherjagd?«
Sir Edmund Berry Godfrey, Kohlenhändler und Friedensrichter für Westminster und Middlesex, war ein langjähriger Freund. Kaum ein Kollege in der Friedenskommission nahm

seine Pflichten so ernst wie Sir Edmund, der vom König für seine Dienste in den Ritterstand erhoben worden war.
»Sir Orlando, ich danke Euch für Euer beherztes Eingreifen«, sagte der Friedensrichter keuchend. »Ohne Euch wäre der Spitzbube entkommen.« An die Büttel gewandt, befahl er: »Bringt ihn ins Gatehouse!«
Da Godfrey noch immer nach Atem rang, lud Sir Orlando ihn zu einem Becher Ale ein.
»Einen Strolch durch das halbe Viertel zu verfolgen, das fällt mir nicht mehr so leicht wie früher«, gab der Friedensrichter sarkastisch zu.
»Vielleicht solltet Ihr in Zukunft die anstrengende Arbeit Euren Untergebenen überlassen«, schlug Sir Orlando vor.
Sir Edmund lachte bitter. »Wenn man kein waches Auge auf sie hat, liegen sie nur auf der faulen Haut.«
Dem konnte Sir Orlando nicht widersprechen. Während das Schankmädchen zwei mit Ale gefüllte Humpen vor sie hinstellte, betrachtete er seinen alten Freund. Das markante Gesicht mit den schweren Lidern und der gebogenen Hakennase wurde von einer schwarzen Perücke umrahmt, deren üppige Locken bis auf Godfreys Brust fielen. Zu einem Wams aus dunkelbraunem Tuch trug er einen makellosen weißen Spitzenkragen. Seine Aufmachung verriet den Wohlstand, den ein Kohlenhändler in einer Stadt wie London erreichen konnte.
Um das Gespräch auf ein anderes Thema zu lenken, erzählte Sir Orlando dem Friedensrichter die Neuigkeit, die er von Samuel Pepys erfahren hatte.
»Es wäre dem Frieden im Land sicherlich förderlich, wenn der König einen legitimen Erben hätte«, bemerkte Sir Edmund. »Hoffen wir, dass diese Schwangerschaft nicht so endet wie die erste.« Die Königin hatte vor etwa einem Jahr bereits ein Kind verloren.

»Ist Euch eigentlich der Leibarzt Seiner Majestät, Sir Alexander Frazier, bekannt?«, fragte Sir Edmund. Dabei verdüsterte sich seine Miene, als wecke der Name unerfreuliche Erinnerungen.

»Nicht persönlich«, erwiderte Sir Orlando. Der jähe Stimmungswandel seines Freundes überraschte ihn. »Er hat einen etwas zwielichtigen Ruf, soviel ich weiß. Angeblich suchen die Damen des Hofes ihn auf, wenn sie eine ungewollte Frucht loswerden wollen, aber ich weiß nicht, ob das stimmt.«

»Wundern würde es mich nicht«, entgegnete der Friedensrichter. »Der ehrenwerte Medikus hat bei mir einen ordentlichen Schuldenberg angehäuft und weigert sich zu bezahlen.«

»Das tut mir leid. Diese Höflinge sind leider berüchtigt für ihre schlechte Zahlungsmoral. Was wollt Ihr tun?«

»Ich habe Dr. Frazier wiederholt angemahnt. Er ist wohlhabend genug, dass er die dreißig Pfund, die er mir für Feuerholz schuldet, mit Leichtigkeit bezahlen könnte. Aber er glaubt, als Leibarzt des Königs stünde er über dem Gesetz. Nun bin ich mit der Geduld am Ende. Sobald ich einen Verhaftbefehl von Sheriff Stonor erlange, lasse ich Dr. Frazier ins Gefängnis werfen.«

»Ist das Euer Ernst?«, fragte Sir Orlando ungläubig. »Ihr wisst doch, dass Dr. Frazier als Diener des Königs für Schulden nicht belangt werden kann.«

»Das versucht er ja gerade auszunutzen«, brauste Sir Edmund auf. »Aber das werde ich nicht hinnehmen. Der Spitzbube verdient eine Lektion.«

Als sich Sir Orlando von dem Kohlenhändler verabschiedete, hatte er das ungute Gefühl, dass Godfrey seine Dickköpfigkeit noch bereuen würde.

Es kam, wie es kommen musste. Kaum war Sir Alexander Frazier verhaftet, sandte er auch schon eine Beschwerde an den König. Amoret, die sich in Charles' Gesellschaft befand, als dieser die Nachricht seines Leibarztes erhielt, erschrak über den Zorn, den der Affront des Friedensrichters in dem Monarchen auslöste.
»Was erlaubt sich dieser unverschämte Holzhändler!«, rief Charles erbost und schlug mit der Faust auf den Tisch. »Einzig und allein der Lord Chamberlain hat die Befugnis, einen meiner Diener zu verhaften. Sir Edmund Godfrey wird für seine Unverfrorenheit büßen!«
Amoret erinnerte sich noch gut an den Dienst, den der Friedensrichter Pater Blackshaw und ihr zu Zeiten der Pest erwiesen hatte, doch sie wusste auch, dass es keinen Sinn hätte, auf Charles einzuwirken, solange er sich in dieser Stimmung befand. Man konnte nur hoffen, dass der königliche Zorn bald verrauchen würde. Aber im Augenblick war damit nicht zu rechnen.
»Ich werde dem Holzhändler und seinen Büttel ihre eigene Medizin zu schmecken geben!«, polterte Charles, dessen Miene immer düsterer wurde. »Schickt sofort den Lord Chamberlain zu mir«, befahl er einer der Wachen. »Er soll die Tunichtgute umgehend in Haft setzen lassen.«

Als Sir Orlando vom Missgeschick seines Freundes erfuhr, machte er sich unverzüglich zum Whitehall-Palast auf und verlangte eine Audienz bei Seiner Majestät. Charles empfing ihn in gereizter Stimmung.
»Was gibt es, Mylord? Soviel ich weiß, haben die Gerichtsferien begonnen. Die meisten Eurer Brüder dürften sich bereits auf ihre Landgüter begeben haben.«
»Verzeiht die Störung, Sire«, bat Sir Orlando höflich. »Es

geht um den Friedensrichter Sir Edmund Berry Godfrey, den Ihr in die Pförtnerloge habt werfen lassen...«
»*Oddsfish!* Der Kerl entwickelt sich zu einem ernsten Ärgernis«, explodierte Charles. »Ich habe ihm angeboten, Gnade walten zu lassen, falls er den Verhaftbefehl gegen meinen Leibarzt zurücknimmt und Sir Alexander freilässt. Doch er hat sich geweigert. Zudem hat er erklärt, dass er in den Hungerstreik tritt, wenn ich ihn nicht auf freien Fuß setze. Ich hätte nicht übel Lust, den Unverschämten auspeitschen zu lassen wie seine Büttel!«
Sir Orlando erbleichte. »Aber das könnt Ihr nicht tun, Euer Majestät. Sir Edmund ist ein ehrenwerter Mann, der sich im Recht sieht. Euer Leibarzt hat sein Privileg ausgenutzt und seine Rechnungen nicht bezahlt.«
»Das gestattet ihm nicht, mir zu trotzen«, erwiderte Charles wütend. »Ich gebe Euch die Erlaubnis, Euren Freund in der Pförtnerloge zu besuchen und den Versuch zu unternehmen, ihn zur Vernunft zu bringen. Enttäuscht mich nicht, Mylord. Wie Ihr seht, bin ich zurzeit nicht gut auf Euresgleichen zu sprechen!«

Sir Orlando tat sein Bestes, um Sir Edmund zum Einlenken zu bewegen. Doch sein Freund legte eine Sturheit an den Tag, die der Richter nicht an ihm kannte. Godfrey pochte darauf, dass er im Recht sei, und weigerte sich, Sir Alexander Frazier aus der Haft zu entlassen. Es gelang Sir Orlando nicht einmal, ihm auszureden, in den Hungerstreik zu treten.
»Recht und Gesetz müssen für alle gelten«, sagte Sir Edmund bestimmt. »Niemand darf sich ihnen entziehen.«
Nach einer Woche beugte sich der König dem Druck des Lord Chief Justice Kelyng und einer Reihe anderer Richter, die Sir Edmund unterstützten, und ließ ihn frei. Die Ge-

schlossenheit der Richterschaft trug allerdings nicht dazu bei, Charles zu beschwichtigen, und so war Sir Orlando nicht überrascht, zwei Tage darauf eine Vorladung in den Whitehall-Palast zu bekommen.
Chiffinch führte ihn in das Kabinett des Königs im Vogelhausflügel. Charles, der in das Spiel mit seinen Spaniels vertieft war, schenkte dem Ankömmling zuerst keine Beachtung. Seufzend übte sich der Richter in Geduld und ließ den Blick über die tickenden Uhren schweifen. Auf einem Tisch stand ein Lunarglobus, den, wie Sir Orlando wusste, Sir Christopher Wren angefertigt hatte.
Als der König endlich den Kopf hob und den Richter ansah, war ihm der Ärger noch immer vom Gesicht abzulesen. Umso mehr erstaunte Sir Orlando die Frage, mit der Charles das Gespräch eröffnete.
»Soviel ich weiß, seid Ihr doch mit Mylord Arundell bekannt, nicht wahr, Sir?«
»Ja, Euer Majestät, ich kenne Baron Arundell seit dem Bürgerkrieg«, bestätigte Sir Orlando.
»Gut. Ich habe einen Auftrag für Euch, Mylord, den Ihr, wie ich Euch kenne, zuverlässig erledigen werdet.«
Dem Richter war nicht ganz klar, ob die Worte des Königs ironisch zu verstehen waren, doch er vermutete, dass es Charles darum ging, seine Loyalität gegenüber der Krone zu prüfen.
»Wie Euer Majestät wünschen.«
»Wie ist Euer Französisch, Mylord?«
»Es ist ausreichend, um in einer Herberge ein Zimmer zu mieten und ein Mahl zu bestellen, Sire.«
»Mehr braucht Ihr auch nicht zu tun. Mylord Arundell besucht in seiner Stellung als Oberstallmeister meine Mutter in Colombes. Nun hat sich die Notwendigkeit ergeben, ihm

eine vertrauliche Nachricht zukommen zu lassen. Allerdings habe ich gerade niemanden sonst zur Verfügung, dem ich dieses Schreiben anvertrauen möchte. Ihr werdet bei Morgengrauen aufbrechen.«

Sir Orlando wollte widersprechen, biss sich jedoch auf die Zunge. Er hatte durch sein Eintreten für Sir Edmund Godfrey bereits das Missfallen des Monarchen erregt und konnte es sich nicht leisten, ihn weiter zu verärgern. Sir Edmund hatte durch seine Dickköpfigkeit das Amt des Friedensrichters verloren. Es lag im Ermessen des Königs, auch Sir Orlando von seinem Richteramt zu entheben.

»Ich werde den Auftrag zu Eurer Zufriedenheit erfüllen, Euer Majestät«, versprach Sir Orlando ergeben.

Als er mit dem Schreiben in sein Haus auf der Chancery Lane zurückkehrte, blieb ihm noch die undankbare Aufgabe, seiner Gemahlin zu erklären, dass er für ein oder zwei Wochen abwesend sein würde. Jane zeigte mehr Verständnis, als Sir Orlando erwartet hatte.

»Wenn es ein Ansinnen Seiner Majestät ist, könnt Ihr Euch nicht weigern«, sagte sie tapfer. »Ich werde schon zurechtkommen.«

Jane überwachte Malory, den Kammerdiener ihres Gatten, beim Packen. Er sollte den Richter begleiten, auch wenn er ebenso wenig Französisch sprach wie dieser.

Am frühen Morgen, als Malory seinem Herrn beim Anlegen der Reisekleidung zur Hand ging, erschien ein unerwarteter Besucher.

»Wer ist es?«, fragte Sir Orlando ungeduldig.

»Ein gewisser Walter Hillary«, antwortete der Lakai, der den Ankömmling empfangen hatte. »Er sagt, der König habe ihn geschickt.«

Der Richter seufzte tief, bevor er zustimmend nickte. »Führ ihn in meine Studierstube. Ich komme gleich.«
Walter Hillary war ein untersetzter Mann von etwa dreißig Jahren mit listigen kleinen Augen, der etwas von einem Schreiberling hatte. Die Züge seines Gesichts waren so gewöhnlich, dass Sir Orlando nicht hätte sagen können, ob er ihm je bei Hofe begegnet war.
»Was kann ich für Euch tun, Sir?«, fragte der Richter zurückhaltend. »Wie Ihr seht, bin ich in Eile.«
»Ich weiß von Eurem Auftrag, Mylord«, erwiderte Hillary mit einem verschwörerischen Lächeln. »Seine Majestät schickt mich, Euch nach Frankreich zu begleiten. Ich spreche die Landessprache fließend. Nach reiflicher Überlegung ist der König zu dem Schluss gekommen, dass es von Vorteil für Euch wäre, einen Übersetzer bei Euch zu haben.«
»Tatsächlich?«, entfuhr es Sir Orlando überrascht.
»Hier sind meine Papiere«, fuhr Hillary fort. »Wie Ihr seht, sind sie mit dem königlichen Siegel versehen.«
Sir Orlando prüfte das Siegel und sagte: »Also gut. Vielleicht erweist Ihr Euch wirklich als nützlich. Habt Ihr Euer Gepäck dabei? Wir brechen sofort auf.«

Kapitel 20

Mai 1669

Fünfzehn Stunden dauerte die Überfahrt auf dem Paketboot von Dover nach Calais, von nachmittags um zwei Uhr bis morgens um fünf, nachdem Sir Orlando und seine Begleiter zwei Meilen vor der französischen Küste von einer Windstille überrascht worden waren. In Calais empfahl Walter Hillary ihnen einen sogenannten »Messager«, eine Art Führer, der den Reisenden für einen festen Preis Pferde, Verpflegung und Unterkunft besorgte. Diese Art der Fortbewegung kostete sie zwölf Écus und drei Sous zusätzlich für jedes Pfund Gepäck.

Während sie Richtung Paris ritten, musste Sir Orlando eingestehen, dass die Straßen zumindest in diesem Teil Frankreichs bedeutend besser waren als in England. Sie waren mit kleinen Quadersteinen gepflastert und wurden offenbar regelmäßig ausgebessert. Allerdings machte der harte Untergrund den Pferden zu schaffen, so dass sie trotz Hufeisen nicht schneller als im Tölt reiten konnten. Da Sir Orlando daheim jedoch meist in der Kutsche fuhr und nur selten ritt, war ihm dies ganz recht.

Erst am späten Abend trafen sie in Colombes ein und begaben sich daher sogleich zu Bett. Am Morgen beeilte sich der Richter, seinen Auftrag schnellstmöglich zu erledigen, und machte sich zum Palast auf, in dem Henriette-Marie, Witwe

des englischen Königs Charles I. und Mutter von Charles II., residierte. Henry Arundell, dritter Baron Arundell of Wardour, empfing Richter Trelawney sichtlich überrascht, verstand jedoch sofort, als dieser ihm den Brief des Königs überreichte. Arundell dankte Sir Orlando für seine Mühe und entließ ihn gleich wieder mit aufrichtigem Bedauern, bat ihn jedoch, am folgenden Morgen zu einer Audienz bei der Königinmutter zu erscheinen.
Verwirrt über die Geheimnistuerei, machte sich Sir Orlando auf den Weg zurück in die Herberge und legte sich nach dem Mittagsmahl in Ermangelung einer sinnvollen Beschäftigung aufs Ohr.
Gegen Abend schickte der Richter seinen Diener Malory auf die Suche nach Walter Hillary, den er den ganzen Tag über nicht gesehen hatte, und setzte sich in seiner Kammer an den kleinen wackeligen Tisch, um einen Brief an seine Gemahlin zu verfassen. Dabei schweiften Sir Orlandos Gedanken immer wieder zu dem undurchsichtigen Benehmen des Übersetzers. Schon auf dem Paketboot war ihm die Art, wie Hillary ihn ständig beobachtete, unangenehm aufgefallen. Nach der ersten Übernachtung in einer Herberge hatte Malory ihn davon unterrichtet, dass Hillary in den frühen Morgenstunden in ihre Kammer gekommen sei. Da Malory wach gewesen war, habe sich der Übersetzer damit entschuldigt, er habe sich nach einem Besuch des Abtritts in der Tür geirrt. Doch Sir Orlando war sich nicht sicher, ob er ihm glauben sollte. Was führte der Mann im Schilde? Wenn Hillary ihm nicht das Schreiben mit dem königlichen Siegel vorgewiesen hätte, dann hätte Sir Orlando ihn nie auf die Reise mitgenommen. Nach den vergangenen Ereignissen überkam Sir Orlando mehr und mehr der Verdacht, dass der Übersetzer möglicherweise in den Diensten einer anderen Person als des Königs

stehen könnte. Auf jeden Fall war er erleichtert, den vertraulichen Brief sicher überbracht zu haben.

Nachdem er die kurze Nachricht an Jane beendet hatte, steckte Sir Orlando die Feder ins Tintenfass und trat ans Fenster. Gähnend streckte er seine steifen Glieder, die sich noch nicht von dem anstrengenden Ritt erholt hatten. Die Dämmerung setzte bereits ein, doch Malory war noch nicht zurückgekehrt. Da sah Sir Orlando auf einmal Walter Hillary über den Innenhof der Herberge laufen. Offenbar hatte der Übersetzer es eilig. Wohin mochte er gehen?

Nach kurzem Zögern warf sich der Richter sein Wams über, nahm sein Degengehänge vom Bett und verließ die Kammer. Als er den Hof erreichte, ritt der Übersetzer gerade durch das Tor hinaus.

»Mr. Hillary! Wohin wollt Ihr?«, rief Sir Orlando ihm nach. Doch der Übersetzer reagierte nicht.

Was, zum Teufel, geht hier vor?, dachte der Richter gereizt. An den Stallburschen gewandt, der ihn neugierig anstarrte, befahl er: »Un cheval! Vite!«

Während er wartete, dass sein Pferd gesattelt wurde, legte Sir Orlando sein Degengehänge an. Entschlossen, den zwielichtigen Übersetzer zur Rede zu stellen, schwang er sich in den Sattel und lenkte den Braunen durch die Einfahrt auf die Landstraße hinaus. Die Herberge lag am Rande von Colombes, nahe der Seine, an deren Ufer die Straße entlangführte. Inzwischen war es dunkel geworden. Nur der Mond, der als gleißende Sichel am Himmel stand, spendete ein wenig Licht. Es reichte gerade, um den Reiter zu erkennen, der in Richtung Palast unterwegs war.

Was wollte Hillary dort?, überlegte Sir Orlando. Er dachte an das Mahl in Sir Matthew Hales Haus in Acton zurück. Ob der König tatsächlich heimlich mit den Franzosen verhandel-

te, wie Percival Hart vermutet hatte? Wenn dem so war, wäre Baron Arundell der beste Unterhändler. Als Stallmeister der Königinmutter konnte er diese unauffällig aufsuchen. Henriette-Marie wiederum erhielt als Tante des französischen Königs regelmäßig Besuch von Louis. Eine raffinierte List. Enthielt der Brief, den Sir Orlando am Morgen Baron Arundell übergeben hatte, Anweisungen bezüglich dieser Verhandlungen? War Hillary während der Nacht in seine Kammer geschlichen, um den Brief zu stehlen? Aber in wessen Auftrag? Wer hatte ein Interesse an dem Inhalt dieses Briefes? Vermutlich jeder einflussreiche Höfling, der nicht in die Verhandlungen des Königs eingeweiht war, aber den Verdacht geschöpft hatte, dass etwas im Gange war. Doch was hatte Hillary nun vor, nachdem Sir Orlando das Schreiben sicher abgeliefert hatte?
Nicht weit von der Abzweigung, die zu Henriette-Maries Schloss führte, machte der Übersetzer halt, stieg vom Pferd und führte es hinter einen Baum, wo er es anband. Sir Orlando tat es ihm in sicherer Entfernung gleich. Eine leichte Biegung ermöglichte es ihm, die Stelle, an der Hillary sich hinter einen Busch gehockt hatte, zu übersehen, ohne auf die Landstraße hinaustreten zu müssen. Nun hieß es also warten.
Es herrschte eine gespenstische Stille. Ab und an raschelte eine Feldmaus im Gras, und einmal hörte der Richter in der Ferne einen Fuchs bellen. Während er der Bequemlichkeit halber an einem der Bäume lehnte, die die Straße säumten, überlegte er, was er tun sollte. Als er sich dazu entschieden hatte, Walter Hillary zu folgen, hatte er seinem Instinkt gehorcht, doch im Nachhinein wurde ihm klar, wie leichtfertig dieser Entschluss gewesen war. Er hätte zumindest Malory eine Nachricht hinterlassen müssen. Allerdings war dazu gar keine Zeit gewesen. Er wusste nicht einmal, was er zu entde-

cken hoffte, indem er dem Übersetzer folgte. Sofern dieser tatsächlich ein Spion war, wäre es sinnvoller, Baron Arundell davon zu unterrichten. Vielleicht gelang es ihm, querfeldein zum Palast zu gelangen, ohne von Hillary bemerkt zu werden.

Gerade als Sir Orlando sein Pferd losbinden wollte, war auf einmal schneller Hufschlag zu hören. Vom Schloss her näherte sich ein Reiter, bog auf die Landstraße ein und galoppierte in westliche Richtung. Walter Hillary reagierte blitzschnell. Erstaunlich behende schwang er sich in den Sattel und lenkte sein Pferd hinter dem unbekannten Reiter her, achtete jedoch darauf, dass er einen ausreichenden Abstand einhielt. Sir Orlando stieß einen Fluch aus und beeilte sich, ebenfalls seinen Braunen zu besteigen. Sein Gefühl sagte ihm, dass er den Übersetzer nicht aus den Augen verlieren durfte. Es war offensichtlich, dass er dem Reiter aufgelauert hatte, von ihm aber nicht bemerkt werden wollte. Als Richter, der tagtäglich mit der Unterwelt Londons zu tun hatte, zweifelte Sir Orlando nicht mehr daran, dass Walter Hillary Übles im Schilde führte.

Die dichtbelaubten hohen Bäume zu beiden Seiten der Landstraße warfen so dunkle Schatten, dass sie trotz des Mondscheins wie durch einen finsteren Tunnel ritten. Nur hin und wieder, wenn ein Lichtstrahl durch eine Lücke im Laubwerk fiel, konnte Sir Orlando einen Blick auf den Mann vor ihm erhaschen. Zudem blies ihm ein recht kräftiger Wind ins Gesicht, der ihm die Tränen in die Augen trieb. Andererseits verhinderte die steife Brise, dass der Übersetzer den Hufschlag seines Pferdes hörte. Die Muskeln des Richters begannen zu schmerzen, und er fragte sich, wie lange Hillary dem Reiter noch folgen mochte, als der Mondschein plötzlich in der Ferne ein einsam gelegenes Gebäude aus der Finsternis hob. Zu-

erst glaubte Sir Orlando, es sei ein Gehöft, doch dann trug ihm der Wind das Klappern eines Mühlrades zu. Der Unbekannte verlangsamte sein Tempo. Offenbar hatte er sein Ziel erreicht. Das Mühlrad wurde vom Wasser eines Kanals angetrieben, der von der nahen Seine gespeist wurde.
Als der Reiter aus dem Sattel glitt, lenkte Hillary sein Pferd rasch hinter einen Baum, sprang von seinem Rücken herab und huschte zur Mühle hinüber. Sir Orlando beobachtete ihn aus sicherer Entfernung. Erst als der Übersetzer dem Fremden ins Innere folgte, stieg auch der Richter ab, band sein Reittier an und schlich vorsichtig näher.
Aufmerksam umrundete er das Gebäude, auf der Suche nach einer Möglichkeit, hineinzusehen. Es bestand aus zwei miteinander verbundenen Steinbauten, die mit Efeu überwuchert waren und schon eine Ewigkeit an diesem Ort stehen mussten. Obgleich sich das Mühlrad drehte, schien das Gebäude verlassen. Ein Schauder überlief Sir Orlando. Wohin war er nur geraten? Leise schlich er an dem unterschlächtigen Wasserrad vorbei, dessen Schaufeln an der Unterseite ins Wasser eintauchten. Oberhalb des Rades überquerte der Richter einen Steg, der über den Mühlengraben führte. Ein schwacher Lichtschein schimmerte hinter einem kleinen Fenster. Das Rauschen des Wassers in den Ohren, trat Sir Orlando näher und spähte hinein. Das Innere der Mühle wurde von einer Funzel erhellt. Zuerst sah Sir Orlando nur die ruckartig sich bewegenden Schatten zweier Männer, die miteinander rangen. Nach einer Weile wurden die Umrisse klarer, und der Richter erkannte Walter Hillary. Der Übersetzer hatte dem Mann, den er verfolgt hatte, von hinten einen Strick über den Kopf geworfen und zog das Seil um dessen Hals immer fester zu. Der andere versuchte noch, mit den Händen den Strick zu lockern, doch Hillary hatte die Enden über Kreuz gelegt und

drehte sie mit aller Kraft zusammen, bis sein Opfer ohnmächtig zusammensackte.
Ehe Sir Orlando reagieren konnte, tauchte wie ein Geist ein weiterer Mann aus dem Dunkel auf, warf sich katzengleich auf Hillary und schnitt ihm mit einer einzigen Bewegung die Kehle durch. Entsetzt schrak der Richter zurück. Seine Füße glitten auf dem feuchten Gras aus. Er machte eine Schritt nach hinten, um sein Gleichgewicht zurückzugewinnen, knickte um und verlor den Halt. Rückwärts fiel er ins Nichts, in den finsteren Schlund des Mühlengrabens. Unwillkürlich hielt er die Luft an, als er im Wasser versank. Um sich schlagend kam er wieder an die Oberfläche. In seinen Ohren dröhnte das Klappern des Mühlrads. Zu seinem Schrecken musste er feststellen, dass der Sog, den es verursachte, ihn unter die Schaufeln zog. Wild kämpfte er dagegen an, versuchte, Abstand zu dem schäumenden Wasser zu gewinnen, das eine tückische Falle barg. Immer wieder schluckte er Wasser und spie es prustend aus. Plötzlich fühlte er einen Schlag gegen seinen rechten Knöchel, und ein stechender Schmerz raste durch sein Bein bis hinauf zur Hüfte. Mit zusammengebissenen Zähnen verdoppelte Sir Orlando seine Anstrengungen, streckte die Hände nach dem rettenden Ufer aus. Er bekam ein Büschel Gras zu fassen. Doch der ständige Tropfenregen, den die ins Wasser tauchenden Schaufeln aufwirbelten, machte das Gras so glitschig, dass seine Finger abglitten.
Da bemerkte Sir Orlando mit einem Mal eine Gestalt, die aus der Mühle trat und sich dem Kanal näherte. Vermutlich der Mann, der Hillary getötet hatte. Mit vom Wasser geblendeten Augen sah der Richter, wie sich der Fremde bückte und eine abgebrochene Zaunlatte aufhob. In jäher Panik erwartete Sir Orlando den Schlag, der seinem Leben ein Ende bereiten würde. Er war dem Mörder hilflos ausgeliefert. Wie gelähmt

sanken seine Arme herab. Doch der Hieb kam nicht. Stattdessen hielt der Mann ihm die Holzlatte entgegen.
»Tenez! Prenez-la.«
Von neuer Hoffnung erfüllt, packte der Richter die rettende Latte und ließ sich von dem Fremden auf die steil abfallende Böschung ziehen. Einen Moment lang war er zu erschöpft, um auch nur den Kopf zu heben. Sein Atem ging rasselnd. Nach einer Weile raffte er die letzten Kräfte zusammen und begab sich in die Hocke.
Sein Retter stand unbeweglich über ihm und beobachtete ihn wortlos. Der silberne Mondschein spielte auf seinen ebenmäßigen Zügen und seinem langen blonden Haar, das straff aus der hohen Stirn gezogen und hinten zusammengebunden war. Als der Unbekannte den Kopf wandte, sah der Richter, dass eine geschwungene lange Feder und eine Schnur aus kleinen bunten Perlen den Haarknoten schmückte. Um den Hals trug der Unbekannte eine Kette, an der drei Bärenkrallen hingen. Der Blick, mit dem er Sir Orlando fixierte, hatte etwas Lauerndes.
»Merci«, sagte der Richter und versuchte, auf die Beine zu kommen. Als er mit dem rechten Fuß auftrat, knickte der Knöchel unter ihm weg. Nur mit Mühe verhinderte Sir Orlando einen erneuten Sturz in die kalten Fluten.
Der Fremde beobachtete die Bemühungen des Richters, auf allen vieren die Böschung zu erklimmen, ohne erkennbares Mitgefühl. Als Sir Orlando endlich den oberen Rand erreichte und sich aufrichten wollte, sah er plötzlich ohne Vorwarnung die Stiefelsohle des Mannes auf ihn zuschnellen. Ein harter Tritt traf seinen Kopf. Er verlor die Besinnung.

Ein pochender Schmerz pulsierte durch Sir Orlandos Schädel, als er wieder zu sich kam. In seinen Ohren dröhnte ein markerschütterndes Hämmern, das sein Kopfweh verschlimmerte. Als die Erinnerung zurückkehrte, riss der Richter die Augen auf, doch es blieb dunkel um ihn. Wo befand er sich? Weshalb konnte er nichts sehen? Erst allmählich fühlte er den rauhen Stoff eines Sacks auf der Haut seines Gesichts und das Band, das um seinen Hals geschnürt war.

Prüfend spannte er die Muskeln seiner Arme an, versuchte, sie zu heben, doch es war nicht möglich. Seine Handgelenke waren gefesselt. Seine Beine konnte er frei bewegen, doch als er sie anzog, durchzuckte ein so furchtbarer Schmerz seinen rechten Knöchel, dass er stöhnend nach Luft rang. Vermutlich war ein Knochen gebrochen. Die Erkenntnis, dass er der Gefangene eines Mörders war, ohne Hoffnung auf Flucht, überwältigte ihn und ließ sein Herz vor Angst bis zum Zerbersten schlagen. Nur mit Mühe gelang es ihm, seine Panik niederzukämpfen und ruhiger zu atmen. Staub kitzelte in seiner Nase, und er musste niesen. Es roch nach Getreide, nach Mehl. Der Geruch, das Dröhnen des Mühlrads und das Knirschen des Mahlsteins verrieten ihm, dass er sich im Innern der Mühle befand. Aber da lag noch etwas anderes in der stauberfüllten Luft: der metallische Geruch nach Blut.

Vor seinem inneren Auge sah Sir Orlando Walter Hillary, wie er mit blutüberströmter Kehle zusammenbrach. Befand sich der tote Übersetzer in seiner Nähe? Ein Schauder überlief den Richter, als er sich vorstellte, dass er womöglich neben einer Blutlache lag.

Über dem Lärm, den der Mechanismus der Mühle verursachte, hörte Sir Orlando die Schritte nicht, die sich ihm näherten. Doch in seiner gereizten Stimmung spürte er die Anwesenheit des Mannes mit dem Federschmuck.

»Wer seid Ihr? Was habt Ihr mit mir vor?«, fragte der Richter. Seine Stimme zitterte. Er war sich nicht bewusst, dass er in seiner Panik Englisch gesprochen hatte.

Keine Antwort. Der Fremde stand nur da und weidete sich an seiner Angst. Obwohl Sir Orlando ihn nicht sehen konnte, erahnte er dessen abschätzenden Blick. Nach einer Weile, als der Richter schon glaubte, der Mann sei hinausgegangen, ergriff dieser endlich das Wort.
»Ich stelle hier die Fragen, Monsieur!«, sagte er auf Englisch. »Für wen arbeitet Ihr, Ihr und Euer Komplize?« Seine Stimme klang ruhig und gelassen.
»Ich sage nichts, solange Ihr mich nicht losbindet, Monsieur«, erwiderte Sir Orlando. »Ihr habt kein Recht, mich festzuhalten.«
Die Antwort war ein Tritt gegen sein rechtes Knie. Ein Stöhnen unterdrückend, biss der Richter die Zähne zusammen.
»Für wen arbeitet Ihr?«, wiederholte der Franzose in gleichmütigem Ton. »Redet! Ich habe nicht viel Zeit. Am Ende bringe ich jeden zum Sprechen, glaubt mir.«
Wieder überlief Sir Orlando ein eisiger Schauer. Hatte dieser federgeschmückte Bursche tatsächlich die Absicht, ihn zu foltern? Angestrengt überlegte er, wie viel er preisgeben konnte, ohne das Vertrauen seines Königs zu verraten.
»Der Mann, den Ihr getötet habt, war mein Übersetzer«, antwortete er vorsichtig. »Ich weiß nicht, was er vorhatte.«
»Ihr stellt Euch also dumm«, sagte der Franzose sarkastisch. »Wie Ihr wollt.«
Sir Orlandos Eingeweide krampften sich schmerzhaft zusammen, während er zu erraten versuchte, was sein Peiniger als Nächstes tun würde.
Plötzlich spürte er die Berührung einer kalten Klinge an seinen Handgelenken und erschrak. Er hatte nicht gehört, wie sich der Fremde ihm näherte. Schon bei seinem Angriff auf Hillary war ihm aufgefallen, dass er sich geschmeidig wie eine Katze bewegte.

Die Messerklinge fuhr durch den Strick, der seine Hände zusammenband, und zertrennte ihn. Der Unbekannte packte Sir Orlandos Handgelenke und zog ihn ein Stück über den Holzboden zu einem dicken Pfosten, an den er die Hände seines Opfers fesselte. Dann band er auch die Fußknöchel des Richters zusammen. Sir Orlando lag nun auf dem Rücken, die Arme über den Kopf ausgestreckt. Starr vor Angst harrte er dessen, was kommen würde. Als der Franzose sich über ihn beugte und ihm den Sack vom Kopf zog, fuhr er zusammen. Blinzelnd sah er sich um. Sein Peiniger stand mit ungerührtem Gesicht über ihm. Abgesehen von dem Federschmuck und dem Bärenkrallenhalsband, trug er unauffällige ländliche Kleidung, die gepflegt und sauber aussah. Die grauen Augen in dem feingeschnittenen, sorgfältig rasierten Gesicht sahen kalt und gefühllos auf ihn herab.
Ein geborener Attentäter!, fuhr es Sir Orlando durch den Kopf.
Unwillkürlich ließ er den Blick durch den Raum schweifen. Zu seiner Rechten drehte sich das Getriebe der Mühle, bestehend aus dem großen vertikalen Kammrad, das durch eine Welle mit dem Wasserrad verbunden war, und dem Stockrad, das aus senkrecht stehenden, runden Hölzern bestand. Die Zähne des Kammrads griffen in die Zwischenräume der Getriebestöcke und wandelten so die senkrechte Drehbewegung des Mühlrads in eine waagerechte um, die den Mühlstein antrieb. Wie der Richter vermutet hatte, lag der tote Walter Hillary nicht weit entfernt in seinem Blut. Von dem Reiter, den er gewürgt hatte, war nichts zu sehen.
»Wo ist der andere Mann?«, fragte Sir Orlando. »Der, den Hillary erdrosseln wollte? Ist er tot?«
Erstaunt blickte sein Folterknecht ihn an. »Was kümmert's Euch? Ich kam gerade noch rechtzeitig. Er lebt. Aber er wird

eine Weile brauchen, bis er sich von dem heimtückischen Überfall erholt hat.« Seine Eisaugen musterten den Richter durchdringend. »Euer Komplize heißt also Hillary? War das sein richtiger Name?«
Sir Orlando presste die Lippen zusammen. »Ich weiß es nicht. Ich kenne ihn erst seit ein paar Tagen.«
»Ich sehe, dass Ihr lügt«, sagte der Franzose hart. »Ihr verbergt etwas. Und ich werde nicht ruhen, bis ich die Wahrheit aus Euch herausgepresst habe. Am Ende werdet Ihr um den Tod betteln.«
Sir Orlando wurde bleich. Schlagartig trat ihm das Abbild seiner Frau vor Augen … seine sanfte, liebevolle Jane … und sein zweijähriger Sohn Amyas, den er so oft auf seinen Knien geschaukelt hatte. Sollte er seine Familie nie wiedersehen, Jane nie mehr in den Armen halten? Nein, das konnte, das durfte nicht sein!
»Ich sage Euch, dass ich nicht weiß, weshalb Hillary diesen Mann verfolgt hat oder warum er ihn töten wollte. Ich habe ihn als Übersetzer mit auf die Reise genommen.« Im Auftrag meines Königs, dachte er verzweifelt, doch er sprach die letzten Worte nicht aus. Er konnte diesem Wegelagerer nicht gestehen, dass er im Dienste des englischen Königs nach Frankreich gekommen war. Niemals! Die Erkenntnis, dass sein Schweigen seinen Tod bedeuten würde, ließ ein Schluchzen in seine Kehle steigen, das er rasch unterdrückte.
Auf dem Gesicht seines Folterers spiegelte sich Anerkennung. »Ihr habt Mut«, sagte er.
Dann machte er sich mit kalter Gelassenheit an die Arbeit. Mit einem hässlichen Geräusch, das Sir Orlando eine Gänsehaut verursachte, zerriss das Leinen des Sacks unter den schlanken Fingern des Franzosen. Mit dem Streifen verband er seinem Opfer die Augen. Die Finsternis, die Sir Orlando

nun umgab, war beängstigender als in dem Moment, als er aus der Bewusstlosigkeit erwacht war. Seine Phantasie gaukelte ihm schreckliche Visionen von grausamen Folterinstrumenten vor: spanische Stiefel ... Daumenschrauben ... glühende Eisen, die in sein Fleisch gepresst würden. Sein Herz hämmerte schmerzhaft gegen seine Rippen, als versuche es, sich aus seinem Gefängnis zu befreien. Doch als nichts geschah, beruhigte sich der Richter ein wenig. Es war, als sei er allein in der Mühle, als habe der Folterknecht das Gebäude verlassen. Was hatte dieser Teufel vor?

Als sich völlig unerwartet eine Hand um seinen Unterkiefer legte und ihn zwang, den Mund zu öffnen, erschrak Sir Orlando beinahe zu Tode. War sein Peiniger die ganze Zeit da gewesen und hatte sich an seiner Angst geweidet? Oder hatte er, wie das Mal zuvor, seine Schritte nicht gehört? Ein seidenes Tuch wurde ihm in den Mund geschoben. Starr vor Furcht wartete der Richter. Trotz des Lärms des sich unermüdlich drehenden Mühlrads hörte er, wie etwas in Wasser getaucht wurde, und wandte den Kopf zur Seite. Der Geruch des Kanalwassers stieg ihm in die Nase. Wieder legte sich die Hand um seinen Unterkiefer und drehte sein Gesicht nach oben, zwang seine Zähne auseinander, die sich in das Tuch verbissen hatten. Dann fiel ein Tropfen Wasser in seinen Mund und fing sich in der Seide, die ein winziges Stück tiefer in seine Kehle rutschte. Da verstand Sir Orlando. Er sollte die Wasserfolter erdulden, wie sie in Frankreich auch von der Justiz angewendet wurde. Eine äußerst wirkungsvolle Foltermethode, die den Willen jedes Menschen brach ... und keine Spuren hinterließ.

Sir Orlandos Glieder erstarrten zu Eis, und seine Finger wurden taub. Er hatte keine Ahnung, wie lange er dieser Folter widerstehen konnte. Doch er zweifelte nicht, dass er früher oder später um Gnade betteln würde, wie der Mann mit dem Federschmuck es ihm prophezeit hatte.

Ein weiterer Tropfen fiel auf das Tuch in seinem Mund, dann noch einer ... und noch einer. Die Seide sog das Wasser auf und wurde schwerer. Noch konnte Sir Orlando ohne größere Beeinträchtigung durch die Nase atmen. Doch bald fielen die Tropfen schneller, zogen das Tuch immer tiefer in seine Kehle. Auf einmal bekam er keine Luft mehr. Es war, als lege sich ein Gewicht von innen auf seine Luftröhre. Wasser rann seine Kehle hinab. Er versuchte zu husten, brachte jedoch nur ein Würgen zustande. Plötzlich verlor er den Rhythmus beim Atmen. Seine Kehle brannte. Es war ihm, als erfülle eine ätzende Säure seine Lungen. Verzweifelt rang er nach Luft. In Panik schlug er mit den Beinen um sich, versuchte, sich zu befreien.

Für einen Moment lockerte sich der Griff der Hand um seinen Kiefer. Dann zwang ein schweres Gewicht seine Beine zu Boden. Der Franzose musste sich auf seine Schenkel gesetzt haben. Und wieder träufelte das Wasser in Sir Orlandos Mund.

Kopflose Panik ließ gleißende Lichter vor seinen Augen tanzen. Er wollte schreien, doch nur ein Gurgeln kam aus seinem Mund. Seine Lungen standen in Flammen, und sein Kopf schmerzte, als wollte er zerspringen. Todesangst erfüllte ihn, während er mit letzter Kraft nach Luft rang. Plötzlich glitt er an den Rand einer Ohnmacht. Er spürte nicht mehr, wie das Seidentuch aus seiner Kehle gezogen, sein Kopf zur Seite gedreht und seine Bauchdecke massiert wurde. Erst als Wasser und Magensäure in seine Kehle stieg und er erbrechen musste, kam Sir Orlando wieder zur Besinnung. Hustend und röchelnd versuchte er zu atmen, zog rasselnd Luft in seine brennenden Lungen. Das unwiderstehliche Bedürfnis, zu sprechen, seinem Folterknecht alles zu sagen, was er wissen wollte, wurde übermächtig.

Röchelnd stammelte er: »Ich bin Sir Orlando Trelawney, Richter des Königlichen Gerichtshofs, im Dienste Seiner Majestät Charles' II., König von England ...« Ein krampfhafter Husten schnitt ihm das Wort ab.

Sein Peiniger gab seine Beine frei. Erschöpft blieb Sir Orlando liegen. Ein Zittern überlief ihn. Er hatte nicht mehr die Kraft, sich länger zu widersetzen. Durch den Nebel aus Schmerz und Todesangst drang auf einmal eine schwache krächzende Stimme. Die Worte waren so leise, dass der Richter sie nicht hörte. Die Antwort des Mannes mit dem Federschmuck war dagegen umso klarer, auch wenn Sir Orlando nicht alles verstand, was er auf Französisch sagte.

»Ich habe ihn draußen erwischt, wie er durchs Fenster sah. Er ist der Komplize des Bastards, der Euch fast erdrosselte. Ich versuche gerade, ihn zu ermutigen, mir zu sagen, wer die beiden beauftragt hat.«

Der andere Mann sagte etwas, das wohl eine Ermahnung war, denn der Folterknecht antwortete gereizt: »Ein Richter? Das glaubt Ihr doch nicht wirklich. Nein, dieser Kerl ist hart im Nehmen und wird weiter lügen, wenn ich ihn nicht breche.«

Wieder erfolgte eine heisere Entgegnung, die zeigte, dass sich die Stimme des Mannes noch nicht von Hillarys Versuch, ihn zu erwürgen, erholt hatte.

»Ja, Ihr habt recht«, gab der Franzose mit dem Federschmuck widerwillig zu. »Die Zeit drängt. Und dieser Sturkopf würde mich sicher noch eine ganze Weile aufhalten. Vielleicht wird er auch nie reden ...« Er schien nachzudenken. »Also gut. Werfen wir die beiden in die Seine, und dann mache ich mich auf den Weg.«

Der andere Mann musste sich genähert haben, denn nun konnte Sir Orlando verstehen, was er sagte.

»Bedenkt, dass die Seine früher oder später ihre Leichen preisgibt. Und falls er tatsächlich ein Richter ist …«

»Und wenn schon! Selbst wenn er es wäre, würde ich ihm nicht trauen. Er war mit dem Kerl zusammen, der Euch heimtückisch überfiel. Richter oder nicht, er treibt ein doppeltes Spiel und ist daher ein untragbares Risiko. Die Anweisungen des Ministers sind eindeutig. Nichts darf die Sache gefährden. Wir müssen ihn beseitigen.«

»Ich tue es«, wisperte der andere. »Dann vergrabe ich ihn im Wald. So müsst Ihr Euch nicht länger hier aufhalten.«

Der Mann mit dem Federschmuck schien zu zögern, dann willigte er ein. »Setzen wir ihn auf sein Pferd. Tot wäre er zu schwer für Euch.«

Sir Orlando zuckte unter der Berührung der Hände zusammen, die ihn losbanden und auf die Füße zerrten. Doch der Schmerz in seinem Knöchel ließ ihn sogleich wieder zusammensacken.

»Was ist mit seinem Fuß?«, fragte der Mann mit der krächzenden Stimme.

»Verstaucht oder gebrochen, als er in das Mühlgerinne fiel«, erklärte der andere.

»Bitte«, flehte Sir Orlando am Ende seiner Kräfte, »lasst mich einen kurzen Brief an meine Frau schreiben. Ich bitte Euch, habt Erbarmen.«

»Damit Ihr Eurem Auftraggeber eine verschlüsselte Nachricht zukommen lassen könnt?«, erwiderte sein Peiniger höhnisch. »Für wie dumm haltet Ihr uns?«

Ein straff geschnürter Knebel erstickte jedes weitere Wort. Blind, stumm und wehrlos ließ sich Sir Orlando aus der Mühle führen, gestützt von den beiden Männern, die sich seine

Arme über die Schultern gelegt hatten. Schweigend hoben sie ihn in den Sattel, fesselten seine Hände auf den Rücken und banden seine Beine unter dem Bauch des Pferdes zusammen. Er wusste, dass er keine Möglichkeit hatte, sich aus eigener Kraft zu befreien. Tränen in den Augen, dachte er an Jane, nahm sie im Geiste noch einmal zum Abschied in die Arme, sog ihren Duft ein, schmiegte sein Gesicht an ihre weiche Haut.

Gemächlich setzte sich das Pferd in Bewegung, trug ihn durch das Dunkel der Nacht zu seiner Hinrichtung.

Kapitel 21

Juni 1669

Ein energisches Hämmern an der Haustür schreckte Amoret, Jeremy und Armande aus dem gemütlichen Beisammensein auf, zu dem sie sich gewöhnlich nach der Morgenmesse im Salon zusammenfanden.
»Das klingt dringend«, bemerkte Amoret. »Ob Seine Majestät nach mir verlangt?«
Kurz darauf erschien ihr Haushofmeister Rowland in der Tür.
»Mylady Trelawney wünscht Euch zu sprechen, Madam«, verkündete er.
Noch während er sprach, stürzte Jane aufgelöst über die Schwelle. In stummer Verzweiflung blickte sie in die Runde. Betroffen sprang Amoret auf und eilte ihr entgegen.
»Meine Liebe, was ist denn geschehen? Heilige Jungfrau, Ihr zittert ja!«
Sanft zog Amoret die junge Frau auf den nächstbesten Stuhl. Auch Jeremy und Armande umringten sie besorgt.
»Mein Gemahl ...«, stammelte Jane. »Er ist verschwunden ...« Tränen traten in ihre grünen Augen und ließen sie noch größer erscheinen. Ein Schluchzen stieg ihr in die Kehle.
»Sir Orlando?«, fragte Jeremy ungläubig. »Wann ist das passiert?«

»Ich weiß nicht ...«, flüsterte sie und barg das Gesicht in den Händen. »Ich habe gerade erst die Nachricht von Malory bekommen. Orlando ist mit ihm nach Frankreich gefahren.«
»Nach Frankreich? Weshalb?«, drängte Jeremy, der sich auf ihre Worte keinen Reim machen konnte.
»Im Auftrag des Königs«, erwiderte Jane mit bebender Stimme. »Sie sind vor einer Woche aufgebrochen.«
»Wo ist die Nachricht, die Ihr erwähntet?«, erkundigte sich Jeremy.
Schluchzend zog Jane ein zerknittertes Papier aus der Tasche ihres Rockes. Ungeduldig entfaltete Jeremy das Schreiben und strich es glatt.

Mylady,
verzeiht diese hastig hingeworfenen Worte. Ich weiß nicht, was ich tun soll. Am Mittwochabend schickte mein Herr mich auf die Suche nach Mr. Hillary. Nachdem ich überall in der Herberge vergeblich nach ihm gesucht hatte, ging ich in die Kammer Seiner Lordschaft zurück und fand dort einen Brief an Euch, den ich diesem Schreiben beilege. Doch von ihm keine Spur. Ein Stallbursche sagte, Seine Lordschaft habe kurz zuvor nach einem Pferd verlangt und sei davongeritten. Das ist nun zwei Tage her, und er ist noch nicht zurückgekehrt. Ich fürchte, ihm ist etwas zugestoßen. Niemand versteht mich hier in diesem barbarischen Land. Bitte, Mylady, schickt schnell Hilfe.
Euer ergebener Diener
Malory

Die Verzweiflung war deutlich aus der fahrigen Schrift des Kammerdieners herauszulesen.

»Enthält der Brief an Euch einen Hinweis darauf, wohin Euer Gemahl gegangen sein könnte?«, fragte Jeremy.
»Nein, er beschreibt darin nur die Überfahrt und … seine Sehnsucht, mich wiederzusehen«, erklärte Jane. Ihr Schluchzen hatte nachgelassen, nachdem Amoret ihr ein Glas Wein gereicht hatte.
»Wer ist dieser Hillary?«
»Ein Übersetzer, den der König zu Orlandos Begleitung schickte.«
»Habt Ihr Kenntnis davon, worin der Auftrag bestand, den der Richter für Seine Majestät erledigen sollte?«
»Nein, er war in diesen Dingen sehr verschwiegen, wie Ihr wisst.«
Nachdenklich drehte Jeremy Malorys Brief zwischen den Fingern. »Das Schreiben wurde von einer Herberge in Colombes abgeschickt. Die Königinmutter hat dort ein Schloss. Ob Sir Orlando sie aufsuchen sollte?«
»Ich weiß, wer uns das sagen kann«, erklärte Amoret angriffslustig. »Ich fahre unverzüglich nach Whitehall und rede ein ernstes Wort mit Seiner Majestät!«

Als Amoret auf der Suche nach dem König mit schnellen Schritten die Private Galerie durchmaß, traf sie auf den französischen Gesandten Charles Colbert, Marquis de Croissy.
»Madame, wohin so eilig?«, fragte er im Plauderton.
Er gab eine würdevolle Figur ab in seinem Wams aus schwarzem Tuch, der makellos weißen Halsbinde und der üppigen Lockenperücke. Seinen Aufstieg am französischen Hof verdankte er seinem Bruder, dem Finanzminister Jean-Baptiste Colbert.
»Entschuldigt mich, Monsieur, ich bin auf dem Weg zu Seiner Majestät«, antwortete Amoret kurz angebunden.

»Als ich ihn zuletzt sah, begab er sich gerade in sein Laboratorium«, klärte der Franzose sie auf.
»Vielen Dank für die Auskunft, Monsieur.«
»Aber, Madame, gibt es einen Grund für Eure Hast?«
Mühsam zwang sich Amoret zur Ruhe. Es ging nicht an, dass man sie aufgeregt durch die Gänge des Palastes eilen sah. Ein solches Verhalten würde den Klatschmäulern bei Hofe nur einen Grund geben, die Zungen zu wetzen.
»Keineswegs«, log sie, um ihm keine Angriffsfläche zu bieten. Auch der französische Gesandte beteiligte sich ausgiebig am Hofklatsch. Amoret wusste, dass er auf gutem Fuß mit ihrer Cousine Barbara stand, die ihm hin und wieder Geheimnisse verkaufte, denn durch ihre Spielleidenschaft und Verschwendungssucht befand sie sich ständig in Geldnot.
»Bedeutet Eure Anwesenheit bei Hofe, dass Ihr auf einem guten Weg seid, Eure Rivalin Lady Castlemaine endgültig in der Gunst des Königs zu ersetzen?«, fragte Colbert de Croissy neugierig.
Amoret las seine Gedanken. Er wusste, dass sie damals mit dem Segen von Louis XIV. den französischen Hof verlassen und in ihre Heimat zurückgekehrt war. Der Monarch hatte gehofft, in ihr eine Spionin am englischen Hof zu wissen, die ihm ergeben war und ihren Einfluss in seinem Sinne einsetzen würde. Zu seinem Ärger hatte sie ihn jedoch enttäuscht, denn ihre Loyalität war Charles gegenüber stärker als gegenüber Louis. Nun mochte sich der Gesandte fragen, ob sich ihre Haltung geändert hatte.
»Und wenn es so wäre?«, fragte Amoret, ohne etwas preiszugeben.
»Dann seid Ihr vermutlich in die Verhandlungen unserer beiden Länder eingeweiht?«, riet Colbert de Croissy.
»Sprecht weiter.«

»Wenn es nun um mehr ginge als einen Handelsvertrag ...«
»Versucht Ihr etwa, mich auszuhorchen, Monsieur?«, fragte Amoret überrascht. Plötzlich formte sich in ihr die Erkenntnis, dass er nicht eingeweiht war. Ohne sich etwas anmerken zu lassen, machte sie einen Knicks und entschuldigte sich mit einem charmanten Lächeln. »Ich muss jetzt wirklich gehen, Monsieur.«
Mit gezwungener Gelassenheit wandte sie sich um und ging den Weg zurück zum Vogelhausflügel. An der Tür zum Laboratorium des Königs verhielt sie kurz, holte noch einmal Luft und trat ein. Ein beißender Rauch erfüllte den Raum, der mit seltsamen Apparaturen, Retorten und Glasflaschen in allen Größen ausgestattet war. Als Charles sie bemerkte, runzelte er die Stirn.
»Was gibt es, Madam?« Er wusste, es musste etwas Wichtiges sein, das sie veranlasste, ihn bei seinen Experimenten zu stören.
»Ich muss Euch dringend unter vier Augen sprechen, Euer Majestät«, bat sie. Ihre Haltung war höflich ergeben, doch ihre schwarzen Augen funkelten herausfordernd.
»Ihr habt Glück, Mylady«, entgegnete der König nach kurzem Zögern. »Ich habe das Experiment gerade beendet. Wartet in meinem Kabinett, bis ich mich gesäubert habe.«
Als Charles sein Kabinett betrat, betrachtete er einen Moment lang die junge Frau, die aufgeregt vor dem marmorummantelten Kamin auf und ab schritt, bevor er die Tür hinter sich schloss.
»Also, Madam, was habe ich getan, um Euer Missfallen zu erregen?«, fragte er gereizt. Sein Blick kreuzte den ihren, während er zu einem kleinen Tisch ging, ein Döschen öffnete und sich mit einer nach Jasmin duftenden Salbe die Hände einrieb.

»Ihr habt Richter Trelawney nach Frankreich geschickt, Sire?«, fragte Amoret ohne Überleitung.
»So ist es. Hat er sich bei Euch beschwert, dass er einen Botengang für seinen König erledigen soll?«
»Nein, Euer Majestät. Er ist verschwunden.«
Betroffen wandte sich Charles ihr zu. »Verschwunden? Seid Ihr sicher?«
In kurzen Worten legte sie ihm dar, was sie wusste. Seufzend ließ sich der König auf einen Stuhl sinken. »Das ist schrecklich.«
»Euer Majestät, bitte sagt mir, womit Ihr den Richter beauftragt habt«, bat Amoret inbrünstig. »Ihr wisst, dass Ihr mir vertrauen könnt.«
Er hob den Blick zu ihrem leidenschaftlich bewegten Gesicht mit den glühenden Wangen und den leuchtenden Augen.
»Ihr glaubt, Trelawney ist tot?«
»Gibt es denn einen Grund, dies zu glauben, Sire? Wie gefährlich war der Auftrag, den Ihr ihm gabt?«
Das Gesicht des Monarchen verdüsterte sich. »Denkt Ihr wirklich, ich hätte Sir Orlando Trelawney in eine Falle geschickt? Er sollte Mylord Arundell nur eine Nachricht überbringen. Wie Ihr wisst, befindet sich Mr. Mac Mathúna zurzeit in Frankreich, so dass ich einen verlässlichen Ersatz finden musste. Und da der Richter Baron Arundell kennt und zudem unbedingt vertrauenswürdig ist, habe ich ihn nach Colombes geschickt.«
»Weshalb habt Ihr den Brief nicht einfach von dem Dolmetscher überbringen lassen, Sire?«, fragte Amoret.
»Von welchem Dolmetscher sprecht Ihr?«
»Mylady Trelawney erwähnte, dass noch am selben Abend ein Übersetzer im Haus des Richters auftauchte, der behauptete, von Euch ermächtigt zu sein, Sir Orlando nach Frankreich zu begleiten. Sein Name war Hillary.«

Charles' dunkle Gesichtsfarbe wurde einen Ton heller. »Ich habe Trelawney keinen Übersetzer geschickt. Der Mann muss ein Spion sein.«
Entsetzt schlug Amoret die Hände vors Gesicht. »Heilige Jungfrau! Aber warum hat der Richter diesen Hillary mitgenommen? Ich kenne ihn nicht als leichtgläubigen Menschen.«
»Da habt Ihr recht. Dieser Hochstapler muss sehr überzeugend gewesen sein. Was darauf schließen lässt, dass jemand bei Hofe ihn geschickt hat. Wie hätte er sonst von Trelawneys Mission wissen können?«
Amorets Züge wurden hart, denn sie vermutete, dass Hillary den Richter ermordet haben könnte, um an das geheime Schreiben zu kommen, das er bei sich trug.
»Bitte sagt mir, worum es in dem Brief ging, den Sir Orlando beförderte, Euer Majestät.« Als der König zögerte, fuhr sie fort: »Eben begegnete ich dem Marquis de Croissy, der einen unverhohlenen Versuch unternahm, mich über Eure Verhandlungen mit Louis auszuhorchen. Was ist so geheim, dass Ihr noch nicht einmal den französischen Gesandten einweiht? Die Gerüchteküche spricht von einem Handelsabkommen. Doch es ist mehr als das, nicht wahr?«
»Habe ich Euer Wort, dass Ihr mit niemandem darüber sprechen werdet?«, fragte Charles ernst.
»Natürlich, Sire. Zweifelt Ihr an meiner Loyalität?«
Seufzend schüttelte der Monarch den Kopf. »Nein. Also gut. Wie Ihr wisst, steht die Dreierallianz mit Holland und Schweden auf tönernen Füßen. Der Disput über die Evakuierung unserer Siedler aus Surinam, das wir während des Krieges an die Holländer verloren haben, und der Handelsstreit um die Märkte der tropischen Länder sind ernüchternd. Auf lange Sicht sehe ich da keine zufriedenstellende Lösung für England.«

»Dennoch schickt Ihr Diplomaten zu den protestantischen deutschen Fürsten, um sie für das Bündnis zu gewinnen, und verhandelt mit Savoyen und Dänemark«, warf Amoret ein.
»Es schadet nie, die Bündnisse, die man hat, zu stärken«, erklärte Charles weise. »Doch es besteht die Gefahr, dass sich Frankreich und die Vereinigten Provinzen einig werden und die Tripelallianz zerfällt. Aus diesem Grunde halte ich eine Vereinbarung mit Louis für günstiger. Meine Forderungen an Frankreich sind hoch, denn ich verlange, dass das Dreierbündnis zunächst erhalten bleibt, dass Louis aufhört, seine Flotte aufzustocken, und dass die Einfuhrzölle, die Frankreich auf Waren aus England erhebt, gesenkt werden. Aber durch das Ansehen, das unser Land in den letzten Jahren aufgrund der Bemühungen unserer Diplomaten vor allem in der protestantischen Welt gewonnen hat, halte ich diese Forderungen für angemessen.«
»Und wenn Louis als Gegenleistung verlangt, dass Ihr an seiner Seite gegen die Holländer vorgeht?«
»Sofern er mir genug Unterstützung zahlt ...«
»Ein derartiges Abkommen, das einen Angriffspakt einschließt, wäre dem Parlament sicherlich nicht sehr willkommen«, mutmaßte Amoret. »Aber wer bei Hofe hätte einen Grund, Eure Korrespondenz abzufangen?«
»Jemand, der eine Einigung mit Louis ablehnt. Da gibt es einige, allen voran Lord Ashley. Doch ich glaube nicht, dass er etwas ahnt.«
»Was ist mit Mylord Buckingham?«
»Soweit ich es beurteilen kann, wäre er durchaus für eine Allianz mit den Franzosen. Sobald ich mit Louis einig geworden bin, werde ich ihn als Unterhändler nach Paris schicken. Trotzdem hat Buckingham etwas Unberechenbares, wie Ihr wisst. Er könnte noch immer der Meinung sein, dass man ihm etwas vorenthält.«

»Und was ist mit Lord Arlington?«, fragte Amoret nachdenklich.
Henry Bennet, Earl of Arlington, war Staatssekretär und einer der fähigsten Minister des Königs.
»Die Tatsache, dass er mit einer Holländerin verheiratet ist, hat ihm das Misstrauen meiner Schwester eingebracht. Zumal Isabella van Beverweert mit dem Prinzen von Oranien verwandt ist«, erklärte Charles. »Ich halte ihn jedoch für vertrauenswürdig und beabsichtige, ihn in die Einzelheiten der Verhandlungen einzuweihen, sobald ich Minette davon überzeugt habe.«
»Auch er könnte sich jedoch übergangen fühlen, solange Ihr ihn aus den Verhandlungen heraushaltet«, gab Amoret zu bedenken.
»Das ist leider nicht auszuschließen.«
Eine Weile herrschte Schweigen, während Amoret die verwickelte Situation überdachte.
»Habt Ihr vor, Euch auf die Suche nach Sir Orlando Trelawney zu machen?«, fragte der König schließlich.
»Wir sind befreundet. Und seine Gemahlin ist mir sehr ans Herz gewachsen. Ich sehe sie jeden Sonntag ...« Ärgerlich brach Amoret ab, als ihr bewusst wurde, dass sie mehr preisgegeben hatte als beabsichtigt.
Charles begriff sofort. »Jeden Sonntag? Lady Trelawney ist also zum katholischen Glauben übergetreten? Das erfordert Mut. Der Richter wird nicht erfreut sein. Ich kenne ihn als überzeugten Anglikaner.«
»Wenn man Erfüllung in seinem Glauben findet, scheut man keine Unannehmlichkeiten«, sagte Amoret.
Charles hob den Blick und sah sie mit einem Ausdruck an, den sie nicht deuten konnte. Auf einmal überkam sie das Gefühl, dass er ihr etwas Entscheidendes verschwieg.

»Findet heraus, wer mich betrogen hat, Madam«, sagte er eindringlich. »Ich ermächtige Euch offiziell, in Frankreich Nachforschungen anzustellen. Wird Pater Blackshaw Euch begleiten?«
»Ja, ich werde seine Hilfe brauchen, um Richter Trelawney zu finden.«
»Es ist Euch erlaubt, ihm gegenüber zu wiederholen, was ich Euch anvertraut habe.«
»Wer am französischen Hof ist in Eure Verhandlungen eingeweiht? Wem kann ich trauen?«
»Nun, Louis und meiner Schwester natürlich …«
»Monsieur?«
»Nein, der Bruder des Königs ist eine Klatschbase und könnte kein Geheimnis für sich behalten. Außerdem traue ich seinem Favoriten, dem Chevalier de Lorraine, nicht über den Weg. Der Finanzminister Colbert weiß Bescheid. Ich wünsche Euch viel Glück, Mylady. Seid vorsichtig. Ihr wisst, in der Diplomatie wird um hohe Einsätze gespielt.«

Kapitel 22

Juni 1669

Als die kleine Reisegruppe, bestehend aus Lady St. Clair, ihrem Diener William, Armande de Roche Montal, Jeremy Blackshaw, Meister Ridgeway und seinem Lehrknaben Lucien sowie Lady Trelawney, in den Hof der Herberge am Rande von Colombes ritt, rief der Stallbursche aufgeregt nach der Wirtin. Während sich auch die anderen Pferdeknechte einfanden und sich um die Reittiere der Ankömmlinge kümmerten, zählte die Herbergswirtin an den Fingern nach, wie viele Zimmer sie wohl brauchen mochte, um die unangemeldeten Gäste unterzubringen. Schließlich machte sie einen Knicks vor Amoret, in der sie mit geschultem Blick die Aristokratin erkannt hatte.

»Ich begrüße Euch in Colombes, Madame. Leider ist mein Gatte zurzeit nicht da. Ich werde aber mein Bestes tun, jeden Eurer Wünsche zu erfüllen, bis er zurückkehrt. Wie viele Kammern werdet Ihr benötigen?«

»Mindestens drei. Meine Begleiterinnen und ich können teilen«, antwortete Amoret, während sie sich in der bescheidenen Herberge umsah. Es könnte tatsächlich etwas eng werden, dachte sie nach einem Blick über ihr Gefolge. Sie hatte Meister Ridgeway gebeten, sie zu begleiten, für den Fall, dass Sir Orlando Trelawney den Beistand eines Wundarztes benötigte. Dieser wiederum hatte es nicht übers Herz gebracht,

Lucien die Reise nach Frankreich vorzuenthalten. Als Lady Trelawney angekündigt hatte, dass sie ebenfalls mitkommen wollte, hatte Amoret ihr dies zunächst auszureden versucht. Es war nicht abzusehen, welchen Gefahren sie unterwegs begegnen würden. Sie hätte die Gemahlin des Richters lieber sicher in der Heimat gewusst. Andererseits verstand sie deren Verlangen, sich an der Suche nach ihrem Gatten zu beteiligen. Um schneller voranzukommen, hatten sich die drei Frauen darauf geeinigt, auf ihre Zofen zu verzichten und sich stattdessen gegenseitig zu helfen. Schweren Herzens hatte sich Amoret von Daimhín getrennt, den sie in der Obhut seiner Amme und eines Kindermädchens zurückließ.

Als sie der Wirtin zu ihren Zimmern folgten, kam ihnen Malory entgegen. Der Diener wäre seiner Herrin am liebsten vor Erleichterung um den Hals gefallen.

»O Madam«, rief er mit tränenfeuchten Augen, »wie froh ich bin, dass Ihr da seid.« Mit flehender Miene wandte sich der Kammerherr an Jeremy. »Ihr werdet Seine Lordschaft doch wiederfinden, Doktor. Vielleicht ist es noch nicht zu spät.«

Der Jesuit beeilte sich, Malory zu versichern, dass sie alles Menschenmögliche tun würden.

Als die Frauen ihr Zimmer bezogen hatten und sich ein wenig ausruhten, betrachtete Amoret nachdenklich Jane Trelawney, die sich auf dem Bett gegen die aufgeschütteten Kissen lehnte. Sie wirkte blass, und unter ihren grünen Augen lagen dunkle Schatten. Vor ihrem Aufbruch am Morgen hatte Amoret zufällig gesehen, wie sich die junge Frau im Abort übergeben hatte. Während der Überfahrt hatte sie auch mehrmals erbrochen, doch da hatte Amoret diesem Unwohlsein noch keine Bedeutung beigemessen. Inzwischen dachte sie anders.

»Ihr erwartet ein Kind, nicht wahr?«, fragte sie betroffen.

Jane nickte schweigend.

»Weshalb habt Ihr mir nichts gesagt?«
»Hättet Ihr mich dann mitgenommen, Mylady?«
»Natürlich nicht. Diese Reise ist viel zu anstrengend in Eurem Zustand.«
Ein wenig Farbe kehrte in Janes schmale Wangen zurück, während sie sich vorbeugte und Amoret mit funkelnden Augen ansah.
»Ich muss wissen, was mit Orlando geschehen ist. Wie hätte ich allein zu Hause sitzen und abwarten können, bis Ihr mir Nachricht schickt? Fürchtet Ihr nicht um Euren Gatten Mr. Mac Mathúna, wenn er auf Reisen ist? Hättet Ihr Euch nicht auch sofort auf den Weg gemacht, um ihn zu suchen, wenn er verschwunden wäre?«
Das konnte Amoret nicht leugnen. »Es ist zu spät für Vorwürfe«, sagte sie ergeben. »Aber versprecht mir, dass Ihr vernünftig seid und Euch nicht zu viel zumutet. Der Richter würde es mir nie verzeihen, wenn Euch oder Eurem Kind etwas zustoßen sollte.«
»Glaubt Ihr, er ist noch am Leben?«, fragte Jane hoffnungsvoll.
Amoret wusste nicht, was sie antworten sollte. Schließlich sagte sie leise: »Ihr müsst Euer Vertrauen in Gott setzen, Madam.«

Jemand klopfte an die Tür. Armande öffnete. Es war der Wirt, der von seiner Besorgung zurückgekehrt war.
»Meine Gemahlin sagte mir, dass sich Madame St. Clair unter unseren Gästen befindet«, begann er und blickte Armande fragend an.
Gespannt trat Amoret neben ihre Freundin. »Ja, Monsieur, ich heiße St. Clair.«
»Ein junger Mann gab mir diese Nachricht für Euch«, erklärte der Herbergswirt und reichte ihr ein gefaltetes Blatt Papier.

»Nannte er seinen Namen?«, erkundigte sich Amoret, während sie das Papier entgegennahm.

»Nein, Madame. Er hatte es sehr eilig.«

»Danke, Monsieur.«

Neugierig scharten sich Armande und Jane um Amoret, als diese die Nachricht entfaltete.

»Was für eine Sprache ist das?«, fragte Jane.

»Gälisch«, antwortete Amoret abwesend, während sie die kurzen Zeilen überflog.

»Ist der Brief von Eurem Gatten, Madam?«, fragte Armande ungeduldig.

»Es ist seine Schrift«, bestätigte Amoret. »Es handelt sich um eine Wegbeschreibung zu einem Gehöft nicht allzu weit von hier und die Aufforderung, sofort nach Paris weiterzureisen.«

»Aber sollten wir nicht mit Mylord Arundell sprechen?«, gab Jane zu bedenken. »Vielleicht weiß er, was meinem Gatten zugestoßen ist.«

»Breandán muss einen guten Grund für seine Vorsicht haben.« Nach kurzer Überlegung entschied Amoret: »Essen wir zunächst einmal gemeinsam zu Mittag. Dann werde ich mit William und Meister Ridgeway dem geheimnisvollen Hinweis nachgehen.«

Der Weg führte auf einer von Bäumen gesäumten Landstraße die Seine entlang. Vorsichtshalber hatte Amoret nicht nur ihren Diener angewiesen, sich mit zwei Steinschlosspistolen auszurüsten, sondern hatte selbst auch eine Schusswaffe in die Satteltasche gesteckt. Sie hatte einiges an Überzeugungsarbeit leisten müssen, um Lady Trelawney davon abzuhalten, sie zu begleiten. Auch Jeremy war nicht wohl dabei gewesen, sie nur mit William und Alan ziehen zu lassen. Doch Amoret hatte darauf bestanden, dass er in der Herberge zurückblieb. Ob-

wohl der Jesuit von der Steinkrankheit genesen war, erschien er ihr noch immer nicht ganz gesund. Gern hätte sie ihm die Reise nach Frankreich erspart, doch sie sah ein, dass sie seine Hilfe brauchen würde, um den Verräter zu entlarven. Da wollte sie wenigstens dafür sorgen, dass Pater Blackshaw mit seinen Kräften haushielt. Lucien hatte sie dagegen gern mitgenommen. Der Junge war aufgeweckt und würde Meister Ridgeway eine große Hilfe sein.
Die Landstraße zog sich scheinbar unendlich an der Seine entlang. In der Ferne war eine Wassermühle zu erkennen. Hin und wieder begegnete ihnen ein Händler oder Bauer, der Waren oder Lebensmittel nach Colombes brachte. Auf den Feldern wurde Heu geerntet.
»Mylady, glaubt Ihr, dass Breandán uns an dem angegebenen Ort treffen wird?«, fragte Alan.
»Das ist möglich. Ich habe jedoch den Verdacht, dass wir dort etwas anderes finden werden«, erwiderte Amoret nachdenklich.
Alan erbleichte. »Ein Grab?« Seine Kehle war auf einmal wie zugeschnürt.
Hilflos blickte sie ihn an. »Betet, dass es nicht so ist.«
Eine weitere halbe Stunde verging, bis Amoret ihre Stute an einer der Abzweigungen zügelte, die von der Landstraße wegführten.
»Hier muss es sein.« Sie holte tief Luft und trieb die Stute an.
»Lasst mich voranreiten, Mylady«, bat William.
Der Diener zog eine der Pistolen aus dem Gürtel und behielt sie in der Hand.
Nach einer Weile kam ein kleines Gehöft in Sicht. Hühner pickten im Hof nach Körnern und scharrten im Misthaufen nach Käfern und Würmern. Keine Menschenseele war zu sehen. Fliegen summten den Ankömmlingen um die Ohren. Alles schien friedlich. Vielleicht zu friedlich.

»Sollen wir hineingehen, Mylady?«, fragte Alan unentschlossen.
»Ja, gehen wir, da wir nun einmal hier sind«, antwortete Amoret.
Im nächsten Moment erstarrte sie in der Bewegung und lauschte. Alan setzte zum Sprechen an, doch sie hob warnend die Hand, um ihn zum Schweigen zu bringen.
»Horcht!«, sagte sie eindringlich.
»Mylady …«
Gespannt sah sie sich um und hob schließlich den Blick zu den oberen Fenstern des Haupthauses. Hinter dem Öltuch eines der Fenster war deutlich der Umriss eines Kopfes zu erkennen.
»Mylady, ich bin hier!«
»Das ist Sir Orlando!«, rief Alan überrascht.
»Los! Gehen wir«, befahl Amoret.
Sie saßen ab und näherten sich dem Wohnhaus, dessen Tür offen stand. Aus den nahen Stallgebäuden blickte ein junger Mann zu ihnen herüber. William hob die Steinschlosspistole, die er in der Hand hielt, und der Bursche verschwand im Innern.
Energisch schob sich der Diener an seiner Herrin vorbei und betrat als Erster das Haus. Aus der Küche war das Klappern von Steingutgefäßen zu vernehmen. Als sie durch die Tür hineinsahen, erschrak die Bäuerin und legte die Hand auf ihre ausladende Brust. Doch bei Amorets Anblick beruhigte sie sich.
»Heilige Jungfrau! Habt Ihr mir einen Schrecken eingejagt. Ihr müsst Madame St. Clair sein«, rief sie mit starkem bretonischem Akzent, den selbst Amoret nur mit Mühe verstand.
»Ja, das bin ich. Ihr habt einen Freund von mir zu Gast, wenn ich richtig verstehe, Madame?«, entgegnete sie freundlich.

Die Bäuerin deutete mit dem Finger nach oben. »In unserem besten Gästezimmer. Aber er hat es uns nicht leichtgemacht.«
»Ich werde Euch für alle Unannehmlichkeiten, die seine Unterbringung Euch verursacht haben mag, entschädigen, Madame. Wie geht es ihm?«
»Bis auf seinen Knöchel ganz gut. Doch ich glaube, er hat Schlimmes durchgemacht.«
Amoret bedeutete ihren verdutzt dastehenden Begleitern mit einer Geste, ins Obergeschoss hinaufzusteigen. Die Pistole im Anschlag, ging William voraus. Die Türen der Kammern standen offen, bis auf eine. William klopfte, dann drückte er den Riegel auf.
»Sir Orlando? Mylord?«, rief er.
Als die Ankömmlinge über die Schwelle traten, brach der Richter bei ihrem Anblick in erleichtertes Lachen aus. Er saß auf einer einfachen Bettstatt, blass und unrasiert, aber ohne sichtbare Verletzung, abgesehen von dem verbundenen rechten Knöchel.
»Bei Christi Blut, bin ich froh, Euch zu sehen, Meister Ridgeway!«, entfuhr es ihm.
Alan hätte ihn beinahe nicht erkannt, ohne Perücke, das kurze blonde Haar zerzaust, die Wangen bedeckt von einem Zweiwochenbart.
»Geht es Euch gut, Sir?«, fragte der Wundarzt.
»Ja, mir fehlt nichts«, bestätigte Sir Orlando. »Doch ich hatte die Hoffnung schon fast aufgegeben, jemals diesen Hof verlassen zu können. Es war unheimlich.«
»Hat man Euch nicht gut behandelt?«
»Doch. Die Leute gaben sich alle erdenkliche Mühe, es mir so bequem wie möglich zu machen. Aber mein Knöchel erlaubte es mir nicht, zu gehen, und ich konnte mich ihnen einfach nicht verständlich machen. Sie sprechen einen furchtbaren Dialekt.«

»Sie sind Bretonen«, erklärte Lucien.
Alan hatte sich vor das Bett gekniet und entfernte behutsam den Verband. Dann tastete er den Knöchel sorgfältig ab und bewegte ihn schließlich vorsichtig hin und her. Sir Orlando verbiss sich einen Schmerzenslaut.
»Gebrochen ist nichts«, sagte Alan. »Aber eine Verstauchung kann mitunter schmerzhafter sein als ein Knochenbruch.«
»Kann er reisen?«, fragte Amoret von der Tür her.
Alle Blicke wandten sich ihr zu.
»Mylady, Ihr könnt Euch nicht vorstellen, wie dankbar ich bin, dass Ihr mich gefunden habt«, rief Sir Orlando inbrünstig.
»Und ich danke dem Herrn, dass ich Euch lebend vorfinde«, entgegnete Amoret sichtlich erleichtert. »Wir hatten schon das Schlimmste befürchtet.« Ihr Blick richtete sich auf Alan.
»Seine Lordschaft sollte den Knöchel noch einige Tage schonen«, riet der Wundarzt.
»Dann nehmen wir ein Schiff nach Paris«, entschied Amoret. Ihre Aufmerksamkeit richtete sich wieder auf Sir Orlando. »Was ist passiert, Mylord?«
In kurzen Worten gab der Richter seine Erlebnisse wieder. Nachdem er, den sicheren Tod vor Augen, mit dem Unbekannten eine Weile durch die Nacht geritten war, hatten sie auf dem Gehöft haltgemacht. Man hatte ihn von seinen Fesseln befreit und in eine Kammer gebracht. Den Mann, der ihn hatte töten sollen, hatte er nicht mehr gesehen. Zuerst hatte er in Angst vor dem Bauern und seiner Frau gelebt, doch dann war ihm klargeworden, dass der Unbekannte ihn auf dem Hof versteckt hielt, um ihm das Leben zu retten. Immer wieder hatte er das Ehepaar gebeten, für ihn einen Brief an Lord Arundell zu überbringen, doch sie hatten ihn wohl nicht verstanden.

»Wie habt Ihr mich eigentlich gefunden, Mylady?«, fragte Sir Orlando schließlich.
»Das erkläre ich Euch unterwegs«, antwortete Amoret ausweichend. »Ihr könntet noch immer in Gefahr sein, Sir. Deshalb werden wir sogleich nach Paris aufbrechen.«
»Ich will nur noch nach Hause zu meiner Frau.«
»Eure Gemahlin ist hier, Mylord. Und an eine Rückreise ist vorerst nicht zu denken. Euer Fuß bedarf der Schonung.«
Amoret dachte nach und wandte sich schließlich an William. »Richte den anderen aus, dass Sir Orlando wohlauf ist und dass wir gemeinsam mit der Fähre nach Paris reisen. Dann lass dir ein frisches Pferd geben und reite uns voraus. Ich habe ein Haus auf der Rue de l'Arbre Sec, bin aber nicht sicher, in welchem Zustand es sich befindet. Sorg dafür, dass es bei unserer Ankunft bewohnbar ist.« Ihr Blick fiel auf Alans Lehrknaben. »Nimm Lucien mit. Er kann dir als Übersetzer dienen.«

Kapitel 23

Das Fährschiff legte nicht weit vom Pont Neuf an einem kleinen Holzsteg an. Die Sonne stand hoch am Himmel und überschüttete die Silhouette der Stadt mit flüssigem Gold. Staunend betrachtete Sir Orlando die gleichmäßigen ziegelroten Fassaden der Place Dauphine an der Spitze der Ile du Palais, über denen sich der schlanke Dachreiter der Sainte-Chapelle und die beiden Türme der Kathedrale Notre-Dame erhoben. Vom Pont Neuf wehten Stimmengewirr, die Rufe der Höker und das Rattern der Kutschräder herüber. Paris war eine lebhafte, quirlige Stadt, die nur während der Nacht zur Ruhe kam.

Als die Reisegruppe das Haus auf der Rue de l'Arbre Sec erreichte, erklang gerade das Angelusläuten von der nahen Kirche St-Germain-l'Auxerrois. Das Gebäude verfügte über vier Stockwerke. Amoret konnte nur hoffen, dass die Räume bewohnbar waren. An der Tür wurden die Ankömmlinge von William und Lucien sowie einer alten Dienerin in weißer Leinenhaube empfangen. Mit einem freudigen Lächeln umarmte Amoret die alte Delphine Herry, die ihr während ihrer Zeit in Paris als Wirtschafterin gedient hatte.

»Delphine, du bist immer noch hier?«, rief die junge Frau aus.

»Aber natürlich, Madame«, versicherte die wohlbeleibte Dienerin. »Jemand musste sich doch um Euer Haus kümmern.«

Mit einem vorsichtigen Blick auf ihre Begleiter zog Amoret Delphine zur Seite und flüsterte: »Begleicht er noch immer den Unterhalt?«
Die Alte nickte und lächelte sinnig. Amoret drückte ihr herzlich die Hand, bevor sie sich daranmachte, ihre Gäste unterzubringen.
Aufgrund der vielen Schleifen, denen die Seine zwischen Colombes und Paris folgte, waren sie mit der Fähre nur mühsam vorangekommen. Da es flussaufwärts ging, wurden die Bachots von drei oder vier Pferden gezogen, die am Ufer entlangschritten. Auf dem Schiff, das Amoret für ihre Reisegruppe gemietet hatte, waren sich Sir Orlando und seine Gemahlin überglücklich in die Arme gefallen. Und als Jane ihrem Gatten mitteilte, dass sie ein Kind erwartete, hatte Amoret sogar Freudentränen in den Augen des Richters funkeln sehen. Während der gemächlichen Fahrt hatte sie ihm trotz seiner hartnäckigen Fragen nur so viel über seine Rettung verraten, dass eine Nachricht ihres Mannes sie zu dem Gehöft geführt habe. Nähere Einzelheiten würden sie von Breandán persönlich erfahren.
Zum Glück verfügte das Haus über genügend rasch hergerichtete Kammern, in denen sich die Reisenden bequem einrichten konnten. Amoret ließ eine warme Mahlzeit aus einer Garküche bringen und schickte dann William mit einer Nachricht in die Herberge »Zum Schwarzen Adler«, in der Breandán gewöhnlich abstieg. Wenig später kehrte der Diener mit dem Iren in die Rue de l'Arbre Sec zurück. Amoret fing ihren Gemahl an der Tür ab.
»Warum hast du nie erzählt, dass du in Paris ein Haus hast?«, fragte Breandán, nachdem er sie zur Begrüßung in die Arme genommen und an sich gedrückt hatte.
»Es tut mir leid«, antwortete Amoret zurückhaltend. »Ich war mir nicht sicher, in welchem Zustand es sich befindet.

Schließlich stand es viele Jahre leer. Wie du siehst, gibt es nur das Notwendigste an Möbeln.«
Während sie ihn durch das düstere Vestibül in die Stube führte, wechselte sie rasch das Thema: »Woher wusstest du, wo sich Sir Orlando befand?«
Angesichts der Blicke, die die Anwesenden auf ihn richteten, als er über die Schwelle trat, zögerte Breandán. Dann grüßte er sie, bevor er sich dem Richter näherte, der neben seiner Frau auf einer mit Schnitzereien verzierten, dunklen Eichenbank saß. Unter seinem Bart war ein fahles Gesicht zum Vorschein gekommen, in dem sich die durchlebte Todesangst und wochenlange Ungewissheit über sein Schicksal deutlich abzeichneten. Ohne seine majestätische Lockenperücke, mit kurzgeschnittenem blondem Haar wirkte der Richter weniger unnahbar als sonst und in Janes Augen herzzerreißend verwundbar.
»Es tut mir leid, Mylord«, sagte Breandán, »dass Ihr eine so schreckliche Erfahrung machen musstet. Bitte glaubt mir, dass ich sie Euch gern erspart hätte.«
Verwundert über die unerwartete Anteilnahme seines einstigen Erzfeindes, sah Sir Orlando den Iren an. Dann entdeckte er auf einmal die noch leicht gerötete Strangfurche um dessen Kehle, die die Halsbinde nicht ganz bedeckte.
»Ihr!«, rief er aus. »Ihr wart der Bote, den Hillary beinahe erdrosselt hätte ...«
Unzählige Fragen drängten auf die Zunge des Richters, so dass er nicht wusste, wo er beginnen sollte. Er verhaspelte sich hoffnungslos und schwieg schließlich.
»So ist es«, bestätigte Breandán. »Und ich versichere Euch, dass ich Euch früher zu Hilfe gekommen wäre, wenn ich mich schneller von dem tückischen Angriff erholt hätte. Ihr könnt Euch meine Überraschung vorstellen, als ich Eu-

ren Namen hörte. Aber es war nicht einfach, Euch aus der heiklen Situation zu befreien, in die Ihr Euch manövriert hattet.«

»Wer, zum Teufel, war dieser Wilde mit dem Federschmuck?«, entfuhr es Sir Orlando, der erneut die Angst und Wut von damals durchlebte.

»Sein Name ist François Nérac. Er steht in den Diensten des Ministers Colbert. Soweit ich weiß, ist er sein bester Mann: skrupellos, schlau wie ein Fuchs, schnell und tödlich wie eine Giftschlange«, erklärte Breandán. Aus seiner Stimme waren deutliche Anerkennung, wenn nicht gar Bewunderung für Nérac herauszuhören. »Als er ein Kind war, wanderte seine Familie nach Quebec aus. Nach dem Tod seiner Eltern wurde er von einem Häuptling der Abenaki adoptiert. Von den Indianern lernte er seine besonderen Fähigkeiten, die ihn zu einem begabten Spion machen. Nach Sir William Fenwicks Ermordung beauftragte Colbert ihn mit meinem Schutz.«

»Weshalb habt Ihr diesem Irren nicht einfach bestätigt, wer ich bin, anstatt diese Farce aufzuführen? Es hat Euch Vergnügen bereitet, mich Todesängste ausstehen zu sehen, nicht wahr?«, fragte Sir Orlando vorwurfsvoll.

»Mylord, ich bitte Euch ...«, mischte sich Jeremy ein.

»Schon gut, Pater«, sagte Breandán beschwichtigend. »Ich versichere Euch, Mylord« – er wandte sich wieder an den Richter –, »dass ich keine andere Wahl hatte, als Euren Tod vorzutäuschen. Nérac hatte Euch in Begleitung eines Spions und Mörders ertappt. Sein Auftrag zwang ihn dazu, Euch zu foltern und zu beseitigen, um die geheimen Verhandlungen nicht zu gefährden, die zwischen dem englischen und dem französischen König im Gange sind. Ich hätte nichts sagen können, um ihn von diesem Auftrag abzubringen. Ich brachte

Euch daher zu einem Gehöft, in dem ich bei einem Gewitter einmal Schutz gesucht hatte und deren Bewohner ich als ehrliche, hilfsbereite Leute kannte.«

»Ihr hättet Euch mir zu erkennen geben können, anstatt mich verschnürt wie ein Paket abzuführen«, knurrte der Richter.

»Hättet Ihr denn auf meinen Rat gehört und Euch versteckt gehalten?«, fragte Breandán ungerührt. »Ich konnte nicht riskieren, dass Ihr in der Herberge auftaucht oder Euch bei Mylord Arundell über Eure Behandlung beschwert. Im Grunde seid Ihr noch immer in Gefahr. Sollet Ihr Nérac über den Weg laufen, würde er nicht zögern, zu Ende zu bringen, was er angefangen hat. Er hält Euch für einen Verräter.«

Ärgerlich verbiss sich Sir Orlando den Widerspruch, der ihm über die Lippen wollte. Er konnte nicht leugnen, dass der Ire recht hatte. Der Bursche kannte ihn zu gut.

»Wie konntet Ihr eigentlich sicher sein, dass Eure Nachricht Mylady St. Clair erreichen würde?«, fragte er stattdessen.

Breandáns Blick begegnete dem Amorets. »Ich rechnete damit, dass Euer Diener sich an sie wenden würde. Und ich wusste, dass sie nicht zögern würde, unverzüglich nach Colombes zu reisen, um Euch zu suchen. Da ich einen Brief ins Palais Royal bringen musste, konnte ich leider nicht auf sie warten.«

»Wie seid Ihr an diesen Hillary geraten, Mylord?«, wandte sich Amoret an den Richter.

»Er suchte mich nach meinem Gespräch mit dem König auf und erklärte, Seine Majestät habe ihn geschickt«, antwortete der Richter. »Als Beweis präsentierte er ein Schreiben mit dem königlichen Siegel.«

»Habt Ihr das Siegel geprüft?«, hakte Amoret nach.

»Ja, Mylady. Ich bin sicher, dass es echt war.«

Einen Richter zu täuschen wäre sehr schwierig, überlegte Amoret. Wer bei Hofe hatte Zugang zum königlichen Siegel? Arlington? Buckingham? Zumindest schränkte diese Einzelheit den Kreis der Verdächtigen ein wenig ein. Amoret glaubte nicht, dass der Gesandte Colbert de Croissy in der Lage war, das Siegel des Königs so einwandfrei zu fälschen, dass Sir Orlando darauf hereingefallen wäre.

»Ihr scheint mehr über diese Verhandlungen zu wissen als die meisten, Mylady«, sagte Sir Orlando. »Was ist eigentlich so verdammt geheim, das den Einsatz von Meuchelmördern rechtfertigt?«

Amoret schrak aus ihren Gedanken auf. Ja, was eigentlich?, dachte sie.

»Ihr müsst verstehen, dass ich nicht darüber sprechen kann, was Seine Majestät mir unter dem Siegel der Verschwiegenheit anvertraut hat«, sagte sie zurückhaltend.

»Ich glaube, diese Diplomaten sind so sehr an ihre Geheimnistuerei gewöhnt, dass sie nicht mehr ehrlich sein können«, erwiderte der Richter zynisch.

»Habt Ihr nicht auch das Gefühl, dass mehr hinter diesen geheimen Verhandlungen mit König Louis steckt, als Seine Majestät zu offenbaren bereit war, Mylady?«, fragte Jeremy und sprach damit ihre eigenen Gedanken aus.

Es war spät am Abend. Nach dem Nachtmahl hatten sie noch eine Weile mit ihren Freunden zusammengesessen und Syllabub geschlürft. Sir Orlando und Jane hatten sich schließlich als Erste in ihr Schlafgemach zurückgezogen, dann Alan und Armande und wenig später auch Lucien. Als Breandán sein Gähnen nicht mehr unterdrücken konnte, hatte Amoret ihren Gemahl ebenfalls zu Bett geschickt und versprochen, ihm bald zu folgen. Sie wollte die Gelegenheit nutzen, sich mit Jeremy in Ruhe unter vier Augen auszutauschen.

»Ich habe denselben Eindruck«, stimmte Amoret ihrem alten Freund zu. »Charles will offenbar unbedingt vermeiden, dass den Holländern etwas über diese Verhandlungen zu Ohren kommt.«

»Sie würden es ihm kaum übelnehmen können«, entgegnete der Jesuit nachdenklich. »Soweit ich die ungeschriebenen Gesetze der Diplomatie kenne, können wir davon ausgehen, dass die Holländer ebenfalls mit Louis in Verhandlungen stehen. Wer Frankreich auf seiner Seite hat, ist am Ende der Gewinner.«

»Das hat Charles auch gesagt. Aber was könnten die Holländer den Franzosen anbieten?«, meinte Amoret skeptisch.

»Louis will die spanischen Niederlande. Dabei kann ihm die Unterstützung der Vereinigten Provinzen nur nützlich sein. England stünde dann allein da.«

»Ihr denkt also, ein holländischer Spion könnte hinter dem Mord an Sir William Fenwick stecken? Aber wie passt der angebliche Übersetzer Walter Hillary da hinein?«

»Nicht zu vergessen der Franzose, den der Herbergswirt in Sittingbourne erwähnte«, erinnerte Jeremy sie.

»Falls tatsächlich die Holländer hinter allem stecken sollten, haben sie vielleicht einen Verbündeten am englischen oder französischen Hof, der ihnen Geheimnisse verkauft. Das wäre doch möglich, oder?«

»Durchaus. Aber es dürfte schwierig werden, den Verräter zu entlarven.«

»Ich weiß«, antwortete Amoret seufzend. »Seine Majestät wünscht, dass wir es versuchen. Aber falls Ihr lieber nach England zurückkehren wollt …«

»Nein, Mylady«, sagte der Priester abwehrend, »das Rätsel reizt mich. Außerdem kann ich unsere Anwesenheit in Paris

dazu nutzen, meine Ordensbrüder aufzusuchen. Mir fehlt der Austausch mit Gleichgesinnten doch sehr.«
»Ich verstehe. Immerhin ist es Euer erster Ausflug in ein katholisches Land seit fast neun Jahren.« Verlegen schlürfte Amoret den Bodensatz des Syllabub aus Wein und Sahne. »Erinnert Ihr Euch an unser Wiedersehen in Fontainebleau?«, fragte sie schließlich. Ihre Augen begannen zu glänzen.
Jeremy nickte lächelnd. Seine blassen Wangen röteten sich leicht.
»Ich hatte nicht mehr damit gerechnet, Euch jemals wiederzusehen«, gestand Amoret. »Welch eine Überraschung das war, nach fast zehn Jahren …«
»Ihr könnt mir glauben, Mylady, dass ich diese Nacht nie vergessen werde«, sagte der Jesuit und errötete noch mehr.

Kapitel 24

Juli 1661

Geblendet blinzelte Jeremy in die gleißende Sommersonne, als das Fährschiff mit einem Ruck am Landungssteg von Fontainebleau anlegte. Der Jesuit raffte seine Soutane und sprang leichtfüßig an Land. Vor ihm erhob sich das prächtige Schloss, das François I. erbaut und sein Sohn Henri II. vollendet hatte. Weitläufige Gärten und wildreiche Wälder umgaben es. In der Ferne war eine Gruppe Reiter zu sehen, die fröhlich plaudernd zwischen den Bäumen verschwand. Das Lachen junger Mädchen wehte zu Jeremy herüber. Vielleicht begleiteten sie König Louis auf einen Ausflug.

Überwältigt von der Herrlichkeit des Schlosses, verharrte Jeremy einen Moment im Hof des Weißen Rosses und ließ den Blick schweifen, bevor er den rechten Flügel der hufeisenförmigen Treppe erstieg, die zum Piano Nobile hinaufführte. Sosehr er den Besuch des beeindruckenden Palastes genoss, hoffte er doch, seinen Auftrag so rasch wie möglich erledigen zu können. Obwohl es nun fast zehn Jahre her war, dass er sein Heimatland verlassen hatte, konnte er es kaum erwarten, wieder einen Fuß auf englischen Boden zu setzen. Und obgleich er das Ersuchen des Heiligen Vaters als Ehre betrachtete, wäre es Jeremy lieber gewesen, er hätte den Umweg über Fontainebleau nicht auf sich nehmen müssen. Als Alexander VII. erfahren hatte, dass der Jesuitenorden einen seiner Priester nach

England schickte, hatte er General Nickel um die Beförderung eines Briefes an Anna von Österreich gebeten, der nicht in falsche Hände fallen durfte. Jeremy hatte zuerst im Louvre in Paris vorgesprochen, doch dort hatte man ihm mitgeteilt, dass sich der Hof in Fontainebleau befand. Man konnte das Schloss mit dem Fährschiff in etwa zehn Stunden erreichen.

Ein wenig verloren wanderte Jeremy durch einige Säle, die mit prunkvollen Deckengemälden und Wandteppichen geschmückt waren, bevor er auf eine Wache stieß, die er nach der Königinmutter fragte. Der Soldat dirigierte ihn zu dem Flügel, in dem Anna von Österreich residierte. In einem Vorzimmer trug Jeremy sein Anliegen einem Diener vor, der ihn zu warten bat.

Stunden verstrichen. Als Jeremy einen anderen Diener ansprach, erfuhr er, dass die Königinmutter gerade zur Ader gelassen wurde und deshalb zurzeit niemanden empfangen könne.

»Wenn Ihr mir den Brief übergebt, Pater«, schlug der Lakai vor, »sorge ich dafür, dass Ihre Majestät ihn bekommt.«

»Nein, danke«, antwortete Jeremy abwehrend. »Ich muss den Brief Ihrer Majestät persönlich überreichen.«

»Dann muss ich Euch bitten, noch eine Weile zu warten, Pater. Vielleicht empfängt sie Euch heute Abend.«

Ergeben ließ sich Jeremy wieder auf die Bank nieder und wartete. Hin und wieder eilte eine Dame des Hofes oder ein Höfling vorbei und warf ihm einen neugierigen Blick zu. Doch niemand dachte daran, ihm eine Erfrischung oder einen Imbiss anzubieten. Mit knurrendem Magen rutschte Jeremy auf der Bank hin und her, während er durch die Fenster den Anblick des Parks bewunderte. Als er das Angelusläuten vernahm, gab er die Hoffnung auf, seinen Auftrag an diesem Tag noch zu erledigen.

Allmählich sank die Dämmerung herab und hüllte das Vorzimmer in Halbdunkel. Lakaien gingen von Raum zu Raum und entzündeten Leuchter, deren Kerzen die Schatten aus den Ecken vertrieben. Dennoch fühlte sich Jeremy in dem großen leeren Raum ein wenig verloren. Wie es schien, blieb ihm nichts anderes übrig, als die Nacht auf der harten Holzbank zu verbringen.
Mit einem Mal erklangen Schritte auf dem Marmorboden. Ein Edelmann von recht kleiner Statur betrat das Vorzimmer und verbeugte sich galant vor dem Jesuiten.
»Ihr seid Pater Blackshaw?«, fragte er mit starkem gascognischem Akzent. Auf Jeremys bestätigendes Nicken hin stellte er sich vor: »Antoine Nompar de Caumont, Marquis de Puyguilhem, Comte de Lauzun, zu Euren Diensten. Ihre Majestät bedauert es sehr, Euch heute nicht mehr empfangen zu können, und bittet Euch, sie zu entschuldigen.«
Der kleine Höfling musterte den Priester mit unverhohlen neugierigem Blick, den Jeremy ein wenig befremdlich fand. Der Comte de Lauzun war nicht eben attraktiv, man konnte ihn sogar geradezu als hässlich bezeichnen, doch sein Lächeln entbehrte nicht eines gewissen Charmes.
»Ihre Majestät wird Euch morgen früh nach der Messe empfangen, Pater«, fuhr Lauzun fort. »Man hat mir aufgetragen, Euch eine Unterkunft für die Nacht zuzuweisen. Wenn Ihr mir folgen wollt.«
An der Tür wartete ein Bediensteter, der einen Leuchter trug. Dankbar folgte Jeremy dem gascognischen Edelmann durch die dunklen Säle. Das Schloss wirkte verlassen, doch der Schein trog, wie der Jesuit bald feststellte. Hinter verschlossenen Türen war leise Musik zu hören und die Stimmen von Menschen, die sich Vergnügungen hingaben. Als sie eine Treppe zum Obergeschoss erklommen, ließen sie die fröhli-

chen Laute hinter sich. Unter dem Dach des einstöckigen Flügels, in dem sie sich befanden, lagen die Schlafgemächer der Höflinge. Der Comte de Lauzun blieb schließlich vor einer Tür stehen und wandte sich dem Priester zu.

»Trotz seiner Größe bietet das Schloss wenig Raum für Gästezimmer«, erklärte er. »Hier könnt Ihr jedoch in aller Ruhe die Nacht verbringen.«

Noch bevor Jeremy etwas entgegnen konnte, öffnete der Höfling die Tür und hieß den Diener, die Kerzen in einem dreiarmigen Leuchter zu entzünden, der auf einer Truhe stand. Nur zögernd betrat Jeremy das Gemach, das aus einem einzigen Raum bestand. Es enthielt ein mit Vorhängen versehenes Bett, zwei Polsterstühle, einen Hocker, einen kleinen Tisch, auf dem einige Schreibutensilien lagen, eine spanische Wand und die mit Leder bezogene Kleidertruhe.

»Dieses Gemach ist bewohnt«, stellte Jeremy mit einem Blick fest. »Hier kann ich unmöglich übernachten.«

»Ich versichere Euch, dass der Eigentümer, der Comte de Saint-Aignan, sich zurzeit nicht in Fontainebleau aufhält und vor morgen Nachmittag nicht zurückerwartet wird. Fühlt Euch also wie zu Hause, Pater. Morgen wird ein Hausmädchen das Gemach herrichten und das Bett frisch überziehen. Eine geruhsame Nacht wünsche ich.«

Mit einer vollendeten Verbeugung und einem schelmischen Lächeln zog sich der Comte de Lauzun zurück und schloss die Tür.

Unschlüssig blieb Jeremy einen Moment in der Mitte des Gemachs stehen und überlegte, ob dem Angebot des kleinen Gascogners zu trauen war. Doch dann begann er die Erschöpfung von der Reise in seinen Gliedern zu spüren. Der Gedanke, sich auf einer Matratze ausstrecken zu können, war verlockend. Sein Magen knurrte noch immer, doch von seinen langen Reisen nach Indien war er Entbehrungen gewohnt. Auf dem kleinen Tisch standen ein Krug mit Wein und zwei Becher. Zumindest konnte er seinen Durst löschen. Schon beim ersten Schluck fiel ihm auf, dass der Wein sehr stark war. Viel wagte er auf leeren Magen nicht davon zu trinken, sonst verschlief er womöglich am Morgen die Frühmesse.

Noch immer zögernd, betrachtete Jeremy das vierpfostige Bett. Dabei sah er die Ecke eines Rollbetts unter der bodenlangen Überdecke hervorlugen. Es lief auf Rollen und ließ sich leicht unter dem Bett hervorziehen. Vermutlich nächtigte gewöhnlich der Kammerherr des Comte de Saint-Aignan darauf. Prüfend blickte sich Jeremy in dem Gemach um und entschied sich schließlich zu einem Kompromiss. Selbst wenn der rechtmäßige Bewohner unverhofft zurückkehren sollte, mochte er an einem ungebetenen Gast auf dem Rollbett seines Dieners weniger Anstoß nehmen als in seinem eigenen. Um ungestört zu sein, schob der Jesuit das Rollbett hinter die spanische Wand, die breit genug war, um es ganz zu verdecken. Schließlich stellte Jeremy noch den gepolsterten Hocker hinter den Schirm. Da er am Morgen der Königinmutter nicht in völlig zerknitterter Soutane unter die Augen treten wollte, zog er sie nach reiflicher Überlegung aus, faltete sie sorgfältig zusammen und legte sie auf den Hocker. Dann wusch er sich in der Waschschüssel aus Zinn, die auf der Truhe stand, das Gesicht, löschte die Kerzen und streckte sich unter der Decke aus grober Leinwand auf dem Rollbett aus. Als sein Kopf das harte Kissen berührte, spürte er die Wirkung des genossenen Weins. Für einen Moment drehte sich alles um ihn. Jeremy schloss die Lider, die ihm bleischwer erschienen.

Kaum war er eingeschlafen, als ein Geräusch ihn auffahren ließ. Jemand öffnete die Tür und trat über die Schwelle. Zuerst glaubte der Priester, der Comte de Lauzun sei zurückgekehrt, um sich zu erkundigen, ob er noch etwas brauchte. Doch dann wehte ihm der leichte Luftzug, der vom Korridor durch die Tür hereinfuhr, den blumigen Duft eines Damenparfums in die Nase.

»Soll ich Euch beim Entkleiden helfen, Madame?«, fragte eine junge Frau.

»Ja, Thérèse. Wir haben nur wenig Zeit«, antwortete eine zweite. »Aber bring mir erst noch etwas Wein.«

Das Rascheln von Seidenröcken und das Klappern von Absätzen auf dem Holzfußboden waren zu hören, als die Kammerzofe an die Truhe trat.

»Merkwürdig«, entfuhr es ihr, »ich hatte die Becher doch ausgewaschen.«

Jeremy erstarrte. Er musste sich beherrschen, den kleinen Gascogner nicht zu verfluchen, der ihm diesen üblen Streich gespielt hatte. Sicherlich war es kein Zufall, dass die beiden Frauen gerade in diesem Moment in der Kammer auftauchten. Die eine war zweifellos eine Bedienstete, die andere vermutlich eine Dame des Hofes. Es blieb ihm wohl nichts anderes übrig, als sich zu erkennen zu geben. Doch er zögerte, halb angezogen, wie er war, aus dem Bett zu steigen. Das Problem löste sich schließlich von selbst. Einer Eingebung folgend, durchquerte die Zofe das Gemach und blickte hinter den Wandschirm. Erschrocken fuhr sie zurück.

»Madame! Da ist ein fremder Mann.«

»Lass mich sehen«, rief die Dame neugierig und eilte an die Seite der Bediensteten.

Jeremys Herz machte plötzlich einen Sprung. Noch bevor sie um den Wandschirm trat, hatte er ihre Stimme erkannt. Amoret! Obwohl sie sich in den vergangenen zehn Jahren sehr verändert hatte, war sie doch immer noch die Gleiche. Schlank und hochgewachsen, trug sie das enggeschnürte Kleid aus ro-

ter Seide mit natürlicher Anmut. Das schwarze Haar fiel in unzähligen Ringellocken auf ihre entblößten Schultern. Ihr Gesicht hatte die kindliche Weichheit noch nicht völlig verloren, doch es war ein wenig schmaler geworden, so dass man den Ansatz der Wangenknochen sah. Ihre Lippen waren voll und rot wie dunkler Burgunder. Jeremy sah jedoch nur ihre großen schwarzen Augen, die bei seinem Anblick in überschwenglicher Freude aufleuchteten.
»Jeremy!«, hauchte sie mit einer Stimme, die nichts Kindliches mehr hatte. Ihre Hand fuhr an ihren Hals, den ein Smaragdband schmückte. »Das ist doch nicht möglich ... Jeremy ...«
Ehe er etwas sagen konnte, hatte sich Amoret in einer Wolke roter Seide vor dem Rollbett auf die Knie geworfen und fiel ihm mit tränenfeuchten Augen um den Hals. Ihr warmer Mund presste sich mit einer Leidenschaft auf den seinen, dass ihn erneut ein Schwindel erfasste. Zu verdutzt, um sich gegen sie zu wehren, ließ er geschehen, dass sich seine Lippen unter dem feurigen Ansturm öffneten und ihrer Zunge Zugang gewährten. Verwirrt spürte er ein nie gekanntes Flattern in seinem Magen, das sich wie ein Blitz in seinem ganzen Körper ausbreitete. Es war nicht der erste Kuss seines Lebens, doch nie zuvor hatte er dabei ein dermaßen aufwühlendes Lustgefühl erlebt. Sicher war der Wein schuld, den er zuvor wider besseres Wissen getrunken hatte. Bald verdrängte Jeremys kalte Überlegung jedoch den Sturm der Gefühle, und er war wieder Herr seiner Sinne. Amoret hielt ihn so fest, dass er sich nur mit Gewalt hätte befreien können. Und so blieb ihm nichts anderes übrig, als sie gewähren zu lassen. Die Erkenntnis, dass er ihren leidenschaftlichen Kuss nicht erwiderte, durchdrang allmählich Amorets Freudenrausch. Enttäuscht löste sie sich von ihm und sah ihn fragend an.

»Erkennt Ihr mich denn nicht?«, fragte sie mit einer Naivität, die ihm trotz allem ein Lächeln entlockte.
»Aber natürlich, Madame. Wie könnte ich Euch vergessen?«, sagte er sanft.
Verwirrt glitt ihr Blick zu dem Priesterkragen, der neben der zusammengefalteten Soutane auf dem Hocker lag.
»Ihr seid Geistlicher geworden?«, stieß sie bestürzt hervor. Ihr stieg so schlagartig das Blut in die Wangen, dass sie ihre Haut erglühen fühlte. »Verzeiht. Ich wollte Euch nicht in Verlegenheit bringen.«
»Ihr konntet es ja nicht wissen«, sagte er versöhnlich.
In diesem Moment kratzte jemand an der Tür.
»Heilige Jungfrau!«, flüsterte Amoret erschrocken. »Der König!«
Entsetzt sah Jeremy sie an. »Der König? Aber was ...«
Gebieterisch legte sie ihm den Finger auf die Lippen. »Rührt Euch nicht und sagt kein Wort.«
Rasch huschte sie hinter dem Wandschirm hervor und rückte ihn noch ein wenig zurecht, als die Kammerfrau den Besucher bereits hereinließ. Hölzerne Absätze klapperten auf dem Boden, dann wurde die Tür geschlossen. Jeremy vermutete, dass die Zofe gegangen war. Nun wurde ihm endgültig klar, weshalb der Comte de Lauzun ihn in diesem Gemach untergebracht hatte. Sicherlich wusste er, dass der König von Frankreich hier an diesem Abend ein Stelldichein mit einer Dame seines Hofes hatte. Mit diebischem Vergnügen stellte sich der Schelm jetzt wahrscheinlich vor, wie der Monarch statt seiner Geliebten einen Jesuitenpater im Bett vorfand. Jeremy konnte sich nur dazu beglückwünschen, dass er durch seine Wahl des Rollbetts den hinterhältigen Schabernack vereitelt hatte.
»Wie schön Ihr seid, Madame«, sagte Louis. »Lasst nur. Ich werde heute Eure Kammerzofe sein.«

Jeremy hörte, wie geschickte Finger die Schnürbänder des roten Seidenkleides lösten, wie Ober- und Unterröcke raschelnd zu Boden glitten, wie Lippen die nackte Haut des Mädchens liebkosten, dessen Schutz ihm einst anvertraut worden war. Was Amorets Kuss nicht vermocht hatte, gelang nun den Zärtlichkeiten des Königs, die er mit anhören musste. Die Scham ließ ihn so stark erröten, dass er spürte, wie das Blut in seinen Schläfen hämmerte. Er ersehnte nichts so sehr, als das Gemach verlassen zu können. Doch das war unmöglich! Schließlich hielt er sich mit aller Kraft die Ohren zu, um die Liebesseufzer, das Keuchen der Lust und das Knarren des Bettes nicht mehr zu vernehmen, aber auch das nutzte nichts. Er löste die Hände von den Ohren und ertappte sich dabei, wie er den wollüstigen Lauten lauschte. Mit klopfendem Herzen versuchte er zu ergründen, ob sich Amoret – seine kleine, süße Amoret – dem König freiwillig hingab, ob sie unter seiner leidenschaftlichen Besitznahme litt, ob er ihr Schmerz zufügte oder ob sie seine Liebkosungen genoss. Ihr tiefes kehliges Stöhnen verriet ihm schließlich, dass Louis offenbar erfahren und rücksichtsvoll genug war, um ein unschuldiges Mädchen – war Amoret noch unschuldig? – zur Erfüllung der Lust zu führen.

Allmählich wurde es ruhiger hinter den Vorhängen des Bettes. Leise Stimmen waren zu hören, ein perlendes Lachen, das Ächzen der Matratze unter zwei sich umschlingenden Körpern. Jeremy lag stocksteif da und wagte kaum zu atmen. Sein Rücken und seine Beine begannen zu schmerzen, doch er konnte es nicht riskieren, eine bequemere Haltung einzunehmen. Auch wenn Louis beschäftigt war, würde er seine Bewegung hören.

Etwa zwei Stunden mochten vergangen sein, als der König das Bett verließ und sich ankleidete. Ein letzter Kuss, eine

Umarmung, dann war er fort. Jeremy hörte Amoret seufzen. Geduldig wartete er ab, bis sie sich notdürftig angekleidet hatte und hinter den Wandschirm trat.

»Amoret ...«, sagte er mit einer Wehmut, die ihr ins Herz schnitt. »Wie konnte es so weit kommen?«

Er richtete sich auf und legte sich die grobe Decke um die Schultern. Das Hemd und die Kniehosen, die er unter der Soutane trug, wenn er auf Reisen war, schienen ihm ausreichend Schutz gegen ihre Verführungskraft zu bieten. Und so wies er einladend neben sich auf das Rollbett.

»Setzt Euch zu mir, Amoret, und berichtet mir, was Euch in den letzten Jahren widerfahren ist.«

Sie gehorchte, die Augen niedergeschlagen. Das Vergangene war schnell erzählt. Die Familie ihrer Mutter hatte sie aufgenommen und zur Erziehung ins Kloster in Saintes geschickt. Obgleich ihre Verwandten nur über wenig Geld verfügten, hatten sie sie bei Hofe eingeführt in der Hoffnung, dass sie dort einen wohlhabenden Edelmann fand, der um ihre Hand anhielt. Die Mittel für das Hofkleid hatten sich die Rochechouarts borgen müssen. Sie waren verarmt, besaßen jedoch großen Einfluss in Adelskreisen, so dass Amoret vor vier Monaten die Stellung einer Ehrenjungfer im Gefolge der jungen Henriette von England erlangt hatte. Die Prinzessin war gerade die Gemahlin von Monsieur, dem Bruder des Königs, geworden.

»Kaum war Henriette mit Monsieur verheiratet, bemerkte Louis, wie charmant und lebensfroh sie im Vergleich zu der eher steifen und zurückhaltenden Königin Marie-Thérèse war«, fuhr Amoret in ihrem Bericht fort. »Die beiden kamen sich näher. Dies blieb nicht unbemerkt. Monsieur beschwerte sich bei der Königinmutter, die ihren ältesten Sohn ins Gebet nahm. Da ersannen der König und Madame einen Plan, wie sie

sich weiterhin heimlich treffen könnten, ohne Verdacht zu erregen. Louis sollte vorgeben, er sei in eine von Henriettes Ehrenjungfern verliebt. Wir waren zu viert. Da waren Mademoiselle de Pons, Mademoiselle de Chimerault, Mademoiselle de La Vallière und ich. Zuerst machte er allen den Hof. Dann fiel sein Auge auf mich. Er umwarb mich, und ich gab nach.«
»Ihr hättet ihm widerstehen können«, tadelte Jeremy ihre Leichtfertigkeit. »Liebt Ihr ihn?«
Nicht, wie ich Euch liebe, dachte Amoret, doch sie sprach den Gedanken nicht aus. »Wie könnte man ihn nicht lieben? Er ist jung, schön und vollendet galant. Er ist der König.«
»Ach, Amoret! Das Hofleben liegt Euch doch gar nicht«, erwiderte er überzeugt. »Ihr seid viel zu aufrichtig und offenherzig. Dieser Sündenpfuhl würde Euch zerstören.«
»Was habt Ihr erwartet, als Ihr mich meiner adligen Familie übergabt?«, fragte sie herausfordernd. »Für mich ist die Aufmerksamkeit des Königs die beste Chance, bei Hof voranzukommen.«
Jeremys Miene wurde ernst. Sie hatte recht. Er konnte ihr nicht die Schuld geben.
»Was ist mit Euch? Wie seid Ihr eigentlich in dieses Gemach geraten?«, erkundigte sich Amoret.
»Ich kam nach Fontainebleau, um der Königinmutter einen Brief Seiner Heiligkeit zu überbringen. Leider konnte Ihre Majestät mich nicht empfangen, so dass ich schon fürchtete, die Nacht in einem düsteren Vorzimmer verbringen zu müssen. Der Comte de Lauzun kam mir zu Hilfe – so glaubte ich zumindest.«
Amoret brach in Lachen aus. »Péguilin, dieser unverbesserliche Spaßvogel! Natürlich wusste er, dass Louis mich heute Nacht im Gemach des Duc de Saint-Aignan treffen wollte. Das ist nicht sein erster Streich, müsst Ihr wissen.«

Schmunzelnd zog sie den Schal, den sie sich anstandshalber um die vom Ausschnitt des Kleides entblößten Schultern geworfen hatte, enger um sich. »Was hat Euch bewogen, Priester zu werden?«

Er lächelte bitter. »Die Erkenntnis, dass ich als Arzt so vielen Krankheiten hilflos gegenüberstand. Es erschien mir schließlich wichtiger, die Seele der Menschen zu retten. Der Jesuitenorden bot mir außerdem die Möglichkeit, in fremde Länder zu reisen und die dortige Medizin zu studieren.«

»Erzähl mir davon«, bat sie. Wie damals auf der Flucht vor den Häschern Cromwells lehnte sie vertrauensvoll den Kopf an seine Schulter. Er ließ es geschehen. Über eine Stunde lang berichtete er von seinen Reisen im geheimnisvollen Indien, während der er neue Arzneien und Behandlungsmethoden kennengelernt hatte.

»Und weshalb seid Ihr nach Frankreich zurückgekehrt?«, fragte Amoret, die allmählich schläfrig wurde.

»Ich bin nur auf der Durchreise«, erklärte Jeremy. Er hatte den Arm um sie gelegt, um sie zu stützen. »Wenn ich der Königinmutter den Brief Seiner Heiligkeit übergeben habe, reise ich weiter nach England, um in London als Missionar zu arbeiten.«

Es dauerte einen Moment, bis Amoret klarwurde, was seine Worte bedeuteten. Als die Erkenntnis in ihrem Kopf Gestalt annahm, fuhr sie entsetzt auf und sah ihn mit schreckgeweiteten Augen an.

»Aber das Gesetz, das jeden römischen Priester zum Schafott verurteilt, der es wagt, englischen Boden zu betreten, ist doch noch in Kraft! Es ist kaum zehn Jahre her, dass Pater Wright in Tyburn gehängt und geviertteilt wurde. Ihr riskiert Euer Leben!«

»Die Zeiten haben sich geändert, Madame«, widersprach Jeremy gelassen. »Nun ist Charles II. auf dem Thron. Wie Ihr wisst, ist er den Katholiken zugetan. Unter seiner Herrschaft wird es sicherlich keine Hinrichtungen römischer Priester mehr geben.«

»Dennoch begebt Ihr Euch in Gefahr, wenn Ihr nach England zurückkehrt. Man könnte Euch verhaften und in den Kerker werfen … Euch misshandeln …« Die Vorstellung krampfte Amoret so schmerzhaft das Herz zusammen, dass sie in Tränen ausbrach. »Ich könnte es nicht ertragen, wenn Euch etwas zustoßen würde«, stammelte sie schluchzend.

»Schon gut. Beruhigt Euch, meine Liebe«, sagte Jeremy tröstend und wiegte sie wie ein Kind. »Mein Leben liegt in Gottes Hand.«

Und Gottes Wille offenbart sich in den Handlungen der Menschen, dachte Amoret. Hatte nicht Ignatius von Loyola etwas Ähnliches gesagt? In ihrem Kopf formte sich ein Plan, den sie schweigend ausbaute. Ihre Tränen versiegten. Glückselig genoss sie es, in seinen Armen zu liegen, seine Nähe, seine Wärme zu spüren, die sie so lange vermisst hatte. Ihr leeres, unerfülltes Leben hatte auf einmal wieder einen Sinn.

Kapitel 25

Juni 1669

Vor dem strahlend blauen Himmel zeichnete sich die prachtvolle Westfassade der Kathedrale Notre-Dame ab. Über den drei Portalen war das berühmte Rosenfenster zu sehen, darüber erglühte die feine Maßwerkgalerie in der Morgensonne. Die beiden viereckigen Türme verliehen der Kathedrale etwas Wuchtiges. Sie beherrschte die Ile du Palais, da sie alle anderen Gebäude überragte.
Amoret bedeutete ihren Begleitern, dass sie ihr Ziel fast erreicht hatten. Das Haus in der Rue de l'Arbre Sec war nicht mit einer Remise ausgestattet, so dass Amoret während ihres Aufenthalts keine Kutsche unterhalten konnte. Und da in Paris nur die Armen zu Fuß gingen, hatten sie, Breandán, Pater Blackshaw, Armande und Jane eine Mietkutsche bestiegen, um zur Notre-Dame zu gelangen.
Obwohl Sir Orlando an einem Besuch der Kathedrale durchaus Interesse gehabt hätte, hatten sie ihn mit dem Perückenmacher zu Hause zurückgelassen, weil er noch immer seinen Knöchel schonen musste.
Während der Fahrt brachte Jeremy das Gespräch auf ihre Mission: »Wie sind Eure Pläne, Madam?«
»Ich werde mich bei Hofe umhören. Vielleicht schnappe ich etwas Interessantes auf«, erwiderte Amoret.
»Versucht herauszufinden, wo Sir William Fenwick gewöhn-

lich Quartier nahm, wenn er sich in Paris aufhielt. Es kann nichts schaden, Erkundigungen über ihn einzuholen.«

Auf dem Domvorplatz angekommen, reihte sich die Mietkutsche unter dem Läuten der Glocken in die lange Reihe von Karossen ein, die wohlhabende Pariser zur Messe brachten. Die in ihrem Sonntagsstaat herausgeputzten Bürger mischten sich unter das gemeine Volk, das der Kathedrale zuströmte.

Amoret machte Jane auf das Hôtel-Dieu, das Stadthospital, aufmerksam, das in einem prächtigen jahrhundertealten Gebäude zu ihrer Rechten untergebracht war.

»Wen stellt diese Statue dar?«, fragte Jane interessiert und wies auf eine Figur, die an einer Säule lehnte. In der einen Hand hielt sie ein Buch, in der anderen einen Stab, um den sich Schlangen wanden.

»Das ist der Große Faster«, erklärte Amoret. »Niemand weiß, wen die Statue darstellt, vielleicht Christus oder Äskulap. Sie hat ihren Namen erhalten, weil sie schon seit Jahrhunderten da steht, ohne zu essen oder zu trinken. Die Pariser lieben solche Wortspiele.«

Unter den Blicken der achtundzwanzig Könige, die in einer langen Reihe die Fassade schmückten, betraten Amoret und ihre Begleiter die Kathedrale durch das Portal der Jungfrau, in dessen Giebelfeld die Krönung Mariens dargestellt war. Während sie durch das Hauptschiff schritten, kam Jane aus dem Staunen nicht mehr heraus. Die Morgensonne ließ die bunten Glasfenster aufglühen. Rote, blaue, grüne und gelbe Farbtupfer erweckten die Wandmalereien zum Leben. Überall flackerten goldene Flämmchen auf den Bienenwachskerzen und überzogen alles mit einem warmen Leuchten, ohne jedoch die Düsternis der alten Kathedrale verscheuchen zu können. Schwaden verbrannten Weihrauchs schwebten durch das In-

nere. Nach der Messe empfing Jane voller Stolz das erste Mal die Kommunion in einer katholischen Kirche.
»Das ist schon etwas anderes, als seine Religion heimlich in einer Dachkammer ausüben zu müssen«, gestand sie Amoret auf der Heimfahrt. »Man fühlt sich frei und hat nicht ständig den Drang, sich umzuschauen, ob man beobachtet wird.«
»Ihr seid ein wenig weiß um die Nase, meine Liebe«, bemerkte Amoret. »Hoffentlich war der Ausflug in Eurem Zustand nicht zu viel für Euch.«
»Um nichts in der Welt hätte ich darauf verzichten wollen«, sagte Jane inbrünstig.
In ihr Haus in der Rue de l'Arbre Sec zurückgekehrt, verfasste Amoret einen Brief an Monsieur und schickte Breandán damit zum Palais Royal. Die Antwort kam umgehend und enthielt eine Einladung zu einem Ball, den der Bruder des Königs und seine Gemahlin am folgenden Abend gaben. Philippe zeigte sich hocherfreut, dass sie wieder im Lande war, und bat sie, etwas früher zu erscheinen, damit sie ein wenig über alte Zeiten plaudern konnten.
»Ihr werdet mich doch begleiten, Armande«, bat Amoret ihre Freundin.
Diese war von der Einladung wenig begeistert. »Aber Madame«, widersprach sie, »ein Empfang wie dieser ist nicht der richtige Ort für mich.«
»Weshalb? Weil Ihr einmal als Kammerfrau gearbeitet habt? Niemand weiß hier davon. Ich brauche Eure Hilfe, sonst würde ich Euch nicht bitten. Ich habe nur ein Paar Augen und Ohren. Ihr könnt Euch unter die Gesellschaft mischen und zuhören, was geredet wird.«
»Also gut, Madame. Wenn es Euch wirklich hilft, werde ich mitkommen.«

In Breandáns und Armandes Begleitung fuhr Amoret am folgenden Abend vor dem Palais Royal vor. Ein Bediensteter in Livree führte sie in einen Salon, in dem der Bruder des Königs ins Gespräch mit einem gutaussehenden blonden Edelmann vertieft war. Als Philippes Blick auf Amoret fiel, die in eine anmutige Reverenz sank, eilte er ihr gutgelaunt entgegen, nahm ihre Hand und hob sie auf.
»Madame, welche Freude, Euch wiederzusehen.« Er wandte den Blick dem jungen Höfling zu, der am Kamin stehen geblieben war. »Darf ich vorstellen, Madame, Philippe de Lorraine-Armagnac, mein teuerster Freund.«
Der Chevalier verbeugte sich ein wenig steif. Offenbar kam ihm die Unterbrechung nicht sehr gelegen. Amoret spürte, wie ihr seine Blicke unter die Haut gingen, als er sie abzuschätzen versuchte. Da sie Monsieurs Neigungen kannte, ahnte sie, welcher Natur die Beziehung der beiden Männer war.
»Lasst mich Euch die Änderungen zeigen, die ich in den letzten Jahren hier im Palast vorgenommen habe, Madame«, sagte der Bruder des Königs mit schwärmerischem Blick. »Ihr wisst sicher noch, wie heruntergekommen das damalige Palais Cardinal nach der Fronde war. Ein Teil des Daches war eingestürzt, und der Regen hatte Wände und Böden in Mitleidenschaft gezogen.« Er warf dem Chevalier de Lorraine einen liebenswürdigen Blick zu. »Seid so gut und seht nach, ob alles für den Empfang vorbereitet ist, Monsieur. Ich stoße in Kürze wieder zu Euch.«
Mit sichtbarem Stolz führte Philippe d'Orléans Amoret durch seinen Palast. In der Galerie und den Salons schmückten kostbare Wandbehänge mit Szenen aus der griechischen Mythologie und Gemälde von Tizian, Tintoretto und Van Dyck die Wände. Ohne heucheln zu müssen, sprach Amoret

ihm ihre Bewunderung für seinen guten Geschmack aus. Monsieur sonnte sich mit Vergnügen in ihrem Lob. Sie wusste, dass er keine einfache Kindheit gehabt hatte. Von klein auf hatte er im Schatten seines königlichen Bruders gestanden, war ihm stets zu Gehorsam verpflichtet und durfte ihn in seinen Fähigkeiten nie überstrahlen. Ihre Mutter Anna von Österreich hatte nie einen Hehl daraus gemacht, dass sie ihren Ältesten mehr liebte als Philippe. Sie und Kardinal Mazarin hatten dafür gesorgt, dass er nie erwachsen wurde, hatten seine kindischen Spiele mit den Hofdamen gefördert und seine Neigung für gutaussehende junge Männer geduldet, wenn nicht gar begrüßt. Der kleine Monsieur sollte nicht zu einem zweiten Gaston d'Orléans heranwachsen, der sich, obwohl Onkel des Königs, während der Fronde gegen ihn verschworen hatte.
Amoret wagte nicht, zu fragen, wie sich Philippe mit seiner Gemahlin Henriette verstand. Nachdem er die damals sechzehnjährige englische Prinzessin aus Liebe geheiratet hatte, wie er behauptete, hatte er schon während der ersten Monate ihrer Ehe erkennen müssen, dass er wie in allen anderen Dingen hinter seinem Bruder zurückstehen musste, der auf einmal sein Interesse an Henriette entdeckt hatte. Und die Prinzessin, deren Traum es gewesen war, Königin von Frankreich zu werden, hatte Louis' Aufmerksamkeiten mit einem Eifer erwidert, der Philippe zutiefst demütigte. Als sich der König schließlich von Henriette abwandte, um Amoret zu umwerben, war Monsieur erleichtert gewesen. Seitdem war er ihr besonders zugetan.
»Was führt Euch nach Paris, Madame?«, fragte Philippe, als die Besichtigung abgeschlossen war.
»Meine Cousine, Madame de Montespan, hat mich eingeladen, um mich an ihrem Triumph teilhaben zu lassen, Euer

Hoheit«, log Amoret. Sie musste unbedingt mit Athénaïs sprechen, damit sie ihre Behauptung bestätigte.
Monsieur lächelte. »Das passt zu ihr.« Er betrachtete sie mit leicht gerunzelter Stirn. »Ich muss sagen, dass Euer Schmuck sehr dezent ist. Sagt bloß, der König von England ist zu knauserig, um seine Mätresse mit Juwelen zu überschütten.«
Es stimmte, für den französischen Hof war ihr Schmuck sehr bescheiden.
»Ich bin nicht mehr seine Mätresse, Euer Hoheit«, entschlüpfte es ihr, ehe sie es verhindern konnte. »Mein Herz gehört einem anderen«, erklärte sie.
Als sie nichts hinzufügte, nickte er verständnisvoll. »Eine geheime Affäre also. Ihr habt so recht, wir müssen unserem Gefühl folgen.«
Sie vermutete, dass er an den gutaussehenden jungen Mann dachte, den er ihr vorgestellt hatte.
»Nun, dann werde ich Euch wohl aus der Verlegenheit helfen müssen, Madame«, sagte er mit einem verschmitzten Lächeln. »Kommt mit in meine Gemächer. In meiner Schatulle werden wir schon etwas Geeignetes finden.«
Philippes Gemächer auf der Westseite des Hauptgebäudes waren mit besonders schönen Wandmalereien ausgestattet.
»Sie wurden von Errard, einem Mitglied der Akademie, ausgeführt«, sagte er, als er Amorets bewundernden Blick bemerkte.
Der Alkoven, in dem das Bett stand, war mit üppigem goldenem Schnitzwerk verziert. Auf einem Toilettentisch mit einem hohen Spiegel häuften sich Schminkutensilien und die erwähnte Schmuckschatulle. Mit einer lässigen Bewegung griff Monsieur hinein und holte das prachtvollste Geschmeide ans Licht, das Amoret je gesehen hatte.
»Zu Euren Augen und Eurem Teint passen am besten Diamanten«, erklärte er, nachdem er sie mit kritischem Blick ge-

mustert hatte. »Die rote Farbe Eures Kleides schreit dagegen nach Rubinen.«
Wie ein Kind, das eine Puppe ankleidet, schmückte er sie mit verschiedenen funkelnden Kolliers, bis er sich für das passendste entschied. Dann wählte er schwere, wie eine Kaskade aus Blutstropfen von ihren Ohrläppchen fallende Rubinohrringe, zuletzt noch Armbänder aus mehreren Reihen Diamanten.
»Im Glanz all dieser Juwelen wirkt Ihr nun ein wenig blass«, entschied er nach genauerer Betrachtung und griff zum Rougepinsel. »Nur ein Hauch auf die Wangenknochen ... so ... und etwas Lippenrot ... nun seht Ihr aus, als habet Ihr Blut gekostet ... und noch eine Mouche an die Schläfe ... ja, jetzt seid Ihr vollkommen.« Entzückt von seinem Werk, strahlte er sie an.
Amoret fand, dass es an der Zeit war, ihn in die Wirklichkeit zurückzuholen.
»Euer Hoheit, ich denke, wir sollten zu den anderen zurückkehren. Um nichts in der Welt möchte ich das Missfallen Eures schönen Chevaliers auf mich ziehen.«
Philippe lächelte verständnisvoll. »Ihr habt recht. Er kann zuweilen ein wenig besitzergreifend sein. Aber ich kann ohne ihn nicht leben.«
Er sah sie herausfordernd an, als erwarte er Vorwürfe. Doch Amoret wusste, dass es keinen Sinn hätte, ihn vor der Selbstsucht seines Liebhabers zu warnen.
»Solange er Euch glücklich macht, Euer Hoheit.«

Breandán, der mit Armande im Salon zurückgeblieben war, beherrschte nur mit Mühe seinen Ärger. Er wusste nicht einmal, was ihn so wütend machte. Schließlich war es offensichtlich, dass Monsieur die Gesellschaft junger Männer vorzog und dass zwischen ihm und Amoret nicht mehr war als eine alte Freundschaft. Doch er spürte instinktiv, dass die beiden Erinnerungen teilten, aus denen er ausgeschlossen war. Er wusste nichts über Amorets Zeit am französischen Hof und war nun überrascht zu sehen, mit welcher Herzlichkeit man sich ihrer erinnerte.

»Gehen wir in den Garten«, schlug der Ire vor. »Ich habe das Gefühl, in all dieser Pracht zu ersticken.«

Armande stimmte erleichtert zu. Auch sie fühlte sich von den Eindrücken überwältigt, die seit ihrer Ankunft in Frankreich auf sie eindrangen und Erinnerungen weckten, die sie lieber vergessen wollte. Der Chevalier de Lorraine mit den kalten abschätzigen Augen hatte ihr nur einen kurzen Blick zugeworfen, doch das Interesse, das sie darin las, war ihr unangenehm. Offenbar teilte er die Neigung Monsieurs nicht, sondern bevorzugte schöne Frauen. Sie hoffte sehr, ihn nie wiederzusehen.

Als sie durch eine der offen stehenden Terrassentüren in den weitläufigen Garten mit seinen Alleen und Parterres traten, fanden sie sich plötzlich der Duchesse d'Orléans gegenüber, die mit ihrem kleinen weiß-braunen Spaniel Mimi spielte. Ihr weitgeschnittenes Kleid aus blauer Seide verbarg fast völlig die Wölbung ihres Bauches. Sie war im siebten Monat schwanger.

»Monsieur Mac Mathúna, wie schön, Euch zu sehen«, sagte die Prinzessin erfreut. »Was führt Euch her?«

Madame de Saint-Chaumont, die an ihrer Seite gestanden hatte, wandte sich wie auf ein unausgesprochenes Stichwort den üppig blühenden Rosen zu und entfernte sich, in ihre Betrachtung versunken, ein paar Schritte.

»Diesmal komme ich nicht als Bote, Euer Hoheit«, erklärte Breandán rasch, damit sie sich keine falschen Hoffnungen auf

einen Brief ihres Bruders machte. »Sondern im Dienste meiner Herrin, Mademoiselle St. Clair.«
Er war immer wieder überrascht, welche Wirkung der Name seiner Frau auf Madame hatte. Ihre Lippen pressten sich zusammen, und ihre blauen Augen wurden hart.
»Lady St. Clair befindet sich in Paris?«, fragte sie und schlug gereizt mit dem Rand ihres Fächers gegen ihren blauen Seidenrock.
»Im Auftrag Eures Bruders, soviel ich weiß«, bestätigte Breandán. »Euer Gemahl hat sie zum Ball eingeladen.«
»Nun, dann bleibt mir wohl nichts anderes übrig, als sie unter meinem Dach zu dulden«, erwiderte Henriette ungnädig. Im nächsten Moment gewann ihr Stolz jedoch wieder die Oberhand, und sie zwang sich zu einem Lächeln. »Werdet Ihr heute Abend für uns singen, Monsieur?«
»Wenn Ihr es wünscht, Euer Hoheit.«
Breandán nutzte den Stimmungsumschwung der Prinzessin, um ihr Armande vorzustellen. Die ersten Gäste trafen bereits ein. Monsieur und Amoret kehrten in den Empfangssaal zurück. Als der Chevalier de Lorraine sich zu ihnen gesellte, verließ Amoret die beiden Männer unauffällig und hielt nach ihrem Gefolge Ausschau. Da lief sie ihrer Cousine Athénaïs in die Arme, die sie entgeistert ansah.
»Meine liebe Amoret, welche Überraschung«, rief die schöne Marquise aus. »Warum habt Ihr mir nicht geschrieben, dass Ihr nach Paris kommt?«
Amoret nahm sie vertraulich zur Seite. »Es war ein spontaner Entschluss. Ich bin im Dienst meines Königs hier, und ich wäre Euch sehr verbunden, wenn Ihr verbreiten könntet, dass Ihr mich eingeladen habt. Ich werde Euch später alles in Ruhe erklären. Außerdem muss ich mit Seiner Majestät sprechen.«
»Ich sehe, was ich tun kann«, versprach Athénaïs und be-

trachtete sie neugierig. »Ich muss sagen, Eure Juwelen sind prachtvoll.«
»Monsieur war so freundlich, mir eine Kleinigkeit aus seiner Schatulle zu borgen.«
Endlich entdeckte Amoret Breandán im Gespräch mit einem jungen Mann, der ihr unbekannt war.
»Wir unterhalten uns später«, sagte sie zu ihrer Cousine und gesellte sich zu den beiden. Armande war nicht bei ihnen.
Als er sie kommen sah, lächelte der junge Höfling und meinte: »Wenn ich mich nicht irre, Monsieur, ist das Eure Herrin, Mademoiselle St. Clair.«
Breandán wandte sich um und nickte. Es missfiel ihm, dass er die Rolle des Dieners spielen musste, obwohl er sich danach sehnte, auch in der Öffentlichkeit endlich als Amorets Gemahl anerkannt zu werden. Unfähig, seine Gefühle zu verbergen, stellte er ihr Hervé de Guernisac mit kühler Höflichkeit vor.
»Ihr seht mich höchst erfreut, Euch endlich kennenzulernen, Madame«, sagte der bretonische Edelmann, der Breandáns unterschwellige Gereiztheit nicht zu bemerken schien. »Ihr habt bei Hofe einen bleibenden Eindruck hinterlassen, wenn ich das so sagen darf. Man spricht noch immer über Euch.«
Amoret hätte Saint-Gondran am liebsten zur Seite genommen und ihm den Mund verboten. Da dies unter Breandáns Augen jedoch nicht möglich war, atmete sie erleichtert auf, als eine junge Frau an die Seite des Marquis trat und ihn damit veranlasste, das Thema zu wechseln.
»Darf ich Euch meine Cousine Louise-Renée de Penancoët de Keroualle vorstellen. Sie ist Ehrenjungfer in Madames Haushalt. Findet Ihr nicht, Monsieur«, wandte sich Guernisac an Breandán, »dass eine gewisse Ähnlichkeit zwischen den Damen besteht?«

Mademoiselle de Keroualle besaß tatsächlich ebenso dunkle Augen und pechschwarzes Haar wie Amoret. Sie war von noch mädchenhafter pausbäckiger Schönheit, obwohl sie auf die zwanzig zugehen musste. Doch ihr Gesicht war ein wenig breiter, ihr Mund voller, und ihre Züge waren weicher als bei Amoret. Obgleich die eine an die andere erinnerte, konnte man die beiden Damen doch nicht miteinander verwechseln.
»Wie gefällt es Euch bei Hofe, Madame?«, fragte Amoret, die sich noch genau erinnerte, wie aufregend sie das Hofleben in den ersten Jahren empfunden hatte.
»Sehr gut, Madame. Ich liebe die Feste, Molières geistreiche Theaterstücke, das Feuerwerk …«, schwärmte die junge Bretonin.
Man sah ihr an, dass sie es genoss, sich herauszuputzen, sich zu zeigen, in der Bewunderung der Männer zu baden. Amoret vermutete, dass Mademoiselle de Keroualle im Gegensatz zu ihr des Hoflebens nie überdrüssig werden würde. Vielleicht wurde auch sie eines Tages die Mätresse des Königs.
Als sich Henriette der Gruppe näherte, verstummte die Unterhaltung. Amoret sank in eine besonders demütige Reverenz und wartete geduldig, während Madame sie ohne Freundlichkeit betrachtete. Sie ließ ihre ehemalige Rivalin länger als angemessen in ihrer Reverenz verharren, überwand sich dann jedoch und nahm sie mit einem kurzen Nicken zur Kenntnis, bevor sie sich ihrer Ehrenjungfer zuwandte.
Seufzend presste Amoret die Lippen zusammen. Charles' Auftrag erforderte, dass sie mit Henriette zusammenarbeitete. Leider hatte er nicht bedacht, wie nachtragend seine Schwester sein konnte. Sie wandte sich Breandán zu, der das Manöver mit sichtlichem Erstaunen beobachtet hatte.
»Ich glaube, du kommst leichter mit ihr ins Gespräch als ich«, flüsterte sie ihm zu. »Versuch doch bitte herauszubekommen,

ob sie weiß, wo Sir William Fenwick gewöhnlich abgestiegen ist, wenn er in Paris war.«
Er gehorchte ohne ein Wort. Betrübt sah sie ihm nach. Mit bangem Herzen fragte sie sich, was sie tun sollte, wenn ihm zu Ohren kam, weshalb Prinzessin Henriette so schlecht auf sie zu sprechen war.
Aufmerksam hielt sie Ausschau nach einem Gesicht, das ihr von früher vertraut war. Der junge Saint-Gondran mochte ein amüsanter Gesprächspartner sein, doch sie war auf der Suche nach jemandem, der schon längere Zeit bei Hofe war und ihr mehr über Sir William Fenwick sagen konnte.
»Meiner Treu, Ihr seid wieder in Frankreich?«, rief plötzlich eine Frauenstimme in ihrem Rücken aus. »Das ist wahrlich eine Überraschung.«
Amoret wandte sich um und machte zum wiederholten Mal an diesem Abend einen tiefen Knicks. Allmählich begannen ihre Knie von dem ständigen Auf und Ab zu schmerzen. Am französischen Hof gab es so viel mehr Personen, die rangmäßig über ihr standen, als in Whitehall, wo es ohnehin weniger zeremoniell zuging.
»Euer Hoheit«, grüßte Amoret die hochgewachsene Dame, die ihr lächelnd bedeutete, sich zu erheben. Ihr Name war Anne-Marie-Louise d'Orléans, Duchesse de Montpensier, »Grande Mademoiselle« genannt, Tochter von Gaston d'Orléans, Onkel des Königs. Sie war eine große, grobknochige Frau mit männlichen Zügen, einer großen Nase und offenherzigen blauen Augen in einem länglichen Gesicht. Ihr sehr feines blondes Haar begann bereits zu ergrauen, obgleich sie erst zweiundvierzig Jahre alt war. Während der Fronde hatte sie auf der Seite der Adligen gestanden, die sich gegen die Autorität des Königs auflehnten. Sie war sogar so weit gegangen, die Kanonen der Bastille auf Louis' Truppen abzu-

feuern. Aber diese berüchtigte Tat lag nun siebzehn Jahre zurück und war vergeben, wenn auch nicht vergessen.
»Wie geht es König Charles?«, fragte die Grande Mademoiselle neugierig.
»Überaus gut«, antwortete Amoret. »Die Königin ist in Hoffnung, und das macht ihn sehr glücklich.«
Die Duchesse de Montpensier seufzte tief. »Zuweilen bedaure ich es, dass ich ihm nicht erlaubt habe, um meine Hand anzuhalten. Dann wäre ich jetzt Königin von England. Aber damals lebte er im Exil, ein König ohne Reich, und es sah nicht danach aus, als würde sich das jemals ändern. Ich sah wohl ein wenig auf ihn herab. Dabei ist er ein so stattlicher Mann.« Sie lächelte melancholisch. »Aber auch ein kleiner Mann kann beeindruckend sein. Habt Ihr schon den Comte de Lauzun begrüßt? Er muss hier irgendwo sein.«
Mademoiselle bemerkte nicht, wie Amoret bei der Erwähnung dieses Namens errötete.
»Nein, Euer Hoheit. Ich bin ihm heute Abend noch nicht begegnet«, beeilte sie sich zu sagen.
Es gelang ihr, das Gespräch auf ein anderes Thema zu lenken. Sie erzählte vom englischen Hof und erwähnte schließlich den Tod von Sir William Fenwick.
»Er soll damals Ende der vierziger Jahre auch am französischen Hof verkehrt haben. Erinnert Ihr Euch an ihn?«
Nachdenklich legte die Prinzessin die Stirn in Falten. »Wartet einmal. Sir William Fenwick? Ja, ich weiß, wen Ihr meint. Nach dem Tod von Charles I. kam er mit einer Reihe anderer Höflinge nach Frankreich. Da er einen bedeutenden Anteil am Gelingen von Madames Flucht aus England hatte, stand er hoch in der Gunst ihrer Mutter Henriette-Marie. Doch soweit ich mich erinnere, musste sie oftmals ein gutes Wort für ihn einlegen.«

»Weshalb denn?«
»Sir William war ein unverbesserlicher Schürzenjäger. Dabei soll er sich nicht damit begnügt haben, nur ungebundenen Frauen den Hof zu machen, wenn Ihr versteht, was ich meine. Heutzutage mag man darüber hinwegsehen, wenn sich eine verheiratete Frau einen Liebhaber nimmt, aber damals galt noch eine strengere Moral.«
»Was war Eure Meinung über Sir William?«, fragte Amoret.
»Ich bin ihm nur einige Male begegnet, meine Liebe, und ich fand ihn wenig sympathisch. Er war arrogant und sehr von sich eingenommen.«
»Habt Ihr eine Ahnung, wer mir mehr über ihn sagen könnte?«
»Nun, an erster Stelle natürlich Henriette-Marie. Aber unter den älteren Damen gibt es sicherlich etliche, die ihn in wenig guter Erinnerung haben.«
Amoret dankte der Grande Mademoiselle und machte sich auf die Suche nach ihrer Begleitung. Das Orchester, bestehend aus vierundzwanzig Violinen, begann zu spielen. Wie aufs Stichwort erschien Hervé de Guernisac an ihrer Seite und forderte sie zum Tanz auf. Amoret war zu überrumpelt, um abzulehnen. Da sie weder Breandán noch Armande in der Menge entdecken konnte, nahm sie mit einem Schulterzucken an.
Während sie sich in die Aufstellung einreihten, fragte Amoret: »Habt Ihr zufällig Monsieur Mac Mathúna gesehen, Marquis?«
»Vor wenigen Augenblicken befand er sich im Gespräch mit Madame«, antwortete er. »Ihre Hoheit scheint Gefallen an ihm zu finden. Was ist er eigentlich ... Euer Diener ... Euer Leibwächter oder gar ...« Im Flüsterton fügte er hinzu: »Euer Liebhaber?«

Die Tanzformation trennte sie und enthob Amoret zu ihrer Erleichterung einer Antwort. Als sie das nächste Mal auf den Bretonen traf, wechselte sie das Thema: »Seid Ihr eigentlich verheiratet, Monsieur?«

»Nein, Madame. Ich habe erst vor einem Jahr den Titel von meinem Vater geerbt«, antwortete er. Seine Miene hatte sich verdüstert, und er schien auf einmal mit den Gedanken weit entfernt zu sein. Offenbar trauerte er noch um seinen Vater.

»Mein Beileid, Monsieur«, sagte Amoret mitfühlend.

Der Tanz endete, und die junge Frau nutzte die Gelegenheit, sich einen kleinen Imbiss zu genehmigen. Der Marquis de Saint-Gondran führte sie zu den drei mit bodenlangen Damasttischdecken bedeckten Tafeln, auf denen sich silberne Schüsseln mit den verschiedensten Gerichten aneinanderreihten. Galant wählte er einige schmackhafte Leckerbissen aus und reichte sie Amoret.

»Habt Ihr Geschwister, Monsieur?«, fragte sie, um das Gespräch in unverfänglichen Bahnen zu halten.

»Nein, Madame, leider nicht«, antwortete der Marquis melancholisch. »Meine Mutter starb früh, und mein Vater verheiratete sich nicht wieder.«

»Eure Kindheit muss sehr einsam gewesen sein.«

»Zum Glück hatte ich eine Amme, die mich vergötterte.«

Auf einmal entdeckte Amoret zwischen den Gästen Armande, die mit dem Chevalier de Lorraine sprach. Guernisac folgte ihrem Blick und bemerkte ihre besorgte Miene.

»Er ist sehr gutaussehend, der Lothringer, nicht wahr? ›Schön, wie man die Engel malt‹, sagte der Abbé de Choissy über ihn. Recht treffend, finde ich. Aber wenn Ihr meine Meinung hören wollt, Madame, haltet Euch fern von ihm. Er ist das bösartigste Geschöpf unter der Sonne. Madame leidet sehr unter seiner Gegenwart. Lorraine ist der mittellose jüngere Sohn des Comte d'Harcourt. Monsieur ist ihm so sehr verfallen, dass er ihm eine reich ausgestattete Zimmerflucht im Palais Royal eingerichtet hat und ihn mit Geschenken überhäuft. Erst kürzlich gelang es dem Chevalier, Monsieur gegen seinen Großalmosenier Cosnac, Bischof von Valence, aufzubringen, so dass er ihn zwang, sein Amt zu verkaufen und sich in seine Diözese zurückzuziehen. Madame war Cosnac, der einen mäßigenden Einfluss auf den Bruder des Königs ausübte, sehr zugetan und verließ sich oft auf seinen Rat. Seine Ungnade hat sie tief getroffen, denn dadurch verlor sie einen Freund. Es ist wirklich eine Schande.«

Als Armande Amorets Blick begegnete, nutzte die Französin mit sichtlicher Erleichterung die Gelegenheit, sich der Gesellschaft des Chevalier de Lorraine zu entziehen.

»Habt Ihr Monsieur Mac Mathúna gesehen?«, fragte Amoret, ohne ihre Befangenheit verbergen zu können.

»Ich habe eben noch mit ihm gesprochen«, klärte Armande sie auf. Dem Marquis einen entschuldigenden Blick zuwerfend, zog sie ihre Freundin ein wenig zur Seite. »Madame hat ihm mitgeteilt, dass Sir William Fenwick seit vielen Jahren in der Herberge ›Zu den drei Glocken‹ in Saint-Germain-des-Prés Quartier nahm.«

»Gut, das wird Pater Blackshaw bei seinen Nachforschungen weiterhelfen. Aber wo ist Breandán jetzt?«

»Ich weiß nicht, Madame.«

Die Grande Mademoiselle, die Amorets spähende Blicke bemerkte, mischte sich in das Gespräch der beiden Frauen. »Sucht Ihr jemanden, Madame?«

»Ja, Euer Hoheit, meinen irischen Begleiter, Monsieur Mac Mathúna.«

Die Prinzessin machte ein betretenes Gesicht. »Oh, ich fürchte, er ist fort. Es tut mir so leid, aber ich glaube, es ist meine

Schuld. Mademoiselle de Keroualle fragte, weshalb Madame so schlecht auf Euch zu sprechen sei, und ich erzählte ihr, was damals vorgefallen war. Zufällig muss Euer Ire unser Gespräch mit angehört haben. Als er erfuhr, dass Ihr – wenn auch nur für kurze Zeit – die Mätresse des Königs wart, wurde er weiß wie die Wand. Ich habe noch nie jemanden gesehen, der so schockiert aussah.«

Kapitel 26

Fasziniert blätterte Jeremy in den Büchern der Bouquinisten. Auf dem Weg nach Saint-Germain-des-Prés hatte er es sich nicht verkneifen können, an den Krambuden auf dem Pont Neuf haltzumachen. Mit Bedauern hatte er am Abend zuvor von Amoret erfahren müssen, dass Breandán nun über ihre Liebschaft mit König Louis im Bilde war und die plötzliche Erkenntnis denkbar schlecht aufgenommen hatte. Nach seinem überstürzten Aufbruch vom Palais Royal hatte Amoret ihn nicht mehr gesehen, denn er war die ganze Nacht nicht nach Hause gekommen. Daraufhin hatte sich Jeremy entschieden, in der Herberge »Zum Schwarzen Adler« nach Breandán zu fragen, da er ohnehin nach Saint-Germain musste.

Tatsächlich saß der Ire in der Schankstube, einen Becher mit beiden Händen haltend, und nippte lustlos an dem Dünnbier. Als er den Jesuiten über die Schwelle treten sah, verdüsterte sich sein Gesicht, und seine Augen nahmen die graublaue Farbe einer sturmgepeitschten See an. Jeremy ließ sich von Breandáns abweisender Miene nicht beirren, sondern bestellte ebenfalls Bier und nahm auf der Bank gegenüber Platz.

»Amoret hat sich Sorgen gemacht, als Ihr nicht nach Hause kamt«, sagte der Priester, da ihm nichts Besseres einfiel.

»Nach Hause?«, knurrte Breandán höhnisch. »Nun, da ich weiß, wer ihr das Haus geschenkt hat, wie kann ich es da mein Zuhause nennen?«
»Ich verstehe Euren Zorn, aber ...«
Grollend sah Breandán den Jesuiten an. »Ihr wusstet es, nicht wahr? Ihr habt es die ganze Zeit gewusst. Ich erinnere mich, wie geschickt Ihr das Thema gewechselt habt, wenn das Gespräch auf Amorets Vergangenheit kam.«
»Ich kann es nicht abstreiten«, gab Jeremy zu. »Aber all das ist lange her. Es war vor Eurer Zeit.«
Breandán schüttelte störrisch den Kopf und starrte in seinen halbleeren Becher.
»Schlimm genug, dass ich meine Frau mit *einem* König teilen muss! Und nun ist sie hier und wird erneut mit Louis zusammentreffen. Jeder weiß, dass dieser Monarch alles bekommt, was er will. Und wenn er nun meine Frau will?«
»Ich habe nicht den geringsten Zweifel daran, dass Amoret jeglicher Aufforderung seinerseits widerstehen kann«, sagte Jeremy bestimmt.
»Ich bin mir da nicht so sicher«, erwiderte Breandán niedergeschlagen.
»Dann sprecht mit ihr«, drängte Jeremy den Iren. »Sie wird Euch überzeugen.«
»Ich kann nicht. Ihre Hoheit, Prinzessin Henriette, hat mich gebeten, einen Brief an ihren Bruder zu überbringen. Um die Mittagszeit werde ich aufbrechen.«
»Breandán, seid vernünftig ...«
»Nein, Pater. Ich brauche Zeit zum Nachdenken. Auch Ihr werdet mich nicht abhalten. Bitte versteht das!«
Schweren Herzens verließ Jeremy den Iren und ging langsam die Rue de Canettes entlang. Vor ihm erhoben sich die drei Türme der Kirche Saint-Germain-des-Prés. Bevor er die Ab-

tei erreichte, bog er in die Rue du Four ein. Plötzlich durchzuckte ein wehenartiger Schmerz Jeremys Unterleib und ließ ihn stöhnend nach Luft schnappen. Er lehnte sich an den Eingang zu den Markthallen, die im Februar den Jahrmarkt von Saint-Germain beherbergten. Die Schmerzen suchten ihn nun wieder öfter heim. Zähneknirschend musste der Priester sich eingestehen, dass er es vermutlich mit einem zweiten Blasenstein zu tun hatte. Bei dem Gedanken, dass ihn nun dieselben Qualen erwarteten wie vor ein paar Monaten, sank sein Herz.
»Heilige Jungfrau, erbarme dich meiner«, murmelte er.
Kalter Schweiß überzog sein Gesicht. Geistesabwesend wischte er sich mit dem Ärmel über die Stirn. Nach einer Weile verebbte der Anfall. Erschöpft blieb Jeremy noch einen Moment an die Toreinfahrt gelehnt stehen, bevor er sich mit vorsichtigen Schritten wieder auf den Weg machte. Die Herberge »Zu den drei Glocken« lag auf der Rue des Boucheries. Jeremy durchquerte den Hof und betrat die Schankstube. Sie war verlassen. Auch im Innenhof war es ruhig. Offenbar wurde die Herberge nicht von vielen Gästen aufgesucht.
»Jemand da?«, rief Jeremy.
In der Stube roch es nach abgestandenem Bier und kaltem Fett. Eine Ewigkeit schien zu vergehen, bis endlich eine Magd durch eine rückwärtige Tür hereinlugte. Sie hatte ein sommersprossiges rosiges Gesicht und rotblondes Haar, das sich widerspenstig aus dem Gefängnis einer weißen Leinenhaube zu befreien suchte.
»Was wünscht Ihr, Monsieur?«, fragte sie mit starkem holländischem Akzent.
»Wäre es möglich, mit dem Wirt zu reden, Mademoiselle?«, bat Jeremy.

»Madame de Hoeve ist die Wirtin, Monsieur. Sie ist Witwe und führt die Herberge allein. Wartet einen Moment. Ich hole sie.«

Kurz darauf erschien die Wirtin. Sie war in den Fünfzigern, aber noch sehr ansehnlich. Ihr etwas zu breites Gesicht mit der hellen Haut wurde von einer gestärkten Leinenhaube umrahmt, die ihre blonden, um den Kopf gedrehten Flechten nicht völlig verbarg. Ein züchtiger Schal verdeckte den ausladenden Busen nur ungenügend. In ihrer Jugend musste Regina de Hoeve eine verführerische Frau gewesen sein.

»Braucht Ihr ein Zimmer, Monsieur?«, fragte die Holländerin und prüfte den bürgerlich gekleideten Gast mit geschultem Auge auf seine Zahlungsfähigkeit.

»Nein, Madame, bedaure«, erwiderte Jeremy. »Aber vielleicht könntet Ihr mir mit ein paar Auskünften weiterhelfen.« Mit einer demonstrativen Geste legte er die Hand auf die Geldkatze an seinem Gürtel.

»Was wollt Ihr wissen?«, erkundigte sich die Wirtin mit einer Mischung aus Bereitwilligkeit und Misstrauen.

»Man sagte mir, dass ein Engländer namens Sir William Fenwick häufig in Eurer Herberge abstieg.«

Regina de Hoeves Miene wurde verschlossen. »So?«

»Wenn ich richtig verstanden habe, besuchte er dieses Haus schon seit vielen Jahren.«

»Warum fragt Ihr nach ihm?«

»Ich versuche herauszufinden, was Sir William Fenwick zugestoßen ist, Madame.«

»Zugestoßen?«, fragte die Holländerin entgeistert.

»Er wurde im letzten Oktober auf der Heimreise nach England ermordet.«

Überraschung, Unglauben und dann Betroffenheit huschten in rascher Folge über Madame de Hoeves Züge.

»Mein Gott«, flüsterte sie.
Kraftlos ließ sie sich auf einen Schemel sinken und verkrampfte die Hände in ihrer weißen Schürze.
»Es tut mir leid, Madame. Es hätte mir klar sein müssen, dass Ihr nichts von Sir Williams Tod wusstet«, erklärte Jeremy zerknirscht.
Er ließ ihr eine Weile Zeit, sich zu fassen. Also traf es zu, dass Fenwick regelmäßig in den »Drei Glocken« Quartier genommen hatte. Weshalb mochte er sich gerade eine Herberge ausgesucht haben, die von einer Holländerin geführt wurde?
»Wie ist es passiert?«, fragte Regina de Hoeve, nachdem sie sich einige Male über die Augen gewischt hatte.
»Sir William wurde in einer Herberge kurz vor London erschlagen«, antwortete Jeremy. »Der Mörder konnte unerkannt entkommen.«
»Und was ist Euer Interesse an der Sache?«
»Ich habe regelmäßig mit ihm Geschäfte gemacht«, log der Jesuit. »Da meine Unternehmungen mich nach Paris geführt haben, wollte ich mich ein wenig umhören.«
»Dann war es kein Raubmord?«
»Wie Ihr sicherlich wisst, trug Sir William gewöhnlich keine Wertsachen mit sich und zog einfache Reisekleidung vor. Deshalb vermute ich, dass er nicht das zufällige Opfer eines Beutelschneiders wurde.«
»Da habt Ihr recht.« Das Misstrauen der Holländerin legte sich ein wenig, als ihr klarwurde, dass der Besucher Sir William offensichtlich gut kannte. »Aber wie kann ich Euch helfen? Ihr sagtet doch, dass das Verbrechen in England geschah.«
»Es ist möglich, dass der Mörder ihm von Paris aus gefolgt ist«, erklärte Jeremy. »Erinnert Ihr Euch an den Tag, als Ihr Sir William das letzte Mal saht? Ist Euch damals vielleicht etwas Ungewöhnliches aufgefallen?«

»Was meint Ihr?«
»Habt Ihr zum Beispiel Unbekannte herumlungern sehen, die Euer Haus beobachtet haben könnten?«
Regina de Hoeve dachte nach und schüttelte dann mit einem Ausdruck der Verwirrung den Kopf.
»Ich kann mich nicht erinnern. Verzeiht, aber ich fasse es noch immer nicht, dass William tot ist.«
Ihre Augen schimmerten feucht. Jeremy drängte sich der Eindruck auf, dass Fenwick und die Holländerin sich nähergestanden hatten, als es zuerst schien.
»Ich verstehe. Sir William war ein sehr galanter Mann«, meinte er vage.
Da brach Madame de Hoeve in ein schmerzliches Lachen aus.
»Galant? Ein Mistkerl war er, der jedem Rock nachgelaufen ist. Aber wenn er zurückkam und seinen Charme spielen ließ, gab er mir immer das Gefühl, als sei ich die Einzige. Vielleicht hat ein eifersüchtiger Gatte ihn umgebracht. Überraschen würde es mich nicht!«
Hatte Mademoiselle de Montpensier Amoret gegenüber nicht eine ähnliche Andeutung gemacht? Hatte am Ende Fenwicks Ermordung gar nichts mit Madames Brief zu tun, den er bei sich trug? Aber weshalb hatte der Mörder das Schreiben dann entwendet?
Jeremy holte einen Écu aus seinem Geldbeutel und reichte die Münze der Wirtin.
»Ich danke Euch für Eure Offenheit. Falls Euch noch etwas einfällt, bitte lasst es mich wissen.«

Prinzessin Henriette öffnete eine Schublade des Kabinettschranks und entnahm ihr einen prallen Geldbeutel.
»Es tut mir leid, Euch schon so bald wieder auf die Reise schicken zu müssen, Monsieur Mac Mathúna«, sagte sie.

Ihr Bedauern war nicht geheuchelt. Angesichts von Sir William Fenwicks Ermordung fürchtete sie stets um den jungen Iren, wenn sie ihn mit einem ihrer geheimen Briefe auf den Landstraßen wusste, wo es ohnehin überall von Dieben und Räubern wimmelte.
Breandán verbeugte sich galant. »Immer zu Euren Diensten, Euer Hoheit.«
Henriette bemerkte die bewundernden Blicke, mit denen er das Kabinett betrachtete. Es war ein besonders schönes Stück. Die zehn kleinen Schubladen und die von einem Segmentgiebel gekrönte und von zwei korinthischen Säulen eingefasste Tür in der Mitte waren mit Elfenbein und Blumen aus gefärbtem Furnierholz geschmückt. Die aufwendige Marketerie ließ das Kabinettschränkchen wie einen juwelenbesetzten Reliquienschrein funkeln.
»Ich habe noch nie eine so feine Arbeit gesehen«, gestand Breandán und berührte die floralen Gebilde vorsichtig mit den Fingerspitzen.
»Sie wurde von dem holländischen Kabinettmacher Pierre Gole ausgeführt«, erklärte die Prinzessin stolz. »Ich weiß, dass mein Bruder diese Art der Marketerie in England fördern möchte, wo es bisher nichts Vergleichbares gibt.«
Eine Weile standen sie in die Betrachtung des prachtvollen Möbelstücks versunken, ohne ein Wort zu sagen. Schließlich wandte Madame den Kopf und musterte den jungen Mann forschend. Er war sich nicht bewusst, wie gutaussehend er war, wie vollkommen das Ebenmaß seiner Züge, seiner hohen Stirn, der geraden Nase, der wohlgeformten Lippen. Sie genoss es sehr, ihn zu betrachten. Das Sonnenlicht, das durchs Fenster hereinfiel, ließ flammende Lichter in seinem schulterlangen dunklen Haar aufleuchten und umgab es wie mit einer Aura.

»Weshalb seid Ihr gestern so plötzlich verschwunden, Monsieur?«, fragte Henriette verwundert. »Ich hatte mich darauf gefreut, Euch singen zu hören.«
»Es tut mir leid, Euer Hoheit«, erwiderte Breandán zerknirscht. »Der Klatsch, den ich hörte, machte es mir unmöglich zu bleiben.«
»Klatsch?«, wiederholte Madame verwirrt. Doch dann begriff sie plötzlich. »Ihr meint, über Mademoiselle St. Clair. Ihr müsst sie sehr verehren, Monsieur.«
Bei Hofe war die Prinzessin bekannt für ihr Zartgefühl und ihr Einfühlungsvermögen. Ihre Freunde liebten sie dafür. Ihre Feinde betrachteten diese Eigenschaften als Schwäche. Der Ausdruck auf dem Gesicht des Iren verriet ihr, wie tief seine Gefühle verletzt worden waren, und sie ertappte sich dabei, ein wenig Eifersucht zu empfinden. Auch er gehörte ihr, Mademoiselle St. Clair, der armen Provinzlerin, die ihr bereits den König genommen hatte. Für einen Moment überkam Henriette das Verlangen, sie dafür büßen zu lassen und ihr den Verehrer zu entfremden. Sie spürte, dass es nur wenig Mühe bedurfte, seine Eifersucht zur Weißglut zu schüren. Er mochte erfahren haben, dass Mademoiselle St. Clair für kurze Zeit Louis' Mätresse gewesen war, doch er wusste nicht alles! Die Prinzessin schreckte zurück vor dem Leid, das sie verursachen würde, wenn sie ihn ins Bild setzte. Dazu wäre sie nicht fähig. Es verlangte sie vielmehr danach, die Menschen um sich herum heiter und glücklich zu sehen.
Rasch wechselte sie das Thema: »Es ist sehr mutig von Mademoiselle St. Clair, Nachforschungen nach dem Mörder von Sir William Fenwick anzustellen. Weshalb nimmt sie eine solche Gefahr auf sich?«
»Euer Bruder hat sie darum gebeten, Euer Hoheit«, erwiderte Breandán, als sei es die natürlichste Sache der Welt.

»Charles muss ihr uneingeschränktes Vertrauen entgegenbringen. Das würde er nicht, wenn sie es nicht verdiente.« Lächelnd reichte die Prinzessin Breandán den gesiegelten Brief, der auf einem Tisch bereitlag. »Ich wünsche Euch eine gute Reise, Monsieur. Kommt gesund zurück.«

Arm in Arm spazierten Alan und Armande den Quai de la Megisserie entlang. Vor ihnen erhoben sich zur Linken die düsteren Festungsmauern des Grand Châtelet, während zur Rechten die eleganten glatten Fassaden der Häuser auf dem Pont au Change gen Himmel strebten. Am gegenüberliegenden Ufer auf der Ile du Palais erstreckten sich die abweisenden, aus Stein gefügten Mauern der Conciergerie, eines der größten Pariser Gefängnisse, unterbrochen von vier schiefergedeckten Türmen, in denen sich die Kerker befanden. Vom äußersten quadratischen Tour de l'Horloge schlug die jahrhundertealte Uhr die elfte Stunde.
Die Frische des Sommermorgens wich langsam einer schwülen Wärme. Das Wasser der Seine glitzerte unter den Strahlen der Sonne. Pferdeknechte führten ihre Tiere an einer seichten Stelle zum Fluss hinab und ließen sie trinken. Eine Gruppe Straßenkinder sprang wie Frösche in die braunen Fluten.
»Paris erscheint mir viel größer als London«, sagte der Wundarzt ehrfürchtig. »Es muss unzählige Straßen geben … Kirchen … Paläste … und sogar die Häuser sind so schmal und hoch, wie ich sie noch nie zuvor in irgendeiner anderen Stadt gesehen habe.«
Armande stimmte ihm zu. Die junge Auvergnerin hatte sich nur für kurze Zeit in Paris aufgehalten, bevor sie nach England gegangen war, um dort Lady St. Clair als Zofe zu dienen. Damals hatte sie nicht viel von der französischen Hauptstadt gesehen.

»Glaubst du, Lucien wird mit uns nach London zurückkehren?«, fragte sie neugierig, während sie die schmale Rue Tropva-qui-dure entlanggingen, die am Châtelet vorbeiführte.
»Denkst du, er will lieber hierbleiben?« Alans Stimme verriet eine gewisse Unsicherheit.
»Es ist seine Heimat«, gab Armande zu bedenken.
»Die Auvergne, nicht Paris.« Entschieden schüttelte der Wundarzt den Kopf. »Nein, ich glaube, er wird seine Lehre zu Ende bringen. Vielleicht geht er danach als Geselle nach Frankreich zurück. Der Junge ist ehrgeizig, und der Anblick von Blut macht ihm nichts aus. Er wird einmal einen begnadeten Chirurgen abgeben.«
Alan blieb stehen und blickte die junge Französin forschend an. »Kommst du gut mit Lucien aus? Manchmal fällt mir auf, dass er dich mit einem seltsamen Ausdruck anschaut. Ist dir das unangenehm?«
Armande zuckte mit den Schultern. »Ich weiß nicht, was du meinst. Ich denke nur, falls er hier bleiben möchte, solltest du ihn nicht zwingen, mit uns nach England zurückzukehren.«
»Ich werde ihm klarmachen, dass er die Wahl hat, wenn dich das beruhigt«, versprach Alan.
Nachdenklich blieben sie am Kai stehen und blickten auf die glatte Oberfläche der Seine zwischen dem Pont au Change und dem Pont Notre-Dame hinab. Die Fachwerkhäuser am gegenüberliegenden Ufer standen, von Stelzen abgestützt, ganz nah am Wasser. Hinter ihren Dächern ragte die mit Krabben verzierte Turmspitze der Sainte-Chapelle auf. Nahe des Eierhafens hatten sich mehrere Waschfrauen am Wasser niedergelassen und bearbeiteten Laken, Schürzen und Unterröcke mit ihren hölzernen Bleueln. Als eine von ihnen das junge Paar am anderen Ufer bemerkte, schenkte sie Alan ein Lächeln. Sie hatte ihr Mieder gelockert, um sich mehr Bewe-

gungsfreiheit zu verschaffen. Die durch ihre Schläge aufstiebenden Wassertropfen hatten ihr Leinenhemd durchnässt, das ihren üppigen Busen nur noch unzureichend verhüllte. Wie dunkle Blumen zeichneten sich die Brustwarzen unter dem feuchten Stoff ab, und ihre Brüste wippten auf und ab, wann immer sie die Arme hob. Der Anblick erregte Alan. Unwillkürlich wandte er den Blick ab und sah Armande an. Sie war weitaus weniger üppig gebaut als die Waschfrau. Ihre kleinen, festen Brüste wölbten sich wie zwei pralle Orangen aus dem Ausschnitt ihres grünen Seidenkleides. Mit den Augen zog er Armande aus, schob das feine Leinenhemd, das sie unter dem Mieder trug, über ihre Schultern, umfasste ihre warmen Brüste, vergrub das Gesicht in ihrem weichen duftenden Fleisch …
Armande las ihm die Gedanken vom Gesicht ab und lächelte. In diesem Moment wurde sich Alan bewusst, dass er, obwohl der Anblick der leicht bekleideten Waschfrau seine Lust geweckt hatte, doch keinerlei Verlangen nach ihr verspürte. Er wollte nur die Frau, die an seiner Seite stand und ihn herausfordernd zwischen halbgeschlossenen Lidern hindurch ansah. Er liebte ihre braunen Augen, in denen das Sonnenlicht goldene Reflexe aufflammen ließ und die so sanft und im nächsten Moment so feurig blickten. Er liebte sie …
Seit sie vor etwa einem Jahr wieder zueinandergefunden hatten, hatte Alan keine andere Frau mehr angesehen. Die flüchtigen Stunden, die er früher mit Schankmädchen oder anderen willigen Weibsbildern verbracht hatte, erschienen ihm nun hohl und unbefriedigend. Armande hatte nicht nur seine Sorgen mit ihm geteilt, sie war auch an seinem Handwerk interessiert und fühlte sich nicht wie viele andere vom Blut und Leid der Kranken abgestoßen. Für ihn war sie die vollkommene Gefährtin.

»Weshalb siehst du mich so seltsam an?«, fragte Armande verwundert.
»Willst du meine Frau werden?«, platzte es aus Alan heraus.
Entgeistert blickte sie ihn an, als habe sie seine Worte nicht verstanden. »Ist das dein Ernst?« Zweifel ließen ihre Stimme beben.
»Mein voller Ernst«, bestätigte Alan und kniete vor ihr nieder. »Ich bitte dich um die Ehre, meine Gemahlin zu werden, Armande.«
»Steh auf, du Schelm«, sagte sie halb lachend, halb weinend und zog ihn auf die Füße, nur um ihm dann überglücklich um den Hals zu fallen. »Natürlich will ich!«, hauchte sie ihm ins Ohr.
Unter den verwunderten Blicken der Passanten blieben sie lange eng umschlungen am Kai stehen, als wären sie die einzigen Menschen auf der Welt.

»Ihr habt tatsächlich um ihre Hand angehalten?«, rief Amoret ungläubig.
Aller Augen hatten sich auf Meister Ridgeway und Armande gerichtet, als der Wundarzt nach dem Souper den Anwesenden die frohe Nachricht verkündet hatte.
»So ist es, Mylady«, bestätigte Alan. »Und sie hat zugesagt.«
Sein Blick begegnete stolz dem der Französin, der das Strahlen des Glücks eine bezaubernde Aura verlieh.
»Wir alle freuen uns für Euch«, erklärte Jeremy.
Sir Orlando und Jane stimmten herzlich zu.
Amoret hob ihr Weinglas. »Lasst uns auf das glückliche Paar anstoßen!«
Man feierte noch bis weit nach Mitternacht. Als sich Sir Orlando und seine Gemahlin in ihre Kammer begaben, waren sie beide recht beschwipst. Malory, der auf dem Rollbett gedöst

hatte, sprang auf, um seinem Herrn beim Auskleiden zu helfen.
»Schon gut, Malory, geh schlafen«, sagte der Richter. »Du hättest nicht auf mich zu warten brauchen. Wir werden uns gegenseitig zur Hand gehen.«
Dankbar schob der Kammerdiener sein Rollbett in eine Ecke und legte sich hin.
Nachdem Sir Orlando die Bettvorhänge zugezogen hatte, half er Jane, aus ihrem Mieder zu schlüpfen. Beide hatten sie sich zusätzliche Kleidungsstücke bei einem Schneider anfertigen lassen, da sie für einen längeren Aufenthalt nicht eingerichtet gewesen waren.
»Mein Knöchel ist vollkommen wiederhergestellt«, erklärte Sir Orlando. »Einer Rückreise steht also nichts mehr im Wege.«
»Aber Mylady St. Clair hat Euch doch geraten, in Mylord Arundells Gefolge heimzufahren«, erinnerte Jane ihn.
»Mylord Arundell reist erst Ende Juli zurück. Es sind noch zwei Wochen bis dahin.«
»Wäre es denn so schlimm, wenn wir noch eine Weile in Paris blieben? Noch sind Gerichtsferien. Ihr müsst doch erst im September wieder in London sein.«
»Schon. Aber ich möchte Mylady St. Clair nicht länger als nötig zur Last fallen«, erwiderte der Richter.
»Ich glaube, sie genießt unsere Gesellschaft«, sagte Jane überzeugt.
Sie war unter die Decke geschlüpft und schmiegte sich seufzend in ihr Kissen, um ihm zu zeigen, dass er endlich zu Bett kommen und sie in die Arme nehmen sollte. Sir Orlando lächelte. Bevor er die Kerze löschte, trat er ans Fenster und warf einen Blick hinaus. Im dritten Stock, in dem die Kammer lag, gab es keine Läden, so dass er ungehindert auf die Straße

hinaussehen konnte. Auf einmal stutzte er. In einem Hauseingang auf der gegenüberliegenden Straßenseite meinte er einen Schatten zu erkennen, eine Gestalt, die sich im Halbdunkel des Türsturzes verbarg. Im schwachen Sternenlicht schimmerte der Stiel einer geschwungenen Feder im Haarschopf des Unbekannten ... oder war er einer Täuschung erlegen? Mit bedauerndem Blick streifte Sir Orlando die Laterne, die an einem über die Straße gespannten Seil hing, aber nur in den Wintermonaten brannte. Als er näher ans Fenster trat, um besser sehen zu können, war der Schatten verschwunden.

Kapitel 27

Juli 1669

Die kleine braune Maus trippelte den weißen Arm hinauf, stakste über die Spitze, die den Halsausschnitt einfasste, und huschte über die Wölbungen der kaum verhüllten Brüste. Die Marquise de Montespan glruckste vor Vergnügen, während sie die Maus in Richtung ihrer Schulter dirigierte.
»Ist sie nicht süß mit den großen rosafarbenen Ohren und den schwarzen Knopfaugen?«, meinte Athénaïs amüsiert.
Amoret musste über die Possen ihrer Cousine lächeln. In ihrem Haus auf der Rue Saint-Nicaise hielt sich die neue Favoritin des Königs eine ganze Menagerie. Es gab mehrere exotische Vögel in großen Volieren und ein Rudel Mäuse, die Athénaïs mit Vorliebe auf sich herumlaufen ließ.
»Wenn ich mehr Platz habe, will ich noch ein paar Lämmer und Ferkel halten, vielleicht auch Ziegen«, erklärte sie. »Ich werde bald umziehen, müsst Ihr wissen. Dieses Haus habe ich noch mit meinem Gatten gemietet.« Über ihre strahlenden Züge fiel ein Schatten. »Ich will ihn nie wiedersehen, den Schuft«, rief sie in jähem Zorn. »Er hat mir Todesängste eingejagt, als er im letzten Sommer in Saint-Germain in Madame de Montausiers Gemächer eindrang, in denen ich Zuflucht gefunden hatte, und versuchte, mich zu vergewaltigen. Halb tot vor Angst klammerte ich mich an Julie. Wenn ihre Diener uns nicht rechtzeitig zu Hilfe gekommen wären … nicht aus-

zudenken. All das war zu viel für meine arme Freundin. Sie hat sich nie richtig von dem Schreck erholt und ist wenig später verschieden. Ich gebe mir die Schuld daran. Schließlich hat sie mir geholfen, mich mit dem König zu treffen.«

Zerknirscht senkte Athénaïs den Kopf. Amoret bezweifelte nicht, dass ihr Bedauern echt war. Ihre Cousine war schon immer ehrgeizig gewesen, und sie hatte es sicherlich darauf angelegt, von Louis bemerkt zu werden. Doch schon als junges Mädchen war sie äußerst fromm gewesen. Als Mätresse des Königs für einen doppelten Ehebruch verantwortlich zu sein fiel ihr bestimmt nicht leicht.

»Zum Glück hat Louis den Missetaten meines Gatten ein Ende bereitet«, fuhr die Marquise seufzend fort. »Nachdem er ihn mit einer Lettre de cachet für eine Weile im For-l'Évêque festgesetzt hatte, verbannte er ihn auf seine Güter nach Bonnefont. Leider hat er meine Kinder mitgenommen. Wer weiß, ob ich sie je wiedersehe.«

Amoret betrachtete ihre Cousine prüfend. Als sie angekommen war, hatte Athénaïs ein wenig unpässlich ausgesehen, auch wenn sie es mit ihrem üblichen geistreichen Witz überspielt hatte.

»Ohne Euch zu nahetreten zu wollen, meine Liebe«, sagte Amoret vorsichtig. »Ich meine da gewisse Anzeichen zu entdecken … Ist es möglich, dass Ihr in Hoffnung seid?«

Das Gesicht der Marquise wurde ernst. »Keiner anderen gegenüber würde ich es zugeben. Ja, es ist wahr. Mein Pulver entzündet sich gar zu schnell, wie Saint-Maurice so treffend sagte. Es ist schon das zweite Mal.«

Erstaunt beugte sich Amoret vor und flüsterte: »Ihr habt dem König bereits ein Kind geschenkt?«

»Im vergangenen März. Für die Niederkunft brachte Louis mich in einem kleinen Haus auf der Rue de l'Échelle nahe der

Tuilerien unter. Zu meinem Leidwesen muss die Existenz meiner Tochter jedoch geheim gehalten werden, sonst könnte Montespan als mein Gatte Anspruch auf sie erheben. Ihr hattet es damals einfacher …«

Als sie Amoret erbleichen sah, unterbrach sich Athénaïs. »Wie dumm von mir. Natürlich wollt Ihr nicht daran erinnert werden.« Sie warf ihrer Cousine ein entschuldigendes Lächeln zu. »Nun habe ich genug über mich geredet. Erzählt mir, was führt Euch nach Frankreich, meine Liebe?«

In kurzen Worten umriss Amoret den Auftrag, den Charles ihr gegeben hatte, ohne jedoch allzu sehr ins Detail zu gehen. Die Marquise nickte verständnisvoll.

»Ihr könnt Euch auf meine Verschwiegenheit verlassen.« Sie erhob sich und setzte die Maus zurück zu den anderen in ihr Gehege. »Brechen wir auf. Der König erwartet uns in Versailles.«

»Ist das Schloss zu Versailles nicht eine Baustelle?«, fragte Amoret verwundert.

»Stimmt. Aber Louis fährt oft hin, um die Arbeiten zu überwachen. Es ist der am besten geeignete Ort für eine vertrauliche Unterhaltung.«

»Seht her, liebe Leute! Die Freude der Damen. Greift zu!«, pries der fahrende Händler sein Gebäck an.

Sir Orlando winkte ihn zu sich, kaufte ihm eine Tüte Plätzchen ab und reichte sie Jane, die an seiner Seite ging. Auf dem Rückweg von einer Besichtigung der Sainte-Chapelle auf der Ile du Palais spazierten sie Arm in Arm über den Pont Neuf. Das lärmende Treiben war dem Richter allerdings nicht ganz geheuer. Lieber wäre er in einer Mietkutsche zur Rue de l'Arbre Sec zurückgefahren, doch seine eingerosteten Beine brauchten Bewegung, und so hatte er Janes Bitten nachgege-

ben, über die berühmte Brücke zum rechten Seine-Ufer zurückzukehren.
Zwischen dem letzten Pfeiler und dem Kai befand sich ein kleiner Wasserturm, genannt La Samaritaine, unter dem sich zwei Wasserräder drehten und in dem eine hydraulische Pumpe untergebracht war, die das Flusswasser in die Stadt beförderte. Sir Orlando und Jane blieben vor der Samaritaine stehen und bewunderten die fein gearbeiteten Figuren aus Bronze, die auf einem Sockel an der Fassade des Gebäudes thronten. Sie stellten Christus und die Samariterin dar, die Wasser aus einem Krug in einen Kübel goss. Über ihnen war ein großes Zifferblatt angebracht, das nicht nur die Stunde, sondern auch den Tag und den Monat anzeigte.
»Die Franzosen wissen sogar einfache funktionale Dinge wunderbar auszuschmücken«, bemerkte der Richter anerkennend.
Eine Kutsche ratterte hinter ihnen vorbei. Sir Orlando wandte den Kopf, um sicherzugehen, dass die Räder keinen Schmutz in ihre Richtung spritzten, denn es hatte in der vergangenen Nacht geregnet. Da spürte er plötzlich einen Blick auf sich gerichtet und musterte prüfend die Menge, die sich um die Krambuden drängte. Er hatte sich nicht getäuscht. Flüchtig sah er ein graues Augenpaar, das sofort zwischen den Umstehenden verschwand, als ihre Blicke sich kreuzten. Unwillkürlich zuckte Sir Orlando zusammen. Nérac!, schoss es ihm durch den Kopf. Colberts Agent.
Jane spürte seine Unruhe und klammerte sich fester an seinen Arm.
»Was ist, Orlando? Ihr seid wie erstarrt.«
Der Richter rang sich ein Lächeln ab. »Gehen wir, meine Liebe. Es wird Zeit.«
Seine Gedanken überschlugen sich. Zweifellos hatte Nérac ihn erkannt. War es ein Zufall, dass er sich auf dem Pont Neuf

aufhielt, oder hatte er ihm aufgelauert? Auf einmal erinnerte sich Sir Orlando an den Schatten, den er eines Nachts vom Fenster ihrer Kammer aus auf der gegenüberliegenden Straßenseite gesehen hatte. War Nérac ihm bereits seit längerem auf der Spur? Hatte er nur auf einen günstigen Moment gewartet, den Richter außerhalb des Hauses zu erwischen?
Während er mit Jane am Arm rasch an der Kirche Saint-Germain-l'Auxerrois vorbeischritt, blickte er sich mehrmals um. Kein Zweifel! Der unheimliche Franzose mit dem Federschmuck folgte ihnen, kam langsam näher. Sir Orlando brach der Schweiß aus. Was hatte er zu erwarten? Er dachte an Mac Mathúnas Worte. War Nérac tatsächlich entschlossen, ihn zu töten, weil er ihn nach wie vor für einen Spion hielt? Sollte er einfach stehen bleiben und ihn zur Rede stellen? Was konnte er in einer so belebten Straße schon tun? Doch Sir Orlando wusste, wie blitzschnell ein Dolch gezogen und in eine Brust gestoßen werden konnte, ohne dass jemand mitbekam, wie der Mord passiert war. Würde Nérac ihm überhaupt die Zeit geben, das Wort an ihn zu richten?
»Warum habt Ihr es so eilig, mein Liebster?«, fragte Jane beunruhigt. »Was ist mit Euch?«
Sir Orlando zögerte nicht mehr. Abrupt blieb er stehen und schob seine Frau in einen Hauseingang.
»Ihr müsst mir jetzt genau zuhören, Jane!«, beschwor er sie. »Geht zu Mylady St. Clairs Haus und bleibt dort. Sagt den Dienern, sie sollen niemanden hereinlassen.«
»Aber warum ... wohin geht Ihr?«
»Nérac ist mir auf den Fersen. Aber wenn wir uns trennen, könnt Ihr unbeschadet zum Haus gelangen.«
Jane wurde kreidebleich. »Nérac? Der Agent, der Euch folterte und Euch umbringen wollte? Heilige Jungfrau! Aber ... er wird Euch töten!«

»Geht, meine Liebe. Sofort!«
Er wandte sich ab, bevor sie widersprechen konnte, und bog nach rechts in die Rue des Fossés ein. Wie gelähmt, mit tränenverschleierten Augen, blickte sie ihm nach. Ein junger Mann, der sich mit katzengleicher Geschmeidigkeit zwischen den Passanten bewegte, folgte ihrem Gatten.
Krampfhaft überlegte Jane, was sie tun sollte. Wie in Trance stolperte sie die Rue de l'Arbre Sec entlang, bis sie zu Lady St. Clairs Haus gelangte. Sie musste Hilfe holen. Doch die Hausherrin war zu ihrer Cousine gefahren. Pater Blackshaw war ebenfalls nicht da. Der Priester besuchte die Jesuiten in ihrem Ordenshaus im Marais-Viertel. Meister Ridgeway mochte zu Hause sein, aber wie konnte er helfen?
In ihrer Benommenheit trat Jane vor eine herannahende Karosse. Der Kutscher griff in die Zügel, um sein Gespann abzubremsen, doch eines der Pferde streifte die junge Frau und brachte sie zu Fall.
Mein Kind, durchfuhr es Jane. Schützend legte sie die Arme vor ihren Bauch, als sie zu Boden ging. Über ihr schwebte für einen Moment der Huf des Kutschpferdes, bevor er schwer neben ihr auf die Pflastersteine donnerte. Jane wagte es nicht, sich zu bewegen. Zwei Diener in Livree sprangen vom hinteren Trittbrett der Kutsche, der Wagenschlag wurde geöffnet, und eine Frau fragte: »Heilige Mutter Gottes! Ist die Arme verletzt?«
Vier kräftige Hände packten Jane und halfen ihr hoch. Die Arme um ihren Leib geschlungen, drohte sie erneut zusammenzusacken, denn ihre Beine wollten sie nicht tragen.
»Helft ihr in die Kutsche«, sagte die Frau, die den Wagenschlag offen hielt. Sanft nahm sie Janes Hände und zog sie zu sich auf die Rückbank. »Wie fühlt Ihr Euch, Madame?«, fragte die in Seide und Spitze gekleidete Frau. »Geht es Eurem Kind gut?«

Erstaunt über das Feingefühl der Fremden hob Jane den Blick und bemerkte, dass auch sie hochschwanger war. Sie spürte keinen Schmerz und war sicher, unverletzt zu sein. Doch schon kehrte die Angst um ihren Gemahl in ihr Bewusstsein zurück und ließ sie in Tränen ausbrechen.

»Mein Mann ...«, stammelte sie auf Englisch. »Er wird ihn töten ...«

Verwundert sah die elegant gekleidete Frau sie an und fragte ebenfalls auf Englisch mit starkem französischem Akzent: »Wer will Euren Gatten töten, Madam? Ihr könnt mir vertrauen. Ich bin Prinzessin Henriette, Duchesse d'Orléans.«

»Mein Mann ist Richter Seiner Majestät, des Königs von England«, erklärte Jane, von neuer Hoffnung erfüllt. »Ein Agent Colberts hält ihn für einen Spion und will ihn umbringen. Er ist hinter ihm her.«

»Ein Agent Colberts? Seid Ihr sicher?«

Jane nickte. »Mr. Mac Mathúna sagte, dass er für Colbert arbeitet.«

»Mr. Mac Mathúna? Lady St. Clairs irischer Diener?«, fragte Henriette erstaunt.

»Ja. Kennt Ihr ihn, Euer Hoheit? Wisst Ihr, wo er sich aufhält? Er ist vielleicht der Einzige, der meinem Gemahl helfen kann.«

»Dann sollten wir keine Zeit verlieren. Mr. Mac Mathúna ist soeben aus England zurückgekehrt und befindet sich im Palais Royal«, sagte die Prinzessin und rief ihrem Kutscher zu, die Karosse zu wenden.

Die grauen Wolken lasteten drohend über der Stadt. Offenbar kündigte sich ein weiteres Sommergewitter an. Sir Orlando, der beunruhigt den dunklen Himmel musterte, wusste nicht recht, ob ein Regenguss einen Vor- oder Nachteil für ihn bedeutete. Während er die Rue Tirechape entlangeilte, bemerkte er, dass immer weniger Passanten auf den Straßen unterwegs waren. Die Bevölkerung suchte bereits in den Häusern Schutz. Entschlossen beschleunigte Sir Orlando seine Schritte. Er musste Nérac abschütteln, sonst stand er seinem Jäger bald allein gegenüber. An der nächsten Kreuzung sah der Richter sich prüfend um und versuchte zu entscheiden, in welche Richtung er weitergehen sollte. Zu seiner Linken erstreckte sich eine breite, gerade verlaufende Straße. Dort würde man ihn von weitem sehen. Zu seiner Rechten jedoch verlor sich sein Blick in einem Gewirr schmaler verzweigter Gassen. Rasch bog er in die Rue de la Chausseterie ein und begann zu rennen. Als er die nächste Kreuzung erreichte, blieb Sir Orlando stehen und sah sich um. Er erschrak, als er bemerkte, wie nah ihm Nérac gekommen war. Die ersten Regentropfen lösten sich aus dem Wolkengefüge und benetzten sein Gesicht. Die Straßen waren menschenleer. Auf Hilfe konnte er nicht hoffen. Verzweifelt sah sich der Richter nach einem Versteck um. Die Rue de la Ferronnerie vor ihm wurde gerade verbreitert. Überall standen Baugerüste und türmten sich Schutthaufen. Die Mauer, die die Straße auf der linken Seite säumte, war teilweise eingerissen und gab die Sicht auf einen Platz frei. Ohne nachzudenken, schlüpfte Sir Orlando durch eine Mauerlücke und tauchte unter die Arkaden, die sich auf der Innenseite befanden. Als er sich umsah, fiel sein Blick auf den Tod, der den Advokaten aus dem Leben führte. Für einen Moment starrte er wie gelähmt das Fresko an, das sich unter den Arkaden an der gesamten Innenseite der Mauer entlangzog, ein unendlicher Totentanz aus lebensgroßen Paaren, der sich im Schatten der halb zerstörten Wand verlor. Ein unheilvolles Omen? Wie ein Hund das Wasser schüttelte Sir Orlando das Grausen ab, das ihn beim Anblick des Advokaten, den

der Tod in der Gestalt eines Skeletts an der Hand hielt, überkommen hatte. Doch er hatte zu lange gezögert. Eine Bewegung links neben ihm ließ ihn zusammenfahren. Lautlos wie eine Katze war François Nérac in der Mauerlücke aufgetaucht. Sir Orlando zog seinen Degen. Da warf der unheimliche Franzose den Kopf zurück und lachte. Die Hände in die Hüften gestemmt, näherte er sich.
»Ich habe mich also nicht getäuscht. Ihr lebt!«, sagte er, nachdem sein Lachen erstorben war. »Aber wie ist das möglich? Wie habt Ihr den Iren überlistet? War er doch noch zu angeschlagen von dem Mordversuch, dass es Euch gelungen ist, ihm zu entwischen? Oder steckt er gar mit Euch unter einer Decke?« Die für Nérac ungewöhnliche Gesprächigkeit verriet, dass er von den Ereignissen überrascht worden war. »Ich werde es herausfinden«, setzte er hinzu. Seine Stimme wurde drohend. »Diesmal werdet Ihr mir sagen, was ich wissen will.«
»Ich sagte Euch damals schon, dass ich Richter des englischen Königs bin«, erwiderte Sir Orlando, darum bemüht, Ruhe zu bewahren.
»Der König von England traut seinen eigenen Ministern nicht«, höhnte der Franzose. »Weshalb sollte ich da einem Richter Glauben schenken?«
»Fragt Mac Mathúna!«
»Also macht ihr doch gemeinsame Sache.«
Sir Orlando stieß einen tiefen Seufzer des Überdrusses aus. Der Ire hatte recht. Mit diesem misstrauischen Kerl war kein vernünftiges Gespräch möglich. Das folgende Schweigen zog sich in die Länge, während sich die Gegner taxierten. Sir Orlando ließ den Blick schweifen, um festzustellen, wo sie sich befanden. Es war ein großer Platz, an allen vier Seiten eingefasst von hohen überdachten Kreuzgängen. In der nordöstli-

chen Ecke stand eine Kirche mit gewaltigen Strebebogen. Überall auf dem Gelände ragten auf Sockeln angebrachte Kreuze in den Himmel. Ein durchdringender Verwesungsgestank lag in der Luft. Bei genauerem Hinsehen bemerkte der Richter in den offenen Zwischenräumen zwischen den Arkaden und den Schindeln der Dächer eine wahre Mauer aus menschlichen Schädeln und Knochen. Es waren Beinhäuser. Er befand sich auf einem Friedhof.
Nérac bemerkte den entsetzten Blick seines Gegenübers und erklärte sarkastisch: »Das ist der Friedhof der Unschuldigen. Die Toten aller Pariser Pfarreien werden hier bestattet. Früher tummelten sich hier Bettler und Räuber. Doch seit La Reynie unter ihnen aufgeräumt hat, braucht Ihr Euch vor Diebesgesindel nicht mehr zu fürchten. Wir sind ganz allein.«
Ehe Sir Orlando sich's versah, hatte der Mann mit dem Federschmuck ebenfalls seinen Degen gezogen und führte einen Sturzangriff aus. Sein schneller Vorstoß überraschte den Richter, doch er reagierte blitzschnell mit einem Sprung rückwärts und einer Parade, die die Spitze der gegnerischen Klinge abwehrte. Sir Orlando wurde augenblicklich klar, dass es in diesem Kampf keine Regeln gab.
In diesem Moment entluden die dunklen Wolken ihre Last. Dicke Regentropfen klatschten zu Boden, fielen in immer dichter werdenden Schleiern. Als Nérac erneut angriff, parierte der Richter. Daraufhin versuchte der Franzose, seinen Gegner mit einer Finte zu täuschen. Sir Orlando konnte Néracs folgenden Stoß nur durch einen wirbelnden Schlag mit seinem Mantel abwehren. Da der Richter sich im Freien einen größeren Vorteil versprach, schlüpfte er rasch unter der Arkade hervor und rannte über den Friedhof. Sein Gegner setzte ihm nach, doch Sir Orlando hatte nicht damit gerechnet, dass er ihm allein durch Schnelligkeit entkommen könn-

te. Nahe der kleinen überdachten Kanzel in der Mitte des Friedhofs wandte er sich um und stellte sich dem Kampf. Als Nérac mit kalter Entschlossenheit auf ihn eindrang, schritt Sir Orlando rückwärts die Stufen zur Kanzel hinauf, um den Höhenunterschied auszunutzen. Von oben konnte er die Angriffe des Franzosen wirkungsvoller parieren. Doch er wusste, dass ihm dies nur eine Verschnaufpause einbrachte. Nérac war ein zu erfahrener Fechter, als dass er sich seiner lange würde erwehren können.

Schritt für Schritt wich Sir Orlando vor den entschlossenen Degenstößen des Mannes mit dem Federschmuck zurück, bis er sich im Innern der Kanzel befand. In der Enge des viereckigen Baus hätte er keine Chance. Um seinen Gegner auf Abstand zu halten, täuschte er einen geraden Stoß auf dessen Rumpf vor. Er nutzte den Moment, als dieser den Schlag parierte, und schwang sich über die hüfthohe Umfassungsmauer aus der Kanzel. Das Aufsetzen auf der festgetretenen Erde tat seinem kaum geheilten Knöchel nicht gut, doch er fühlte keinen Schmerz. Wieder setzte eine Verfolgungsjagd ein. Der Regen peitschte Sir Orlando ins Gesicht, während er über eine Grabplatte sprang. Der nasse Boden war schlüpfrig geworden. Er geriet ins Schlittern und wäre beinahe gefallen. Sein Atem ging stoßweise. Lange würde er nicht mehr durchhalten.

Auf der Suche nach einem Fluchtweg hielt der Richter auf die Arkaden der gegenüberliegenden Seite des Friedhofs zu. Vielleicht gab es irgendwo eine Tür, hinter der er sich verbarrikadieren konnte. Schlamm spritzte bei jedem seiner Schritte auf. Die anhaltende Düsternis der tiefhängenden Wolken entzogen ihm die Sicht auf die Grabplatte vor ihm. Sein Fuß glitt auf dem blankgeriebenen Stein aus. Er stürzte. Im nächsten Moment hatte er sich wieder aufgerappelt und wirbelte her-

um. Nur knapp gelang es ihm, Néracs Stoß zu parieren, der auf seine Brust gezielt hatte. Erschöpft und mit zitternden Knien wich der Richter zurück, bis er mit dem Rücken gegen einen der Pfeiler stieß, der die Arkadenbogen unterteilte. Zu seinen Füßen lag ein Schädel. Ohne nachzudenken, hob er ihn auf und schleuderte ihn nach seinem Peiniger. Mit müheloser Gewandtheit wich Nérac dem Geschoss aus und näherte sich drohend mit erhobener Klinge.
»Komm schon, du Teufel! Mach ein Ende«, schrie Sir Orlando außer sich.
Über seinem Kopf setzte ein unheimliches Knirschen ein. Ein Dachziegel verfehlte ihn nur um Haaresbreite. Dann ertönte ein ohrenbetäubendes Krachen, als ein morscher Stützbalken des Daches unter der Wucht der Regenmassen durchbrach. Eine Flut von Schädeln und Gebeinen ergoss sich über Sir Orlando, riss ihn zu Boden und begrub ihn unter sich.

Kapitel 28

Mit leichtem Schenkeldruck lenkte Breandán sein Pferd in die Rue de l'Arbre Sec und zügelte es schließlich hinter dem Chor der Kirche Saint-Germain-l'Auxerrois. Hier hatten sich Lady Trelawney und der Richter nach Angaben der jungen Frau getrennt. Daraufhin war er, gefolgt von François Nérac, rechts in eine Seitenstraße eingebogen. Breandán kannte die verwinkelten Gassen in diesem Teil der Stadt. Es würde nicht einfach sein, darin zwei einzelne Männer wiederzufinden. Doch ohne Zögern trieb er seinen Fuchs an und lenkte ihn im Galopp durch das Labyrinth der Straßen, in denen kaum Passanten unterwegs waren. Regen setzte ein, was die Suche nicht gerade begünstigte. Von der Rue des Mauvaises Paroles gelangte er in die Rue des Dechargeurs, die zu den Hallen führte. An der nächsten Kreuzung zögerte der Ire, in welche Richtung er sich wenden sollte. Zu seiner Rechten verlief die Rue de la Ferronerie, die gerade verbreitert wurde. Das Schnauben seines Pferdes und das Rauschen des Regens verschluckten alle anderen Geräusche. Instinktiv zügelte Breandán das Tier und strich beruhigend über seine Mähne, während er angestrengt lauschte. Und dann hörte er es: das Klingen von Stahl. Jenseits der Mauer auf dem Friedhof der Unschuldigen war ein Fechtkampf im Gange. Geistesgegenwärtig trieb der Ire den Fuchs zum Galopp und ließ ihn über einen Schutthaufen auf die andere Seite setzen.

Ein Krachen und Poltern war zu vernehmen. Breandán sah gerade noch, wie die Gebeine aus einem der Dachböden ins Rutschen gerieten und sich über eine Gestalt ergossen, die an einem der Pfeiler stand. Ein zweiter Mann machte einen Sprung rückwärts, um dem Knochenregen auszuweichen. Als die Schädel über ihm wieder zur Ruhe kamen, beugte er sich über den Haufen und schob mit dem Degen vorsichtig die Gebeine zur Seite, bis er auf einen noch lebenden Körper stieß. Die Degenspitze legte sich drohend an den Hals des Richters, der verzweifelt versuchte, auf die Füße zu kommen.
Von den Schenkeln des Iren angetrieben, machte der Fuchs einen Satz auf die beiden zu. Als Breandán die Degenklinge aus der Scheide zog, fuhr François Nérac herum.
»Ihr!«, rief er entgeistert. »Dann steckt Ihr also doch mit ihm unter einer Decke.«
Breandán hielt seine Waffe drohend auf Nérac gerichtet.
»Nein.«
»Warum habt Ihr ihn dann am Leben gelassen?«
»Weil ich ihn kenne. Er ist kein Verräter!«
»So? Und weshalb habt Ihr mir nichts davon gesagt?«
»Weil Ihr mir nicht geglaubt hättet.«
»Da habt Ihr recht.«
Nérac riss seinen Degen hoch und führte einen Stoß auf Breandáns ungeschützten Schenkel aus. Doch der Ire war auf den Angriff vorbereitet und riss sein Pferd zur Seite. Geschmeidig sprang er aus dem Sattel und stellte sich dem Franzosen entgegen. Ohne den Kopf zu wenden, rief er Sir Orlando zu: »Nehmt mein Pferd und verschwindet!«
Dem Richter war es mittlerweile gelungen, sich endlich unter den Schädeln hervorzukämpfen, die unter seinen haltsuchenden Füßen wegrollten.

»Nein«, widersprach er. »Ich lasse Euch nicht mit diesem Irren allein.«
»Waffenbrüder! Wie rührend«, höhnte Nérac.
»So habe ich das noch nie gesehen«, meinte Breandán zynisch.
Mit blitzschnellen Stößen drang der Franzose auf den Iren ein. Doch sein angespannter Gesichtsausdruck verriet, dass ihn die Entwicklung der Ereignisse verwirrte. Seine Angriffe wurden unbeherrschter, wütender und damit vorhersehbarer. Es bereitete Breandán wenig Mühe, sie zu parieren. Aber die Situation wurde dadurch nicht einfacher. Nérac würde kämpfen bis zum Tod. Breandán wiederum hatte nicht die Absicht, ihn zu töten. Der Franzose würde Sir Orlando jedoch nicht in Ruhe lassen, solange sie beide am Leben waren. Während der Richter den Iren deckte, drängte dieser Nérac in die Defensive. Bald konnte er Breandáns Stöße nur noch parieren. Fluchend wich er Schritt für Schritt zurück. Plötzlich machte der Ire einen Ausfall. Nérac brachte sich mit einem geistesgegenwärtigen Sprung in Sicherheit. Sein Fuß trat ins Leere. Er hatte nicht bemerkt, dass er sich am Rande eines offenen Massengrabs befand, das erst zur Hälfte mit Leichen gefüllt war, namenlose Tote, Ertrunkene aus der Seine, Arme aus den Pariser Pfarreien … Als Nérac auf die verwesenden Körper fiel, entfuhr selbst ihm ein Schreckensschrei.
Breandán steckte seinen Degen in die Scheide zurück.
»Kommt, Mylord, lasst uns hier verschwinden.«
Er rief sein Pferd zu sich, schwang sich in den Sattel und lenkte es zu einem Grabstein, damit sich Sir Orlando hinter ihm hinaufziehen konnte.
»Was jetzt?«, fragte der Richter und warf einen zweifelnden Blick zurück. »Dieser Teufel wird sich wieder an meine Fersen heften, wenn er sich aus der Grube herausgearbeitet hat.«

»Ich weiß«, bestätigte Breandán. »Es gibt nur zwei Menschen, die Nérac zurückpfeifen können: Colbert und der König von Frankreich! Es bleibt uns wohl nichts anderes übrig, als mit einem von beiden zu sprechen.«
Das »uns« entlockte Sir Orlando ein Lächeln. Obwohl die beiden Männer ihre alte Feindschaft schon vor einiger Zeit begraben hatten, fand er es amüsant, dass Nérac sie als Waffenbrüder bezeichnet hatte.
In leichtem Galopp brachte der Fuchs sie zur Rue de l'Arbre Sec. Der Regen hatte nachgelassen.
»Was habt Ihr vor?«, fragte Sir Orlando.
»Meine Frau muss die Sache mit Colbert regeln«, erwiderte Breandán.
»Aber Mylady St. Clair ist nicht zu Hause«, setzte der Richter seinen Retter ins Bild. »Sie ist zu ihrer Cousine gefahren, die ein Zusammentreffen mit dem französischen König arrangiert hat.«
»Verdammt!«
Vor Amorets Haus stand die Kutsche des Marquis de Saint-Gondran. Verwundert ließ sich Breandán aus dem Sattel gleiten und half dem Richter beim Absteigen, als der Besucher gerade unverrichteter Dinge aus der Tür trat.
»Ah, Monsieur Mac Mathúna«, grüßte Hervé de Guernisac den Iren. »Wie geht es Euch?«
Ohne den Gruß zu erwidern, fragte Breandán: »Was führt Euch her, Marquis?«
»Ich wollte Mademoiselle St. Clair einen Freundschaftsbesuch abstatten«, erklärte der Franzose, die eisige Miene seines Gegenübers ignorierend. »Leider höre ich, dass sie nicht zu Hause ist.«
Breandán schluckte seinen Ärger angesichts der Unverfrorenheit des Marquis hinunter. »Wisst Ihr, wo sich der König aufhält?«

»Im Schloss zu Versailles, um die Bauarbeiten zu überwachen, Monsieur.«

»Nun, wenn Euch so viel daran gelegen ist, Mademoiselle St. Clair zu sehen, werdet Ihr sicherlich so freundlich sein, uns in Eurer Kutsche dorthin mitzunehmen, Marquis«, sagte Breandán ohne den geringsten Anschein von Höflichkeit.

Saint-Gondran nahm die Herausforderung zur Kenntnis, ließ sich aber nichts anmerken.

»Es wird mir eine Freude sein.«

In diesem Moment stürzte Jane aus der Tür heraus und flog ihrem Gemahl in die Arme.

»Der Jungfrau sei Dank«, rief sie schluchzend. »Ihr seid am Leben.«

Sir Orlando drückte sie so kraftvoll an sich, als wollte er sie zerbrechen. »Ich dachte, ich würde Euch nie wiedersehen, meine Liebste!«

Breandán beobachtete das Schauspiel mit einem Lächeln. Als sich der Richter von seiner Frau löste, sagte er: »Mylord, Ihr solltet Euch besser umziehen.«

Entsetzt blickte Sir Orlando an sich herab, als sei er sich nicht bewusst gewesen, dass seine Kleidung mit Schlamm verschmiert war und nach Verwesung roch. So konnte er nicht vor dem König erscheinen.

»Natürlich. Ich beeile mich.«

Während sie auf den Richter warteten, spürte Breandán die musternden Blicke des Marquis. Saint-Gondran stellte jedoch keine Fragen.

Als Sir Orlando aus dem Haus trat, bestiegen die drei Männer die Karosse, und der Bretone gab seinem Kutscher die Anweisung, nach Versailles zu fahren.

Neugierig steckte Amoret immer wieder den Kopf aus dem Kutschfenster und versuchte, den Palast zu erspähen, den sie nur als kleines Jagdschlösschen kannte. Während ihrer kurzen Liebschaft hatte es Louis und ihr als Liebesnest gedient, in dem sie viele schöne Stunden verbracht hatten.
Die Kutsche ihrer Cousine überholte immer wieder Karren mit Baumaterial. Steine, Sand, Holzbalken, Säcke und Fässer türmten sich auf den langsam dahinrollenden Wagen. Andere schwerere Karren transportierten große Bäume, die in den Park von Versailles verpflanzt werden sollten.
Dann endlich war, umgeben von grünen Hügeln und dunklen Wäldern, auf einem kleinen Erdrücken das Schloss zu sehen. Die Farbvielfalt des Palastes, der aus einem Hauptgebäude, zwei Flügeln und vier Pavillons bestand, verlieh ihm einen besonderen Charme. Er war aus dunkelroten Ziegeln und weißem Stein erbaut und mit blaugrauen Dachziegeln gedeckt. Vorgelagert erhob sich auf der einen Seite ein neues Gebäude für die Küchen, auf der anderen für die Ställe. Dazu befanden sich am Eingang zwei Pavillons für die Musketiere des Königs, wie Athénaïs ihre Cousine unterrichtete, als sie durch das Tor fuhren. Ihre Kammerzofe, Mademoiselle des Oeillets, war ihnen beim Aussteigen behilflich. Eine Gruppe Musketiere grüßte die Ankömmlinge.
»Wisst Ihr, wo sich Seine Majestät aufhält, Messieurs?«, fragte Athénaïs keck.
»Auf der Gartenseite des Schlosses, Mesdames, um die Bauarbeiten zu begutachten«, erwiderte einer der Musketiere mit einer tiefen Verbeugung.
Die Marquise dankte ihm. Die Damen durchquerten den Hof und umrundeten das alte Schloss. Auf der Westseite war man dabei, den hinteren Bereich mit drei Gebäuden aus Stein zu ummanteln, um mehr Platz für Unterkünfte zu gewinnen. Die

Einfassung war bereits weitgehend fertig. Es fehlte noch die Bedachung und natürlich die Ausschmückung der Räume. Hohe Kräne aus Holz hoben Dachbalken auf die Steinmauern, während Arbeiter gelenkig in den Gerüsten herumkletterten. Alles lag unter einer dicken Staubschicht. Die Damen mussten Pferdekarren und Arbeitern mit Balken oder Säcken auf den Schultern ausweichen, bis sie die kleine Gruppe erreichten, die inmitten der regen Geschäftigkeit wie ein ruhender Pol wirkte. Amoret erkannte den Minister Jean-Baptiste Colbert, ganz in strenges Schwarz gekleidet. An seiner Seite standen die Architekten Claude Perrault und Louis Le Vau, dessen längliches Gesicht von vollem schwarzem Haar eingefasst und von einer vorspringenden Nase beherrscht wurde. Le Vau war dabei, dem aufmerksam zuhörenden König unter Zuhilfenahme unterstreichender Gesten ein Detail zu erklären.
Alle drei Frauen machten einen tiefen Hofknicks, als der Monarch sich ihnen zuwandte. Louis war in ein mit Goldstickereien verziertes Wams aus dunkelblauem Samt gekleidet, das an der Taille das feine Leinenhemd sehen ließ. Dazu trug er weite Kniehosen, rote Strümpfe und mit roten Schleifen geschmückte, hellbraune Schuhe. Er zog seinen mit feuerroten Straußenfedern besetzten Hut. Nachdem er Athénaïs begrüßt hatte, lächelte er Amoret zu.
»Wir sind erfreut, Euch wiederzusehen, Madame«, sagte Louis.
Während sich die junge Frau erhob, trafen sich ihre Blicke. Als sie den warmen Ausdruck in den großen braunen Augen sah, errötete sie. Offenbar hatte Louis sie in guter Erinnerung behalten. Er hatte sich kaum verändert. Sein dunkles Gesicht mit der ausgeprägten Bourbonennase, den dichten Brauen und dem sinnlichen Mund, über dem sich ein schmaler Oberlippenbart in elegantem Schwung nach oben bog, war alters-

los. Eine üppige Mähne kastanienbraunen Haares umrahmte es.

»Ich denke, wir haben alles besprochen, Messieurs«, sagte er zu seinen Begleitern. An Amoret gewandt, fragte er: »Darf ich Euch die Gärten von Versailles zeigen, Madame?«

»Es wäre mir eine Ehre, Euer Majestät«, antwortete Amoret strahlend.

Sie flanierten auf das Becken der Latona zu, dessen glatte Oberfläche im Licht der vereinzelt durch die grauen Wolken brechenden Sonnenstrahlen funkelte.

»Es ist lange her«, sagte der König leise. Er hatte die Stimme gesenkt, obwohl ihre Begleiter, die ihnen in einigem Abstand folgten, das Gespräch nicht mithören konnten. »Ich habe die Zeit, die wir miteinander verbrachten, nicht vergessen – obgleich sie allzu kurz war.«

»Euer Majestät hatte bereits ein Auge auf Mademoiselle de La Vallière geworfen, als ich mich entschied, nach England zurückzukehren«, erinnerte Amoret den Monarchen.

Er lächelte. »Ihr wart immer geradeheraus und habt nie ein Blatt vor den Mund genommen, selbst Eurem Souverän gegenüber. Ihr habt recht. Wir waren nicht füreinander geschaffen. Vielleicht wäre es anders gekommen, wenn Ihr unser Kind nicht verloren hättet.«

Sie erblasste leicht. »Es war schmerzlich, Sire. Aber das war nicht der Grund, weshalb ich Frankreich verließ. Ein Freund brauchte meinen Beistand.«

»Ich verstehe. Ihr seid unbeirrbar in Eurer Treue. Hat mein Bruder, der König von England, Euch deshalb mit dieser Mission betraut?«

»Seine Majestät weiß, dass er sich auf meine Verschwiegenheit verlassen kann.«

Louis musterte sie prüfend. »Hat er Euch in den Inhalt des

Abkommens eingeweiht, über das wir in Verhandlung stehen, Madame?«

Amoret gab wieder, was Charles ihr über den Vertrag offenbart hatte. Nachdenklich ließ Louis den Blick über die symmetrisch gepflanzten Boskette gleiten. In der Ferne erstreckte sich der Große Kanal funkelnd wie ein poliertes Schwert in der Nachmittagssonne. Und wieder überkam Amoret das Gefühl, dass Charles ihr etwas verschwiegen hatte.

»Es gibt noch einen Zusatz, nicht wahr, Sire?«, fragte sie. »Etwas, das so brisant ist, dass nur Ihr und Seine Majestät, der König von England, davon wissen.« Sie furchte die Stirn. »Madame hat vermutlich ebenfalls Kenntnis davon, aber sonst niemand. Weder Charles' Kabinett noch der französische Gesandte oder Monsieur, Euer Bruder. Ist es nicht so?«

Louis sah sie ernst an. »Da der König von England Euch nicht eingeweiht hat, kann ich es ebenso wenig. Es tut mir leid, Madame.«

»Selbst wenn dieses Geheimnis so gefährlich wäre, dass Menschen dafür töten?«

»Glaubt Ihr tatsächlich, dass Sir William Fenwick deswegen umgebracht wurde?«

»Bisher weist alles darauf hin«, erwiderte Amoret unbeirrt. »Und vergesst nicht den Anschlag auf Monsieur Mac Mathúna, den Boten der Korrespondenz zwischen dem König von England und seiner Schwester.«

»Das ist allerdings eine merkwürdige Sache«, gab Louis zu. »Monsieur Colbert erwähnte etwas diesbezüglich, aber es ist wohl besser, wenn Ihr mir den Vorfall in allen Einzelheiten schildert.«

Amoret gab den Bericht des Richters so genau wie möglich wieder. Noch während sie sprach, waren hinter ihnen Stimmen zu vernehmen. Ärgerlich über die Störung, wandte sich

der König um und sah zurück. Die kleine Gruppe, die ihnen folgte, war ebenfalls stehen geblieben und blickte sich um. Drei Männer kamen mit schnellen Schritten auf sie zu. Überrascht atmete Amoret tief ein. Es waren Breandán, Sir Orlando Trelawney und der Marquis de Saint-Gondran.
»Wer sind diese Leute?«, fragte Louis ungeduldig. Dann erkannte auch er den Marquis. »Was mag er hier wollen?«
»Ich fürchte, er hat es sich in den Kopf gesetzt, mir den Hof zu machen, Sire«, entgegnete Amoret seufzend, denn sie ahnte, wie verärgert Breandán darüber war.
Als die Männer Louis und Amoret bemerkten, zogen sie eilig die Hüte und verbeugten sich tief. In Breandáns dunkelblauen Augen war deutliche Eifersucht zu lesen. Trotzig hielt Amoret seinem Blick stand.
»Euer Majestät, darf ich Euch Sir Orlando Trelawney, Richter am Königlichen Gerichtshof in London, vorstellen«, sagte sie. »Monsieur Mac Mathúna ist Euch ja bereits bekannt.«
Louis nahm die Anwesenheit des Iren mit einem Nicken zur Kenntnis. Er hatte den wütenden Blick bemerkt, mit dem dieser Mademoiselle St. Clair bedacht hatte, und wunderte sich darüber.
Währenddessen machte Sir Orlando eine seltsame Erfahrung. Höflingen, die sich dem französischen Monarchen zum ersten Mal gegenübersahen, wurde geraten, sich zuvor innerlich auf die Begegnung vorzubereiten, da das Auftreten des Königs vielen die Sprache verschlug. Und so erging es in diesem Moment dem Richter, der es gewohnt war, beim König von England vorstellig zu werden und sowohl mit hochrangigen Höflingen als auch mit dreisten Verbrechern Umgang hatte. Obgleich Louis XIV. kleiner war als Sir Orlando, fühlte sich dieser zu seiner Überraschung von der majestätischen, würdevollen Ausstrahlung des Königs überwältigt und rang um Worte.

Amoret kam ihm zu Hilfe. »Was führt Euch her, Monsieur? Ist etwas vorgefallen?«
Breandán antwortete an des Richters Stelle. »Verzeiht die Störung, Euer Majestät. Wir wären nicht gekommen, wenn es nicht eine Frage von Leben oder Tod wäre. Es geht um einen von Monsieur Colberts Agenten.«
»Nérac?«, fragte Amoret erstaunt und wandte sich dann erklärend an den König. »Der Mann, der den Spion Walter Hillary tötete und damit Monsieur Mac Mathúnas Leben rettete.«
»Obwohl ich ihm schwor, dass Monsieur Trelawney nichts mit den Machenschaften dieses Verräters zu tun hat, verfolgt er ihn verbissen und hätte ihn heute Mittag um ein Haar auf dem Friedhof der Unschuldigen getötet.«
»Verstehe«, sagte Louis und musterte den Richter mit prüfendem Blick. »Ihr schwört, dass Euch die Absichten dieses Hillary unbekannt waren, als Ihr ihn als Übersetzer mit nach Colombes nahmt, Monsieur?«
»Ja, Euer Majestät, ich schwöre es.«
»Und ich versichere Euch, Sire, dass Monsieur Trelawney absolut vertrauenswürdig ist. Auch Seine Majestät, der König von England, vertraut ihm völlig.«
»Nun gut«, bemerkte Louis und gab Colbert ein Zeichen, zu ihnen zu stoßen. »Wie es scheint, Monsieur, ist einer Eurer Agenten etwas übereifrig darin, die Interessen unseres Königreichs zu verteidigen. Seid so gut und ruft ihn zur Ordnung. Monsieur Mac Mathúna wird Euch den Sachverhalt erläutern.«
Mit einer sanften, aber bestimmten Geste nahm Louis Amorets Arm und zog sie zu Breandáns Ärger ein wenig zur Seite. »Ich gebe nächste Woche einen Ball in Saint-Germain«, erklärte der König. »Ihr seid herzlich dazu eingeladen.«
»Ich komme gern, Sire.«

Kapitel 29

Juli 1669

»Da ist jemand an der Tür, der Euch zu sprechen wünscht«, klärte die Magd Delphine Jeremy auf.
Der Jesuit hatte sich über Mittag in seiner Kammer zur Ruhe gelegt, da ihm starke Unterleibschmerzen zu schaffen machten.
»Wer ist es?«, fragte er unwillig.
»Er sagt, er sei Reitknecht in der Herberge ›Zu den drei Glocken‹«, antwortete die Alte. »Zumindest glaube ich, dass er das gesagt hat, denn er spricht mit so starkem holländischem Akzent, dass es mir schwerfällt, ihn zu verstehen.«
»Gut, Delphine, führ ihn in den Salon. Ich komme gleich.«
Einen Moment ließ Jeremy den Kopf zurück auf das Kissen sinken und atmete ein paarmal tief durch. Die Schmerzen wollten jedoch nicht nachlassen. Mit einem tiefen Seufzer erhob er sich schließlich, schlüpfte in seine Schuhe und begab sich in den Salon.
Der Pferdeknecht war ein in lederne Kniehosen gekleideter Bursche mit strohblondem Haar, der ein wenig verloren vor dem Kamin stand und seinen Schlapphut zwischen den Fingern drehte.
»Ihr wünscht mich zu sprechen?«, fragte Jeremy, als er eintrat.
»Die Wirtin der ›Drei Glocken‹ schickt mich«, entgegnete der Bursche.

Da Jeremy Holländisch leidlich beherrschte, bereitete es ihm keine Mühe, ihn trotz seines starken Akzents zu verstehen.
»Wie ist dein Name?«
»Jan, Monsieur.«
»Geht es um Sir William Fenwick?«
»Ja, Monsieur. Madame de Hoeve sagte, ich soll herkommen und Euch berichten, was ich an jenem Tag im Oktober gesehen habe, als Sir William abreiste.«
»Nur zu.«
»Da war ein Mann, Monsieur. Er fiel mir auf, weil er vor der Herberge herumschlich. Ich dachte erst, er wäre ein Dieb, und sah ihn mir genauer an.«
»Und?«
»Er war nicht abgerissen wie die meisten Beutelschneider, eher anständig gekleidet wie ein Bürgerlicher. Ich fragte ihn, was er wolle. Es war ihm sichtlich unangenehm, dass ich ihn angesprochen hatte, und er antwortete, dass er einen Freund suche.«
»Und du bist sicher, dass du den Mann am fünfundzwanzigsten Oktober beobachtet hast, als Sir William abreiste?«
»Ja, ganz sicher.«
»Kannst du den Mann beschreiben?«
»Jung, dunkelhaarig, gutaussehend …«
»Irgendwelche unverwechselbaren Kennzeichen?«, hakte Jeremy ungeduldig nach.
Jan schüttelte vage den Kopf. »Keine Narben oder so. Er sprach mit einem komischen Akzent, den ich nur schwer verstand.«
»Du meinst, er war kein Franzose?«
»Ich weiß nicht, Monsieur.«
»Könnte er Engländer gewesen sein?«
»Kann ich nicht sagen. Ich habe den Akzent nie zuvor gehört. Aber ich bin noch nicht lange hier«, erklärte der Bursche.

»Ich danke dir, dass du gekommen bist«, sagte Jeremy mit einem Seufzen. »Falls dir noch etwas einfällt, lass es mich wissen.«
Der Jesuit holte einen Écu aus seiner Börse und warf dem Burschen die Silbermünze zu. Als er Jan zur Tür begleitete, begegneten sie Amoret auf der Treppe. Nachdem Jeremy den Besucher verabschiedet hatte, fragte die junge Frau neugierig: »Wer war das?«
»Ein Pferdeknecht von den ›Drei Glocken‹.«
»Und? Konnte er Euch etwas Neues mitteilen?«
»Möglicherweise.« Jeremy gab wieder, was Jan beobachtet hatte.
»Glaubt Ihr, der Unbekannte ist Sir William gefolgt, hat ihn in Sittingbourne ermordet und dann seinen Platz eingenommen?«
»Es ist die erste heiße Spur, die wir haben.«
»Leider hilft sie uns nicht wirklich weiter«, meinte Amoret bedrückt.
»Malt nicht alles so schwarz, Mylady«, beschwichtigte Jeremy. »In ein paar Tagen suche ich die ›Drei Glocken‹ noch einmal auf und frage Jan, ob ihm noch etwas eingefallen ist. Häufig erinnern sich die Leute nach einer Weile an weitere Einzelheiten.«
Als Amoret und der Jesuit an Alans und Armandes Kammer vorbeikamen, hörten sie die Stimme der jungen Auvergnerin durch die Tür dringen.
»Nein, das ist unmöglich, Alan. Bitte akzeptiere das!«
Die Tür flog auf, und Armande stürmte heraus. Als sie die beiden unfreiwilligen Lauscher gewahrte, schlug sie die Hand vor den Mund und rannte schluchzend an ihnen vorbei die Treppe hinab.
»Armande!«, rief Amoret ihrer Freundin nach.

Doch diese wandte sich nicht einmal um, sondern stürzte zur Tür und verschwand. Als Alan auf der Schwelle erschien, blickten ihn zwei Augenpaare vorwurfsvoll an.
»Was habt Ihr nun schon wieder angestellt?«, fragte Jeremy in schärferem Ton als beabsichtigt. »Die Arme ist ja ganz aufgelöst.«
»Gar nichts«, stammelte der Wundarzt entgeistert. »Ich habe nur vorgeschlagen, dass Armande und ich gleich hier in Paris heiraten könnten. Da wurde sie ganz bleich und meinte, das sei unmöglich. Ich fragte, warum, aber sie wich mir aus. Den Rest kennt Ihr.«
»Merkwürdig. So aufgeregt habe ich sie noch nie gesehen«, sagte Amoret.

Mit tränenverschleierten Augen überquerte Armande die Rue de l'Arbre Sec, als eine Kutsche, die gerade gewendet hatte, in schneller Fahrt die Straße entlangraste. Im letzten Moment gelang es der Französin, sich mit einem Sprung in Sicherheit zu bringen. Sie strauchelte und wäre beinahe gefallen, konnte sich aber gerade noch auf den Beinen halten. Wütend blickte sie der herrschaftlichen Kutsche nach, die am Ende der Straße um eine Ecke verschwand.
Doch die Wut machte rasch wieder ihrer Bekümmerung Platz, die sie aus dem Haus getrieben hatte. Schnellen Schrittes bog sie in die Rue des Fossés und dann in die Rue de la Monnoie ein, die auf den Pont Neuf zuführte. Ein paarmal blickte sie sich um, ob Alan ihr folgte. Sosehr sie ihn liebte, wollte sie ihn in diesem Moment weder sehen noch mit ihm sprechen. Alles war so verzwickt! Und sie wusste keinen Ausweg.
Verloren irrte Armande über den Pont Neuf, bog wie auf der Flucht in den Quai des Morfondus ein und ging an der Con-

ciergerie vorbei. Ein Schaudern überlief sie, als sie zu den Wehrtürmen aufsah, in denen sich die Kerker befanden. Gehörte sie nicht dorthin? Tränen traten in ihre Augen. Schließlich fasste sie einen Entschluss. Zielstrebig näherte sie sich der ersten kleinen Kirche, die vor ihr auftauchte, und trat ein, um die Beichte abzulegen.

Unter der gleißenden Julisonne eröffnete Louis XIV. mit der Königin Marie-Thérèse die Festlichkeiten. Die Gärten von Saint-Germain erstrahlten in einer bunten Blumenpracht, die sich dennoch in die strenge Würde makelloser, gerader Alleen und Boskette einfügte.
Begleitet von Armande, die ganz entgegen ihrer Art schweigsam wie eine Auster war, flanierte Amoret zwischen den Höflingen, die sich zu kleinen Gruppen zusammengefunden hatten. Mehrmals hatte sie versucht, Armandes Kummer auf den Grund zu gehen. Doch sobald sie die Hochzeit mit Alan ansprach, wurde das Gesicht der Französin verschlossen, und ihre Augen schimmerten feucht. Schließlich fand sich Amoret mit der Erkenntnis ab, dass ihre Freundin Zeit brauchte, um mit sich ins Reine zu kommen.
In der Zwischenzeit war sie nicht untätig gewesen. Colbert hatte ihr eine Audienz gewährt, und sie hatte ihm über Sir William Fenwicks Tod mitgeteilt, was sie wusste. Vor allem interessierte sie, was der Minister davon hielt, dass Sir William regelmäßig in einer Herberge abgestiegen war, die von einer Holländerin geführt wurde.
»Haltet Ihr es für möglich, dass er seinen König verraten und mit den Holländern gemeinsame Sache gemacht haben könnte?«, fragte sie.
Colbert lächelte. »Ihr seid sehr scharfsinnig, Madame«, erwiderte er anerkennend. »Aber seid versichert, dass mir die Ge-

wohnheiten von Monsieur Fenwick bestens bekannt sind und dass nie ein Grund bestand, an seiner Zuverlässigkeit zu zweifeln. Natürlich habe ich Madame de Hoeve durch einen meiner Agenten überprüfen lassen. Sie hat keinerlei Verbindungen zur holländischen Regierung.«
»Wie bedauerlich, dass keiner Eurer Agenten an jenem Tag zur Stelle war, als sich der Mörder an Sir Williams Fersen heftete.«
Colbert senkte zerknirscht den Blick. »Allerdings.«
»Habt Ihr eigentlich Hinweise darauf, dass der Brief, den Fenwick beförderte, in falsche Hände geraten ist?«, erkundigte sich Amoret, einer Eingebung folgend.
»Seltsamerweise nicht«, gab der Minister zu. »Wenn die Holländer den Brief hätten, wäre dies sicher zu meiner Kenntnis gelangt. Wie Ihr Euch denken könnt, habe ich überall meine Spitzel.«
»Was steht in dem Brief, Monsieur?«
»Die Formulierungen darin sind so vorsichtig gewählt, dass nur jemand, der über die Einzelheiten des auszuhandelnden Vertrages im Bilde ist, den Inhalt verstehen würde. Mehr kann ich Euch dazu nicht sagen, Madame.«
Damit hatte sich Amoret zufriedengeben müssen. Während sie die Tanzenden beobachtete, dachte sie an Breandán. Zwar war er in die Rue de l'Arbre Sec zurückgekehrt, doch seine Unzufriedenheit mit der Situation war nicht zu übersehen. Amoret hatte das Gefühl, als würde er ihr nicht zutrauen, dass sie sich den Avancen des Königs entziehen könnte. Dabei sollte er sie eigentlich besser kennen.
»Madame, wie schön, Euch wiederzusehen«, sagte jemand neben ihr.
Erstaunt wandte sie sich um und fand sich dem Comte de Lauzun und Mademoiselle de Montpensier gegenüber. Amo-

ret und Armande machten einen tiefen Hofknicks. Als sich Amoret wieder erhob, zwinkerte der kleine Gascogner ihr schelmisch zu. Bei dem Gedanken an den sündigen Kuss, den sie seinem Streich verdankte, errötete sie.
»Euer Hoheit, Monsieur le Comte«, begrüßte sie die beiden.
Sie konnte nicht umhin zu bemerken, dass sie wie ein verliebtes Paar wirkten. Angesichts des gewaltigen Standesunterschieds zwischen der Prinzessin und dem Gascogner aus niederem Adel war das eigentlich eine abwegige Vorstellung.
»Sind Eure Nachforschungen über Sir William Fenwick gut gediehen?«, fragte die Prinzessin.
Amoret zuckte innerlich zusammen und verwünschte ihre Leichtfertigkeit, sich Mademoiselle de Montpensier anvertraut zu haben. Sie war bekannt für ihre Indiskretion.
»Viel habe ich noch nicht herausgefunden«, gab Amoret zu. »Vielleicht sollte ich mich doch an Henriette-Marie wenden, wie Ihr mir vorschlugt, Euer Hoheit.«
»Nun, möglicherweise kann ich Euch weiterhelfen«, erwiderte die Grande Mademoiselle. »Gerade eben begegnete ich Madame de Mayenne. Sie könnte Euch sicher eine Menge über Monsieur Fenwick erzählen.«
Amorets Augenbrauen schnellten in die Höhe. »Verstehe. Danke für den Rat.«
»Es wäre mir eine Ehre, sie Euch vorzustellen, Madame«, erbot sich der Comte de Lauzun.
Gemeinsam schlenderten sie durch den Garten.
»Da drüben. Das ist sie«, flüsterte der kleine Gascogner und wies mit dem Kinn auf eine ältere Dame mit bleigrauem Haar, das nichtsdestotrotz vollkommen aufgeputzt war. Ihr Kleid war ebenso prächtig wie ihr Schmuck, und ihr Gesicht bedeckte dicke Schminke, die ihr Alter jedoch kaum kaschierte.
»Ich hoffe, Madame de Mayenne kann Euch behilflich sein.

Sie ist zuweilen ein wenig wunderlich«, sagte die Grande Mademoiselle vorsichtig.
Amoret war entschlossen, sich nicht entmutigen zu lassen. Nachdem der Comte de Lauzun sie vorgestellt hatte, platzte die Duchesse de Montpensier heraus: »Meine Liebe, erinnert Ihr Euch an den englischen Höfling Sir William Fenwick? Er war damals während des englischen Bürgerkriegs an den Hof gekommen.«
Die alte Dame nickte. »Natürlich, Euer Hoheit. Sir William Fenwick. Er hat sich überhaupt nicht verändert. Sieht immer noch so gut aus wie vor zwanzig Jahren. Bemerkenswert, nicht wahr?«
Verwundert sahen sich Amoret und die Prinzessin an.
»Monsieur Fenwick ist tot, Madame«, klärte die Grande Mademoiselle die Alte auf.
»Tot? Unmöglich. Ich habe ihn doch gerade noch gesehen. Und da war er sehr lebendig!«
»Ihr habt ihn gesehen? Hier?«, rief Amoret überrascht aus.
»Ja, vor einer halben Stunde unterhielt er sich mit einer der Hofdamen der Königin. Einfach unverwüstlich, dieser Schelm.«
Leise vor sich hin murmelnd, entfernte sich Madame de Mayenne und mähte im Vorbeigehen die Blütenköpfe einiger Blumen am Rand eines in Rot und Gelb prangenden Beetes nieder.
»Es tut mir leid«, entschuldigte sich Mademoiselle de Montpensier. »Ich wusste nicht, dass sie so durcheinander ist. Ich dachte wirklich, sie könnte Euch weiterhelfen.«
»Da kann man nichts machen, Euer Hoheit«, beschwichtigte Amoret. »Ich danke Euch trotzdem für Eure Hilfe.«
Als Lauzun und die Prinzessin sich entfernten, warf der Comte ihr noch ein Augenzwinkern zu, das Amoret kichern ließ wie eine Klosterschülerin.

»Ihr seid so gut gelaunt, meine Liebe«, meinte Armande erstaunt. »Dabei seid Ihr keinen Schritt weitergekommen.«
»Ich habe an etwas anderes gedacht«, erwiderte Amoret fröhlich. »An meine erste Liebe. Unser Aufenthalt hier hat die Erinnerung daran wieder aufleben lassen, auch wenn sie schwermütig ist.« Forschend blickte sie ihre Freundin an. »Wollt Ihr mir nicht endlich sagen, was mit Euch ist? Warum erfüllt Euch der Gedanke an eine Hochzeit mit Meister Ridgeway auf einmal mit Furcht?«
»Es kam einfach so unerwartet«, antwortete die Auvergnerin ausweichend.
»Nein, es geht tiefer. Das sehe ich Euch an. Wenn Ihr unglücklich seid, dann lasst Euch helfen. Ich glaube, dass Meister Ridgeway es diesmal ernst meint. Er ist erwachsen geworden. Natürlich solltet Ihr Euch sicher sein ... aber werft diese Chance nicht weg.«
Armande senkte den Blick. Ihr verschlossener Gesichtsausdruck entlockte Amoret ein Seufzen. Wie gern hätte sie ihre Freundin glücklich gesehen. Doch das Hindernis, das zwischen ihnen stand, schien größer als erwartet.

Nach dem Ball fand in den Gärten ein Feuerwerk statt. Der König hatte Amoret eingeladen, das Schauspiel an seiner Seite zu bewundern. Daraufhin zog sich Armande zurück und suchte sich einen Platz, von dem aus auch sie eine gute Aussicht hatte. Über dem Schloss von Saint-Germain erstrahlte im Dunkel des fortgeschrittenen Abends eine gleißende vielfarbige Sonne. Geblendet betrachteten die Höflinge die von einem feurigen Finger in den Nachthimmel gemalten Figuren. Mit einem Donnern und Zischen, das den Gästen ein köstliches Schaudern einflößte, schossen die Raketen in die Höhe, nur um in Lichtgarben wieder zur Erde hinabzufallen. Ein

glühender roter Schein spielte über die Gesichter der Anwesenden. Als Armandes Blick dem des Chevalier de Lorraine begegnete, zuckte sie zusammen und zog sich hinter eine Gruppe von Schaulustigen zurück. Zu ihrem Missfallen folgte ihr der junge Lothringer jedoch und holte sie schließlich ein.
»Wohin so eilig, schöne Auvergnerin? Ihr verpasst ja das atemberaubende Feuerwerk«, spottete er.
Der harte Blick seiner blauen Augen ging ihr unter die Haut. Da sie nicht antwortete, sprach er unbeirrt weiter: »Weshalb ist Eure Herrin wirklich an den französischen Hof zurückgekehrt? Monsieur mag die Geschichte glauben, dass Mademoiselle St. Clairs Cousine Madame de Montespan sie eingeladen hat, aber ich nicht. Dazu schnüffelt sie zu sehr herum. Was hofft sie hier auszugraben?«
»Ich weiß nicht, wovon Ihr redet«, widersprach Armande kühl.
»Wollt Ihr mich für dumm verkaufen, Metze?«, zischte er ihr ins Ohr. Noch bevor sie vor dem Chevalier zurückweichen konnte, hatte er ihr Handgelenk gepackt und presste es schmerzhaft zusammen.
»Lasst mich los!«, forderte sie, darum bemüht, die Beherrschung zu bewahren. »Oder ich schreie.«
Er lachte kurz auf. Es war ein hartes, berechnendes Lachen. »Seht Euch um. Die Augen und Ohren der Anwesenden sind ganz im Bann des Feuerwerks. Eure Herrin hat etwas vor, und ich will wissen, was. Es würde Monsieur nicht gefallen, wenn er wüsste, dass sie ihm etwas verschwiegen hat.«
Also darum ging es ihm. Nun wurde Armande alles klar. Monsieurs Liebhaber war eifersüchtig auf die Freundschaft zwischen Philippe und Mademoiselle St. Clair. Wie unsicher musste er sich seiner Stellung sein, dass er keine andere Person in der Gunst Monsieurs dulden konnte.

»Ich sagte Euch schon, Ihr seid im Irrtum. Meine Herrin stattet ihrer Cousine einen Besuch ab. Das ist alles«, beteuerte Armande.
Energisch riss sie sich los und ging auf einen der Springbrunnen zu, dessen Wasser im Schein der Raketen wie flüssiges Feuer glitzerte. Ein von roter Glut übergossenes Gesicht blickte ihr aus dem Dunkel des Beckens entgegen. Armande stieß einen Schrei aus.
Der Chevalier de Lorraine, der nicht weit von ihr entfernt stehen geblieben war, trat näher.
»Was ist los?«
Als er die Tote im Wasser sah, verstummte er. Inzwischen waren auch einige der Zuschauer aufmerksam geworden. Ein Höfling winkte einen Diener heran, und gemeinsam zogen sie die Unglückliche aus dem Springbrunnen.
»Heilige Mutter Gottes!«, entfuhr es Armande. »Madame de Mayenne.«
Man rief nach einem Arzt. Gerade als Vallot, der königliche Leibarzt, herbeieilte, teilte sich die Menge der Schaulustigen, und der König, begleitet von Amoret, näherte sich.
»Was ist hier vorgefallen?«, fragte er.
Vallot unterzog Madame de Mayenne einer kurzen Untersuchung. »Sie ist tot, Euer Majestät.«
»Das sehe ich, Monsieur. Wie ist das passiert?«
»Vielleicht hat sie einen Schwächeanfall erlitten und ist in das Wasserbecken gefallen«, mutmaßte der Arzt. »Madame de Mayenne war nicht mehr die Jüngste.«
Amoret und Armande tauschten besorgte Blicke. Konnte dieser plötzliche Tod ein Zufall sein? Oder ging hier etwas nicht mit rechten Dingen zu?

Am folgenden Morgen erstattete Amoret Pater Blackshaw und den anderen Bericht.

»Ich habe Seiner Majestät in aller Vertraulichkeit geraten, die Leiche untersuchen zu lassen«, endete sie.

»Bitte wiederholt noch einmal, was die alte Dame gesagt hat, als Ihr sie nach Sir William Fenwick fragtet«, bat Jeremy.

»Sie bestand darauf, dass sie ihn kurz vorher gesehen habe«, erwiderte Amoret. »Aber wie kann das sein? Sir William ist tot, oder nicht?«

»Zumindest sind wir bisher davon ausgegangen«, sagte Jeremy vorsichtig.

»Gut, nehmen wir an, Sir William lebt noch, und die Leiche in der Herberge bei Sittingbourne war jemand anderes. Weshalb hat ihn außer Madame de Mayenne sonst niemand gesehen? Die Grande Mademoiselle kennt Sir William. Sie hätte es bemerkt, wenn er in Saint-Germain gewesen wäre.«

»Vielleicht nicht, wenn er sein Aussehen verändert hat«, vermutete der Jesuit. »Den Andeutungen von Mademoiselle de Montpensier zufolge kannte Madame de Mayenne Sir William recht gut. Möglicherweise hatten sie damals während des englischen Bürgerkriegs oder danach eine Liebesaffäre. Sie könnte ihn also, trotz seines Bemühens, sich unkenntlich zu machen, erkannt haben. Aber wir müssen die Leichenschau abwarten, bevor wir voreilige Schlüsse ziehen. Madame de Mayennes Tod könnte trotz allem nur ein unglückseliger Unfall gewesen sein.«

Die Hände krampfhaft vor der Brust verschränkt, starrte Armande zum Fenster hinaus, doch sie nahm das Treiben auf der Rue de l'Arbre Sec nicht wahr. Ihr Kopf war leer. Der Kummer, der sie erfüllte, verdrängte jeden vernünftigen Gedanken.

»Armande.«

Alans besorgte Stimme ließ sie zusammenfahren. Wie viel Zärtlichkeit und Wärme in diesem einen Wort lag! Doch die Liebe, die er für sie empfand, machte es für sie nur noch schlimmer.

»Armande!«

Sie hörte seine Absätze auf dem Parkettboden klicken, als er näher trat. Sie waren allein im Salon. Seine Hände legten sich sanft auf ihre Arme. Seufzend wandte sie sich zu ihm um.

»Willst du mir nicht endlich sagen, was dich bedrückt? Du weißt doch, dass du mir alles anvertrauen kannst.«

Aber nicht das!, dachte sie schmerzlich. Tränen traten in ihre Augen. Ihr Herz zog sich vor Qual zusammen.

»Ich kann nicht deine Frau werden, Alan«, sagte sie mit zitternder Stimme.

»Aber ...«, begann er verwirrt und brach dann ab, weil ihm die Worte fehlten. Sein Blick suchte den ihren, doch sie wich ihm aus.

»Warum?«, presste Alan hervor. Es schien ihn seine ganze Kraft zu kosten.

»Weil es unmöglich ist!«, rief sie verzweifelt. »Ich kann nicht ...«

Von einem Schluchzen geschüttelt, stürzte sie hinaus. Alan folgte ihr und stieß an der Tür mit Lucien zusammen, der pfeifend die Treppe heruntergekommen war.

»Verzeihung, Meister«, sagte der Junge. Im nächsten Moment erfasste er die Situation. »Alles in Ordnung?«

Alan griff sich an den Kopf. »Nein! Nichts ist in Ordnung.«

»Geht es um Mademoiselle de Roche Montal?«, fragte Lucien.

»Sie sagt ... sie kann mich nicht heiraten.«

»Und hat sie Euch erklärt, weshalb?«

»Nein, irgendetwas scheint sie zu quälen. Wenn sie sich mir doch nur anvertrauen würde!«

Lucien setzte zu einer Antwort an, besann sich dann aber und schwieg. Jemand hämmerte an die Tür. Leichtfüßig rannte der Lehrknabe die restlichen Stufen hinunter und öffnete. Draußen stand ein königlicher Bote.

»Eine Nachricht für Madame St. Clair«, sagte er.

Nachdem er Lucien einen gesiegelten Umschlag übergeben hatte, schwang er sich wieder auf sein Pferd und galoppierte davon. Amoret, die das Klopfen gehört hatte, kam aus dem zweiten Stock herunter.

»Eine Botschaft? Das ist sicher das Ergebnis der Leichenschau.«

Gebannt sahen Alan und Lucien zu, wie sie das Siegel erbrach und die wenigen Zeilen überflog.

»Heilige Jungfrau!«, entfuhr es Amoret. »Madame de Mayennes Genick war gebrochen. Sie wurde tatsächlich ermordet.«

Kapitel 30

Juli 1669

»Er ist nicht hier«, klärte Regina de Hoeve Jeremy auf. »Ich hatte Jan zu Euch geschickt, damit er Euch mitteilt, was er an dem Tag von Sir William Fenwicks Abreise gesehen hat. Und was ist der Dank? Ihr macht ihn mir abspenstig«, fügte sie vorwurfsvoll hinzu.

»Ihr meint, Jan ist von dem Besuch bei mir nicht in die Herberge zurückgekehrt?«, fragte der Jesuit überrascht.

»Nein. Welchen Floh habt Ihr ihm ins Ohr gesetzt? Dass er anderswo mehr verdienen kann als hier?«, brauste die Holländerin auf.

»Ich versichere Euch, dass ich nichts dergleichen getan habe«, beteuerte Jeremy. Die Neuigkeit, dass der Pferdeknecht seit ihrer Unterhaltung verschwunden war, beunruhigte ihn zutiefst.

»Hat Jan Freunde in Paris, die wissen könnten, wo er sich aufhält?«

»Nicht, dass ich wüsste. Er hat sich nicht mit den Franzosen abgegeben. Als Katholiken wollen die mit einem protestantischen Holländer nichts zu tun haben.«

»Habt Ihr die anderen Pferdeknechte befragt?«, bohrte Jeremy, dem Böses schwante.

»Natürlich. Auch sie wissen nicht, wo Jan sein könnte. Offenbar hat er sich ihnen nicht anvertraut.« Regina de Hoeve

stieß ein tiefes Seufzen aus. »Nun muss ich mich nach einem neuen Stallburschen umsehen. Das hat man davon, wenn man zu helfen versucht.«
»Ist Euch nie der Gedanke gekommen, dass Jan etwas zugestoßen sein könnte?«, fragte Jeremy.
»Nein. Wer würde einen armen Burschen wie ihn überfallen? Und er gehörte nicht zu der Sorte, die Streit sucht. Ich denke, er ist auf und davon.«
Damit schien die Angelegenheit für die Herbergswirtin erledigt. Mit einem dumpfen Gefühl im Magen verabschiedete sich der Jesuit. Er war sehr in Sorge um den jungen Stallburschen. Sein Instinkt sagte ihm, dass Jans Verschwinden kein Zufall war. Es musste etwas mit seiner Beobachtung am Tag von Sir William Fenwicks Abreise zu tun haben.
Vor den »Drei Glocken« blieb Jeremy einen Moment unschlüssig stehen. Er musste Jan aufspüren. Aber wo sollte er mit der Suche beginnen? Falls dem jungen Holländer auf dem Heimweg etwas zugestoßen war, was könnte aus ihm geworden sein? Vielleicht sollte er bei der Pariser Polizei nachfragen. Die Sorge um Jan drängte ihn, sich gleich auf den Weg zu machen, doch er fühlte, dass seine Kräfte dazu nicht ausreichen würden. In seinen Eingeweiden wühlte der Schmerz, und seine Stirn glühte vor Fieber. Er wollte sich nur noch hinlegen und ausruhen. Die Prüfungen, die der Herr ihm auferlegte, erschienen ihm zum ersten Mal in seinem Leben unerträglich.
Langsam ging Jeremy zurück zur Seine. Als er den Quai de Conti erreichte und die Oberfläche des Flusses im Sonnenlicht glitzern sah, wurde er sich seiner jammervollen Haltung bewusst und bat Gott um Vergebung. Trotz seiner Schmerzen entschied er, einen Umweg in Kauf zu nehmen und in der Kathedrale zu beten. Während er den Quai des Augustins

und dann die Rue de Hurepoix entlangging, überkam den Jesuiten wiederholt das Gefühl, dass etwas nicht stimmte. Zuerst konnte er sich diesen Eindruck nicht erklären. Ein paarmal blieb er stehen und sah sich um, ließ den Blick über den Pont Saint-Michel, die alten Fachwerkhäuser auf der Ile du Palais und die Gassen zu seiner Rechten gleiten, konnte jedoch nichts Auffälliges entdecken. Und doch sagte ihm sein Instinkt, dass ihm jemand folgte.

War es einer der Pferdeknechte von den »Drei Glocken«, der ihm etwas über Jan mitteilen wollte? Oder hatte das Verschwinden des Burschen tatsächlich einen düsteren Hintergrund? Hatte Jan etwas gesehen, was dem Mörder Sir William Fenwicks gefährlich werden konnte, und wurde er deshalb aus dem Weg geräumt?

Beunruhigt beschleunigte Jeremy seine Schritte. Bevor er in das Dunkel der Passage eintauchte, die unter dem Petit Châtelet hindurch zum Petit Pont führte, sah er noch einmal zurück. Doch die Menschen, die ihrem Tagewerk nachgingen, erschienen ihm alle unverdächtig. War sein Geist vom Fieber getrübt, so dass er sich die Gefahr am Ende nur einbildete?

Über die Rue Neuve Notre-Dame gelangte der Jesuit schließlich auf den Domvorplatz. Dort war das Gedränge größer. Die Glocken läuteten den Angelus. Ihr Dröhnen hallte schmerzhaft in Jeremys Ohren wider. Schwankend schob er sich durch die Menge. Neugierige Blicke richteten sich auf ihn, bevor man ihm Platz machte. Auf einmal glaubte der Priester, ein bekanntes Augenpaar zu sehen. Ein heftiger Schmerz durchfuhr seinen Unterleib. Stöhnend brach er zusammen.

»Habt Ihr Pater Blackshaw gesehen, Meister Ridgeway?«, fragte Amoret. Die deutliche Sorge in ihrer Stimme riss den Wundarzt aus seiner Bekümmerung.

»Ist er noch nicht zurück? Ich glaube, er wollte nach Saint-Germain-des-Prés«, erwiderte er matt.

»Das war heute Morgen«, erinnerte Amoret ihn. »Jetzt ist es Nachmittag. Hat er vielleicht erwähnt, dass er noch woanders hin wollte?«

Alan schüttelte den Kopf. »Nein. Es ging ihm nicht gut. Eigentlich wollte er nicht lange wegbleiben.«

»In seinem Zustand hätte ich ihn nicht gehen lassen dürfen. Aber er kann so dickköpfig sein.«

»Da habt Ihr recht.« Alan strich sich durchs Haar, um die bedrückenden Gedanken an Armande wegzuwischen. Seit dem Tag, als die Auvergnerin seinen Heiratsantrag zurückgewiesen hatte, schlief sie in einem anderen Zimmer. Das Schlimmste war, dass Alan sich nicht erklären konnte, was geschehen war. Er fühlte deutlich, dass Armande ihn liebte. Doch ihre Rückkehr nach Frankreich musste die Erinnerung an etwas zurückgebracht haben, das sie schwer belastete. Wenn sie doch nur mit ihm reden, sich ihm anvertrauen würde!

»Wir sollten ihn suchen«, schlug Alan vor.

»Gut«, stimmte Amoret zu. »Geht mit Lucien. Ich mache mich mit William auf den Weg.«

Auf der Treppe begegnete ihnen Sir Orlando. Seine Gemahlin war dabei, zu packen. Am folgenden Tag wollte er zu Lord Arundells Reisegruppe stoßen und nach England zurückkehren.

»Was ist los?«, fragte er, als er das besorgte Gesicht seiner Gastgeberin sah.

»Pater Blackshaw ist überfällig. Ich fürchte, ihm könnte etwas zugestoßen sein«, klärte sie den Richter auf.

»Vielleicht hat er nur an den Ständen der Buchhändler die Zeit vergessen.«
»Möglich. In dem Fall sollte es nicht schwierig sein, ihn zu finden.«
»Wenn Ihr erlaubt, komme ich mit.«
Amoret überlegte kurz, als Breandán zu ihnen stieß. »Teilen wir uns auf. Ihr sucht mit Mr. Mac Mathúna auf dem Pont Neuf. Meister Ridgeway und Lucien gehen zur Ile du Palais, und ich fahre mit William nach Saint-Germain-des-Prés.«

»Glaubt Ihr, Pater Blackshaw ist etwas zugestoßen, Meister?«, fragte Lucien, während sie die Pont au Change überquerten.
»Ich hoffe sehr, dass es nicht so ist«, erwiderte Alan kurz angebunden.
Lucien betrachtete ihn prüfend von der Seite. Die Anspannung der letzten Tage war dem Wundarzt deutlich anzusehen. Dunkle Schatten lagen um seine Augen, und von den Nasenflügeln zogen sich zwei tiefe Falten bis zu den Mundwinkeln. Der Junge sehnte sich danach, dem Mann, der ihn aufgenommen und ihm eine Zukunft geboten hatte, zu helfen, doch er war nicht sicher, ob die Wahrheit in diesem Fall die beste Wahl darstellte. Würde es etwas ändern, wenn er es erfuhr? Würde es womöglich alles nur noch schlimmer machen?
»Wo sollen wir suchen?«, erkundigte sich Lucien, um sich abzulenken.
»Ich weiß nicht«, sagte Alan ratlos. »Vielleicht hat Pater Blackshaw auf dem Heimweg noch eine Kirche besucht. Sehen wir in der Sainte-Chapelle nach.«
Die prachtvolle Sainte-Chapelle, in der die Dornenkrone Christi aufbewahrt wurde, war Teil des Palais de la Cité. Sie

bestand aus einer Ober- und einer Unterkapelle. Alan und Lucien sahen in beiden nach, doch Jeremy war nicht dort.
»Sollen wir auch in den anderen Kirchen nachsehen?«, fragte der Lehrknabe.
Alan nickte. »Fangen wir mit der Kathedrale an.«
Als sie auf den Domvorplatz gelangten, sah Alan sich unschlüssig um. Die Suche erschien ihm fruchtlos. Wohin konnte sein Freund nach seinem Ausflug nach Saint-Germain-des-Prés gegangen sein? Hätte er ihn doch nur begleitet, anstatt sich in seinen Kummer zu versenken.
Plötzlich fiel der Blick des Wundarztes auf das alte Hôtel-Dieu, das mit seinen Spitzbogen, Fialen, Krabben und in Nischen eingelassenen Figuren einer Kirche glich.
»Mich überkommt ein ungutes Gefühl«, murmelte Alan.
Er ging auf den Eingang zu und sprach den diensthabenden Chirurgengesellen in gebrochenem Französisch an.
»Ich suche einen Freund. Möglicherweise ist er hier gewesen.«
Lucien ergänzte die Beschreibung, die sein Meister von Jeremy gab.
»Hm, wir hatten heute Mittag einen Notfall«, räumte der Geselle ein. »Ein Mann war auf dem Domvorplatz zusammengebrochen. Ich weiß aber nicht, wie es ihm geht, da ich zu dieser Zeit noch keinen Dienst hatte.« Er winkte eine der Nonnen heran, die in schwarzem Habit und Schleier lautlos durch die Säle glitten. »Bitte führt den Besucher zu dem Unglücklichen, der heute Mittag aufgenommen wurde, Schwester.«
Die Nonne nickte und machte den Ankömmlingen ein Zeichen, ihr zu folgen. Ihre Hände hielt sie in den weiten Ärmeln ihrer Tracht verborgen. Welch ein Unterschied zu den schmutzigen Trunkenbolden, die in England in den Spitälern die Kranken pflegten, dachte Alan. Die Säle, durch die die Schwester sie führte, waren mit langen Reihen vierpfostiger

Betten ausgestattet, deren Vorhänge teilweise zugezogen waren. Da das Spital nur Syphilitiker und Geisteskranke abwies, aber alle anderen Kranken aufnahm, war es stets überfüllt. Alan hatte gehört, dass es in der Regel etwa zweitausend Patienten beherbergte.

Nachdem sie verschiedene Krankensäle durchquert hatten, verkündete die Schwester mit leiser, weicher Stimme: »Dies ist der Steinsaal. Man hat den Mann hierhergebracht, da er an der Steinkrankheit leidet.«

Alan verspürte einen Stich ins Herz. Nun war er sicher, dass sie von Jeremy sprach. Endlich blieb die Nonne an einem Bett stehen, dessen Vorhänge zurückgezogen waren. Ein Chirurgengeselle ließ gerade einen Kranken an der Armvene zur Ader. Als Alan in das Gesicht des Patienten sah, zuckte er zusammen. Es war tatsächlich Jeremy.

»Mein lieber Freund«, sagte Alan erschüttert. »Das reicht!«, fuhr er den Gesellen gereizt an, während sein Blick voller Entsetzen über die bis zum Rand mit Blut gefüllte Zinnschüssel glitt. »Ihr habt ihn genug geschwächt.«

Verwundert sah der Geselle den wütenden Fremden an, widersprach aber nicht. Eilig verband er die Wunde und zog sich zurück.

Wie in den Spitälern üblich, mussten sich die Patienten zu zweit oder zu dritt ein Bett teilen. Neben Jeremy lag noch ein Kind und ein älterer Mann mit stinkenden Geschwüren an den Armen. Mit zusammengepressten Lippen beugte sich Alan über den Priester und legte ihm die Hand auf die Stirn. Sie glühte vor Fieber.

»Warum habt Ihr mir verschwiegen, wie schlimm es ist?«, fragte er vorwurfsvoll.

Jeremy lächelte schwach. »Ich wollte wohl den Ernst der Lage nicht wahrhaben«, antwortete er.

Sein Blick war getrübt und irrte ziellos umher. Besorgt fühlte Alan seinen Puls. Zu seiner Erleichterung fand er ihn kräftig.

»Mylady St. Clair kommt um vor Sorge um Euch«, erklärte der Wundarzt.

Er wandte sich an Lucien, der schweigend an seiner Seite stand, und trug ihm auf, schnellstens Amoret zu finden und herzuholen.

»Ich bringe Euch nach Hause«, sagte er zu Jeremy.

Doch dieser schloss schmerzlich die Augen. »Es ist zu spät. Eure Erfahrung wird Euch bestätigen, dass ich eine Verlegung nicht überleben würde.«

»Seid Ihr sicher? Wir können doch eine Sänfte mieten«, widersprach Alan, bevor er sich besann. Sein Freund war selbst Arzt und wusste, wovon er sprach. »Dann werde ich Euch eben hier operieren.«

An die Nonne gewandt, die geduldig am Fußende des Bettes wartete, fragte er: »Wer ist für die Operationen zuständig, Schwester? Ich möchte mit einem Verantwortlichen sprechen.«

»Aber, Monsieur, das ist unmöglich«, entgegnete die Schwester erstaunt.

»Dieser Mann ist schwerkrank. Er muss so schnell wie möglich operiert werden.«

»Sieur Gouin führt die Steinoperationen durch«, erklärte die Nonne.

»Wo ist dieser Gouin? Ich möchte mit ihm sprechen.«

Die Schwester sah ein, dass Alan sich nicht abwimmeln ließ, und gab nach. Die Hände in den Ärmeln versenkt, eilte sie davon, den Steinschneider zu holen.

Mit zitternden Händen ließ sich Alan an die Seite seines Freundes auf die Bettkante sinken.

»Wie habt Ihr es nur so weit kommen lassen können?«, fragte er.
Jeremy antwortete nicht. Der Aderlass hatte ihn so sehr geschwächt, dass er in unruhigen Halbschlaf geglitten war. Als endlich die Schwester mit dem Chirurgengesellen zurückkehrte, sprang Alan ungeduldig auf die Füße.
»Seid Ihr der Chirurg, der die Steinoperationen durchführt?«, fragte er den noch jungen Mann, der ihm nicht sehr erfahren erschien.
»Operateur, nicht Chirurg«, belehrte Gouin den Engländer.
»Meinem Freund geht es sehr schlecht. Er muss operiert werden.«
»Dessen bin ich mir bewusst, Monsieur. Ich werde den Steinschnitt gleich morgen durchführen.«
»Warum nicht heute?«
»Aber, Monsieur, es ist bereits Nachmittag. Die gelehrten Ärzte machen erst morgen um acht wieder Visite.« Da Alan den Gesellen nur verständnislos ansah, fügte Gouin erklärend hinzu: »Jede Operation muss von drei Ärzten genehmigt werden, und einer von ihnen muss anwesend sein. So sind nun einmal die Regeln.«
»Verdammt!«, entfuhr es Alan.
Es hatte ihn schon immer geärgert, dass Wundärzte als Handwerker den gelehrten Ärzten untergeordnet waren. Doch nun, da das Leben seines Freundes auf dem Spiel stand, brachte ihn die Ungerechtigkeit zur Weißglut.
»Ich werde ihn selbst operieren!«, sagte Alan grimmig.
»Monsieur?«
»Ich bin Meister der Chirurgengilde und habe den Steinschnitt schon unzählige Male durchgeführt.«
»Das kann ich nicht zulassen, Monsieur. Kommt morgen wieder. Dann könnt Ihr mit den Ärzten sprechen.«

»Morgen könnte es zu spät sein.«
»Es ist wohl besser, wenn Ihr jetzt geht, Monsieur. Sonst muss ich Euch hinausbegleiten lassen.« Gouin winkte zwei der Gesellen heran, die sich schaulustig genähert hatten. »Seid vernünftig, Monsieur«, sagte der Operateur warnend.
»Ich denke nicht daran ...«
Ehe Alan reagieren konnte, hatten die beiden Gesellen ihn an den Armen gepackt und zerrten ihn den Gang entlang Richtung Ausgang. Vergeblich kämpfte der Wundarzt gegen die kräftigen Burschen an. Innerlich kochte er vor Wut. An der Tür zum Krankensaal trafen sie auf Amoret, William und Lucien.
»Lasst sofort diesen Mann los!«, befahl die junge Frau mit herrischer Stimme.
Verdutzt folgten die Gesellen der Anweisung.
»Was geht hier vor, Meister Ridgeway?«
In kurzen Worten umriss Alan die Geschehnisse.
»Führt mich zu ihm«, bat Amoret.
Bleich vor Sorge folgte sie dem Wundarzt zu dem Baldachinbett, in dem Jeremy lag. Er war nicht bei Bewusstsein. Zärtlich strich sie ihm mit dem Handrücken über die Wange und erschrak über die Hitze seiner Haut.
»Er muss schnellstmöglich operiert werden, bevor die Blutvergiftung weiter um sich greift«, mahnte Alan.
»Aber er hat Fieber. Könnt Ihr denn überhaupt operieren?«, fragte Amoret zweifelnd.
»Ein Sud aus Weidenrinde wird das Fieber senken. Dann kann ich es wagen.«
Mit entschlossener Miene richtete sich Amoret auf. »Bringt diesen Operateur her!«
Eine der Nonnen gehorchte schweigend. Sichtlich verärgert fand sich Gouin erneut im Steinsaal ein.

»Was kann ich für Euch tun, Madame?«, fragte er.
Die elegante Erscheinung der jungen Frau verriet ihm, dass er es mit einer großen Dame zu tun hatte.
»Ich bin Mademoiselle St. Clair. Madame de Montespan ist meine Cousine. Mein Leibchirurg, Meister Ridgeway, hat Euch bereits dargelegt, was Ihr für uns tun könnt. Dieser Kranke ist mein Beichtvater, und ich verlange, dass er operiert wird, sobald sein Zustand dies erlaubt.« Als der Operateur zum Widerspruch ansetzte, schnitt sie ihm das Wort ab. »Ich hörte bereits, dass Ihr Euch weigert, ohne Genehmigung der Ärzte zu handeln. Hat denn zurzeit kein Arzt im Spital Dienst?«
»Nein, Madame. Die gelehrten Herren machen nur morgens eine Stunde Visite«, erläuterte Gouin, dem dieser Umstand sichtlich missfiel. »Die Verwaltung hat versucht, sie zu verpflichten, auch nachmittags Dienst zu tun, aber sie weigern sich.«
»Zweifellos, um stattdessen ihre wohlhabenden Patienten zu schröpfen«, ließ Alan zynisch einfließen.
»Welcher Arzt kann eine Operation genehmigen, und wo finde ich ihn?«, fragte Amoret ungeduldig.
»Dr. Moreau«, antwortete Gouin. »Er muss bei dem Eingriff anwesend sein. So besagen es die Vorschriften.«
»Ich werde den ehrenwerten Medikus herbringen«, versprach Amoret. »Ihr bereitet die Operation vor.«
Alan gab Lucien die Anweisung, die Tasche mit seinen Instrumenten und Arzneien zu holen.
»Und ich brauche Mademoiselle de Roche Montal. Ich möchte, dass ihr beide mir assistiert.«
Der Knabe nickte und eilte davon.

Mit ruhiger Hand führte Alan einen Katheter durch die Harnröhre in die Blase ein, um sich über deren Lage zu orientieren. Dann setzte er das Steinschnittmesser an, schnitt auf der Rinne des auf der Außenseite gefurchten Katheters entlang durch die Haut und eröffnete den Harnweg.
Amoret, die Jeremys Kopf hielt, schloss die Augen, als dunkles Blut aus der Wunde quoll. Trotz der Proteste von Dr. Moreau und Sieur Gouin hatte Alan darauf bestanden, den Jesuiten mit einem Schlafschwamm zu betäuben, der mit einem Gemisch von Pflanzensäften der Mandragora, des Mohns und des Bilsenkrauts getränkt war. So würde er ruhig liegen und den Erfolg der Operation nicht durch heftige Bewegungen gefährden. Obgleich der Operateur die Anwendung des *spongia somnifera* für gewagt hielt, musste er zugeben, dass es seine Vorteile hatte, wenn der Patient während des Schneidens nicht wild um sich schlug.
Armande tupfte das Blut weg, ohne Alan anzusehen, der ihr ab und zu einen schmerzlichen Blick zuwarf. Sie hatte sich ohne Zögern bereit erklärt zu helfen, als Lucien ihr Alans Bitte übermittelte, aber wohl fühlte sie sich dabei nicht. Was sollte sie nur tun? Es gab keinen Ausweg für sie. Um die quälenden Gedanken zu verscheuchen, konzentrierte sie sich auf ihre Aufgabe und führte jede Handbewegung mit Bedacht und Sorgfalt aus. Damit verursachte sie Alan nur noch größeren Schmerz. Denn während er sie beobachtete, wurde ihm klar, was er verloren hatte. Entschlossen bemühte sich der Wundarzt, seine innere Qual zu verdrängen, und lenkte seine ganze Aufmerksamkeit auf die Operation.
Als der walnussgroße Stein zum Vorschein kam, den Alan zuvor mit der Hand von außen in den Blasenhals hinuntergeschoben hatte, fasste er ihn mit einem gebogenen Haken und zog ihn behutsam aus der Wunde hervor.

Amoret atmete auf, als sie den Stein, der Pater Blackshaw so lange gequält und ihn beinahe das Leben gekostet hatte, in der Hand des Wundarztes liegen sah. Nun würde er hoffentlich endlich vollkommen genesen und seine alten Kräfte wiedererlangen.

Während der folgenden drei Tage wichen Amoret und Alan nicht vom Bett des Priesters. Da es zu gefährlich war, ihn so kurz nach der Operation zu verlegen, hatte man ihn wieder in das große Baldachinbett gelegt. Als Sir Orlando von der Krankheit seines Freundes erfuhr, hatte er angeboten, seine Heimreise zu verschieben. Doch Amoret hatte ihn überzeugt, dass er nichts für Jeremy tun konnte und dass er ihnen zur Lösung des Rätsels in England nützlicher sein würde. Und so hatte sich der Richter schweren Herzens mit seiner Gemahlin und seinem Diener nach Colombes aufgemacht und sich der Reisegruppe Lord Arundells angeschlossen.
Die erste Neuigkeit, die den Heimkehrern in England zu Ohren kam, war erschütternd. Die Königin von England hatte ihr Kind verloren. Mit ihm starb die letzte Hoffnung des Königs auf einen Erben. Niemand glaubte noch ernsthaft daran, dass Katharina jemals ein gesundes Kind austragen würde.
Als Sir Orlando auf Wunsch Seiner Majestät den Whitehall-Palast aufsuchte, hörte er die Höflinge über nichts anderes reden. Hinter vorgehaltener Hand wurde von manch einem vorgeschlagen, dass Charles sich von der Königin scheiden lassen und eine protestantische Prinzessin heiraten sollte. Es hieß, der Duke of Buckingham habe vorgeschlagen, Katharina zu entführen und in ein Kloster zu sperren, sollte sie sich weigern, Charles freizugeben.
Der Richter verspürte Mitleid für die arme unfruchtbare Königin. Was würde Charles tun? Den Forderungen nachgeben,

so grausam sie waren? Oder würde er seinen unehelichen Sohn, den Duke of Monmouth, legitimieren? Vielleicht, indem er bestätigte, dass er damals dessen Mutter Lucy Walter heimlich geehelicht hatte? Viele Höflinge, vor allem die protestantisch gesinnten, hofften auf eine derartige Wendung. Was war schon eine kleine Lüge, wenn dadurch das Königreich vor der Herrschaft eines katholikenfreundlichen Tyrannen gerettet werden konnte? Denn so sahen die Anhänger Monmouths James, der als Bruder des Königs dessen Erbe war.

In einer langen Audienz berichtete Sir Orlando Charles ausführlich von den Geschehnissen in Frankreich. Der König lauschte ihm schweigend, ohne ihn zu unterbrechen. Entsetzen breitete sich über seine Züge, als der Richter von Walter Hillarys Anschlag auf Breandán Mac Mathúna erzählte.

»Und Ihr habt keinen Verdacht, wer diesen Hillary zu Euch geschickt haben könnte?«, fragte der König düster.

»Nein, Euer Majestät. Er trug ein Schreiben mit dem königlichen Siegel bei sich«, erwiderte Sir Orlando. »Falls es sich um eine Fälschung handelte, so war sie sehr gut. Ich zumindest konnte nichts Verdächtiges daran erkennen.«

»Nun, das schränkt die möglichen Auftraggeber des Burschen ein«, sagte Charles nachdenklich. »Es muss jemand vom Hof sein. Jemand, der außerdem wusste, dass ich Euch nach Frankreich schicken wollte. Im Grunde fallen mir da nur zwei Namen ein, die in Frage kommen. Ich lasse Chiffinch ein paar Nachforschungen durchführen und gebe Euch dann Bescheid.«

Kapitel 31

September 1669

»Ich hoffe, Eurem Leibarzt geht es besser«, sagte Philippe d'Orléans mit aufrichtiger Anteilnahme.
»Ja, Euer Hoheit, viel besser«, erwiderte Amoret.
Nachdem sie bereits zwei Einladungen Monsieurs mit der Begründung ausgeschlagen hatte, dass sie Jeremys Krankenlager nicht verlassen wollte, war sie nun, da er sich auf dem Weg der Besserung befand, mit Freude nach Saint-Cloud gefahren, um der Feier zur Geburt von Philippes zweiter Tochter beizuwohnen. Anne-Marie, Mademoiselle de Valois, war am siebenundzwanzigsten August um Mitternacht zur Welt gekommen. Die Enttäuschung darüber, dass seine Gemahlin ihm erneut den ersehnten Erben versagt hatte, war Monsieur deutlich anzusehen. Amoret spürte, dass das Verhältnis zwischen den Eheleuten durch die Geburt einer Tochter weiter abgekühlt war, eine Entwicklung, die den stets im Hintergrund lauernden Chevalier de Lorraine sichtlich erfreute. Als Amoret ihre Reverenz vor Henriettes Wochenbett ausführte, sah sie der Prinzessin an, wie niedergeschlagen diese war. Sie tat ihr aufrichtig leid. Wie glücklich konnte sie sich schätzen, dass sie mit dem Mann verheiratet war, den sie liebte und der diese Liebe erwiderte. Allerdings gab es auch in ihrer Beziehung zu Breandán noch einen Wermutstropfen. Nach wie vor hatte er seine Eifersucht auf König Louis nicht überwunden,

obgleich Amoret ihm versichert hatte, dass nichts ihr damaliges Liebesverhältnis mit ihm wieder anfachen könnte. Sie war einzig und allein in diplomatischer Mission am französischen Hof. Und Louis' Leidenschaft war ohnehin für ihre Cousine Athénaïs entbrannt.
Zumindest war sie nun der Sorge um ihren Beichtvater enthoben. Unter Meister Ridgeways sorgfältiger Pflege erholte sich Jeremy langsam, aber stetig von der schweren Operation. Kaum dass die Wirkung des Schlafschwamms nachgelassen hatte, erzählte er trotz Alans Bitte, sich zu schonen, mit schwacher, stockender Stimme von seinem Besuch in den »Drei Glocken« und Jans Verschwinden. Das Schicksal des Stallburschen hatte ihm keine Ruhe gelassen, bis Amoret sich bereit erklärte, eine entsprechende Anfrage an Colbert zu schicken. Dieser hatte die Angelegenheit an den Polizeirichter Gabriel Nicolas de la Reynie weitergeleitet. An dem Tag, als sie Jeremy in die Rue de l'Arbre Sec verlegten, suchte der Polizeirichter Amoret persönlich auf und teilte ihr mit, dass man zwei Wochen zuvor einen Burschen, auf den die Beschreibung des Holländers passte, aus der Seine gezogen hatte. Endgültige Sicherheit gab es jedoch nicht, da die Leiche längst in einem der Massengräber auf dem Friedhof der Unschuldigen beigesetzt worden war.
Jeremy war nicht überrascht, als Amoret ihm von La Reynies Nachforschungen erzählte. Er hatte bereits geahnt, dass dem armen Burschen etwas zugestoßen sein musste. Aber was war passiert? War Jan in einen Streit geraten, war er überfallen und ausgeraubt worden? Oder hatte Fenwicks Mörder ihn zum Schweigen gebracht? War Fenwick überhaupt tot? Und wer war der Mann, den Jan am Tag von Fenwicks Abreise in der Herberge angesprochen hatte? Es gab so viele Fragen. Und noch hatten sie auf keine von ihnen eine Antwort.

Während sich Amoret von Monsieur die Gärten von Saint-Cloud zeigen ließ, suchte Armande am Rand eines Wasserspiels Abkühlung von der Spätsommerhitze. Sie fühlte sich verloren wie ein entwurzelter Baum, der langsam, aber sicher verdorrte. Was sollte aus ihr werden? Konnte sie, nachdem sie Alans Heiratsantrag abgelehnt hatte, überhaupt noch mit Amoret nach England zurückkehren? Selbst wenn sie fortan auf Melverley Court leben würden, wäre der Wundarzt doch ein häufiger und gerngesehener Gast. Wie könnte sie ihm weiterhin ins Gesicht sehen, nachdem sie ihn so verletzt hatte? Schon jetzt war jede Mahlzeit, die sie gemeinsam einnahmen, jedes zufällige Zusammentreffen auf der Treppe eine Qual für sie. Längst hätte sie das Haus verlassen, wenn sie gewusst hätte, wohin sie gehen sollte. Doch in Frankreich zu bleiben, das war für sie ebenso unmöglich. Irgendwann würde jemand sie erkennen!

Armande erschrak zutiefst, als plötzlich eine Gestalt aus dem funkensprühenden Tropfenregen auftauchte. Es war der Chevalier de Lorraine. Abrupt wandte sich die Auvergnerin ab und wollte sich entfernen. Doch der Lothringer packte sie blitzschnell am Handgelenk, riss sie an sich und legte den Arm wie eine Eisenklammer um ihre Taille.

»Wohin so eilig, schöne Verbrecherin?«, zischte er.

Wütend holte sie aus, um ihn zu ohrfeigen, doch wieder war er schneller als sie, fing ihre Hand auf und verdrehte ihr Handgelenk.

»Nun, weigert Ihr Euch weiterhin, meine Fragen zu beantworten? Eure Herrin ist noch immer am französischen Hof, und niemand weiß, warum. Sie verkehrt mit Seiner Majestät und seinem wichtigsten Minister. Ich will wissen, was sie vorhat.«

Armande sah ihn mit trotzigem Blick an. Sie wusste, dass es keinen Sinn hätte, ihn zu beschimpfen oder ihn anzuflehen, sie loszulassen. Philippe de Lorraine war ein Rohling, der sich über jedes Anzeichen von Schwäche ihrerseits freuen würde.

»Also gut, Ihr habt es nicht anders gewollt«, sagte er kalt und zog sie noch näher zu sich heran. Seine Lippen berührten ihr Haar, als er ihr ins Ohr raunte: »Habt Ihr geglaubt, Ihr könntet unerkannt bleiben, Mademoiselle d'Espinchal? Ihr wisst, was Euch erwartet, wenn herauskommt, wer Ihr wirklich seid. Ihr habt bis heute Abend Zeit, mir zu sagen, was ich wissen will. Solltet Ihr Euch weigern, werdet Ihr verhaftet und in den Kerker geworfen.«

Ein schwarzer Schleier senkte sich vor Armandes Augen. Sie verlor das Bewusstsein.

»Was ist da los?«, fragte Amoret, während sie angestrengt zu dem Wasserspiel hinübersah, in dessen Fontänen sich die Sonne fing. Philippes Blick folgte dem ihren.

»Gehen wir nachschauen.«

Sie fanden Armande in den Armen des Chevalier de Lorraine, der ihr mit einem spitzenbesetzten Schnupftuch Luft zufächelte.

»Was ist geschehen?«, fragte Amoret besorgt.

Energisch befreite sie ihre Freundin aus den Armen des gutaussehenden Höflings und befühlte ihre Stirn.

»Ich weiß nicht«, meinte dieser gelassen. »Sie wurde plötzlich ohnmächtig. Wahrscheinlich die Hitze.«

»Bringen wir sie hinein«, schlug Monsieur vor.

Einige seiner Diener eilten heran und trugen die Besinnungslose in einen mit Marmor ausgekleideten, kühlen Salon. Als man sie auf ein Ruhebett legte, kam Armande wieder zu sich. Amoret reichte ihr einen kühlen Weißwein, den sie vorsichtig trank.

»Fühlt Ihr Euch besser?«, fragte Amoret fürsorglich.

Noch bevor die Auvergnerin antworten konnte, meldete sich der Chevalier zu Wort: »Vielleicht wäre es angeraten, sie würde sich eine Weile hinlegen. Wir stellen ihr gern ein Gästezimmer zur Verfügung.«
Die Dreistigkeit, mit der er über die Räume des Schlosses verfügte, das nicht das seine war, erregte Amorets Zorn. Mit fragendem Blick wandte sie sich an Monsieur.
»Natürlich kann Mademoiselle de Roche Montal hierbleiben«, bestätigte dieser eilig.
Seine Unterwürfigkeit gegenüber seinem Günstling verursachte Amoret Übelkeit. Wieder verspürte sie Mitleid mit der englischen Prinzessin.
»Nein«, stieß Armande hervor, »mir geht es schon viel besser.« In ihrer Stimme schwang Furcht mit.
Verwundert sah Amoret sie an. »Seid Ihr sicher?«
»Ja, Madame.« Armandes Hand klammerte sich an den Arm ihrer Freundin. »Ich will nicht hierbleiben.«
Der drängende Ton, in dem sie dies sagte, überzeugte Amoret, dass etwas nicht mit rechten Dingen zuging. Auf welche Weise hatte der Chevalier de Lorraine ihr solche Angst eingejagt? Ohne Zögern half Amoret ihrer Freundin auf die Beine und entschuldigte sich bei Philippe.
Auf der Fahrt zurück nach Paris versuchte sie vergeblich, hinter Armandes Bekümmerung zu kommen. Als sie das Haus auf der Rue de l'Arbre Sec betraten, zog sich die Auvergnerin, blass und mit feuchten Augen, ohne ein weiteres Wort der Erklärung in ihre Kammer unter dem Dach zurück. Verzweifelt warf sie sich auf ihr Bett und brach in Tränen aus. Was sollte sie nur tun? Lorraine die Information geben, die er haben wollte, damit er den Mund hielt? Es war ihre einzige Chance, dem Kerker zu entkommen. Doch wie konnte sie das Vertrauen ihrer Freundin verraten?

Plötzlich fasste sie einen Entschluss. Hastig sprang sie vom Bett und begann, ihre Kleidungsstücke zusammenzuraffen. Sie musste fliehen …

Ein Klopfen an der Tür ließ Armande zusammenfahren. Mit rasendem Herzen blieb sie einen Moment wie erstarrt stehen. Die Polizei!, schoss es ihr durch den Kopf. Sie waren bereits da, um sie zu verhaften.

Mühsam überwand sie sich zu fragen: »Wer ist da?«

»Ich bin's, Lucien«, war die Antwort.

»Was willst du?«

»Mit Euch sprechen, Madame. Bitte macht auf.«

Ein schreckliches Gefühl der Ermattung überfiel Armande. Alle Kraft wich aus ihren Gliedern. Schwerfällig ging sie zur Tür und öffnete. Der Knabe sah sie mitleidig an.

»Madame St. Clair hat uns erzählt, was vorgefallen ist«, sagte er. »Der Chevalier hat herausgefunden, wer Ihr seid, und erpresst Euch nun, nicht wahr?«

Entsetzt starrte Armande den Jungen an. »Du weißt …?«

Er nickte. »Schon seit ich Euch das erste Mal sah. Meine Familie stammt aus Massiac. Ich bin dort aufgewachsen. Und ich habe Euch und Euren Bruder einige Male bei der Jagd gesehen.«

Erschöpft ließ sich Armande auf die Bettkante sinken. »Warum hast du nichts gesagt?«

»Ich hoffte, Ihr würdet irgendwann zur Vernunft kommen und Euch Meister Ridgeway offenbaren. Er liebt Euch. Von Euch abgewiesen zu werden, das hat ihm das Herz gebrochen.«

»Was hätte ich denn tun sollen?«, brauste Armande auf. »Ich habe ihn seit Jahren belogen. Ich bin nicht die tugendhafte Zofe, die er in mir sieht. Das war nur eine Tarnung, eine Lüge, um mich vor der Justiz zu schützen. Ich bin die Schwester des

›Grand Diable‹, des schlimmsten Raubritters der Auvergne. Er wird keine Verbrecherin zur Frau haben wollen.«
»Ihr seid für die Bluttaten Eures Bruders nicht verantwortlich«, widersprach Lucien. »Die Einwohner von Massiac haben von Euch immer nur Gutes erzählt. Ihr habt versucht, das Unrecht, das Euer Bruder über das Volk brachte, wiedergutzumachen, indem Ihr denen, die er unterdrückte und beraubte, Geld gabt.«
»Alan wird mir nicht verzeihen, dass ich ihn so lange getäuscht habe.«
»Habt Ihr denn gar kein Vertrauen zu ihm? Er ist ein großherziger Mann und wird es verstehen.«
Im Gesicht des Knaben lag so viel Zuversicht, dass Armande sich auf einmal fragte, weshalb sie je daran gezweifelt hatte. Es war die Macht der Gewohnheit gewesen, die sie schweigen ließ. Erst der Gedanke, unter falschem Namen eine Ehe einzugehen, hatte ihr bewusst gemacht, dass sie eine Lüge lebte.
»Also gut«, sagte sie schließlich. »Ich werde es ihnen sagen.«
Erleichtert rannte Lucien voraus und öffnete die Tür zum Salon. Dort hatten sich Amoret, Jeremy, Breandán und Alan zur Beratung zusammengesetzt. Aller Augen richteten sich auf die junge Auvergnerin, die mit nobler Haltung vor sie trat.
»Ich muss Euch etwas gestehen«, begann sie, ohne einen von ihnen anzusehen. »Mein Name ist nicht Armande de Roche Montal. Ich bin Yzabeau-Armande d'Espinchal. Mein Bruder ist Gaspard d'Espinchal, Sieur de Massiac.«
Nur Amorets Züge offenbarten Verstehen. Jeremy, Breandán und Alan dagegen blickten einander fragend an.
»Mein Bruder wurde vor vier Jahren während der Grands Jours d'Auvergne, eines vom König eingesetzten Gerichts, wegen schrecklicher Gewaltverbrechen zum Tode verurteilt und *in effigie* hingerichtet, da er vor der Justiz in die Berge der

Haute Auvergne geflohen war«, fuhr Armande mit stockender Stimme fort. »Ich selbst reiste nach England, da ich wusste, dass am dortigen Hof einige französische Damen lebten. Ich änderte meinen Namen und wollte fortan ein demütiges Dasein als Dienstbote führen.«
Ihren Worten folgte Schweigen. Amoret fing sich als Erste.
»Meine liebe Freundin, ich verstehe, weshalb Ihr so lange geschwiegen habt. Aber als Eure Vergangenheit Euch zu quälen begann, hättet Ihr Euch mir anvertrauen sollen. Ich hätte Euch nie nach Frankreich mitgenommen, wenn ich gewusst hätte, dass Ihr hier in Gefahr seid.«
Alan war aufgestanden und trat zu Armande, die ihm mit angstgeweiteten Augen entgegensah. Doch die erwarteten Vorwürfe kamen nicht. Stattdessen legte er mit einem schmerzlichen Lächeln die Arme um sie und presste sie an sich. Das brachte das Fass zum Überlaufen. Schluchzend brach Armande in Tränen aus und ließ sich von ihm wiegen wie ein Kind. Als sie sich ein wenig beruhigt hatte, schob er sie von sich und sah ihr forschend ins Gesicht, das vom Weinen gezeichnet war. Doch ihm erschien es schöner als jedes andere.
»Glaubst du, es ist von Bedeutung für mich, aus welcher Familie du stammst?«, fragte er sanft. »Und wenn der Teufel selbst dein Bruder wäre, das wäre mir ganz egal.«
Jeremy, der das rührende Schauspiel schweigend beobachtete, fand es an der Zeit, an die Vernunft zu appellieren.
»Ich unterbreche Eure Aussprache nur ungern, aber wenn ich richtig verstanden habe, hat der Chevalier de Lorraine damit gedroht, Euch zu denunzieren, Mademoiselle d'Espinchal. Wir sollten uns also Gedanken darüber machen, wie wir der Gefahr begegnen können.«
Die Anwesenden tauschten sorgenvolle Blicke. »Ich denke, es wäre am sichersten, wenn Ihr unverzüglich nach England zu-

rückkehrt«, schlug der Jesuit vor. »Ihr solltet keinen Moment verlieren.«
Alan, der Armandes Hände fest in den seinen hielt, wandte den Kopf. »Ist noch Zeit für eine Trauung? Als meine Gemahlin wäre Armande zumindest in England unantastbar.« Er sah sie drängend an. »Willst du mich heiraten? Ich bin nur ein bürgerlicher Handwerker, aber ich werde dich auf Rosen betten!«
»Ja, ich will«, sagte Armande mit zitternder Stimme. »Ich habe längst mit meinem adligen, aber freudlosen Leben abgeschlossen und werde mit Stolz deinen Namen tragen.« Noch immer mit Tränen in den Augen, wandte sie sich an Jeremy: »Bitte traut uns, Pater.«
Amoret lächelte schmerzlich. »Ich hatte so gehofft, eine schöne Hochzeit für Euch ausrichten zu können«, erklärte sie. »Und nun heiratet Ihr wie Breandán und ich damals in einem Kämmerlein.«
Es wurde eine kurze, aber würdevolle Trauung. William musste als Zeuge einspringen, da Breandán sich aufgemacht hatte, Pferde für das Brautpaar und sich selbst zu mieten. Er würde die beiden sicherheitshalber bis Calais eskortieren.

Am Abend, als Amoret und Jeremy allein im Salon bei einem Glas Syllabub zusammensaßen, hämmerte es lautstark an die Vordertür. Der Jesuit fühlte sich unwillkürlich an den Morgen erinnert, als der Bote Charles' II. Einlass auf Melverley Court verlangt und ihm damit einen gehörigen Schrecken eingejagt hatte. So klopfte nur ein Soldat an. Noch während Delphine öffnete, erhob sich Amoret, bedeutete aber Jeremy, auf seinem Platz zu bleiben. Scheinbar gleichmütig stieg sie die Treppe zum Vestibül hinab.
»Monsieur de Lauzun! Welche Überraschung«, rief sie aus. Ihre Freude war nicht geheuchelt. Sie hatte schon befürchtet,

sich dem boshaften Chevalier de Lorraine gegenüberzusehen. Mit Péguilin würde man sich verständigen können.

»Ich bedaure es sehr, Madame, Euch zu so später Stunde belästigen zu müssen«, sagte der kleine Gascogner mit ernster Miene. »Ich habe den Auftrag, Mademoiselle d'Espinchal zu verhaften, die unter Eurem Dach lebt.«

»Es tut mir leid, Monsieur, aber ich kenne keine Mademoiselle d'Espinchal«, erklärte Amoret mit gespielter Naivität. Es ging ihr vor allem darum, den Flüchtenden Zeit zu verschaffen.

»Sie tritt unter dem Namen Roche Montal auf«, erläuterte der Comte de Lauzun. »Soweit ich weiß, ist sie Eure Gesellschafterin.«

»Mademoiselle de Roche Montal ist nicht hier, Monsieur. Sie ist ausgegangen. Wohin, weiß ich nicht.«

Lauzuns Gesichtsausdruck verdüsterte sich. »In dem Fall muss ich Euch verhaften, Madame. Auf Befehl des Königs.«

Es war bereits tiefe Nacht, als die Kutsche in den Hof des Schlosses von Saint-Germain einfuhr. Vor einem Seiteneingang half der Comte de Lauzun Amoret beim Aussteigen und führte sie schweigend durch verlassene dunkle Säle. Ein Diener, der sie erwartet hatte, leuchtete ihnen den Weg.

An einer Tür überließ der Gascogner die junge Frau dem königlichen Kammerdiener Bontemps und verabschiedete sich mit einer tiefen Verbeugung.

»Wollet mir folgen, Madame«, bat der Diener, öffnete die Tür und trat ein.

Mit klammem Herzen blickte sich Amoret in dem kleinen Kabinett um. An einem massiven Schreibtisch aus Palisanderholz mit aufwendig verschlungenen Intarsien aus Zinn saß der König. Rasch erwies sie ihm ihre Reverenz.

»Erhebt Euch, Madame«, sagte Louis. Sein Ton klang streng. Amoret verschränkte wie eine gescholtene Klosterschülerin die Hände ineinander. Sie wusste nicht, was sie sagen sollte, und entschied, dass es klüger war, zu schweigen.
Der König erhob sich von seinem mit purpurner Seide bezogenen Armlehnstuhl und trat ihr entgegen.
»Nun, Madame, was habt Ihr zu Eurer Verteidigung vorzubringen?«, fragte er. In seinen dunklen Zügen war deutlicher Ärger zu lesen. Da sie nicht gleich antwortete, fuhr Louis ungeduldig fort: »Wie konntet Ihr einem Feind Frankreichs Obdach gewähren? Gerade von Euch hätte ich so etwas nicht erwartet.«
»Wenn Ihr damit Mademoiselle de Roche Montal meint, Euer Majestät«, entgegnete Amoret ohne Scham, »so versichere ich Euch, dass ich bis zu diesem Abend nicht wusste, dass sie Gaspard d'Espinchals Schwester ist. Ich habe sie vor drei Jahren als Zofe angestellt.«
Der König blickte sie prüfend an. Er kannte sie gut genug, um zu erkennen, dass sie die Wahrheit sagte.
»Wie habt Ihr von ihrem Geheimnis erfahren?«, fragte er.
»Sie gestand es mir, nachdem der Chevalier de Lorraine ihr gedroht hatte, sie bloßzustellen«, erwiderte Amoret.
»Und Ihr habt sie nicht ausgeliefert? Sie ist die Schwester eines verurteilten Verbrechers, der sich bis heute der königlichen Justiz entzieht!«, donnerte der König.
»Wie Ihr selbst sagt, Euer Majestät«, entgegnete Amoret, obwohl sie angesichts seiner Wut erzitterte. »Sie ist d'Espinchals Schwester. Sie selbst wurde nie eines Vergehens angeklagt. In der Zeit, in der sie bei mir war, hat Mademoiselle de Roche Montal nie etwas getan, was mich an ihrer Loyalität oder an ihrem untadeligen Charakter hätte zweifeln lassen.«
»Und dennoch hat sie Euch bis heute verschwiegen, wer sie ist«, erinnerte Louis sie.

»Sie hatte Angst ...«
»Angst vor der Gerechtigkeit des Königs? Hat sie geglaubt, ich würde an ihr Rache nehmen für die Untaten ihres Bruders?« Er schüttelte ungehalten den Kopf. »Und Ihr? Zweifelt auch Ihr an meiner Gerechtigkeit, Madame?«
Hoffnungsvoll sah sie ihn an. Der Zorn wich aus seinen Zügen.
»Euer Majestät, Mademoiselle de Roche Montal hat einen anständigen Londoner Bürger geehelicht und will in England ein neues Leben beginnen. Bitte gewährt ihr diese Gnade.«
Schweigend wandte sich Louis ab und setzte sich wieder an seinen Schreibtisch. Amoret wagte es nicht, seine Gedanken zu unterbrechen. Schließlich blickte er sie prüfend an.
»Ihr sagtet, der Chevalier de Lorraine habe Mademoiselle de Roche Montal gedroht, sie bloßzustellen.«
Der Umstand, dass der König Armandes angenommenen Namen gebrauchte, ließ Amoret aufatmen. Er würde ihrer Bitte entsprechen.
»So ist es, Euer Majestät.«
»Es war tatsächlich der Chevalier, der sie anzeigte«, bestätigte Louis. »Aber weshalb hat er sie zuvor gewarnt?«
»Er wollte sie dazu bringen, ihm den wirklichen Grund meiner Anwesenheit in Frankreich zu nennen.«
»Erwähnte er, warum ihn das interessierte?«
»Nein. Ich nehme an, er hat einfach Verdacht geschöpft, dass ich nicht allein um meiner Cousine willen hier bin. Und ich denke, er ist eifersüchtig auf die Freundschaft, die Euer Bruder mir entgegenbringt.«
»Das ist durchaus möglich«, gab der König zu. »Der Chevalier de Lorraine ist mir schon seit langem ein Dorn im Auge. Ich verstehe nicht, was mein Bruder an ihm findet. Er ist ein gefährlicher Mensch. Aber bisher hat er mir keinen Grund

gegeben, gegen ihn vorzugehen.« Louis lehnte sich in seinen Armlehnstuhl zurück. »Glaubt Ihr, er könnte etwas mit Madame de Mayennes Tod zu tun haben?«
»Nun, Mademoiselle de Roche Montal bezeugt, dass er sich in der Nähe des Wasserbeckens aufhielt, in der man den Leichnam fand«, erklärte Amoret. »Aber in welcher Verbindung er zu Sir William Fenwick stehen sollte, weiß ich nicht.«
»Überlasst ihn mir, Madame. Ich werde ein Auge auf ihn haben.« Der König gestattete sich ein Lächeln. »Wie es scheint, steht Eure Mission unter keinem guten Stern. Wie wollt Ihr weiter vorgehen?«
»Wenn Euer Majestät erlaubt, würde ich gern mit Königin Henriette-Marie sprechen«, bat Amoret. »Vielleicht erinnert sie sich an etwas aus Sir William Fenwicks Vergangenheit, das uns weiterhelfen könnte.«
»Ihr habt meine Erlaubnis, Madame«, sagte Louis großmütig. Er trat an ihre Seite und nahm ihre Hand. »Ich werde Mademoiselle de Roche Montal nicht verfolgen lassen. Sie kann unbehelligt nach England ausreisen.«
»Ich danke Euch, Sire.«
Ein wenig verunsichert sah Amoret ihn an. Er las ihre Gedanken von ihrem Gesicht ab und musste lachen.
»Nur keine Furcht, meine Liebe. Ich biete Euch die Bequemlichkeit einer Kammer für die Nacht an, damit Ihr nicht in der Dunkelheit nach Paris zurückfahren müsst. Aber ich tue es ohne Hintergedanken. Vom ersten Moment an habe ich Euch angesehen, dass Euer Herz diesem feurigen Iren gehört, der überdies eifersüchtig wie ein Türke ist. Wie Ihr selbst sagtet, waren wir nicht füreinander geschaffen. Aber ich hoffe, dass wir Freunde bleiben werden.«
Zum Abschied küsste er sie zärtlich auf den Mund.

Als Amoret am zehnten September in Jeremys Begleitung in den Hof des Schlosses von Colombes einfuhr, empfing eine außergewöhnliche Stille sie. Nur zögerlich wagte sich ein Stallbursche hervor und nahm sich der Pferde der Mietkutsche an.

»Das gefällt mir nicht«, sagte Amoret, während sie sich im Hof umsah, der wie ausgestorben wirkte. »Wie unheimlich ...«, fügte sie hinzu.

»Gehen wir hinein«, schlug Jeremy vor, den eine düstere Ahnung überkam.

In einem der verlassenen Säle kam ihnen der Leibarzt des Königs entgegen. Vallots Gesicht war aschfarben und eingefallen. Er murmelte unverständliche Worte vor sich hin und wäre an ihnen vorbeigelaufen, hätte sich Jeremy ihm nicht in den Weg gestellt.

»Oh, Mademoiselle St. Clair«, stieß der Medikus hervor, als er Amoret erkannte. Doch im nächsten Moment schien er den Faden schon wieder verloren zu haben. »Es kann nicht das Gran gewesen sein. Das ist unmöglich ...«

Fragend blickte Amoret Jeremy an, der die Stirn runzelte. »Gran« war eine Messeinheit, in der Medikamente verordnet wurden.

»Monsieur Vallot, was ist passiert?«, erkundigte sich Amoret. Verwirrt sah er sie an, als habe er ihre Gegenwart vergessen. »Sie ist tot«, stieß er hervor. »Sie sagte, ein Astrologe habe ihr prophezeit, dass ein Gran ihr Tod sein würde. Aber ich habe es doch nur gut gemeint. Sie klagte über Schlaflosigkeit. Und ein Gran Opium hat noch niemandem geschadet.«

»Von wem sprecht Ihr?«

»Von der Königinmutter. Henriette-Marie ist letzte Nacht verschieden.«

Erschüttert blickten Amoret und Jeremy dem Medikus nach, der sich kopfschüttelnd entfernte. Im Vorzimmer der Königinmutter stießen sie auf die Ärzte Yvelin und Esprit, die sich mit gedämpften Stimmen unterhielten.

»Madame, es ist ein schreckliches Unglück«, sagte Monsieur Yvelin, als er Amoret eintreten sah.

»Es ist also wahr? Monsieur Vallot schien ein wenig verwirrt«, antwortete sie.

»Er gibt sich die Schuld am Tod Ihrer Majestät«, erklärte Monsieur Esprit. »Er redete ihr zu, das Schlafmittel zu nehmen, obwohl sie Bedenken hatte.«

»Was macht Euch so sicher, dass das Opium ihren Tod verursacht hat?«, schaltete sich Jeremy ein.

»Was sollte es sonst gewesen sein, Monsieur?«, entgegnete Yvelin. »Ihre Majestät klagte über Schlaflosigkeit und leichte Schmerzen in der Seite, nichts weiter. Sie nahm das Opium und wachte nicht mehr auf.«

»Verstehe«, sagte Jeremy und verkniff sich jede weitere Bemerkung.

Amoret sah ihn fragend an, doch er schüttelte den Kopf.

»Darf ich fragen, wie Ihr so schnell von dem Unglück erfahren habt, Madame?«, erkundigte sich Esprit.

»Ich kam her, um Ihre Majestät um eine Audienz zu bitten«, erklärte Amoret. »Ich ahnte nicht, was passiert war.«

»In dem Fall könntet Ihr uns einen Dienst erweisen«, bat der Arzt. »Außer Euch weiß noch niemand vom Ableben Ihrer Majestät. Ich wollte gerade einen Boten nach Saint-Cloud schicken. Aber es wäre sicher besser, wenn Monsieur und Madame die Nachricht von jemandem wie Euch hören würden.«

Nur unwillig erklärte sich Amoret bereit, der Bitte zu entsprechen. Auf der Fahrt nach Saint-Cloud bemerkte sie, wie nachdenklich Jeremy war.

»Was wolltet Ihr eben den Ärzten gegenüber nicht aussprechen, Pater?«, fragte sie beunruhigt.

»Wer wusste, dass Ihr um eine Audienz bei Ihrer Majestät gebeten habt?«
»Außer dem König? Niemand.«
»Seid Ihr ganz sicher?«
»Ihr glaubt doch nicht, dass …«
»Dass derselbe Mörder, der Madame de Mayenne umbrachte, auch die Königinmutter zum Schweigen gebracht haben könnte? Es war der erste Gedanke, der mir kam«, gab der Jesuit zu. »Aber wenn ich darüber nachdenke, kann ich mir nicht vorstellen, wie er es hätte anstellen sollen. Wenn Henriette-Marie tatsächlich kein Opium vertrug, könnte die Medizin ihren Tod verschuldet haben.«
»Und wenn nun jemand Monsieur Vallot in seiner Entscheidung, ihr Opium zu verabreichen, beeinflusst hat?«, spekulierte Amoret. Ein eisiger Schauer lief ihren Rücken hinab und ließ sie erzittern.
»Ihr habt recht. Das können wir nicht ausschließen«, räumte Jeremy ein.

Als der König vom Tod Henriette-Maries erfuhr, bat er Amoret, unverzüglich nach England zu reisen und ihren Söhnen Charles und James die traurige Botschaft zu überbringen. Obwohl es ihr davor graute, stimmte sie zu. Ihre Mission, den Mörder von Sir William Fenwick zu entlarven, war gescheitert, und sie sehnte sich danach, ihre Kinder wiederzusehen. Pater Blackshaw war vollständig von der Operation genesen und kräftig genug für die Heimreise. Auch Breandán war erleichtert, als Amoret ihm ihren Entschluss mitteilte. Zudem fühlte sie sich seit dem Tod der Königinmutter am französischen Hof nicht mehr sicher. Falls sie nun doch ermordet worden war! Wer würde der Nächste sein? Es war vernünftiger, nach England zurückzukehren.

Kapitel 32

Amoret musste Charles bis in den New Forest nachreisen, um ihm die Nachricht vom Ableben seiner Mutter zu überbringen. Er war dort mit seinem Bruder und einigen Höflingen auf der Jagd. James zeigte deutlich mehr Erschütterung über Henriette-Maries Tod als Charles, der ihr die Einmischung in das Leben ihrer Söhne nie vergeben hatte.
Dennoch brach er den Jagdausflug umgehend ab, und die höfische Reisegruppe kehrte nach Whitehall zurück. Dort empfing der König Amoret unter vier Augen in seinem Kabinett. Sie erstattete ihm ausführlich Bericht über ihren Aufenthalt in Frankreich. Schweigend hörte er zu und unterbrach sie erst, als sie auf das unverfrorene Verhalten des Chevalier de Lorraine zu sprechen kam.
»Dieser aufgeblasene Lothringer! Minette hat sich in ihren Briefen schon oft über ihn beklagt. Er spielt sich als Herr in ihrem Haus auf.«
»Leider ist es mir unverständlich, weshalb Monsieur diesen Blender so sehr verehrt«, gestand Amoret. »Seine Züge mögen vollkommen sein, doch seine Augen sind kalt wie Stein, und er besitzt nicht den geringsten Charme.«
»Es bleibt nur zu hoffen, dass Monsieur bald zur Vernunft kommt«, grollte Charles.

Er schritt vor dem Kamin auf und ab, um sich zu beruhigen, und stellte geistesabwesend eine seiner zahlreichen Uhren richtig.

»Bedauerlich, dass Ihr der Aussage von Madame de Mayenne nicht auf den Grund gehen konntet, Mylady«, sagte er. »Obgleich ich mir nicht vorstellen kann, dass Sir William Fenwick noch am Leben sein und mich verraten haben sollte. Er hat der Krone seit mehr als fünfundzwanzig Jahren treu gedient.«

»Wir müssen wohl davon ausgehen, dass Madame de Mayenne sich getäuscht hat«, erwiderte Amoret seufzend. »Sie war ein wenig verwirrt.«

»Aber aus welchem Grund wurde sie dann ermordet?«, erinnerte sie der König. »Sie muss etwas gewusst haben, wodurch sich der Mörder bedroht fühlte.«

»Das ist wahr. Aber zu meiner Schande ist es mir nicht gelungen, auch nur einen Verdachtsmoment gegen einen der Höflinge aufzuspüren, Euer Majestät.« Amoret hatte ihm Jeremys Theorie verschwiegen, dass der Mörder etwas mit Henriette-Maries Tod zu tun haben könnte.

»Schade, dass Pater Blackshaw zu krank war, um Euch bei den Nachforschungen zu helfen«, sagte Charles enttäuscht. »Aber es ist besser, dass Ihr zurückgekehrt seid. Es wurde zu gefährlich für Euch.« Er sah sie zärtlich an. »Leider werde ich die Dienste von Mr. Mac Mathúna noch eine Weile in Anspruch nehmen müssen. Es wäre daher notwendig, dass Ihr in London bleibt. Ich hoffe jedoch, dass bis zum kommenden Frühling alles über die Bühne ist.«

»Wenn Ihr es wünscht, Euer Majestät«, stimmte Amoret zu, obwohl sie sich danach sehnte, nach Melverley Court zurückzukehren.

»Da Ihr weitgehend in die Verhandlungen mit König Louis eingeweiht seid«, fuhr der König fort, »sollte ich Euch auf

einige Änderungen aufmerksam machen, die ich in der Zwischenzeit vorgenommen habe. Louis hat mich bereits seit längerem zu überzeugen versucht, seinen Gesandten Colbert de Croissy ins Vertrauen zu ziehen. Anfangs hatte ich Bedenken, doch mittlerweile bin ich zu dem Schluss gekommen, dass es unumgänglich ist. Ihr könnt ihm gegenüber also offen sprechen. Dasselbe gilt für Mylord Arlington. Was den Duke of Buckingham betrifft« – Charles zögerte und suchte nach den richtigen Worten –, »so wird er die offiziellen Verhandlungen mit den Franzosen führen. Ihr dürft ihm gegenüber aber nicht über die geheime Korrespondenz sprechen, die ich mit meiner Schwester unterhalte.«
Verwirrt krauste Amoret die Stirn. »Aber wie soll Seine Gnaden die Gespräche mit den Franzosen führen, wenn er nicht über alle Einzelheiten im Bilde ist…« Doch auf einmal verstand sie. »Ihr habt ihm die Verhandlungen übertragen, damit er sich nicht ausgeschlossen fühlt und auf eigene Faust Nachforschungen anstellt. Aber Ihr habt nicht vor, ihn in alles einzuweihen. Ihr und König Louis benutzt ihn nur. Ist es nicht so?«
Es war Charles anzusehen, wie unangenehm es ihm war, dass sie ihn durchschaut hatte. Doch er zeigte keinerlei Zerknirschung, dass er seinen ältesten Weggefährten ohne dessen Wissen ein Possenspiel aufführen ließ. Damals, als sie nach dem verlorenen Bürgerkrieg im Exil lebten, hatte Buckingham Charles verraten und seinen Frieden mit Cromwell gemacht. Nun büßte er dafür, indem er selbst verraten wurde.
»Es war notwendig, Bucks in die Verhandlungen einzubinden«, rechtfertigte sich der König. »Er war bereits misstrauisch geworden, dass etwas im Gange war, und versuchte mit allen Mitteln dahinterzukommen, was in meinen Briefen an Minette stand. Er war es, der Walter Hillary beauftragte, ihm eines der Schreiben zu besorgen.«

Amoret erbleichte. »Woher wisst Ihr das, Sire?«
»Ich ließ Chiffinch Nachforschungen anstellen«, erwiderte Charles. »Er fand heraus, dass Hillary für ein Mitglied des Unterhauses arbeitete, mit dem Buckingham befreundet ist. Ich denke aber, dass Seine Gnaden nicht ahnte, wie weit der Schurke gehen würde, um seinen Auftrag zu erfüllen – dass er selbst vor Mord nicht zurückschreckte.«
»Habt Ihr Seine Gnaden zur Rede gestellt, Euer Majestät?«, fragte Amoret.
»Nein, er würde nur alles leugnen«, entgegnete der König.
»Wenn ich mich recht entsinne, habe ich Bucks in Eurem Gefolge gesehen, als ich Euch im New Forest aufsuchte. Er erfreut sich also trotz seines Verrats noch immer Eurer Gunst.« Verwirrt fuhr sich Amoret mit der Hand über die Stirn. »Ich verstehe Euch nicht, Sire. Buckinghams Einfluss im Unterhaus schwindet stetig. In dieser Hinsicht seid Ihr doch gar nicht mehr auf seine Dienste angewiesen. Weshalb habt Ihr ihn nicht vom Hof verbannt, als Ihr die Gelegenheit dazu hattet, damals, nachdem er den Gemahl seiner Mätresse im Duell getötet hatte?« Da Charles nicht antwortete, kam ihr schließlich selbst die Erleuchtung. »Ihr behaltet ihn nur deshalb in Eurer Nähe, damit sich Mylord Arlington vor seinem Rivalen nicht sicher fühlen kann. Ihr wisst, dass die beiden sich seit Ewigkeiten um Eure Gunst streiten. Und nun, da Arlington bei Hofe immer einflussreicher wird, braucht Ihr Bucks als Gegengewicht, so dass Arlington es niemals wagt, sich gegen Euch zu verschwören. Gibt es eigentlich überhaupt jemandem, dem Ihr vertraut, Euer Majestät?«, schloss sie zynisch. Doch auch diese Antwort blieb er ihr schuldig.

Kapitel 33

Oktober 1669

Der böige Oktoberwind wirbelte vereinzelte rote und goldene Blätter durch die verregneten Straßen von Paris. Breandán zog den Hut tiefer in die Stirn, um sich vor den feinen Tropfen zu schützen, die ihm ins Gesicht sprühten. Als er im Hof des Palais Royal vom Pferd stieg, hob er den Blick prüfend zum Himmel und versuchte abzuschätzen, wie lange der Regen noch anhalten würde.
Im Palast herrschte eine seltsame Stimmung. Breandán bemerkte, dass einige der Diener miteinander tuschelten und abrupt verstummten, als sie seine Blicke auf sich gerichtet sahen. Plötzlich öffnete sich eine Tür, die, wie Breandán wusste, zu Madames Gemächern führte, und der Vicomte de Turenne, Marschall von Frankreich, trat mit ernster Miene heraus.
Durch die offene Tür war Wehklagen zu hören. Breandán erkannte Henriette-Annes Stimme. Obgleich ihn niemand dazu aufgefordert hatte, trat er ein, durchmaß das Vorzimmer und gelangte in einen Salon, aus dem das herzzerreißende Schluchzen erklang. Völlig aufgelöst lag die englische Prinzessin in den Armen ihrer Freundin Suzanne-Charlotte de Gramont, Marquise de Saint-Chaumont.
»Das kann er nicht tun!«, stieß sie mit bebender Stimme hervor. »Ich brauche Euch. Ihr seid unschuldig! Wie kann er Euch einer Intrige bezichtigen?«

Verlegen zog Breandán seinen Hut. »Madame ...«, sagte er sanft, um auf sich aufmerksam zu machen.
Erschrocken wandten sich die beiden Frauen zu ihm um.
»Es tut mir leid«, beeilte er sich hinzuzufügen. »Ich wollte mich nicht aufdrängen, aber ich hörte zufällig ... Kann ich Euch vielleicht helfen, Euer Hoheit?« Tief betroffen von dem leidvollen Ausdruck auf Henriettes schmalem Gesicht und ergriffen von der heimlichen Zuneigung, die er von jeher für sie empfunden hatte, fuhr er leidenschaftlich fort: »Was immer es ist, Ihr braucht es nur zu sagen. Ich würde alles für Euch tun!«
Ein Lächeln der Rührung stahl sich auf Madames tränennasse Züge. »Das weiß ich zu schätzen, Monsieur. Aber ich fürchte, dass Ihr mir nicht helfen könnt.«
»Verzeiht mein Eindringen, Euer Hoheit«, sagte Breandán und verbeugte sich.
Als er sich abwenden wollte, hielt sie ihn jedoch zurück.
»Bitte bleibt, Monsieur. Es ist gut, dass Ihr hier seid. Ihr seid die einzige Verbindung zu meinem Bruder, den ich in diesem Moment mehr vermisse als je zuvor.«
Madame de Saint-Chaumont schloss die Tür und setzte sich an die Seite der Prinzessin auf einen Polsterstuhl.
»Was bedrückt Euch, Madame?«, fragte Breandán. »Wer hat Euch Leid zugefügt?«
»Alle!«, platzte Henriette heraus. »Der Chevalier de Lorraine, Monsieur, mein Gemahl ... der König.« Sie blickte ihre Freundin schmerzlich an. »Der Lothringer brüstet sich damit, dass er mir alle Freunde genommen hat, alle Menschen, an denen mir etwas liegt und denen ich vertrauen kann. Zuerst überredete er Monsieur, sich von seinem Almosenier, Monsieur de Cosnac, Bischof von Valence, zu trennen, der ein aufrichtiger und gütiger Mensch ist und auf dessen Rat ich mich gern verlassen habe.«

Breandán nickte bestätigend. »Ich hörte davon, Euer Hoheit.«
»Ihr versteht, dass ich die Arroganz des Chevaliers nur noch schwer ertragen kann. Ich bat also Seine Exzellenz, mir gewisse Briefe Lorraines an seine ehemalige Geliebte Mademoiselle de Fiennes zu bringen, in denen er sich abfällig über Monsieur äußert. Da Seine Majestät Monsieur de Cosnac verboten hatte, sich Paris zu nähern, und Seine Exzellenz wusste, dass Louvois' Spione ihn beobachteten, machte er sich in Verkleidung auf den Weg nach Saint-Denis, wo wir uns treffen wollten. Unglücklicherweise wurde er unterwegs krank. Der gerufene Arzt verriet ihn an die Polizei, die ihn verhaftete und ins Gefängnis von For-L'Évêque warf. Es gelang ihm noch, mir die Briefe des Chevaliers über seinen Neffen zukommen zu lassen. Und er vernichtete die Briefe, die er von mir erhalten hatte. Leider übersah er dabei ein kurzes Schreiben von Madame de Saint-Chaumont. Die Polizei fand es, brachte es zu Louvois, und dieser zeigte es dem König. Da Seine Majestät bereits durch das Betreiben seiner neuen Mätresse, Madame de Montespan, gegen meine liebe Freundin eingenommen war, glaubte er nun, dass sie dabei war, eine Intrige zu spinnen, und bestimmte, dass sie meinen Haushalt zu verlassen habe. Monsieur de Turenne überbrachte mir soeben die Nachricht.«
Betroffen hatte Breandán dem Bericht der Prinzessin gelauscht. Da ihm selbst jede Art von Hinterlist und Verschlagenheit fremd war, überraschte es ihn immer wieder, dass die Höflinge so viel Zeit darauf verwandten, sich gegeneinander zu verschwören. Und er empfand tiefes Mitgefühl für Henriette, die zu gütig und aufrichtig war, um sich gegen derart hinterhältige Angriffe zu wehren.
»Wenn Ihr wünscht, werde ich Eurem Bruder von den Ereignissen berichten, Euer Hoheit«, schlug der Ire vor. »Vielleicht

kann er einen günstigen Einfluss auf die Entscheidungen Seiner Majestät ausüben.«
Fahrig strich sich die Prinzessin mit der Hand über die Stirn. »Ich wage es kaum, ihn damit zu belästigen.«
»Aber er liebt Euch, Madame«, bekräftigte Breandán.
»Und doch bin ich allein, von allen verlassen«, klagte sie.
Entsetzt begriff Breandán, dass sie, die er als lebensfrohe junge Frau kannte, durch die Ereignisse offenbar völlig ihr Selbstvertrauen verloren hatte. Und in seinem Herzen wuchs die Liebe zu ihr und der Zorn auf diejenigen, die ihr Leid zufügten.

Vor den Fenstern des Salons von Hartford House wirbelten dicke Schneeflocken, als Amoret am wärmenden Kaminfeuer einen Brief von Monsieur öffnete, den sie soeben erhalten hatte.
»Armer Philippe«, murmelte sie. »Nun, Armande wird erleichtert sein. König Louis hat den Chevalier de Lorraine verhaften lassen.«
Breandán, der an ihrer Seite saß, horchte auf. »Weswegen? Er hat doch hoffentlich nicht schon wieder etwas getan, um Madame zu schaden.«
Amoret verspürte einen Anflug von Eifersucht, als sie die Sorge in der Stimme ihres Gemahls hörte.
»Nein, diesmal hat er wie alle arroganten Menschen den Bogen überspannt«, antwortete sie. »Monsieur wollte dem Chevalier die Einkünfte zweier Abteien schenken, doch Louis verweigerte seine Zustimmung mit der Begründung, dass ein Mann von Lorraines Lebenswandel dessen nicht würdig sei. Daraufhin ließ der Narr einige Schmähungen gegen Seine Majestät verlauten, die dem König natürlich umgehend zugetragen wurden. Nun sitzt der Chevalier im Gefängnis von

Pierre-Encise. Monsieur war so entsetzt über das Schicksal seines Günstlings, dass er in Ohnmacht fiel, als er davon erfuhr. Armer Philippe«, wiederholte Amoret.
»Bedaure ihn nicht. Er ist es nicht wert«, platzte Breandán verärgert heraus. »Er behandelt Madame abscheulich.«
»Sie ist nicht ganz unschuldig daran«, widersprach Amoret. »Als die beiden heirateten, schienen sie so gut zueinander zu passen. Sie haben viele gemeinsame Interessen. Im Gegensatz zu Louis und den meisten anderen Höflingen haben sie nichts übrig für die Jagd. Ihre Welt sind die Kunst und das Theater. Sie verstehen es, rauschende Bälle auszurichten, und stahlen damit sogar dem König den Ruhm. Sie hätten wirklich glücklich werden können. Doch Henriette ist ein rastloser Mensch, der nie Ruhe findet. Ich erinnere mich noch gut, dass sie selbst nach einem anstrengenden Tag voller Feierlichkeiten noch endlos lange Spaziergänge im Mondlicht unternahm. Sie ist liebenswert, das gebe ich zu. Aber ihre Sehnsucht, von allen geliebt zu werden, lässt sie jedem Mann schöne Augen machen. Monsieur war so stolz, diese feenhafte Prinzessin zur Gemahlin zu haben, doch bereits wenige Monate nach der Hochzeit musste er erkennen, dass sie ihn mit seinem Bruder betrog.« Sie hob die Hand, um Breandán daran zu hindern, sie zu unterbrechen. »Oh, ich sage nicht, dass sie Ehebruch begingen, aber sie verbrachten sehr viel Zeit miteinander – allein. Und doch wusste jeder im Schloss von Fontainebleau davon. Wieder einmal musste der jüngere Bruder vor dem älteren zurückstecken, den er nie in irgendeiner Disziplin übertrumpfen durfte. Verstehst du nicht, wie demütigend das für Philippe war? Kaum hatte sich Louis von Henriette abgewendet, verführte sie Monsieurs besten Freund, den Comte de Guiche. Er fühlte sich verraten. Ich versuche nicht, seine Besessenheit in Bezug auf den Chevalier

de Lorraine zu entschuldigen, aber ich kann nachvollziehen, wie es so weit kommen konnte.«
Breandán schwieg. Ihre Worte machten ihm klar, wie gefährlich es war, nur eine Seite eines Konflikts zu sehen. Und er musste sich eingestehen, dass auch er dem Charme der englischen Prinzessin erlegen war.

KAPITEL 34

April 1670

Ende April ließ Charles Breandán zu sich in sein Kabinett rufen.
»Ich darf Euch daran erinnern, dass unser Gespräch unter dem Siegel der Verschwiegenheit steht«, ermahnte der König den Iren. »Ihr dürft zwar mit Mylady St. Clair und Pater Blackshaw über das reden, was ich Euch erzähle, aber sonst mit niemandem.«
»Ihr habt mein Wort, Sire«, versicherte Breandán.
»In ein paar Tagen wird sich der französische Hof auf eine Reise nach Flandern begeben unter dem Vorwand, dass König Louis mit seiner Königin die vor drei Jahren eroberten Städte besichtigen will«, erklärte Charles. »Dabei wird es sich anbieten, dass meine Schwester einen Abstecher nach Dover unternimmt, um mich zu treffen.« Er stieß ein tiefes Seufzen aus. »*Oddsfish*! Was hat es uns an Bemühungen gekostet, Monsieur zu überreden, sie gehen zu lassen«, sprudelte es aus ihm heraus. »Er gibt Minette noch immer die Schuld an der Verbannung seines Günstlings Lorraine, obgleich dieser selbst die königliche Ungnade auf sich gezogen hat. Nur drei Tage hat er ihr gewährt – drei Tage, um neun Jahre aufzuholen, die wir getrennt waren. Ich bete darum, dass sich dieser unmögliche kleine Mann noch erweichen lässt, eine Verlängerung zu genehmigen. Wie schreck-

lich, dass unser Glück von einem launischen Sodomiten abhängt!«

Allmählich fing sich der König wieder und zügelte seine Wut, die ihm deutlich ins Gesicht geschrieben stand.

»Ich weiß nicht, ob Ihr davon gehört habt, aber der Chevalier de Lorraine befindet sich nicht mehr in Haft. Er wurde auf Louis' Befehl freigelassen, aber aus Frankreich verbannt. Dennoch ist mir nicht wohl bei dem Gedanken, dass dieser Schurke nun wieder in Freiheit ist und seine abscheulichen Intrigen spinnen kann. Mir wäre wohler, wenn Ihr ein Auge auf meine Schwester haben würdet.«

Auf den Zügen des Iren war eifrige Zustimmung zu lesen. Charles lächelte. Eine weitere von Minettes Eroberungen, dachte er.

»Ihr werdet unverzüglich aufbrechen. Zur Tarnung gebe ich Euch ein kurzes Schreiben an Madame mit.« Die dunklen Augen des Königs richteten sich eindringlich auf den Iren. »Bewacht sie gut, Sir. Ich lege die Sicherheit meiner kleinen Schwester in Eure Hände.«

In Saint-Quentin stieß Breandán zum französischen Hof. Seit Wochen goss es in Strömen. Ganz Flandern verwandelte sich in eine Landschaft aus Matsch und schmutzig braunen Wasserlachen. Doch selbst die grauen Regenschleier vermochten den Glanz des Hofes nicht zu mindern. Eingerahmt von marschierenden Soldaten in neuen, durch das schlechte Wetter allerdings etwas in Mitleidenschaft gezogenen Uniformen, rollten die Karossen des französischen Adels über die schlammigen Landstraßen.

Als Breandán die Kavalkade erreichte, war gerade eine Kutsche im tiefen Matsch steckengeblieben. Kurzerhand packte er mit an, half den Dienern, das Gefährt hin und her zu schaukeln, bis es den Pferden gelang, die Räder freizuziehen. Eine weiße Hand streckte sich ihm dankbar aus dem Fenster entgegen.

»Vielen Dank, Monsieur, für Eure Hilfe. Nicht auszudenken, wenn der Wagen umgestürzt wäre.«

Breandán begegnete dem dunklen Augenpaar einer jungen Frau und zuckte zusammen. Im ersten Moment glaubte er, sich Amoret gegenüberzusehen. Doch dann erkannte er sie: Mademoiselle de Keroualle, die schöne Bretonin aus dem Gefolge Madames, die eine bemerkenswerte Ähnlichkeit mit seiner Gemahlin aufwies.

»Es war mir eine Ehre, Madame«, sagte er galant.

Da erkannte auch sie ihn wieder. »Oh, steht Ihr nicht in den Diensten von Mademoiselle St. Clair? Ist sie auch hier? Mein Cousin fragt ständig nach ihr.«

Eifersucht durchzuckte Breandán, als er an den Marquis de Saint-Gondran erinnert wurde. Zum Glück hatte Amoret ihn nicht auf diese Reise begleitet. Sie würde in Dover zum Hof stoßen.

»Ihr werdet sie bald wiedersehen«, antwortete er knapp.

Er bestieg sein Pferd und machte sich auf die Suche nach der königlichen Kutsche. Nicht nur der gesamte Hof schien sich auf Wanderschaft begeben zu haben. Auch unzählige Bagagewagen, mit Zelten aus Seide, Tapisserien, Gold- und Silbergeschirr beladen, folgten der langen Reihe der Karossen.

Der Wagen des Königs fuhr an der Spitze. Als Breandán sein Pferd neben dem Gefährt zügelte, fiel Louis' Blick auf ihn.

»Wenn ich mich nicht irre, seid Ihr Monsieur Mac Mathúna, nicht wahr?«, fragte der Monarch. »Bringt Ihr Nachricht von Eurer Herrin?«

»Ich habe einen Brief von Seiner Majestät, dem König von England, an Ihre Hoheit, die Duchesse d'Orléans«, erwiderte der Ire.
Er holte das Schreiben hervor und übergab es mit einer Verbeugung an den König, der es an Henriette weiterreichte. Die Augen der Prinzessin leuchteten auf. Ihr schmales Gesicht verriet jedoch einen Anflug von Beunruhigung, dass Breandán den Brief ihres Bruders so offen vor aller Augen überbrachte. Doch dann begriff sie, dass er nur als Vorwand diente, um den jungen Iren in ihr Gefolge einzuführen. Als Monsieur, der seiner Gemahlin in der Kutsche gegenübersaß, ihr neugierig beim Lesen zusah und schließlich auffordernd die Hand ausstreckte, reichte sie ihm daher bereitwillig Charles' Schreiben.
»Wie aufmerksam von Seiner Majestät, uns eine gute Reise zu wünschen«, bemerkte der Prinz sarkastisch. »Nur leider kommt der Wunsch ein wenig spät.«

In den folgenden Tagen hielt sich Breandán stets in der Nähe der königlichen Kutsche auf. Es tat ihm weh, die sonst so fröhliche Prinzessin mutlos und niedergeschlagen zu sehen. Ihr blasses Gesicht ließ sie kränklich erscheinen, und an ihren zarten Armen zeichneten sich die Knochen unter der Haut ab. Breandán wusste, dass die letzten Monate schrecklich für Henriette gewesen waren. Erzürnt über die Verhaftung des Chevalier de Lorraine, hatte Monsieur dem Hof den Rücken gekehrt und sich mit seiner Gemahlin in sein Schloss Villers-Cotterêts zurückgezogen, ein abgelegenes Anwesen, das schlecht zu beheizen und in den langen dunklen Wintermonaten besonders trostlos war. Nachdem es Louis endlich gelungen war, seinen Bruder zu überzeugen, nach Saint-Germain zurückzukehren, hatte sich Philippe weiterhin bemüht, seiner Gemahlin das Leben zu vergällen. Am liebsten hätte Breandán den Prinzen an seinem Spitzenkragen gepackt und kräftig geschüttelt. Die Art, wie er mit ihr sprach, brachte ihn zur Weißglut. Auch die Königin und Mademoiselle ermahnten Monsieur wiederholt, seine Gemeinheiten zu unterlassen. Henriette dagegen schien die verletzenden Bemerkungen ihres Gatten nicht zu hören. Sie war die meiste Zeit in Gedanken versunken. Zweifellos träumte sie von dem langersehnten Zusammentreffen mit ihrem Bruder.

Als der königliche Zug die kleine Stadt Landrecies erreichte, teilte der Comte de Lauzun, der die Truppen befehligte, dem König mit, dass der Fluss Sambre über die Ufer getreten sei und die einzige Brücke mitgerissen habe. Man bemühe sich, sie zu reparieren, aber das würde einige Stunden dauern. An diesem Tag würden sie jedenfalls nicht weiterreisen können.

Louis entschied kurzerhand, in einem einfachen Bauernhaus zu übernachten, das jedoch nur über zwei Räume und keinerlei Betten verfügte. Die Unterkunft war nicht besser als eine Scheune.

Als der König die Königin Marie-Thérèse an der Hand ins Innere führte und die Spanierin die auf dem Boden ausgebreiteten Matratzen sah, rief sie entsetzt: »Aber das ist ja schrecklich. Sollen wir denn alle zusammen schlafen? Das ist doch unziemlich.«

Doch Louis ließ sich nicht beirren. Er wandte sich an die Grande Mademoiselle und ließ sie entscheiden.

»Was macht es, wenn wir uns bekleidet niederlegen, um ein wenig zu ruhen?«, antwortete Mademoiselle de Montpensier.

»Ich werde krank, wenn ich keinen Schlaf bekomme«, beschwerte sich Marie-Thérèse schmollend.

Breandán ließ Henriette nicht aus den Augen. Die zarte Prinzessin schien dem Zusammenbruch nahe, so erschöpft wirkte sie. Doch sie sah die Nacht in der Scheune als Abenteuer und lächelte ihm beschwichtigend zu.
Als die Diener eine dünne, geschmacklose Suppe brachten, half Breandán beim Ausschenken und drängte Madame einen Teller auf. Er hatte beobachtet, dass sie während der Reise kaum etwas zu sich genommen hatte. Meist begnügte sie sich mit ein wenig Milch.
»Ich danke Euch, Monsieur«, sagte sie.
An diesem Abend war sie hungrig und durchgefroren und aß den Teller leer. Die Königin, die sich zuerst geweigert hatte, die wässrige Suppe anzurühren, war verärgert, als sie ihre Meinung änderte und feststellte, dass nichts mehr übrig war. Die Einzige, die ihre gute Laune nicht verlor, war Athénaïs de Montespan. Sie machte Witze über die Hühnchen, die man ihnen über dem Feuer gebraten hatte, die aber so zäh waren, dass man sie kaum essen konnte. Breandán, der an der Tür Wache hielt und den Gesprächen zuhörte, verstand, weshalb es ihr gelungen war, den König zu fesseln. Ihr Frohsinn und ihre Energie waren mitreißend und unverwüstlich. Welch ein Gegensatz zu der stillen, traurigen La Vallière und der verdrießlichen Königin!
Aus dem Nebenraum waren die Stimmen der Offiziere zu hören, ihre leisen Schritte über den mit Stroh bedeckten Boden, das Klirren der Sporen und Degen, wenn sie sich zwischen dem Vieh bewegten, das dort untergebracht war. Hin und wieder polterte ein Soldat durch den Raum, in dem die königliche Familie und die Hofdamen lagen, um dem König Meldung zu machen. Draußen rauschte der Regen auf die bereits mit Wasser gesättigte Erde nieder und verschluckte die Geräusche der Pferde, die unwillig mit den Hufen scharrten und ihre nassen Mähnen schüttelten.

In den frühen Morgenstunden begann Breandán, der noch immer an der Tür Wache stand, allmählich seine Müdigkeit zu spüren. Sein Kopf war schwer, seine Beine schmerzten, und die feuchte Kälte kroch unter seine Kleider.
»Warum schlaft Ihr nicht ein wenig?«, fragte eine leise Stimme in seinem Rücken.
Erschrocken fuhr er herum. Da erkannte er Henriette, die hinter ihn getreten war. Sie lächelte.
»Ich möchte nicht, dass Ihr meinetwegen krank werdet«, fügte sie fürsorglich hinzu.
»Ich war einmal Soldat im französischen Heer, Euer Hoheit«, erwiderte Breandán gerührt. »Ich bin Strapazen gewohnt.«
»Aber damals wart Ihr jünger – wie wir alle«, sagte die Prinzessin schwermütig. »Die anderen schlafen. Wir können also ungestört reden. Hat mein Bruder Euch geschickt, um mich zu beschützen?«
»Nur als Vorsichtsmaßnahme, Euer Hoheit.«
»Weil sich der Chevalier de Lorraine auf freiem Fuß befindet«, ergänzte Henriette. »Ich bin nicht glücklich darüber, aber mein Gemahl hätte sich sonst nicht bereit erklärt, mich nach England reisen zu lassen. Ich habe noch immer Angst davor, dass er seine Meinung im letzten Moment ändern könnte.«
»Ihr habt etwas Besseres verdient, Madame«, sagte Breandán inbrünstig.
»Vor zehn Jahren wollte ich unbedingt Königin von Frankreich werden«, erwiderte sie zerknirscht. »Seitdem büße ich für meinen Ehrgeiz. Nun wäre ich schon glücklich, wenn ich ein paar Tage in der Gesellschaft meines Bruders verbringen könnte.«
Sie schenkte ihm noch ein trauriges Lächeln, bevor sie sich abwandte und zu den Schlafenden zurückging. Ohne sich dessen bewusst zu sein, sah Breandán ihr mit zärtlichem Blick nach.

Ein Geräusch ließ ihn herumfahren. Zwei Männer näherten sich der Tür zum Bauernhaus: der Kriegsminister Louvois und der Marquis de Saint-Gondran.
»Ist Seine Majestät wach?«, fragte Louvois.
»Nein, er schläft, Monsieur«, antwortete Breandán. »Die Brücke ist repariert?«
»Ja, wir können weiterreisen.«
Louvois ließ sich nicht davon abhalten, den König zu wecken, obgleich der Morgen noch nicht angebrochen war. Schlaftrunken wankten die Frauen, bleich und ungeschminkt, zu den Kutschen.
Als Monsieur sich zu seiner Gemahlin setzte, sagte er boshaft: »Ein Astrologe prophezeite mir einst, dass ich mehrere Ehefrauen haben würde. Wenn ich Euch so ansehe, Madame, scheint es mir, als würde diese Voraussage bald eintreffen.«
Breandán, der die Bemerkung hörte, bedachte den Prinzen mit einem zornigen Blick. Die Grande Mademoiselle sah es und wunderte sich, dass ihr Cousin nicht auf der Stelle tot umfiel.

Von Kortrijk ging es weiter nach Lille und schließlich Dunkerque, wo die englische Flotte vor Anker lag. Trotz Monsieurs Protesten ging Henriette mit großem Gefolge an Bord, darunter der Marquis de Saint-Gondran und seine Cousine Louise de Keroualle. Breandán, der der Prinzessin nicht von der Seite wich, sah zu seinem Erstaunen, wie verwandelt sie war. Ihr Gesicht strahlte vor Erwartung. Sie wirkte wie von einem inneren Feuer durchglüht. Nichts war von der kränklichen Blässe und Erschöpfung zurückgeblieben, die sie während der letzten Wochen gezeichnet hatten. Ihre Freude wirkte ansteckend. Mehrmals ertappte sich der Ire dabei, wie er die Prinzessin ganz entgegen seiner Art mit einem breiten Grinsen ansah.

»Wisst Ihr, dass Ihr beobachtet werdet?«, fragte eine Stimme, die Breandán zuerst nicht einordnen konnte. Doch dann spürte er, wie sich sein Magen zusammenkrampfte. Nérac! Erschrocken fuhr er herum und fand sich dem gutaussehenden Franzosen mit dem Federschmuck im Haar gegenüber. Ein Lächeln spielte über Néracs sonst so ernste Züge.

»Ihr habt mich die ganze Zeit über nicht bemerkt, Monsieur?«, spottete er. »Das passt gar nicht zu Euch. Wie es scheint, seid Ihr zurzeit nicht ganz Ihr selbst.«

Zerknirscht musste Breandán eingestehen, dass Colberts Agent recht hatte. Sein Blick war zu sehr von der Prinzessin gefesselt. Statt ihre Umgebung im Auge zu behalten, hatte er nur sie angesehen.

»Was tut Ihr hier?«, fragte er ein wenig unfreundlich.

»Nur keine Sorge«, beschwichtigte der Franzose. »Ich habe keine Rache im Sinn. Obgleich Ihr mir einige recht ungemütliche Augenblicke in einem nach Verwesung stinkenden Massengrab beschert habt. Monsieur Colbert hat mir erklärt, dass der Richter tatsächlich vertrauenswürdig, wenn auch ein wenig leichtgläubig ist. Er ist auf den Übersetzer hereingefallen, der Euch den Brief rauben wollte. Übrigens, wisst Ihr inzwischen, wer ihn beauftragt hat?«

Breandán nickte. »Allerdings. Aber der englische König wird den Schuldigen leider ungestraft lassen.«

»So ist das nun einmal in der Welt der Diplomatie«, erwiderte Nérac in einem Ton, der verriet, dass er sich damit abgefunden hatte, ein Spielball der Großen zu sein.

»Nun sagt mir, wer mich Eurer Meinung nach beobachtet, Monsieur.«

»Seht dort hinüber.« Der Franzose wies mit den Augen unauffällig nach rechts.

Langsam ließ der Ire den Blick in die angegebene Richtung gleiten und entdeckte Hervé de Guernisac, der zu ihnen herübersah.

»Und weshalb sollte er an mir interessiert sein?«

»Weil er ein Auge auf Mademoiselle St. Clair geworfen hat. Sie sieht seiner Mutter ähnlich. Und er glaubt, dass sie unverheiratet ist.«

Stirnrunzelnd blickte Breandán den Franzosen an, dessen Adlerfeder vom Seewind hin- und hergerissen wurde. »Er glaubt?«

»Ich habe Euch und Mademoiselle St. Clair einige Male zusammen gesehen. Und obwohl Ihr es zu verbergen versucht, benehmt Ihr Euch wie ein Ehepaar. Ihr seid mit Sicherheit ihr Liebhaber«, erklärte Nérac ohne die geringste Spur von Spott, »aber ich persönlich glaube, dass Ihr mehr seid als das. Nehmt Euch in Acht. Der Marquis de Saint-Gondran ist nicht dumm. Er könnte dahinterkommen. Wie es aussieht, hat er schon einen Verdacht.«

»Und wenn schon!«

»Wenn mich nicht alles täuscht, wird Mademoiselle St. Clair mit dem Hof nach Dover kommen. Überlasst also die Sicherheit der Prinzessin mir und habt ein Auge auf Saint-Gondran.«

Breandán errötete schuldbewusst. »Woher wisst Ihr, dass Mademoiselle St. Clair seiner Mutter ähnlich sieht?«, fragte er, um von Henriette abzulenken.

»Man sagt, Mademoiselle de Keroualle sei Madame de Saint-Gondran wie aus dem Gesicht geschnitten, die wiederum eine auffällige Ähnlichkeit mit Mademoiselle St. Clair aufweist.«

»Und weshalb sollte das von Bedeutung sein?«

»Saint-Gondran vergöttert seine Mutter, obwohl er sie nie kennenlernte. Sie starb kurz nach seiner Geburt. Es war schwer für ihn, ohne sie aufzuwachsen.«
»Ihr meint, er sucht eine Frau nach ihrem Vorbild?«
»Vermutlich.«
»Danke für die Warnung.«

Am folgenden Morgen, als sich die Flotte der englischen Küste näherte, schien die Sonne von einem klaren blauen Himmel und ließ die weißen Klippen von Dover blendend hell aufleuchten. Den Regen und die tiefhängenden dunklen Wolken hatten sie hinter sich gelassen.
Ein Ruderboot, in dem vier hochgewachsene Männer saßen, näherte sich den Schiffen. Henriette-Anne, die schon bei Morgengrauen aufgestanden war, eilte zur Reling, sah hinab und winkte ihnen mit strahlender Miene zu. Während die Männer an Bord kletterten, trat Louise de Keroualle neben Breandán.
»Wer sind die vier, Monsieur?«, fragte sie neugierig. »Ist einer von ihnen der König von England?«
Der Ire nickte. »Seine Majestät ist der große dunkle Mann, der alle überragt, rechts daneben steht sein Bruder James. Der ältere Mann links neben ihm ist Prinz Rupert von der Pfalz, der jüngere ist der uneheliche Sohn Seiner Majestät, der Duke of Monmouth.«
»Eine beeindruckende Familie«, sagte die junge Bretonin und lächelte.
Überglücklich fiel Madame ihrem Bruder um den Hals. Dieser drückte sie kräftig, hob sie hoch, so dass ihre Füße über dem Boden schwebten, und wirbelte sie herum. Dann stellte er sie wieder auf die Beine, hielt sie auf Armlänge von sich und betrachtete sie liebevoll.

»Meine liebste Minette«, sagte Charles leise.
»Endlich sind wir wieder zusammen«, flüsterte Henriette, und ihre Stimme zitterte vor Freude. »Ich habe mich so lange danach gesehnt …«
James hatte geduldig gewartet, dass sich seine Schwester ihm zuwenden würde. Ihre Begrüßung verlief weniger überschwenglich, wenn auch ebenso herzlich.
Breandán, der das Wiedersehen bewegt beobachtete, spürte, wie sich sein Körper entspannte. Sein Auftrag war erledigt. Hier, im Kreise der ihren, bestand für die englische Prinzessin keine Gefahr mehr.

Kapitel 35

Mai 1670

»Wie geht es Eurer Tochter, Mylord?«, fragte Amoret interessiert.
Wie jedes Mal, wenn das Gespräch auf den neuen Zuwachs in seiner Familie kam, strahlte Sir Orlando über das ganze Gesicht. Beinahe wäre seine Tochter Arabella ein Weihnachtskind geworden. Sie war kurz nach zehn Uhr abends am vierundzwanzigsten Dezember zur Welt gekommen. Es war eine leichte Niederkunft, und Jane hatte sich schnell von den Strapazen erholt. Der Richter hatte Amoret gebeten, Arabellas Patin zu sein, und diese hatte geschmeichelt zugestimmt.
»Es geht ihr außerordentlich gut«, erwiderte Sir Orlando. »Jane betet sie an … und ich natürlich auch«, gab er zu.
Amoret musste lachen, als sie den Richter bei diesen Worten erröten sah. Ihr Blick streifte Jeremy, der sich vom Ruckeln der Kutsche wiegen ließ und sich an ihrem Gespräch nicht beteiligte. Nachdenklich sah er aus dem Fenster, vor dem die Felder und Wiesen von Middlesex vorbeizogen. Da es länger nicht geregnet hatte, waren die Landstraßen staubig, so dass sie die Kutschfenster geschlossen hielten.
»Was glaubt Ihr, weshalb Seine Majestät uns nach Dover eingeladen hat, mein Freund?«, fragte Sir Orlando, um Jeremy aus seiner Grübelei zu reißen.

Der Jesuit zuckte zusammen und wandte sich seinen Begleitern zu.
»Vermutlich befürchtet er, dass etwas oder jemand seine Pläne im letzten Moment durchkreuzen könnte«, antwortete Jeremy. »Sir William Fenwicks Mörder ist noch immer auf freiem Fuß, und der Brief, der gestohlen wurde, bleibt verschwunden. Offenbar glaubt der König, dass der Täter es darauf abgesehen hat, den Abschluss des Vertrages zu verhindern oder zumindest zu stören.«
»Wir müssen uns wohl geschmeichelt fühlen, dass wir zu den wenigen zählen, die überhaupt von den Verhandlungen zwischen England und Frankreich wissen«, sagte Sir Orlando zynisch. »Offenbar ist nicht einmal der Bruder des französischen Monarchen eingeweiht.«
»So ist es«, bestätigte Amoret. »Kein Wunder, dass er Madame die Reise nach England missgönnt. Er fühlt sich übergangen. Seine Gemahlin heimst den Ruhm ein, und er weiß nicht einmal, über was verhandelt wurde. Dabei würde Monsieur, solange der Dauphin noch nicht volljährig ist, als Louis' nächster Verwandter Regent, falls seinem Bruder etwas zustoßen sollte.«
»Unser König ist auch nicht besser«, spottete Sir Orlando. »Er enthält seinen Ministern wichtige Punkte des Vertrages vor. Ich bin nicht einmal sicher, ob Buckingham und Arlington über jede Einzelheit Bescheid wissen.«
»In dem Vertrag gibt es eine geheime Klausel, von der nur ein kleiner Kreis der Beteiligten weiß«, sagte Amoret. »Und ich habe das Gefühl, dass sie nichts mit dem Pakt gegen Holland zu tun hat. Dennoch ist sie von solch großer Bedeutung, dass Charles, Henriette und König Louis alles daransetzen, sie geheim zu halten.«
Jeremy, der ihren Worten schweigend gelauscht hatte, murmelte: »Ich frage mich ...« Doch er sprach seine Überle-

gung nicht aus. Amoret, die in seinem Gesicht forschte, hatte den Eindruck, dass ihm auf einmal ein Licht aufgegangen war. Aber sie hütete sich, seinen Gedankenfluss zu stören.

Nachdem sie die Grenze zur Grafschaft Kent hinter sich gelassen hatten, brach Jeremy sein Schweigen und blickte seine Mitreisenden mit einem wiedererwachten Feuer in den Augen an.

»Seit unserer Rückkehr aus Paris habe ich nicht mehr an den verschwundenen Brief gedacht«, gestand der Priester. »Unsere Nachforschungen waren festgefahren, und meine Überlegungen drehten sich im Kreis, so dass ich es für klüger erachtete, die ganze Sache eine Weile ruhen zu lassen. Nun glaube ich, dass die Lösung ganz einfach ist. Wenn ich bei unserem Aufenthalt in Frankreich meine Kräfte beisammengehabt hätte, wäre ich längst dahintergekommen. Ich habe etwas Entscheidendes übersehen.«

»Dann lasst uns die Fakten noch einmal durchgehen«, schlug Sir Orlando vor.

Amoret stimmte zu. »Bis Dover sind wir noch einige Stunden unterwegs. Wir haben also genug Zeit.«

»Ich würde vorschlagen, dass wir in der Herberge in Sittingbourne eine kurze Rast einlegen«, sagte Jeremy.

»Nun, der Wirt wird wohl nicht sehr begeistert sein, uns wiederzusehen«, meinte der Richter. »Nach all den Unannehmlichkeiten, die unsere Untersuchung ihm bereitet hat.«

»Wir werden ihn daran erinnern, dass das Wohl des Königreichs von seiner Zusammenarbeit abhängen könnte«, erwiderte Jeremy. »Also, am Anfang steht das mysteriöse Verschwinden Sir William Fenwicks, eines treuen Anhängers der Monarchie, der der Krone seit vielen Jahren zuverlässig gedient hat.«

»Seine Majestät besteht darauf, dass Sir William vertrauenswürdig war und unmöglich zum Verräter geworden sein kann«, ergänzte Amoret.

»Gehen wir davon aus, der König hat recht«, nahm Jeremy den Faden wieder auf. »Sir William reiste also im Auftrag Seiner Majestät nach Frankreich, überbrachte einen Brief an Madame und erhielt zwei Tage später ein Antwortschreiben. So weit hat es Ihre Hoheit bestätigt. Von Madame de Hoeve wissen wir, dass Sir William am fünfundzwanzigsten Oktober ihre Herberge in Saint-Germain-des-Prés verließ und nach England zurückreiste.«

»Was ist mit dem Mann, den der holländische Stallbursche an jenem Tag vor der Herberge herumlungern sah?«, ließ Amoret einfließen.

»Nun, wir wissen nicht, ob ein Zusammenhang zwischen dem Fremden und Sir William bestand«, gab Jeremy zu bedenken. »Er könnte auch nur zufällig dort gewesen sein. Aber, ehrlich gesagt, ich mag nicht so recht daran glauben. Jan wurde ermordet, weil er den Mann gesehen hatte und ihn wiedererkannt hätte, da bin ich sicher.«

»Aber wie hätte der Unbekannte wissen können, dass Ihr mit dem Burschen gesprochen habt?«, warf Sir Orlando ein.

»Das hat mich auch beschäftigt«, gestand der Jesuit. »Vielleicht erinnerte er sich an sein Gespräch mit dem Reitknecht, als er von unseren Nachforschungen erfuhr, und hielt es für sicherer, ihn zum Schweigen zu bringen. Oder …« Jeremys Stirn legte sich in tiefe Falten. »Oder er hat ihn gesehen …«

Fasziniert beobachteten Amoret und Sir Orlando das Gesicht des Priesters, hinter dessen Stirn die Gedanken arbeiteten wie fleißige Bienen. Mit funkelnden Augen blickte Jeremy die junge Frau an. »Wie bedauerlich, dass Mistress Ridgeway uns nicht begleiten konnte, Mylady.«

Überrascht über den abrupten Themenwechsel, zögerte Amoret einen Moment, bevor sie antwortete: »Ich habe Armande nicht gefragt. Sie hat mit ihrem Leben in Frankreich abgeschlossen und will sicherlich niemanden vom Hof wiedersehen. Sie und Alan sind glücklich in trauter Zweisamkeit.«

»Natürlich, wie dumm von mir«, sagte Jeremy. »Als ich sie das letzte Mal aufsuchte, kündigte Alan an, er werde sich nun endlich um einen neuen Gesellen bemühen, damit er mehr Zeit mit seiner Frau verbringen kann.« Er presste angespannt die Lippen zusammen. »Es gibt da etwas Wichtiges, das ich Mistress Ridgeway fragen muss. Ist es möglich, einen Eurer Diener mit einer Nachricht nach London zurückzuschicken?«

»Sicher. Wenn wir in Sittingbourne sind, lasse ich William auf einem der Begleitpferde zurückreiten.«

Der Wirt der Herberge verzog tatsächlich sein Gesicht, als er die Ankömmlinge erkannte. Während sich Amoret und Sir Orlando im Schankraum zum Mittagsmahl niederließen, nahm Jeremy Dailey zur Seite und sprach auf ihn ein.

»Habt Ihr erfahren, was Ihr wissen wolltet?«, fragte der Richter, als der Priester an ihren Tisch kam.

»Ja, Mylord. Es ist alles geregelt«, erwiderte Jeremy, gab jedoch keine weitere Erklärung ab.

»Wollt Ihr uns nicht sagen, was Ihr mit Mr. Dailey besprochen habt?«, hakte Amoret ungeduldig nach.

»Bitte habt ein wenig Geduld mit mir, Mylady«, entgegnete der Jesuit zurückhaltend. »Ich werde Euch später alles erklären. Gehen wir doch die weiteren Geschehnisse durch«, schlug er vor und blickte seine Begleiter auffordernd an.

»Da ist noch der Mord an Madame de Mayenne«, ergänzte Amoret.

»Mademoiselle de Montpensier sagte doch, dass Sir William vor zwanzig Jahren Madame de Mayenne verführt habe. Sie kannte ihn also sehr gut«, erklärte Jeremy nachdenklich.

»Leider war sie zu verwirrt, um uns weiterhelfen zu können«, beteuerte die junge Frau.

»Ihr glaubt also nicht, dass sie Sir William tatsächlich an jenem Tag in Saint-Germain gesehen hat?«

»Wir waren uns doch einig, dass Fenwick unmöglich ein Verräter gewesen sein kann. Aus welchem Grund sollte er also seinen Tod vorgetäuscht haben?«

»Ihr habt recht, mir fällt auch keine andere Erklärung ein«, gab Jeremy zu. »Madame de Mayenne hat also entweder einen Geist gesehen, oder sie hat sich geirrt.«

»Ihr meint, sie hat einen der anwesenden Höflinge mit Sir William verwechselt?«, warf Sir Orlando ein.

Jeremy schlug sich mit der Hand auf den Schenkel. »Es besteht wohl kein Zweifel daran, dass Madame de Mayenne etwas wunderlich war. Wie viele alte Menschen lebte sie in der Vergangenheit. Daher war es nicht überraschend für sie, Sir William zwischen den Gästen von Saint-Germain zu begegnen. Sie blendete den wahren Namen der Person, mit der sie sprach, einfach aus.«

»Aber weshalb …«, stammelte Amoret hilflos.

»Weil der Unbekannte Sir William Fenwick ähnlich sieht. Das erklärt auch, weshalb es niemandem auffiel, als er mit Fenwick den Platz in der Postkutsche tauschte. Der Mörder zog Sir Williams Kleider an und sorgte dafür, dass sein Gesicht im Schatten der Hutkrempe blieb. Aber wenn zwischen beiden Männern nicht eine gewisse Ähnlichkeit im Körperbau, der Haltung, der Form des Kopfes bestanden hätte, wäre niemand auf den Tausch hereingefallen. Nur seine Stimme hätte ihn verraten, deshalb sprach er während der letzten Etappe mit niemandem.«

»Sein Akzent hätte ihn als Franzosen entlarvt«, folgerte Sir Orlando. »Wir suchen also einen Franzosen, der Sir William ähnelt. Wie bringt uns das weiter? Keiner von uns hat ihn gekannt.«

»Ja, leider«, gestand Amoret. »Wenn die Königinmutter noch leben würde … Vielleicht sollte ich versuchen, mit Madame zu sprechen. Sie kannte Sir William, seit sie ein Kind war. Sie könnte sich an eine Einzelheit erinnern, die uns weiterhilft.«

Für den Rest der Reise hing jeder seinen Gedanken nach. Amoret sah, dass sich Jeremy auf die Lösung des Rätsels konzentrierte, und musste lächeln. Der Jesuit war wieder ganz der Alte. Zärtlich beobachtete sie ihn und bemerkte den Glanz seiner Augen, den gesunden rosigen Hauch auf seinen Wangen, das leichte Lächeln auf seinen Lippen. Auch sein glattes dunkelbraunes Haar, das ihm immer wieder in die Stirn fiel und das er unbewusst hinter die Ohren zurückstrich, war wieder seidig und glänzend. Er hatte seine Gesundheit zurückerlangt, ebenso wie seine Geisteskraft.

Amoret dachte an Breandán, den sie nun seit über einem Monat nicht mehr gesehen hatte. Eifersucht auf die Prinzessin, der er so viel Zuneigung entgegenbrachte, wallte in ihr auf und zog ihre Kehle zusammen. Wann immer während der letzten Monate das Gespräch auf Henriette gekommen war, hatten sie und ihr Gemahl sich gestritten. Auch wenn Amoret Madame bedauerte, weil sie in einer unglücklichen Ehe gefangen war, konnte sie die Schuld nicht allein Monsieur zuweisen. Philippe war schwach, das gab sie zu. Aber wenn Henriette ihm mehr Rückhalt geboten hätte, anstatt ihm ständig zu demonstrieren, dass sie bei Hof beliebter war als er, hätte er vielleicht nicht bei einem Blutsauger wie dem Chevalier de Lorraine Trost gesucht.

Amoret sehnte sich danach, Breandán wiederzusehen und jegliche Unstimmigkeiten, die zwischen ihnen bestanden, auszuräumen. Die Furcht, dass sie erfolglos sein könnte, war größer als die, in Dover auf einen gefährlichen Mörder zu treffen.

Kapitel 36

Dover platzte aus allen Nähten. Der kleine Fischerort war denkbar ungeeignet, um das Gefolge des Königs von England und zusätzlich das eines Mitglieds der französischen Königsfamilie aufzunehmen.
Selbst die umliegenden Cottages waren requiriert worden, um die Gäste unterzubringen, während Prinzessin Henriette und ihre Hofdamen in der Burg Quartier bezogen hatten.
Als sie durch die engen Gassen Dovers fuhren, fragte sich Amoret, wo sie wohl die Nacht verbringen sollten, und entschied, zuerst den König aufzusuchen. Die Kutsche rollte über das steinerne Pflaster in den Burghof. Neugierige Blicke der Umstehenden empfingen die Ankömmlinge und folgten ihnen, bis sie im Inneren der Festung verschwanden. Amoret sprach einen Offizier der Garde an, der ihnen entgegenkam, und fragte nach Seiner Majestät. Der Soldat wies ihr den Weg zu einem kleinen Saal, in den sich der König zur Beratung zurückgezogen hatte.
»Ist Ihre Majestät, die Königin, schon eingetroffen?«, erkundigte sich Amoret.
»Nein, Mylady, sie wird erst in einigen Tagen erwartet.«
Als Amoret in Jeremys und Sir Orlandos Begleitung vor dem bezeichneten Saal eintraf, war die Sitzung gerade beendet. Mit

zufriedener Miene trat der französische Gesandte Charles Colbert, Marquis de Croissy, als Erster durch die Tür. Er trug ein zusammengerolltes Dokument in der Hand. Ihm folgte Baron Arlington, Sir Thomas Clifford, ein Mitglied des Kronrats, der ebenfalls ein Pergament trug, und ein Höfling, den Jeremy nicht kannte.

»Wisst Ihr, wer der Mann an der Seite von Sir Thomas Clifford ist, Madam?«, flüsterte Jeremy Amoret zu.

»Sein Name ist Sir Richard Bellings«, wisperte sie zurück.

»Sein Französisch ist exzellent. Ich vermute, er hat ein Schriftstück in französischer Sprache aufgesetzt.«

»Verstehe.« Jeremy dachte einen Moment nach. »Ist Sir Richard Bellings zufällig katholisch?«

»Ja, ich glaube schon. Weshalb fragt Ihr?«, antwortete Amoret verwundert.

»Das erkläre ich Euch später«, entgegnete Jeremy geheimnisvoll.

In diesem Moment trat der König aus dem Saal. Er war in eine angeregte Unterhaltung mit seiner Schwester vertieft. Henriette strahlte eine tiefe Zufriedenheit aus wie jemand, der sein Lebenswerk vollbracht hatte. Für Jeremy bestand kein Zweifel, dass hinter dieser Tür gerade der Vertrag von Dover unterzeichnet worden war. Als Charles die Ankömmlinge bemerkte, blieb er stehen.

»Wie gut, dass Ihr da seid, Mylady, Mylord, Doktor«, begrüßte er sie.

Amoret machte einen Hofknicks, und Sir Orlando und Jeremy verbeugten sich.

»Ich habe eine Unterkunft für Euch bereitstellen lassen«, sagte Charles. »Wie Ihr vielleicht gesehen habt, ist es nicht leicht gewesen. Das Gefolge meiner Schwester versicherte mir jedoch, dass die Unterbringung hier im Dorf bescheiden, aber

viel bequemer ist als das, was sie in Flandern ertragen mussten.«
»Vielen Dank, Euer Majestät«, erwiderte Amoret. Dann wandte sie sich an Henriette, die neben ihrem Bruder verharrte. »Euer Hoheit, könnt Ihr mir sagen, wo sich Mr. Mac Mathúna aufhält?«
»Ihr habt Glück. Da kommt er gerade«, antwortete die Prinzessin, und ihre Augen begannen zu strahlen.
Amoret drehte sich um und sah ihren Gemahl auf sie zueilen. Als Breandán Madames Blick begegnete, erwiderte er ihr Lächeln mit einer Herzlichkeit, die Amoret einen Stich versetzte. Jeremy, der die kurze Szene beobachtet hatte, drückte sanft ihren Arm, und als sie sich ihm zuwandte, gab er ihr mit einem beschwichtigenden Blick zu verstehen, dass sie sich die Vertrautheit zwischen ihrem Gatten und Henriette nicht so zu Herzen nehmen sollte. Amoret war ihm dankbar für die tröstende Geste, doch sie fühlte sich so elend, dass sie sich dem Jesuiten am liebsten an den Hals geworfen und sich an seiner Schulter ausgeweint hätte.
»Mylady«, grüßte Breandán sie und verbeugte sich. »Darf ich Euch zu Eurer Unterkunft geleiten? Und Euch, Doktor, Mylord.«
Während sie an seiner Seite zum Burghof ging, betrachtete sie ihn eindringlich. Er wirkte müde, übernächtigt. Die Reise durch Flandern musste anstrengend und ungemütlich gewesen sein. Sie versuchte sich vorzustellen, wie er neben der königlichen Karosse hergeritten war, stets in Henriettes Nähe. Hatte er abends für sie gesungen? Hatten sie hin und wieder Gelegenheit gehabt, ein paar Worte miteinander zu wechseln? Eigentlich undenkbar, auf so engem Raum mit Höflingen, Dienern und Soldaten ... vielleicht während der Nacht? Die Prinzessin war bekannt dafür, dass sie wenig schlief.

Um sich von ihren beunruhigenden Gedanken abzulenken, sagte Amoret: »Ich habe dir Leipreachán mitgebracht. Er sehnte sich nach seinem Herrn.«
Ihre Worte klangen vorwurfsvoller als beabsichtigt. Amoret biss sich auf die Lippen. Sie ärgerte sich, dass sie sich nicht besser unter Kontrolle hatte. Doch Breandán schien ihren Ton nicht bemerkt zu haben. Er strahlte über das ganze Gesicht.
»Das ist wunderbar. Ich kann dir nicht sagen, wie sehr ich ihn vermisst habe.«
Im Hof wartete Amorets Kutsche. Einer ihrer berittenen Diener hatte den Rapphengst am Halfter mitgeführt. Als das Pferd die Stimme seines Herrn hörte, riss es den Kopf hoch, spitzte die Ohren und wieherte zur Begrüßung. Breandán hastete die wenigen Stufen in den Burghof hinab zu seinem Rappen und rieb ihm ausgiebig Nase, Stirn und Hals, während Leipreachán den Kopf immer wieder an seinen lang vermissten Herrn schmiegte.
»Welch ein herrliches Tier!«, rief der König, der mit Henriette ebenfalls nach draußen getreten war. »Ein wundervolles Temperament, schräge Schultern, eine breite Brust, lange, gerade Beine. Ist er schnell, Euer Hengst, Mr. Mac Mathúna?«
»Das will ich meinen, Euer Majestät«, versicherte Breandán stolz.
»Da König Louis meiner Schwester gestattet hat, noch zwei Wochen länger zu bleiben, werden wir einige Festlichkeiten veranstalten, darunter auch ein Pferderennen auf den Klippen. Ihr seid herzlich eingeladen, mit Eurem Hengst daran teilzunehmen, Sir.«
»Das Angebot nehme ich gern an«, erwiderte der Ire.
Während Amoret, Jeremy und Sir Orlando die Kutsche bestiegen, schwang sich Breandán auf den bloßen Rücken seines

Rappen und ritt ihnen voraus. Vor einem kleinen Cottage am Rande des Fischerdorfs hielten sie an.

»Ich fürchte, die Kutsche werden wir in der Burg unterstellen müssen«, erklärte er.

Das Cottage bestand aus zwei Kammern. Jeremy und Sir Orlando würden sich ein Bett teilen müssen. Nachdem die Diener ihr Gepäck abgeladen hatten, schickte Amoret sie mit der Kutsche zur Burg zurück. Breandán behielt nur Leipreachán bei sich, der hinter dem Haus grasen konnte.

»Was mag mit der armen Fischerfamilie geschehen sein, der das Cottage gehört?«, fragte Jeremy betroffen.

»Man wird sie irgendwo auf den Downs in Zelten untergebracht haben«, erwiderte Amoret beschwichtigend. »Es ist doch nur für zwei Wochen.«

»Glaubt Ihr, man zahlt ihnen eine Entschädigung?«

»Das bezweifle ich. Die Staatskasse ist nach wie vor leer.«

»Vielleicht ändert sich das nun, nachdem der Geheimvertrag unterzeichnet ist«, erwiderte Jeremy hintergründig.

Amoret wollte den Priester gerade fragen, was er damit meinte, als Breandán hereinkam. Beunruhigt durch ihre Beobachtungen bei der Ankunft, bat sie ihn, von der Reise durch Flandern zu erzählen. Als der Ire in seinem Bericht zur Überfahrt über den Ärmelkanal kam, blickte er Sir Orlando vielsagend an.

»Ich fürchte, Ihr müsst Euch auf ein Wiedersehen mit François Nérac einstellen, Mylord.«

»Er ist hier?«, fragte der Richter erstaunt.

»Ja, er beschützt die Prinzessin. Aber er hat mir versichert, dass Colbert mit ihm gesprochen und ihm klargemacht hat, dass Ihr kein Verräter seid.«

»Wie beruhigend«, murmelte Sir Orlando sarkastisch.

Am folgenden Morgen kam eine Nachricht von Charles, in der er Amoret einlud, ihn und Madame auf sein Segelschiff zu begleiten. Drei Kriegsschiffe eskortierten sie. Ihr Anblick erinnerte Amoret an den Grund für Henriettes Besuch. In dem Vertrag, deren Unterhändlerin sie war, erklärte sich Charles bereit, König Louis bei einem Angriff auf die Vereinigten Provinzen zu unterstützen. Die Einzelheiten der Einigung zwischen den beiden Monarchen kannte sie nicht. Sie ahnte jedoch, dass bei diesem Handel für Charles ein gehöriger Batzen Geld herausspringen musste. Das französische Gold wiederum würde ihn unabhängiger vom Parlament machen, das ihm nie ausreichend Geld bewilligte und zudem ständig versuchte, seine königliche Macht zu beschneiden.

Eine Weile beobachtete Amoret Charles und Henriette, die schwatzend und lachend auf dem Deck hin und her spazierten. Ohne die geringste Furcht folgte die zarte Prinzessin ihrem Bruder bis an die Reling und beugte sich unter den bewundernden Blicken der Matrosen sogar darüber, um das Schäumen des Wassers zu betrachten. Sie segelten an den Kriegsschiffen vorbei. Charles machte Madame auf einige besondere Einzelheiten aufmerksam, die sie auszeichneten, und beschrieb ihr das Vorgehen der Flotte in einer Seeschlacht.

Als sich Henriette entfernte, um sich von Mademoiselle de Keroualle, die nicht seefest war, einen Schal zu holen, trat Amoret an die Seite des Königs und fragte: »Wann wird denn der Krieg, den Ihr mit Louis ausgehandelt habt, erklärt, Euer Majestät?« In Ihrer Stimme lag ein leicht herausfordernder Ton.

Charles lächelte. Er sah sie nicht an, sondern blickte aufs Meer hinaus. »Es wurde kein bestimmter Zeitpunkt festgesetzt«, antwortete er.

Amorets Augen weiteten sich erstaunt. »Und Louis hat dem zugestimmt? Wie habt Ihr ihn davon überzeugt?«

Ein seltsamer Ausdruck huschte über Charles' Züge. Wieder fragte sich die junge Frau, was er ihr verschwieg.

»Die Hauptsache an meiner Einigung mit dem französischen König ist, dass England die Herrschaft über die See behält«, antwortete er schließlich. »König Louis' Streitkräfte werden zu Land gegen die Holländer vorgehen, die englische und französische Flotte aus achtzig Kriegs- und zwanzig Brandschiffen wird dem Befehl Seiner Hoheit, des Duke of York, unterstehen. Unsere Flotte ist es, die unser Land eines Tages zur Größe verhelfen wird. Aus diesem Grund sind die Holländer unsere schlimmsten Rivalen, nicht Frankreich, wie so viele unserer Landsleute denken.«

Amoret ahnte, dass er recht behalten würde. Als Henriette, einen wärmenden Schal um die schmalen Schultern, zu ihrem Bruder zurückkehrte, nutzte Amoret die Gelegenheit, die Prinzessin auf Sir William Fenwick anzusprechen.

»Die Grande Mademoiselle deutete an, dass Sir William ein unverbesserlicher Frauenheld gewesen sei und dass er damals am französischen Hof nicht davor zurückschreckte, auch verheiratete Damen zu umwerben«, begann sie. »Ich hatte die Absicht, Ihre Majestät, Eure Mutter – Gott hab sie selig – zu fragen, ob sie sich an Einzelheiten erinnerte, doch leider kam ich zu spät. Ich weiß, Ihr wart damals noch sehr jung, Euer Hoheit, aber könnt Ihr Euch vielleicht daran erinnern, ob es jemanden gab, der Grund hatte, Sir William etwas nachzutragen?«

»Demnach glaubt Ihr nicht, dass er des Briefes wegen ermordet wurde, den er bei sich trug?«, fragte die Prinzessin verwundert.

»Die Möglichkeit besteht durchaus, Euer Hoheit. Aber sofern Sir William umgebracht wurde, um das Schreiben zu stehlen, hätte der Mörder es an die Holländer weitergeleitet.

Monsieur Colbert hat mir jedoch versichert, dass er in dem Fall durch seine Spione davon erfahren hätte. Die Holländer haben allem Anschein nach keinerlei Verdacht geschöpft, dass Seine Majestät mit König Louis in Verhandlungen steht.«
»Verstehe. Nun, lasst mich überlegen …«
Henriette senkte den Blick und runzelte nachdenklich die Stirn. Der starke Seewind riss an den feinen Löckchen, die ihrem am Hinterkopf festgesteckten Haarputz entschlüpften. Die salzige Feuchtigkeit, die er mit sich trug, legte einen Film über Madames helle, fast durchscheinend wirkende Haut und kaschierte ein wenig die Schatten, die um ihre Augen lagen. Am vergangenen Abend hatte Jeremy Breandán darauf angesprochen, wie krank die Prinzessin aussah, und der Ire hatte nach einigem Zögern eingestanden, dass sie während der Reise durch Flandern kaum in der Lage gewesen war, etwas anderes als ein wenig Milch zu sich zu nehmen. Die Anstrengung und die Strapazen hatten sie alle sehr mitgenommen. Jeremy hatte keine weitere Bemerkung zu Henriettes Gesundheitszustand gemacht, doch es war ihm anzusehen, dass er ihm Sorge bereitete. Als Amoret Bruder und Schwester an Deck des Seglers beobachtete, gewann sie den Eindruck, dass die Prinzessin sich in den wenigen Tagen seit ihrer Ankunft in Dover bereits wieder deutlich erholt hatte. Doch nun, als sie ihr unmittelbar gegenüberstand, sah sie, dass ihre entspannte Miene und ihr strahlendes Lächeln lediglich über die Zerbrechlichkeit der jungen Frau hinwegtäuschten. Ihr seidiges kastanienbraunes Haar wirkte ausgebleicht von der Sonne und dem Seewind, und ihre blauen Augen waren matt, gezeichnet von einer tiefen inneren Erschöpfung.
Die Kerbe zwischen Madames Brauen glättete sich, als ihr ein Gedanke kam. »Ich erinnere mich dunkel an einen Skandal, in den Sir William Fenwick verwickelt war«, sagte sie vage. »Das

muss so etwa 1648 oder '49 gewesen sein, während der Fronde. Ich hörte in späteren Jahren die Diener im Palast von Saint-Germain hinter vorgehaltener Hand darüber schwatzen. Sir William hatte sich damals in den Kopf gesetzt, eine gewisse Dame zu erobern, deren Schönheit ihn um den Verstand brachte. Da sie verheiratet war, erwehrte sie sich seiner Avancen. Er verfolgte sie wie der Jagdhund das Wild. Eines Tages soll sie ihm dann jedoch nachgegeben haben. Manche sagen, er habe die Geduld verloren und sie mit Gewalt genommen. Daraufhin forderte der gehörnte Gatte Sir William zum Duell. Doch gegen einen erfahrenen Söldner wie Fenwick hatte er keine Chance.«
»Sir William hat ihn getötet?«, fragte Amoret betroffen.
»Nein, der Edelmann trug eine Verletzung davon, welcher Art, weiß ich nicht«, antwortete Henriette. »Aber er überlebte und zog sich daraufhin vom Hofleben zurück.«
»Wisst Ihr den Namen des Edelmannes, Euer Hoheit?«, fragte Amoret gespannt.
Henriette legte die Stirn in Falten und schüttelte langsam den Kopf. »Leider nicht. Wie gesagt, ich hörte nur durch das Gerede der Diener davon. Duelle waren verboten. Man sprach nicht offen darüber.«
Nachdenklich strich sich Amoret über das Kinn. Auf den Lippen schmeckte sie das Salz der See.
»Mein Beichtvater ist zu dem Schluss gekommen, dass der Mörder Sir William Fenwick ähnlich sieht und daher unbemerkt seinen Platz in der Postkutsche von Dover einnehmen konnte. Wenn diese Ähnlichkeit nun kein Zufall ist, wenn er …«
»Sir Williams Sohn ist …«, ergänzte der König mit stockender Stimme.
»Ja, Euer Majestät. Der Sohn jener Dame, der er sich damals aufdrängte.«

Kapitel 37

Mai 1670

Henriette-Anne sah zum prachtvollen Dachstuhl auf, der sich wie ein mit Engeln bevölkerter Himmel über ihr erhob. Zwei Reihen elegant gezimmerter Hammerbalken stießen senkrecht in die Halle hinab. Sie trugen weite Bogen, die sich im Dachfirst trafen. Geschnitzte Engel breiteten ihre Flügel aus und sahen auf die Menschen herunter, die sich an der Tafel im Saal der Abtei von Sankt Augustin versammelt hatten.

Am Tag nach der Ankunft der Königin und eines Großteils des Hofes hatte Charles alle nach Canterbury eingeladen, um dort eine Aufführung von Thomas Shadwells »Die schwermütigen Liebenden« zu sehen. Das Stück basierte auf Molières »Die Lästigen«. Der Dichter hatte es eigens zu Ehren von Madame verfasst. Danach machten sich einige der jüngeren Höflinge und Damen einen Spaß daraus, um einen Maibaum zu tanzen.

Unter der Hammerbalkendecke des Saals der Abtei wurde schließlich ein üppiges Bankett aufgetragen. Henriette, die, obgleich sie sich besser fühlte, nach wie vor nur wenig zu sich nahm, aß wie ein Vögelchen und lenkte sich damit ab, die Gesichter der Tafelnden zu betrachten. Ihr Bruder Charles war in den Anblick der schönen Louise de Keroualle versunken und lächelte ihr immer wieder zu. Die Bretonin erwiderte das

Lächeln für einen winzigen Moment, bevor sie errötend den Blick senkte. Sie war ein kluges Mädchen und würde es bei Hofe noch weit bringen. Die ebenso schöne Lady St. Clair wirkte in sich gekehrt und etwas wehmütig, obgleich ihr Tischnachbar, der Marquis de Saint-Gondran, sich bemühte, sie in ein Gespräch zu verwickeln. Die Prinzessin ahnte, was ihr auf der Seele lag, und sie wusste, dass sie nicht ganz unschuldig an der Bekümmerung ihrer ehemaligen Ehrenjungfer war. Wie tief Lady St. Clairs Gefühle für den gutaussehenden Iren sein mussten! Henriette verspürte einen Anflug von Eifersucht. Ihr würde die Liebe für immer versagt bleiben. Sie war mit einem Mann verheiratet, der sie hasste.
Auf einmal sah sie den Blick der Königin auf sich gerichtet und bemühte sich, Katharinas Lächeln zu erwidern. Die kleine, unscheinbare Portugiesin, die den Gemahl, den sie verehrte, mit so vielen Mätressen teilen musste, hatte trotz allem nichts von ihrer Fröhlichkeit und Begeisterungsfähigkeit verloren. Wie ein Kind hatte sie sich auf den Ausflug nach Canterbury gefreut. Henriette hatte sie vom ersten Moment an ins Herz geschlossen. Aber es gab noch mehr wohlwollende und bewundernde Blicke zu erwidern. Der Duke of Buckingham machte ihr wie bei ihrem ersten Besuch vor neun Jahren erneut den Hof, und Charles' Sohn, der Duke of Monmouth, umwarb sie mit seinem jugendlichen, ein wenig leichtsinnigen Charme. Er war bereits für seine vielen Liebschaften berüchtigt.
Während sie die Gesichter um sich herum betrachtete, erinnerte sich Madame an das Gespräch mit Lady St. Clair an Deck des königlichen Seglers. Falls Sir William Fenwicks Mörder tatsächlich dessen Sohn war und ihm ähnlich sah, dann war Henriette vielleicht die Einzige, die ihn entlarven konnte. Im vorgerückten Alter hatte sich der sittenlose und

gefährliche Lebenswandel in Sir Williams Zügen niedergeschlagen. Zu viel Bier- und Weingenuss hatte Tränensäcke unter seinen Augen entstehen und an Nase und Wangen die Äderchen unter der Haut platzen lassen, während seine Erfahrungen als Spitzel die Falten des Zynismus um seine Mundwinkel geschnitten hatten. In ihrer Vorstellung versuchte Henriette, diese Veränderungen auszublenden und den Höfling so vor sich zu sehen, wie er als Zwanzigjähriger ausgesehen haben mochte. Doch es fiel ihr schwer. Der Dachstuhl aus dunkler Eiche verlieh dem Saal etwas Düsteres, und obwohl man Kerzen in hohen schmiedeeisernen Kandelabern entzündet hatte, verzerrten die zuckenden Lichter und Schatten die Züge und ließen sie fremd und maskenhaft erscheinen. Henriette überlief ein Schauer. War es möglich, dass sich in ihrem Gefolge ein Mörder verbarg, dessen Gesicht sie Tag für Tag vor sich sah, ohne es zu erkennen?

»Das Dorf wirkt so verlassen«, bemerkte Armande stirnrunzelnd, während die Postkutsche durch die schmalen Gassen fuhr.
Alan beugte sich ein wenig aus dem Fenster. »Das ist allerdings merkwürdig. Wo sind sie nur alle?«
An der Poststation stiegen die Eheleute und einige andere Reisende aus. Hilflos sahen sich Alan und Armande um. Da schlenderten einige Diener in fremder Livree vorbei und schwatzten in französischer Sprache miteinander. Armande hielt sie an.
»Wisst Ihr, wo sich der Hof und das Gefolge der Duchesse d'Orléans aufhalten, Messieurs?«
»Sie sind da oben auf den Hügeln, Madame«, erklärte einer der Franzosen und wies mit der Hand zu den Downs, auf denen sich tatsächlich eine Menschenmenge tummelte.

»Findet da oben ein Fest statt?«, fragte Alan verwundert.
»Nein, ein Pferderennen«, erwiderte der Diener achselzuckend, als könne er nicht verstehen, was alle Welt daran so begeisterte.
Armande dankte den Franzosen, und gemeinsam erstiegen sie und der Wundarzt die leichte Anhöhe. Von oben hatte man einen wundervollen Ausblick über den Ärmelkanal, dessen kaum bewegte Wasseroberfläche in der Sonne funkelte. Das Wetter war so klar, dass man die französische Küste auf der anderen Seite erkennen konnte. Höflinge in prächtigen Gewändern, geschmückt mit Seidenbändern und Spitzen, die sich im leichten Seewind bauschten, liefen umher oder standen in Gruppen zusammen, um Wetten abzuschließen. Einige von ihnen hatten offenbar den Anstieg auf die Felsküste gescheut und sich von ihren Kutschen hinauffahren lassen, denn am Rande der Menschenansammlung waren mehrere Fahrzeuge abgestellt.
Aufmerksam blickten sich Alan und Armande auf der Suche nach einem bekannten Gesicht um. Im Gewühl entdeckten sie König Charles und Prinzessin Henriette, die offensichtlich mit einigen anderen Höflingen Wetten abschlossen. Nahe der Steilküste wurden gesattelte Pferde von ihren Reitern herumgeführt, um sie aufzuwärmen. Alan machte seine Frau auf einen großen Rapphengst aufmerksam, der leichtfüßig neben seinem Besitzer hertänzelte.
»Das ist Leipreachán. Breandán führt ihn am Zügel.«
»Aber wo sind die anderen?«, fragte Armande. Auf einmal sah sie jemanden winken. »Ah, da ist Dr. Fauconer!«
Kurz darauf hatte der Jesuit die Ankömmlinge erreicht und zog sie von den anderen fort.
»Wie gut, dass Ihr kommen konntet, Madam«, sagte er zu der Auvergnerin. »Hat William Euch erklärt, was ich wissen will?«

»Ja, und ich habe mich während der vergangenen Tage zu erinnern versucht, was ich damals gesehen habe«, antwortete Armande. Als sie den erwartungsvollen Blick des Priesters auf sich gerichtet sah, fuhr sie zögernd fort: »An dem Tag, als der Stallknecht Euch aufsuchte, verließ ich kurz nach ihm das Haus. Ich war so aufgewühlt, dass ich die Kutsche nicht gleich bemerkte, die die Straße hinunterraste. Beinahe hätte sie mich gestreift. Und je länger ich darüber nachgrübele, desto sicherer bin ich, dass die Karosse wenige Augenblicke vorher gewendet hatte.«
»Es ist also möglich, dass der Insasse Jan erkannte und daraufhin seinen Kutscher wenden ließ«, mutmaßte Jeremy befriedigt. »Nun denkt nach. Trug das Gefährt ein Wappen?«
»Ich glaube, ich habe aus den Augenwinkeln ein Wappen gesehen«, bestätigte Armande. »Aber ich könnte beim besten Willen nicht sagen, was es darstellte. Tut mir leid, Doktor«, fügte sie geknickt hinzu.
Jeremy ließ sich seine Enttäuschung nicht anmerken. »Da kann man nichts machen. Zum Glück habe ich mehr als ein Eisen im Feuer.«
Seine Augen leuchteten auf, als er einen wohlbeleibten Mann bemerkte, der keuchend die Anhöhe erklomm und mit gereizter Miene auf sie zukam.
»Ah, da seid Ihr ja, Dr. Fauconer«, brummte Dailey missmutig. »Ich weiß wirklich nicht, weshalb ich diese Unannehmlichkeiten auf mich nehme. In meiner Herberge geht während meiner Abwesenheit alles drunter und drüber.«
»Ich entschuldige mich aufrichtig für den Verdruss, den ich Euch bereite, Mr. Dailey«, sagte Jeremy. »Aber ich versichere Euch, dass ich auf Eure Hilfe angewiesen bin. Seht Ihr den hochgewachsenen Mann dort bei den Pferden? Das ist Seine Majestät, der König.«

»Der lange dunkle Bursche da?«, fragte der Herbergswirt erstaunt. »Na, schön ist er nicht gerade, aber stattlich.«
»Seine Majestät wird Euch für Eure Hilfe sehr dankbar sein«, erläuterte Jeremy. »Der Mörder, den wir suchen, ist ein Feind Englands.«
»Verstehe«, sagte Dailey und nickte. Dann rieb er sich unternehmungslustig die Hände. »Also gut. Was soll ich tun?«

»Ich wünsche Euch viel Glück, mein lieber Bruder«, sagte Henriette mit einem schelmischen Lächeln, das sie mehr denn je wie ein kleiner Kobold aussehen ließ.
Charles nahm die Zügel seines Pferdes von dem Stallknecht entgegen, der es herumgeführt hatte, und bedachte seine Schwester mit einem strengen Blick.
»Den Sieg wünscht Ihr jedoch einem anderen, gebt es zu.«
Die Prinzessin antwortete nicht und vermied es, in Richtung des gutaussehenden Iren zu blicken, der soeben seinen Rappen bestiegen hatte.
»Er hat das bessere Pferd«, sagte sie schließlich schulterzuckend.
»Wir werden sehen, wer der bessere Reiter ist«, erwiderte der König herausfordernd.
Henriette schenkte ihrem Bruder ein strahlendes Lächeln. Sie wusste, dass er ihr nicht böse sein konnte. Als er sich in den Sattel des kastanienbraunen Hengstes schwang, trat sie zwischen die anderen Zuschauer zurück. Sie suchte den Blick des Iren, um ihm zuversichtlich zuzunicken.
Breandán erwiderte ihr Lächeln. Doch es erstarb ihm auf den Lippen, als er Hervé de Guernisac auf sich zukommen sah. Er befand sich in Begleitung seiner Cousine Louise de Keroualle. Die schöne Bretonin trat an den Kopf seines Pferdes. Ihre Nähe irritierte Leipreachán. Breandán nahm die Zügel

fester, um ihn daran zu hindern, nach der jungen Frau zu schnappen.
»Kommt nicht so nah heran, Madame«, warnte er sie.
»Wie ich sehe, hat Euer Hengst Temperament«, sagte sie anerkennend, trat aber vorsichtshalber einen Schritt zurück. »Ich wünsche Euch viel Glück bei dem Rennen. Über welche Länge wird es gelaufen?«
»Zwei Meilen auf den Klippen entlang, dann denselben Weg zurück. Insgesamt über vier Meilen. Ihre Hoheit wird den Sieger ins Ziel winken.«
»Welch ein Triumph für Eure Herrin, falls Ihr den König von England schlagen solltet«, spekulierte Louise fröhlich. »Was kann sie mehr wollen ... Mätresse zweier Könige ... Mutter zweier königlicher Bastarde ... und ihr Diener besiegt auch noch einen dieser Könige im Pferderennen!«
Breandán erblasste schlagartig, als ihm die Bedeutung ihrer Worte klarwurde. Er sah ihr an, dass sie sie ohne Hintergedanken geäußert haben musste, in dem Glauben, dass er alles über Amoret wusste. Das leicht boshafte Lächeln auf dem Gesicht des Marquis de Saint-Gondran offenbarte jedoch eine gewisse Schadenfreude angesichts von Breandáns Unbehagen.
Die Teilnehmer des Rennens wurden an den Start gerufen, zu dem der Duke of Buckingham das Signal geben würde. In Breandán brodelte es, so dass er fast die Aufforderung überhörte, sich mit den anderen in einer Reihe aufzustellen. Flüchtig begegnete sein Blick dem seiner Frau, die in der Menge stand und ihm zulächelte. Der Ausdruck seines Gesichts ließ sie erbleichen. Fragend runzelte Amoret die Stirn, wollte ihm etwas zurufen. Da ließ Buckingham sein Schnupftuch sinken, und die Pferde schossen davon. Das Rennen hatte begonnen.

Leipreachán hatte sich, verunsichert durch die Wut seines Reiters, im Kreis gedreht, als die anderen losrasten, und kam als Letzter los. Breandán wurde sich seines kindischen Zorns bewusst und nahm sich zusammen. Nun galt es zunächst einmal, das Rennen zu gewinnen. Mit Amoret würde er sich später aussprechen. Da nur ein Dutzend Pferde teilnahmen, hatte man darauf verzichtet, mehrere Ausscheidungsdurchläufe abzuhalten, in denen sich die Pferde für das Endrennen qualifizierten, wie es gemeinhin üblich war. So waren die Tiere noch alle frisch und legten ein schnelles Tempo vor.
Breandán hatte sich die gegnerischen Pferde zuvor genau angesehen, während ihre Besitzer ihnen ein rohes Ei oder in Wein eingeweichtes Brot zu fressen gaben, um ihre Tiere zu stärken. Der Ire war zu dem Schluss gekommen, dass nur der Hengst des Königs ihm wirklich gefährlich werden konnte. Springtime war schwerer als Leipreachán, besaß aber viel Stehvermögen, was sich bei einem so langen Rennen auswirken würde. Charles war beim Start gut losgekommen und lag vor dem Pulk an dritter Stelle. Zwei kleine flinke Stuten, ein Schimmel und eine Rotbraune, hatten die Führung übernommen. Mit donnernden Hufen galoppierten die Pferde auf den weißen Klippen an der Küste entlang. Zu ihrer Linken fielen die Kreidefelsen steil zum Meer ab, das unbarmherzig an ihnen nagte. Seemöwen segelten schreiend über sie hinweg. Breandán, der seinem Hengst die Zügel freigab, hatte jedoch nur Augen für die Gegner vor ihm, die eng zusammengedrängt dahinschossen. Sobald sich eine Lücke öffnen würde, wollte der Ire sein Pferd hindurchlenken. Er brauchte nicht lange zu warten. Unter den Reitern waren auch einige Bauern der Umgebung, die ihre Arbeitspferde ritten. Diese hielten sich tapfer, konnten jedoch nicht lange mithalten. Mühelos zog der Rappe mit langen, raumgreifenden Sprüngen an ihnen

vorbei. Das Feld vor ihm begann sich auseinanderzuziehen. Leipreachán überholte einige der langsameren Tiere. Der mit Gras bewachsene Untergrund flog unter seinen Hufen dahin. Mit Genuss fühlte Breandán die kraftvollen Bewegungen der geschmeidigen Muskeln zwischen den Beinen. Sie befanden sich nun kurz vor dem Wendepunkt. Vier Pferde liefen auf einer Höhe vor ihm, und der Ire musste seinen Hengst gefährlich nahe an den Klippen entlanglenken, um an ihnen vorbeizukommen. Die Kurve nahm er sehr eng. Nun galoppierten nur noch drei Pferde vor ihm. Die Schimmelstute, die mehr Durchhaltevermögen zeigte als erwartet, ein kräftiger Schwarzbrauner, der von dem Duke of Monmouth geritten wurde, und der König auf Springtime.

Um Leipreachán eine kurze Pause zu gönnen, nahm Breandán die Zügel kürzer. Doch der Rappe kämpfte darum, seinen Kopf freizubekommen. Der Ire ließ ihm schließlich seinen Willen. Der Wendepunkt hatte in einer Senke gelegen. Nun mussten sie den Anstieg bewältigen, der zum Ziel führte. Die Stute war ermüdet und fiel zurück. Leipreachán überholte sie mit einigen gewaltigen Sätzen. Doch der Schwarzbraune und Springtime zeigten keine Anzeichen von Erschöpfung. Sie waren ausdauernde Steher.

Leipreachán lief mit aller Kraft. Sein Fell war schweißbedeckt. Breandán legte die Hand auf den nassgeschwitzten Hals des Rappen, um ihn anzutreiben. In der Ferne waren bereits die Zuschauer zu erkennen, die die Reiter mit lautem Geschrei anfeuerten.

Vor sich sah Breandán Springtimes gewaltige Schenkel, die sich in mächtigen Sätzen hoben und senkten. Charles trieb sein Pferd an, um Monmouth zu überholen, der allmählich zurückfiel. Breandán lenkte seinen Rappen ein wenig nach links, damit er freie Bahn hatte, und gab ihm den Kopf frei.

Willig streckte sich der Hengst und stürmte voran. Seine Hufe berührten kaum mehr den Boden, während er sich allmählich auf die Höhe von Charles' Steigbügeln heranschob. Da bemerkte der König seinen Gegner und begann zu reiten wie der Teufel. Springtime gab sein Letztes, und Leipreachán musste sich anstrengen, um weiter aufzuholen.
Einige der Zuschauer saßen zu Pferd und ließen nun ihre Reittiere in Galopp fallen, um neben den Rennern herzureiten. Die meisten konnten das Tempo nicht lange halten und fielen schon bald zurück. Doch eines der Pferde kam Leipreachán gefährlich nahe. Als Breandán den Blick zur Seite wandte, erkannte er den Marquis de Saint-Gondran. Für einen Moment kochte erneut Wut in dem Iren hoch, und in einem Reflex nahm er die Zügel kürzer. Unwillig schüttelte der Rappe den Kopf. Das brachte Breandán wieder zur Besinnung. Er richtete den Blick geradeaus und legte seinem Hengst erneut die Hand auf den Hals. Das Ziel war nun so nah, dass Breandán die zierliche Gestalt von Prinzessin Henriette in der Menge sehen konnte. Der Ire forderte seinen Rappen auf, alles zu geben, und Leipreachán enttäuschte ihn nicht. Er und Springtime rasten in gestrecktem Galopp nebeneinander her. Dann schob sich der schwarze Hengst mit mächtigen Sprüngen vor das Pferd des Königs. Mit einer Halslänge Vorsprung schoss Leipreachán an Henriette vorbei.
Strahlend sah die Prinzessin zu, wie Breandán seinen Hengst unter dem Jubel der Menge ausgaloppieren ließ, ihn schließlich wendete und zu ihr zurückkehrte. Noch zu Pferde gratulierte ihm der König. Amüsiert beobachtete Madame die beiden. Ihr Bruder war ein guter Verlierer.
Henriettes Blick wanderte über die Gesichter der Zuschauer. Einige ließen sich zufrieden ihren Gewinn auszahlen, andere offenbarten Missmut, weil sie auf das falsche Pferd gesetzt

hatten. Der Marquis de Saint-Gondran sah besonders verärgert aus. Er war abgestiegen und zog sich die Perücke vom Kopf, um seine verschwitzte Stirn mit einem Schnupftuch zu trocknen. Die Prinzessin betrachtete ihn nachdenklich. Ohne die mächtige schwarze Lockenperücke, mit seinem eigenen kurzgeschnittenen Haar, sah Guernisac ganz anders aus. Sein Gesicht wirkte jugendlicher, aber das war es nicht, was Madame stutzen ließ. Der Schnitt seiner Züge, der Ausdruck der Augen und des Mundes erinnerten sie an jemanden … und dann wurde es ihr schlagartig klar! Er sah Sir William Fenwick ähnlich … Hervé de Guernisac, der Marquis de Saint-Gondran, war Fenwicks Sohn!
Der Bretone spürte ihren Blick auf sich ruhen und wandte sich in ihre Richtung. Über seine Züge huschte ein Ausdruck des Erschreckens, denn ihr Gesicht verriet ihm, dass sie ihn erkannt hatte. Dann flammte ein boshaftes Leuchten in seinen schwarzen Augen auf. Abrupt wandte er sich ab.
Henriettes Herz setzte einen Schlag aus und hämmerte dann umso schneller in ihrer Brust. Aufgeregt stürzte sie auf ihren Bruder und Breandán zu.

Kapitel 38

Voller Stolz, aber auch ein bisschen wehmütig, ließ sich Amoret von George Villiers ihren Gewinn auszahlen. Der wütende Blick, den Breandán ihr vor dem Rennen zugeworfen hatte, war ihr tief unter die Haut gegangen. Was hatte ihn so sehr verärgert? Kurz zuvor hatte Amoret ihn mit dem Marquis de Saint-Gondran und Mademoiselle de Kerouaille sprechen sehen. Was hatten sie zu ihm gesagt? Wenn sie ihm gegenüber das Kind erwähnt hatten, das sie damals am französischen Hof von Louis empfangen hatte, war sein Zorn verständlich.

Auf einmal spürte Amoret, wie jemand ganz nah von hinten an sie herantrat. Sie wandte den Kopf zur Seite, um zu sehen, wer es war. Da legte sich plötzlich eine Hand wie ein Schraubstock um ihr Handgelenk und drehte es auf ihren Rücken. Zwischen der Schnürung ihres Kleides fühlte sie die Berührung einer scharfen metallischen Spitze auf der Haut.

»Was soll das?«, rief sie entrüstet.

»Still, sonst seid Ihr tot!«, zischte Guernisac.

»Was wollt Ihr?«, fragte sie zitternd.

»Ich brauche eine Geisel.«

Er drehte ihr den Arm noch heftiger um, dass sie vor Schmerz stöhnte, und zog sie mit sich. In diesem Moment entdeckte Amoret Jeremy, der auf sie zukam. Der Wirt aus Sittingbourne an seiner Seite hob anklagend die Hand und deutete auf Guernisac.

»Das ist der Mann! Der Franzose, der an jenem Tag in meiner Herberge war.«

Auf Jeremys Zügen spiegelte sich Entsetzen, als er Amoret in Saint-Gondrans Gewalt sah. Rasch stürzte er davon, um Hilfe zu holen.

»Was, zum Teufel, geht da vor?«, murmelte Sir Orlando, als er Zeuge wurde, wie der Bretone Amoret mit sich zerrte.

Saint-Gondran zog die junge Frau mit gezücktem Messer zu einer der abgestellten Kutschen, die am Rande der Rennstrecke standen. Der Diener, der sie bewachte, wich erschrocken zurück, als er den Dolch in der Hand des Franzosen sah. Entschlossen riss Guernisac den Wagenschlag auf und stieß Amoret hinein. Als sie sich gegen ihn zu wehren versuchte, drehte er den Dolch um und schlug ihr mit dem Knauf so brutal in den Nacken, dass sie das Bewusstsein verlor. Blitzschnell wirbelte er herum, zog seine Pistole aus dem Gürtel und richtete sie auf den Diener, der sich von hinten auf ihn hatte stürzen wollen. Der Lakai blieb stehen und hob abwehrend die Hände. Der Wagenschlag fiel zu, und Saint-Gondran schwang sich geschmeidig auf den Bock, nahm die Zügel und ließ sie auf den Rücken der Kutschpferde knallen. Gleichzeitig schwang er die Peitsche und trieb die Tiere zu größter Eile an.

Sir Orlando, der, so schnell ihn seine Beine trugen, die Anhöhe hinaufgeeilt war, rannte mit aller Kraft hinter der Kutsche her, erreichte sie jedoch nicht mehr. Keuchend blickte er sich nach Hilfe um. Da sah er auf einmal François Nérac auf eine zweite Kutsche zulaufen. Ohne viel Federlesen stieß er den Kutscher zur Seite und schwang sich auf den Sitz. Das Vierer-

gespann setzte sich in Bewegung. Zu Sir Orlandos Überraschung zügelte der Franzose die Pferde jedoch neben ihm.
»Los! Steigt auf. Wir müssen hinterher«, rief er auf Englisch. Ohne Zögern zog sich Sir Orlando neben Nérac auf den Bock, und das Gefährt raste los.

»Aus dem Weg«, schrie Breandán.
Als die Leute nicht gleich seiner Aufforderung folgten, ließ er Leipreachán steigen. Erschrocken und fluchend wichen die Höflinge den wirbelnden Hufen des Rappen aus.
Nachdem Prinzessin Henriette ihren Bruder und den Iren darüber in Kenntnis gesetzt hatte, dass der Marquis de Saint-Gondran Sir William Fenwicks Sohn sein musste, hatten die Männer nach dem Bretonen Ausschau gehalten. Von weitem waren sie Zeuge geworden, wie Guernisac mit Amoret auf die Kutschen zugeeilt war. Sofort hatte Breandán sein schweißnasses Pferd angetrieben, doch die schaulustige Menge, die sie umgab, machte ihm nur widerwillig Platz. In seinem Rücken hörte Breandán den König nach seiner Garde rufen.
Willig fiel Leipreachán in Galopp und erklomm die leichte Anhöhe, auf der die Fahrzeuge abgestellt waren. Zu seinem Erstaunen sah Breandán, wie François Nérac sich auf den Bock einer der Kutschen schwang und Sir Orlando sich zu ihm gesellte. Die beiden nahmen die Verfolgung auf, vereint gegen den gemeinsamen Feind.
Obgleich Leipreacháns Galopp so raumgreifend wie immer schien, waren seine Sprünge doch nicht mehr so mühelos wie während des Rennens. Trotzdem holte er auf. Sein Wille, die Verfolgten einzuholen, war ungebrochen.
Mit donnernden Hufen galoppierten die Pferde über die weißen Klippen, die sich scheinbar endlos vor ihnen erstreckten. Doch der Schein trog. Breandán wusste, dass sich besonders

nahe dem Steilhang unvermutet Abstürze auftun konnten. Geriet eine der Karossen in einen solchen Spalt, waren die Insassen verloren!

Plötzlich flog ein Schwarm Dreizehenmöwen, aufgescheucht durch das Rumpeln der Kutschen, von den Klippen auf, und die Zugpferde des voranfahrenden Gefährts scheuten. Die Karosse geriet ins Schlingern. Breandán spürte sein Herz aussetzen, als sie umzustürzen drohte. Doch es gelang dem Marquis de Saint-Gondran, sie im letzten Moment gerade auszurichten. Die Kutsche gewann wieder an Fahrt, doch mittlerweile hatten Nérac und Sir Orlando aufgeholt.

Breandán forderte Leipreachán zu noch größerer Schnelligkeit auf. Die mächtigen Muskeln des Rappen streckten sich, und Sprung für Sprung schob er sich näher an die zweite Karosse heran. Die beiden Männer auf dem Bock wandten die Köpfe und trieben ihn stumm an, während Leipreachán an ihnen vorbeizog. Die Nase des Hengstes näherte sich den Hinterrädern von Guernisacs Kutsche. Da rief Breandán aus vollem Hals Amorets Namen. Nichts tat sich. Wieder und wieder schrie er laut: »Amoret! Wo bist du? Amoret!«

Aus dem Augenwinkel sah er, dass sein Auftauchen bemerkt worden war. Mehrmals wandte sich Hervé de Guernisac zu ihm um. Als der schwarze Hengst auf die Höhe des Wagenschlags vorrückte, lenkte der Bretone die Kutsche ein wenig nach links, um den Verfolger abzudrängen, doch dadurch geriet er zu nahe an die Klippen und musste wieder nach rechts schwenken.

Was hatte dieser Irre vor? Glaubte er wirklich, mit Amoret entkommen zu können? Breandán duckte sich tiefer über den Hals seines Rappen. Wieder holten sie auf, rückten Yard für Yard neben dem Kutschkasten vor.

»Amoret!«, schrie der Ire. »Amoret.«

Diesmal regte sich etwas im Innern der Karosse. Ein Schatten zwischen den roten Samtvorhängen hinter dem Glasfenster ... dann erschien auf einmal ein bleiches Gesicht hinter der Scheibe.
»Amoret!«
Die junge Frau griff sich an den schmerzenden Nacken und ließ das Fenster hinunterschnellen.
»Breandán.«
»Nimm meine Hand.«
Entsetzt schüttelte Amoret den Kopf. Sie sollte zu ihm aufs Pferd springen, während die Kutsche dahinraste? Das war unmöglich.
»Komm. Ich fange dich auf.«
»Nein. Wir würden stürzen.«
Eine Bodenunebenheit warf sie gegen den Wagenschlag, der unter der Wucht des Aufpralls nachgab und aufsprang. Verzweifelt klammerte sich Amoret an die Tür, als die Karosse nach rechts schlingerte und die Fliehkraft sie aus dem Kutschkasten zu katapultieren drohte.
Heilige Mutter Gottes, ich würde mir das Genick brechen!, durchfuhr es sie.
Breandán lenkte Leipreachán neben den Wagenschlag und packte die Schulter seiner Frau. Für einen Moment zögerte er, ob er es wagen konnte, sie zu sich aufs Pferd zu ziehen, doch dann sah er ein, dass sie recht hatte. Sie würde es nicht schaffen.
Aus dem Augenwinkel bemerkte der Ire Saint-Gondran, der sich wagemutig auf dem Bock aufgerichtet hatte und mit seiner Steinschlosspistole auf ihn zielte. Breandán dachte jedoch nicht daran, seinen Hengst zu zügeln. Guernisac hatte nur einen Schuss. Die kostbare Kugel würde er sich bis zum bitteren Ende aufbewahren.

Energisch stieß der Ire Amoret ins Innere der Kutsche zurück. Sie landete in den Kissen der hinteren Bank. Nun blieb Breandán keine andere Wahl, als die Kutsche anzuhalten.
Mit weiten Sprüngen galoppierte Leipreachán neben dem dahinrasenden Gefährt her. Da inzwischen auch die Zugpferde Ermüdung zeigten, würde es dem Hengst mit Sicherheit gelingen, längsseits zu ziehen. Doch in diesem Fall würde der Bretone sicherlich nicht zögern, seine Pistole zu gebrauchen. Er musste also auf anderem Wege an Saint-Gondran herankommen. Entschlossen zog er die Füße aus den Steigbügeln und lenkte seinen Rappen so nah wie möglich seitlich an die Kutsche heran. Sein Blick begegnete dem Amorets, die begriff, was er vorhatte. Dann packte er die noch immer offene Tür und stieß sich vom Sattel ab. Amoret umfasste seine Taille, um ihn zu stützen, während sich Breandán auf das Dach der Kutsche hinaufzog.
»Er ist verrückt!«, stieß Sir Orlando hervor.
Vom Bock ihrer Karosse hatten er und Nérac das waghalsige Manöver des Iren voller Sorge beobachtet. Sie fuhren nur wenige Yards hinter der Kutsche des Fliehenden.
Der Franzose antwortete nicht. Stattdessen reichte er dem Richter die Zügel.
»Könnt Ihr eine Kutsche lenken, Monsieur?«, fragte er.
Ohne Zögern nahm Sir Orlando die Zügel aus Néracs Hand.
»Als Halbwüchsiger habe ich es vom Kutscher meiner Familie gelernt. Was habt Ihr vor?«
»Ihm helfen, bevor er sich eine Kugel einfängt«, war die zynische Antwort.
Geschmeidig wie eine Katze kletterte der Franzose auf die Deichsel hinab und balancierte mit halsbrecherischer Eile bis zu den Leitpferden vor. Dann wandte er sich um und schrie:
»Bringt mich näher heran!«

Sir Orlando ergriff die Peitsche und ließ sie mehrmals knallen. Die Pferde legten sich kräftig ins Geschirr. Langsam gewannen sie an Boden.
Mit dem Bauch flach auf dem Kutschdach, die Hände um die Verzierungen an ihrem Rand gekrallt, schob sich der Ire zu Saint-Gondran vor. Der Fahrtwind riss an seinen Haaren, und die schlechte Federung schüttelte ihn gehörig durch. Guernisac, dem Breandáns Manöver nicht entgangen war, sah sich erschrocken nach ihm um. Dann wich seine Überraschung einem Ausdruck grimmiger Entschlossenheit. In dem Vertrauen, dass die Pferde selbst ihren Weg finden würden, ließ er die Zügel fahren, wandte sich zu Breandán um und richtete den Lauf seiner Steinschlosspistole auf den Iren. In seinem Blick glomm ein boshafter Funke.
»Wenn ich sie nicht haben kann, sollt Ihr sie auch nicht haben.«
Breandán sah, wie sich der Zeigefinger des Bretonen um den Abzugshahn spannte, wie der Hammer mit dem Feuerstein nach unten sprang und das Pulver funkenstiebend explodierte. Der Knall, der folgte, hallte schmerzhaft in seinen Ohren wider, viel lauter als ein einzelner Schuss. Unwillkürlich schloss der Ire die Augen, und seine Muskeln verkrampften sich. Doch da war kein Stoß, kein Schmerz, nur ein heißes Zischen knapp über seinem linken Ohr. Erstaunt riss Breandán die Augen auf. Der Marquis war verschwunden. Verwirrt wandte er den Kopf und erblickte die Kutsche, die neben ihm herraste. Auf dem rechten Vorderpferd saß François Nérac und ließ seine noch rauchende Pistole sinken. Ein amüsierter Ausdruck huschte über sein Gesicht.
»Träumt nicht, Monsieur. Haltet lieber die führerlose Kutsche an!«

Umrahmt von seiner Garde, traf der König am Schauplatz ein. Nachdem sich Sir Orlando und Nérac davon überzeugt hatten, dass es Breandán gelang, die durchgehenden Pferde anzuhalten, hatte der Richter die Kutsche zu der Stelle zurückgelenkt, an der Hervé de Guernisac gestürzt war. Nérac sprang vom Vorderpferd und beugte sich über ihn. Wie durch ein Wunder lebte er noch. Die Kugel, die Colberts Agent auf ihn abgefeuert hatte, war ihm seitlich in die Brust gedrungen und hatte die Lunge durchbohrt. Blutiger Schaum quoll aus seinem Mund, als er stöhnend nach Luft rang. Es gelang ihm nicht, sich aufzusetzen. Sein linker Arm war beim Aufprall auf den Boden zertrümmert.
Nérac richtete Saint-Gondrans Oberkörper auf und presste seine Halsbinde auf die Wunde in der Brust, aus der ebenfalls Blutblasen austraten.
»Könnt Ihr sprechen?«, fragte Nérac.
Der König und Sir Orlando waren neben den Verwundeten getreten.
»Habt Ihr Sir William Fenwick getötet?«, fragte Charles, da er sah, dass dem Marquis nicht mehr viel Zeit blieb.
Saint-Gondrans blutverschmiertes Gesicht verzerrte sich vor Schmerz und Zorn.
»Er hat meine Mutter vergewaltigt ...«, stieß er hervor. Seine Zähne knirschten aufeinander. »Der Marquis konnte die Schande nicht ertragen und sprach kein Wort mehr mit ihr, bis sie sich aus Kummer umbrachte. Das war kurz nach meiner Geburt.«
»Ihr wusstet also, was Fenwick Eurer Mutter angetan hatte?«, fragte der König. Er hatte sich neben den Verwundeten gehockt und half Nérac, seinen Oberkörper zu stützen.
Guernisac rang röchelnd nach Luft, als ein dunkler Schwall Blut aus seinem Mund quoll.

»Der Marquis, den ich für meinen Vater hielt, erzählte es mir auf dem Sterbebett ... vor zwei Jahren.«
»Und da habt Ihr Euch entschieden, Rache zu üben.«
Saint-Gondrans Lider flatterten.
»Ihr habt Sir William Fenwick in Paris vor der Herberge aufgelauert, in der er gewöhnlich abstieg«, ergänzte Sir Orlando. »Ihr seid ihm nach England gefolgt und habt ihn in der Herberge in Sittingbourne konfrontiert ...«
»Ja ... ich erschlug ihn auf dem Abort ... nachdem ich ihm gesagt hatte, wer ich bin ...« Saint-Gondrans Augen weiteten sich wie im Triumph. »Das Entsetzen in seinem Gesicht ... er wandte sich um, wollte fliehen ... er starb mit Todesangst im Herzen ...«
Die Stimme des Marquis wurde schwächer. Seine Haut erbleichte, und seine Züge wurden schlaff, während die Augen in die Höhlen sanken. Charles beugte sich tiefer über ihn.
»Der Brief ... wo ist der Brief, den Fenwick bei sich hatte? Weshalb habt Ihr ihn genommen?«
Der Blick des Sterbenden wanderte ziellos umher. »Er war in seinem Wams ... ich fand ihn erst später ...«
»Wo ist er?«, drängte nun auch Nérac.
»In meinem Kabinett ...« Saint-Gondrans Augen verklärten sich, und ein schwaches Lächeln spielte um seine blutleeren Lippen. »Maman ...«, hauchte er auf Bretonisch, »vergib mir ...«
Verwundert wandten sich die Männer um und sahen Amoret hinter ihnen stehen.

Kapitel 39

Juni 1670

Der frische Seewind bauschte die Segel, und das Schiff gewann an Fahrt. Schwermütig blickte Henriette-Anne zur englischen Küste zurück. Die weißen Klippen von Dover leuchteten im Licht der Morgensonne wie gleißendes Silber.
»Versprecht mir, dass Ihr mich bald wieder besucht, Minette«, bat ihr Bruder, der neben ihr an der Reling stand.
»Ihr wisst sehr wohl, dass mein Gemahl das nicht zulassen wird«, sagte sie hart und schüttelte abwehrend den Kopf. »Ich will jetzt nicht daran denken. Die letzten Wochen waren so glücklich. Ich wünschte, ich könnte die Zeit zurückdrehen.«
Bekümmert wandte sich die Prinzessin ab. Sie ahnte, dass sie die weißen Klippen nie wiedersehen würde. Ihr Blick fiel auf den jungen Iren, dessen langes schwarzbraunes Haar vom Wind gepeitscht in seine Augen wehte. Er hatte darauf bestanden, Henriette nach Paris zurückzugeleiten, obwohl sie sich unter dem wachsamen Auge von Colberts Agenten absolut sicher fühlte. Allerdings hatte Nérac nach ihrer Ankunft in Frankreich einen wichtigen Auftrag zu erfüllen. Er würde auf dem schnellsten Weg nach Saint-Gondran reisen und den Brief der Prinzessin sicherstellen, bevor die Dienerschaft vom Tod ihres Herrn erfuhr und möglicherweise dessen Besitz plünderte.

Breandán sah Henriettes blaue Augen auf sich gerichtet und lächelte. Sie hatte seiner Bitte, sie nach Hause eskortieren zu dürfen, entsprochen, doch er sah ihr an, dass sie nicht verstand, weshalb er nicht in den Dienst seiner Herrin Lady St. Clair zurückkehren wollte. Nachdem es dem Iren gelungen war, die Kutsche anzuhalten, war er voller Sorge um Amoret vom Bock gesprungen und hatte den Wagenschlag aufgerissen. Seine Erleichterung, sie unverletzt zu finden, hatte Tränen in seine Augen getrieben, und er hatte sie ohne Zögern in seine Arme gezogen. Doch dann war die Erinnerung an Louise de Keroualles Bemerkung zurückgekehrt und hatte ihm tief ins Herz geschnitten. Später, als sie in das kleine Cottage am Rande des Dorfes zurückgekehrt waren, hatte er sie damit konfrontiert. Amoret hatte zugegeben, während ihrer Liebschaft mit König Louis damals in Fontainebleau ein Kind empfangen zu haben. Aber sie hatte es durch eine Fehlgeburt verloren. Ihre Erklärung hatte Breandáns Zorn und Eifersucht jedoch nicht besänftigen können. Es gelang ihm nicht mehr, auch nur einen klaren Gedanken zu fassen. Er fühlte sich hintergangen, betrogen von ihr und all den anderen, die davon gewusst – und geschwiegen hatten. Wütend hatte er das Cottage verlassen und war die ganze Nacht über die Klippen und den Strand geirrt. Am Morgen hatte er dann Prinzessin Henriette aufgesucht und sie gebeten, ihn in ihr Gefolge aufzunehmen. Er brauchte Abstand zu seiner Frau, Zeit für sich allein, Ruhe zum Nachdenken, um sich über seine Gefühle klarzuwerden.
Breandán schrak aus seiner Grübelei auf, als Madame neben ihm auftauchte.
»Singt für uns, Monsieur«, bat sie. »Aber keine traurigen Lieder. Wir wollen feiern und fröhlich sein.«
Ein Page reichte ihm eine Gitarre. Breandán begann ein schlüpfriges Lied aus einem Theaterstück zu singen, und die

englischen Höflinge, die es kannten, stimmten mit ein. Der König, sein Bruder James, Prinz Rupert, die Hofdamen und Herren in Samt und Seide tanzten an Deck zu den einfachen Rhythmen.

Die Küste Frankreichs, ebenso weiß wie diejenige auf der anderen Seite des Ärmelkanals, rückte erbarmungslos näher. Der letzte Akkord verklang, entschwebte in der milden, salzigen Seeluft. Der Moment des Abschieds war gekommen.

»Wartet«, rief Henriette ihrem Bruder zu, auf einmal nervös und unglücklich. »Bevor Ihr geht, möchte ich Euch ein kleines Geschenk überreichen. Ihr wart so großzügig zu mir, dass ich mich revanchieren muss.«

Beschämt wollte Charles ablehnen, doch Madame bestand darauf, ihre Ehrenjungfer Louise de Keroualle zu sich zu rufen. Die junge Frau hielt ein Schmuckkästchen in den zarten Händen und präsentierte es mit züchtig gesenktem Blick dem König. Charles schenkte den funkelnden Juwelen keine Beachtung. Er sah nur die schöne Bretonin mit ihrer makellos weißen Haut, ihren langen dunklen Wimpern, die ihre rosigen Wangen beschatteten, dem vollkommen geschwungenen, sinnlichen Mund. Ihre fromme Zurückhaltung hatte etwas Verführerisches.

Einem Impuls folgend, nahm Charles Mademoiselle de Keroualles Hand und sagte: »Dies ist das einzige Juwel, das ich begehre, Minette. Bitte lasst sie am englischen Hof bleiben, als Ehrenjungfer der Königin.«

Überrascht hob die junge Bretonin ihre schwarzen Augen zum König, nur um sie sogleich wieder sittsam zu senken. Der rosige Hauch auf ihren Wangen vertiefte sich.

Überrumpelt suchte Henriette nach einer Ausflucht. Schließlich lachte sie und erklärte: »Ich habe Mademoiselle de Keroualles Eltern versprochen, sie unversehrt zu ihnen zurückzu-

bringen. Ihr müsst Euch mit einem anderen Schmuckstück begnügen, lieber Bruder.«
Verlegenes Lachen der Umstehenden begleitete die Szene. Charles gab sich geschlagen und wählte einen Ring mit einem funkelnden Rubin. Mit Tränen in den Augen blickte Henriette zu ihrem Bruder auf, der sie mit seiner stattlichen Größe weit überragte. Da fühlte auch er, wie der Schmerz des Abschieds seine Brust zusammenkrampfte. Wild riss er sie in seine Arme und presste sie so fest an sich, dass ihr die Luft wegblieb. Auch James und Rupert von der Pfalz umarmten die zarte englische Prinzessin.
Die drei Männer stiegen bereits in das Beiboot, das sie zu dem Segler übersetzen sollte, der sie eskortierte, als Charles sich umwandte, zu seiner Schwester zurückeilte und sie erneut in die Arme nahm.
»Ach, liebste Minette, ich werde dich vermissen.«
Widerwillig ließ er sie los, drehte sich zu seinen Begleitern um, die geduldig warteten, und kehrte doch wieder zu Henriette zurück. Als er sie ein drittes Mal umarmte, lachte sie, nahm sein dunkles Gesicht, das dem ihren so unähnlich war, zwischen ihre weißen Hände und küsste ihn auf die Wange.
»Macht es mir nicht noch schwerer«, sagte sie leise.
Schwermütig nickte er, dann stiegen auch ihm Tränen in die Augen. Ohne noch einmal zurückzuschauen, verließ er das Schiff. In der Ferne feuerten die französischen Kanonen den königlichen Salut für Madame.

Im Hafen von Dover wurden die Rückkehrer bereits vom Hof erwartet. Charles sah den flehenden Blick Amoret St. Clairs auf sich gerichtet, als er aus dem Beiboot auf den Kai trat. Mitleidig machte er ihr ein Zeichen, ein Stück mit ihm in

Richtung der Downs zu spazieren. Pater Blackshaw folgte ihnen in einigem Abstand.

»Hattet Ihr den Eindruck, dass Mr. Mac Mathúna beabsichtigt, längere Zeit in Madames Gefolge zu bleiben, Euer Majestät?«, fragte Amoret.

»Ich vermute, dass er meine Schwester nur nach Versailles geleiten wird, um den Auftrag, den ich ihm gab, zu erfüllen«, antwortete der König. »Ich habe ihm ihre Sicherheit anvertraut, aber nur für ihre Reise nach England. Ich bin davon überzeugt, er kommt bald zurück.« Seine dunklen Augen durchforschten ihr besorgtes Gesicht. »Hattet Ihr Streit, Mylady?«

Amoret seufzte schmerzlich. »Er hat erfahren, dass ich damals während meiner Liebschaft mit König Louis ein Kind empfing.«

Der Hauch eines Lächelns huschte über Charles' volle Lippen. »Eifersüchtig wie ein Spanier! Aber was kann er Euch schon vorwerfen? Das war vor seiner Zeit. Ich denke, er wird bald wieder zu Verstand kommen und nach Hause zurückkehren.«

Schweigend spazierten sie eine Weile nebeneinander her. Die Wellen des Ärmelkanals brachen sich am Kieselstrand unter ihnen. Ihr gleichmäßiges Rauschen wurde nur vom Kreischen der Seemöwen übertönt. Charles blieb stehen und blickte aufs Meer hinaus. Am Horizont war ein schmaler Streifen erkennbar, die französische Küste.

Jeremy holte die beiden ein. Als der König ihn bemerkte, wandte er sich dem Priester zu.

»Nun habt Ihr am Ende das Rätsel doch noch gelöst, Pater.«

»Nur durch einen Glücksfall, Euer Majestät«, erwiderte Jeremy bescheiden. »Wenn ich nicht in dem Wirt der Herberge einen Zeugen gehabt hätte und Eurer Schwester die Ähnlichkeit Saint-Gondrans mit Sir William Fenwick nicht aufgefallen wäre …«

»Dennoch bin ich Euch zu Dank verpflichtet«, bekräftigte Charles. »Ohne Euch wäre Sir Williams Leiche wahrscheinlich nie gefunden worden. Wir hätten ihn in einem holländischen Kerker vermutet.«

»Nun, wie sich herausstellte, waren die Holländer völlig ahnungslos, was Eure Verhandlungen mit Louis betraf. Ihr habt sie brillant getäuscht«, sagte Jeremy. Sein Blick hielt den des Königs fest, während er leise hinzufügte: »Ebenso wie die Protestanten unter Euren Ministern. Keiner von Ihnen ahnt etwas von dem Zugeständnis, das Ihr Louis gemacht habt.«

Charles' Augen weiteten sich erstaunt, doch er erwiderte nichts.

Verwundert blickte Amoret von einem zum anderen. Da erinnerte sie sich plötzlich, dass der Jesuit sie nach der Religion von Sir Richard Bellings, dem Übersetzer des Vertrages, gefragt hatte. Und sie begriff.

»Ihr habt Louis versichert, dass Ihr die Absicht habt, zum katholischen Glauben überzutreten, Euer Majestät?«, fragte sie verblüfft.

Jeremy antwortete anstelle des Königs. »Ich erinnere mich noch genau, was Ihr Pater Huddleston und mir damals im Haus von Thomas Whitgreave versprochen habt: dass Ihr dafür sorgen würdet, dass unter Eurer Regierung die Katholiken Englands ihre Religion frei ausüben können.«

Charles zögerte, dann nickte er. »Wie meine Geschwister bin auch ich der Überzeugung, dass nur der katholische Glaube zur Erlösung führt.«

»Aber fürchtet Ihr nicht, den Thron zu verlieren, wenn Ihr Eure Absicht öffentlich macht, Sire?«, fragte Amoret zweifelnd.

»Dieser Gefahr bin ich mir bewusst«, gestand der König. »Aus diesem Grund habe ich den Zeitpunkt für meinen Übertritt nicht festgelegt. Die Umstände in England müssen sich dazu erst einmal grundlegend ändern. Und nun entschuldigt mich, Mylady, Pater. Es müssen Vorkehrungen für die Rückkehr des Hofes nach Whitehall getroffen werden.«

Kapitel 40

Juni 1670

Der Mond tauchte den Garten von Saint-Cloud in ein unwirkliches Licht. Die Luft war warm und feucht. Unzählige Blüten und die reifen Erdbeeren verströmten ihren schweren, betörenden Duft.
Das süße Parfum ließ Breandán schwindeln. Sein Blick ruhte auf dem aufgehenden Mond, der die Baumwipfel weiß überstrahlte und die Seine in ein funkelndes Band verwandelte.
»Denkt Ihr nicht, es ist Zeit für Euch, nach Haus zu fahren, Monsieur?«, fragte eine sanfte Stimme in seinem Rücken.
Überrascht wandte sich Breandán um. Bleich im hellen Mondlicht, elfenhaft zierlich, stand Prinzessin Henriette vor ihm.
»Ich weiß nicht, was zwischen Euch und Mademoiselle St. Clair vorgefallen ist«, fuhr sie fort. »Aber ich sehe Euch an, dass Ihr unter der Trennung leidet. Ihr liebt sie.«
»Sie ist meine Gemahlin«, entschlüpfte es ihm, bevor er sich beherrschen konnte. »Und ja, ich liebe sie.«
»Überwindet Eure Eifersucht«, ermahnte sie ihn. »Denn das ist es doch, was Euch von zu Hause fernhält.« Er wollte etwas erwidern, aber sie hob abwehrend die Hand. »Ich weiß, es ist schwer, einer Frau zu verzeihen, die die Mätresse zweier Könige war. Aber das liegt in der Vergangenheit. Hat sie Euch

denn jemals daran zweifeln lassen, dass ihr Herz ganz Euch gehört?«
Beschämt senkte Breandán den Kopf. »Nein. Ihr habt recht. All das war vor meiner Zeit. Ich frage mich nur, was Amoret davon abhalten sollte, der Versuchung nachzugeben und … ich meine, was kann ich ihr schon bieten …«
»Weil Ihr nicht von Adel, nicht der Herrscher eines Königreichs seid?« Henriette lachte schmerzlich. »Mademoiselle St. Clair liebt Euch. Ich habe es in ihren Augen gesehen. Das wiegt alles andere auf. Hört auf, sie und Euch selbst zu quälen. Kehrt zu ihr zurück!« Mit strengem Blick sah sie ihn an. »Ich entlasse Euch hiermit aus meinem Dienst. Morgen werdet Ihr abreisen.«
»Aber, Euer Hoheit …«
»Ich bestehe darauf.« Plötzlich kam ihr ein Gedanke. »Ich werde außerdem dafür sorgen, dass Ihr Eure Ehe nicht länger geheim halten müsst.«
Das Rattern von Kutschrädern auf dem Kies der Auffahrt zum Schloss unterbrach sie.
»Das ist meine liebe Freundin Madame de Lafayette. Geht jetzt und packt Eure Sachen. Wir sehen uns morgen.«

Nachdenklich stand Breandán am Fenster der kleinen Gesindekammer, in der er untergebracht war, und blickte hinaus. Draußen flirrte die Luft in der sengenden Hitze. Am vergangenen Abend hatte er noch lange wach gelegen und sich die Worte der Prinzessin durch den Kopf gehen lassen. Sein Verstand sagte ihm, dass sie recht hatte. Insgeheim wünschte er sich nichts sehnlicher, als zu Amoret und seinem Sohn zurückzukehren. Nur sein verdammter verletzter Stolz hatte ihn bisher davon abgehalten. Er musste lernen zu verzeihen, seiner Frau und sich selbst. Die Einsicht erfüllte ihn geradezu mit Erleichterung. Er atmete tief ein. Das Gefühl der Beklemmung, das seine Brust in den letzten Wochen und Monaten umspannt hatte, war verschwunden. Sein Blick wanderte zu seinem Reisesack, der gepackt auf dem Bett lag. Auf einmal juckte es ihn in den Beinen, und er konnte es kaum erwarten aufzubrechen. Doch er konnte nicht gehen, ohne sich von Madame verabschiedet zu haben. Bisher hatte sich noch keine Gelegenheit dazu ergeben. Stets war Henriette umgeben von ihren Damen oder hielt sich in den Gemächern Monsieurs auf.

Seufzend wandte sich Breandán vom Fenster ab, warf sich den Reisesack über die Schulter und zog die Tür der Kammer hinter sich zu. Als er auf dem Weg zu den Ställen an einer offen stehenden Terrassentür vorbeikam, die in einen der Säle des Schlosses führte, hörte er Madame de Lafayettes besorgte Stimme: »Euer Hoheit, seht. Findet Ihr nicht auch, dass Madame sehr krank aussieht?«

Unwillkürlich blieb der Ire stehen und blickte durch die Terrassentür ins Innere. Auf dem Boden war ein Lager aus Kissen ausgebreitet. Henriette von England hatte sich darauf niedergelassen und den Kopf auf Madame de Lafayettes Schoß gebettet, die neben ihr saß. Eben beugte sich Philippe über seine Gemahlin und betrachtete sie schweigend. Breandán begriff sofort, was die beiden so beunruhigte. Das Gesicht der Prinzessin hatte sich im Schlaf verändert. Es wirkte ausgezehrt wie eine Totenmaske. Abrupt ließ er den Reisesack fallen und trat in den Salon. Erstaunte Blicke wandten sich ihm zu. Da erwachte Madame, und der seltsame Ausdruck verschwand von ihren Zügen. Als sie Breandán bemerkte, lächelte sie.

»Seid Ihr reisefertig, Monsieur?«

»Ja, Euer Hoheit«, erwiderte der Ire. »Ich war gerade auf dem Weg zum Stall.«

»Ihr reist nach England zurück?«, fragte Monsieur. »Das trifft sich gut. Ich habe einen Brief für Eure Herrin. Wartet einen Moment. Ich hole ihn.«
Henriette hatte sich auf einen Stuhl gesetzt. Ihr Blick ruhte auf Breandán. »Es ist gut, dass Ihr Euch entschieden habt abzureisen, Monsieur. Überbringt meinem Bruder liebe Grüße von mir. Und alles Gute für Euch.«
Breandán verbeugte sich.
»Ach, ich bin so durstig«, sagte Madame zu ihrer Kammerfrau Madame de Gamaches. »Würdet Ihr mir etwas von dem Zichorienwasser aus dem Kabinett bringen?«
Die Angesprochene machte einen Knicks und verschwand. Kurz darauf kehrte Philippe d'Orléans in Begleitung von Madame de Mecklenbourg zurück, die eben in Saint-Cloud eingetroffen war. Henriette begrüßte ihre alte Freundin überschwenglich. Als Monsieur Breandán den Brief an Amoret übergab, kehrte Madame de Gamaches mit einem silbernen Becher auf einem Tablett zurück. Die Prinzessin nahm den Becher und trank. Im nächsten Moment entglitt der Pokal ihren Händen und fiel scheppernd zu Boden. Henriette stieß einen Schmerzensschrei aus und griff sich an den Bauch. Erschrocken stürzten die Damen an ihre Seite, um sie zu stützen, denn ihre Beine drohten nachzugeben.
»Man hat mich vergiftet!«, stöhnte sie.

Der Raum lag im Halbdunkel. Eine Kerze brannte neben dem Ruhebett, und das zuckende Licht der flackernden Flamme warf gespenstische Schatten über das Gesicht der Prinzessin, die in den aufgehäuften Kissen fast verschwand. Ihr kastanienbraunes Haar breitete sich unordentlich über das weiße Leinen. Sie atmete angestrengt, erschöpft von den unerträglichen Schmerzen, die in ihren Eingeweiden wühlten.

Nahe der Tür brannte ein Bündel Kerzen in einem grossen Kandelaber. Ihr Licht erhellte die Gestalten der Anwesenden, die auf Zehenspitzen ein und aus gingen. Der König von Frankreich, die Königin, Mademoiselle de Montpensier, Madames ehemalige Ehrenjungfern Mademoiselle de la Vallière und Madame de Montespan waren gekommen, um Abschied von der Sterbenden zu nehmen.

Breandán stand am Kopfende des Bettes neben dem Fenster, dessen Läden man zu schliessen vergessen hatte und durch das der kalte Silberschein des Vollmondes in den Saal fiel. Still, unbewegt wie eine Statue, verharrte er an seinem Platz, während sich vor seinen Augen das Drama abspielte, das ihm das Herz zerriss.

Als Henriette zusammengebrochen war, hatte er die Damen, die sie auffingen, zur Seite geschoben und die Kranke die Treppe hinauf in den mit einem Ruhebett ausgestatteten Saal getragen. Ihre Kammerfrauen hatten die Prinzessin entkleidet und Laken über sie gebreitet. Von furchtbaren Leibschmerzen befallen, warf sie sich stöhnend hin und her und wiederholte immer wieder, vergiftet worden zu sein. Monsieur schlug vor, einem Hund etwas von dem Zichorienwasser zu trinken zu geben. Madame Desbordes, eine der Zofen der Prinzessin, und Madame de Mecklenbourg probierten das Getränk. Schliesslich tat der Bruder des Königs es ihnen gleich, ohne dass einen von ihnen ein Krankheitsgefühl erfasste.

Der Leibarzt des Prinzen, Monsieur d'Esprit, wurde gerufen. Er diagnostizierte allerdings nur eine Kolik. Da sich Madames Zustand nicht besserte, begann Monsieur dem Medikus Unfähigkeit vorzuwerfen. Breandán hatte seit Henriettes Zusammenbruch Philippes Gesicht mehrmals prüfend studiert und war zu dem Schluss gekommen, dass er in keinster Weise schuldig aussah, sondern sich ernsthaft Sorgen um seine Gemahlin machte. Falls die Prinzessin recht hatte und sie tatsächlich vergiftet worden war, musste ein anderer für die Tat verantwortlich sein.

Die königlichen Ärzte Vallot, Yvelin und Guesclin trafen aus Paris ein. Doch auch sie glaubten, dass Madame an einer Kolik litt und sich bald wieder erholen würde. Breandán wusste es besser. Der Tod war Henriette ins Gesicht geschrieben. Ihre Wangen waren eingefallen, die Augen tief in die Höhlen gesunken, ihre Lippen blutleer. Die feine kleine Nase stach spitz aus ihrem Gesicht hervor, und ihre Haut war fast durchscheinend.

Alle Anwesenden mit Ausnahme der Ärzte sahen es auch. König Louis nahm sie zum Abschied in die Arme und schmiegte seine tränenüberströmte Wange an die ihre. Der einzige Geistliche, den man in der Eile auftreiben konnte, war ein Jansenist namens Feuillet, der Madame mit kalter, mitleidsloser Strenge ihr verfehltes, in Ausschweifungen verschwendetes Leben vor Augen hielt und ihr zu verstehen gab, dass sechs Stunden körperlicher Qualen dafür nicht annähernd genug Buße seien.

Breandán, der den Tiraden schweigend zuhörte, ballte in kaum beherrschtem Zorn die Fäuste. Am liebsten hätte er den gnadenlosen Frömmler aus dem Saal geworfen.

Man hatte nach dem englischen Gesandten Ralph Montagu geschickt, der entsetzt an Henriettes Totenbett eilte, denn wie so viele andere verehrte er sie sehr. Auf Englisch fragte er sie, ob sie glaube, vergiftet worden zu sein. Feuillet, der den Sinn der Frage erraten hatte, warnte die Prinzessin, unbewiesene Beschuldigungen auszusprechen. Daraufhin fragte Montagu, wo sich die Briefe befänden, die Charles ihr geschrieben hatte. Sie durften nicht in fremde Hände fallen.

Henriette wandte leicht den Kopf, und ihr Blick begegnete dem des Iren, der noch immer unbeweglich an ihrem Bett stand.

»Bitte holt Madame Desbordes her«, sagte sie leise. »Sie soll Monsieur Montagu die Briefe meines Bruders aushändigen.«

Breandán nickte, gehorchte jedoch nur widerwillig. Es widerstrebte ihm, sie zu verlassen. Als er sich entfernte, hörte er die Prinzessin zu Ralph Montagu sagen: »Sorgt dafür, dass mein Bruder ihn für seine Treue belohnt. Er verdient es, in einen Stand erhoben zu werden, der es ihm erlaubt, die Frau zu heiraten, die er liebt.«

Erstaunt sah Montagu dem Iren nach, dann senkte er bestätigend den Kopf. Madames Wunsch war ihm Befehl.

Breandán fand Madame Desbordes in einem der Boudoirs. Nach einem Ohnmachtsanfall hatte man sie auf ein Ruhebett gelegt. Madame de Gamaches versuchte vergeblich, sie wieder zu sich zu bringen. Als sie Breandáns Blick begegnete, erklärte sie: »Sie hat das Zichorienwasser zubereitet, das Madame getrunken hat. Nun gibt sie sich die Schuld.«

Da die Kammerfrau nicht ansprechbar war, kehrte Breandán zu dem englischen Gesandten zurück und riet ihm, Madame Desbordes später um die Briefe zu bitten.

Der König, die Königin und ihre Begleiter verließen das Schloss, denn der Monarch durfte einen Menschen nicht sterben sehen. Um Mitternacht nahm Henriette endgültig Abschied von ihrem Gemahl. Monsieur, der bis zuletzt geglaubt hatte, dass sich ihr Zustand bessern würde, verlor völlig die Fassung und brach in Tränen aus. Dann erschien der Abbé Bossuet, Bischof von Condom, den man eilig aus Paris herbeigerufen hatte. Madame verehrte und bewunderte ihn. Als sie ihn eintreten sah, hellte sich ihr totenbleiches Gesicht vor Freude auf.

»Hoffnung, Madame. Hoffnung«, sagte der Geistliche sanft.
Alle noch Verbliebenen sanken auf die Knie. Während Bossuet das Gebet *In manus tuas* sprach, lösten sich Henriettes Hände von dem Kruzifix, das sie umklammert hielten, und ein letzter Atemzug entwich ihrer Brust.

Wie ein Schlafwandler stolperte Breandán die Freitreppe hinab. Seine Sohlen knirschten auf dem Kies der Auffahrt. Trauer und Schmerz zogen sich wie eine Eisenklammer um sein Herz. Doch weinen konnte er nicht. Ralph Montagu, der die Qual in den Augen des Iren gelesen hatte, wusste, dass in Momenten wie diesen eine wichtige Aufgabe so manchen vor dem Irrsinn bewahrt hatte. Und so bat er Breandán, sich unverzüglich auf den Weg nach England zu machen und dem König die traurige Nachricht zu überbringen. Der Ire hatte sich gefügt, obwohl ihm vor der schrecklichen Pflicht graute. Doch er wusste, dass es besser für ihn war, Frankreich zu verlassen.
Als er Schritte hinter sich vernahm, drehte er sich um und sah den Jansenisten Feuillet in Richtung der Stallgebäude gehen, wo sein Pferd untergestellt war. Ohne nachzudenken, stellte sich Breandán ihm in den Weg. Als der Geistliche ihn erstaunt ansah, schlug der Ire ihm die Faust ins Gesicht. Dann wandte er sich wortlos ab und ging unter den entsetzten Blicken der Stallknechte weiter.

»NEIN!«
Der Schrei hatte nichts Menschliches. Es war das Brüllen eines zu Tode verwundeten Tieres.
Immer wieder hallte dieser grauenhafte Laut in Breandáns Ohren wider und verursachte ihm eine Gänsehaut. Seine Beine zitterten, sein Herz schlug schmerzhaft in seiner Brust und

drohte zu zerbersten. Haltsuchend lehnte er sich an die Tür zum königlichen Schlafgemach, in dem sich Charles eingeschlossen hatte, nachdem er die furchtbaren Worte aus dem Mund des Iren hatte hören müssen. Breandán litt mit ihm. Er hatte gesehen, wie innig der König seine kleine Schwester liebte.

Er wusste nicht, wie lange er vor der geschlossenen Tür auf dem Boden gehockt hatte, als sich hastige Schritte näherten. Eine Gestalt tauchte aus dem Dunkel des Korridors auf, den die in Abständen aufgestellten Kandelaber kaum erhellten. Eine Frau in einem blutroten Kleid. Breandán erschrak, als er sich plötzlich Amoret gegenübersah.

»Einer der Pferdeburschen teilte mir mit, dass du zurück bist ...«, begann sie, als sie sein von Trauer verwüstetes Gesicht bemerkte. »Was ist passiert?«

»Sie ist tot«, stammelte er. Seine Kehle war wie zugeschnürt.

»Prinzessin Henriette? Aber ... wie ist das möglich?«, flüsterte Amoret entsetzt. »Heilige Jungfrau, wie furchtbar ...«

Sie sank neben ihm in die Hocke, legte die Arme um ihn und zog ihn zu sich. Sie wiegte ihn wie ein Kind. Diese tröstende Geste durchbrach den Damm, der bisher seine Tränen zurückgehalten hatte. Im nächsten Moment weinte er hemmungslos in ihren Armen. Sie fragte nicht, wie Charles die Nachricht aufgenommen hatte. Die verschlossene Tür und die gedämpften Laute der Trauer, die dahinter zu hören waren, sprachen für sich.

»Es tut mir leid«, sagte Breandán schließlich, als die größte Flut der Tränen verebbt war. »Ich hatte kein Recht, dir deine Vergangenheit vorzuwerfen.«

»Bitte zweifle nie wieder an mir, Liebster. Du bist mein Gemahl«, bekräftigte Amoret. »Du bist der Einzige für mich.«

Kapitel 41

Juli 1670

Fünf Tage lang vergrub sich Charles in seinem Schmerz und weigerte sich, den französischen Gesandten oder den Marschall de Bellefonds zu sehen, den Louis geschickt hatte, um dem Trauernden seine Beileidsbekundungen zu überbringen.
Eine Woche nach Henriettes Tod erhielt Amoret die Aufforderung, mit Breandán und Jeremy im Whitehall-Palast zu erscheinen. Der König empfing sie in seinem Kabinett. Sein dunkles Gesicht wirkte um Jahre gealtert, und seine braunen Augen waren erloschen. Es tat Amoret weh, ihn so zu sehen. Sein Schmerz war ein Spiegelbild der Qual, die sie auch in Breandáns Zügen las.
Charles wandte sich zuerst an Jeremy: »Ich habe hier einen Bericht von Mr. Montagu über die Leichenschau, die bei meiner Schwester durchgeführt wurde, sowie den Totenschein, unterzeichnet von Louis' Leibärzten Vallot und Guesclin und zwei englischen Ärzten, die Montagu bestimmt hat. Ich würde gern Eure Meinung dazu hören, Pater.«
Der Jesuit nahm die Schriftstücke schweigend entgegen und vertiefte sich in ihre Lektüre. Der Blick des Königs richtete sich auf Breandán, der ihm nur mühsam standhielt.
»Ich danke Euch, Sir, dass Ihr weder Strapazen noch das unbeständige Wetter des Ärmelkanals gescheut habt, um mir

unverzüglich die Nachricht vom Tod meiner geliebten Minette zu bringen«, sagte der König bewegt. »Es kann nicht leicht für Euch gewesen sein. Mr. Montagu erwähnt in seinem Brief, wie sehr Ihr darunter gelitten habt, sie sterben zu sehen. Er schreibt außerdem, dass meine Schwester den Wunsch aussprach, dass Ihr für Eure treuen Dienste belohnt werdet.«
Breandáns Lider flatterten erstaunt. Er hatte die zufällig gehörte Bemerkung völlig vergessen.
»Ich vermute, dass Ihr selbst unter keinen Umständen auf diese Empfehlung Bezug genommen hättet. Eure Bescheidenheit ehrt Euch.« Charles sah zu Amoret hinüber und lächelte, bevor sein Blick zu dem Iren zurückkehrte. »Ich erhebe Euch hiermit zum Baron Shanrahan und übertrage Euch Ländereien im Süden Irlands. Außerdem gebe ich Euch die Erlaubnis, die Dame zu Eurer Rechten zu ehelichen, sofern ihr beide dies wünscht.«
Von Freude überwältigt, sank Amoret in eine tiefe Reverenz, und Breandán verbeugte sich. Dann sahen sich beide liebevoll an und nickten.
»Ja, das wünschen wir«, sagten sie wie aus einem Mund.
Jeremy war wieder zu ihnen getreten.
»Nun, was meint Ihr, Pater?«, fragte der König. In seiner Stimme lag eine Spur von Furcht. »Glaubt Ihr, dass meine Schwester vergiftet wurde?«
Aller Augen richteten sich auf den Jesuiten. Jeremy zögerte, bevor er antwortete: »Euer Majestät, Ihr müsst verstehen, dass ich, ohne der Leichenschau beigewohnt zu haben, kein endgültiges Urteil abgeben kann.«
Charles' Kiefermuskeln spannten sich, als er die Zähne aufeinanderpresste.
Doch der Priester sprach unbeirrt weiter: »In Anbetracht der Tatsache, dass Madames Gesundheit seit Jahren angegriffen

war, dass sie während der Reise durch Flandern bereits an beträchtlichem Unwohlsein litt, so dass sie nur ein wenig Milch zu sich nehmen konnte, und dass mir kein Gift bekannt ist, das unmittelbar eine derartige Wirkung entfaltet, wie Ihre Hoheit sie nach dem Genuss des Zichorienwassers erfuhr, glaube ich nicht, dass ihr Tod auf Gift zurückzuführen ist. Noch eine Einzelheit spricht dafür: In dem Bericht über die Leichenschau wird ein Loch in der Magenwand erwähnt. Ich vermute, dass Madame an einem langjährigen Magengeschwür litt, das durchbrach und zu einer Peritonitis führte, an der sie letztlich starb. Die Krankheitszeichen, die sie offenbarte, lassen darauf schließen.«
Noch während Jeremy sprach, entspannte sich das Gesicht des Königs. Voller Trauer senkte er den Blick.
»Meine arme, zerbrechliche Minette. Wenn ich nur geahnt hätte, wie schlecht es ihr ging...«
Aber aus seinen Zügen war auch Erleichterung zu lesen. Der Jesuit ahnte, was Charles durch den Kopf ging. Der schreckliche Verdacht, der über Minettes Tod hing, hatte den Geheimvertrag von Dover, ihr Lebenswerk, in Frage gestellt. Nun konnte er in Kraft treten.

Epilog

Louis XIV. ließ den Blick über die Gärten von Saint-Germain schweifen. Die gleißende Sommersonne am wolkenlosen Himmel verbreitete eine drückende Hitze. Zwischen den blühenden Parterres flanierten Höflinge in farbenprächtigen, mit Juwelen besetzten Gewändern. Die ebenso fein herausgeputzten Damen fächelten sich die Gesichter.
Doch die Aufmerksamkeit des französischen Königs gehörte ganz den beiden Personen, die am Fuße der Freitreppe standen und sich unterhielten. Der burschikose Duke of Buckingham bemühte sich, einen guten Eindruck auf die schöne Bretonin Louise de Keroualle zu machen. Scheinbar zurückhaltend, mit gesenkten Lidern, lauschte sie den Vorschlägen und Versprechungen des bereits von Ausschweifungen gezeichneten Lebemanns. Louis wusste, dass Buckingham dem König von England schon so manche Gespielin zugeführt hatte. Da er sich mit seiner Cousine, Lady Castlemaine, nicht gut verstand, war er auf der Suche nach einer Frau, die die Erste Mätresse von ihrem Platz verdrängen könnte. Louise de Keroualle war eine gute Wahl. Louis hatte ihr bereits die Erlaubnis erteilt, nach England zu gehen. Mit ein wenig Glück würde die kluge und stolze Bretonin die Lücke ausfüllen, die Madame hinterlassen hatte. Es blieb nur zu hoffen, dass sie ihm bessere Dienste leistete als Mademoiselle St. Clair. Nun, da

diese den Baron Shanrahan geheiratet und mit ihrem Gemahl nach Irland gereist war, um dessen Ländereien zu besichtigen, war sie Louis nicht mehr von Nutzen. Und er brauchte dringend eine Vertraute am Hof Charles' II., die den schwer zu durchschauenden Monarchen im Sinne Frankreichs beeinflusste.

Buckingham war nach Frankreich gekommen, um ein Bündnis zwischen beiden Königreichen auszuhandeln, eine Allianz gegen die Vereinigten Provinzen, die natürlich längst unterzeichnet war. Es war jedoch notwendig, diese Farce aufzuführen, da die protestantischen Minister Englands, Buckingham eingeschlossen, nichts von dem Zusatz wissen durften, der im ursprünglichen Vertrag von Dover stand: der geplante Übertritt Charles' II. zum römisch-katholischen Glauben. Der König von Frankreich hatte fast Mitleid mit Buckingham. Der glühende Verfechter des Protestantismus würde nie erfahren, dass er von seinem Jugendfreund Charles hintergangen und rücksichtslos benutzt worden war.

Lächelnd wandte sich Louis ab und trat ins Innere des Schlosses, um sich für den abendlichen Ball umzukleiden.

Nachwort der Autorin

Um die Bedeutung des Geheimvertrags von Dover zu verstehen, muss man sich die religiöse Situation in England im siebzehnten Jahrhundert vor Augen führen. Die Katholiken waren eine Minderheit, die einer Reihe von Gesetzen unterlag, welche die Ausübung ihres Glaubens mit Strafen belegte. Diese reichten von Geldbußen oder Gefängnishaft für den Besuch der Messe oder den Besitz von religiösen Objekten wie Kruzifixen oder Rosenkränzen bis zur Todesstrafe für die Beherbergung eines Priesters oder der Bekehrung eines Anglikaners. Unter dem Druck der Geldstrafen waren die Zahlen praktizierender Katholiken stetig geschrumpft. Ohne die Missionare, die in eigens zu diesem Zweck gegründeten Seminaren auf dem Kontinent ausgebildet und dann heimlich ins Land geschmuggelt wurden, wäre der Katholizismus in England sicher ausgerottet worden.

In den ersten Regierungsjahren von Charles II. wurden die Strafgesetze gegen die Katholiken nur noch sporadisch durchgesetzt. Charles hatte die Loyalität seiner katholischen Untertanen während seiner Flucht nach der Schlacht von Worcester nie vergessen. Zwei Mal, 1660 kurz nach seiner Thronbesteigung und 1672, unternahm er den Versuch, sie durch eine Abschaffung der Strafgesetze zu belohnen. Beide Male scheiterte er am Widerstand des Parlaments, das Glaubensfreiheit ablehnte.

Unter diesen Umständen war es für den König ein erhebliches Wagnis, seine Absicht, zum katholischen Glauben überzutreten, schriftlich niederzulegen. Warum er dieses Risiko einging, ist ungeklärt und wird von Historikern kontrovers diskutiert. Da ein Großteil der Korrespondenz zwischen Charles und seiner Schwester Henriette-Anne, die vielleicht Aufschluss über die Motive des Königs hätten geben können, nach ihrem Tod vernichtet wurde, ist es unmöglich festzustellen, ob er zum damaligen Zeitpunkt tatsächlich vorhatte überzutreten. Letztendlich tat er diesen Schritt erst auf dem Sterbebett. (John Emsley vermutet, dass sein Tod durch eine Quecksilbervergiftung verursacht wurde, die er sich bei einem Experiment in seinem Laboratorium zugezogen hatte. J. Emsley, *Mörderische Elemente. Prominente Todesfälle*, Weinheim 2006, S. 21–26). Da die Konversion des Königs geheim bleiben musste, wurde Pater Huddleston, den Charles in Moseley Hall kennengelernt hatte und der mittlerweile dem Haushalt der Königin angehörte, in Verkleidung in das königliche Schlafgemach geschmuggelt. (Moseley Old Hall kann man besichtigen. Die Priesterverstecke sind noch erhalten.)
Die protestantischen Mitglieder der Regierung, darunter der Duke of Buckingham und Lord Ashley, fanden nie heraus, was ihr König hinter ihrem Rücken mit Louis XIV. ausgehandelt hatte. Der Vertrag von Dover blieb jahrhundertelang geheim, bis er im Jahre 1830 von dem Historiker Lingard veröffentlicht wurde. Der offizielle Vertrag, den der Duke of Buckingham im Dezember 1670 aushandelte, entsprach im Wortlaut dem ersten, beinhaltete jedoch nicht die Klausel bezüglich Charles' Konversion. Im Jahre 1672 zogen England und Frankreich gegen Holland in den Krieg, ohne dass Charles seinen Übertritt zum katholischen Glauben erklärt

hatte. Obgleich der Krieg ein Misserfolg wurde, brachte ihm das Bündnis mit Frankreich acht Millionen Livres Tournois ein. Ein Großteil des französischen Goldes floss in die Finanzierung der Marine. Damit legte Charles II. einen wichtigen Grundstein für die britische Vorherrschaft über die Meere im neunzehnten Jahrhundert.

Die Menschen, die im Roman den Hof Charles' II. und Louis' XIV. bevölkern, sind historische Personen, mit Ausnahme von Amoret und ihrer Dienerschaft, Breandán, Sir Orlando Trelawney, Hervé de Guernisac, Marquis de Saint-Gondran, Madame de Mayenne und Colberts Agent François Nérac.
In den folgenden Monaten gelang es Louise de Kerouale, Lady Castlemaine endgültig zu entthronen. Sie stieg rasch zur Ersten Mätresse auf, musste sich die Zuneigung des Königs jedoch mit Nell Gwyn teilen. Charles erhob Louise zur Duchess of Portsmouth. Während der restlichen Regierungszeit des Königs fanden Gespräche mit Ministern und ausländischen Gesandten vorwiegend in Louises Gemächern statt. Sie vertrat jedoch nicht, wie von Louis XIV. erhofft, die Interessen Frankreichs, sondern in erster Linie ihre eigenen.
Gaspard d'Espinchal, Sieur de Massiac, ist ebenfalls eine historische Person. Nach seiner Verurteilung im Januar 1666 diente er in der Armee des Kurfürsten von Bayern. Im Jahre 1678 wurde er von Louis XIV. begnadigt und kehrte auf seine Ländereien zurück. Seine Schwester Armande ist fiktiv.

Der beschriebene Kabinettschrank von Pierre Gole aus dem Besitz von Henriette-Anne steht heute im Victoria and Albert Museum in London.

Als Vorlagen für den Stadtplan von Paris dienten unter anderem *Le plan de la ville, cité, université, fauxbourgs de Paris* von Matthäus Merian von 1615, der *Huitième plan de Paris* von Nicolas de Fer von 1705 und die sogenannte *Turgot-Karte* von Louis Bretez von 1739 sowie die Karten aus dem Buch M. F. Hoffbauer, *Paris à travers les âges*, Paris 1998.

Aussprache
der irischen Namen:

Breandán Mac Mathúna: Brendan Mac Mahuna
Leipreachán: Leprechon.
Ceara: Kara

Ich habe die moderne, vereinfachte Form der irischen Familiennamen gewählt, da diese leichter auszusprechen ist als die alte Schreibweise. In der alten Form wäre Mac Mathúna Mac Mathghamhna.

GLOSSAR

Altarstein: eine flache, rechteckige Schiefertafel mit fünf eingeritzten Kreuzen, die die Wunden Christi symbolisieren. Sie war klein genug, um in eine Tasche zu passen.

Assisen (engl. assizes): Reisegerichte, die von Henry II. im 12. Jahrhundert eingerichtet wurden, um die zuvor unabhängige Jurisdiktion der königlichen Vasallen einzuschränken. England und Wales waren in sechs Bezirke unterteilt, die zweimal im Jahr jeweils von zwei Richtern bereist wurden. Die Assisen waren hauptsächlich für die Verhandlung von Kapitalverbrechen (felonies) zuständig. London und Middlesex waren von diesem System ausgenommen. Dort wurden Kapitalverbrechen im Sitzungshaus am Old Bailey verhandelt.

Barrister: In England und Wales sind nur Barrister befugt, einen Klienten vor Gericht zu vertreten.

Caudle: Getränk aus erhitztem Ale oder Wein mit Eigelb, Zucker und anderen Gewürzen.

Covenanters: schottische Presbyterianer.

Dissenters: Protestanten, die sich weigerten, die Glaubenssätze der anglikanischen Kirche anzuerkennen, z.B. Baptisten, Presbyterianer und Quäker.

Fasten brechen (engl. to break one's fast): Es war nicht üblich, nach dem Abendessen während der Nacht noch etwas zu sich zu nehmen, daher sprach man davon, sein Fasten zu brechen, wenn man am Morgen das Frühstück einnahm. Im Englischen entwickelte sich so der Begriff »breakfast«.

Fiale: schlankes gotisches Ziertürmchen.

Friedensrichter (engl. Justice of the Peace): ehrenamtlich arbeitende, vom Lord Chancellor nominierte Laienrichter ohne juristische Ausbildung, die polizeiliche Befugnisse besaßen und in Quartalsgerichten (quarter sessions) kleinere Vergehen verhandelten. Kapitalverbrechen blieben den Assisen vorbehalten. In London hatten die Ratsherren dieses Amt inne.

Grand Jours: außerordentliche Gerichtstage der französischen Parlamente außerhalb ihres Amtssitzes.

in effigie (dt. als Bildnis): Unter gewissen Umständen wurden Täter, die nicht gefasst werden konnten, symbolisch hingerichtet, indem man ein Bildnis an den Galgen hängte.

Ketzer: jemand, der vom »wahren« Glauben abweicht. Katholiken, Protestanten und Orthodoxe bezeichneten sich gegenseitig als Ketzer. Aus der Sicht der katholischen Kirche war jeder, der einen oder mehrere der katholischen Glaubenssätze leugnete, ein Ketzer.

Königlicher Gerichtshof (engl. Court of King's Bench bzw. Queen's Bench, wenn eine Königin auf dem Thron saß): höchster englischer Gerichtshof des gemeinen Rechts, der ursprünglich für Kronfälle und hohe Kriminaljustiz zuständig war, später aber auch Fälle von niederen Gerichten übernahm. Er tagte zusammen mit dem Hauptzivilgerichtshof und dem Finanzgericht bis 1882 in der Westminster Hall, dem einzigen erhaltenen Teil des mittelalterlichen Westminster-Palastes, in dem das Parlament zusammentrat.

Konstabler (engl. constable): unbezahlter Ordnungshüter. Jeder Bürger hatte die Pflicht, in dem Bezirk, in dem er wohnte, ein Jahr lang als Konstabler die öffentliche Ordnung aufrechtzuerhalten. Als Zeichen seines Amtes trug er einen langen Stab bei sich.

Mouche: kleines, schwarzes Schönheitspflaster.

Oddsfish: eine Verballhornung der Verwünschung »God's Flesh« (Bei Gottes Fleisch), die Charles II. häufig gebrauchte.

Offizin (lat. officina): die Werkstatt eines Chirurgen oder eines Apothekers.

Patene: kleiner Teller für die Hostie bei der Eucharistie.

Pförtnerloge (engl. Porter's Lodge): Gefängnis im Whitehall-Palast.

Puritaner: Ab 1564 bezeichnete dieser Begriff diejenigen Mitglieder der anglikanischen Kirche, die calvinistisch gesinnt waren und die Kirche von jeglichen römisch-katholischen Ritualen befreien wollten. Viele von ihnen zogen sich aus der anglikanischen Kirche zurück, da ihnen die Reform nicht weit genug ging, und bildeten separate Glaubensgemeinschaften. In der zweiten Hälfte des 17. Jahrhunderts bezeichnete man sie als Dissenters.

Pyxis (gr. Büchse): liturgisches Gefäß zur Aufbewahrung der konsekrierten Hostien.

Rekusant (engl. recusant): Die Bezeichnung Rekusanten bezog sich ursprünglich auf alle diejenigen, die dem anglikanischen Gottesdienst fernblieben, auch auf Protestanten. Später beschränkte sich der Begriff auf Katholiken.

Rundkopf: Während des englischen Bürgerkriegs wurden die Anhänger des Parlaments aufgrund ihrer kurzen Haare als Rundköpfe bezeichnet. Die Adeligen trugen das Haar dagegen in langen Locken.

Syllabub: Dieses Getränk wurde aus weißem Rheinwein, Zitronensaft, Zucker und süßer Sahne zubereitet, über Nacht an einem kühlen Ort stehen gelassen und dann mit einem Rosmarinzweig verziert aufgetragen.

Whitepot: Nachtisch, der aus Weißbrot, Sahne, Zucker, Butter, Eigelb und Gewürzen zubereitet wurde.

Yard: Ein Yard besteht aus 3 Fuß und entspricht 0,9144 m.

DANK

Herzlich danken möchte ich all denen, die mir bei der Entstehung des Romans mit Engagement und viel Geduld ihr Fachwissen und ihre Anteilnahme zur Verfügung gestellt haben:
Professor Dr. Dieter Häussinger und Frau Dr. Mila Beyer, die nicht müde wurden, meine medizinischen Fragen zu beantworten. Etwaige Fehler gehen zu meinen Lasten. Vielen Dank auch an die Historikerin und Germanistin Gesine Klinkworth, die stets als erste kritische Leserin grammatikalische und logische Fehler aufspürt. Mein Dank gilt auch Robert Damm für die Erstellung der historischen Stadtpläne und Thomas von Nordheim für die Illustrationen zu meinen Romanen, die auf meiner Webseite www.sandra-lessmann.de zu sehen sind. Herzlichen Dank auch meinem Agenten Thomas Montasser sowie der Knaur Programmleiterin Christine Steffen-Reimann und der Lektorin Ilse Wagner, nicht zu vergessen meinen Eltern, Freunden und Kollegen.

Literaturauswahl

Barker, N. N., *Brother to the Sun King, Philippe, Duke of Orléans*, Baltimore/London 1989

Barthel, M., *Die Jesuiten. Legende und Wahrheit der Gesellschaft Jesu. Gestern – Heute – Morgen*, Düsseldorf/Wien 1982

Bevan, B., *Charles the Second's French Mistress. A Biography of Louise de Keroualle Duchess of Portsmouth, 1649–1734*, London 1972

Bevan, B., *Charles II's Minette*, London 1979

Brooke, I., *English Costume of the Seventeenth Century*, 2. Auflage, London 1950

Cronin, V., *Der Sonnenkönig*, Stuttgart o. J.

Emsley, J., *Mörderische Elemente. Prominente Todesfälle*, Weinheim 2006

Fraser, A., *King Charles II*, London 1979

Gerard, J., *Meine geheime Mission als Jesuit*, Luzern 1954

Greenshields, M., *An Economy of Violence in Early Modern France. Crime and Justice in the Haute Auvergne, 1587–1664*, Pennsylvania 1994

Hanrahan, D. C., *Charles II and the Duke of Buckingham*, Stroud 2006

Hilton, L., *Athénaïs. The Real Queen of France*, London 2002

Levron, J., *Daily Life at Versailles in the seventeenth and eighteenth centuries*, London 1968

Miller, J., *Popery and Politics in England 1660–1688*, Cambridge 1973

Mörgeli, C., *Die Werkstatt des Chirurgen. Zur Geschichte des Operationssaals*, Basel 1999

Norrington, R., *My Dearest Minette. The Letters between Charles II and his sister Henrietta, Duchesse d'Orléans*, London 1996

Ogg, D., *England in the Reign of Charles II*, 2 Bände, Oxford 1934

Pérouse de Montclos, J. M. *Paris. Kunstmetropole und Kulturstadt*, Köln 2000

Sälter, G., *Polizei und soziale Ordnung in Paris*, Frankfurt 2004